KB111845

거목의 그늘

녹촌鹿邨 고병익高柄翊선생 추모문집

거룩의 그늘 —녹촌鹿邨 고병익高柄翊선생 추모문집—

초판 제1쇄 인쇄 2014. 5. 10.
초판 제1쇄 발행 2014. 5. 19.

지은이　고병익추모문집간행위원회
펴낸이　김경희
펴낸곳　(주)지식산업사
　　　　본사 ● 413-832, 경기도 파주시 광인사길 53 (문발동 520-12)
　　　　　　전화 (031) 955-4226~7　팩스 (031)955-4228
　　　　서울사무소 ● 110-040, 서울시 종로구 자하문로6길 18-7 (통의동 35-18)
　　　　　　전화 (02)734-1978　팩스 (02)720-7900
　　　　한글문패 지식산업사
　　　　영문문패 www.jisik.co.kr
　　　　전자우편 jsp@jisik.co.kr
　　　　등록번호 1-363
　　　　등록날짜 1969. 5. 8.

책값은 뒤표지에 있습니다.

ⓒ 고병익추모문집간행위원회, 2014
ISBN 978-89-423-7061-0

이 책을 읽고 저자에게 문의하고자 하는 이는
지식산업사 전자우편으로 연락 바랍니다.

거목의 그늘

녹촌鹿邨 고병익高柄翊 선생 추모문집

지식산업사

머리말

고병익 선생님께서 세상을 뜨신 지 이미 10년이 지났는데, 아직도 우리는 고 선생님이 그립고 따뜻한 말씀이 기다려진다. 답답한 때나 어려운 결정을 해야 할 때면 더욱 선생님의 한 말씀이 길을 알려주실 것만 같은데, 그럴수록 선생님과 함께 했던 기억이 되살아나곤 한다. 고 선생님의 영향이 그렇게 큰 것이라고 느껴진다.

선생님은 거목과 같아서 그 그림자가 넓게, 그리고 때에 따라 드리워지는 곳이 옮겨 갔다. 역사학의 분야만 해도 전공인 중국사의 범위를 넘어 한국사를 포함한 아시아사 전체, 더 나아가 해당 서양사에도 관심이 미치셨다. 말할 것도 없이 대학 행정 및 문화 행정에도 필요한 때에는 꺼리지 않고 참여하셨다. 언론계에도 일찍이 깊이 관여하신 것 또한 잘 알려진 일이다. 그렇기 때문에 어느 한 전문가라고 규정하기가 어려울 만큼 국내외에 걸쳐 거목이셨다.

고 선생님의 삶에서 일관된 관심은 전통 속에 묻히지 않으면서, 새로운 가치를 이와 연관하여 찾을 수 있는가에 있으셨던 것 같다. 그래서 스스로 선비와 현대적 지식인으로 살아가려 하는 선생님의 모습을 지켜보며 우리는 많은 가르침과 감동을 받았다. 그럼에도 半知半解의 지식인을 자처하며 궁금하거나 모르는 것이 있으면, 언제나 상하를 가리지 않고 물으시는 분이었다.

　여기에 실린 몇 분의 외국인을 포함한 70여 분의 면면을 보면 선생님의 활동 영역과 교류의 범위를 짐작할 수 있다. 이 분들이 선생님의 전기傳記자료를 보내 주셨다고 해도 될 만큼, 가까이서 고 선생님을 뵌 제자들도 몰랐던 일들이 생생하게 모인 셈이다. 우리 간행위원들은 자발적인 기고를 기본으로, 독촉하지 않는 것을 원칙으로 하였다. 그런데도 이렇게 많은 분들이 선생님과 깊은 사귐의 기억을 되살리는 글을 보내신 것을 보면서 고 선생님의 큰 영향을 새삼 느끼게 된다. 만일 선생님이 이 글들을 보신다면 "내가 언제 그랬나?" 하며 짐짓 모른 채 특유의 웃음을 지으실 것 같다.

　글을 보내 주신 분들께 우리 간행위원들은 각별히 감사의 인사를 드리고 싶다. 고 선생님의 10주기(2014년 5월 19일)에 맞춰 출간해 주기로 한 지식산업사의 김경희 사장께도 고마움을 표한다. 마지막으로 이 책의 출간에 아낌없이 노력과 시간을 써 준 영애슈愛 고혜령 박사께 특별히 감사의 말을 전한다.

2014년 5월 7일
간행위원 이태진, 김영한, 김용덕, 이성규

추모시

追頌

鹿村 高柄翊 兄 二絕

學界優遊五十年
東洋徃史耀新篇
門庭濟濟多賢俊
季世文華尙燦然

芸芸有衆漢之濱
釣利沽名總失眞
雅趣高風今寂寞
眺山觀水更何人

二千十四年 甲午 三月 十日

碧史 弟 李佑成

追頌

鹿村高柄翊兄　二絶

學界優遊五十年。東洋往史耀新篇。

庭濟、多賢俊。李世文華尚燦然。

芸芸有眾漢之濱。釣利沽名總失眞稚

趣高風今寂寞。眺山觀水更何人。

二千十四年甲午三月十日　碧史弟李佑成

實事求是齋

차 례

1부 힘든 '50년대: 전쟁과 유학 그리고 귀국

2부 서울대 사학과 교수 시절

1) 한국사

2) 동아시아사

6부 사숙_역사학의 안팎

7부 마지막 인사

1부

힘든 '50년대:
전쟁과 유학 그리고 귀국

그리운 고 선생님

강신항姜信沆[*]

1.

전시하戰時下의 군속軍屬(오늘날의 군무원 당시는 문관文官이라고도 했다.) 생활은 굴욕 또는 인욕忍辱 생활의 연속이었다. 더군다나 징병徵兵(제1기) 적령기의 젊은이가 현역들 틈바구니에 끼어서 생활한다는 것은 여간 치욕적인 일이 아니었다. 그래서 육군종합학교에 지원하여 일선에 나가 차라리 산화散華해 버리고 싶은 생각을 자주 했었다. 문관이라고 해서 후방 근무가 보장된 신분도 아니어서 언제 현역으로 입대하게 될지 모르는 불안한 위치였다.

그런데도 내가 1950년 12월 초부터 1953년 3월 말까지 국방부 정훈국 전사편찬회에서 꾸준히 복무한 것은 편찬회의 위원과 역원 선생님들이 우리나라 사학계를 대표하는 학자들이었기 때문이었다. 또 1952년 봄부터 틈틈이 부산시 동대신동 구덕산九德山 기슭에 자리 잡은 서울대학교 문리과대학 가교사假校舍에도 수강하러 나갈 수 있었던 점도 편찬회를 떠날 수 없는 이유의 하나였다. 그리고 또 하나는 일개 조무원인 내가 어느새

*성균관대학교 명예교수

편찬회의 기둥이 되어 버린 점이었다. 다른 분들은 들락날락하셨지만 나만 처음부터 끝까지 편찬회의 모든 일(편집, 교정, 자료 수집)에 관여하게 되었기 때문이었다.

내가 근무하였던 3년 동안에 전사편찬회에서 함께 모셨던 분들은 다음과 같다.

李丙燾, 金庠基, 金聖七, 韓㳓劤, 全海宗, 高柄翊, 閔錫泓, 金元龍, 鄭秉學, 尹武炳, 咸洪根, 李寬求, 李用熙, 愼道晟, 鄭一永, 郭潤直 이 어른들 이외에 편찬회에 들른 분은 崔南善, 李瑄根, 千寬宇, 李基白, 金鳳鎬, 宋穉 선생이었고, 許炫, 朱耀燮, 趙義卨 선생은 원고를 써 주셨다.

2.

나는 1950년 12월 초에 창설된 국방부 정훈국 전사편찬회戰史編纂會에서 근무를 시작했다. 어느 선생님께서 "姜君, 나와 국방부에 들어가 일해 보지 않겠나?"라고 권하셔서 시작한 군대 생활이었다. 편찬회 사무실은 창덕궁昌德宮 정문 옆에 있던 구舊 이왕직사무실李王職事務室 2층이었다.

이 조직은 처음에는 완전히 문관 위주로 구성되었다. 모두 군복을 입고 영관領官 대우를 받는 위원 다섯 분(모두 대학의 중진 교수)과 역원 다섯 분(대학의 신진 교수)이 계셨고 그 밑에 하사관下士官 대우를 받는 조무원助務員 둘이 있었다.

현역은 책임 장교 1명과 운전병뿐이었는데 부산에 가서는 서무를 맡은 상사 1명과 사병 두엇이 배속되었다. 하사관 대우를 받던 조무원 강신항은 학생 신분인데도 위원과 역원 선생님한테는 '姜君(때로는 姜兄)이라고까지 존중되었으나 1·4 후퇴 뒤 부산시 동광동東光洞 2가 12번지에 자리를 잡은 뒤에는 완전히 영내 거주 사병과 다름이 없었다. 민간 회사 사무실 세 개를 전시징발법戰時徵發法에 의거하여 징발해서 사용하고 있었는데, 밤에는 현역군인까지 모두 퇴근退勤해 버려 조무원인 강신항 하나가 사무실을 지켜야만 했다(1952년 여름부터는 사무실 지키기가 면제되었다). 군속 신분인데도 시내나 시외 외출 때에는 책임 장교의 도장이 찍힌 공용외출증公用外出證을 지니고 다녔다. 《전란지》인쇄소가 대구에 있었기 때문에 교정지를 들고 부산과 대구 사이로 군용 열차를 타고 10여 번 왕래했다.

3.

편찬회는 1951년 1월 말에 역원 몇 분이 일선으로 전출하고 새로이 2월 15일에 역원 세 분이 들어왔으며 5월에 두 위원이 그만두셨다.

그러나 편찬회가 추진하던 《韓國戰亂一年誌》(46배판, 880쪽)는 1951년 10월 15일에 출간되었다. 한참 뒤에 직원들에게 배포되었을 때 高柄翊 선생께서는 책의 뒤 표지에 〈몽골문자〉와 〈만주 글자〉로 몇 마디 적고 "이 글자들을 알 때까지 공부하라"고 써 주셨다.

《韓國戰亂二年誌》(1953년 1월 25일 발간, 46배판, 1,088쪽)도 계속 나왔다. 직원들 가운데 1951년 8월과 10월에 네 역원이 사임하고 대학으로 가시어 편찬회 운영이 마비될 지경이었다. 이래서 1952년 3월 17일에 새로 들어온 현역 장교 세 분이 고병익 선생(당시 중위), 곽윤직 선생(당시 중위, 오늘날 우리나라 민법民法의 대가), 함홍근咸洪根 선생(당시 소위, 뒤에 이화여자대학 교수)이었다.

가깝게 모시던 분들이 그만두시어 의지할 곳이 없던 터에 새로 오신 고병익 선생님(나는 현역군인들처럼 고 선생님을 고 중위라고 불러 본 적이 없었다. 꼭 '선생님'이라고 했다.)은 대학에서는 엄연히 사제 관계(교수와 학생)였고, 군대에서는 현역 장교와 문관(군속) 사이였는데, 선생의 성품이 워낙 소탈하시어서 나는 외출 때에는 전속부관專屬副官처럼 졸졸 선생 뒤만 따라다녔다.

선생의 뒤를 쫓아다니면서 배운 점이 참으로 많았다.

우선 선생의 외국어 실력에 감탄했다. 미국 기관에 가서도 전연 영어 대화에 지장이 없었다.(이러한 영어와 독일어, 알타이어 등 외국어 실력 은 몇 년 뒤 민간인이 되어 선생께서 국제학술회의의 사회를 볼 때에도 유감없이 발휘되었다.)

두 번째는 선생의 원활한 대인 관계였다. 선생의 집안은 경북 문경을 대표하는 대성大姓이었는데도 사람을 대할 때에는 참으로 어느 누구에게 나 편안하게 대하셨다.

세 번째는 선생의 학문에 대한 열정이었다. 현역 복무 중인 1952년 가 을에는 역사학회의《歷史學報》창간에 참여하셨다.

나와 다방이나 술자리에서 마주 앉았을 때에는 동경제국대학 재학 시 절부터 동양사학東洋史學에 뜻을 두신 일, 해방 뒤 우리나라 역사학계의 동 향, 그리고 선생의 연구 성과를 자주 설명해 주셨다. 또한 나의 연구열을 고취하고자 자주 격려의 말씀을 해 주셨다.

선생께서는 나의 학문적 성취에 끊임없이 관심을 기울여 주셨다. 1957 년에 내가 일석一石 선생 송수기념頌壽紀念 논문집에 '군대비속어軍隊卑俗 語에 대하여'라는 졸문을 발표하였을 때 이를 보신 선생은 1945년 8월 15 일 광복과 1950년 6월 25일 전란 발발 뒤에 민족적 대이동으로 말미암은 각 지방 방언간方言間의 혼효混淆 사항 연구의 필요성을 가르쳐 주셨다. 이 에 나는 1991년에《현대국어 어휘 사용의 양상》(태학사, 652쪽)이라는 저 술을 출간할 수 있었다.

1991년 11월 1일, 선생께서는 내가 제2회 위암학술상(장지연)을 프레스센터에서 수상하게 되었을 때에는 축사를 해 주셨을 뿐만 아니라 나의 반려伴侶에 대해서도 극구 칭찬해 주셨다.

나는 일개 문관이었으나 자료와 비치 도서의 배치(사무실 배치) 등은 모두 나의 소관이었다. 위원 어른들께서는 이러한 사소한 일에는 전연 관심이 없으셨고 사병들도 문외한이었으므로 초기부터 관여하였던 姜 文官 (당시 문리대 3, 4학년 재학中)이 주동이 되었다. 편찬회는 1952년 9월 2일에 부산시청 옆(대교로 2가 62)으로 옮겼다가 얼마 뒤 다시 부산시 영도影島로 옮겼다. 이때 모든 일을 내가 사병 몇 사람을 데리고 처리하였다. 그러나 선생께서는 이런 일에 전연 간섭하지 않으셨고 일개 문관이던 내가 모두 처리하였다.

4.

선생과 나는 내가 대학 졸업을 하자마자 1953년 4월에 공군 간부후보생으로 공군항공병학교空軍航空兵學校에 입교하게 되어 1952년 3월부터 1953년 4월까지 맺었던 1년 동안의 인연은 잠시 끊기고 말았다. 그러나 그 뒤에도 선생과 인연은 일생 동안 계속되었다.

선생의 나에 대한 사랑과 신뢰는 남다른 점이 있었다. 선생이 한국정신문화연구원 원장으로 계실 때 선생은 민족문화대백과사전 편찬 사업의 책임을 나에게 맡기시려 하였던 것 같다.

선생은 한국정신문화연구원 원장 자격으로 1980년 11월 3일에 서울시 명륜동 소재 성균관대학교에 오셔서 총장을 방문하여 나의 파견 근무를 요청하셨다고 한다. 그런데 그날은 공교롭게도 성균관대학교를 대표하는 연구기관인 대동문화연구원大東文化硏究院 원장 보임을 맡은 지 겨우 사흘 되는 날이었다. 그래서 성균관대학교 총장은 대학의 체면도 생각해서 간곡히 거절하였다고 한다. 선생은 하는 수 없이 발길을 돌렸으나 한 달 뒤에 또 다시 대학에 오셔서 나의 파견 근무를 요망하여 성대 총장은 부득이 다른 분을 추천하였다고 한다.

이러한 앞뒤 사정을 나중에 안 나는 선생의 소망에 부응하지 못한 일을 못내 아쉽게 느끼고 있다.

부산 피난 시절에 선생은 머리를 들 수 없을 정도로 천장이 낮은 아미동蛾眉洞 꼭대기에 사셨다. 그 어려운 시절에도 나는 선생 댁에 함께 가서 참으로 여러 번 폐를 끼쳤다. 어린 갓난아기를 업고 있던 사모님은 그 어려운 살림에서도 손님을 반갑게 맞이해서 전형적인 경상도 부인을 보는 듯했다. 밤이 깊어 가는 줄을 잊은 채 선생께서는 나의 온갖 고민과 인생 문제에 대한 궤변을 진지하게 들어 주셨다.

1960년대 후반에 성균관대 安東文化圈 학술 답사의 일환으로 내가 맡았던 方言班 학생들과 우연히 경상북도 봉화군 봉화읍 바래미海底里의 어느 격조 높은 댁을 찾아 갔을 때 선생의 손위 처남 되신 어른을 뵈올 수 있었다. 어른을 뵈면서 아미동에 사시던 선생과 사모님께서 친정이 '바래미'라고 말씀하신 기억만으로 뵙게 된 생각을 하니 참으로 감개가 무량했고 다시금 부산 시절 생각이 떠올랐다.

국방부라는 군대의 총본산에서 '下級 文官'으로 근무하면서 여러 가지 느낌이 많았다. 현역 사병과 똑같이 내무사열內務査閱도 받고 군복도 입고 있었으나 언제나 현역들에게 쉴 새 없이 무시를 받았다. 또 가장 가슴이 아팠던 일은, 일선에서 중공군中共軍과 같은 누비옷을 입고 출장 왔다가 귀대하는 일선 근무 사병들이 남기고 가는 한마디였다.

"후방에 근무하는 당신들은 팔자八字도 좋소. 같은 군복이라도 당신들은 사지군복을 입고 죽을 염려가 없지 않소? 우리는 죽거나 팔다리 병신

이 되어야 제대가 된다오."

참으로 가슴 아픈 한마디였다.

더군다나 나보다 열 살 많은 어른들께서 현역 장교로서 온갖 규제와 규율 속에서 고생하시는 것을 보면 오직 송구할 뿐이었다.

5.

얼마 전 진단학회의 어떤 모임에서 나에 대한 선생의 말씨가 경어체였다. 그래서 내가 외람되게도 말씀드렸다.

"선생님! 제가 옛날에 선생님의 전속부관이었는데 왜 경어체를 쓰십니까?"

선생께서는 엄숙히 말씀하셨다.

"옛날은 옛날이고, 오늘날의 강 교수의 지위와 나이에 맞는 말씨를 쓰는 것이오."

그래도 나는 자료를 수집하고자 전속부관처럼 선생을 수행하여 부산 시내의 미국 유에스아이에스(USIS) 등 여러 기관을 순방하고 다니던 시절이 한없이 그립다.

이제 지난날의 은혜를 생각하면서 다시 한 번 선생님의 명복을 빈다.

고병익 선생님 – 우리 시대의 증언

최영호崔永浩[*]

　나는 일제강점기에 경북 경산에서 초등학교를 마치고, 대구 경북중학교를 다녔다. 2학년에 올라갔을 때 8·15 해방이 되어 새로운 시대를 맞았다. 내 기억으로 일제강점기의 중학교 교육 생활은 이른바 "근로봉사"에 주로 치중되어 있었다. 교실에서 공부는 별로 하지 않고, 학년 단위로 여기저기에 동원되어 막노동을 하였다. 우리가 노동한 일 가운데 기억나는 것은 대구역에 가서 만주에서 온 콩깻묵과 밀 등을 화물차에서 하역하는 일, 경부선의 철로를 새로 만드는 일(현 제2군사령부 부근의 철로), 그리고 동촌(현 대구)비행장에서 활주로 확장, 격납고 건설 등의 일이었다. 8·15 날도 동촌비행장으로 가려고 대구역에 모였을 때, 오늘 정오에 중요한 발표가 있으니 집에 가서 라디오를 들으라고 하며 돌려보냈다. 그 유명한 대구의 찜통더위와 쨍쨍 쪼이는 햇빛 아래서 막노동을 피할 수 있어 우리는 모두 반가워 집으로 돌아갔다.

　당시 라디오가 있는 집은 드물었다. 하숙집 부근에 소방서가 있어 거기

---

[*]하와이대학교 명예교수

에서 라디오를 듣기로 하였다. 약 30~40명 정도의 사람들이 모여 있었다. 정오가 되어 "중요 발표"가 시작되었다. 그러나 방송에 잡음이 심하여 도저히 알아들을 수 없었다. 그래서 나는 그 중요한 역사적 발표를 그 현장에서 이해하지 못하고 들었다. 얼마 뒤 알고 보니, 그것이 일본이 항복한다는 일본 천황의 육성 발표라고 하였다.

나의 즉각적인 반응은, "아차, 내 신체에 위험이 오는 구나" 라는 것이었다. 태평양전쟁 동안 일본은 내내 미국과 영국을 "귀축鬼畜"의 나라라고 우리에게 알려주었다. 만일 일본이 패하고 미국과 영국이 승리한다면, 그들은 첫째로 남자아이들의 불알을 잘라 버린다는 것이었다. 그래서 해방의 즉각적인 반응은 내 신체의 위협을 느낀 것이다. 그처럼 군국 일본은 우리 소년들을 철저하게 세뇌한 것이다.

사실 우리 집안은 철저히 민족주의자였고 기독교 신자 가정이었다. 아버님과 어머님은 일찍 미국 선교사의 영향을 받아 각각 계성학교와 신명학교를 다니셨다. 당시로서는 매우 일찍 계몽한 선각자였다. 그때 아버님이 가질 수 있었던 직장은 초기 조선총독부의 경산군 군청이었다. 경산군청에 근무하시면서 하신 일 가운데 하나가 총독부에서 실시한 이른바 "토지조사"였다고 한다. 나는 불행히도 이 일에 대하여 더 자세한 이야기를 들을 수 있는 기회를 얻지 못하였다. 아버님의 총독부 근무는 오래가지 못하였다. 한국에 대한 민족감정과 의리, 그리고 기독교 신앙이 그로 하여금 일본 정부에서 근무하는 것을 허락하지 않고, 소극적으로 항거하게 만든 것이었다. 아버님은 해방 때까지 직장 없이 지사志士로 남으셨다.

아버님은 유교 성리학의 원리주의와 기독교 칼뱅주의Calvinism의 "청교도적 정신Puritanism"을 융합한 믿음을 가지셨다. 그리고 유교를 기독교 이론으로 설명하시고, 기독교를 유교적으로 해석하셨다. 그래서 우리 형제자매는 매우 엄격한 원리주의 원칙에서 자라났다. 그리고 아버님은 일본 경찰에 여러 번 잡혀가 고문당하셨다. 내가 초등학교 1학년인가 2학년 때 기억이다. 어느 날 학교에서 집으로 돌아오니 어느 괴물과 같은 분이 앉아 계셨다. 머리카락은 완전히 엉클어져 있고, 얼굴은 상처로 부어 있어 잘 식별할 수 없었다. 순간적으로 "귀신"인가 하여 도망하려는데 어머님이 손을 잡고 아버님께 인사를 하라고 하셨다. 몇 달 동안 집에 오시지 않은 아버님이 일본 경찰에게 고문당하시고 돌아오신 것이었다.

내 부모님은 해방된 뒤 두 가지 일에 대하여 지성으로 회개 기도하셨다. 하나는 이른바 "창씨개명創氏改名"이다. 내가 초등학교 2학년인가 3학년 때 한국 사람들의 성명을 일본식으로 새로 만들어야 한다는 것이었다. 부모님은 결단코 반대하셨다. 그리고 학교에서는 매일같이 "새 이름"을 가져왔느냐며 요구를 하였다. 나중에 형과 나는 일본식 이름 없이는 학교에 나올 수 없다고 하여 학교에서 쫓겨났다. 이러한 압력에 못 이기시고 부모님은 일본식의 성을 만들게 되었다. 그리고 우리 형제를 조상의 묘지에(현 영남대학교 자리에 있었음) 데리고 가 회한의 속죄 기도를 올리셨다. 둘째는 "신사참배神社參拜"였다. 이 광경은 내가 직접 목격하였고 또한 당시의 모습은 나의 기억에 아직도 생생하게 남아 있다. 일본 신사는 우리가 매일 놀던 작은 공원에 있었다. 하루는 부모님을 포함한 경산교회 성인 교인들이 경찰에 둘러싸여 일본 신사 앞에 끌려오셨다. 일본 경찰이 참배 명령을 내리자 모든 교인들이 "아이고 주여"를 부르며 무릎을 꿇고 애통의 울음을 터뜨렸다. 그때의 애절한 울음소리는 지금도 가끔 내 귀에 울리기도 한다. 부모님은 평생 이 일에 대하여 회개와 참회의 기도를 올리셨다.

아버님이 총독부 공무원직을 그만두신 뒤 우리의 가정은 빈곤한 생활이었다. 아버님은 직장을 갖지 못하셔서 주로 교회 일과 봉사 활동을 하셨다. 어머님이 바느질 등으로 겨우 생활을 유지하였다. 그리고 우리 형제는 어릴 때부터 신문 배달을 하였다. 일제 말 형편이 더 궁핍하여질 때 어머님은 보따리 장사로 강원도와 전라도를 다니셨다. 그리고 여름방학 때는 가끔 어머님을 도와 사과를 부산에 가져가 팔기도 하였다. 부산역 땅바닥에서 자는 경우도 여러 번 있었다.

내가 일제강점기 중학교 다닐 때 가장 흥미롭게 들은 이야기 가운데 하나는 일본의 고등학교와 대학교 학생들의 생활이었다. 일본의 고등학교는 수재들이 모이는 곳이라고 하였고, 그 학생들은 완전히 자유 방종의 생활을 한다고 들었다. 한없이 술을 마시고 절제가 없는 행동을 한다고 했다. 그러나 그들은 고등학생이니까 당시 사회에서는 허락한다고 하였다. 그러면서도 그들은 인생 문제, 철학 문제 등 심오한 사색에 잠겨 있는 청년들이라고 들었다. 그리고 고등학교를 졸업하고 대학에 진학하면 그들의 생활양식은 완전히 달라져 매우 점잖은 신사가 되어 공부에 열중한다고 하였다. 그래서 우리는 이러한 고등학교와 대학생들은 천재라고 믿어 그들을 무척 부러워했다. 그 가운데서 동경제국대학생은 선망 가운데서도 거의 신적인 전설의 존재였다.

그런데 나의 친구 하나가 그러한 사람의 이야기를 가끔 알려 주었다. 여름, 겨울방학 때마다 일본에 유학하는 한 한국 학생이 자기 집에 며칠씩 머물고 간다는 것이다. 경북 어느 시골에 왕래하는 길에 대구에서 기차를 갈아타고자 자기 집에 온다는 것이다. 먼 친척이라고 한 것 같다. 처음에는 고등학생의 "만또(소매 없는 외투)"를 입고 오다가 나중에는 동경대학의 사각모를 쓰고 온다는 것이다. 우리들은 그 이야기를 듣고 이 친구를 무척 부러워했다. 어떻게 그러한 천재 같은 인물이 그의 집에 오는가 하며 신기하게 생각하였다. 그 뒤 우리가 장성하여 이 친구를 자주 만났는데, 그때 자기 집에 왕래하던 고등학생과 동경대학 학생이 다름 아니고 고병익 선생님이라고 하였다. 이 이야기를 내가 고병익 선생님께 이야기할 수 있는 기회도 없이 선생님은 돌아가셨다. 나는 어릴 때 간접적으로나마 고병익 선생님에 대하여 이야기를 듣고 그분에 대하여 알고 있었던 것이다. 우리 중학교 동급생들 모두가 그렇게도 선망하였던 그 무명의 선배님이 나중에 알고 보니 바로 고병익 선생님인 것이었다.

8·15 해방의 날로 다시 돌아가 보자. 일본이 항복하였다는 것을 확인하자 우리는 학교에 모였다. 학교의 분위기가 완전히 바뀌어 있었다. "조선독립만세" 라는 구호가 널려 있었고, 학교 선배님들은 "우리는 독립하였다" 라고 하여 "독립만세"를 외치기도 하였다. 더욱이 인상적인 것은 이능식李能植 선생님이 한복을 입고 갓을 쓰고 흥분하여 우리 학생들을 환영해 주셨던 일이었다. 그리고 "동해 물과 백두산이 마르고 닳도록……" 이라는 애국가를 가르쳐 주셨다. 전혀 생소하고 처음 듣는 노래였다. 우리는 눈물 흘리며 애국가를 불렀다. 나는 한국인으로서의 주체성을 그때 처음 발견한 것이다.

해방 직후의 학교 생활은 한마디로 "혼란과 혼동"이었다. 경제의 불안도 격심하였지만, 더 큰 문제는 이념과 사상의 분열과 투쟁이었다. 정치 세력은 좌와 우로 대립하여 서로 극단 세력이 주도하고 있었다. 이러한 상황은 대구 지역에 더 격심하였다. 이러한 실태를 반영하듯 우리 학교도 스트라이크[同盟休學]의 연속이었다. 그때 "스트라이크"라는 용어의 뜻이 동맹파업이라는 것을 처음 알게 되었다.

해방 뒤 첫째 수업을 나는 기억한다. 한 선생님이 흑판에 "역사는 계급 투쟁이다"라고 크게 쓰고, "역사는 유물론적 변증법에 의하여 움직인다"고 열심히 설명하였다. 물론 그때 그 뜻을 전혀 이해하지 못하였지만, 나는 매우 신기하게 그 강의를 들었다. 그때 나는 이른바 "서클 활동"에 인도되어 여러 번 참가하였다. 그때는 "서클"이라 하지 않고 일종의 계몽을 위한 "세포細胞조직"이었다. 우리 가정이 경제적으로 극빈하여 무산자無産者 층에 분류되어 그쪽 세력이 나를 포섭하려 한 것이다. 그 모임에서 사회정의와 평등, 부의 불평등 분배, 자산가들의 노동자 착취, 지주들의 소작인 약탈 등을 논의하고 토론하였다. 그때 인기였던 책이 가와카미 하지메河上肇의 "가난뱅이의 이야기[貧乏物語]"였다. 그때 나는 이러한 사상에 상당히 동의하고 동조하고 있었다. 그러나 나는 결국 정치적으로 그들의 포섭 활동에 동반할 수 없었다. 우리 부모님의 기독교 신앙 때문에 그렇게 할 수 없었던 것이다. 더욱이 아버님은 고향에서 우익 지도자가 되어 이승만 박사를 추대하고 계셨다.

1948년 대한민국이 건립되자 치안 상태가 좀 안전해지고 학교 스트라이크도 줄어들었다. 그런데 아마 마지막 스트라이크라고 기억나는데, 하루는 (아마 1949년인 것 같다) 내 친구 박충배 군이 갑자기 교실 앞 단에 올라가 스트라이크를 선동하였다. 나는 무심코 그리고 즉각적으로 그에게 내려오라고 고함을 쳤다. 그러자 순간적으로 내 반 친구 몇 사람이 나를 주먹으로 치고 발로 찼다. 나는 의식을 잃고 말았다. 몇 시간 뒤 의식을 다시 회복하여 친구의 도움으로 집으로 갈 수 있었다. 그 뒤로 정부는 이른바 좌익 세력 소탕에 열중하였다. 그때 박충배를 포함한 나의 "세포 활동" 친구 여러 명이 행방불명이 되어 버렸다. 추측하기로 아마 그때 피해자가 된 것 같다. 박충배 군은 정말 아까운 인물이었다. 머리가 빼어나고 이상적인 포부를 가진 청년이었다. 무엇보다 그의 문학적 소양과 재능이 아까웠다. 내가 보기에 그는 그때 이미 기성 시인이었다. 그의 시는 가슴을 움직이는 사색의 글이었다. 우리 세대가 겪어야만 할 한 시대의 정치와 사상투쟁의 비극적이 산물이라고 할 수 있겠다. 우리가 몸소 겪은 이 고통과 비극의 역사를 단죄하기보다, 왜 그러한 시대를 겪어야만 하였나를 이해하려고 하여야 할 것이라고 본다.

내 인생의 또한 큰 사건은 6 · 25 동란이다. 나는 중학교(6년제)를 졸업하고 경제적 여건으로 서울에 갈 수 없어 대구에 남아 대구사범대학(현 경북대학교)에 입학하였다. 그런데 학교를 시작한 지 한 열흘쯤 지나자 북한이 남한을 공격하여 전쟁이 시작된 것이다. 대구에서 듣기로는 우리 국군이 반격하여 북한 땅에 진출하여 해주와 황주를 공략, 평양을 위협한다는 신문 보도가 있었다. 그럼에도 많은 피난민이 대구—경산 지역으로 몰려오고 있었다. 전세가 불리한 것이 확실하였다. 조국 대한민국이 위기를 맞이하고 있다고 나는 느꼈다. 그리고 나 자신에게 물었다. 뒷날 내 손자들이 이렇게 나라가 위기에 처하였을 때 나는 무엇을 하였는가를 물을 때, 내가 부끄러워하지 않고 떳떳한 답을 할 수 있을까 라는 것이었다. 마침 육군 장교 모집의 광고가 있기에 응모하여 시험을 쳐 장교로 임명받았다. 그때가 7월 하순이었다.

육군훈련학교, 제6사단 산하 연대(당시 의성 지역 담당) 등에 배치되었다가, 경주에서 새로 조직되는 미국군 제1군단사령부 정보부의 연락장교로 파견되었다. 나는 이 美 제1군단을 따라 대구에서 다부동 전투, 서울 탈환, 평양 점령, 청천강 진출 등에 참전하였고, 중공군 개입으로 철수하여 1 · 4 후퇴 때 천안까지 내려갔다. 그리고 UN군의 반격이 다시 시작하여 서울을 재탈환하여 나의 사령부는 영등포 대방동에 자리를 잡았다.

여기에서 한 사건이 일어났다. 1951년 3월이라고 기억하는데, 하루는 군단 정보참모부장이 직접 나한테 전화하여 일산 지역에서 북한 장교가 투항하여 왔다면서, 그가 오면 내가 심문하여 자기에게 알려 달라는 지시였다. 이 북한 포로가 나에게 도착한 시간은 자정이 되었을 때였다. 나는 그를 심문하러 방에 들어가려고 유리창을 통해 들여다 보니, 아니 거기에 인민군 소위 계급장을 달고 반듯이 앉아 있는 북한군 포로는 우리 중학교 선생님이 아닌가. 해방 뒤 지리를 가르쳐 준 이수면 선생님이었다. 함경도 출신으로 말끝마다 "있음"이라고 하여 우리는 그를 "있음 선생"으로 별칭하였다. 감히 나의 선생님을 직접 심문하지 못하여, 다른 사람을 시켜 심문한 뒤 주먹밥 아침 식사를 가지고 선생님을 만났다. 서로 얼싸안고 반갑게 인사하였다.

이수면 선생님은 나에게 이렇게 이야기하셨다. 경북중학교를 사직하고 서울에 가 서울대학교 사범대학에서 가르치고 있다가 6·25를 만났다. 북한이 서울을 점령할 때 자기는 김일성대학에 차출되어 평양에 갔다고 한다. 그런데 북한에서 보고 체험한 공산주의의 실태가 자기가 공부하고 믿었던 공산주의와 너무나도 상반되어 실망하고 남쪽으로 되돌아가기로 결심하였다고 하였다. 전쟁 중이니 남으로 가려면 군에 들어가야만 일선으로 갈 수 있다고 생각하였고, 인민군에 지원하여 전선에 배치되자마자 UN군(국군 제1사단인 줄 안다) 측에 투항하였다고 한다. 그가 정식 인민군 장교였으므로 내 힘으로는 그를 석방할 수 없었기에 심문이 끝난 뒤 남쪽 포로수용소에 후송시켰다. 그런데 이야기는 이것으로 끝이 난 것이 아니었다.

1953년 7월 휴전협정이 체결되었다. 그러나 휴전협정 협상에 복잡한 사연으로 UN 측과 북측이 합의를 도출하기에 매우 힘들었다. 그 가운데 가장 까다로운 문제는 포로 교환에 관한 것이었다. 북측은 남쪽에서 수용하고 있던 북한 인민군과 중공군 포로 전원을 무조건 북으로 송환하기를 요구하였고, UN 측은 이를 반대하며 북으로 가는 것을 원하지 아니하는 이른바 "반공" 포로는 개인 의사를 존중하여 남쪽에 석방할 것을 주장하였다. 이 문제로 휴전 협상이 지연되고 있을 때, 거제도巨濟島 포로수용소에서 공산 측 포로들이 크게 항거하였다. 그들은 수용소 안에 긴밀한 조직을 만들고 이른바 "해방지구"까지 설립하였다고 하였다. 그들의 격렬한 저항은 대 폭동으로 이어져 1952년 5월 수용소 미군사령관 도드(Francis Dodd) 준장이 공산 포로들에게 납치당하는 사태까지 벌어졌다. 수용소 안에서 치열한 내전이 일어난 것이다. 결국 미군은 탱크 등 군사력을 동원하여 이 사태를 진압하였다(도드 준장은 내가 있던 미1군단사령부의 참

모장으로 있다가 거제도 포로수용소 사령관으로 영전한다고 환송하여 보냈는데, 이 사건으로 대령으로 강등되어 다시 돌아왔다.).

1953년 7월 휴전협정을 체결하기 직전 6월 이승만 대통령은 북으로 가기를 거부하는 반공 포로들을 모두 석방했다. UN과 미국군의 반대를 전혀 무시하고 이승만이 자의로 반공 포로를 석방한 것이다.

이렇게 석방된 반공 포로 가운데 내 친구 하나가 있었다. 초등학교와 중학교의 동창 친구였다. 그는 처음 국군에 입대하였다가 인민군에 포로로 붙잡혔다. 북한에서 포로로 있다가 전세가 북한에 불리해지자 그는 인민군에 강제 입대되었다. 그러나 그의 마음은 남쪽에 있었으니 일선에 가자마자 그는 국군에 투항하여 UN 측의 포로가 되었다. 그래서 그는 거제도의 포로수용소에 있다가, 거기에서 이른바 "반공 대 공산 포로의 전쟁"을 직접 목격하였다. 그리고 반공 포로 석방 때 드디어 집으로 돌아갈 수 있었다.

그가 나에게 증언하기를, 거제도 포로수용소에서 우리 중학교의 이수면 선생님을 보았다고 하였다. 이수면 선생님은 거제도 포로수용소에서 공산 포로들 가운데 상급의 지위를 차지하고 있었으며 공산 포로 활동을 적극 지도한 인물이라고 하였다. 그리고 마지막 공산-반공 포로 분류 단계에서 반공 포로들에게 잡혀, 몽둥이로 구타당하여 두개골이 깨어진 상태에서 미군 헌병이 끌어와, 공산 포로가 그를 데리고 갔다고 하였다. 그는 빈사 상태에서 아마 살아남기 힘들었을 것이라고 하였다. 그 뒤 그분이 투항한 상황을 다시 검토해 보니, 그의 투항은 남쪽에서 어느 목적을 수행하려는 가장假裝 투항이었다고 나는 결론지었다. 6·25 동란은 이러한 비극을 불러온 것이다.

1958년 10월 8년 남짓의 군인 생활을 끝내고 소령으로 제대하여, 미국으로 유학을 갔다. 나의 미국 유학 기회는 우연하게 왔다. 1957년 국제 펜클럽PEN Club 대회가 일본 도쿄에서 열렸는데, 그때 한국 정부에서 나라 선전 목적으로 외국에서 온 참석자들을 한국에 초대하였다. 약 20~30명 정도의 세계 거물 작가들이 한국에 왔는데, 당시 대구의 부관학교 교관으로 있던 나에게 갑자기 육군본부에서 연락이 와 이 외국인 작가들을 호위하라는 것이다. 그래서 그분들을 약 1주일 동안 경주 등을 안내하며 통역을 하였다. 거기에서 나의 은인을 만난 것이다. 유명한 시인으로 그가 이화여자대학에서 낭독한 시는 《동아일보》, 《조선일보》 등에 번역되어 크게 호평을 받았다. 그분이 나를 잘 보시고 미국 유학을 주선해 주신 것이다. 그분은 내 미국인 양어머님이 되셨고 평생 선생님이 되어 주셨다. 이분 덕택에 내 인생이 새 출발을 할 수 있었다.

나는 늦게 미국 대학 학부를 마치고 시카고대학에서 석사·박사학위 공부를 하게 되었다. 1960년대 중반으로 기억하는데, 하루는 한국에서 젊은 학자분이 내가 공부하고 있었던 역사학과를 방문하셨다. 그분이 바로 고병익 선생님이었다. 나의 지도교수님이었던 Ping-ti Ho(何炳棣) 박사를 만나고자 일부러 찾아오신 것이다. 그때 처음 고병익 선생님을 뵙게 되었고, 선생님은 나를 크게 격려해 주셨다. 그 뒤부터 선생님의 사랑과 도움을 많이 받았다.

1968년 박사학위가 끝날 무렵 와그너Wagner 교수의 초청으로 하버드대학의 동아시아연구센터East Asian Research Center에서 연구원Research Fellow으로 2년 동안 가 있었다. 주로 하버드 옌칭Harvard-Yenching 도서관에서 연구를 하게 되었다. 거기서 한국사의 김성하 선생님에게 사랑과 도움을 많이 받았다. 그때 미국에서 복사기가 처음 나오기 시작하였다. 매우 신기하였다. 일일이 노트를 펜으로 기록할 필요 없이 쉽게 복사를 할 수 있어 너무나 편리하였다. 김성하 선생은 서울대학의 규장각 도서 가운데 필요한 귀중문서를 카메라 사진 또는 마이크로필름 등으로 복사해 오고 있었는데, 이제 신 복사기가 나왔으니 김성하 선생은 이 새로운 기계를 규장각에 꼭 하나 선물하여야 한다고 노력하였다. 당시 서울대학은 그런 것을 구매할 재정적 여유가 없었다. 그래서 김성하 선생이 주로 주선하여 하버드 옌칭 연구소Harvard-Yenching Institute에서 규장각에 복사기를 선물하였다.

그 뒤 나는 학위를 마치고 하와이대학University of Hawaii에 1970년 부임하였다. 그리고 여름 방학 때면 서울에 나가 규장각에서 시간을 보냈다. 그때 한영우·이성무 선생님들이 대학원생이어서 그분들에게 많은 도움을 받았다. 그런데 그때 잘 기억하는 일은 복사기에 관한 것이다. 하버드 옌칭Harvard-Yenching에서 선물한 복사기는 당시 최고 신식의 기계로 알려져 특별한 방에 자리하고 있었다. 복사하는 사람은 특별기술자로 대우받고 있었다. 이러한 제도는 나에게 매우 불편하였다. 나는 복사를 많이 해야 하는데, 그러려면 절차 수순이 복잡하였다. 그때 고병익 선생님의 도움을 받았다. 아마 선생님은 그때 문리대 학장을 맡아 계셨던 듯한데, 선생님의 후원으로 규장각과 복사기 이용에 정말 큰 도움을 받았다. 그리고 가끔 내가 잘 못하는 술도 사 주시고 식사도 마련해 주셨다.

나는 6 · 25 때문에 대학 공부를 한국에서 할 수 없었다. 그리고 고병익 선생님에게 직접 가르침을 받을 수 있는 기회도 없었다. 그러나 간접적으로는 선생님에게 많은 도움을 받았다. 내가 선생님의 학문을 처음 접한 것은 시카고대학에서 중국사학사(Historiography in China)라는 과목의 세미나를 택한 때였다. 중국사학사를 공부하려면 당연히 당唐나라 유지기劉知幾의 《사통史通》을 무시할 수 없었다. 담당 교수님의 이야기와 참고 문헌을 보니 《사통》에 대한 가장 중요한 연구는 고병익 선생님의 논문이라고 하였다. 찾아보니 독어로 되어 있어, 당시 나의 독일어 실력으로는 약간 힘이 들어 다시 찾으니 《진단학보》에 선생님의 글이 있었다. 나는 반갑게 그것을 읽고 크게 감명받았다. 매우 깊이 있고 수준 높은 논문이었다.

내가 미국에서 했던 학술 활동 가운데 하나는 《Sourcebook of Korean Civilization》과 《Sources of Korean Tradition》이라는 책 편찬 작업이었다. 당시 미국에서 한국학 연구는 너무나도 후진이었다. 전문 학술지에 한국관계의 논문은 몇 년에 한 번 나올까 말까하는 정도였다. 동양 관계 학술지 《Journal of Asian Studies》의 논문과 서평書評은 주로 중국, 일본, 인도 중심이었다. 한국 관계의 논문을 찾기는 극히 힘들었다. 미국에서 한국학 연구는 더욱이 중국 · 일본 연구와 견주어 너무나도 부끄러울 정도로 미숙하였다. 이러한 개탄할 실태를 탈피하려면 어떤 근본적인 새 작업이 필요하다고 많은 한국 관계 학자들이 느끼고 있었다.

여기서 착안한 것이 《Sources of Korean Tradition》의 편찬이었다. 이미 컬럼비아대학Columbia University의 윌리엄 드 배리Wm. Theodore de Bary 교수의 주재로 《Sources of Chinese Tradition》, 《Sources of Japanese

Tradition》, 《Sources of Indian Tradition》이 편찬되어 미국의 많은 대학에서 교과서로 이용하고 있었다. 그 나라의 전통문화와 사상을 대표하는 기본적인 문헌을 소개, 번역, 설명하여 그 나라의 전통의 정수精髓를 알려주고 있었다. 그러나 불행히도 여기에 한국이 아직 포함되어 있지 아니하였다. 미국에서 한국학이 발전하려면 이를 보강하는 것이 필수적이었다.

이 작업을 처음 주창한 분은 나의 동료 강희웅姜希雄 교수였다. 그는 하와이대학의 Peter H. Lee(李鶴洙) 교수와 나와 협의하여, 당시 서울의 유네스코한국위원회 사무총장이었던 김규택金圭澤 박사에게 후원을 요청하여 그의 동의를 얻었다. 김규택 박사가 주선하여 문교부에서 자금 지원을 얻어, 유네스코한국위원회의 사업으로 추진하기로 하여 1978년 서울에서 "《Sources of Korean Tradition》 편찬위원회"가 조직되었다. 한국위원회와 미국위원회를 두기로 하고 한국위원회는 고병익 선생님이, 미국위원회는 김한교金漢敎 교수님이 위원장을 맡았으며 나는 미국위원회 간사가 되었다. 이때에 나는 고 선생님의 지도를 받을 수 있었다.

그 뒤 미국위원회는 "Sources of Korean Tradition Compilation Committee"를 조직하여 Peter H. Lee가 위원장이 되고, 내가 간사가 되어 작업의 실무를 맡았다. 문교부와 유네스코 상대로 위원회를 대표하여 내가 편찬위원회의 책임자로 계약을 하며, 이 사업 추진의 모든 재정·행정·연락 등의 실무를 맡았다. 그런데 이 작업은 많은 학자들을 동원하여야 하는 방대한 일이었다. 어느 학자를 추대하고 어떤 문헌을 선택하는가 등 여러 가지 복잡한 문제가 많았다. 작업 도중 개인 또는 다른 사정으로 하차하는 학자들도 있어, 임무 수행에 많은 어려움을 겪었다. 그러나 우리가 꾸준히 추구한 것은 세계에 내놓아도 손색없는 수준 높은 학술적 작품을 만들어 한국 전통문화를 올바르게 영문으로 소개하자는 것이었다.

그런데 우리의 사업은 너무나도 방대하여, 작업은 예상 밖의 많은 시간이 필요하였다. 사업의 지연으로 큰 문제가 일어났다. 한국에서 정권이 바뀌고 정치적 바람을 받아 우리 작업에 압력이 들어왔다. 정부의 감사를 받게 되고, 우리를 잘 이해하고 사심 없이 후원해 주던 관계 직원들이 견책당하고, 나도 소환되어 경고와 견책을 받았다. 그러나 가장 힘이 든 것은 관료적인 압박이었다. 마침 우리 작업의 1차 원고가 끝나려 할 때 서울에서 요구가 왔다. 그때까지 마련된 원고 전부를 무조건 서울에 보내라는 것이었다. 서울의 어떤 출판사를 정해 놓고 그 출판사에서 우리가 가지고 있던 원고를 그대로 출판하겠다는 것이다. 이것은 요구가 아닌 명령과 같았다. 다만 시한에만 맞추려는 관료적인 사고였다. 원래 계획은 컬럼비아 대학에서 출판하고 있던 "Introduction to Asian Civilization"의 일부로 우리의 작업을 《Sources of Korean Tradition》으로 출판하려는 것이었다. 만일 서울의 무명의 한 출판사가 이를 출판한다면 우리의 십수 년의 노고가 수포가 되는 것이다. 나는 이를 단연코 거절하였다.

다행히 우리의 작업은 컬럼비아대학 관계자들의 협조로 순조롭게 진행되었다. Peter H. Lee 교수의 노력으로 윌리엄 드 배리 교수와 그의 동료들에게 우리의 작업을 쉽게 인정받은 것이다. 오랜 시일의 이 작업은 드디어 결실하여 제1차로 "Sourcebook of Korean Civilization"이라는 제목으로 컬럼비아대학출판부Columbia University Press에서 2권으로 1993년과 1996년에 각각 출판되었다. 그리고 이를 바탕으로 드 배리 교수의 주재로 《Sources of Korean Tradition》을 출판하였는데 이것도 2권으로 각각 1997년과 2001년에 나왔다. 이렇게 1978년에 시작한 이 작업은 많은 학자들을 동원하여 그들의 공동사업으로 20여 년에 걸친 긴 세월, 노고의 결정結晶으로 완성되었다. 나는 이 사업에 실로 많은 시간과 노력을 기울었다.

이 작업을 하는 동안 나는 다행히 미국 동양학의 태두泰斗 드 배리 교수와 친분을 가깝게 할 수 있었다. 드 배리 교수가 가장 존경한 학자 가운데 한 분은 고병익 선생님이었다. 그분은 자주 나에게 고 선생님의 학문을 칭찬하며 선생님의 안부를 물었다. 그래서 나는 드 배리 교수와 고병익 선생님에 관하여 즐겁게 이야기를 나누기도 하였다. 이 두 거성의 학자분들과 교분을 맺을 수 있었던 일이 나로서는 다만 영광일 뿐이다.

뮌헨에서의 클래스메이트

크리스찬 슈바르츠실링 Christian Schwarz-Schilling[*]

1951년 11월 나는 공부(역사학 전공, 중국학 부전공)를 계속하고자 뮌헨으로 갔다. 시간이 좀 지나자, 당시 '신 역사'(New History)를 담당했던 슈나벨 교수는 나에게 중국학을 전공으로 하도록 권하였다. 이 분야의 전공자가 되는 것이 앞으로 전망이 좋다는 것이었다. 뮌헨대학(Ludwig-Maximilians University) 동아시아 언어문화학과의 허버트 프랑케 교수를 만나 상의한 뒤 나는 전공을 중국학으로 바꿨다.

바로 이때쯤(1954년) 뮌헨대학 동아시아학과로 유학 온 학생들을 만나게 되었는데 한국에서 온 학생들도 있었다. 한국 유학생들 가운데 한국 요리, 중국 요리를 잘하는 것으로 소문난 사람들이 있어 지금도 기억나는 파티를 같이 열고는 했다.

그런 가운데 더욱이 한 사람과 흥미 있게 대화를 나누며 사귀게 되었는데, 그가 역사학과 소속의 고병익이었다. 그는 나보다 7살 연상이었지만 우리는 제2차 세계대전이라든가 동아시아에서 일어난 전쟁과 같은 경험을 비슷하게 공유하고 있었다. 더욱이 중국 대륙의 전쟁이나 한국전쟁

---

*전 독일 통신부 장관, 보스니아-헤르체고비나 담당 EU 대표, 세르비아 과학기술원 교수

등이 가져온 참혹한 결과에 대하여 많이 얘기하였다. 점차 우리는 집에서 중국 음식이나 한국 음식을 해 먹기도 하며, 때로는 허름한 레스토랑에서 같이 저녁을 보내는 시간이 많아졌다. 대화하면서 알게 되는 고 선생의 풍부한 지식과, 역사적 결론에 대한 사려 깊은 성찰 등이 내게는 엄청난 도움이 되었다. 나는 처음부터, 고 선생은 자기 의견을 조심스럽게 내보이다가 가능한 모든 사실들을 찾아낸 뒤에라야 결론을 밝히는 태도에 강한 인상을 받았다.

내가 박사 논문에 착수해야 할 때가 되자 프랑케 교수는 한적漢籍을 30권이나 주며 읽어 보라 했지만 2~3주일 동안 첫째 권을 읽고 이해하는 것도 불가능하였다. 더구나 프랑케 교수가 홍콩주재 부총영사로 1년 동안 나가 있게 되자, 지도교수를 만나 한적을 읽는 고충을 얘기할 기회도 없었다. 그 대신, 이젠 가까운 친구가 된 고 선생을 만나 좀 도와 달라고 부탁하였다.

어느 날 내가 어렵다고 얘기한 페이지를 한참 보던 그는 동정하는 투로, "크리스찬, 이건 정말 어려운 부분이야. 왜 그런가 하면, 이 글자들은 조정에 조공을 바치는 여러 나라들의 이름과 그 사절들의 이름인데 어디에서 끊어지는 데도 없이 그냥 글자만 나열되어 있기 때문이지." 그리고는 "다음 주에 만나지." 하며 그 책을 갖고 갔다. 다음 주 고 선생은 손으로 쓴 두 페이지의 번역문을 내게 주며, 이것은 한문 문장이 아니라 주변 여러 나라에서 사절들이 가져온 조공품의 목록이라고 설명해 주었다. 그 때서야 나는 그것이 주변 여러 나라나 지역들의 이름, 사절들의 이름들이 복잡하게 열거된 것이라는 것을 확실히 이해하게 되었다. 그의 덕으로 나는 자료들을 내 나름대로 계속하여 읽어 갈 수 있게 되었다.

송사宋史와 요사遼史 가운데 1005년(음력으로는 1004년)에 두 나라가 맺은 '전연澶淵의 맹약'이란 평화조약에 더욱이 흥미를 갖게 되었다. 이 조약으로 거란족의 요나라와 북송 사이에는 100여 년 동안의 안정기가 찾아오는데, 나는 중국 측 자료를 여기저기에서 찾아가며 고 선생한테 보여 주었다. 그는 이 맹약에 대한 나의 검토를 매우 자세하고 설득력이 있다고 평가해 주었다. 왜냐하면 중국 역사에서는 이 조약을 굴욕적인 것으로 봐 왔는데, 나는 다르게 해석해 보려 했던 것이다. 이 맹약은 하나의 평화 협상으로서 거란 측에게 경제적 이득이 있었지만, 중국 측에도 긍정적인 결과를 가져왔다. 거란족이 점령했던 배후 지역을 송나라가 유지하게 되었을 뿐 아니라 오랫동안 평화적 교역을 할 수 있었던 것이 그 예이다. 이러한 나의 해석을 유심히 듣던 고 선생은 중국이 평화를 지키려고 지불해야 했던 것에 대하여 좀 더 검토해 보라고 충고하였다. 그는 내가 찾아내는 자료에 흥미를 품고 그 자료들을 정밀하게 살펴주었다. 내 생각에 송나라가 거란에 지불한 대가는 국가 재정 면에서는 그 부담이 그리 크지 않았다고 주장하자, 고 선생은 내 의견을 이해해 주었다. 만일 내 주장이 옳다면, 그 맹약은 고 선생 자신이 지금까지 알았던 것보다는 훨씬 현명한 담판이었을 것이라고 동의하였다. 더구나 고 선생은 협상의 당사자였던 왕계충王繼忠과 조이용曹利用에 깊은 관심을 두고 이를 주제로 나와 자주 의견을 나누기도 하였다. 언젠가 고 선생은 나한테, "크리스찬, 자네는 송대 역사에서 중요한 부분을 찾아내었어. 아마도 자네의 연구는 과학적 연구 방법으로 다시 봐야 할 것이 있다는 것을 일러줄 것일세." 라고 하며 내 연구의 진전에 기뻐해 주었다.

그는 훔볼트재단의 지원으로 독일에 유학한 뒤, 박사학위 취득과 함께 한국으로 돌아갔다. 이때, 내게는 안타깝게도 '전연의 맹약'에 관한 유일한 대화 상대가 떠나갔고, 더구나 프랑케 교수는 외국에 머물고 있었다.

그 뒤 1987년 4월 12일 서울에 들렀을 때, 내가 독일 정부의 일을 맡고 있었기 때문에 일정이 바빠 잠깐 보기만 하고 헤어진 것이 그와 마지막 만남이었다(물론 크리스마스나 생일에 서로 안부는 교환했지만). 고 선생은 뮌헨대학의 볼프강 바우어 교수와 함께 뮌헨 시절 내게는 가장 가까운 친구였다. 서로 즐겁게 공부하고 대화했던 인생의 특별한 시기를 같이 보냈던 우리는 그 뒤 서로 다른 삶의 길을 갔다. 그래도 우리는 만날 때마다 다정했고 많은 얘기를 나누었다.

고 선생은 학문뿐 아니라 인간적으로도 균형 잡힌 판단을 하는 사람이었고, 한편 열정을 갖고 신중한 판단을 하는 사람이었다.

위대한 학자이며 잊을 수 없는 나의 친구를 추모하는 책에 이 글을 싣게 된 것을 영광으로 생각하며 고마움을 표한다.

스케일이 큰 동아시아적 德의 體現者

하시모토 노리코橋本典子[*]

고 선생님은 내 스승 이마미치 도모노부今道友信(1922~2011) 교수와 1950년대 뮌헨에서부터 알기 시작하여 반세기 이상 깊은 우정을 나눈 오랜 친구 사이이다. 고 선생님은 이마미치 선생이 조직한 에코 에티카(Eco-ethica) 국제심포지엄에 바쁘신 가운데도 될 수 있는 대로 시간을 내서 거의 참석해 주셨다.

언젠가 회의가 끝난 뒤 교토 근처의 고야산高野山 깊숙한 곳에 있는 아주 분위기 좋은 사찰에 머문 적이 있었다. 마침 고 선생님과 정명환鄭明煥 선생이 다른 때와 달리 부부동반으로 오셨다. 그때 고 선생님이 갑자기 큰소리로 "이마미치 상, 용케도 지금까지 나를 속여 왔군요" 하시는 것이었다. "어제 받은 책에서 이마미치 상의 경력을 보니 나보다 2년 연상이더군요. 당신이 위인데도 지금까지 내가 형으로 생각하고 지내왔네요. 50년 이상 나를 속여 왔군요." 라고 하시자 이마미치 선생은 "나도 당신이 연상이라고 생각해 지금껏 형으로 존경해 왔지요." 라고 답하는 것이었다. 고 선생님은 뮌헨 유학 당시 이미 결혼해서 가족을 한국에 두고 왔기 때문에,

*전 에코 에티카 국제심포지엄 간사

안정된 상태였고 객관적으로도 연상으로 보이셨던 것 같다.

이마미치 선생한테서 고 선생님과 첫 만남, 그리고 뮌헨에서 즐거웠던 때에 관해서 얘기를 들은 것이 두 가지 기억난다. 하나는 이마미치 선생이 파리에서 추운 뮌헨에 도착하여 독일어도 시원찮았던 때, 일본어가 통하는 고 선생님께 부탁하여 머플러를 사러 가게에 같이 가자고 했다고 한다. 이마미치 선생으로서는 고 선생님께서 알아서 사 줄 줄 알았던 것 같은데, 고 선생님은 가게에 들어서자 (일부러)서툰 독일어로 "나는 독일에 갓 와서 독일어를 못합니다. 이 사람이 도와줄 겁니다"고 말하셨다고 한다. 이마미치 선생은 할 수 없이 서툰 독일어로 땀을 흠뻑 흘려가며 독일어로 소통을 했다고 한다. 그러자 고 선생님은 "이제부턴 독일어로 물건도 살 수 있고, 알맞는 머플러도 갖게 되었으니 잘 되었군요." 라고 말씀했다는 것이다. 또 하나의 이야기는 두 분이 자주 간 레스토랑의, 바이에른 여성답게 가슴이 풍만한 여종업원이 "아시아에서는 고맙습니다를 어떻게 말합니까?"고 묻자 "'모-우'라고 하지요" 라고 하자, 그 뒤로는 두 분이 왔다 갈 때면 그 여종업원이 늘 "모-우, 모-우" 라고 인사를 했다고 한다. 고 선생님도 "맞아, 맞아" 하시는 걸 보면 사실인 것 같다. 뮌헨에서 있었던 추억을 얘기할 때면 두 분은 젊은 때로 돌아가 정말로 즐거워하였다.

꿩고기 이야기

내가 도쿄대학의 哲學美學比較研究國際센터의 조수를 하고 있을 때 이마미치 선생은 문학부장이었다. 도쿄대학은 그때, 창립백주년모금 건으로 촉발된 분쟁이, 마치 학생운동의 잔재처럼, 문학부에서는 그치지 않고 있었다. 캠퍼스 안에서는 야스다 강당부터 법학부와 문학부 쪽으로 학생 데모가 날마다 이어졌다. 그때 마침 고 선생님이 일본 정부 초청으로 도쿄에 오셔서 학사회관에서 회의에 참석하고 계셨다. 어떻든 고 선생님을 꼭 만나야겠다는 것이 이마미치 선생의 뜻이라, 데모대와 마주치지 않고 학사 회관으로 가는 길을 알려 드렸다. 선생은 여느 때처럼 무거운 검정가방을 메고, 알려 준 길로 가다가 갑자기 데모대가 방향을 바꿔 그만 데모대와 맞닥뜨리게 되었다. 학생들에게 포위된 이마미치 선생이 심장 발작을 일으켜 쓰러져 구급차로 병원에 실려 갔고, 절대안정을 취해야 한다는 의사의 지시가 떨어졌다.

그러나 그날 선생은 병원을 몰래 빠져나와 행방불명이 되었다. 나중에 선생의 얘기를 들으니 "죽기 전에 고 선생을 꼭 만나 진귀한 꿩 요리를 같이 먹고 싶었다"는 것이었다. 그래서 호텔에 묵던 고 선생님을 찾아가 롯폰기에 있는 식당까지 같이 갔다고 한다. 이것이 그날 밤 NHK 뉴스에까지 나온 '도쿄대학 문학부장 도쿄대학병원에서 행방불명'의 진상이다. 롯폰기 음식점 주인은 뉴스에 나온 얼굴과 이마미치 선생의 얼굴을 비교해 가며 의아한 표정이었다고 한다. 조수인 나에게도 긴급 연락이 와서 연구실 사람들이 총출동하였다. 마침 사모님께서 부재중이라 나는 이마미치 선생의 댁으로 가서 문밖에서 밤 11시 반까지 문을 두드렸다 전화 걸다를 되풀이하고 있었다. 조그만 전기가 켜져 있었을 뿐이어서 집 안에서 심장 발작으로 또 쓰러지기라도 하면 어쩌나 하며 기다릴 뿐이었다. 끝내 선생은 집으로 오지는 않았고 그날 밤은 유난히도 추웠다. 이마미치 선생은 무슨 일이 있어도 고 선생님을 만나고 싶었고, 그래서 고 선생님을 만난다면 죽어도 좋다는 생각이었던 것 같다. 두 분의 우정은 그만큼 굳고 깊었다.

스미소니언 연구소 동양관에서

나 자신과 고 선생님의 추억은 이마미치 선생과 같이 워싱턴에서 고 선생님을 찾아뵈었던 일이다. 그때 고 선생님은 윌슨 센터의 초청으로 스미소니언 연구소에 계셨다. 고 선생님은 친절하게도 "하시모토 상에게 링컨 기념관을 보여주고 싶다"고 하시며 직접 차를 운전하고 오셨지만 자택과 연구소 오가는 길밖에 모르셨는지 결국 링컨 기념관 구경은 못하고 말았다. 연구에 몰두하고 계시다는 것을 이마미치 선생과 나는 이해할 수 있었다. 고 선생님의 안내를 받아 스미소니언 동양관의 귀중한 문헌들을 볼 수 있었는데, 나는 그때 처음으로 '호쿠사이葛飾北齋의 만화'의 존재를 알았다. 그건 참 대단한 것이었다.

白琪洙 선생의 일

에코 에티카 국제심포지엄을 처음부터 도와주었던 백기수 교수가 암으로 돌아간 다음해 심포지엄에서는 추모 세션을 마련하였다. 그 시점에서 국제심포지엄은 중심 테마인 '에코 에티카'에 대한 참가자 전체의 공동 목표를 놓고 의견이 모이지 않아 위기를 맞고 있었다. 이를 항상 마음에 두고 걱정하고 있던 분이 백 교수였다. 고 선생님은 처음부터 참가하셔서 유교의 시각으로 심포지엄에 큰 도움을 주셨고 참가자들을 윤리 문제로 집중시켜 중심 테마로 접근하는 데 용기를 주셨다. 추모 세션에서는 이마미치 선생, 피터 맥코믹Peter McCormick 교수 그리고 내가 추도사를 하였다. 추도 세션이 끝난 직후 고 선생님은 "감격했다. 백 선생은 모두가 이처럼 생각하니 행복하겠다. 그래도 백 선생은 바보다. 이렇게 일찍 가다니……"라고 말씀하시며 눈물을 보이셨다. 고 선생님은 냉정하고 모든 것을 객관적으로, 그리고 여러 각도로 보시는 분으로만 알고 있었던 나는 적잖이 마음이 흔들렸고, 그 먹먹한 표정의 얼굴을 잊을 수가 없다.

고 선생님에게는 어느 것도 숨길 수 없었다. 고 선생님은 마음 깊은 곳에 인간으로서 깊은 정을 품고 계시면서, 모든 것을 꿰뚫어 보는 알 수 없는 힘을 갖고 계셨다. 그리고 유머를 풀어내는 분이었다. 내게 고 선생님과 여의도는 항상 같이 연상된다…… 처음 고 선생님을 찾아뵈었을 때는 서울대학이 서울 시내에 있었다. 그때 두 가지 일이 기억에 남아 있다. 하나는 여의도 자택의 근처에 있는 작은 식당에서 비빔밥을 대접받았는데, 고 선생님께서는 "이렇게 막 비비는 것이에요"라고 하시며 숟가락으로 그릇 안의 음식 전부를 섞는 것이었다. 이곳의 비빔밥이 우리 어머니의 손맛에 가장 가깝다고 하시며, "이걸 먹으면 어린 시절이 떠오릅니다"고 말한 기억이 난다. 또 하나는 서울대학이 교외의 골프장 터로 옮겨 간 일이다.

한국정신문화연구원장, 한국방송위원장, 한일현인賢人회의대표

한국정신문화연구원장을 하실 때 초대를 받아 방문한 적이 있다. 고 선생님은 만날 때마다 중요한 직책을 맡고 계셨고, 거기에 걸맞게 높은 빌딩 안의 커다란 방을 쓰고 계셨다. 한국방송위원장의 방은 서울 중심의 높은 빌딩에 있어서 세계를 내려다보는 듯한 방이었다. 서울대학에서 도쿄대학으로 동양사를 공부하러 온 학생들에게 일본어를 고쳐 준 적이 있는데, 그때 내가 고 선생님을 잘 알고 있다니까, 자기는 동양사 전공이지만 고 선생님은 너무 높으신 분이라 감히 가까이 갈 수도 없었다고 말한 것이 기억난다. 서울대학의 총장으로 고 선생님이 학생들 앞에 나타나면 학생운동에 참가했던 학생들 대부분도 고 선생님의 말씀을 따랐다고 들었다. 고 선생님은 겸허한, 아리스토텔레스가 말한 '덕:賢廬'의 체현자였다고 생각한다. 한국 측 현인회의 대표로서 일본 텔레비전에 나오셨을 때의 모습은 현려인賢廬人의 모습 그 자체였다. 현인에 가장 상응한 분이었다.

후쿠오카고등학교에서 동경제대 동양사학과에

개인적인 얘기를 별로 하지 않으셨던 고 선생님이 언젠가 웃으시면서 옛 생각이 나신듯 "하시모토 상, 얼마 전 후쿠오카에 다녀왔지요. 내가 구제舊制 후쿠오카고등학교 출신이거든" 하고 말씀하셨다. 고 선생님이 1995년 1월 31일 아시아태평양센터의 초청으로 후쿠오카에서 강연을 하는 기회를 가지셨던 것이다. 제목은 '21세기의 아시아 – 동아 삼국의 전통과 상호 관계를 중심으로'였다. 그 강연에서 고 선생님은 "작년 51년 만에 처음으로 옛 동창회에 참석할 수 있었다. 구와바라桑原 후쿠오카 시장(1995년 당시)이 동급생으로, 후쿠오카의 밤거리에서 옛 기분을 느꼈다"고 즐겁게 얘기하였다.(후쿠오카고등학교 졸업 뒤 동경제대 동양사학과에 입학하였으나 전쟁으로 얼마 다니지 못하고 한국으로 돌아가셨다.).

역사가인 고 선생님은 그 강연에서 동아시아의 역사를 되짚으며, 동아시아의 현재와 미래에 관하여 언급하였다. "동아시아는 긴 전통문화에 집착이라고 할까, 그 눌려 있는 정서 때문에 거기에서 벗어날 수 없을 정도로 무거운 전통을 등에 지고 온 것이라 생각한다. 좋건 나쁘건 전통의 힘이 강한 것에 특징이 있다"고 말하였다. 더욱이 "세 나라가 한자 문화권에 속해 있고, 지식인들은 동일한 고전을 읽으며 또 유교와 대승불교가 행해지고 있는 만큼 공통 문화를 갖고 있기 때문에 서로 가까운 것처럼 생각하고 있는 것 같으나 이는 착각이다. 이제는 활동적이고 적극적으로, 열린 자세로 새로운 문화를 받아들여 자기의 전통을 때로는 변화시키든가, 때로는 과감히 버리고 새로운 전통을 만들어 가야 한다."고 강조하였다. 세 나라의 관계는 7세기 말부터 9세기 말까지 서로 긴밀히 오가며, 적대 관계도 없이 문화 교류 또한 밀접하였다. 예컨대, 엔닌圓仁의 〈入唐求法巡禮行記〉를 보면 "중국인, 일본인, 신라인이 적대감이나 차별 의식이 없었던 것은 물론, 다른 나라 사람이라는 감정도 거의 없었다"고 되어 있다. 메이지유신으로 일본이 개국하기까지 수 세기 동안 교류가 끊기고, 개국 뒤 근대 서양의 제도·과학·문명을 일본이 중계자로서 동아시아에 전파한 것은 분명하다. 미래에서 세계 속 동아시아의 지위와 역할은 변할 것이기 때문에 지역이기주의적인 사고에 빠지지 않도록 해 나가며 동남아시아까지 포함하여 개방적으로 생각해 나아가지 않으면 안 된다고 하시며 고 선생님은 우리에게 다음과 같은 중요한 메시지를 남겨주었다.

우리가 물려받은 전통문화 가운데 앞날에 대한 문화적이고 이념적인 대응 요소를 갖고, 더 높은 문화를 만들어, 그것을 동아시아 중심이 아니라 더욱 넓은 형태로 차곡차곡 쌓아가야 하지 않을까?

현재 동아시아는 어려운 상황에 있다. 고 선생님과 같은 진정한 현인이 지금 우리에게 필요한 것이 아닐까? 만년의 고 선생님은 한시를 즐기고, '현려賢慮의 덕德'의 체현자로서 지내셨다. 에코 에티카의 모든 멤버들은 한 마음으로 고 선생님의 정신을 잇고자 한다. 우리들의 우정은 죽음의 경계를 초월하여 이어지고 있다. 고병익 교수님께 마음 속에서 우러나는 감사를 드리며 삼가 명복을 빈다.

學恩 三題

운인芸人 선생님이 서거하신 지 어느덧 10년이나 되어 제자들이 추모
문집을 간행한다고 하니 새삼 삶이 무상無常함을 느낍니다. 나는 아득히
흘러간 세월 속에서 아직도 잊히지 않는 學恩을 떠올리며 추모문에 대하
고자 합니다.

第一題, 선생님을 처음 뵌 것은 1956년 내가 마지막 학기를 남겨 놓
은 시기였습니다. 과목은 동양사연습이었는데 선생님께서는 원서 강독
의 교재로 독일의 저명한 중국학자인 볼프강 프랑케Wolfgang Franke 교
수의 송대宋代의 제도사에 관한 논문을 택하셨습니다. 수강한 사람은 다
섯 명 정도였고, 독일어에 약한 나는 한 학기 내내 고생한 기억을 잊을
수 없습니다.

第二題, 1961년 2월 나는 공군사관학교 교수부 교관으로 복무하고 있
었으나 석사논문을 준비하고자 동양사 합동연구실에 출근하고 있었습니
다. 그 어느 날 선생님께서 찾아오시어 선생님의 모교인 휘문徽文고등학
교에서 세계사를 담당할 강사의 추천을 받아 왔다고 밝히시면서 학교에

---

*중앙대학교 명예교수

나가 보도록 말씀하셨습니다. 그 다음날 학교로 가서 안사균安四均 교장을 뵙고 강의 담당을 결정하였습니다. 이렇게 해서 강사 생활을 시작하였으나 겨우 두 달 만에 뜻하지 않은 사건이 일어나 중단하였습니다. 그 사건이 곧 5·16입니다. 그 뒤에 내린 원대복귀 명령에 따라 부득이 강단을 떠날 수밖에 없었습니다.

第三題, 1963년 3월 나는 5년 7개월의 교관 생활을 끝내고 전역한 다음 모교의 조교로 임명되어 근무하게 되었습니다. 조교의 임기가 끝난 뒤인 1965년 5월 초 선생님께서는 나의 일생에서 매우 중요한 계기를 마련해 주셨습니다. 중화민국 중앙연구원 근대사연구소에서 연구할 수 있는 기회를 주신 것입니다. 당시 미국의 하버드 옌칭 연구소燕京學舍에서는 한국의 소장 학자가 대만이나 일본에서 1년 동안 연구하도록 하는 지원 계획을 신설하고 그 사실을 한국위원회에 통고하였습니다. 선생님께서는 이지원 계획에 대하여 나와 상의한 다음 김재원金載元 위원장에게 천거해 주셨을 뿐만 아니라 연구 계획에 대해서도 구체적으로 지도해 주셨습니다. 연구 계획의 핵심은 근대사연구소에서 소장하고 있던 미간사료未刊史料인 〈朝鮮檔〉의 사료적 가치를 밝히는 것으로, 이미 나온 사료집인 〈淸季外交史料〉, 〈淸光緖朝中日交涉史料〉 등에 수록 여부를 문건文件마다 대조하여 조사하는 것이었습니다. 그리고 아울러 내가 관심을 두고 있는 문제에 관한 사료를 필사筆寫한다는 것이었습니다.(당시 연구소 측에서는 복사를 불허하고 있었음)

그해 9월 5일 부산에서 출항하는 대만 선적의 화물선을 타려고(당시 대만행 항공편은 없었음) 서울역에 도착해 보니 뜻밖에도 선생님께서 배웅을 나와 주셔서 동행한 내자內子와 함께 송구스럽게 생각한 기억이 납니다. 부산에서 출항하여 일본의 모지門司, 오키나와를 거쳐 5일 만에 타이베이臺北 시에 도착하였습니다. 그때부터 2년 동안 난강南港에 있는 연구소에 출퇴근하면서 연구, 조사에 종사하였습니다. 연구를 끝마치고 1967년 8월 하순에 귀국하였으며, 연구 조사를 발표한 것이 〈中國中央研究院 所藏 朝鮮檔에 대한 研究 調査 報告〉(〈東洋史學硏究〉第二輯, 1967년 10월)입니다.

내가 30여 년 연구에 종사하고 그 성과를 집성한 〈淸末 對朝鮮 政策史 硏究〉全三卷(第一卷, 一潮閣 刊, 1986년 3월, 第二, 三卷, 도서출판 한모임 刊, 2007년 12월)은 전적으로 이 사료집에 근거한 것임을 밝혀 둡니다.

삼가 선생님의 학은에 감사드리며, 명복을 비는 바입니다.

대인 고병익 선생님

선생님 뵙고 싶습니다. 뵙고 "선생님"이라고 부르고 싶습니다.

강의실 안의 선생님, 연구실의 선생님, 宅 안의 선생님, 회의 중의 선생님 모습이 눈에 선하옵니다. 언제나 솔직 담백하면서 자신감과 당당함이 은연중 깃든 모습은 마음이 큰 대학자만이 지닐 수 있는 풍모일 것입니다.

1954년부터 선생님을 뵈었으며 4학년 졸업 때까지 몇 강의를 들었습니다. 4학년 2학기 때에는 동양사강독을 들었는데 선생님은 양계초梁啓超의 저서《淸代學術槪論》을 교재로 쓰셨습니다. 저는 선생님의 지시대로 교재의 부분 부분을 등사용지에 베껴 써서 등사판으로 밀어 내어 수강생들에게 나누어 주고 강의실에서 선생님 오시기를 기다리곤 하였습니다.

선생님은 늘 바쁘셔서 시간에 겨우 대어서 들어오시면서 언제나 시계를 보시고 "오늘은 안 늦었지, 시작합시다." 하셨습니다.

누구를 지목해서 시키는 것이 아니라 "누가 읽어 보지. 오늘은 4학년생이 읽어 보면 어때?" 하시기도 하고 "오늘은 3학년생이 읽어 보지." 하시면서 어떤 학생이 풀이해서 읽으면 "잘 풀이했군, 그런데 이 대목은 이렇게 풀이했는데 맞는 걸까?" 하시면서 바로잡아 주시고 해박한 지식으로 동서고금을 왕래하시며 그 뜻을 폭넓게 가르쳐 주셨습니다. 나서서 풀이하는 학생이 없으면 어느 학생을 지목하기도 하셨는데 저는 여러 번 지목을 받았습니다. 우리는 큰 뜻을 모르니까 글자 풀이만 했는데도 "음, 잘 읽었네. 그 대목은 그렇게 풀이하는 게 옳겠군." 하시면서 격려도 하시고 칭찬도 하셨습니다.

저는 학점은 여유 있게 따 놓아 선생님의 강독 학점을 더 받지 않을 요량이었지만, 선생님의 훌륭한 강의를 듣고자 선생님 강의를 한 번도 안 빠지고 듣고는 시험 시간에 나가지 않았습니다. 그런데 시험이 끝나고 성적표가 나왔는데 학생들의 성적이 매우 재미있고 특이하다고 여기저기서 쑤군쑤군(쑥덕쑥덕)거렸습니다. 후배 여학생들은 교무과에 가서 누구누구가 몇 점이고 성적 순위는 어떻게 매겨서 몇 점이고 순위가 어떤지 알아보고 얘기하곤 하였습니다. 그때 수강생이 3, 4학년들이었는데 모두 열 몇 명 쯤 되었지만은 저는 시험을 치르지 아니하였기 때문에 어떤 방식의 시험이었는지 전혀 모르고 성적에도 관심이 없었습니다. 그런데 왜 특이한지 알고 봤더니, 선생님은 내 성적도 내어 주시고 열 몇 명 가운데 학점이 제일 높은 학생을 90점, 그리고 다음은 89점, 다음은 88점에서 꼭 1점씩 낮아져서 아마 80점이나 77~78점까지 있었을 것입니다. 제 점수를 여기서 밝힐 수는 없지만 선생님이 시험 안 치른 저의 학점을 내어 주시고 후한 점수를 주신 것은 한 학기 동안 교재 준비로 수고했다는 것을 가상하고 긍휼히 여기신 결과라고 생각합니다. 그때 선생님의 깊은 마음을 헤아려 '감사합니다' 라고 머리 숙여 인사를 드렸어야 했는데 여쭙지 못한 것이 못내 아쉽습니다. 아마 그때 여쭈었어도 '아 그런 일이 있었나? 그때 자네가 수고가 많았지.' 하고는 웃어넘기셨을 것입니다.

졸업 뒤 공군 제대하고 국립박물관에 들어갔는데 김재원 관장님이 고 선생님 칭찬을 자주 하셨습니다. "고 박사가 영어는 물론이고 독일어도 썩 잘하고 학문이 깊어. 미스터 정도 고 박사 제자지." 하시면 훌륭한 선생님 제자라는 것이 가슴 뿌듯하였습니다. 김재원 관장님은 하버드 옌칭 한국위원회 위원장이셨는데 그때 그 위원회에 문리대 젊은 교수님 몇 분이 참여하셨고 고 선생님도 그 가운데 한 분이시라 위원회가 있거나 김 관장님과 의논할 일이 있으면 오실 때마다 저희를 꼭 찾으시어 자주 뵈올 수 있었습니다. 그때 하버드 옌칭 한국위원회에서 지급하는 연구비가 우리 인문학 발전에 상당한 이바지를 하였다고 생각합니다. 1960년 초 하버드 옌칭 한국위원회의 간사는 한병삼(본인과 사학과 동기 동창) 씨가 몇 년 맡아 하다가 바로 곽동찬(사학과 후배) 씨가 이어 맡아서 끝까지 큰 수고를 하였고, 옌칭 사무실이 박물관에 있었으며 우리 셋 모두 고 선생님 제자라 우리들 사이에서 선생님 얘기가 자주 나오곤 하였습니다.

선생님은 그릇이 큰 어른이시고 마음이 바다와 같이 넓으시어 작은 일에 전혀 구애받지 않으셨습니다. 선생님이 서울대학교 부총장으로 큰 업적을 남기시고 총장이 되셨다는 소식을 듣고 역시 큰 학자님이시고 그릇이 큰 어른이시라 '참으로 되실 분이 되셨구나'하고 우리 동창 모두가 크게 기뻐하였습니다. 그때 학내와 외부와 관련한 일이 생겨 선생님은 총장직을 아무 미련 없이 그만두신 것을 보면, 그 어른의 인품을 알 수 있을 것입니다. 선생님이 정신문화연구원장 하실 때 교육부 장관이 이아무개 씨인데 중앙 공무원 가운데 고위직 전원을 세종문화회관 대강당에 모이게 하고는 이 장관의 무슨 철학 특강을 들으라고 한 일이 있었습니다. 들어갈 때 모두들 출석표를 내고 들어갔는데 나올 때 체크한다고 하였습니다. 그런데 이게 웬일입니까, 선생님이 그 강의를 들으러 오셨습니다. 우리 몇 사람이 너무 놀라 "선생님도 오셨습니까? 선생님, 그냥 가시지요" 했더니 "들어 보지 뭐" 하시면서 담담하게 경청하는 모습을 뵙고는 마음속으로 '역시 큰 어른이시다'라고 한 일이 있습니다. 이 장관이 선생님 강의를 경청해도 시원치 않을 일인데, 우리 생각으로 참 기가 막히는 일이었습니다. 하기야 장관 등 높은 자리나 권력기관에 있는 사람들은 눈에 보이는 것이 없다고도 합니다.

선생님은 우리 역사학계는 말할 것도 없고 기타 학계, 교육계, 문화계, 언론계에 큰 인물인지라 어디서 모셔가도 보람 있는 일을 해내실 분이시라 알고 있었는데 얼마 뒤 문화재위원에 추대되시어 제2분과 위원장과 문화재위원회 위원장을 맡으신 일이 있습니다. 저는 제2분과 위원으로 회의 때마다 회의를 주재하시는 선생님을 뵐 수 있어 여간 가슴 뿌듯하고 내심 자랑스러웠습니다. 우리 선생님을 문화재위원회의 같은 분과에서 뵐 수 있다는 것은 꿈같은 일이었습니다. 제2분과는 동산 문화재 분과로 조각, 회화, 공예, 전적 등 모든 동산 문화재를 다루기 때문에 각기 그 방면 전문가가 위원으로 위촉이 되므로 선생님은 크고 폭넓은 학식과 경륜으로 전 분야에 걸쳐 의견을 조율하시고 모르시는 것은 기탄없이 "나는 그 방면 전문가가 아니어서 얼른 이해가 안 되는데 조금 상세히 설명해 주시오." 하시고 또 저에게는 가끔 "정 위원이 좀 설명해 주시오" 하시면 내심 큰 보람을 느낀 적이 한두 번이 아니었습니다. 선생님이 문화재위원회 전체 위원장 하실 때 맞추어 문화관광부, 문화재관리국에서는 그해를 '문화유산의 해'로 정하고 일 년 내내 문화재 보존 관련한 큰 행사를 여러 차례 치러냈으며 그 중심에 선생님이 계셨습니다. 그때 부위원장이 한병삼 씨였는데 한병삼 씨도 은사님을 모시고 나라의 큰일을 하기 때문에 아주 신나고 보람 있어 하는 모습을 지켜보았습니다. 선생님은 한해의 큰일을 총괄하시고 처결하여 큰 성과를 거두셨기에 그 공로로 문화훈장 금관장을 받으셨고 한병삼 씨는 은관장을 받았습니다. 소생도 거기 참여하여 미력이나마 선생님이 큰일을 하시는데 일조가 되었음을 지금도 가슴 뿌듯하게 생각하고 있습니다.

선생님 저희 동기들은 1·4 후퇴 때 정부가 부산으로 피난 갔다 환도해 돌아온 이듬해 봄인 단기 4287년(1954년)에 문리대에 입학한 87학번입니다. 그런데도 문리대는 아주 자유롭고 여유롭고 문리대답게 여러 학사 업무를 운영하였다고 생각됩니다. 동숭동캠퍼스는 언제나 자유롭고 활기차 있었으며, 이는 전적으로 훌륭한 선생님들이 계셨기 때문일 겁니다. 그때는 문리대 문학부 사학과였고 직사각형의 군청색 바탕에 흰색으로 문리대라고 한 배지를 자랑스럽게 달고 다녔습니다. 사학과는 하나였지만 동부연구실에는 교수님 연구실과 각 과의 연구실이 있었는데 사학과는 국사연구실이 동부연구실 정문에 들어서서 일층 왼쪽 복도 끝에 있는 큰 방이었고 1층 가운데 조금 뒤 도서관 쪽으로 서양사연구실이 있었으며 2층 우측 복도 끝에 동양사연구실이 있었습니다. 국사연구실 조교는 허선도 선생, 서양사연구실 조교에는 홍사중 선생, 동양사연구실 조교에는 민두기 선생 등 쟁쟁한 분들이 계셨고 조교님들의 성품에 따라 연구실 분위기가 사뭇 달랐습니다.

저희 동기들은 과 답사는 빠지지 아니하고 몰려다녔습니다. 3, 4학년 때 답사 갈 때면 허 선생께서 저희보고 답사 자료를 만들라고 하시어 저희가 백방으로 알아보아 답사 자료를 두둑이 만들고 늦게까지 등사판에 긁고 손과 옷에 시커먼 기름 잉크 묻혀 가면서 프린트하였습니다. 제가 허 선생님 조수를 하였기에 연구실 열쇠를 맡아 3, 4학년 때에는 국사연구실에 많이 모였고 1, 2학년 때는 서양사연구실에서 자주 모였습니다.

선생님들께서는 저희 동기들이 졸업 뒤에도 자주 모이는 것을 아시고 "자네들, 의좋게 지내는 것 참 보기 좋네, 끝까지 잘 지내게" 하셨고, 고 선생님께서 더 각별히 저희 동기들의 모임을 눈여겨보셨습니다. 저희가 졸업하고 군에 가서 일단 자리를 잡았거나 사회초년생으로 조금 안정이 되자 저희가 은사님께 적은 성의라도 어떻게 보답할 수 있는 길이 없을까 하고 나름대로 생각한 일이 있었습니다. 그래서 우선 선생님들을 다 모셔서 일 년에 한두 번이라도 선생님 뵙고 말씀도 듣고 식사 대접을 하는 것이 어떠냐고 의견이 나와 모두 찬동하여 몇 번 모신 일이 있습니다. 첫 번째 모신 것이 아마 1960년 가을쯤인가 합니다. 정릉의 청수장에서 여러 선생님을 모셨는데 두계 이병도 선생님, 유홍열 선생님, 한우근 선생님, 고병익 선생님, 민석홍 선생님, 길현모 선생님, 이보형 선생님, 김철준 선생님이 오셨고 선생님들께서는 아주 흐뭇해 하시고 즐거워하셨습니다. 지금도 그때 사진들을 들여다보면 선생님 여러분을 뵙는 듯하고 마치 어제인 것 같습니다.

저희 동기들은 자주 모였지만 모임의 이름이 없어 언젠가 고 선생님을 뵈었을 때 "선생님 저희 동기들 모임에 이름을 지어주셨으면 합니다." 했더니 주저 없이 "그래 자네들이 몇 년도 졸업이더라?" "1958년 졸업입니다." 했더니 "무술년戊戌年이구만 그래, 그러면 무사회戊史會라고 하지." 하시어 지금도 무사회 모임은 계속되고 있습니다. 저희 동기는 25명 정원에 아마 23명이 입학한 것으로 기억합니다. 전과한 사람도 있고 소식이 끊긴 동기도 있습니다. 그 사이에 김한철, 김일수, 한병삼 군이 먼저 세상을 떠났고 고중성 군이 미국에 가 있고 이혜정 양도 미국에 가 있다고 하고, 배선형 군은 거처를 잘 모릅니다. 지금은 김기주, 김명수, 박영환, 심사수, 임병석, 정양모, 이진희, 정형수 군 등이 멤버로 남아서 가끔 회포를 풀고 있습니다. 또 1학년 마치고 미국으로 갔던 장대영 군은 여기 서울에 많이 와 있고 노인석 군은 미국에서 역사 교사를 하다가 정년하고 거기에 살고 있으며 3학년 때인가 학업을 그만둔 한경완 군도 서울에 살고 있습니다. 저희 동기들은 대체로 그저 평범하여 한병삼 군이 우리나라 고고학계에 큰 발자취를 남겼고, 김기주 군이 베트남 연구로 큰 업적을 남기고 대학교 총장으로 이사장으로 대학 발전에도 크게 이바지한 바 있습니다. 그 외에는 학계에 공헌도 못하고 큰 학자도 배출하지 못하였지만, 선생님들을 존경하고 사랑하고 문리대를 사랑하면서 평범하고 열심히 살아왔고 살아가겠습니다.

선생님 돈암동 언덕에 있던 댁에 여러 번 심부름 갔을 때 어린 학생이었던 혜령 양이 큰 학자가 되고 교수가 되고 문화재위원이 되고 벌써 정년을 넘겼지만 학계에서 큰일을 해내고 있다니 참으로 경하 드립니다. 선생님의 모습이 언제나 저의 가슴에 있습니다.

인간적인 자상함과
이지적인 엄격성을 겸하신 분

이만열李萬烈[*]

鹿村 高柄翊 선생님을 처음 뵈온 것은 대학 2학년 때인 1958년으로 생각한다. 그 정확한 이름은 잊었지만, 선생님의 강독 시간에 劉知幾의《史通》을 공부하면서다. 선생님께서 독일에서 공부하실 때에 쓰신 학위논문이라고 들었다.

강의를 시작하기 전에 학생들에게 이것저것을 물으셨다. 아마도 강의를 수강하려는 학생들의 수준이나 취향 같은 것을 알아보려던 것으로 보인다. 어떤 학생에게는 고향도 물으셨고 그 고장과 관련된 말씀도 하셨다. 그 뒤에 중국의 사서들에 대해서 질문을 하셨다. 司馬遷의《史記》에 대한 질문이다.《史記》가 취급한 시기가 어디에서 시작하여 어디까지인가, 그 서술 범위를 물으셨던 것이다. 몇 사람이 이런저런 대답을 했는데 정확하지 않았는지 질문을 놓지 않으셨다. 대부분이 사학과 학생들이었지만《史記》원전을 제대로 보지 못했기 때문에 그런 기초적인 질문에 제대로 대답하지 못했던 것이다. 생각하면 부끄러운 일이다.

---

*숙명여자대학교 명예교수, 함석헌학회 회장, 전 국사편찬위원장

그 강독을 수강하게 된 것은 선생님께서 독일에서 돌아오신 지 얼마 되지 않았을 때다. 선생님에 대한 기대 때문이기도 하지만, 한편으로는 동양사를 독일어로 강독하는 데 대한 호기심도 컸다. 유지기가 어떤 학자이며 《史通》의 사학사적 의미도 제대로 모르고 강독에 참여했던 것이다. 나로서는 고등학교 때 독일어를 공부했고 대학에 와서는 독일어 성경을 읽고 있어서 접근성이 있겠다고 느꼈다. 간간히 설명해 주시는 유지기와 《史通》은 중국 사학사에서 대단히 중요한 존재라는 것을 알게 되었지만, 그것이 동아시아 최초의 사학사 내지는 사학개론에 속한다는 것은 미처 알지 못했다. 선생님의 독일어 강독 몇 년 뒤에 동빈東濱 김상기金庠基 선생님의 한문 강독에 참여하게 되었다. 동빈 선생님께서 유지기의 《史通》을 한문 원전으로 강독하시게 되었는데 그때 가서야 어렴풋이 《史通》의 사학사적 가치를 알게 되었다. 동빈 선생님의 원전 강독에 참여하게 된 것은 그 전에 고 선생님의 강의에서 유지기와 《史通》을 접촉하게 된 것이 인연이 되었다.

강독 시간에 인상적인 것의 하나는 특정 단어에 대한 선생님의 억센 발음이었다. 특별히 Beziehung(베**찌**웅)이라는 단어를 발음하실 때에는 유독 '**찌**'에 강한 악센트를 넣으셨다. 지금도 선생님의 강독을 떠올릴 때마다 자연스럽게 그 발음이 떠오르는 것은 그때 받았던 강한 인상 때문이다.

대학 2학년을 마치고 군에 입대하여 동기들과 추억에 남는 대학 생활을 보내지 못했다. 대학 졸업 후에도 신학교에 가겠다는 결심을 굳히지 못한 채 엉거주춤 대학원에 진학하게 되었다. 대학원 재학 중에 자주 학교에 나오게 되어 학회의 움직임에도 참여하게 되었다. 아마 선생님께서 역사학회 회장으로 계실 때라고 생각되는데, 실학 문제로 전국 역사학 대회가 열린 적이 있었다. 당시 대학원에 같이 재학했던 정창렬鄭昌烈 형과 함께 전국 역사학 대회에 참가, 진행 과정을 기록한 적이 있는데 이는 선생님의 배려에 따른 것이었다.

그 무렵 선생님께서 내 인생에 매우 중요한 일에 관여하셨다는 것을 뒷날 알게 되었다. 결혼과 관련된 것이다. 당시 서울대 대학원장으로 계시던 벽계碧溪 이인기李仁基 선생의 질녀 되는 지금의 아내와 혼담이 오고 갔다. 그때 벽계 선생의 부탁을 받으신 듯, 선생님은 내 공부에 대해 알아보시고 조언하신 듯하다. 벽계 선생의 부탁을 받은 분은 선생님 외에 또 다른 분이 있었는데, 이 어른은 경남 함안의 인천이씨仁川李氏 출신인 내 가계를 알아본 듯하다. 대학원 논문을 쓸 때 마침 오스트리아에서 돌아오신 이광규李光奎 교수께서 토테미즘에 대한, 당시로서는 최신의 독일어 논문을 참고토록 배려해 주셨기 때문에 큰 도움을 받았다. 뒤에 들은 이야기지만, 벽계 선생님은 독일어 논문을 인용한 내 석사 학위논문과 관련해서도 선생님께 물어 보신 듯하다. 내 결혼이 성사된 것은 선생님의 조언에 힘입은 바 크다고 생각되어 이 글을 쓰면서 새삼 감사하는 마음이다.

이런 일이 아니더라도 벽계, 녹촌 두 분은 가까운 편이었다. 경북 출신으로 동경제대를 졸업했던 벽계 선생님은 같은 경북 출신으로 동경제대에 입학했던 선생님을 퍽 가까이하셨던 것으로 보인다. 결혼 뒤 가끔 선생님을 교정에서 뵙게 되면 내 가정과 처가의 안부도 물으셨던 것은 그런 인연 때문이었다. 처가의 소식을 물으실 때에는 매우 소상한 것까지 거론해서 어떤 때는 나보다 처가에 대해서 더 자세히 알고 계시구나 하는 느낌도 받곤 했다.

1980년, 신군부의 등장으로 학원이 새로운 시련에 직면하였다. 군사정권에서부터 유신 시대까지 겪었던 우리에게는 유신시대가 끝났다는 데 큰 희망을 품고 있었다. 그러나 새로 등장한 신군부는 자기들의 불법·포학성에 반대하는 학생과 지식인 사회에 선제적 공격을 가했다. 그렇게 하지 않고서는 자신들의 무단적 행패가 국민들의 저항에 직면, 순탄치 않을 것임을 알고 있었기 때문이다. 많은 학생들이 학교에서 쫓겨나고 기자, 방송인, 교수들이 해직되었다.

1979년 5월에 서울대학교 총장으로 취임한 선생님은 신군부의 5·17 변란 한 달 남짓 만에 총장직에서 물러나시게 되었다. 신군부에 대한 학생들의 저항을 효과적으로 제지하지 않는다는 판단에 따른 것으로 알고 있다. 선생님이 총장으로 계셨지만 불의한 방법으로 정권을 탈취한 신군부에 대해서 호의적일 수 없었을 것이다. 또 역사학자로서 4·19의 전통을 이어받은 학생들이 신군부에 저항하는 데 대해 드러나게 지지할 수는 없었겠지만, 내심으로는 지지를 보낼 수도 있었을 것이다. 때문에 신군부로서는 선생님의 학생 지도가 마뜩찮다고 판단했을 수도 있었다. 선생님이 신군부 등장 뒤에 곧 총장직에서 물러난 것은 신군부에 협조하지 않았다는 반증이다.

그 무렵 전국 대학에서 80명 안팎의 교수들이 해직되었다. 신군부의 등장에 올무가 되었기 때문이다. 해직 교수 가운데는 학내 갈등의 희생물이 된 이들도 있었고 또는 비리 재단에 비판적인 교수들도 포함되어 있었다. 그러나 전반적으로는 해직 사태가 체제에 비판적인 인사들을 제거하려는 분위기와 묘하게 연관되어 있었다. 당시 지식인 사회는 신군부의 정국 안정 의지에 끌려가는 추세였고 그런 분위기에 편승하는 자들도 없지 않았다.

나도 해직 교수의 명단 끝에 끼게 되었다. 우리 주변의 역사 공부를 하는 이들이 많이 포함되어 있었다. 당시 서울 시내 여러 대학의 교수들로 다산茶山의 《목민심서牧民心書》를 번역하는 모임이 있었는데 그 모임의 절반 정도가 해직되었을 정도였다. 처음에는 신군부가 확실하게 정권을 틀어쥐면 복직될 것으로 기대했다. 그러나 시간이 흘러도 그럴 가능성은 보이지 않았다. 따라서 '해직 교수'들은 나름대로 자구책을 강구하기도 했다. 그런 상황이고 보니 해직 교수들이 한 번씩 모여 서로의 안부를 확인하는 것만으로도 위로를 받았다.

그 무렵 내게는 미국에 가는 길이 열렸다. 명분은 1985년이면 한국 기독교가 미국 교단의 선교를 받은 지 100주년이 되는데, 관련 교회사 자료를 수집하는 것이 필요하다는 것이었다. 한국 교회사 관련 자료가 미국 등지에 남게 된 것은 한국에 왔던 선교사들이 본국에 자신들의 활동을 보고했기 때문이다. 그들이 보고한 활동 보고서나 개인 편지, 사진 등이 선교사를 파송한 교회나 관련 문서보관소, 대학 도서관 등지에 산재해 있었다. 선교사들이 귀국하면서 본국으로 가져간 한국 관련 자료들도 더러 있었다. 이런 1차 자료들은 곧 100년을 맞는 한국 교회사 연구에 매우 긴요했다. 한국 교회 선교 100주년을 맞는 그 시기에 자료 수집 운동이 광범하게 일어났던 것도 그 때문이다.

나는 유신이 선포되던 1972년을 계기로 한국 교회사에 관심을 갖고 한두 편의 논문을 발표한 바가 있었다. 그러나 그 연구에 본격적인 관심을 두지 않았다. 교인이 교회사를 연구하게 되면 본의 아니게 호교론적인 입장에 서게 되거나 자기 미화에 빠지게 되어 객관적인 연구가 힘들다는 이유 때문이다. 그러다가 그 100주년을 맞으면서 어쩔 수 없이 사료 수집 운동에 관여하게 되었다. 그때까지 선교 본국에 있는 1차 자료를 가지고 한국 교회사를 본격적으로 연구한 이는 용재庸齋 백낙준白樂濬 박사 외에는 별로 없었다. 그러나 복사기가 없던 시절에 공부하신 백 박사님마저도 본격적으로 사료를 수집하여 한국으로 가져오는 일은 하지 못했다. 이런 형편이었으니까, 역사를 전공하지 않은 교회사가들이 사료 수집에 열을 올리지 않은 것은 이해할 만했다. 이럴 때 나는 1981년 7월부터 83년 2월까지 약 1년 반 동안 미국 뉴저지 주 프린스턴 신학교에 가서 미국 여러 곳에 산재한 한국 교회사 관련 자료들을 수집하게 되었다.

선생님께서 한국정신문화원 제2대 원장에 취임하게 된 것은 서울대학교 총장직에서 물러난 지 약 4개월 남짓 뒤인 1980년 10월이었다. 신군부로서도 선생님을 서울대 총장직에서 물러나게 한 것을 부담으로 여겼을지도 모른다. 나는 도미 뒤 주중에는 미국 북장로회의 선교 자료가 보관되어 있는 필라델피아의 Presbyterian Historical Society에 거의 매일 왕래하면서 바쁜 시간을 보내기도 하고, 뉴욕이나 뉴헤이븐, 보스턴 등지를 돌아다니면서 자료에 대한 정보도 얻고 직접 발굴도 했다. 나름대로 사료 수집에 보람 있는 시간을 보내고 있었다.

그러던 어느 날, 귀국하여 정신문화연구원 교수로 복귀하신 이성무李成茂 선배에게서 프린스턴으로 편지가 왔다. 내용인즉 선생님께서 나에 대해 관심을 갖고 있다는 것이었다. 李 형은 나더러 복직이 언제 이뤄질지 모르는 상황이니 정신문화연구원으로 옮기는 것이 어떻겠느냐고 권유했다. 뜻은 은근했지만 나만 동의하면 정신문화연구원으로 옮기는 것은 별로 어려움이 없을 것으로 보였다. 나는 이 제의가 녹촌 선생님의 뜻이라는 것을 금방 알 수 있었다. 며칠 동안 생각하다가 "뜻은 고맙지만 지금 형편이 그 뜻을 받들기가 어렵다"고 정중하게 사양하고, 선생님께도 그 뜻을 전해 달라고 부탁했다. 그 이유는 여기서 밝히지 않겠다. 그 뒤에 나는 선생님께 뜻을 받들지 못한 데 대해서 이해를 구했다. 그러나 그때로서는 나를 배려한 두 분의 호의를 사양하는 것 같아서 한동안 마음이 편치 않았다.

이성무 선배는 미국에 있는 동안 보스턴에 가서 잠시 만난 적이 있었다. 이 형은 나보다 먼저 귀국하게 되어 선생님께 내 상황을 알리고 상의했던 것으로 보인다. 이 형은 나보다 먼저 해직의 고초를 겪었다. 아마도 그 때문에 후배의 가긍한 상황을 배려할 수 있었던 것으로 보인다. 뒷날 귀국하여 李 형을 통해 내가 수집해 온 미 북장로회 마이크로필름 가운데 알렌에 관련된 자료를 프린트하여 한국정신문화연구원과 내가 각각 보관하게 되었다. 이 글을 쓰면서 되돌아보니 그때 두 분께서 나를 배려하여 베풀었던 은혜가 그윽히 떠올라 그 자상함에 다시 사의를 표하지 않을 수 없다.

재학 때 독일어 강독을 통해 유지기의 《史通》에 접하게 된 이래 선생님의 가르침은 내 공부에도 큰 영향을 끼쳤다. 더욱이 선생께서 쓰신 《삼국사기》의 역사 서술 문제를 다룬 논문(〈《三國史記》에 있어서의 歷史敍述〉, 《金載元博士回甲紀念論叢》, 1969)은 사학사史學史에 관심을 갖고 있던 내게 그 학적 수준은 물론이고 학문하는 방법도 잘 제시해 주었기 때문에 깊은 감명을 받았다. 단재丹齋 신채호申采浩가 《삼국사기》와 김부식을 폄훼했다고 할 정도로 비판한 이래 국사학계에서는 일정하게 단재의 주장에 동의하는 분위기가 지속되고 있었다. 그것을 의식하셨음인지, 선생님은 《삼국사기》를 두고 단재가 주장한 것처럼 그렇게 비자주적이거나 사대적인 것이 아니라고 주장하셨다. 논문에서 고구려, 신라, 백제의 관계를 다루면서 《삼국사기》가 신라 중심의 사서라고 단정하는 것을 비판했고 또 그 후대의 사서들과 비교하여 《삼국사기》가 결코 사대적이 아니며 그 후대의 사서보다 훨씬 자주성을 지니고 있다고도 주장했다. 논문의 짜임새와 논리적인 설득력이 국사학도들에게 깊은 감명을 주었다고 생각한다. 이는 그가 학문적 스펙트럼을 동서양으로 넓혀 학문함에 객관성을 더 공고히 할 수 있었고, 유지기의 사학 등 중국사학사를 통해서 한국 사학사의 한계를 드려다 볼 수 있었기 때문에 가능했던 것이 아닌가 생각한다.

끝으로 선생님께서 타계하실 무렵 나는 국사편찬위원회에서 근무하던 선생님의 장녀 혜령 박사와 선생님의 장서 문제를 논의할 수 있었다. 유족들과 제자들의 동의를 얻어 선생님께서 타계하신 그 이듬해에 국사편찬위원회로 장서가 옮겨져 '鹿村文庫'로 보존되게 되었다. 내 재직 때에 녹촌문고를 국사편찬위원회에 설치할 수 있었던 것은 선생님과 그렇게 깊지 않은 인연에 비춰볼 때 감사하지 않을 수 없다. 장서가 이관된 뒤 목록집을 완성하고 기념학술회의를 갖게 된 것은 내가 국사편찬위원회를 떠난 뒤인 2007년 5월이었다.

同鄕人 鹿邨 선생

이장우 李章佑*

1.

1945년 뒤에 우리 고향에서는 좌우익 대립이 너무 심하여 도저히 살아가기가 힘들었다. 그래서 우리 집도 서울로 와서 몇 년 동안 우거를 하게 되었다. 그때 돈암동의 성신여학교 바로 아래 조그마한 한옥 한 채를 전세로 얻어 매우 어렵게 지냈다. 그런데 그 당시에 서울에는 경상도에서 올라와서 사는 알만한 집들이 더러 있었다. 우리 일가도 그런 집이 몇 집 있었지만, 먼 친척들이나 혹은 연줄로 하여 알 만한 집들도 더러 있었다. 그 가운데는 더러 서울에서도 이미 자리를 잘 잡고 사는 집들도 몇몇 있었다.

그 가운데 가장 두드러진 집을 손꼽는다면 안동의 내앞 출신의 김시창 교수(서울대 의대)라든가, 영양 주실의 조건영(문교부 국장), 조헌영(국회의원) 선생 형제라든가, 예안 출신의 이동준(기업가) 같은 분들이 알 만한 분들이었다. 이러한 분들보다는 조금 후속 세대에 속한 분이지만, 돈암동 전차 종점 가까이에 살고 계시던 고병익 선생님에 대한 이야기도 많이 얻어들을 수 있었다. "대학에 다니면서도 워낙 공부를 잘해서 대학에

---

*영남대학교 명예교수

서 가르치고 있다"느니, "워낙 공부만 해서 얼굴빛이 누렇다"느니, "몽고어 등 여러 외국어를 안다"느니 하는 이야기였다.

이 분의 사모님은 내 큰형수님의 외사촌 언니가 되는데, 연세는 동갑이었다. 그런데 그 사모님은 4살 연상인 고 선생님에게 출가를 하시고, 우리 형수는 4살이나 아래인 우리 형님에게 출가를 해서, 고 선생님과 형님은 8살이 차이가 났고, 그때 고 선생님은 이미 대학의 선생님이 되었으나, 우리 형님은 당시에 대학 검정 시험을 준비하는 독학생이었으니 도저히 서로 상대도 할 수 없는 신분상의 현격한 차이가 있었다. 그런데도 고 선생님께서 형님을 보고서 "자네 나하고 서로 말을 놓고 지내세" 라고 하셨다고 들었다. 경상도의 풍속으로는 "상8, 하8"이라고 해서 상하로 8세 차이까지는 서로 말을 놓고 지내는 것이 풍속이었기 때문이다. 뒤에 보니 두 분이 한시를 같이 짓는 모임 난사회의 동인이 되어서 자주 어울리면서 정말 말을 놓고 지냈다. 좀 놀라운 일이었다.

6·25 동란 때, 우리 형제들은 서울에서 고향으로 돌아갔다가 다시 대학을 다닌다고 서울로 올라왔다. 그때 선생님은 독일에 유학을 하셨다가 돌아오셔서 연세대학교를 거쳐 동국대학교에 전임으로 계시면서 서울대학교 문리과대학에 출강하셨다. "동양사강독"이라는 과목인데, 독일어로 된 중국학 관계 자료를 가지고 강독하셨다. 나는 중문과 학생이었는데 그 과목을 2학기 동안 수강하였다. 대학을 들어갈 때도 독일어를 선택과목으로 택한 일이 있고, 또 그때 풍조가 전공 말고도 외국어를 잘해야 사람 대접을 받는 듯하였고, 더구나 대학원에 진학하려면 제2외국어는 독어 아니면 불어 가운데 하나를 택해야만 한다는 규정이 있었기 때문에, 독어를 계속 공부할 필요를 절실하게 느끼고 있었다.

그때 선생님께서 한 학기는 중국 소설에 관하여 독일 사람이 쓴 글을 교재로 삼으셨고, 또 한 학기는 무엇으로 교재를 삼았는지 지금 잘 기억 나지도 않는다. 그 전해에는 임어당林語堂이 독역한 《노자》(문고판)를 교 재로 사용하였는데, 수강하지는 않았지만 그 책은 구입하여 독어 번역문 곁에 한문 원문을 다 찾아서 적어 둔 일이 있다.

당시에는 무슨 과목이든 교과서라고 된 번듯한 책을 가지고 강의를 진 행하는 일이 드물었고 대개 가르칠 내용을 "가리방"이라고 해서 손으로 기름 먹인 종이 위에 철필로 글자를 긁어서 등사하여 사용하거나, 서양 말로 된 것은 기름 먹인 종이 위에 타자를 하여 역시 등사하여 사용하였 는데, 수강생이 적은 과목은 조교나 수강생 가운데 그러한 수고를 하는 일이 많았고 심지어는 교수가 직접 준비하기까지 하였다. 그러니 일반적 으로 진도도 별로 못 나가고, 또 휴강하는 경우도 많았다. 선생님의 강 의도 별로 진도는 나가지 못하였다. 당시에 선생님께서는 조선일보 논설 위원도 겸하셨으니 아마 개인적으로도 매우 바쁘셨을 것으로 생각된다.

첫 학기 기말시험을 보는데, 필기시험을 보지 않고 사학과 어느 연구 실에 개별적으로 오라고 하셨다. 혼자 들어갔더니 사학과의 학부 동기생 한 사람이 한쪽에서 책을 보고 있는데, 선생님께서 그 곁에 앉아 계시다 가 배운 교재를 펴 놓고 좀 읽고 해석을 하여 보라고 하시더니, "독일의 중국 연구에 관하여 무엇을 좀 아느냐?"고 물으셨다. "몽고 연구가 유명 하다고 하던데요." 하였더니 "처음 듣는 말인데…" 하시면서 좀 의아해 하셨다. 누군가 선생님의 전공이 몽고이기 때문에 "독일에 가서 몽고 연 구"를 하셨다는 말을 들은 적이 있어 그렇게 말하면 맞을 것 같아서 말씀 드린 것이나 아니라고 하시니 낭패다(나중에 보니 선생님은 당나라 유지 기의 《史通》을 연구하셔서 박사를 하셨다.). 그래서 생각을 하여 보니 학 점을 잘 받기는 어려울 것 같았다.

"이근필(이퇴계 종손) 씨가 제 형님의 처남인데요." 하고 인맥을 들먹여 보았다. 그러자 그 사람을 아시는지 모르시는지 웃음을 지으시더니 나가 보라고 하셨다. 그때 곁에 앉아 있던 동기생(뒤에 울산대 교수가 된 이겸주)이 과연 그런 자리에서 그런 말을 하는 나를 어떻게 보았는지 매우 부끄러운 생각도 들었지만 이미 뱉은 말을 되담을 수도 없었다.

뒤에 사모님이 형수에게 하셨다는 이야기를 들으니 "이근필이가 누구더라?" 하고 오후 내내 곰곰이 생각하시다가 저녁에야 생각이 나셨다고 하시면서 "아! 이용태 그 사람의 동생을 만났지." 하셨다고 한다. 그 덕분인지 그 학기에도 B학점을 받았고, 그 다음 학기에도 역시 B학점을 받았다(요즘은 학점 인플레가 되어 B학점을 우습게 알지만, 우리가 다닐 때는 평균 B학점 이상자는 이름을 대학 게시판에 공고도 하고, 또 대학신문에까지도 공고하여 주었다.).

2.

내가 대학에 다닐 때 나의 전공과 관련하여 그래도 가장 가깝게 찾아뵐 수 있는 영남 출신 학자로는 성균관대학에 계시다가 연세대로 가신 이가원 교수님이 계셨고, 그 다음은 고 선생님이라고 생각하였다. 그 뒤에 대구에 계시다가 고려대로 오신 김종길 선생님께서도 영문학자이기는 하지만 한문에도 조예가 깊으셔서 졸업한 뒤에 자주 찾아뵐 수 있었다. 그런데 이 교수나 김 교수 같은 분은 말씀도 놓으시고, 집안 내력 같은 것도 가끔 이야기 하시면서 "우리가 남이 아니다"는 생각이 들게 하고, 늘 거두어 주시는 듯한 인상을 받았으나, 고 선생님은 말씀을 놓지 않으시고, "하오, 마오" 하는 식으로 공대를 하셔서 오히려 좀 가까이 모시기가 거북하게 생각되었다.

그런데 내가 대만에서 석사를 하고 와서도 시간강사로 궁하게 지내는 것을 보시고, 어느 대학에 중문과를 신설하여 나를 전임으로 채용하도록 그 학교 사학과의 모 교수에게 부탁을 하여 두셨다는 말씀을 하신 적이 있다. 그 뒤에 내가 서울의 어느 대학에 겨우 전임이 되었다고 인사를 드렸더니, "모든 게 마음에 그렇게 만족스럽지는 않을 터이지만 우선 잘 참고 견디어 보시오." 하셨다. 그 학교에 들어간 뒤에 학과의 잡지라는 것을 하나 내었는데 보내어 드렸더니, 그때 문리대 학장을 하고 계실 때인데, 전화를 하시고 그 책의 집필자 하나하나씩 어떤 사람이냐고 물어 보시고서는 "지금 한국 학계에 꼭 필요한 내용을 실었다"고 칭찬을 하여 주셨다.

선생님께서 어느 해 미국 워싱턴대학에 가서서 2년 동안 계시다가 돌아오셔서 하시는 귀국 보고 말씀을 사학과 모임에서 하시는 것을 들은 일이 있었는데, "미국에서는 학계의 실정에 맞추어 꼭 필요한 일부터 차근차근하게 해 나가는 것 같더라"고 하시는 말씀을 나는 지금까지도 늘 되풀이해서 생각해 보고 있다. 과연 한국의 중국 문학계에서 차근차근하게 해 나가야할 일이 무엇인가? 좋은 사전을 만들고, 기본이 되는 원전들을 체계 있게 번역 · 주석하는 일부터 해 가야 하지 않겠는지? 내 자신도 지금 생각하여 보면 별로 한 것이 없지만, 그래도 이러한 일부터 해 나가야 된다는 이야기는 늘 강조하여 오고 있다. 아마 그 잡지에도 논문 위주보다는 내용은 어려운 글이면서도 꼭 중문과에서 가르쳐야 하는 중요한 글 몇 편을 상세하게 역주 · 해설해 둔 것을 보시고 마음에 들어 하셨던 것 같다.

3.

나는 그 뒤에 대구로 내려가서 34년을 살았기 때문에 선생님을 개인적으로 찾아뵙는 일은 매우 드물어졌다. 그러나 선생님께서 만년에 한시를 매우 좋아하셔서서 작시도 좋아하신다는 이야기는 자주 들었다. 같은 난사회의 회원인 향천 김용직 선배가 그 따님인 고혜령 박사에게 이야기하여 나에게도 선생님의 한시, 한글 번역 대역집인 《眺山觀水集》 1권을 보내 주었다.

펴 보니 선생님의 만년의 모습을 잘 짐작할 수 있어 반가웠고, 또 따님이 쓴 〈후기〉도 정감이 넘치는 명문이었다. 우선 선생님이 어디에 계시든 무엇을 보시든 모두 격식이 까다로운 율시로 표현해 내셨다는 점이 놀랍고도 재미있다. 특히 재미있게 읽은 시 한 수만 우선 소개하고자 한다. 〈憶四十年前 德女〉(40년 전 독일 여인을 회억하며)라는 시는 다음과 같다.

아롱이던 눈동자 희미하여 기억하기도 어려워도	鬖鬖玲眸想不成
귓가에는 여전히 시 읊조리던 소리 들려오네.	耳邊尙聽誦詩聲
쓸쓸히 가을비 내리던 밤 헤어지기 어려워	凄凄秋雨難離夜
우산 쓰고 옷깃 나란히 해 밝도록 걸었지.	張傘聯襟步到明

주석을 보니 그 독일 여인은 "독일인 친구 Bauer 부인을 말한다"고 되어 있다. 내가 아는 한 이러한 한시는 종전에는 중국이고 한국이고 간에 없었다고 생각한다. 이 시의 문면만 보면 한 외국 남자와 한 독일 여자가 대등한 입장에서 "데이트"한 것을 추억한 내용이다. 중국이나 한국에서 기녀나 하녀 말고 이렇게 남녀가 데이트를 하는 관습도 없었을 뿐만 아니라, 설령 그러한 일이 혹시 있었다손 치더라도, 그런 사실을 군자가 글로 남길 수는 없었을 것이다. 청말에 일본에 와서 있었던 외교관 黃遵憲이 일본의 신문물을 보고서 시에 담았기 때문에 그가 "詩界의 革命"을 하였다고 하는 데, 선생님의 이 시야말로 "시계의 신新 혁명"이 아닐 수 없다.

아주 재미있는 시다.

〈同碧史登三角山僧伽寺〉 (벽사와 함께 삼각산 승가사에 오르다)

비 지난 산머리에 흰 구름 날리나니	雨過山頂白雲飛
날 갠 뒤 등반이라 좋은 기회 잡은 것	霽後登攀得好機
땅에서 불끈한 바위 가팔라 흐르는 물도 급한데	拔地岩危流水急
하늘까지 뻗은 나무 빽빽하여 스민 햇살 듬성하다	參天樹密透光微
암벽의 부처는 자비로움 넘쳐나고	磨崖古佛慈悲溢
보탑 앞 새 계단은 새긴 조각 빛나누나.	寶塔新開鏤刻輝
지척에 그윽하고 고요한 명소 있으니	咫尺名區幽寂處
수시로 와 완상할 일 어기지 않으리라.	隨時來賞願無違

벽사 이우성 교수님과 함께 삼각산의 승가사에 가셔서 지으신 시다. 내가 작년 연말에 서울로 이사를 와서 지금 북한산성이 가까운 진관동에 살고 있다. 취미로 등산도 하고 또 북한산에 관하여 쓴 한시도 찾아서 읽어보고 있으며, 다음 달부터 2개월 동안은 "한시를 따라가는 북한산 기행"이라는 강의도 북한산문화센터라는 곳에서 한 차례 할 작정이다. 선생님의 이 시를 보니 반갑다. 반드시 소개를 할 작정이다.

'教分'의 추억

심재기沈在箕*

鹿邨 高柄翊 선생님이 가신 지 어느새 10년이 되었다 합니다. 평소에 선생님을 따르고 배우던 사학과史學科 친구들이 저에게도 추모의 글을 쓰면 좋겠다는 청탁서를 보내 왔을 때, 저는 감히 선생님과 추억을 이야기할 자격이 있겠는가 하는 조심스런 마음이 있었습니다. 그런데 그 뒤 어느 모임에서 선생님의 따님, 惠玲 선생이 저에게 아무 이야기라도 기억나는 것 한두 줄 쓰면 어떻겠느냐고 하였습니다.

"선생님이 아버님과 交分을 생각하셔서 시간을 좀 내 주세요." 하는 부탁을 덧붙이면서 말입니다.

감히 交分(서로 사귀며 정을 나눔)이라니, 이것은 진실로 과분過分한 표현이고 군이 '교분'을 따지자면 '教分'(가르침을 받은 말씀의 일부분)이라해야 얼추 말이 되지 않을까 하는, 그래도 외람되다는 심정으로 붓을 들었습니다.

저와 선생님의 教分을 생각해 보면 말씀드릴 것이 아주 없지도 않습니

*서울대학교 명예교수, 전 국립국어원장

다. 아주 멀리서, 그리고 조금 멀리서 그러나 가까운 마음으로, 또 그 다음엔 아주 가깝게 송구한 마음으로 선생님을 모시면서 얻은 가르침의 몇 조각 추억을 말씀드릴 수 있겠습니다.

첫 번째는 아주 멀리서의 경우입니다.

사실 저는 국문과 학생이고 선생님은 사학과 교수이셨으니 학부 시절에 한 대학 안에서 스승과 제자의 인연이 생겼다고는 할 수 있으나 직접 경해謦咳에 접할 기회가 있는 것은 아니었습니다. 그러나 그때 문리과대학에는 수강 신청을 하지 않고도 아무 강의나 마음대로 들을 수 있는 청강제도聽講制度(?) 곧 도강盜講이라고 하는 것이 크게 유행하고 있었습니다. 제가 선생님과 인연이 생겨, 첫 번째 敎分을 얻었던 것은 바로 이 도강의 풍조 덕분이었습니다. 이 盜講(盜聽講이라 해야 맞는 표현일 듯)이라고 하는 것은 참으로 무책임하고 무심無心한 자세로 아무 강의실에나 들어가 한쪽 구석에 앉아 부담 없이 명강의名講義를 듣는 재미를 뜻하는 말이었습니다. 지금은 강의 제목도 생각나지 않고 그 강의를 듣던 때가 봄인지 가을인지도 기억에 없습니다. 그러나 학기 초였던 것은 분명합니다. 저는 사학과 친구 한 명과 같이, 선생님 강의실 한쪽 구석에 앉았습니다. 그리고 그때 저는 선생님 말씀으로 역사歷史에 대한 기본적인 관점을 분명하게 확립할 수 있었습니다.

경쾌한 발걸음으로 강단에 서신 선생님은 수강하는 학생들을 죽 둘러보시더니 "수강 신청하지 않은 사람도 많이 있네. 내 강의가 인기가 있다는 것으로 알지." 이것이 선생님의 첫 말씀이었습니다. 저와 첫 대면이기도 한 셈이고요. 그때는 출석 점검을 호명으로 하지 않고, 수강생 명부를 선생님이 갖고 들어오셔서 그것을 학생들에게 넘겨 주면, 수강하는 학생들이 그 명부에 적힌 자기 이름 옆의 서명란에 강의 날짜별로 서명을 하는 것으로 출석 점검이 되는 풍습이었습니다. 그 서명란 명단을 보면 선생님은 강의에 출석한 학생이 몇 명인지를 파악할 수 있었지요. 그때에 선생님은 출석 점검이 된 수강생과 강의실에 앉아 있는 참석 수강생을 눈짐작으로 헤아리시고 도강하는 학생이 꽤 있다는 것을 아시게 된 것 같습니다. 다음은 선생님의 강의 요지입니다.

"여러분, 역사를 무어라 생각하십니까? 대부분 시간의 흐름과 연관 지으며 하나의 국가공동체 또는 민족공동체가 시간의 흐름에 따라 살아 온 자취를 복원해 보는 것이라고 생각합니다. 그것이 틀린 것은 아니지만 완전한 것은 아닙니다. 나는 역사를 흐름이 아니라 짜임이라고 생각합니다.

여러분, 베틀에 앉아 본 경험이 있습니까? 베틀에 앉아 직접 짜본 경험은 없지만, 베 짜는 풍경을 본 적은 있겠지요? 또 그것을 직접 보지는 못한 사람이라도 적어도 베틀에 앉아 베를 짜는 여인의 사진이나 그림은 모두 보았을 것입니다. 그때 그것이 삼베이거나 모시이거나 무명이거나 어떤 천을 직조織造하건, 세로로 길게 뻗은 날줄의 실이 적당한 폭을 이루고 있는데, 거기에 가로로 짜 넣는 씨줄이 북의 좌우 이동으로 움직여야 하나의 천이 한 치 두 치 천 폭으로 늘어나는 것을 보았을 것입니다. 역사는 바로 이러한 날줄 씨줄의 교합交合으로 짜이는 인간의 삶입니다. 날줄은 시간의 흐름과 연관된다면 씨줄은 공간적 사귐 곧 횡적橫的 관계를 뜻한다고 할 수 있습니다. 즉 흐름과 사귐이 어울리어, 한 폭의 천이 짜이듯이, 짜이는 것이 곧 역사입니다. 그래서 역사는 흐름을 넘어서는 짜임이라고 말한 것입니다."

저는 이 강의를 들은 뒤로 "역사는 흐름이 아니라 짜임이다." 라는 선생님의 말씀을 잊은 적이 없습니다.

두 번째는 조금 멀리서 그러나 가까운 마음으로 선생님의 모습을 뵙고 敎分을 얻은 일입니다. 어느새 세월이 흘러 저는 송구스럽게도 모교 국문과의 교수가 되었습니다. 1968년에 전임이 되고 십이삼 년쯤 지난 때였습니다. 전두환 대통령의 제5공화국이 막 시작된 1981년 가을로 기억됩니다. 프랑스의 인류학자 레비스트로스 교수가 한국정신문화연구원의 초청을 받아 한국을 찾았습니다. 그때 저는 선생님이 레비스트로스 교수의 오랜 친구가 아닌가 생각했습니다. 레비스트로스 교수의 강연 자리에 동석하여 파안대소하며 레비스트로스 교수와 이야기하는 장면을 멀리서 지켜볼 수 있었기 때문입니다. 저는 구조주의 언어학의 창시자로 일컬어지는 스위스 언어학자 소쉬르와 러시아 언어학자 야콥슨 같은 이를 공부하면서 인류학자 레비스트로스에 대해 한두 마디 들은 일은 있어도 그의 학문 세계가 어떤 것인지를 잘 모르던 시절이었습니다. 지금도 별반 다르지 않습니다. 그런데 역사학자이신 고병익 선생님이 스트로스 교수와 친구처럼 담소談笑하시는 것을 멀리서 보면서 "아하, 선생님의 구조주의적(?) 역사 해설이 스트로스 교수의 학문과도 관계가 있겠구나." 이런 생각을 하였습니다.

이보다 조금 앞선 때입니다만, 대학생들이 민주화를 위한 행동으로 스크럼을 짜고 교문 밖으로 몰려나가고는 했습니다. 어느 날, 교문 밖에는 수백 명의 경찰이 철통같은 방어 자세를 갖추고 있었습니다. 그때에는 학생들이 교문 밖으로 나서기만 하면 어딘가로 붙잡혀 가서 곤욕을 치르게 되어 있었습니다. 그래서 교수들이 전면에 나서서 밖으로 나가려는 학생들을 만류하여야 하였습니다. 어느 날인가 제가 학교 본관 앞으로 나가, 밖으로 나가려는 학생들의 무리를 근심스럽게 지켜보고 있었습니다. 그때였습니다. 등 뒤에서 내 어깨를 치는 사람이 있었습니다. 돌아보니 부총장이신 고병익 선생님이셨습니다.

"이 봐, 심 교수, 우리가 저 한가운데로 나가 볼까?"

선생님은 눈으로 웃으시고 입으로는 우는 듯 이렇게 말씀하셨습니다. 그날 저는 선생님과 함께 학생들 속에서 참담한 심정으로 학생들의 외침을 들었습니다.

"자네들 밖으로 나가면 잡혀가 곤욕을 치르네. 진정들 하게나." 선생님과 저는 몇몇 학생들에게 이렇게 곤궁한 설득을 했던 것으로 기억됩니다. 이 일이 있은 뒤로 저는 어쩐지 선생님이 서울대학교 부총장님이 아니라 저의 오랜 스승이라는 느낌을 가지게 되었습니다.

그리고 세월은 흘러 그 험악하던 5공 시절도 지나고 이른바 민주화 바람이 불고 또 개헌이 되어 제6공화국 시절이 왔습니다만 선생님은 이미 서울대학교를 떠나셨습니다.

이제는 세 번째로 아주 가깝게 그러나 송구한 마음으로 선생님의 教分을 얻은 사건을 말씀드려야 하겠습니다. 저는 정년을 서너 해 앞두고 국립국어연구원장을 맡아 그 두 번째 해인 2000년을 맞았을 때입니다. 저희 국어연구원은 그해에 새로운 학술 프로젝트로 韓日間 人文社會科學의 학술교류계획을 세우고 그 첫 번 행사로 기념강연회를 열기로 하였습니다. 때마침 학술진흥재단에서 얼마간의 보조를 받을 수 있어서 그 일은 순조롭게 진행되었습니다. 그런데 그 기념강연회를 구체적으로 기획하고, 여러 세부 일정이 짜였으나 막상 그 강연회의 얼굴이 되어야 할 기조 강연의 연사로 누구를 모셔야 할 것인지는 결정이 되지 않았습니다. 저는 그때 문득 민족문화추진회民族文化推進會의 이사장을 맡고 계신 선생님을 떠올렸습니다. 그래서 구기동의 민추民推 이사장실理事長室로 선생님을 찾아 갔습니다. 그때 선생님은 저를 보시더니

"심 교수가 웬일이야, 여기로 나를 찾아오고······" 이렇게 웃으시며 맞이하셨습니다. 저는 선생님께 국어연구원의 학술교류사업계획을 말씀드렸습니다. 그랬더니

"그래요, 그럼 길게 얘기하지 말고 내가 할 일을 말씀하시구려." 이렇게 나오시는 것이었습니다. 저는 단도직입으로 여쭈었습니다.

"선생님의 기조 강연基調 講演 제목을 말씀해 주십시오."

이렇게 하여 선생님은 2000년 1월 28일, 국립국어연구원이 주최하는 제1차 한일인문사회과학 학술교류 기념강연회에서 '漢字文化圈과 文化電算網'이라는 강연을 하시게 되었습니다. 컴퓨터의 보급이 급속도로 확대되면서 학술 자료의 인프라 구축이 문제되던 때에 선생님은 이미 그 문화전산망이 한자 문화권 전체를 아울러야 한다는 생각을 하신 것입니다. 역사를 짜임의 구조로 파악한다면 동북아東北亞 한자 문화권漢字 文化圈의 문화전산망 구축은 선생님으로서는 초미焦眉의 사업이라고 생각하신 것입니다. 선생님 덕분에 그 학술회의가 빛이 났다는 것은 오히려 군더더기 이야기이겠습니다.

지금 곰곰 생각해 보니, 미래를 내다보는 짜임의 역사학자 고병익 선생님을 왜 생전에 좀 더 가깝게 모실 기회를 자주 만들지 못 했는지 후회가 될 뿐입니다. 저에게는 언제나 너무 멀리 계신 분으로만 어려워했기 때문이 아닌가 싶습니다. 이런 글로 선생님 생전에 선생님께 품었던 한 가닥 마음을 펼쳐 겸손스레 용서를 청합니다.

2013. 8. 23.

《중국선사시대의 문화》에 얽힌 추억

강인구姜仁求[*]

　고병익 선생님을 생각하면 대학 시절부터 가슴속에 깊이 묻어둔 책 한 권이 떠오른다. "J. G. 안더슨 지음 김상기 고병익 공역"으로 되어 있는 《중국 선사시대의 문화》(한국번역도서주식회사, 단기 4291년 12월 25일 초판 펴냄)가 바로 그 책이다. 이 책의 원서原書는 20세기 초반 중국 대륙의 선사문화先史文化를 서양 학자의 손으로 처음 조사 · 평가하고 전 세계의 학계에 알린 당대의 명저名著이다.

　동빈東濱 김상기金庠基 선생님이 쓰신 역자 서문(1954년 4월 7일)을 잠깐 들여다 보면, 이 명저의 번역은 고 선생님이 전담하셨고, 번역 완료 뒤 바로 서독 유학길에 오르신 것으로 되어 있다.

　고 선생님은 영역본《Children of the Yellow Earth −Studies In Prehistoric China−》(E. Classen, London 1934)을 저본底本으로 사용하셨고, 원서는 스웨덴어로 된《Den Gula Jordens Barns》(Stockholm, 1932)이다.

　원저자 요한 군나르 안데르손Johan Gunnar Andersson(중국명 安德生) 박사는 지질학자로서 북경北京 정부의 초청을 받아 중국지질조사소(1914

*한국학중앙연구원, 한국학대학원 명예교수

년~1925년)의 고문으로 있으면서 지질과 광물자원 조사 및 화석의 수집 등에 종사하다가, 1921년 앙소촌仰韶村 발굴 뒤부터는 유적조사에 전념하여 많은 업적을 남긴 고고학자이다. 가장 두드러진 업적은 북경北京 방산현房山縣 주구점周口店에서 인류人類 치아齒牙를 발견하여 북경원인北京猿人 발견의 단서가 되었고, 다른 하나는 하남성河南省 민지현澠池縣 앙소촌仰韶村에서 중국 신석기시대의 주거지住居址를 발굴 조사하여 채문토기彩陶와 간석기磨製石器를 발견하고, 이어 감숙성甘肅省의 조사에서 거둔 채문토기와 함께, 채문토기문화彩陶文化의 기원을 중동 지역으로 추정하였다. 이 학설은 당시로서는 획기적인 신설新說이었고, 그 성과로 유럽 학계의 "중국의 구·신석기시대의 유무" 논란에 종지부를 찍게 되었다.

그러나 20세기 중반부터는 새로 등장한 중국 학자들의 전야고고田野考古 성과가 마치 장마 뒤의 홍수처럼 쏟아져 나온다. 이와 반비례로 안데르손 박사의 업적과 명성은 차츰 옅어져 갔다.

대표적인 사건을 들면, 1931년 양사영梁思永이 안양현安陽縣 후강后岡 유적에서 거둔 "삼루층三疊層"의 확인으로 앙소문화仰韶文化(彩陶) 용산문화龍山文化(黑陶) 상은문화商殷文化(灰陶)의 상대연대相對年代를, 1944년 夏鼐은 감숙성甘肅省 제가기齊家期 묘지의 발굴로 선앙소기先仰韶期 후제가기後齊家期를 각각 밝힐 수 있었다. 1950년대 뒤로 서안西安의 반파半坡, 섬현陝縣의 묘저구廟底溝, 태안泰安의 다문구大汶口, 우하량牛河梁 여신묘女神廟와 적석총積石塚 유적, 자산磁山 유적, 배리강裵李崗 유적 등지의 조사가 연이어 이루어져 신석기시대 문화 연구가 크게 진전하였다. 그 결과 앙소문화의 기원은 오히려 '중원 지방에서 서쪽으로 흘러갔다'는 인식이 확립되어, 안데르손의 학설은 크게 위축되었다. 그럼에도 안데르손 박사가 이식移植한 발굴법과 연구법은 중국 학자들이 크게 계승하여 발전하였다. 안데르손 박사는 1961년 10월 29일 86세로 스웨덴 그의 향리鄕里에서 위대한 생애를 마감하였다.

나는 중국이나 중앙아시아 지역의 역사와 문화에 관해서는 해방 뒤 일본 책을 급히 번역해서 사용한 부독본류副讀本類에서 보고 들은 주구점周口店 스키타이Scythians 같은 몇 개의 지명을 아는 정도였는데, 그것이 중고등학교 과정을 거치는 동안 신기한 동경으로 가슴속에서 자라고 있었던 것 같다.

고 선생님은 내가 1961년 병역을 마치고 복학한 뒤 〈中國史講讀〉〈元代史〉 등의 강의 시간에서 처음 뵙게 되었다. 강독은 아마도 양계초梁啓超의 《淸代學術槪論》의 일부인 황종희黃宗羲 고염무顧炎武의 고증학에 관한 내용이 주였다고 생각된다. 원대사元代史에서는 베니스인으로서 원나라의 상도上都(개평開平)까지 와서 세조世祖를 알현하고 많은 활동을 하다가 고국으로 돌아가 전쟁을 겪고 제노바의 옥중에서 구술로 《동방견문록》을 남긴 마르코 폴로Marco Polo(1254년~1324년)가 먼저 생각나고, 그가 여행기에 남긴 노구교蘆溝橋(Marco Polo Bridge)는 관련 유적으로 가장 생생하다.

당시는 북한과 중국은 철鐵의 장막과 죽竹의 장막에 가려진 저편에 있어 여행은 고사하고, 출판물도 수신이 안 되는 엄혹한 시대였다. 동경이 컸던 만큼 갈증도 크게 느끼고 있던 때인지라, 방금 서양 유학에서 돌아오신 고 선생님의 강의는 신선함을 느끼기 충분하였다. 강의실이 이화동梨花洞 쪽의 공업연구소 자리였을 때는 수업을 마치고 구름다리를 넘어 문리대 본관 앞을 가로질러 동부연구실까지 선생님 뒤를 따라 걸으면서 시사에 관한 이런저런 말씀을 듣던 일도 새삼스럽다.

나의 1962년은 동양사연구실에서 중국의 사서史書를 난독亂讀하고 있던 시기였다. 이때 안데르손 박사의 명저에 관하여 들을 수 있었다. 그러던 어느 날 민현구閔賢九 형이 《중국선사시대의 문화》라는 책이 얼마 전에 고서점에 나왔다는 말을 들었다고 알려 주었다. 바로 청계천으로 달려가 고서점가를 뒤져 1962년 5월 8일 그 명저를 입수할 수 있었고, 며칠 동안 흥분 속에서 완독完讀한 일은 오랫동안 뇌리에 남아 있다. 황토층黃土層, 용골龍骨, 반산 묘지半山墓地, 채문토기, 상문喪文, 굴장屈葬 등등 처음 보는 지식으로 가득하였다. 나는 그 뒤에도, 중국의 광활한 대지에서 유적을 찾아다니는 환상에 빠져들며, 샤반Chavannes, 도리이 류조鳥居龍藏 등 중국 연구 선구자들의 활동상을 읽고 가슴이 충만해질 때, 1992년 한중 국교가 트일 때까지 공허감을 메우고 달래야 할 때 종종 이 명저를 꺼내 들곤 했다.

돌이켜 보면, 이 명저는 중국 고고학에 대한 깊은 호기심과 정열을 불같이 일으켜 세워 주었는데, 책의 뒤표지에 붙여 놓은 메모에 1962년 5월 23일이라고 적혀 있는 것을 보면, 책을 구입하고 보름이 지난 뒤까지도 아직 감동 속에 젖어 있었던 것 같다.

1992년 한중 국교를 맺은 그날도 우연하게 상경발해유적上京渤海遺跡을 향해 달려가고 있었던 일을 비롯하여, 그 뒤 몇 차례의 중국 유적을 답사할 수 있는 기회를 만들었지만, 그때마다 학생들이나 교수들과 함께 하는 단체여서 총론적인 시각을 벗어날 수 없었고, 그로 말미암아 안데르손 박사의 전철을 밟는 일은 엄두도 낼 수 없었다.

막상 기다리고 기다리던 앙소촌仰韶村 방문의 기회는 1997년 8월 10일경에야 겨우 찾아왔다. 하남성河南省 민지현澠池縣 앙소촌仰韶村은 현성縣城에서 북쪽으로 9km나 떨어진 한촌寒村 이다. 유적이 소재한 지역은 민지강澠池河 유역의 황토퇴적층이 수십 미터의 수침벽水浸壁을 이루고 있었고, 유적은 그 퇴적토 위에 대주거지大住居址로 남아 있었다고 하는데, 내가 갔을 때는 공원으로 정비한 뒤였다. 안데르손 박사의 탁견은 학설사 속으로 사라진 지 벌써 30여 년의 세월이 흐른 뒤인지라, 작고 초라한 발굴 기념 비만이 한적한 주위 환경과 더불어 쓸쓸하게 서 있었다. 동시에 나의 "앙 소촌의 방문"이란 연래의 소망을 이룬 감동은 순식간에 지나가버리는 듯 하였다. 그러나 일면 생각해 보면, 고고학이라는 학문은 마치 여행 가운 데 차창 밖에서 차례차례 멀어져 가는 풍경의 파노라마처럼 신新자료에 의한 신新장면은 그것대로 연하여 살아남는 것이어서, 학사가 지니는 의 미는 역사학보다 특별하다고 할 수 있다. 나는 안데르손 박사의 공적과 명복을 기리고자 잠시 묵념을 올리고, 일행들에게 간단한 설명을 하였다.

1977년 일본에서 공부하던 시절, 나를 크게 도와주시던 오카자키 다카 시岡崎敬(중국고고학)·니시타니 다다시西谷正(한국고고학) 두 교수와 담 화 가운데《중국 선사시대의 문화》에 대한 감동을 말씀드렸더니 일본에는 히로시마대학의 마쓰자키 히사카즈松崎壽和 교수가 번역한 책이 오래 전에 나와 있다는 정보를 주셨다. 책명은《黃土地帶》이고, 1942년에 초판이 나 왔으므로, 고 선생님의《중국선사시대의 문화》보다 12년 앞이다. 안데르 손 박사는 중국에 머물면서 몸소 보고 들은 사건들을 묶어 1926년에《The Dragon and the Foreign Devils》이란 수필집을 출간하였는데, 마쓰자키 교 수는《龍と外魔》란 책명으로 1971년(學生社)에 번역 출간한 바 있다. '龍' 은 물론 중국이고, '外魔'는 白禍 洋鬼子(서양)와 東洋鬼(일본)를 지칭하 는 말인데, 이 책은〈近代中國侵略小史〉로도 볼 수 있다는 간략한 평이 함께 쓰여 있다. 청말에서 신중국新中國 건국에 이르기까지 과정을 객관적 인 눈으로 관찰한 책이어서 우리 지식인들에게도 유익할 것으로 판단되 었지만, 지금 주위에 안데르손 박사를 아는 사람이 한 사람도 없다는 것 이 걸려서 번역 출판할 마음을 접었다.

나는 1980년대 초 영남대학교에 봉직하고 있을 때 《중국 선사시대의 문화》, 《黃土地帶》의 감동과 더불어 그 명저의 원전을 소지하고 싶은 욕망에 빠져 있었다. 그래서 遠東博物館(The Museum of Far Eastern Antiquities)에 편지를 보내서 그 명저의 스웨덴어판 원서를 요청하였는데, 1개월 뒤에 '박물관의 Bulletin'을 포함하여 한 보따리(25권)의 책을 보내와서 또 한 번 감동을 맛보게 되었으나, 가장 열망하던 그 명저의 원어판은 절판되었다는 답만 돌아왔다. 遠東博物館은 안데르손 박사의 업적을 기리고자 스웨덴 정부에서 설립한 중국 전문의 박물관이고, 현재는 사정이 많이 달라졌겠지만 당시로서는 중국 밖에서는 가장 크고 충실한 박물관이라는 성예를 듣고 있었다.

1990년대 들어와서 또 하나의 중국고고학 분야의 명저를 접하게 되었는데, 이번에는 중국인 학자들의 손을 거친 발굴 조사와 연구의 업적으로 만들어진 저서이다. 이 책은 왕종수王仲殊가 쓴 《漢代考古學概說》인데, 나는 단번에 매료되어 왕 교수에게 편지를 보내 번역 출간을 요청하고자 마음먹었다. 뜻밖에 기회는 빨리 찾아와 1991년 5월에 길림성吉林省 장춘長春에서 '국제아세아사학회토론회'가 열리게 되었다. 나는 급히 한국 대표의 임무를 부여 받고, 삼불三佛 김원용金元龍 전 대표를 비롯하여 전영래全榮來·신경철申敬澈 등 19인의 교수들과 함께 참석하게 되었다. 회의 첫날 우에다 마사아키上田正昭 회장의 소개로 왕 교수와 처음으로 인사를 나누게 되었는데, 그 자리에서 한국어 번역 출판을 요청하자 왕 교수는 기꺼이 허락해 주셨다.

저자 왕 교수는 중국사회과학원 고고연구소장으로 주 전공은 한대漢代의 묘장墓葬이지만, 도성, 건축, 동철기, 토기 등 한대의 전 분야에 걸친 연구 논문을 다수 발표한 바 있는 명실상부한 중국고고학계의 대표적인 학자이다. 나는 중국고고학에 대한 예의 편애의 심정으로 박사과정의 고고학연습 강의에 교재로 사용하였다. 토론과 검토, 교열과 수정을 거듭한 작업이었고, 나 나름 정성을 다하였다. 그리하여 1993년 8월 30일 발간을 보게 되었다.

1995~1996년에는 고 선생님을 전에 원장으로 계셨던 한국학대학원에 석좌교수로 모시게 되었는데, 선생님은 한국중세사연습韓國中世史演習(주로 한중관계사) 한 강좌를 맡아 강의하시는 한편 연구원에서 개최하는 심포지엄에서도 몇 번의 발표를 맡아 주시었다. 선생님이 출강하시는 날은 점심을 함께 하고 가벼운 산책을 하곤 하였는데, 그때마다 좋은 말씀을 해 주셔서 학창을 떠난 지 30여 년 만에 우연히 찾아온 행복에 겨워했다.

어느 날 산책에서, 내가 1960년대 초에 겪은《중국 선사시대의 문화》와 관련한 일들을 처음으로 말씀드렸다. 그 명저를 처음 입수하여 읽고 또 읽은 일, 내용이 마치 기행문처럼 연속으로 전개되는 것하며, 문장도 유려해서 한번 책을 잡으면 놓을 수가 없을 정도로 흥미 있었다는 내용들이었다. 선생님께서는 책 출간 뒤 근 40년 동안 잊고 계시다가 뜻밖의 장소에서 어려우셨던 시절 일을 듣게 되셔서 그러신지 좀 겸연쩍은 표정을 지으셨다. "그건 유학 떠나기 전에 급하게 번역한 것이어서 고칠 데가 많았는데…" 하시면서 잠깐 동안 진한 감회에 젖는 듯 보이셨다. 사실 그 명저는 1950년대까진 세계적으로 유명한 책이었지만, 우리나라에서는 6·25 전쟁 뒤 얼마 안 되어 출간한 책이라서 널리 보급되지 못하였다. 지금까지 그 책을 알고 있는 사람을 별로 만난 일이 없다.

《중국 선사시대의 문화》에 대한 감동도 아직 남아 있고, 마침 고 선생님도 같은 캠퍼스에서 수시로 뵐 수 있으므로 일상 보고 겸해서, 1995년 4월 3일 선생님께 내가 번역한《高句麗簡史》와 함께《漢代考古學概說》을 드렸다. 일주일 뒤쯤 인가 역시 점심 식탁에서 선생님은 여러 말씀을 하셨는데, "부록으로 붙인 '譯註'에 좀 미흡한 부분이 있다"는 완곡한 평도 들어 있었다. 譯註는 학생들을 위해서 역사적 사실을 중심으로 설명을 붙인 것인데, 솔직히 말하자면 몇몇 항목은 나 스스로도 불만이었다. 한대에 대한 천박한 지식을 자탄할 수밖에 없었다. 수정본 준비는 차일피일 20년이 다 되도록 아직 손도 대지 못하였음을 선생님을 추모하면서 부끄럽게 생각한다.

1999년 나는 북경대학의 작원勺苑 기숙사에 머무르고 있었다. 박물관 순방과 고분古墳 답사踏査를 대강 마친 뒤, 11월 20일 아내와 함께 37년 전부터 가슴에 품어 왔던 주구점周口店유적과 노구교蘆溝橋유적으로 달려갔다. 이 유적의 답사는 마르코 폴로의 낭만적 사실史實이 얽혀 있고, 또 고 선생님의 원대사 강의가 연상되어 일상의 고분 답사보다 감동적이었다.

노구교는 북경의 서남 영정 강永定河(古代蘆溝河)에 동서로 가설한 백 대리석의 다리이고, 초겨울 오후의 잔광殘光을 받아 더욱 희게 빛나고 있었다. 전장 235m. 난간에는 주두柱頭마다 사자상獅子像을 얹었는데 501개나 되는 형상은 모두 달랐고, 난간 벽에도 당초문唐草文을 투각透刻하여 놓았다. 마르코 폴로가《동방견문록》에 "가장 아름다운 다리"라고 소개하여 "마르코 폴로 다리"라는 별명도 따라다닌다. 문헌에는 1189년(金大定 29년)부터 가교되었다는 기록도 있고, 원대엔《동방견문록》에 나오기도 하지만, 현재의 석교는 1698년(康熙 37년)에 건설한 것이라고 전한다.

이 답사 수일 뒤 북경대학에서 귀국 준비에 바쁜 민현구 교수를 만나 노구교 답사의 감동을 전하였는데, 고려사 전공의 그에게 원나라의 대도大都와 노구교 유적 답사의 의미는 나보다 훨씬 컸을 것이다.

1961년《중국선사시대의 문화》를 처음 읽은 뒤 흘러간 50여 년의 세월을 회고해 보면, 나의 중국고고학 연구는 생각뿐이었고, 늘 미련만을 남게 했다. 그러나 1970년대 뒤로 '한반도 고분문화의 기원과 형성과정'을 염두에 두고 작업하여 왔으며, 그 경우 중국 고문화에 바탕을 깔고 추구하는 방법을 견지해온 데는 그 명저의 덕도 있을 것이다.

젊은 날 우연히 명저 정보를 듣고, 그 뒤 37년이 지난 그날에 관련 유적의 답사 정보를 다시 되돌려 전해 주고, 그리고 중국 고문화에 관한 이 책 저 책을 손에 들게 된 것을 생각해 보면, 고 선생님을 시점으로 해서 생긴 연緣의 끈이 한 바퀴 돌아간 것이 아니었을까 생각되기도 한다.

고 선생님의 학은에 깊이 감사드리며, 10주기를 맞아 다시 명복을 빕니다.

2부

서울대 사학과 교수 시절

녹촌 고병익 선생의 薰陶와
한국 歷史學에 대한 공헌

민현구閔賢九[*]

1. 머리말

鹿邨 高柄翊 선생이 별세한 지 벌써 10년이란 긴 세월이 흘렀다. 다소
무뚝뚝한 모습으로 가까이 대하기 어려운 느낌을 풍기지만, 일단 소통이
이루어지면 시원시원하게 배려 깊은 말씀으로 후학을 격려하고, 流麗한
필치로 洋洋한 학문 세계를 펼쳐 보이던 鹿邨 선생. 세상의 관심은 멀어
져 가지만, 역사학의 울타리 안에서 가르침을 받은 後學들의 선생에 대한
추모의 정은 오히려 깊어 가는 듯하다.

오늘날 한국의 역사학이 상당한 수준에 오르기까지, 日帝의 폭압을 경
험하고 光復 직후 自國의 대학을 졸업한 '解放後 제1세대 학자'들의 공헌
이 컸다는 점은 누구나 인정하지만, 鹿邨 선생은 그 가운데 특히 중요한
위치를 차지한다. 흔히 韓國史·東洋史·西洋史로 三分되는 관행에 좇아 東
洋史學者로 분류되지만, 鹿邨 선생은 韓國史를 포괄하여 中國史·日本史·
越南史를 대상으로 삼아 폭넓게 아시아史를 연구하여 뛰어난 업적을 남

---

*고려대학교 명예교수

겄다. 일찍이 西歐에 유학해 그쪽의 東洋學 전통을 섭렵한 선생은 내내
활발한 국제 교류 활동으로 한국 역사학계에 신선한 기운을 불어넣었다.
그리고 한국 역사학의 전통 수립에 관심을 쏟으면서 後學 양성에 크게 공
헌했던 것이다.

나는 大學生 때 史學科 체제 속에서 鹿邨 선생의 가르침을 받았고, 韓
國史를 전공해 高麗後期史를 공부하는 가운데에서도 선생의 주요 연구
성과인 '高麗·元 관계'와 관련하여 많은 敎示를 받았다. 그 뿐만 아니라 歷
史學會와 震檀學會의 운영에 관여하면서 지원과 격려를 받는 가운데 晚
年期의 선생과 친숙해질 수 있었다. 아마도 韓國史 쪽의 연구자로서 나
는 드물게 鹿邨 선생의 깊은 學恩을 입었고, 누구에 못지않게 그 학문 세
계를 이해하고자 노력했다고 여겨진다. 이러한 인연과 입장을 중심으로
옛일을 추억하면서 그 학문을 되새겨 선생의 學德을 추모하고자 한다.

2. 鹿邨 선생의 薰陶

내가 鹿邨 선생을 처음 대면한 것은 大學入試의 면접장에서였다. 1960
년 2월 서울대학교 문리과대학 사학과에 지원하여 면접시험을 치를 때,
나는 東濱 金庠基 선생을 중심으로 그 좌우에 鹿邨 선생과 金哲埈 선생이
좌정한 면접 팀 앞에 서 있었다. 물론 그분들이 누구인가는 나중에 알게
되었지만, 당시 東濱 선생은 서류를 매만지며 아무런 말씀 없이 고개만 끄
덕이셨고, 金哲俊 선생은 史學科에 진학한 이유를 물었으며, 鹿邨 선생은
독일어 책을 펼쳐 보이면서 읽고 해석해 보라고 하였다. 그때 Kultur–kreis
가 들어 있는 문장을 더듬더듬 해석하면서 진땀을 흘렸던 기억이 나는데,
鹿邨 선생은 젊은 청년 같은 인상을 풍겼다.

鹿邨 선생과는 그로부터 2년가량 지나 '東西文化交流史' 강의를 수강

하면서부터 가까워질 수 있었는데, 그 무렵 우리가 3학년일 때 선생은 史學科 專任教授로 부임하셨다. 당시 문리대 캠퍼스는 4 · 19 혁명과 5 · 16 군사정변을 겪고 어수선한 분위기에 젖어 있었거니와, 鹿邨은 곧 학과장직을 맡아 학생들에 대해서 비교적 큰 관심을 기울였다. 학생들의 여망에 따라 東洋史特講의 내용을 日本史概說로 하여 강의함으로써 日本史에 처음 접할 수 있게 한 것도 그 사례로 볼 수 있다.

4학년 봄 古蹟 踏査는 대구를 거쳐 海印寺로 가는 코스였다. 전번의 五臺山 답사 때 좀 미흡한 점이 있어서 선배들의 주의를 받아 단단한 준비를 갖추고 나선 때문인지 별다른 문제는 발생하지 않았고, 인솔 교수로 온 鹿邨 선생도 시종 밝은 표정이었다. 그때 寺刹을 둘러보다가 事蹟碑 앞에서 빽빽한 漢文 碑文을 술술 읽어 내려가던 선생의 모습은 매우 인상적이었다. 鹿邨 선생의 강의는 새롭고 낯선 사항들을 쉽게 이해시키며 전개되는 안정적인 것이었고, 학생들에게는 상식의 범위 안에서 관대한 입장을 견지하였다. 우리 동기생 가운데에는 일반 직장에 진출한 사람으로서 결혼 때 선생을 주례로 모신 경우가 여러 차례에 이른다. 1964년 3월, 나를 포함해 3명의 동기생이 대학원에 진학했는데, 모두 선생의 권유로 學部 新入生의 환영회에 참석하고자 태릉에 갔다가 우리끼리 다시 다른 데로 소풍했던 기억이 새롭다.

그 뒤 선생에 대한 추억으로 떠오르는 중요한 내용은 1970년경부터 10년 가까이 계속된 세배 때의 일들이다. 그 무렵 新正 공휴일 3일 가운데 보통 1월 2일을 택해 세배를 다니곤 했는데, 나도 선후배들의 대열에 끼어 여러 번 돈암동 댁과 여의도 댁에서 선생께 세배를 드렸다. 세배 대열에는 학계 바깥의 사학과 동문들도 끼어 있었지만, 선생은 모두 반갑게 맞아서 덕담과 담소로 이어지는 즐거운 자리를 마련하였고, 좀 지나치다 싶은 농

담에도 척척 받아넘기면서 유쾌한 표정을 지었다. 떡국을 들며 이야기에
꽃을 피우다가 뒤의 팀에 밀려 급하게 나왔던 적도 있다.

세배 때 들은 말씀 가운데 몇 가지가 기억에 떠오른다. 鹿邨이 외국에
나갔을 때의 일인데, 그곳에서 활동 중인 한국인을 만나 인사를 나누다
가 전에 강의를 들었노라 하면서 선생님이라고 호칭하기에 따져보았더
니, 혼란의 와중에서 충분한 준비 없이 강의했던 교양과목의 수강생임이
밝혀져 얼굴이 화끈거렸다는 대목이 있었다. 雅號와 관련해 東濱 선생이
'芸人'이란 호를 지어 주었으나 뜻이 좋음에도 뒷글자 '人'이 字體가 단조
로워 힘이 없게 느껴져서 별로 애용하지 않는다는 말씀도 있었다.

아마도 1978년 正初였을 것이다. 그때에는 許善道 선생을 비롯해 宋贊
植·李成茂 교수와 함께 國民大 국사학과 교수팀을 이루어 세배 순례에
나섰다. 먼저 斗溪 李丙燾 선생을 뵙고, 전년에 작고한 東濱 선생 댁은 그
냥 지나쳐 柳洪烈 선생 댁에 들린 다음, 韓㳓劤·全海宗·李基白 선생 댁
을 거쳐 여의도로 鹿邨 선생 댁을 찾은 것은 오후 늦어서였다. 선생은 반
가이 맞이하여 떡국과 반주를 내놓으면서 대학의 보직 때문에 연구할 겨
를이 없는 당신의 사정을 토로하고 우리에게 연구를 독려하였다.

마침 다른 선배가 취기 오른 모습으로 오기에 우리는 약간 당혹해 하는
선생께 하직을 고하고 일어섰다. 우리의 다음 번 마지막 행선지가 千寬宇
선생 댁임을 알고, 鹿邨 선생은 양주 한 병을 내어 주며 千 선생께 안부 인
사를 전해 달라고 당부하였다. 나와서 택시를 타고 달리면서 許 선생은 의
미심장한 말씀을 하였다. "閔兄, 千 선생은 지금 민주화 운동에 앞장선 反
政府 인사이고, 高 선생은 서울大 副總長으로 아무래도 학생 시위를 막으
며 정부의 편에 서는 입장인데, 바깥에서는 두 분을 대립적으로 보지 않겠
소. 실제로는 더없이 친하고 경애하는 사이인데… 아마 지난 歷史 속에

도 그런 경우가 非一非再 할 것이오." 그 뒤 鹿邨 선생은 서울大 總長, 韓國精神文化研究院長으로 분망하게 되었고, 곧 서울대 사학과 신년하례식이 출범하였으므로 선생 댁에 세배 가는 일은 멈추어졌다.

내가 專攻과 관련해 鹿邨 선생의 學恩을 입게 된 시초는 대학 4학년 때로 소급한다. 당시 졸업논문을 준비한다고 《高麗史》를 읽으면서 고려 후기, 특히 元의 세력이 크게 떨치다가 상황이 反轉되어 고려가 그것을 몰아내는 사정을 중심으로 政治史에 관심을 쏟고 있었다. 마침 그 무렵 선생의 大作〈麗代 征東行省의 硏究〉(《歷史學報》14, 19, 1961. 1962)가 발표되어 고려·원 관계가 새롭게 주목을 받고 있어서 자연스럽게 위의 논문을 중심으로 가끔 질문을 하고 답변을 들으면서 이해의 폭을 넓힐 수 있었다. 질문은 길었지만 답변은 간결하였던 것 같다. 위 논문 별쇄본을 주면서 격려하던 일, 元의 軍制로 《高麗史》에도 나타나는 '怯薛'을 잘못 발음했다가 교정을 받고 머쓱했던 일 등이 기억에 남아 있다.

나는 대학원을 수료하고 종래부터 지녀 온 관심사를 살려 학위논문을 썼는데 그때 鹿邨 선생께 직접적 도움을 요청했던 기억은 없다. 내가 한국사 전공 학생으로 대학원에 입학함으로써 선생과 제도적으로 간극이 생긴 탓도 있지만, 군대 생활을 마치고 돌아와 수학하다가 논문을 준비해 제출할 시기에 鹿邨 선생은 미국 워싱턴대학에 초빙교수로 체류하셨다는 점이 직접적 원인이었다. 그러나 내 논문의 밑바탕에 있는 당시 고려·원 관계에 대한 知見은 선생의 가르침과 연구 성과에 크게 힘입은 것이었다.

그 뒤 나는 고려 후기 정치사에 관심을 두고 공부하였고, 그 과정 속에서 늘 '고려·원 관계'라는 큰 암초와 부딪쳐야 했다. 鹿邨 선생은 앞의 논문에 뒤이어 그 방면 연구를 이어갔고, 그 성과는 《東亞交涉史의 硏究》(1970)와 《東亞史의 傳統》(1976)이라는 저서에 수록되었으므로, 나는 그

속에서 많은 것을 배우면서 문제의 암초에 나름대로 대처할 방도를 모색하였다. 고려 · 원 관계라는 복잡하고 미묘한 문제를 중국사의 넓은 시야에서 살피면서도 한국사의 구체적 정황을 면밀히 고찰함으로써 선생의 연구는 事實究明과 해석의 양면에서 신뢰감을 주었다. 鹿邨 선생의 이 방면 연구는 계속 이어져, 《東아시아의 傳統과 近代史》(1984) 속에도 그 일단이 더욱 세련된 모습으로 나타나거니와, 나는 선생의 논저가 나올 때마다 그것을 공부하여 많은 교시를 받았다.

나는 益齋 李齊賢과 관련해 鹿邨 선생으로부터 수차 격려를 받은 奇緣이 있다. 1970년 말엽, 당시 全南大에 신참 교원으로 근무하던 나에게 《月刊中央》 잡지사에서 《人物로 본 韓國史》란 별책의 특집에 수록할 '李齊賢'의 집필을 청탁해 왔는데 '高柄翊 선생 추천'이라고 했다. 짧은 글이었으나 상당히 고무되어 열심히 썼다. 1981년 진단학회 제9회 한국고전 심포지엄 때, 내가 발표한 〈益齋 李齊賢의 政治活動〉에 대해 선생은 토론자로 참가하여 격려해 준 바 있다. 그리고 1986년 여름, 翰林大 아시아文化硏究所를 맡은 선생은 '市民公開講座'를 기획하여 나에게 李齊賢을 주제로 발표해 줄 것을 당부하시므로, 〈13~14세기 東아시아 세계시민으로서의 李齊賢〉이라는 제목의 강연을 春川 翰林大에서 하였던 것이다. 후학에 대한 선생의 은근한 격려를 느끼곤 했었다.

3. 歷史學會와 震檀學會에 대한 관심과 격려

나는 歷史學會와 震檀學會의 학회 업무를 맡아 일하면서 鹿邨 선생과 가까이 접하였던 소중한 기억을 지니고 있는데, 그것은 두 학회에 대한 선생의 따뜻한 관심, 더 나아가 한국 歷史學의 전통 수립에 대한 적극적 의지 때문이었을 것이다. 우선, 1977년과 1978년에 걸친 2년 동안 내가 李

光麟 선생을 대표로 모시고 역사학회 총무로 일하던 시기의 일들이 기억에 떠오른다. 당시 역사학회는 韓國史研究會의 발족으로 한국사 논문의 투고가 저조하고, 미국 하버드 옌칭의 學報發刊費 보조가 끊겨 재정적 곤란을 겪는 등 어려움에 싸여 있었으나, 임원진이 열심히 뛰고 그동안 학회를 이끌었던 중진들의 후원도 커서 학회 분위기는 밝았다.

鹿邨 선생은 이 시기 학회의 모임에 적극 참석하였다. 그때 학회에서 《東洋史論文選集》(2책, 一潮閣, 1978)을 편집·간행하였는데, 녹촌 선생은 편집위원으로서 회의에 빠짐없이 참석하였다. 역사학회 창립 25주년 기념 좌담회에서는 발기인으로서 설립 초창기의 정황을 상세히 회상하였다. 1978년 6월 임시평의원회 때, 대표 간사를 회장으로 바꾸고 평의원을 확대·보강키로 해 회칙을 개정하는 자리에서는, 字句까지 거론하며 적극적으로 소견을 피력하였다. 얼마 전에 東洋史學會도 설립되어 선생은 그쪽에 큰 관심을 기울이고 있었으나, 한국 역사학의 종합학회로서 스스로 창립에 참여하고, 대표로서 가꾸어 온 역사학회에 대해서도 그에 못지않은 애착심을 품고 있었으므로 대학 행정 업무(부총장)로 바쁜 시간을 할애할 수 있었을 것이다. 마침 師弟관계가 있는 김염자 교수도 편집을 맡는 임원으로 함께 일하고 있었으므로, 선생은 학회에서 만날 때마다 우리에게 격려의 말씀을 주었다.

그로부터 10년 가까운 세월이 지나 1988년부터 震檀學會 대표로 일하면서, 나는 鹿邨 선생의 적극적 지원을 받으며 가까워지게 되었다. 진단학회는 선생이 일찍이 일본에서 고등학교에 다닐 시절부터 그 학보를 구입해 보면서 한국인 학자들의 학문적 업적에 자부심을 느낄 정도로 관심이 깊어서 역사학, 특히 '우리 민족의 역사도 포함되는 아시아의 역사'를 전공으로 삼는 데 어느 정도 영향을 미쳤던 존재였다. 독일에서 취득한 박사 학위논문이 《震檀學報》에 실렸고, 전에 진단학회 監事직을 맡은 적도 있거니와 무엇보다도 東아시아史를 폭넓게 연구하는 鹿邨 선생의 전공 범위와 진단학회의 취급 대상은 거의 일치하였다. 이러한 배경과 인연때문에 선생은 학회 일에 남다른 관심을 지녔으리라 여겨진다.

당시 진단학회는 원로인 斗溪 李丙燾 선생과 藜堂 金載元 선생이 평의원회 의장·부의장으로 대외적으로 학회를 대표하고, 대내적으로 실무는 대표 간사를 비롯한 '젊은 사람'들이 맡고 있었지만, 그 중간에 위치한 60대의 중진들이 뒷받침을 했는데, 鹿邨 선생은 중진으로서 학술회의에 적극 참가하고, 평의원회에도 빠짐없이 출석하였다. 특히 斗溪學術賞 심사위원으로 수고하면서 藜堂 선생을 좌장으로 하는 운영위원회에서 학회의 발전 방향에 대해서 견해를 피력하기도 했다.

1988년 5월 斗溪學術賞 시상과 震檀學會 창립 54주년 기념을 기해 간단한 立式 다과회를 베풀었을 때의 일이다. 92세의 斗溪 선생이 나비넥타이를 맨 멋진 복장으로 테이블 앞에서 맥주잔을 기울였고, 이미 정년퇴임을 한 아드님 李春寧 교수와 그 아우 李泰寧 교수가 좀 떨어진 뒤에서 조심스럽게 부축할 태세를 갖추고 서 있었다. 그 광경을 유심히 쳐다보던 鹿邨 선생이 나에게 다가오면서, "저쯤 되면 멋진 모습이라고 할 수 있겠지?"라고 감탄하시던 모습이 생생하게 떠오른다.

斗溪 선생의 작고로 진단학회가 충격과 곤란에 부닥쳤을 때, 鹿邨 선생은 깊은 관심을 갖고 많은 도움을 주었다. 학회의 방향, 추모 사업과 관련해 모임이 빈번하였는데, 그때마다 참석하여 힘을 실어 주었다. 1990년 6월경 斗溪 선생 묘비 건립 문제를 중심으로 중진 7, 8명을 모시고 학회 문제를 논의하는 자리였는데, 鹿邨 선생은 "閔 先生, 그 나이면 宰相직도 맡아 일할 수 있는 때인데, 무얼 그렇게 겸양하시오."라면서, 스스로 결

단을 내리기보다는 중진들과 협의에 의존하려는 나의 자세를 가벼이 질책한 일도 있다. 斗溪 선생 추념문집을 간행케 되자 선생은 편찬위원으로 참여하여 〈斗溪先生과 西洋學術〉이란 좋은 글을 기고하셨다.

녹촌 선생은 특히 1991년 8월 진단학회가 木浦에서 3박 4일 일정으로 개최한 국제학술회의를 적극 후원하면서 발표자로 참가하였다. 이 회의는 연례행사인 '環黃海韓中交涉史研究 심포지엄'의 제3회에 해당하는 것으로 학회의 재기를 알린다는 뜻에서 〈高麗時代 韓中交涉의 諸樣相〉이란 주제를 내걸고 1년 6개월 이상 상당한 준비를 갖추어 특별히 국제회의로 기획한 것이었다. 선생은 준비 단계에서 발표를 약속하였을 뿐 아니라, 아직 國交가 열리지 않은 중국의 학자 陳高華(당시 社會科學院歷史研究所長)를 추천하여 발표자로 참가게 하였다. 학술회의 첫날 새마을호 기차편으로 5시간가량 달려 당일 제1세션 때 거뜬히 발표를 마친 鹿邨 선생은 토론 때에도 활달하고 유연하게 老益壯의 모습을 보여 주었다.

이때 선생이 발표한 〈麗代 東아시아의 海上通交〉는 이 학술회의에 부합되도록 상당한 공을 들여 작성한 글로서 中世 동아시아의 海路 · 船舶 · 航海術의 문제를 밑에 깔고 고려를 중심으로 중국과 일본을 대상으로 각국 간의 해양을 통한 교섭을 종횡으로 파헤친 것이었다. 선생은 폭넓은 식견을 보여 주면서 이 학술회의에 무게를 실어 주었다. 이 회의에는 老 · 壯 · 靑을 아우르는 진단학회의 취지에 따라, 鹿邨 선생 이외에도 韓㳒劤, 全海宗, 李基白, 李光麟, 黃元九, 姜信沆, 金完鎭, 宋正炫, 鄭良謨, 韓榮國, 柳永益, 李成茂, 金理那, 李基東, 安輝濬, 池建吉, 崔柄憲을 비롯한 많은 국내 학자와, 외국 학자로서 M. C. Rogers, J. B. Duncan, E. J. Shultz, 姜喜雄, 黃寬重, 陳高華 등 모두 50여 명이 참가하여 성황을 이루었는데, 선생은 동년배 원로 학자들과 담소하며 시종 즐거워하였다. 둘째 날 기념사진을 찍을 때에는 뒷줄에 선 나를 찾으며, "회장이 좀 앞으로 나와야지." 하던 말씀이 잊히지 않는다.

鹿邨 선생은 내가 震檀學會 운영의 책임에서 벗어난 뒤에도 학회 행사나 회의 때 자주 참석했고, 그때마다 뵐 수 있었다. 1998년 7월 내가 歷史學會 회장으로서 〈歷史上의 國家權力과 宗敎〉라는 주제로 楊平에서 특별 심포지엄을 열게 되었을 때, 선생은 遠行을 해 참가해서 격려사를 해 주었다. 내가 마지막으로 학술 행사에 함께 참석해 선생의 발표를 들은 것은 2002년 10월 東京에서였다. 韓日歷史家會議 제1회 '歷史家의 탄생' 공개강좌에서 鹿邨 선생은 '半知半解의 矜恃學人'이란 제목으로 발표하였는데, 오랜 연구 생활의 향취를 풍기면서 참가자들에 깊은 인상을 남겼다. 이튿날 아침 이른 시간에 호텔 로비에 나갔다가 누군가와 환담하는 선생을 만나 인사드렸더니, 오랫동안 友誼를 쌓아온 東京大 今道友信 명예교수를 소개시켜 주면서, 당신보다 두 살 많지만 아직 '현역'같이 활동하는 분이라고 귀띔하여 주었다. 오후에 선생과 만난 자리에서, 장시간 비행을 한 뒤 곧장 발표를 하고, 다음날 새벽 친구를 만나고, 뒤이어 발표장에서 자리를 지키는 선생의 건강이 놀랍다는 말씀을 드렸더니, 정말 그렇게 생각하느냐면서 밝은 표정을 지으셨다. 나는 진심으로 선생의 건강에 탄복했던 것이다.

4. 아시아史의 연구와 韓國史學에 기여

鹿邨 선생에 대한 추억담에 이어서 그 학문 세계에 대해서 간략히 이야기하고자 한다. 물론 선생의 방대한 학문 세계를 정면에서 거론하는 것은 내가 감당할 수 없는 일이고, 또 그럴 계제도 아니다. 그러나 序頭에서도 말한 바와 같이, 나는 韓國史를 공부하는 처지에서 東洋史學者로 간주되는 선생에게 '高麗·元 관계'라는 구체적 부문을 중심으로 많은 것을 배

웠고, 韓國史의 온전한 이해를 위해 선생의 論著를 비교적 널리 피람하였던 만큼, 이 글의 단조로움을 보충한다는 뜻에서 그 학문 세계의 일단을 한국 사학의 입장에서 간략히 언급하는 것도 무방한 일이리라 여겨진다.

鹿邨의 학문적 편력은 선생 자신이 명료하게 술회한 바 있거니와 그것을 토대로 정리할 수 있다. 역사학에 대한 낭만적 호기심과 민족주의적 생각이 함께 작용해 한국사를 포함하는 아시아史를 연구 대상으로 하는 '東洋史學科'에 진학함으로써 대학 때부터 학문의 목표와 방향은 확실히 잡혀 있었다. 해방과 전란의 소용돌이 속에 몽고[元] 시대의 중국 사회를 연구하여 학사·석사학위를 받은 뒤에는 독일에 유학하여 연구 방법을 공부하고 서구의 동양학 전통을 섭렵하면서 劉知幾의 《史通》을 주제로 중국 史學思想史를 다루어 박사학위를 받았다. 귀국 뒤에는 수년 동안 관심의 범위를 넓혀 중국은 물론, 한국·인도·아랍의 역사와 문화에 대해 많은 글을 쓰고, 신문의 논설까지 집필함으로써 폭넓은 史學者, 실력과 안목을 갖춘 아시아史 연구자로서 내공을 닦았다.

鹿邨 선생이 연구를 새롭게 정력적으로 시작한 것은 1961년(37세), 앞서 말한 〈麗代 征東行省의 研究〉를 집필·발표하면서부터였고, 그로부터 약 15년 동안 그 基調가 지속된다고 여겨졌다. 일찍부터 한국사 공부를 많이 했고, 이미 대외 관계와 연관해 한국사 논문을 발표하기도 했던 그는 종전 몽고 사회·元史에 관한 연구를 고려·元 관계로 확대 발전하여 위의 논문을 썼고, 이어서 그것과 관련되는 여러 가지 성과를 냈다. 또한 舊韓末外交文書의 정리를 계기로 근대 韓中關係를 연구해 새롭고 신선한 결과를 거두었으며, 그것이 韓國近代國際關係史 연구로 발전하기도 했다. 다른 한편, 中國史學思想史 연구의 연장선상에서 中國正史의 朝鮮傳을 고찰하고, 《三國史記》를 새 기준 위에서 분석 검토하였다. 이 시기

에 중국사, 중국 역사학에 대한 비중 있는 논고들이 발표되고, 日本史·越南史에도 관심을 표명하였다.

鹿邨 선생은 1975년 무렵부터 韓·中·日 동아시아 삼국의 역사를 상호 연관 속에서 통관하는 종합적 연구를 본격화하였다. 당초부터 교섭 관계에 관심이 컸던 선생은 東아시아 三國이 근세 이후 鎖國으로 빠져들어 가는 '平行現象'에 주목한 바 있었는데, 이 무렵 儒敎라는 큰 주제를 내세워 東아시아의 평행 현상과 정치적 영향을 고찰하였다. 유교의 문제는 5~6년 동안 대학 행정의 일로 분망했던 시기를 지나 연구의 원숙기에 들면서 깊고 다양하게 진전시켜 그 성과로 말미암아 선생에 대한 국제적 명성이 더욱 높아지게 되었다.

鹿邨 선생은 東아시아 三國의 상호 관계에 대해서도 쇄국의 차원을 넘어 소통의 문제를 넓게 다루며 문화 교류에 주목하여 朝鮮通信使를 통한 한일 교섭을 깊이 천착하였다. 東아시아 세계는 漢字문화권으로 묶이고, 그것이 기록 문화의 문제를 제기하였는데, 이에 대하여는 만년에 實錄 편찬의 연구로써 마무리 지었다. 일찍부터 西域史에 관심이 컸던 鹿邨 선생은 老齡에 慧超 巡行路 탐사와 실크로드 거점 방문을 결행하기도 했다. 마지막으로 80세 때 평생 연구의 방향과 요체를 담은 영문저서 《東아시아의 歷史와 文化的 傳統》(Essays on East Asian History and Cultural Traditions)의 출간 준비를 마치고 그 序文을 작성한 직후 別世하기까지 선생은 연구와 집필을 잠시도 멈추지 않았다. 이렇게 연구를 진전 확충하는 가운데 선생의 학문은 숙성되었고, 東아시아史의 大家로서 출중한 업적을 남길 수 있었다.

鹿邨 선생이 韓國 史學에 끼친 영향을 어떻게 평가할 수 있을까. 한국 사학 쪽만을 떼어 내 거론하는 것 자체가 선생이 추구한 역사 연구의 방

향과 부합하지 않을는지 모르지만, 편의상 현실적 방도를 취해 몇 가지 점을 생각해 볼 수 있다. 첫째로 구체적 연구 성과로 한국사의 내용을 알차고 풍성하게 한 점을 들게 된다. 앞서 말한 '고려·원 관계'가 대표적이지만, 그에 못지않게 근대의 韓中關係와 韓國對外關係史에 대한 연구 성과도 주목되는 사항인데, 1880년대 淸과의 교섭을 통한 朝鮮 海關의 설립 경위를 구명함으로써 당시 역사의 중요한 국면을 새롭게 제시할 수 있게 한 것이 著例가 될 수 있다. 慧超의 往五天竺國傳을 추적하고, 崔溥의 漂海錄을 부각시키고, 조선시대의 外國觀을 고찰한 것 등 수많은 개척적 연구 업적으로 한국사 서술이 여러 모로 알찬 내용을 지니게 된 점도 주목할 바이거니와, 그것들은 한결같이 한국인의 대외활동과 대외인식과 관련해 한국사의 발전을 성찰하게 하는 것이었다는 공통점을 지닌다.

둘째로 東아시아史의 큰 틀에서 한국의 역사와 문화를 바르게 살피도록 이끌고 자극을 주었다. 한국 最古의 正史라 일컫는《三國史記》에 대해 오랫동안 논란이 계속되는 가운데, 鹿邨 선생은 선진적인 중국의 역사편찬 체제에 대한 폭넓은 식견을 바탕으로 새로운 방향에서 그것을 검토하여 중요한 실마리를 찾게 하였다. 東아시아 三國 역사의 '平行現象'에 대한 여러 연구가 한국사와 한국문화를 넓고 새롭게 살피게 하지만, 특히 월남까지 포함하여 동아시아 제국의 실록 편찬을 두루 다룬 논고를 통해서는 '가장 자세한 記述을 담고 있는'《朝鮮王朝實錄》의 성격과 위치에 대해 한층 더 깊은 이해를 지닐 수 있게 해 주었다. 일찍이 中國 正史의 外國列傳을 朝鮮傳 중심으로 고찰해 논문을 발표한 것은 다분히 한국사 연구에의 도움을 겨냥한 것이었다. 요컨대 선생은 東아시아史에 대한 폭넓은 식견과 比較史的 연구 방법으로 한국사 연구를 돕고 지원하였다.

셋째로 고정관념에서 벗어난 객관적 평가와 합리적 해석의 연구 자세를 중시함으로써 한국 사학의 逸脫을 경계하고 건전한 방향을 제시하였다. 한국 사학은 아무래도 민족주의적 성향이 강했고, 뒤에는 唯物史觀의 영향도 커졌는데, 先生은 우리 민족의 우월성을 강조하고 우리의 역사를 영광으로만 파악하려는 前者의 한계성과, 이념과 체제의 틀에 얽매인 後者의 편벽성을 조심스럽게 비판하였다. 전통과 전통문화에 대해서는 그것이 역사 발전에 힘이 되는 동시에 짐이 된다는 점을 분명히 말하면서 비판적 계승의 중요성을 강조하였다. 특히 오랫동안 東아시아의 儒敎를 연구한 선생은 유교 전통에 대해서 이 지역의 쇠락 현상을 제대로 분석치 않고 그것과 연관 지어 통틀어서 유교를 매도하는 데 동조하지 않았듯이 그 반대로 이 지역의 경제적 발전에 발맞추어 막연히 유교 사상의 내재적 가치를 내세워 발전의 원동력으로 삼으려는 주장에도 찬동치 않음으로써 엄격한 역사 연구 방법을 상기시켰다. 직접적인 당부나, 구체적인 연구로 鹿邨 선생은 한국 사학의 올바른 방향을 제시하면서 非歷史的 접근 방식을 경계하고자 했고, 이것은 적지 않은 영향을 미쳤던 것으로 여겨진다.

5. 나머지 말

나는 2003년 12월 30일 오후 늦게 李成茂·鄭萬祚 교수와 歲暮인사차 압구정동 鹿邨 선생 댁을 찾았다. 마침 혼자 계시던 선생은, 당신의 妻男이 別世하여 가족들이 그 때문에 멀리 갔는데, 자신도 의리상 동행하여 弔喪할 처지이지만 건강 상태가 좋지 않아 그럴 수 없었노라고 쓸쓸히 말씀하였다. 간단한 인사와 덕담이 오고 간 뒤에 선생은 '서울대학교 역사연구소'의 개설을 알리는 안내장을 보여 주면서, 감회 어린 표정으로 "앞으로 잘 되어야 할 터인데……" 라고 기대감을 나타냈다. 그리고 건강 말씀을 꺼냈다. 요즈음 몸 상태가 좋지 않아, 세 사람의 의사를 번갈아 정기적으로 만나 진료를 받고, 특히 輸血을 지속적으로 하고 있는 형편임을 토로하면서 "이렇게 살아서 무슨 의미가 있을까?" 하고 뜻밖의 말씀을 하셨다. 우리는 좀 당황해 하면서도 적극 위로의 말씀을 드렸다. 좀 참고 치료하면 현대 의학의 효험을 볼 수 있으리라는 점과 선생님 같은 元老는 뒤에 계시는 것만으로도 後學과 世人에게 든든한 힘이 된다는 점을 역설하였다. 病色은 별로 드러나지 않은 가운데 意氣는 다소 沮喪한 느낌을 주었으나 시종 여유 있는 모습이었다. 나는 선생이 회복되리라 믿었다. 그러나 이것이 선생과 마지막 만남이 되고 말았다. 그로부터 4개월 남짓 지나 선생의 訃音을 듣게 되었던 것이다.

鹿邨 선생은 歷史家로서 드물게 才・學・識을 겸비한 巨木이었다고 여겨진다. 오래 전에 唐의 劉知幾가 '歷史 공부에는 才・學・識이 있어야 하는데, 두루 겸비하기는 어렵다'고 말하였고, 누구보다도 劉知幾에 정통한 鹿邨 선생도 이 말을 자주 인용하였다. 그런데, 선생이 타고난 才分으로써 東아시아史의 중요성에 着目하고, 수많은 언어의 장벽을 뛰어넘으며 동서고금의 史册과 蘊蓄을 섭렵하여 배우고, 출중한 識見으로 긴요한 주제들에 대해 事實究明과 의미 해석에 적확한 성과물들을 내어서 마침내 출중한 업적을 거둘 수 있었다는 점을 눈여겨볼 때, 그것은 바로 三長之才를 갖춘 鹿邨이기에 성취할 수 있었던 바로서 凡人이 쉽사리 범접할 수 없는 경지가 아니었던가 여겨진다. 더구나 여기에서 내가 언급한 바는 선생의 학문 세계와 활동 범위 가운데 작은 일부분에 지나지 않는다는 점을 고려할 때, 그러한 생각은 더욱 커질 수밖에 없다. 선생은 진정 한국 역사학의 巨木이었다.

鹿邨 선생의 學恩과 그 歷史學에 대한 敬慕之念을 되새기고 다시금 冥福을 빌면서 拙文을 마무리 짓는다.

고병익 선생님 따라 歐美 나들이

이태진李泰鎭[*]

1. 동숭동캠퍼스의 東西交涉史 강의

선생을 처음 뵌 것은 문리과대학 동숭동캠퍼스에서였다. 나는 1961년
에 서울대학교 문리과대학 사학과에 입학하여 4년 동안 재학하면서 선생
의 강의를 여럿 들었다. 선생은 연세대, 동국대 교수를 거쳐 1962년 11월
에 서울대학교에 부교수로 부임하셨다. 부임 초기의 강의이어서인지 의
욕적인 것들이 많았다. 학부에서 동서교섭사, 몽고사(당시 용어), 일본사
강의를 들었던 기억이 선명하고, 대학원에 들어가서는 중국 현대사 수업
에 과제로 받은 국공합작國共合作에 관한 발표 준비를 하느라 쩔쩔맸던 기
억이 새롭다.

선생의 첫 인상은 '거물' 풍모였다. 큰 사각형 얼굴에 웃을 때 ㄱ어지는
굵은 횡선들이 그런 느낌을 자아내었다. 선배들에게서 듣기로는 국립중
앙박물관 관장을 지내신 김재원 선생께서 '고병익 에이지(시대)'를 일찍이
예언했다고 한다. 선생께서 회갑 때 쓰신 〈六十自述 −연구사적 自傳−〉
에 독일 뮌헨대학 유학을 권유하신 분이 김재원 박사였다고 하였다. 실제

---

[*] 서울대학교 명예교수, 전 국사편찬위원장, 학술원 회원

로 학문적 관심의 폭이 넓고 서울대 총장을 비롯한 큼직큼직한 경력은 누구도 쉽게 가지기 어려운 것이었다.

학생들 사이에 선생의 주 전공은 동서교섭사로 알려졌다. 1960년대 한국의 지식계 분위기로 '東西 交涉'은 생소하고 기이한 느낌마저 주는 단어였다. 우리 학생들이 놀랍게 생각한 다른 하나는 선생께서 서울대학교를 졸업하시기 전에 동경제대를 다니시고, 또 독일 뮌헨대학에 가서 중국사로 박사학위를 땄다는 사실이었다. 당시로는 외국 유학이 쉽지 않았고 또 대개 미국으로 가는 경우가 많은데 독일로 가서 유지기劉知幾에 관한 연구로 학위를 받았다는 것은 신화처럼 느껴졌다.

1965년 2월에 학부를 졸업한 뒤, 선생을 조금 더 가까이서 뵐 기회가 생겼다. 나는 졸업하자마자 국사연구실 조교가 되었다. 내 바로 앞 조교가 5년 선배였던 사실로 미루어 알 수 있듯이, 나처럼 학부를 막 졸업한 애송이가 조교를 한다는 것은 상상도 못할 일이었다. 그때 부임 초기인 김철준 선생께서 학과장을 맡게 되었는데, 2학년 겨울방학 때부터 국사연구실에서 조교 보조를 열심히(?) 하던 나를 누군가 추천하여 이례적으로 있게 된 선발이었다. 바로 그때 선생께서 역사학회 대표를 맡으셨고,* 학회 조수가 필요해서 나를 부르셨다. 그래서 2년 동안 자주 선생님을 뵙게 되었다. 그때 학회 조수는 학회지 간행 때 편집 관계를 담당하는 것이 주된 일이었다. 출판사에서 교정지(활자 조판)를 받아 와 필자들에게 전달하고 휘보에 학회 동정, 학계 동향, 수증도서 목록 등을 직접 작성하여 회

---

*고병익 선생 회갑 기념 사학논총 《역사와 인간의 대응》에 실린 〈高柄翊先生年譜略〉과 〈六十自述 −연구사적 自傳〉에는 1957년 2월에 역사학회 대표로 당선한 사실만 적혀 있고, 1965년 6월 2일 역사학회 정기총회에서 대표로 다시 당선한 사실이 올라 있지 않다. 《역사학보》 제27집 (1965년 4월) 휘보 참조.

보에 실었다. 교수들로 구성된 학회 간사회(지금의 이사회)가 열리면 조교도 말석에 쪼그리고 앉아 결의 사항을 기록하고, 회의가 끝나면 회식 자리에 따라가서 선생들의 환담 분위기를 체험하는 덤을 누렸다. 그때 함께 간사로 일하신 분들은 이우성, 이용범, 이광린, 민석홍 교수 여러분이었다. 1965년 한일협정을 두고 역사학회가 7월 8일 임시총회를 거쳐 다음 일자로, 역사교육연구회, 한국사학회 등과 공동으로 〈한일회담 비준 반대성명서〉를 발표하여 크게 일렁거렸던 기억도 생생하다. 위 역사학회 간사들이 그 중심 역할을 하였다.

2. 관악캠퍼스 시절, 하와이 대학교 한국학 센터 준공식 참석

나는 국사학과 조교로 1967년까지 2년 동안 지냈다. 역사학회 조수도 마찬가지였다. 그 뒤로는 허선도許善道 선생께서 육군사관학교 군사박물관에 문관으로 근무하시면서 육군본부(당시 참모총장 김계원)에 제안하여 《한국군제사》 편찬 사업을 시작하게 되어 거기서 연구원으로 일하게 되었다. 사관학교는 이 사업을 위해 한국군사연구소란 기구를 설립하여 〈조선 전기편〉부터 착수하게 되었는데 나는 아직 석사과정생인데도 허 선생의 특별한 배려로 이 사업에 집필자로 참여하였다. 이 인연으로 군 복무도 육군사관학교 교수로 마칠 수 있었다. 1969년 5월에 입대하여 중위로 임관되고 3년 뒤 대위로 예편될 때까지 이 학교에서 생도들을 가르쳤다. 복무를 마친 뒤에는 한영국韓榮國 선배(2012년 작고)의 배려로 1973년에 경북대학교에 부임하여 4년 동안 일하고 1977년 3월에 모교 서울대학교로 올라오게 되면서 선생을 다시 가까이서 뵙게 되었다.

선생은 같은 해 2월에 부총장으로 임명되셨고, 1979년 5월에 다시 총장으로 임명되셨다. 1980년 이른 봄 어느 날 선생께서 나를 총장실로 부르셨다. 당신이 오는 5월에 하와이대학 한국학센터의 신축 건물 개관식에 특별 기념 강연의 연사로 초청받았는데, 그 원고 작성에 필요한 자료를 모아 달라는 말씀이었다. 주제는 한국 유교 문화에 관한 것으로 하겠는데 내가 그쪽 공부를 좀 하고 있으니 이 분야의 최근 주요 성과를 모니터링해 달라는 말씀이었다. 총장 업무로 너무 바쁘기 때문에 관련 내용 수합이라도 해 달라는 뜻이었다.

고 선생께서는 이미 유교 문화에 대해 관심을 가지고 주요한 글들을 발표하였다. 〈六十自述〉에 따르면, 1966년부터 2년 동안 미국 워싱턴대학에 초빙교수로 동아시아학을 강의하고 돌아온 뒤, 동아시아 역사의 공통적인 부면에 관심을 가지게 되었고, 1971년 호주 캔버라에서 열린 만국 동양학자대회에서 한·중·일에 월남까지 포함하여 근세에 들어와 다 같이 유교적 교육과 윤리 실천에 치중한 현상을 지적하여 이를 〈유교시대〉라고 이름 붙인 논문을 발표하였다. 이에 대해 컬럼비아대학의 드 배리(William de Bary) 교수와 프린스턴대학의 뚜 웨이밍杜維明 교수(나중에 하버드대로 옮김)가 큰 관심을 표하여 많은 논의를 교환하였다고 한다. 그때 드 배리 교수는 이를 〈신유교의 시대〉라고 함이 좋을 듯하다는 의견을 표하였다고 한다. 하와이대학의 한국학센터(Center for Korean Studies)는 미국의 한국학연구소로는 첫 기관이었다(1972년). 이 센터가 학교 예산 외에 한국 교민들의 모금과 한국 정부(문교부)의 지원금으로 1980년에 새 건물을 한국 전통 양식으로 마노아캠퍼스 한가운데 지어 준공하게 되었다. 고 총장께서 그 헌정식Dedication Ceremony 특별 강연자로 초청을 받으신 것이다.

어쨌든 나는 보름 정도 내 나름대로 자료들을 모아 결과물을 가져다 드렸다. 그때 선생께서 하와이대학에 같이 가지 않겠느냐고 말하셨다. 나는 깜짝 놀라 내 귀를 의심했다. 1980년 현재 이른바 유신 체제 아래 지식인들 사이에 반정부 운동이 팽배하여 정부는 교수들의 외국 나들이를 심하게 통제하였다. 나같이 외국에 유학한 적이 없는 사람은 바깥세상을 직접 볼 기회를 가지기 어려웠다. 선생께서는 총장 수행으로 한 사람을 대동할 수 있으니 어떠냐고 하셨다. 불감청不敢請이나 고소원固所願이었다. 처음 가는 해외여행이니 가슴이 설레지 않을 수 없었다. 그것도 말로만 듣던 지상의 낙원 하와이로!

김포공항에서 저녁 비행기로 출발하는데 선생께서는 총장 업무가 과중한 나머지 30분 전에 겨우 공항에 도착하여 탑승하셨다. 비서실 직원이 강연 발표문 프린트를 그때 가져와 넘겨 주었다. 영어로 번역되어 있었다. 그런데 내용을 일별해 보니 내가 준비해 드린 내용은 조금밖에 반영되지 않았다. 조금 멋쩍었지만 선생께서 평소에 가진 소견이 풍부하셔서 그리 되었다고 스스로 위로하고 넘어갔다. 총장 수행이라고 내 좌석도 비즈니스석 선생의 옆 자리였다. 난생 처음 타 보는 비행기였다. 선생께서 비행기 여행이 처음이라는 내 얘기를 듣고 제주도 가는 비행기도 못 타 봤느냐고 반문하셨다. 도쿄 나리타공항에 잠시 내려 기창을 통해 어둠 속으로 일본을 처음 보기도 하였다. 호놀룰루 공항에 도착하니 당시 한국학센터 소장이던 서대숙 교수가 마중 나왔고, 한국사 전공의 강희웅 교수는 호텔로 찾아와 아침 식사를 같이 했다. 오아후 주의 봄기운은 말 그대로 낙원을 느끼게 하였다. 거의 매일 데모가 벌어지는 관악캠퍼스와는 하늘과 땅 차이였다.

선생의 특별 강연은 성공적이었다. 뚜렷이 기억에 남는 것은 행사 당일 저녁 만찬이었다. 그때 문교부 장관 김옥길 여사가 와서 행사에 참석하고 저녁 만찬을 주재하였다. 나도 만찬장에 초대되어 둥근 테이블에 한

자리를 차지했다. 그 테이블에는 문교부 조성옥 차관과 현지 교민 몇 분이 함께 했는데 호놀룰루에 거주하는 만주족 여성 한 분이 바로 옆에 앉았던 것이 잊히지 않는다. 내가 본 최초의 여진 인이었다. 그녀의 얼굴이 한국인보다 더 커 보였던 것이 기억에 남는다. 그때 그 자리에서 나는 하와이에 처음 와 본 것일뿐더러 첫 해외여행이라고 고백했더니, 그런 행운이 어디 있느냐고 모두 탄성을 질렀다. 관광 중에 절대로 돌 하나라도 수중에 넣지 말고 돌아가라고 하였다. 그래야 다시 하와이로 올 수 있다는 것이다. 당신처럼 하와이가 첫 여행지인 사람은 이것만 지키면 이곳에 자주 올 것이라고 덕담을 주기도 하였다. 그런데 나는 실제로 그 뒤 학술회의 또는 개인 여행으로 하와이를 10회 가까이 갈 수 있었다. 고 선생께서 단단한 징검돌 하나 놓아 주신 덕분에 누린 큰 행운이었다.

호놀룰루, 아니 오아후 섬에서 보낸 며칠은 상쾌하였다. 마침 가톨릭 대학에서 예방의학을 가르치는 고등학교 친구가 이 대학에 두 번째 박사 학위를 따고자 와 있었기 때문에 심심치 않게 보냈다. 그런데 귀국 길은 무거운 기분이었다. 신군부가 표면에 나서 최근에 있었던 서울대 관악캠퍼스의 '서울의 봄'을 부정적으로 보는 한편, 교수협의회에서는 이에 맞서는 집회가 소집되어 있다는 소식이 가슴을 짓눌렀다. 기내에서 선생에게 직접 이 소식을 들었지만 감히 위로나 조언을 드릴 수도 없었다.

3. 레이크 코모에서 열린 한국 신유학 국제학술회의 참가

선생께서는 하와이에서 돌아온 뒤, 국내 정치 상황이 극도로 나빠져 서울대 총장직을 사임하셨다. 5월 17일 신군부가 나서 비상계엄을 선포한 가운데 6월에 총장직에서 물러나셨다. 그러나 10월에 다시 한국정신문화연구원장에 부임하여 공직을 계속 맡게 되었다. 이듬해 1981년 8월 이번에는 고병익 선생과 유럽으로 갈 기회가 생겼다. 이 무렵 컬럼비아대학 동아시아학과 출신인 김자현(Haboush Jahyun Kim, 일리노이주립대학 및 컬럼비아대학 교수 역임, 2011년 작고) 박사가 서울대 규장각에 와 있었다. 그 무렵 어느 날 컬럼비아대학의 은사 되는 드 배리 교수의 하명을 가지고 나를 찾았다. 드 배리 교수가 한국 신유학에 관한 국제학술회의를 기획하고 있는데 이에 참석할 만한 연구자가 누가 있는지를 물었다. 그때 나의 연구 주제가 바로 조선시대의 신유학 발달의 사회적 배경이었기 때문에 나를 찾아온 것이다. 김자현 박사는 이 회의가 유럽에서 열릴 것이며, 여기에는 미국, 유럽, 일본의 관계 연구자들이 참석하고 한국 측 좌장으로는 고병익 선생이 될 것이라고 하였다.

이탈리아 밀라노 시의 북쪽에 자리한 코모Como 호수의 한 가장자리에 미국 록펠러재단이 사용하는 작은 성채가 하나 있다. 유럽의 어느 상속녀가 이 재단에 기부한 것인데, 학술적 용도로만 사용해 달라는 조건이 붙어 있었다. 드 배리 교수가 기획한 "한국의 신유학에 대한 역사적 고찰(Korean Neo-Confucianism in Historical Aspects)"이 여기서 열렸다. 앞에서 소개했듯이 그는 동아시아 신유학에 관한 구미 지역의 대표적 학자로서, 앞서 중국, 일본의 신유학을 다루고 마지막으로 한국 신유학에 관한 회의를 연 것이다. 고 선생님을 비롯해 5~6명의 한국 교수들이 참가하였는데, 회의 기간은 3~4일 정도였던 것으로 기억한다. 이때 뚜 웨이밍 교수도 참석했는데, 그는 당시 프린스턴대학에 재직하다가 하버드대학으로 막 옮겼다고 말한 것으로 기억한다. 1971년 캔버라 회의에서 고 선생께서 "신유학의 시대"를 표명한 것이 장소를 옮겨 코모 호수에서 이어지고 있었던 셈인데, 나는 그때 캔버라 회의에 관해 전혀 모른 상태였다. 드 배리 교수와 친분은 고 선생의 폭넓은 학문적 관심과 영어 구사력에 따른 것인 줄로만 알았다.

한국 측 참가자들은 서울에서 각자 사정에 따라 개별적으로 또는 두어 명이 함께 출발하였다. 나는 이 두 번째 해외여행 기회를 한껏 누릴 욕심으로 여행 계획을 별나게 짰다. 이성규 교수의 소개로 싱가포르 항공을 이용하여 사학과 후배인 한경수(이성규 교수 동기생)가 쌍용건설에 취직하여 싱가포르 현장에 나가 있어서 이곳을 경유하기로 하였다. 그가 취직 후 동숭동캠퍼스 연구실로 찾아와 꼭 한번 다녀가시라는 말을 그대로 믿고 찾기로 한 것이다. 도시국가 싱가포르를 3일간 스톱 오버로 대충 구경하고 파리로 갔다. 드골공항에서 버스로 파리 시내로 접근하면서 나는 엄청난 문화 충격을 받았다. 파리의 정연한 시가지 광경이 나를 당혹스럽게 하였다. 거리 풍경이 자아내는 높은 문화 수준이 한국학을 전공하는 나의 자부심을 송두리째 흔들어 놓았다. 줄을 세운 듯하면서도 도시미가 풍겨나는 이 시가지 풍경을 만든 자들은 누구인가. 이에 견줄 만한 것이 도대체 우리에게 있는가. 내가 처음 본 파리의 아침은 조금 전에 그친 비로 촉촉이 젖어 정밀靜謐한 기운까지 뿜어내어 나를 더 당혹스럽게 하였다. 엉뚱하게도 나의 가슴을 진정시킨 것은 대원군 때 대규모로 철폐당한 서원 건물들에 대한 상상이었다. 지금은 그리 많지 않지만 우리에게도 이 시가지 풍경에 비길 만한 미를 갖춘 건축 문화가 전국 곳곳에 자리 잡은 때가 있었다는 것을 새기면서 비로소 파리의 거리 풍경을 바로 볼 수 있었다.

파리 체류는 짧았다. 하루를 지내고 집결지인 취리히로 가야 했다. 파리 거리에 선 나는 무방비였다. 무모할 정도로 사전 준비가 없었다. 그때는 아직 해외에 거주하거나 여행하는 한국인이 많지 않을 때였다. 길거리에서 한국인으로 보이는 한 젊은 친구를 붙잡고 한국에서 오지 않았느냐고 물었다. 그는 고려대 출신으로 해외 건설 사업을 주로 하는 경남기업의 파리 주재원이라고 했다. 파리가 초행이라는 내 말을 듣고 그는 친절하게도 하루를 같이 보내자면서 자신의 아파트(회사용)로 데려가 여장을 풀게 하였다. 저녁을 내가 사기로 하고 센 강 뱃놀이를 비롯해 대표적 명소 몇 곳을 구경하였다. 이튿날 아침 비행기로 취리히로 갔다. 그때 한국사 전공의 마르티나 도이힐러 교수가 취리히대학에 재직 중이었는데, 한국 교수들은 모두 이곳에서 만나 코모 호수로 가기로 약속했던 것이다. 당시 대한항공이 파리와 취리히 노선을 갖추고 있었기 때문에 짠 일정이었다.

취리히에 도착하여 예약된 호텔을 찾았을 때는 막 정오를 넘긴 시간이었다. 호텔 직원이 한국에서 온 분들이 모두 점심하러 밖으로 나갔다고 하였다. 여행 가방을 놓고 혼자 일행을 찾아 나섰다. 큰길로 나오니 물이 흐르는 하천이 깨끗했다. 서울의 청계천보다 조금 넓어 보이는 하천이었다. 나중에 알고 보니 큰 호수에서 흘러나오는 냇물이었다. 여름인데도 지대가 높아서인지 별로 덥지 않았다. 저 앞 건너편에 줄장미가 가득 덮여 있는 담장이 보였다. 왠지 거기에 일행이 가 있을 듯하였다. 그래서 다리를 건너 그 집 대문을 찾아 안으로 들어갔다. 이게 웬일인가. 고 선생님을 비롯해 도이힐러 교수, 김자현 박사 등 일행이 모두 거기에 있었다. 반갑게 맞으면서 어떻게 찾아왔느냐고 묻는다. 고 선생께서는 크게 웃으시는 특유의 표정을 지으면서 한국 사람은 어디에 갔다 놔도 다 찾아온다고 덕담을 던지셨다.

일행은 이튿날 아침에 기차를 타고 밀라노 쪽으로 향하였다. 창밖에 펼쳐지는 스위스의 산악 풍경을 즐기다 보니 어느새 코모 호수의 작은 역사驛舍에 도착하였다. 큰 호숫가에서 유람선 같은 배를 타고 거의 한 시간을 가서 목적지에 도착하였다. 이곳의 시설이나 서비스는 내가 지금까지 다른 국제 학술회의에서 달리 체험하지 못한 최상급이었다. 할리우드 영화에 나오는 한 장면 같은 장소와 분위기였다. 침구나 식사 서비스, 회의장 분위기 등이 최상의 품격을 갖춘 곳이었다. 나는 영어가 아주 서툴렀지만 〈15~16세기 신유학 정착의 사회경제적 배경〉을 발표하였다. 발표가 끝난 뒤, 휴식 시간에 컬럼비아대학의 게리 레디아드 교수가 내게 다가와 내 논문을 아주 흥미롭게 미리 읽었다고 칭찬해 주면서 자신이 읽으면서 발견한 잘못된 영어 표기들을 적은 메모지를 건네 주었다. 너무 고맙고 반가웠다. 레디아드 교수와 만남은 1985년에 내게 1년 동안의 해외 방문 기회가 주어졌을 때, 컬럼비아대학을 방문지로 택하는 계기가 되었다.

고병익 선생은 당시 국내 역사학계의 학자 가운데 구미 동아시아 학계에 가장 많이 알려진 분이면서 해외 활동도 가장 많았다. 나는 선생의 이런 역량의 혜택을 가장 많이 누린 제자 가운데 한 사람이었다. 나는 1990년대 이후로 해외 활동의 통로를 몇 개 더 가지게 되었지만, 고 선생님이 열어 주신 통로가 가장 앞서고 또 의미 있는 성과를 많이 가져다주었다.

4. 선생의 서역사西域史 연구 단초에 대한 단상斷想

나는 근래 일본 '동양사'의 시원에 관심을 가지고 관련 서적 몇 권을 읽었다. 에가미 나미오江上波夫가 편찬한 《동양학의 계보》(1992, 大修館書店)가 그 가운데 대표적인 것이다. 이 책에 실린 몇 개 글에 따르면 일본에서 동양사는 1880년대 후반에 나가 미치요那珂通世, 이치무라 산지로市村瓚次郞 등이 서양사에 대한 대위 개념으로 처음 제창하여 등장한 것이었다. 일본은 메이지유신 이래 서양 문명 수용에 바빴다. 서양 문명에 대한 열렬한 소개자로 후쿠자와 유키치福澤諭吉의 역할이 컸던 것은 다 아는 사실이다. 나가 미치요와 이치무라 산지로는 모두 한학을 연구한 학자다. 나가 미치요의 경우, 후쿠자와 유키치의 제자이기도 하였다. 그는 1887년에 서양의 학문에 대해 동양학, 동양사의 필요성을 느끼고 스승 후쿠자와에게 '동양사'를 제창하려는 자신의 생각에 대한 의견을 물었다. 후쿠자와도 크게 찬성함으로써 나가 미치요와 이치무라 산지로의 '동양사'는 표면화했다. 당시 동경제대에서는 독일 사학자 리스가 와서 서양사만을 가르치고 있는 상황이었으므로 동양사의 설정은 중대한 변화였다.

그런데 어떤 내용의 동양사인가가 문제였다. 이 무렵 메이지 정부는 내각제를 시행하고 제국 헌법을 갖추면서 천황제 중앙집권 국가 수립에 박차를 가하고 있었다. 막부파와 유신파 사이의 대립 갈등으로 말미암은 정치적 혼란도 거의 진정되고 있었다. 동양사, 동양학의 제창은 곧 새 천황제 국가의 발전을 뒷받침하려는 것이었다. 조슈長州, 사쓰마薩摩, 도사土佐 3번은 메이지유신의 주도 세력으로 그 가운데서도 조슈가 가장 중심적이었다. 조슈 세력의 스승인 요시다 쇼인吉田松陰은 일본이 서양 세력 앞에서 살아남으려면 막부를 버리고 천황 중심으로 뭉쳐야 한다고 주장하였다. 그는 나아가 천황제 국가를 수립하면 천황을 영광되게 하고자 매년 조공을 바칠 나라를 확보해야 한다고 하면서 대만, 조선, 만주, 몽골, 중국 등을 그 대상으로 들었다. 그의 정한론征韓論은 곧 한국 한 나라의 정복이 아니라 대륙으로 나아가는 통로로 한국을 먼저 정복해야 한다는 뜻이었다. 동양사는 곧 일본 제국이 중심이 되는 새로운 '동양' 건설의 과제를 놓고 학자들이 먼저 그 구성원이 될 나라, 민족들에 대한 연구를 수행하고자 설정된 것이었다. 동경제대, 경도제대의 사학과 또는 동양사학과는 이 과제를 수행할 인재 양성에 목적을 두었다. 이치무라와 함께 동경제대의 동양사학을 이끈 시라토리 구라기치白鳥庫吉는 치바千葉 사범학교 교장이던 나가 미치요에게 직접 영향을 받고 동경제대 사학과에 진학하였다.

나는 일본 동양사의 기원에 관한 짧은 지식으로 동경제대 사학과를 다닌 적이 있는 고병익 선생의 학문이 이로부터 간접적으로나마 영향을 받은 것은 아닌지 걱정했다. 위에 든 중심적인 인물들이 모두 만주사, 몽골사[元史], 서역사에 관한 많은 업적을 쌓았기 때문에 더욱 그러했다. 내가 고 선생을 처음 뵈었던 1960년대 현재로 동서교섭사, 몽고사 등을 강의할 수 있었던 국내 역사학자는 고 선생뿐이었기 때문에 이런 생각을 하지 않을 수 없었다. 이치무라 산지로를 소개하는 한 글은 그의 거작《東洋史統》(1939~1950년 간행, 유고 포함, 3397쪽)을 평가하면서 이에 견줄 만한 내외의 저술 가운데 유일하게 독일인 오토 프랑크(Otto Franke)의《支那國史》(전 4권, 1930~1952년 간행, 유고 포함)를 들고 있어서 고 선생의 독일 유학도 이와 관련이 있는 것이 아닌지 의심하였다.

나의 염려는 기우였다. 〈六十自述〉에 따르면 선생의 일본 유학은 넓은 세상에 대한 타고난 지향성 때문이었다. 이 글에서 선생은 "역사학에의 낭만적 접근"이란 제목 아래 1941년 3월 휘문중학교 졸업 뒤 일본으로 간 사연에 대해 다음과 같이 밝혔다.

"(휘문)중학을 마치고 일본의 고등학교로 진학하였다. 당시 나는 가족 관계와 가정 분위기가 싫어서 서울에서 학교에 다닐 심경이 되지 않았고 또 일본의 戰時統制가 일본 본토에서 오히려 덜한 것 같아서 부모 모르게 여비를 마련하여 일본의 九州로 도망가서 요행히 福岡高等學校에 합격이 되었다."

선생은 1941년 3월에 휘문중학교를 졸업하고 일본으로 건너가 후쿠오카고등학교에 입학하였다. 2년 반 뒤 이 학교 문과 을류(독일어)를 졸업하고 10월에 동경제국대학 문학부 동양사학과에 입학하였다. 〈六十自述〉은 대학 진학에서 동양사학과를 택한 배경에 대해 다음과 같이 말하고 있다. 고등학교 학생 때 진로 모색에서 법학은 처음부터 생각도 없었고 학문 세계에 침잠하는 학자가 되기를 결심하면서 철학, 문학보다 우리 민족의 역사를 포함하는 아시아의 역사를 택하기로 하여 동양사학과를 지원하게 되었다고 하였다. 이에 큰 자극이 된 책으로서 하마다 고사쿠濱田耕策의《東洋美術史》와 하네다 도오루羽田亨의《西域文明史概論》을 들었다. 두 책을 보게 된 뒤부터는 "중앙아시아의 다양한 역사, 이른바 서역사가 흥미를 끌었고 敦煌에서 수많은 고대 문서 발견의 이야기에 흥분을 느끼고는 하였다."고 썼다. 두 학자와 만난 것이 곧 해방 뒤 고 선생을 거쳐 한국에서 서역사, 동서교섭사 탄생을 가져온 결정적 계기였던 것이다.

하마다 고사쿠(1881~1938), 하네다 도오루(1882~1955)는 제국 일본의 동양학, 동양사 연구가 강하게 지녔던 국수주의적 성향을 서양학계의 아카데미즘으로 크게 지양한 공을 남긴 학자들이었다. 두 사람 모두 3高를 나와 동경제대 사학과에 들어가 시라토리 구라기치의 지도를 받고 졸업하였지만 교수 생활은 경도제국대학에서 보냈다. 하마다 고사쿠는 학부 졸업논문 〈희랍적 미술의 東漸을 논한다〉가 말하듯이 동서양의 문화가 서로 영향을 준 관계에 큰 관심을 두었고, 선배들이 만든 '동양사', '동양학'이란 용어를 쓰기를 아예 기피하였다고 한다. 그는 일본 최초의 고고학과를 경도제국대학(1916년)에 설치하여 고고학으로 동서 문명의 교류 관계를 추적하여 서역사에 큰 업적을 남겼다.

하네다 도오루는 몽골사에서 시작하여 유목민족, 오아시스 정주민, 이들의 문화로서 파스파 경전, 돈황 문서, 만문노당滿文老檔 등에 관한 수많은 업적을 남겼다. 그는 동양사 연구의 제1세대가 중국 문헌을 중심으로 연구한 것과 달리 현지 여러 민족들의 언어로 쓰인 문서를 이용한 연구를 새로이 제창하여 그 자신이 중국 고전어, 터키어, 몽골어, 만주어, 티베트어, 페르시아어 등에 통달하고 신발견의 소그드 언어에 대해서도 많은 지식을 가졌다고 한다. 이런 새로운 연구 방법은 유럽의 새로운 사료에 대한 연구 동향에 자극 받은 것으로 이런 연구 경향은 자연히 일본 제국이 중심이 된 '동양' 구축 이론을 균열시키는 것이 될 수밖에 없었다. '동서교섭사'란 용어는 그가 창안한 용어이기도 하였다.

하마다 고사쿠, 하네다 도오루 두 사람에 의한 경도제국대학의 '동양사'는 나이토 코난內藤湖南이 중심이 되어 구축된 초기의 팽창주의 학풍에서 벗어나 새로운 경지를 열고 있었다. 동경제대, 경도제대의 동양사 연구는 관학으로서 일본 외무성이 설립한 정치적 목적의 동양문화학원東洋文化學院과 깊은 관계가 있었다. 의화단 사건의 배상금을 기금으로 발족한 이 학원의 동경연구소, 경도연구소가 연구 기능 수행을 담당하였다. 일본 제국 정부가 1930년대에 만주를 넘어 중국 진출을 앞두고 이 학원(정부)에 대해 정치적 목적의 과제 수행을 요구하였을 때, 경도연구소는 동경연구소와는 달리 이를 거부하였다. 이것이 뒷날 동양문화학원 경도연구소가 순수한 학술 기관으로서 경도대학 인문과학연구소로 재탄생하는 발판이 되었다. 어용화를 거부한 아카데미즘이 일본 동양사의 새로운 진로를 열고 있었다. 하마다 고사쿠, 하네다 도오루 두 사람은 그 위치로 보아 이 학원에 관계를 맺을 만한 데도 이사, 평의원, 연구원 명단에서 그 이름을 찾아볼 수 없다.*

---

*앞의《동양학의 계보》의 〈濱田耕策〉집필자[小野山 節]은 하마다 고사쿠가 이 학원의 이사, 평의원으로 연구원 지도에 임했다고 기술하였지만(223면), 동방문화학원이 1948년(昭和 23)에 펴낸《東方文化學院二十年史》에 실린 이사회, 평의원 명단에서는 그 이름을 찾아볼 수 없다.

고등학교 학생인 고병익이 접한 하마다 고사쿠, 하네다 도오루의 학문
세계는 침략주의적인 제국 일본의 '동양사'가 서양의 아카데미즘으로 크
게 시정되어 가던 것이었다. 그래서 동숭동캠퍼스에서 우리가 배운 동서
교섭사는 사학도의 시야를 넓게 해 주는 양약良藥으로서 제국주의 냄새가
전혀 느껴지지 않는 것이었다. 선생의 10주기를 맞아 반세기 전에 받은 가
르침의 유래와 뜻을 겨우 알게 되니 면학勉學을 다시 추스르지 않을 수 없
다. 큰 학은學恩을 상기하면서 선생의 명복을 빌어 마지않는다.

2013. 12. 4.

'무엇이 자네를 그리 당당하게 하는가?'

최완수崔完秀[*]

불교미술사 연구로 우리 역사를 부정적인 시각으로 평가하는 일제 식민사관을 보란 듯이 극복해 보겠다는 청운의 꿈을 품고 1961년 서울대 문리대 사학과에 입학하였다. 그런데 구미에 맞는 강의를 찾아 들으려 하니 본과 강의에는 마땅한 강좌가 별로 없었다. 그러던 차에 그럭저럭 3학년이 되고 3학년 강의로 중앙아시아사 강좌가 개설되어 고병익이라는 신임 교수가 담당한다는 공고에 자못 흥미를 가지고 이 강의를 신청하였다.

우선 첫 시간 첫 대면에서 야성미가 풀풀 풍기는 粗野한 풍모에서 친근감을 느낄 수 있었고 호탕한 웃음과 진솔한 언변에서 동질감을 느낄 수 있었다. 자연스럽게 수업에 열중하게 되고 선생도 그런 나를 주목하였다.

그때 벌써 나는 옛 문리대 동부연구실 2층 북쪽 끝 방에 있던 동양사연구실에서 청소하고 책 보는 일을 하고 있었다. 1961년 겨울에 회갑을 맞는 동빈 김상기 선생의 덕산온천 여행을 안내한 인연으로 동빈 선생의 가르침에 따른 행보였다.

그런데 동빈 선생의 후임으로 고병익 선생이 부임했다는 소식과 함께

*간송미술관 한국민족미술연구소 소장

동양사연구실 바로 남쪽 곁방인 동빈 선생 연구실 명패가 그 뒤 고병익으로 바뀌고, 연구실을 드나들면서 선생과 자주 마주치게 되었다. 그러던 어느 날 연구실 문을 열고 들어가는 나를 보고 따라 들어오시더니, "아! 여기서 책 보고 있구나! 역사 공부를 평생 하려면 이 책을 한번 읽어봐." 하면서 막스 베버의 문고본을 건네 준다. 서양 역사 연구 방법에 중독되어서는 안 된다는 생각을 하고 있던 차라 큰 감동을 받지는 않았다.

그렇게 1년을 지나고 나서 1964년 2월 하순 학기말이 되어 짧은 봄 방학이 시작되려는데 선생이 잠깐 보자고 하였다. 봄방학 동안 도고온천에 부부가 휴양 차 다녀오고자 하니 묵을 곳을 알아봐 줄 수 있겠느냐는 것이다. 곧바로 귀향해서 현장을 확인하니 민박 수준의 여관이 한 곳 있을 뿐이었다. 예약을 해 놓고 열차편을 통보하며 마중하겠다고 하자 서로 불편하니 날짜에 맞춰 내려가겠으며 고향집에서 며칠 쉬다 오라고 하였다.

고향 집으로 내려가 이 말씀을 부모님께 고하니 "우리 고향 근처에 오신 선생님께 인사를 않을 수 없다"고 조촐한 다담을 챙겨 들려 주며 인사하고 오라 하였다. 직선거리로는 30여 리에 지나지 않지만 당시 열악한 국도로 80여 리를 버스로 돌아 도고온천 그 여관방을 찾아가니 그 가운데 제일 좋은 방에 선생의 일가가 안착해 있었다.

사모님과 겨우 젖 떼었을 듯한 막내와 그 위에 해당하는 두 아드님이 옹기종기 모여 앉았는데 참 단란해 보였다. 두 아들 가운데 누가 문환인 줄 모르겠으나 "문환아 아저씨께 인사해야지" 하던 선생 내외분의 목소리가 지금도 귓가에 생생하게 맴돈다.

선생은 그때 엄지와 식지 사이의 손바닥에 습진이 생겨 유황천으로 치료가 가능하다 하니 며칠 시험해 보고 가려 한다고 했다. 더 놀다 가라고 잡는 선생 부부의 만류에도 곧바로 일어나 나왔다. 선생 일가의 단란한 평화를 깨뜨리는 것 같은 느낌이 들었기 때문이다. 23세 대학생이 41세의 스승 일가를 배려한다는 순정이었다. 그 뒤로 이런 철없는 행위가 밥 한 끼 먹여 보내지 못한 스승의 섭섭함에 얼마나 큰 누가 되었을지 두고두고 후회하고 있다. 지금도 그때의 그 까칠했던 행동을 생각하면 낯이 뜨거워 온다.

그 뒤로 나는 1966년 4월부터 한국민족미술연구소에 근무하면서 간송미술관의 소장품들을 정리하고 불상 연구에 매진하는 한편 추사秋史 연구와 겸재謙齋 연구를 아울러 진행하고 1971년 가을부터 해마다 5월과 10월 두 차례에 걸쳐 정리된 수장품을 전시하는 바쁜 일정을 소화하고 있었다. 그런 가운데 서울대학교 국사학과와 미술대학 및 연세대학교 사학과에 나가 한국미술사와 동양미술사를 강의하였다.

전시와 강의 내용은 우리 역사를 긍정적으로 재평가해야 한다는 것으로, 동양 서예사를 종결 처리했다고 할 수 있는 추사체와 동양 회화사를 완결하였다 할 수 있는 겸재의 진경眞景산수화 연구를 통해 눈으로 그 실체를 확인시켜 주는 방법이었다. 논문과 강의 내용이 세간에 화제가 되자 선생도 간송 전시회에 빠짐없이 들르고 만나서 전시 내용에 관해 이런저런 얘기를 나누게 되면 진경시대 역사 사실을 소상히 밝히는 나에게 "어떻게 그 시대 상황을 본 듯이 그렇게 꿰뚫고 있는가?" 하면서 감탄하곤 했다.

그 시기 나는 조선왕조 미술사의 체계적인 흐름을 파악하고 우리 불교 조각사의 편년 기준을 마련하고자 1977년부터 3년 동안 조선 왕릉의 石儀(석조 장식물) 조사를 제자들과 함께 성공적으로 끝마치고 조선왕조 문화를 긍정적으로 평가할 수 있다는 확신을 얻고 있었다. 임진왜란 뒤에는 왕릉 조성 기록인《山陵都監儀軌》와《國葬都監儀軌》등 상세한 기록이 남아 있고《조선왕조실록》과《승정원일기》및 각종 문집 등 보조기록들이 허다

한 위에 왕릉 석의가 큰 손상 없이 남겨져 있기 때문이었다. 그래서 글씨와 그림과 연계시켜 연구하여 진경시대眞景時代 문화文化의 실체를 제시하기에 이르렀다.

이런 가운데 선생은 한국정신문화연구원장을 맡았고 그곳에서 우리 전통문화의 연구는 필수 분야일 수밖에 없어 선생을 도와줄 수 없겠느냐는 부탁을 해 왔다. 나의 까칠한 성깔을 잘 아는지라 시내 다방에서 만나자 하고 조심스럽게 얘기를 꺼내었는데 자유로운 분위기 속에서만 신학설의 출현이 가능하다는 건방진 대답으로 선생의 호의와 사랑에 대못질을 하였다. 물끄러미 바라보던 선생은 이렇게 반문했다.

"도대체 무엇이 자네를 그렇게 당당하게 하는가!"

"세계성을 잃지 않은 과거의 우리 고유문화입니다."

"과연 우리 문화에 그런 게 있었던가? 우리 어려서는 그런 발상을 할 수 없었단 말야."

"망국 백성이 식민 교육을 받았으니 당연한 일이 아니겠습니까? 더구나 문화 중심인 수도권에서 멀어진 곳에서 왕조 문화의 진면목을 느끼기에는 무리가 있기도 했겠고요. 저는 서화 연구와 왕릉 조사에서 확신을 얻었습니다."

"하긴 그렇겠다. 소신껏 열심히 해라." 하고 미련 없이 일어났다.

이후에도 선생은 봄가을 전시회에 거의 빠짐없이 참석해서, 다담을 대접하며 이런저런 주변 얘기와 학문 얘기도 나누었고 선생이 주도하는 유관 모임에도 가끔 불려 나가기도 했다.

어느 해 전시회인가에도 오셨는데 안색이 조금 수척해 보이고 무슨 얘기 끝에 "인생이 잠깐 사이란 말야! 참 순식간에 지나 버렸어!" 하는 비장한 말씀을 남기고 가시더니 끝내 다시 뵙지 못하게 되었다. 지금 생각하니 참으로 통 크고 예리하며 정 깊은 스승이었다.

2013년 11월 22일 제자 최완수 삼가 쓰다.

고병익 선생님께서 제게 주신 것

조한웅趙漢雄*

훌륭하신 선생님들의 좋은 강의를 많이 들었습니다. 친형같이 아껴주시는 선배님들의 사랑과 꾸중을 많이 받았습니다. 高柄翊 선생님께서는 가르침과 꾸중은 물론 관심과 격려, 칭찬까지 많은 것을 주셨습니다. 제가 문리대 사학과에 입학하던 1962년부터 선생님은 문리대로 아예 오셨고, 1970년 이후부터 1980년 이전까지 학장, 부총장, 총장으로 계셨습니다. 저보다 20년 연장이신 1924년생이신지라 처음 뵌 때가 마흔이 되시기 직전이셨습니다. 선생님에 대한 저의 기억의 대부분은 1960년대의 40대 선생님 모습입니다.

*

선생님에 대한 기억의 처음은 1964년 춘계 답사를 인솔하셨던 모습이었습니다. 답사는 제주도로 갔는데, 지역적으로 손쉽게 갈 수 있는 곳이 아니라서 그랬는지 선배님들도 많이 오셨고, 더욱이 다른 여러 학과의 학생들도 많이 따라 왔습니다. 서로 처지가 다르기 때문인지 처음에는 많이들 어색해 하고 불편했습니다. 선생님께서는 이 일행 모두에게 더함도 덜

---

*전 에스콰이어 부회장

함도 없이 공정하게, 선입견 없이, 소탈하게, 무엇보다 편하게 대해 주셨습니다. 저만의 느낌은 아니었습니다. 당시 같이 갔던 다른 과 학생들의 뒷말들도 그러했습니다.

개인적으로는 제가 까불거리면서 우스갯소리를 해도 언제나 껄껄 웃으시면서 넘겨 주셔서 너무 고맙고 좋았습니다. 예나 지금이나 철없고, 버릇없는 제겐 선생님이 마치 집안의 삼촌 같은 느낌이었습니다. 선생님은 이목구비가 굵으셨습니다. 선생님 외모 같아야 트이고 소탈하게 되는 것 아닐까 하는 생각을 한 적도 있습니다.

선생님의 에세이집《선비와 지식인》(1985)에 실린〈젊음의 세대〉에서 "젊은 층은 변화를 요구하는 진보적인 경향을 가진 이상주의자들이요 어른의 세대는 질서와 기존체제를 지키려하는 보수적인 현실주의자라 할 수 있다. 그러나 이 두 세대 사이의 갈등과 충돌은 인류사회의 진보와 발전을 가져오는 것이고 지나친 정체상태를 벗어나고, 지나치게 급격한 변화를 막아주는 상호 보완적인 힘이 되는 것이다." 라고 하셨습니다.

선생님의 공정하고, 탁 트이고 소탈하신 모습은 서로 다른 입장들의 갈등과 충돌마저도 상호 보완적인 힘이라고 보셨던 평소의 소신에서 오는 것이라고 생각합니다. 선생님께서는 제게 서로 다른 입장들의 갈등과 충돌을 긍정적으로 보는 시각을 주셨습니다.

**

선생님께서는 그림에 관심이 많으셨고 좋아하셨습니다. 선생님의 산문집《세월과 세대》(1999)에 실린〈기억속의 인물〉에서 金元龍 교수에 대한 기억을 말씀하시면서 두 분이 화구를 마련하여 한봉덕 화백의 화실을 찾아다니셨던 이야기를 하셨습니다. 또한 金元龍 교수께서 그린 그림이 마음에 들어 불쑥 "저것 내 가집시다" 했더니 두말없이 "그러시오" 하고 덜렁 들어서 주었다고도 하셨습니다.

1964년 9월 제가 문리대 앞 '학림'에서 '小品展'을 가졌습니다. 많은 사람들이 하찮은 그림 수준을 비아냥거렸고, 심지어 그런 그림을 여러 사람들에게 내보이는 용기가 가상하다고까지 이죽거렸습니다. 속상하지만 틀린 말들은 아니었습니다. 선생님께서 오셔서 둘러보시고 칭찬해 주시고 격려해 주셨습니다.

선생님께선 그 가운데 〈C양〉이라고 제목을 붙인 그림이 마음에 드신다고 그 그림을 가질 수 있느냐고 물으셨습니다. 저는 기꺼이 드리겠다고 말씀드렸습니다. 선생님께서는 혹시 이 그림에 모델이 있느냐고 물으셨습니다. 제주도 답사 때 여럿이 같이 찍힌 사진 가운데 한 명이 모델이긴 하지만 실제는 멀리서 찍힌 것이라 본인은 이 그림을 알지 못할 것이라고 말씀드렸습니다. 선생님께선 그 여학생이 그림의 주인이 되길 바라면 어쩔 것인가 하고 물으셨습니다. 저는 전시 기간 내내 별다른 말이 없었기 때문에 그럴 일이 없을 것이라고 말씀드렸습니다.

막상 전시가 끝나고 그림을 선생님께 드린 뒤에 그 여학생이 저를 찾아왔습니다. 전시했던 그림 가운데 〈C양〉이라는 그림의 모델이 자기가 맞느냐고 물었습니다. 저는 맞다고 하고 답사 사진 가운데서 느낌이 좋아 그린 것이라고 했습니다. 그 여학생은 전시 기간 동안 계속 주변의 친구들이 '너를 그린 것 같은 그림이 있다'고 해서 자신도 궁금했다고 하며, 그 그림을 자기가 가질 수 있느냐고 물었습니다. 난감했습니다. 사실대로 선생님께 드렸다고 말해 줬습니다. 그 여학생은 자기가 그 그림을 꼭 갖고 싶다고 했습니다. 선생님을 뵙고 직접 간청드려 보겠다고 했습니다. 예의가 아니니 제가 직접 말씀드려 보겠노라고 했습니다.

며칠 밤을 새워 펜으로《朝鮮古蹟圖譜》에 있는 〈石窟庵 金剛力士頭像〉을 모사했습니다.

제 나름 마음에 들어서 액자에 넣어 선생님의 연구실로 갔습니다. 선생님께 〈石窟庵 金剛力士頭像〉을 드리면서 전후사연을 말씀드렸습니다. 선생님께서는 특유의 껄껄 웃음을 웃으셨습니다. 그림의 실제 주인이 나타난 셈이니 어쩔 수 없지 않느냐고 하시면서 그림을 내어 주셨습니다. 선생님은 〈石窟庵 金剛力士頭像〉이 정말 마음에 드신다고 하셨습니다. 경솔하게 처신했는데도 언짢은 내색 없이 웃음으로 대해 주신 선생님께 고마움을 금할 길 없었습니다. 그 뒤에도 뵈올 때마다 "지금도 그림 많이 그리나?" 라고 물으시면서 관심과 격려를 해 주셨습니다.

선생님께서는 좋아하는 것을 쉬지 않고 배우고 익혀 가며 그 즐거움을 누리라는 가르침을 주셨습니다. 지금까지도 계속 그림과 글씨를 배우고 익히며 기쁨을 맘껏 누리고 있습니다.

＊＊＊

대학 졸업 뒤, 형편상 대학원을 가지 못하고 직장을 얻어, 학교를 떠나게 되었습니다. 한동안은 정초에 선배들을 따라 선생님들께 세배를 다녔습니다. 선생님께 회사에 취직했다고 말씀드리면서, 공부를 계속할 수 없는 게 아쉽고 부끄럽다고 말씀드렸습니다. 선생님께서는 정색을 하고 말씀하셨습니다. "만일 사학과를 졸업한 사람들이 모두 학계에 남는다면 학계는 인재들이 넘치겠지만, 사회에서는 유능한 인재들이 모자라게 된다."고 하시며 "오히려 역사학을 공부한 유능한 인재들이 사회 각 분야로 나아가 나름대로 기여하는 것이 역사학을 공부하고 가르치는 사람의 가장 큰 의의와 보람이 된다."고 말씀하셨습니다.

선생님께서는 유럽의 예를 드시면서 제가 얼떨결에 취업한 광고 분야가 굉장히 유용하고 전망이 밝은 분야라고 하시면서 잘 할 수 있을 것이라고 격려도 해 주셨습니다. 당시만 해도 사회 전반은 말할 것도 없고 취업을 한 저 자신까지도 광고가 무엇인지 잘 몰랐습니다. 선생님을 뵈올 때마다 제 근황을 자세히 물으시면서 계속 격려해 주셨습니다.

선생님은 《세월과 세대》(1999)의 〈겸손한 광고〉라는 글에서 "광고 역시 현대 산업사회의 하나의 중요한 새로운 분야가 될 수밖에 없다. (중략) 일상생활에서 정보와 지식의 하나의 원천이 되고 있는 것도 사실이다."라고 쓰면서, "그것이 지니는 높은 사회성을 고려해서 (중략) 예술성을 지니고 쾌감을 수반하는 작품이 되어야 한다"고 강조하셨습니다.

저는 광고업계에서 업무를 해 나가면서 제 직업에 자부심을 갖고 매진할 수 있었습니다. 광고에 대해서 강의를 맡기도 했습니다. 앞서 세상을 보셨던 선생님께서 일깨워 주신 인식과 지속적으로 보내 주신 관심과 격려가 큰 힘을 주었기 때문입니다.

※※※※

선생님은 저서 《아시아의 歷史像》(1969)과 《東亞交涉史의 研究》(1970)의 표지 장정을 제게 맡기셨습니다. 당시에 선생님은 학술 서적의 표지에 새로운 시도를 하고자 하셨습니다. 대부분의 학술 서적들이 대학 교재 스타일의 획일적인 디자인으로 되어 있는 것에서 벗어나서 새로운 형식의 표지가 되기를 기대해 주셨습니다. 각각의 책이 나름대로 개성 있고 단순하고 친근한 느낌을 주는 디자인으로 바꾸고자 하신 것입니다.

책이 나오자 《아시아의 歷史像》에는 "趙漢雄君 惠鑑, 훌륭한 裝幀에 감사하면서 著者"라고 글을 쓰셔서 주셨습니다. 《東亞交涉史의 硏究》에는 "趙漢雄君 秀麗한 裝幀에 感謝하면서 1970年 6月 11日 著者"라고 글을 쓰셔서 주셨습니다. 어떤 이유 때문인지 1988년에 다시 출간된 《아시아의 歷史像》은 완전히 표지가 바뀌고, 《東亞交涉史의 硏究》의 표지도 기본 디자인 취지는 살아 있었지만 나름 바뀌었습니다. 제가 해 드린 디자인이 미흡해서 출판사에서 바꾸었는지 모르지만, 선생님의 의도가 달라지신 것은 아니라고 생각합니다.

선생님 저서의 장정을 하면서 저는 어떤 분야든 늘 새로운 시도가 필요하다는 것과, 실제로는 새로운 시도가 어렵다는 것을 배웠습니다. 디자인의 여러 분야에도 본격적으로 이해와 관심을 갖게 되었습니다. 디자인에 대해 나름의 안목과 솜씨를 갖게 되고, 디자인 강의를 거듭 맡기도 했습니다.

*****

좋은 스승을 만나서 스승의 학문을 이어받고, 스승의 인품에 감화 받는 행복을 누리는 것만큼 큰 기쁨이 없을 것입니다. 저는 학문을 이어받는 기쁨을 누리지는 못했습니다. 40년 가까이 광고와 디자인, 마케팅과 경영의 현장에서 일했습니다. 경영학 전공자, 커뮤니케이션 전공자, 미술 전공자, 광고학 전공자, 마케팅 전공자에게 비전공자, 비전문가 대접을 받았습니다. 선생님께서는 언제나 편견과 거리감 없이 대해 주셨고, 지속적으로 관심과 격려를 주셨습니다. 마치 밑뿌리에서부터 늘 큰 힘을 받는 것 같았습니다.

선생님은 다정다감하셨습니다. 선생님께서는 鹿邨詞華集 《眺山觀水集》의 〈칠순 고개를 넘다[踰七旬之嶺]〉라는 시에서 "從今莫作踰年約 / 著

老歸泉無後先 이제부턴 나이 고개 넘을 기약 하지 말자 / 늙은이 돌아가는 덴 선후가 따로 없으니" 라고 하셨습니다. 십 년 뒤에 쓰신 〈여든을 스스로 기리며[八十自頌]〉라는 시에서는 "餘程還有編刊事 / 竊信天公緩召歸 이로부터 남은 일은 내 책을 엮는 일 / 고즈넉이 하늘에 비네, 천천히 불러주기를"이라고 하셨습니다. 이제 저도 칠순 고개를 넘었습니다. 천천히 불러주기를 빌며 살겠습니다.

선생님께서는 〈손자들을 데리고 청계산에 오르다[携孫兒登清溪山]〉라는 시에서 "山鼠囓餘殘栗殼 / 孫兒追跡發歡聲 다람쥐가 물어뜯다 남은 밤 껍질을 / 손자들이 찾아다니며 환호성 지르누나" 라고 하셨습니다. 두 명의 손자를 둔 제게 그들의 환호성이 삶의 기쁨이라는 것도 알려 주셨습니다. 고맙습니다.

2013. 12. 31.

담박함 속에 동서 문화의 거대한 교류가!

김두진金杜珍*

1. 아쉬웠던 배움은 향수가 되고

학부 시절에 고병익 선생님의 강의를 수강할 수 있었다는 것은 큰 행운이 아닐 수 없다. 그러나 지나고 보니 선생님으로부터 배움은 아쉽게만 느껴진다. 내가 학부의 전공과목에 대해 제법 눈을 뜨게 되는 2학년 2학기(1966년 9월)부터 4학년 1학기까지 2년 동안, 선생님은 미국 시애틀 워싱턴대학에 초빙교수로 가서 東亞學을 강의하였다. 선생님의 강의를 정식으로 들은 것은 2학년 1학기 때의 동양중세사가 유일하다. 그 외 대학원 때에 원대사에 관한 강좌를 도강하는 것으로 만족할 수밖에 없었다.

드디어 4학년 2학기 때 선생님의 강좌가 개설되어 있었는데, 그 내용이 독일어 원전을 강독하는 것이었다. 그러나 당시 나의 짧은 독일어 실력으로는 수강할 수가 없었다. 대신 민두기 선생의 영어 원전 강독 수업을 들었는데, 수강생이 나를 포함한 3명이어서 무척 고생하였던 생각이 난다. 어쩔 수 없는 일이었지만 이렇듯 선생님의 가르침에 목마를 수밖에 없었던 나 자신을 포함한 우리 학년은 괜스레 손해를 본 듯한 기분이 든다.

---

*국민대학교 명예교수

그런 아쉬움은 학문의 길로 들어선 나의 주변을 더 뚜렷하게 맴돌았다.

사학과에 입학한 우리들은 2학년이 되어 한국사와 동양사 및 서양사로 전공을 선택하고자 하였다. 그러나 선배들은 일찍 전공을 선택하기보다는 넓게 공부하라고도 주문하였다.

이런저런 고민을 안고 개인적으로 선생님을 찾아뵌 적이 있었다. 그때만 해도 착실히 공부하기보다는 의욕이 앞섰던가 보다. 선생님은 유치하기 그지없는 나에게 이것저것 일러 주셨다. 왠지 지금까지 그때의 가르침이 비교적 뚜렷하게 남아 있다. 한국사를 포함해서 주변 관계국의 문화를 폭넓게 보아야 한다는 것인데, 그러기 위해 어학 공부와 함께 참고하여야 할 책이나 잡지를 일러 주셨다.

고병익 선생님은 평소 담백하고 대범한 분이었는데, 제자들에게 이렇듯 자상한 면을 보이기도 하였다. 선생님이 메모해 준 문헌은 모두 외국에서 발간된 것이었다. 특히 전문 잡지로 일본의 《史學雜志》와 《史林》 등은 들은 바 있지만, 그 외 《J.A.S》나 《J.A.O.S》 및 《H.J.A.S》 등의 미국 잡지는 물론 《通報(T.P)》나 《J.A(佛)》, 《O.E(獨)》, 《A.M(英)》 등의 유럽 잡지 등은 모두 생소한 것이었다. 사실 그 뒤에도 이런 잡지들을 애써 살피기 어려웠지만, 실제로 독파할 수 있는 어학 실력을 기르지 못한 것이 지금도 끝내 후회스러울 뿐이다. 선생님은 분명 잡지 자체라기보다는 읽어낼 수 있는 능력을 요구한 것이었다.

4학년 2학기 때에 동부연구실의 복도에서 귀국한 뒤 처음 뵙는 선생님께 인사를 드렸더니, 단번에 "김군, 열심이지" 하고 저를 기억해 주셨다. 2년이란 세월이 흘렀지만 선생님은 여전히 정확한 기억력과 평소 활달하였지만 잔잔한 자상함을 보여 주었다. 대학원에 진학하여서는 조동원 형과 자주 만났던 관계로 가끔 선생님을 만나 뵐 수 있었지만, 사적으로 찾아쉽고 가르침을 구하는 기회를 마련하기는 어려웠다. 선생님이 학교 행정 업무를 맡아 무척 바쁘기도 하였다.

한국사를 전공하면서도, 고병익 선생님의 제자였던 사실이 나의 사회생활에 도움이 되었던 것이 하나둘이 아니다. 전남대학에서 국민대학으로 옮긴 나는 한때 유네스코 한국위원회의 《KOREA JOURNAL》편집위원과 社會科學研究協議會의 《Korean Social Science Journal》의 편집위원장을 맡았다. 두 기구가 모두 선생님이 책임자로 계셨던 관계에서인지, 주변에서 나에게 거는 기대가 가볍지 않았다. 특히 사회과학연구협의회에는 회장이셨던 선생님이 전설적인 인물로 전해짐으로써, 역사학 분야에서 활발하게 참여해 주기를 바라는 분위기가 마련되어 있었다.

2. 정치精緻하게 바라보는 거대한 시각

고병익 선생님의 동양중세사 강의는 내가 역사학 전공자로 살아가는 데 퍽 도움을 주었다. 선생님은 수隋나라의 중원 통일 이후 당대사唐代史에 대해 강의하셨다. 그 내용은 내가 전공한 통일신라시대사와 바로 연결되지만, 세계제국을 형성한 당의 제도와 문화에 대한 식견을 넓혀줌으로써, 보편적인 역사 일반을 이해하는 데 유용한 것이기도 하다. 《貞觀政要》와 《唐律疏議》를 소개하면서 삼성육부三省六部나 과거제科擧制는 말할 것도 없고 균전제均田制와 조용조租庸調 등 관제와 경제제도를 비교적 자세하게 강의하였다. 바로 이 부분은 우리나라뿐만 아니라 일본 등 동양 여러 나라의 제도사를 파악하는 길잡이가 되었다.

선생님의 동양중세사 강의는 이렇듯 자세하게 언급한 제도사보다는 역사를 바라보는 거대한 시각을 길러 주었다. 당의 주변 국가에 대한 관심이 바로 그런 것이다. 선생님은 당의 대외 관계를 폭넓게 강의하였다. 남북조시대에는 분열과 대립으로 중국이 대외적으로 위축되었으나, 수의 통일과 더불어 당대는 체제가 안정되면서 대외적으로 크게 발전하였음을 제시하였다. 그 가운데 초기의 대외 관계는 북쪽의 돌궐突厥과 서남쪽의 티베트 곧 토곡혼吐谷渾과 서장西藏에 관한 문제였고, 주로 그 지역의 개척에 관한 것이었다.

초기 대외 관계사에 대한 강의도 당 제국의 형성이라는 면에서 주변 문화에 대해 일관되게 관심을 갖게 하는 것이었다. 한 무제가 서역을 개척하여 敦煌郡을 설치하였다고는 하지만, 실제로는 돈황 鳴沙山 大石窟寺의 거대한 불교 유적과 藏經窟의 수많은 고문헌에 대해 흥미를 불러일으키게 하였다. 마찬가지로 티벳을 회유하여 장악하는 과정에 대한 강의는 인도와 아랍과 했던 문화 교류에 더 관심을 갖게 하였다. 당에 망명한 사라센의 왕자 비로사卑路斯(Pirouz)를 파사후波斯侯로 봉하거나 인도의 계일왕戒日王을 살해한 아라나순阿羅那順을 잡아 당으로 압송한 내용보다는 현장玄奘의 《大唐西域記》에 대한 강의 내용이 더 깊은 인상을 주었다.

처음에는 세계제국을 형성하고자 했던 당의 팽창 과정에 관해서였지만, 점차 당과 주변 국가와 문화 교류로 초점을 맞추었고, 특히 중앙아시아를 중시하여 〈당과 서역문화〉에 대해서는 따로 장을 설정하여 집중적으로 강의하였다. 선생님의 강의에서 서역 문화를 접한 환희는 지금까지노 감회로 남아 있다. 장안長安에서 파미르고원을 거쳐 아랍으로 이어지는 육로와 광주廣州나 천주泉州에서 인도를 지나 아랍으로 이어지는 바닷길인 동서교통로東西交通路와 시박사市舶司나 번방蕃坊 등 교역에 대한 내용이 중심을 이루었지만, 그 밖에 서역 문화 더욱이 종교에 대한 강의는 나에게 많은 영향을 끼쳤다.

고병익 선생님의 강의는 개별 사항에 대해 정치精緻한 내용을 담은 것이었지만, 전체적으로 동서문화 교류에 대한 거대한 시각을 갖게 하였다. 선생님은 평소 활달한 성품에 원숙한 학문과 폭넓은 식견을 갖추었는데, 그러한 호한浩瀚한 결실이 《東亞交涉史의 研究》(서울대학교 출판부, 1970)로 간행되었다. 이 저술이 한창 마무리될 당시에 선생님이 담당한 원대사에 대한 강의는 매우 유익한 것이었다. 이 책은 원대 사회와 고려의 관계를 집중적으로 다루면서도 서양과의 교류에 관해 언급하였는데, 그 대상 시대가 고대에서부터 근세에 이르고 대상 분야는 정치 · 외교 · 사회 · 법제 · 사상 · 전적典籍에 이르기까지 다양한 것이다.

이밖에 선생님의 저술인 《아시아의 歷史像》(서울대학교출판부, 1969)이나 《東亞史의 傳統》(일조각, 1976) 및 《東아시아의 傳統과 近代史》(三知院, 1984) 등도 모두 우리나라와 아시아 여러 지역, 나아가서는 서양 세계와 문화 교류를 다루었다. 그리하여 유교 사회의 전통을 현대사회 문제와 연결하여 해석하였다. 선생님은 거대한 시각으로 역사를 조명하고 있지만, 실제로 개개의 문제에 대해 정연한 논증으로 서술하였다. 더욱이 〈麗代 征東行省의 연구〉는 元이나 이슬람 사회로까지 폭넓은 시야에서 원 복속기의 고려 사회에 대해 매우 정치하게 연구한 것이다.

고병익 선생님은 우리들에게 역사를 정치하게 바라보면서 한편으로 거대한 시각을 갖도록 일깨워 주었다. 선생님은 동서양의 고대에서 현대사회에 이르는 역사와 문화를 포괄적으로 추구하면서, 한편으로 특정 문제에 대해서는 심화된 전문적 연구를 집중적으로 수행하였다. 그리하여 역사상의 어떤 문제에 대해서도 수준 높게 접근할 수 있었다. 선생님의 저술은 정치한 학술 논문을 싣고 있을지라도, 대부분 타율적으로 부탁 받은 글이나 학술회의의 기획 논문을 수록하였는데, 그 다룬 분야가 광대하고 포괄적인 것은 이미 알려진 바다.

3. 학은이 이정표로 남다

학부 때에 고병익 선생님은 한국 문화 속에 중앙아시아 유목민의 문화, 더욱이 투르크계 문화가 영향을 끼쳤음을 강조하였다. 그러한 한 사례로 '佛'이나 '日' 등의 발음이 중국에서는 'bu'나 'ji'이지만, 우리나라에서는 'bul'이나 'jil'로, 일본에서는 'butu'나 'jitu'로 난다고 하였다. 그런데 'L'로 발음하는 것이 중국어 자체 안에서도 찾을 수 없으며, 투르크계의 영향이라 하였다. 또한 선생님은 一治一亂의 원리로 설명하면서 중국사의 dynastic cycle을 지적하였다. 한족漢族과 새외塞外민족의 교체를 한국사의 전개와 밀접하게 연결하여 이해하게 하는 부분이었다.

선생님은 처음 서역西域 곧 중앙아시아의 역사와 문화에 대해 흥미를 가지면서 동양사학을 전공하였지만, 실제로는 우리나라의 역사를 공부하면서 중국과 서역으로 관심을 넓혀갔다. 한국의 역사와 문화를 넓게 동아사東亞史는 말할 것도 없고, 서양사와 관련 속에서 고찰하였다. 바로 이런 면은 한국사를 전공하려는 나의 시야를 넓게 만드는 계기를 마련해 주었다. 이후 나는 이병도 선생의 강의와 이기백 선생의 논문 지도를 받으면서 객관적 인식에 의한 민족문화의 보편성을 추구하였고, 민족사의 비교 연구나 문화 교류사를 중시하였다.

고병익 선생님은 내가 대학원에 진학한 지 1년이 되지 않아 문리대 학장을 맡았으며, 총장을 역임한 뒤에는 서울대학교를 떠났다. 그 사이 나도 전남대학교에 내려가 있다가 1980년도에 국민대학으로 옮겼는데, 그 뒤 선생님은 한국정신문화연구원의 원장으로 갔다가는 다시 한림대학으로 옮겼다. 내가 선생님의 가르침을 더 직접으로 받기도 어려웠다. 1996년도에 한국사회과학협의회의 전임 회장이신 선생님을 모시고자 찾아뵌 것이 공식적으로는 거의 유일한 만남이었다.

선생님이 타계한 다음해에 나는 국무총리 산하의 경제인문사회연구회의 위원이 되었다. 이후 비슷한 인문정책연구회에서 위원으로 활동하였다. 당시 문득 고병익 선생님의 학은이 인각印刻으로 남아, 나의 학문에 이정표로 작용하고 있었던 사실을 깨닫게 되었다. 이후 나는 한국 사학의 연구가 세계사의 조류 속에서 이루어져야 할 뿐만 아니라 인문학과 더불어 나아가는 동반자의 역할을 충분히 감당해야 한다고 생각하였다. 어찌 선생님의 영향이라 하지 않을 수 있겠는가?

나는 구조 기능적 방법으로 한국사를 연구해 왔다. 한국 문화를 정치하게 분석하면서 당대 사회구조나 앞뒤의 인과관계 속에서 그 의미를 추구하였다. 구조 기능적 방법은 당대 사회의 정치와 문화는 말할 것도 없고 사상과 종교 등의 여러 관계를 조밀하게 밝히기 때문에, 정치사를 포함해서 경제사나 사상사 등의 분류사로까지 관심을 확대시켜 주었다. 그러나 현실적으로 나의 연구는 사상사의 범위를 크게 벗어나지 못하였다. 고전에 관심을 두면서 관심 분야를 넓혀야 하는 문제는 과제로 남을 수밖에 없다.

이외에도 선생님은 역사학의 대중화를 숙제로 남기었다. 전문적인 연구 논문이라 할지라도 어느 정도의 지식과 관심을 가진 사람에게라면, 흥미를 끌게 하고 이해할 수 있는 것이라야 진정한 역사학의 글이 된다고 하였다. 그 때문에 역사학이 철학은 물론 문학으로서 요인을 갖추어야 한다는 것이다. 역사학의 대중화는 역사학계가 해결해야 할 당면한 공통의 문제이지만, 쉽게 풀릴 수 있는 것도 아니다. 그렇다고 대중을 직접 상대해서도 안 된다. 인문학으로서의 역사학에 대해 새삼 절실하게 이해할 필요를 느낀다.

역사학의 길을 일러 주신 분

정만조鄭萬祚*

이성무 선생과 함께 정초를 앞두고 녹촌 선생님을 찾아 인사를 드린 지 얼마 지나지 않아 선생님의 부음을 접하였다. 순간, 한시漢詩 동인同人 모임인 난사蘭社에서 100회 기념으로 펴낸 《蘭社詩集》을 한 권씩 주시면서 "뭐 이우성 씨가 대개 손을 보아 책으로 낸 것이야" 하고 선생님 특유의 소탈하면서도 입가에 깊은 주름을 지으시며 빙그레 웃으시던 모습이 눈앞에 어른거렸다.

그런 선생님께서 돌아가신 지 벌써 10년이 되어 간다니……. 제 나이 먹는 줄만 알고 세월 가는 줄은 모른 호수서생皓首書生의 혼몽함에 새삼 가슴이 저민다. 선생님에 관한 따뜻한 추억을 적어 보내라는 추모문집 간행 준비위원회의 말씀을 떠올리며, 내가 선생님에게 받았던 혼자만의 느낌을 간추려 볼까 한다. 다만 그러다 보니 혹 결례되는 망발이 되지 않을까 염려되나 스스로의 독백으로 치고 무릅쓰기로 한다.

생각해 보면, 선생님과 나의 학문적 인연은 그리 많지 않았던 것 같다. 아마 학부 2학년 때 동양중세사 강의를 들은 것이 유일하지가 않나 싶다.

---

*국민대학교 명예교수

학기가 끝나자 선생님은 초청받은 미국으로 가셨고, 그리고 돌아오셨을 때는 내가 국사 쪽으로 전공을 굳힌 상태여서 선생님 강의를 들을 기회를 갖지 못하였기 때문이다.

외람스러운 표현이지만, 강의실에서 받은 선생님에 대한 첫 인상은 떡 벌어진 어깨에 풍모가 당당하시다는 것이었다. 귀 너머로 선배들에게 들었던 학창 시절 럭비를 하셨다는 소문이 사실이구나 속으로 생각하였다. 눈 가장자리가 약간 검게 보이시는 부리부리한 눈매로(당시 학생이던 나의 느낌을 솔직하게 표현한다는 것이 이렇게 불경스럽게 되고 말았다) 수당隋唐의 역사를 강의하시는데 유지기劉知幾의 《사통史通》과 과거제에 대해 말씀하신 것이 학은으로 머릿속에 깊이 자리하고 있다. 강의 시간에 말씀하신 수당 과거제의 내용이 전해종 선생님과 함께 번역하신 《동양문화사》(《East Asia, The Great Tradition》, John K. Fairbank & Edwin O. Reischauer)와 약간 차이가 나는 듯하여 연구실로 찾아뵙고 말씀드리기도 했다. 지금 생각하면 무슨 만용에서 그랬는지 도무지 민망하기만 하지만, 선생님께서는 "그랬던가?" 하시며 사실도 제대로 알지 못하는 몽치蒙稚의 의문을 풀어 주셨다. 그 어리석은 자가 뒤에 요행히 교단에 서게 된 뒤에 강의 중이거나 연구실로 찾아 온 학생의 질문을 받았을 때, 혹 귀찮은 나머지 불성실하게 답변하고는 이내 선생님께서 그때 보여 주신 모습을 떠올리고는 스스로를 반성하고는 한다.

학부 4학년 때니까 1968년이었던가 보다. 답사를 전라도 일대로 갔다. 다 아시겠지만, 그때만 해도 보릿고개가 있던 시절이어서 지금처럼 관광버스를 빌린다는 것은 생각지도 못했고, 밤 10시에 서울역에 집결해 야간열차를 타고(그래서 4박 5일의 답사 가운데 1박은 으레 기차에서 보내었다.) 새벽에 정읍井邑에서 내려 일대를 답사하고, 일반 승객들이 탄 시외

버스에 합승하여 저녁때쯤 내장사內藏寺로 들어갔다. 이튿날 요행히 시외버스를 편도로 전세 내다시피 하여 아침에 광주光州로 향했는데 지금처럼 포장된 도로도 아니고 노폭路幅이 좁은데다 인도가 따로 없었다. 결국 한 시간 정도 달리는 듯하더니 S자로 굽은 곳에서 길 가운데 서성이는 촌로村老를 피하려다가 그만 한 2미터 정도 되는 논바닥으로 굴러버리고 말았다. 그때 찍은 사진이 집에 보관되어 있어 꺼내 보면 버스 바퀴가 하늘을 향해 있다. 그런 만큼 사고의 여파가 커서 운전석 맞은편 앞자리에 앉았던 아주머니 몇 분과 앞문 쪽의 학우들이 부상을 입었다.

이때의 답사에는 선생님과 김용섭 선생님께서 동행하셨다. 부상당한 학우들 쪽에서 경황없이 부산을 떨다 보니 두 분 선생님을 누가 어떻게 모셨는지는 기억이 없다. 다만 충격의 일파가 어느 정도 가라앉자 깜짝 놀라 주위를 두리번거리는데 좀 떨어진 저쪽에 선생님의 모습을 볼 수 있었다. 그때 받은 느낌은 모두가 작고 흐릿하게 보이는 속에 유독 선생님만 두드러지게 우뚝했던 것으로 지금도 기억된다. 선생님은 조교 선생과 무슨 말씀을 나누고 계셨다. 거리가 멀어 말씀의 내용은 잘 알 수 없었으나, 평소와 다름없는 태연한 표정이셨다. 아직 심지心志가 굳지 못한 젊은 때여서 당황하고 흥분한 상태였는데, 어려움에 처해서도 의연하신 선생님의 대인풍모大人風貌를 뵈면서 마음이 진정되는 것을 느꼈다. 이는 아마나 혼자만의 느낌은 아니었다고 본다.

1970년대 초 대학원 재학 시절이었다. 마침 단재丹齋 신채호申采浩의 민족사학이 재조명되면서 김부식의 《三國史記》가 논란의 조상組上에 올랐다. 단재는 묘청妙淸의 난을 토벌한 김부식을 사대주의자로 규정하고, 그런 사대주의적 유가儒家 윤리에 근본하여 지은 사서史書가 《삼국사기》인 만큼 사료의 말살·변개變改는 물론 사대적·보수적·속박적인 유가 사상을 합리화하고자 왜곡된 역사상을 심었다고 극론하였다(《朝鮮歷史上 一千年來 第一大事件》). 단재의 이런 견해는 그의 《朝鮮革命 宣言》(義烈團 선언)에서 펼친 독립 노선에 대한 선명한 주장과 함께 20대 중반이던 나에게 참신한 사관史觀으로 다가와서 마치 마른 모래가 물을 빨아들이듯 그대로 흡수되었다. 그러면서도 한말韓末의 망국 요인을 소급하여 일방적으로 유교의 책임으로만 몰아가는 데 대한 일말의 회의懷疑와 그러면 조선시대 유교를 신봉한 사람들은 아예 체질적으로 사대주의자이고, 일본 사학자官學者들이 말하듯 사대성이 과연 우리 민족성이란 말인가 하는 불만도 없지는 않았다.

거기에다가 이 시기 나는 조선시대 서원書院을 논문 주제로 잡고 규장각에서 자료를 뽑아가던 때였다. 애초에 서원에 관심을 두면서부터 서원이 양반의 활동과 관계되는 만큼 잘못하면 이제 겨우 깨어져 가고 있던 정체론停滯論의 구각舊殼을 새로 포장할지 모르며, 망국亡國 요인으로 지목되어 기휘忌諱의 대상이던 당쟁론黨爭論을 다시 들추어야 하는 위험을 가질지 모른다는 우려 때문에 주저한 적이 있었다. 그러나 조선 사회를 더욱 합리적이며 종합적 이해하려면 지배 신분이던 양반兩班의 동향과 사회운영구조의 본질에 대한 구명이 필요하다는 생각이 더 절실해서 서원 쪽으로 마음을 굳히고 작업 중이었다. 그런데 다시 유교망국론이란 벽에 부딪힌 것이다. 서원과 유교의 관계는 새삼 말할 것도 없으므로 서원망국론의 의미와 다름 아니었다. 고민에 빠질 수밖에 없었다.

그러다가 선생님의 "三國史記에 있어서의 歷史敍述"(《金載元博士回甲紀念論叢》, 1969)을 읽게 되었다. 선생님은 이 논문에서 《삼국사기》 찬술撰述 문제를 연구하여 그 성격을 구명하며 이로써 단재류丹齋流의 이런 비평에 대한 타당성 여부를 검증하려 한 것이었다. 《삼국사기》의 찬술 경위와 논찬論贊, 날조·산삭刪削문제, 삼국 각국에 대한 서술 자세 등 네 부분으로 나누어 검토한 결과, 《삼국사기》는 김부식 개인의 사가私家 저술이 아니라 사관史官들에 따른 편찬물이며, 문제가 되는 사대주의적 요소와 관련해서도 후대의 《동국통감》류東國通鑑流의 논찬과 견주어 볼 때 오히려 자주적이라고 보았으며, 사료 수집을 더 넓게 하지 못한데 대한 비난은 받아 마땅할지언정 사실史實의 날조라든가 마음대로 산삭·개변해 역사상을 크게 왜곡했다는 비난은 유교식 역사 기술의 전통으로 볼 때 타당하지 않고, 삼국에 대한 서술 자세도 주관적 호오好惡나 명분론적 차별에 사로잡히지 않은 객관성을 지녔다고 하였다. 이에 따라 《삼국사기》에 대한 세인世人의 비평은 당시의 사상적 환경을 무시하고 사료의 영성零星 등 객관적 제약을 홀시忽視한 데서 나온 부당한 것이며, 중국의 전통적 역사 기술이나 조선조의 다른 사서와 견주어 보더라도 《삼국사기》의 가치는 한층 선명해진다고 적극적으로 평가하였다(이 부분은 오랜 시간이 지나서 기억이 분명치 않아 이 글을 쓰면서 선생님의 논문을 다시 읽고 요약한 것이다).

선생님의 글은 《삼국사기》의 역사 서술에 초점을 두었기에 그 사대성의 검증을 목표로 하지만은 않았지만, 그러나 논찬이나 서술 자세로 볼 때 유교적 역사서이면서도 오히려 자주적인 성격을 띠며 특히 유교식 역사 기술이 갖는 객관적 합리성을 강조하신 것에서, 나는 단재의 일방적인 유교망국론적 사대성이란 단정斷定에서 가졌던 불안을 극복해 나갈 수 있었다. 유지기의 《史通》 연구로 축적해 온 선생님의 중국 사서 내지 유가 사학에 관한 심오한 온축蘊蓄과 안목, 특히 전통 유학 자체에 대한 애정이 없었다면 나오기 어려운 결론이 아니었던가 지금도 그렇게 생각한다. 기회가 닿지 않아 강의실에서 선생님의 해타咳唾를 자주 접하는 경험을 갖지 못했던 나는 이 글로 선생님의 따뜻한 역사의 향기와 가르침을 받을 수 있었고 조선시대 유학과 직결되는 서원 연구에 용기를 얻을 수 있었다. 선생님을 추모하는 글에 위에서처럼 내 이야기를 장황하게 늘어놓은 이유는 바로 여기에 있다. 지금껏 마음 속 깊이 선생님께서 베풀어 주신 학은에 감사드릴 뿐이다.

70년대 후반 이후는 모교가 동숭동에서 관악산으로 옮겨 가 바쁘다는 핑계와 낯설기조차 한 모교 환경 때문에 걸음이 뜸해지고, 또 선생님께서도 교내외의 요직을 계속 맡으시고 해서 뵙지를 못했다. 물론 학회에서 여러 사람에 섞여 잠시 인사드린 적은 있다. 그러다가 아마도 1990년대 초반쯤인가 해서 춘천에서 열린 동양사학회 발표회에 토론자로 참석했을 때, 여러분들과 함께 선생님을 모시고 담소한 적이 있었다. 나는 전공도 국사이고 또 선생님을 가까이서 뵌 적도 많지 않고 하여 인사만 드리고 잠자코 있었더니, 내 이름을 부르시며 재직하던 학교에 대해 물어 보셔서 내심 깜짝 놀랐다. 학회 참석자가 패용하는 명찰은 없었다. 선생님의 기억 속에 내 이름이 들어 있다는 사실에 적지 않게 감동했음을 솔직히 밝힌다.

그런 경험은 한 번 더 있었다. 모두冒頭에서 말한 《난사시집》을 주실 때 선생님께서 손수 이름자를 써 주셨다. 받으면서 써 주신 것을 보니 내 이름자 끝 글자가 아침 朝자로 되어 있었다. 그렇게 되면 한말의 문장가로 일제 때 경학원經學院과 조선사편수회朝鮮史編修會에서 친일親日 행각을 한 무정茂亭의 이름과 한자로 똑같게 된다. 가끔 지인知人들로부터도 아침 朝자로 써온 편지를 받고는 해서 새삼스럽지는 않았다. 그런데 한 30분 앞 앉았다가 일어서려니까 선생님께서 《난사시집》을 새로 꺼내시며 "아까 이름자를 잘못 쓴 것 같은데…" 하시며 복 祚로 맞게 써 주셨다. 어떻게 이름의 한자漢字까지 정확히 기억하시는지, 이제 겨우 60줄의 끝에 이르고서도 몇 번 만난 후배의 이름은 물론 姓마저 아득하여 그저 선생하고 상대방의 호칭을 얼버무리는 나로서는 그 경지를 도무지 헤아릴 수가 없다. 이 글을 쓰면서 선생님의 묵향墨香을 다시 맡으려 책을 찾았더니 어찌된 일인지 아침 朝자로 써 주신 것만 있고, 고쳐 바로 써 주신 것은 보이지 않는다. 한 권은 집에 두고 다른 한 권은 학교에 둔 것까지는 기억나는데, 좀 더 찾아보아야 하겠지만 혹시 학교를 떠나면서 연구실에 두었던 책을 집으로 옮기는 과정에서 분실되지나 않았는가 조바심이 난다.

오래 전에 성북동 간송미술관에서 최완수 선배와 무슨 이야기를 나누던 끝에 선생님에 관한 말이 나왔다. 자세한 내용은 잘 기억되지 않으나 그때 선배가, 어디에선가 선생님께 가겠다고 인사드리고 돌아서서 한참 가다가 뒤돌아보니 선생님께서 그윽한 시선으로 손을 흔드시는데 제자를 사랑하는 선생님의 진정성이 왈칵 다가와서 마음이 뭉클했다고 한 말은 아직도 머릿속에 생생하다.

선생님 댁을 찾았다가 나올 때 엘리베이터 문 앞까지 나오셔서 배웅하시던 선생님의 다정하신 모습이 바로 그런 것이 아니었을까 생각하며, 눈앞의 환영幻影을 쫓는 마음으로 선생님을 그린다.

'모르는 것은 모른다고 답하라'

高 선생님에 대한 기억은 중학교 들어가기 전 덕수궁 옆 허름한 조선일
보 건물 안에 삐거덕거리는 나무 계단을 올라가 이층에 자리한 논설위원
실이었던 것 같다. 확실치는 않으나 당시 초등학교 5, 6학년 정도, 4·19
혁명이 일어나기 전이었으니까.

그 논설위원실은 당시 내로라하는 論客들의 집합소였고, 그 가운데 한
분이 고병익 선생님이셨다. 모두 눈빛이 날카롭고 말씀이 강한 분들만 모
여 있어서 특별한 일이 없는 한 주말마다 그 논설위원실에 가는 것이 나
에게는 힘들었다. 당시 사진 취미를 가지고 계셨던 先親께서 그리로 오라
고 하셔서 어른들께 인사드리고 그 뒤에 덕수궁에 가서 사진 찍고 오후를
보내는 일정이었다. 그곳에 독일에서 박사학위를 받고 귀국하셔서 실력
있는 학자이신 高 선생님도 뵈었던 것이다. 무슨 말이 오갔는지는 기억에
없고 독특한 어른들의 날카로운 질문에 때로는 멈칫하고 때로는 거침없
는 답변을 해서 웃음바다가 되었던 기억은 있다.

그 뒤 文理大 史學科에 입학해서 2학년인가 高 선생님의 동양중세사를 수강했다. 당시 강의보다 영화 구경 다니는 재미에 학교를 다녀서 강의 시간 전에 과제가 주어졌어도 예습 같은 것은 해본 적이 없었다. 어느 날 강의 주제가 敦煌에 대한 것이었다. 나는 아무것도 몰랐다. 東西貿易, 東西交流에 관심이 많으시고, 東洋史 전공 학자로써 가장 넓은 시야를 갖고 계시다는 評을 듣고 계신 선생님께서 열정을 갖고 강의하시던 과목이었다. 앉아 있는 순서대로 앞에서부터 각기 다른 질문에 답하고 드디어 나의 순서가 되어 敦煌에 대한 질문을 하셨다. 나는 돈황에 대해 그때 처음 들었고, 아무것도 말을 할 수 없었다. 선생님께서 드디어 말씀하셨다. '모르는가' 가만히 있었다. '모르는 것이면 모른다고 답하라' 너무 창피하고 더구나 모르는 것을 모른다고 대답도 못한 사실이 더 부끄러웠다. 그 뒤 社會生活을 하면서 '모르는 것을 모른다' 답하는 사람은 대단히 훌륭하고 정직하다는 것을 깨달았고 그 수가 매우 적다는 것도 알게 되었다.

그 뒤 大學院에 다니면서 동아문화연구소에도 잠깐 다닌 적이 있는데 초창기에 高 선생님께서 만드셨다고 들었다.

이런저런 인연으로 선생님 댁에 놀러간 적도 있고, 선생님의 따님이 고등학교, 대학교 일 년 선배여서 가까이 지냈다. 고혜령 언니는 목소리가 아름답고 고와서 늘 부러웠다. 노래도 잘 부르고 목소리만큼 인간관계도 훌륭하여 마음속으로 의지도 했다.

1960년대, 1970년대 서울大學에서 學長, 總長을 지내셨으니 마음 고통 또한 클 수 밖에 없는 고뇌하는 知性人으로써 지내셨으리라 짐작된다. 크고 작은 일이 얼마나 많았을까?

1979년 관악산으로 옮긴 서울大에 볼일이 있어 학교에 들렀다가 돌아가는 길에 어떤 자동차가 따라오면서 경적을 가느다랗게 울렸다. 누가 이렇게 걸어가는 사람을 귀찮게 하나 싶어서 화가 난 얼굴로 돌아봤더니, 선생님께서 환히 웃으시면서 그렇게도 모른 척하고 가냐고 말씀하셨다. 마침 운전하는 재미에 빠지셔서 차를 가지고 퇴근하는 길이라면서 가는 곳까지 태워 주시겠다고 하셨다. 이렇게 자상한 면도 있으시구나 생각했다. 美國에서 학교 생활이 어땠냐, 그곳 분위기, 학교 선배들 이런저런 애기를 나눈 기억이 있다.

당시 우리 집안은 반정부인사의 집으로 낙인찍혀 美國 갈 때도 3개 부처의 현직 장관 보증이 동시에 필요했고 엄격한 감시를 받던 때였다. 그때 Harvard-Yenching Visiting Scholar 추천서도 高 선생님께서 직접 써 주셨다. 대단히 고마웠다. 그런데도 돌아와서 변변히 인사도 못 드렸고, 정신 없이 휘몰아치는 사회 환경에 내몰려서 사느라고 바빴다. 누구는 사정과 핑계가 없겠는가.

그나마 나름대로 넓은 시야를 가지려 노력하고, 모르는 것은 모른다 답할 수 있는 용기를 갖는 것은 선생님께서 가르쳐 주신 덕이 아닌가 생각된다.

고뇌하고 꽉 막히지 않은 知性人을 그리워하면서, 이런 분들이 대접받는 社會를 만드는 것이 우리들의 책임이라 다짐해 본다.

선생님의 薰陶 반세기,
그 훈훈하고 엄격함이 아직도…

조영록曺永祿[*]

고병익 선생님을 처음 만난 것은 1962년 2학기 석사과정 수업 시간에서였으니 벌써 50년 세월이 훌쩍 지났다. 졸업 뒤 4 · 19 학생혁명과 5 · 16 군사정권이 들어서는 2년 반 동안 군대에 다녀와 대학원에 입학하기까지 학교와 동떨어져 있어 선생님이 교수로 부임하신지 모르고 있었기 때문이었다. 들리는 소문에 따르면, 선생님이 당시 인기를 끌고 있던《조선일보》논설위원이라는 이야기도 있고, 뒤에 들은 이야기지만 연세대학에 계시다가 기독교적 분위기에 익숙하지 않아 옮겨 오셨다는 설도 있었다. 그러저러한 소문은 고 선생님이 일반 선생님들과는 다른 꽤 특별한 분이라는 사실이 우리 학생들 사이에 퍼진 인상이었다.

선생님의 대학원 수업은 강독 교재로 한문 원전을 읽히거나 영문 논문을 읽고 발표하게 하는 것이었다. 도중에 가끔 꾸벅 조시다가 오류를 지적하시는 경우도 있어 모두들 조심을 게을리하지 않았다. 더욱이 관심을 두고 설명하시던 문제가 며칠 뒤《조선일보》만물상에 다루어지는 것을

*동국대학교 명예교수

가끔 볼 수 있었다.

　중국사 가운데 명·청 시대를 전공하기로 한 나는 선생님을 지도교수로 모시게 되었으나 막상 논문 제목을 정하기가 마땅치 않아 우왕좌왕하고 있었는데, 명明 말의 동림당東林黨을 공부해 보라는 말씀이 있었다. 동림당은 명 만력 이후 정치사에서 매우 중요할 뿐 아니라 학술사상사에서도 공부해 볼 만한 흥미 있는 문제였다. 이처럼 중요한 분야인 만큼 우선 그 중심인물의 문집 등 기본 문헌을 국내에서 구해 볼 수 있는 일부터 착수하였다. 마침 동림당의 제2인자 격인 고반룡高攀龍의 문집을 서울대학교 도서관에 소장하고 있다는 사실을 확인하고 그 전기를 정독하는 일에서 시작하여 더욱이 일본 학계의 관련 논문을 수집하여 정해진 2년 기한 안에 완성한 논문을 제출할 수 있었다. 그리고 이 논문을 수정·보완하여 만 1년 뒤인 1965년, 그 무렵 한우근 교수가 역사학회 회장으로 계신 서울대 문리대에서 구두 발표를 거친 뒤 처음으로 《역사학보》에 등재하였다.

　그동안 고 선생님의 신상에도 변동이 있었다. 1962년도에 서울대 문리대 사학과에 재직하던 동빈 김상기 교수의 후임으로 자리를 옮기신 것이다. 그 무렵 나는 선생님께서 다른 몇 분의 교수와 공동으로 맡으신 하버드 옌칭의 연구지원사업에 참여하여 《조선왕조실록》(세조·성종실록) 가운데 중국과 관련한 기사를 뽑아 제목을 달고, 인명·지명·일자 등을 기입하여 카드화하는 작업을 하고 있었다. 기한이 촉박하였으므로 선생님 연구실에 자리를 만들어 주어 3개월 남짓 거기서 작업을 계속하였다. 그러나 이 카드화하는 수작업은 아마도 곧이어 컴퓨터의 등장으로 효용 가치를 잃게 된 탓인지 햇빛을 보지 못한 채 자취를 감추어 버렸다.

　이 작업은 나에게 《조선왕조실록》을 읽을 수 기회와 함께 그 시기의 《明實錄》 관련 부분이나 나머지 다른 한중 양국의 관계 문헌을 뒤지는 작업을 동시에 제공해 주었으므로 한중관계사 분야에 관심을 갖는 계기가 되었다. 그 결과 조선 전기의 주요 병기兵器인 각궁角弓의 자재가 되는 물소 뿔[水牛角]을 명에서부터의 무역 및 여기에 관련된 조선 출신 환관들의 실태를 알아보게 하는 등 두어 편의 논문을 정리 · 발표할 수 있었다. 그 뿐만 아니라 이 불발의 카드화 작업으로 전혀 생각지도 못했던 적지 않은 원고료까지 챙겨주시어 나로서는 이른바 일석삼조의 덕을 보게 된 것이다.

그 무렵 대학원 동양사 전공 교수로는 주로 황의돈 노교수의 동양 고전, 고 선생님의 중국사, 이용범 선생님의 요 · 금 · 원 등 북방민족사 분야였다. 함께 청강하는 K씨는 30대의 만학도로서 친화력이 뛰어난 분으로 역시 고 선생님의 지도로 '몽고의 일본 원정에 있어서의 고려의 역할'을 주제로 하여 논문 준비를 하고 있었다. 어느 여름방학을 이용하여 인천에 살고 있던 그가 덕적도 야유회를 주선하였는데, 고 선생님을 비롯하여 이용범 선생님과 한국사를 강의하시던 조좌호, 안계현 두 분 등 네 분으로 모두 초등학교 4, 5학년 아들들을 데리고 오셨다. 이른 저녁상에는 미리 부탁하여 담가 둔 농주에다 닭을 잡아 푸짐한 안주로 하여 배불리 먹으며 즐거운 시간을 보냈다. 그런데 그 농주가 설익었던 탓으로 모두들 배탈을 만난 것이다. 새벽 무렵이 되자 일행 가운데 원로이신 조좌호 선생께서 토사곽란으로 그 신음소리가 밤의 정적을 깨는 가운데, 대부분 정도의 차이가 있으나 밤새도록 변소와 나무새밭을 드나드느라 잠을 설쳤다. 면 단위의 섬마을에는 건위정이라는 소화제 이외에는 의료 시설이 달리 없었다. 고 선생님도 가져간 원고지를 다 썼다. 인천행 배편을 알아보았으나 격일제로 운항해서 그 다음날에야 돌아올 수 있었다.

일반적으로 인문학자들은 술을 즐겨 여러 가지 에피소드들이 있다. 이용범 선생님한테 들은 사학과 교수들의 음주 이야기도 만만치 않았다. 1950년대 사립대학들은 보결생제가 있었는데, 서양사 안정모 교수의 친구가 아들의 입학 서류 심부름을 해 준 것을 고마워하여 적지 않은 사례금을 억지로 놓고 갔다. 이 돈 처리를 어려워하여 학교 입구 주막집에 맡기고 이 선생님과 함께 교내외 가까운 분들에게 연락하여 3일 동안 술을 마시는 행사(?)가 벌어졌다고 한다. 조좌호 교수는 문리대 학장 등 보직도 하고, 교재도 쓰시어 경제적으로 비교적 여유가 있어 과 교수들과 회식할 때 호방한 기상이었다고 한다. 운인耘人 선생님은 안 선생님이 작고하신 직후에 부임하셨기 때문에 사학과 음주 문화에 관한 이야기들에는 언제나 등장하지 않았다. 그래서 술을 못하시는 줄로만 알았던 나는 선생님께서 서울대학으로 가신 한참 뒤 어느 술자리에서 상당한 양의 술을 들며 "오늘은 나사가 풀렸나 보다" 하시더라는 말씀에 김종원 조교도 놀랐다는 것이다. 이로 보아 과거의 불不음주는 절제하신 의지 탓이라는 사실을 알게 되었다.

1960년대 초 대학원에는 나이 든 학생들이 많았다. 어느 서양사 전공의 노학생이 직장 관계로 출석률이 저조하여 학점이 나올 것 같지 않다면서 나더러 사정 말씀을 드려 달라고 했다. 학기말이 되어 별생각 없이 말씀드렸다가 "내가 학점을 포켓에 넣고 다니는가?" 하고 호된 타박을 당한 일이 있다. 최근에 구순이 넘은 연세에도 정정하신 전해종 선생님을 모시고 퇴직 교수 몇 사람이 점심하는 모임에서 우리는 주로 선생님의 회고담을 듣는 편이다. 한번은 이런 말씀을 하셨다. 일찍 작고하신 안정모 교수는 일제강점기 때 동경대학에서 같이 공부하다가 학병 문제로 귀국하여 서울대학 입학이 늦어 동료 교수들의 학점을 받아야 되었으므로 생각 끝에 B학점을 주었더니, 농반진반으로 불평을 하더라는 것이다. 알고 보았더니 고 선생은 C학점을 주었는데도 말이 없더라는 것이다. 이 이야기를 듣고 있던 좌중의 C교수는 "고 선생은 경우에 틀리면 쏘아버리시니까."라는 토를 달았다. 사실 고 선생님은 평소에는 너그러운 성품이지만 경우에 닿지 않을 때는 그냥 지나쳐버리는 성품이 아니라는 사실을 우리 후학들은 잘 알고 있다.

내가 석사학위를 취득할 무렵 선생님은 나더러 이력서 한 통을 준비해 오라고 하여 연구실로 찾아뵈었더니 성북동에 있는 국학대학 교무과장실로 데리고 가셨다. 전에 선생님이 일시 국학대학에 출강하신 인연으로 그분이 문화강사를 소개해 달라는 부탁이 있었던 모양이다. 그 뒤 내가 조교로 있을 때 문리대 동양사연구실 김종원 조교와 두 사람을 하버드 옌칭의 1년 동안 미국 파견 연구원으로 추천해 주신 적도 있다. 두 차례 모두 불발에 그치고 말았으나 선생님은 항상 주위에 공부하는 제자들의 진로에 관한 세심한 배려를 아끼지 않으셨다.

1965년에 내가 동국대 사학과 조교가 되었는데 그때 마침 학교박물관이 설치되어 박물관 실무 조교를 겸하게 되었다. 이 해에 고 선생님은 역사학회 회장으로서 전국 역사학대회를 동국대학에서 개최하였는데, 자연히 조교가 후배들을 거느리고 여러 가지 심부름을 해야 하였다. 그해에 고, 전 두 분 교수가 중심이 되어 동양사학회를 창립하였다. 다음 2년 동안 선생님은 미국 워싱턴대학의 초빙교수로 다녀오신 뒤 수년 동안 매우 왕성한 연구 활동을 전개하시는 모습을 지켜볼 수 있었다. 미국 다녀오신 다음에 학부의 고적 답사 때 불편해 하시던 신경통도 고쳐왔다고 하셨으며, 건강 상태도 한결 나아지신 모습이었다.

돈암동 미아리고개 근처에 있는 선생님 댁은 미아동 시장 부근의 이용범 선생님 댁과 가까워 세배드릴 때도 편리했다. 어느 해 세배드리러 갔더니 당신께서도 마침 동선동 동빈 선생님을 뵈러 가려던 참이었다고 하시어 동행하게 되었다. 여러 말씀을 나누다가 동빈 선생께서 "민군이 어느 잡지에 한글 전용 찬성론을 썼다더라." 하며 민두기 교수에 대해 못마땅해 하자 고 선생께서 '한글 전용도 한번 해볼 만하다'는 뜻을 직설적으로 표명하였다. 이럴 경우 보통은 우회적인 표현으로 얼버무릴 만한데 고 선생님은 항시 직선적이다. 선생님은 어떤 인물에 대한 평가에서도 언제나 합리적이며 치밀하여 편견에 흐르지 아니하셨다. 친소에 관계없이 남의 장점을 드러내지만 그 단점을 뒤에서 논란하는 일을 본 적이 없다. 바로 이러한 점이 사람들에게 경외하는 마음을 갖게 하되 거부감을 지니지 못하게 한 것이 아니었을까 한다.

1970년 무렵부터 선생님은 서울대 문리대 학장부터 보직과 외직으로 바쁜 활동을 하셔서 뵐 기회가 점점 줄어들었다. 1970년대 후반에 나는 서울대 박사과정에 들어가 가끔 선생님의 강의를 듣게 되었지만 부총장·총장 시절이었으니 바쁘신 가운데 그저 안부만 여쭙는 정도였다. 1980년대 초 정신문화연구원장을 거쳐 한림대학교에 적을 두고 언론·문화계 각 분야에서 헌신적 노력을 아끼지 않으셨다. 내가 석사 논문을 준비할 당시 고향의 한학자 한 분으로부터 구한국 말에 이웃 창녕군에 '고창령'이라는 별명을 얻은 원님이 있었는데, 그분이 "한 군의 정치는 한 나라를 다스림과 같이 해야 한다[以一郡之政 治一國之政]"는 명언을 남겼다고 들은 바 있었다. 뒤에 여쭈어 보았더니 선생님의 직계 선조라고 하시던 기억이 있다. 신문 지상에 선생님의 동정이 보일 때마다 옛날 연구실 시절에 '관직에는 나가지 않겠다'고 하시던 말씀을 떠올리곤 하였다. 선생님의 자호는 耘人, 곧 밭 가는 사람이다. 이 호는 동빈 선생께서 지어 주신 것이라고 한다. 타고난 많은 재능을 가지고 가정과 사회와 이 세상을 더 좋게 개선하라는 믿음을 담은 것이다.

그러한 선생님의 생애에서 직책상 처리해야 할 일은 어렵다고 하여 결코 피해 가시지 않으셨던 것 같다. 예컨대 군사정권 시절에 피해가기 어려운 상황들도 있었다. 《조선일보》 논설위원 당시 박정희 최고회의 의장이 일본에 갔을 때 그가 존경하던 일본 육사 교장을 만난 일을 비판적으로 다루어, 수사기관에서 정권에 대한 반대 입장 여부의 수십 문항으로 된 서면 질의를 받고 아슬아슬하게 피하셨다는 이야기를 간접적으로 들었다. 전두환 정권 아래 정신문화연구원 원장 당시에는 측근인 문교부 L 장관 라인에서 하달되는 부당한 주문들이 있었다. 이를 그대로 추종할 수 없으면 4개 부처 부처장회의를 거쳐 따르지 말아야 할 것은 거부하였다. 이리하여 결국 중도 하차하게 되셨다는 것이다. 선생님의 장례를 치룬 묘소 앞에서 당시 부처장직을 맡았던 박병호 교수로부터 들은 이야기다.

선생님의 40대, 왕성한 학술 활동 시기에 비교적 가까이서 훈도를 입을 수 있었던 것은 나에게 커다란 행운이었다.

선생님은 일본 유학 시절에는 럭비 선수였고, 독일에서 오토바이를 타시기도 했다고 한다. 박사학위를 받고 나서 1주일 동안 이탈리아어 공부를 한 뒤 큰 불편 없이 로마 기차 여행을 했다는 이야기도 그때 들은 것이다.

선생님을 마지막으로 가까이 모신 것은 2001년 가을 2박 3일 동안의 여행이었다. 사명당기념사업회에서 대사의 출생지 밀양 표충사를 비롯하여 통도사, 김천 직지사, 합천 해인사 등 유적지 답사에 선생님과 이원경 전 문화관광부 장관 두 분 친구도 모시게 되었다. 해인사 홍제암의 부도지에 오를 때는 호흡이 가쁘신데도 끝까지 동행하셨으며, 더욱이 일본 경찰이 파손한 석장비문은 유심히 관찰하셨다. 다음 해 '유적지순례기'라는 소책자를 간행할 때 비문 가운데 '그대의 목이 우리의 보배다.'라는 구절을 제목으로 한 글을 주시기까지 하였다. 아마도 선생님 생애의 마지막 몇 편의 글 가운데 한 편일 것이다.

만년에 즐겨 하신 일은 한시 동호회의 활동이었던 것 같다. 이우성, 조순, 이헌조 선생 등 각계 원로들이 모인 난사蘭社에서 당시 선생님의 호는 녹촌鹿邨이었다. 한문에 능한 이우성 선생께서 고 선생님의 고향 문경과 관련이 있는 녹촌으로 고쳐 불렀다고 한다. 밭 가는 일은 이제 그만 쉬시라는 뜻이었을 것이다. 선생님이 서울대병원에 입원하셨다는 소식을 듣고 병실로 찾아뵈었다. 선생님의 손을 소독한 손으로 마지막으로 잡아본 것이다.

선생님의 눈빛과 史眼

신채식 申採湜[*]

나는 지금도 高 先生님이 돌아가셨다고 생각되지 않을 때가 종종 있다. 전화를 드리면 "申 선생" 하고 대답하실 것만 같은 착각이 들 때가 있다. 이것은 비단 나만이 갖는 느낌은 아닐 줄 믿는다. 高 先生님이 후학後學들에게 준 영향이 학문적으로나 인간적으로 깊게 각인되어 있음이 아닐까 생각된다.

내가 高 선생님을 학문적으로 처음 뵌 것은 선생님께서 독일에서 연구를 마치고 귀국하신 뒤 1950년대 4월 어느 날이었다. 옛 서울대학교 동숭동의 文理大에 있는 선생님의 연구실에서였다. 지금은 서울대학이 관악캠퍼스로 이전하여 흔적도 없이 사라졌지만 옛 서울대학교 중앙도서관의 동편에 있는 교수연구실 건물은 플라타너스의 숲이 울창하고 라일락의 향기가 진동하는 고색창연한 학문적 분위기가 베어나던 곳이었다.

대학원을 다닐 때 중앙도서관과 교수연구실 주변 분위기가 마음에 들어 여기저기에 놓여있는 벤치에 앉아 친구들과 학문과 인생을 얘기하던

---

*성신여자대학교 명예교수

추억이 생각난다. 벤치에 앉아서 기다리다 고 선생님께서 연구실에 들어가는 모습을 보고 뒤따라 들어가던 기억이 어제와 같다.

나는 선생님께 석사 논문을 보여 드리고 인사만 하고 나오려 하였지만, 처음 보는 새파란 후학에게 친절하게 이것저것 지도해 주신 말씀이 지금도 기억에 생생하다. 뒤에 알게 된 일이지만 高 선생님이 제자들을 지도하시는 스승으로서의 자세는 형식적으로 지도하시는 친절함이 아니라 몸에 밴 인간미라고 하는 이야기를 동료들에게서 많이 들었다. 후학들을 대할 때마다 선생님의 겸손과 친절은 후학들에게 학문적 용기를 불어넣어 주었다는 이야기이다.

나는 이때 선생님에게 또 다른 강한 인상을 받았는데 선생님의 눈빛이 특이하게 푸른빛이 난다는 것을 느낄 수 있었다. 선생님의 눈빛의 광채는 그 뒤에도 선생님을 뵈올 때마다 강하게 느껴졌다. 동양인 가운데 눈빛이 푸른 사람 가운데 수재가 많다는 어느 안과 의사의 말이 생각난다. 아마도 선생님께서도 푸른 안광을 가지신 천재가 아닌가 생각된다. 나와 비슷한 생각을 가진 동료 교수의 이야기가 있다. 고 선생님을 가까이에서 오래 모신 제자 교수에게 들은 말이다. 내가 고 선생님에게 받은 인상을 말했더니 그분도 동감을 표하면서 자기도 고 선생님을 대할 때마다 푸른 안광을 느꼈다는 것이다. 그는 여기에 덧붙여 선생님은 특히 어학에 천재라고 하면서 라틴어(Latin語) 문화권의 언어는 마음만 먹으면 6개월 이내에 쉽게 구사하신다는 것이다. 그 실례로 선생님께서 로마에서 몇 개월 연구하고 귀국하셨는데, 그때 이탈리아어를 유창하게 구사하시는 것을 직접 들었다고 한다.

나의 고 선생님에 대한 추억은 70년대 연세대학교 李 교수의 말씀에서 새삼스럽게 떠올리게 된다. 성균관대학교 문과대학 대강의실에서 동양사학회 연구발표회가 있었는데, 이때 고 선생님께서 연구발표를 하셨다. 평소 선생님의 논문에 관심을 갖고 있던 연대 도서관학과의 李 교수가 이 강의를 듣고 싶다고 하여 함께 강의를 들었다. 여러 사람의 질문과 선생님의 자세한 설명이 있었다. 강의가 끝난 뒤에 성균관대학의 언덕길을 李 교수와 같이 내려오는데 李 교수가 나에게 "高 선생님이 참 겸손하시고 자상하신 분이군요" 라는 소감을 말씀하셨다. 내 생각으로는 평소 李 교수가 생각하고 있던 고병익 교수는 동양사학계의 대가大家로 권위주의적이고 군림하는 학자로 생각했던 것 같았다. 잘 아는 바와 같이 고 선생님은 역사서술의 平易性과 일반 독자와의 접근을 강조하시면서 몸소 실천하신 분인데 이러한 학적 자세가 李 교수에게 그대로 전달된 것이라 생각된다.

나는 대학에서 강의할 때마다 고민이 있었다. 그것은 일반적으로 학생들이 역사 공부는 어렵고 더욱이 동양사는 더 난해한 과목으로 생각하는 것이 사학과의 분위기인데 이러한 학생을 상대로 동양사 강의를 하는 것은 여간 부담이 되는 것이 아니다. 어떻게 하면 동양사를 쉽게 가르치고 평이하게 이해시킬 수 있을까 늘 고민할 때마다 선생님을 떠올리고 선생님이 늘 강조하시던 쉬운 역사, 평이한 역사를 생각하곤 하였다.

고 선생님의 논문 가운데 "역사를 보는 눈"에 나오는 다음과 같은 말씀이 내가 자주 인용하는 구절이다.

선생님은 역사란 무엇인가를 설명하실 때 토인비A. Toynbee의 《역사의 연구》나 카E. H. Carr의 《역사란 무엇인가》에 담겨 있는 이론을 인용하시면서도 이를 쉽게 풀이하여 말씀하시기 때문에 선생님의 글이나 강의를 들으면 동양사 공부가 그렇게 재미있을 수가 없다. 고 선생님께서는 토인비의 이론을 가져와 역사를 상류에서 하류로 흐르는 강물이 바다에 흘러들어 가는 과정으로 보셨다. 역사를 보는 사람은 그 강물을 따라 흘러내려가는 배를 타고 주위 경관을 뒤돌아보는 관찰자로 비유하셨다. 그 배를 탄 사람의 눈에는 먼 산봉우리, 강가의 기암괴석, 그리고 강 주변의 풍경들을 볼 수 있다. 그런데 배가 흘러가서 위치가 바뀜에 따라 되돌아본 풍경도 시시각각으로 달라진다. 결국 역사는 그것을 보는 사람이 어디에 서 있는가에 따라서 지나간 풍경이 달라진다는 것이다. 결국 우리가 서 있는 현대라는 시간적 위치에 서서 과거를 되돌아본다는 것이다. 사람은 역사를 자기가 서있는 시대적 위치에서 볼 수밖에 없고 그러므로 역사는 항상 다시 써야 하는 것이다 라고 쉽게 역사관을 설명하셨다. 나는 이 비유를 강의할 때마다 학생들에게 들려 주면서 학생들에게 역사를 보는 눈을 쉽게 이해시켜 마음 편하게 강의할 수 있었다.

그 뿐만 아니라 선생님은 역사 논문이나 역사 교육에서도 쉬운 역사, 누구나 읽을 수 있는 역사를 일찍부터 실천하셨다. 지금은 대체로 역사학계의 사료 인용에서 원原 사료史料를 번역해서 풀어 쓰지만 과거에는 대부분이 어려운 한문 사료를 그대로 원용하면서 자기 논문을 전개하는 것이 일반적이었다. 그러나 선생님께서는 60년대에 이미 이를 실천하셨으니 미래를 내다보는 탁월한 선견지명先見之明이 아닐 수 없다.

또한 선생님을 잊을 수 없는 회상回想은 본인의 학위논문 심사 때 베풀어 주신 학덕學德이다. 학자는 자기 연구 분야를 한 번 결정하면 한 평생 그 시대를 떠나기가 어렵다고 하시면서 그러나 역사 연구의 기본자세는 항상 거시적巨視的 관점과 미시적微視的 시각의 조화와 균형을 잊지 말아야 한다는 것이다. 연구자들이 종종 자기 주제에 함몰되어 전체를 보는 거시적 시각을 놓치는 경우가 많다는 말씀이다.

더욱이 내가 감명을 받은 것은 관료제官僚制에 대한 선생님의 깊으신 통찰력이다. 관료제는 중국 역사를 관통하는 중심 주제라 할 수 있고, 또한 관료제는 중국의 모든 역사 분야와 밀접한 관계가 있기 때문에 관료제의 올바른 이해 없이는 중국사의 정확한 실상을 파악할 수 없다고 지적하셨다. 거시적으로 볼 때 관료제는 중국사의 외부적 거대한 구조물이며 이 구조물 안에서 미시적 사회현상이 전개되었다는 말씀을 듣고 깊은 감명을 받았다. 뿐만 아니라 일본인 학자들의 송대사宋代史 연구의 도제적徒弟的 학문 연구 자세에 문제가 있음을 지적해 주셨다. 이러한 말씀은 내가 도쿄대학에서 공부할 때에도 생각했던 것으로 선생님의 말씀을 듣고 더 확실한 마음을 갖게 되어 감사하게 여긴다. 이와 함께 중국사에서 송대宋代의 역사적 성격, 송宋나라의 대외 관계, 특히 정복왕조 등장의 필연성 등등 한번 말씀이 시작되면 그 주제의 넓고 깊음이 나를 놀라게 만들었다. 그래서 그 당시 선생님의 중국사 전반에 걸친 해박한 지식의 폭과 깊이를 헤아려 볼 때 선생님의 말씀 한마디 한마디가 곧 개별 연구 주제가 될 수 있겠구나 싶었다. 그래서 선생님께서 마치 조익趙翼의 《二十二史箚記》를 송두리째 외우고 계시는 것이 아닌가 생각이 든 적도 있다.

선생님을 마지막으로 뵌 것이 한자교육추진회가 주최한 〈동아시아문화속의 漢字〉란 주제로 몇 분의 국내외 학자들의 연구 발표회장에서였다. 선생님께서는 이 강의에 초청을 받은 일본인 친구 학자를 만나러 오셨는데 이때 나는 선생님을 뵙고 "선생님 요즘 건강이 많이 좋아지셨네요. 안색이 퍽 좋습니다." 하고 인사 말씀을 드렸는데 고 선생님 대답이 "아니야, 신 선생! 내 건강이 안 좋아" 라고 하시면서 웃는 얼굴로 나를 쳐다보시는 모습이 기억에 생생히 남아 있다.

고 선생님께서 후학들에게 베풀어 주신 학덕學德에 힘입어 나는 동양사 연구에 매진할 수 있었고, 그것을 학문적인 면과 인간적인 정리情理에서 생각할 때 선생님에 대한 回想은 그만큼 나에게 큰 감동으로 아직껏 남아 있다.

타교생으로 받은 학은學恩

김염자金穏子[*]

녹촌 고병익 선생님께서 우리 곁을 떠나신 지 10년이 흐르고 내 나이 고희를 넘었지만 선생님 생전 40년 세월 사제간 크고 작은 만남의 기억이 엊그제 일처럼 생생하다. 역사학자로서 선생님의 인생은 나의 그것과 시기적으로 상당 기간 궤를 같이 했지만 언제나 나는 선생님의 제자였다. 녹촌 선생님과 잊을 수 없는 행적들을 되돌아보는 것은 역사학도, 교수인 나에게 소중한 일이고 또한 내 인생의 일단을 회고하는 일이 되겠다.

내가 녹촌 선생님을 처음 뵌 것은 1959년 5월이었다.

이화여대 사학과 1학년생으로 서울대 함춘원에서 열린 제2회 전국역사학대회를 참관하는 기회가 있었다. 斗溪(이병도)·東濱(김상기)을 비롯한 최고의 석학들, 당시 행사의 주역이셨던 于湖(전해종)·又庵(이보형)·鹿村을 비롯한 장년의 학자들, 閔斗基·車河淳 교수님 등 청년 학자들의 발표를 들으며 그 열성적이고 활기찬 모습들을 보고 다른 어떤 학문의 길보다 역사학도의 길을 선택한 내 자신이 그토록 자랑스러울 수 없었다. 그

*이화여자대학교 명예교수

날의 학술대회 현장은 나에게 가슴 벅찬 충격이었다.

　이후 역사학회 월례회, 1966년 창립된 동양사학회에 소장 학자로 열심히 참여하면서 학계·교육계·언론계에서 존경받던 녹촌 선생님에게 가르침을 받게 되었다.

　녹촌 선생님과 사사師事의 인연은 1963년 3월 내가 이화여대 대학원 사학과 진학이 계기가 된다.

　1962년 3월 선생님께서는 동빈의 후임으로 서울대 사학과 교수로 부임하셨고, 이화여대의 함홍근咸洪根 교수님께서는 연경학사燕京學社(Harvard-Yenching Institute) 방문학자(Visiting-Scholar)로 가셨기 때문에 (1962년 8월~1964년 7월) 나는 우호·녹촌 두 분 선생님께 배움의 기회를 얻게 되었고, 녹촌 선생님께는 석사 학위논문 지도까지 받는 학은을 입게 되었다. 서울대 학생도 아니면서 두 분 스승님에게 거의 배타적 지도를 받는 행운을 얻은 것이다.

　당시 국내 학계에서도 박사학위가 교수직에 필수적인 것처럼 인식되어 가고 있었지만 이화여대 사학과에는 박사과정이 개설되어 있지 않았다. 김활란金活蘭 전 총장님의 〈총장취임 50주년기념축하 연설문〉 작성을 도와 드리는 기회가 있었는데 金 총장님께서 타교他校에 가서라도 학위를 취득하면 될 것이라고 나에게 말씀해 주셨다. 녹촌 선생님께 나의 계획을 상의드렸다. 선생님께서는 서울대 출신도 역사학 분야에서 박사를 배출하지 않고 있는 현실에서 도와 주기 어렵다고 단호하게 말씀하셨다. 내가 좀 당황하고 아쉬워했던 기억이 난다. 그때 우호 선생님께서 서강대西江大로 옮기셨기 때문에 결국 서강대학 대학원에 진학하여 우호 선생님을 지도교수로 모시고 박사학위를 취득했다.

비록 제도적으로는 선생님과 사사師事관계가 1966년 2월로 마무리되었지만, 내가 전임 교원으로 임용될 때 문교부 제출 서류에 보증인이 되어 주시고 제자로서 나를 변함없이 적극적으로 후원해 주셔서 선생님의 제자인 것이 항상 자랑스럽기도 했다.

내가 1975년 8월 2년 동안의 연경학사 방문학자 생활을 마치고 귀국길에 유럽과 대만을 여행한 뒤 서울대 관악캠퍼스로 찾아 뵈웠을 때 젊은 여성이 혼자 오랜 여행을 한 것을 무척이나 대견해 하시던 모습이 눈에 선하다. 그날 서울대 교수회관에서 점심을 사 주시면서(도르트문트 맥주 한 잔까지……), "동양사학과에 여학생이 3명 입학했으니 장차 여성학자의 수가 늘어나게 될 희소식"이라고 기뻐하시는 모습에서 선생님의 보수적이지만 개방적이신 면모의 일단을 엿볼 수 있었다.

녹촌 선생님이 서울대 총장이 되신 것을 개인적으로는 축하할 일이었지만, 그 시기가 유신 말기와 신군부 집권 시기의 흉흉한 격동기여서 주위에서는 축하보다는 우려의 분위기였다. 하루하루 긴장감과 염려가 계속되는 국가 위기의 현실 속에서 젊은 세대가 일대 변혁을 요구하는 긴박한 상황이었다. 나는 총장 시절의 녹촌 선생님을 뵈올 기회가 없었다. 그러나 총장 해임이 발표되던 날 늦은 저녁 나는 K교수와 함께 총장 공관으로 찾아가 선생님을 만날 수 있었다. 그때 선생님께서는 선배·스승으로서 자기가 가진 식견과 양식으로는 젊은이들을 이해시키고 통제할 수 없었던 한계를 토로하시며, 고뇌에 찬 모습을 보이셔서 분위기가 무척이나 숙연했다.

총장 사임 뒤 미국 월슨 센터Wilson Center 초청 연구원으로 체류하시던 스승님을 1984년 여름 워싱턴에서 뵌 것은 좋은 추억이다.

내가 그해 박사 학위논문 보완 때문에 하버드대학으로 가는 길에 스승님께서 회갑 기념으로 출간하시려는 《東아시아의 전통과 近代史》 초교본을 전해 달라는 K교수의 요청이 있었다. 나는 뉴욕행 기내에서 부탁받은 초교본의 교정을 본 뒤 뉴욕에 계시던 큰오라버님께 부탁하여 DHL로 워싱턴에 계신 선생님께 보내 드렸다. 귀국 전에 선생님한테서 교정본을 받아 오고자 뉴욕-워싱턴 사이 당일치기 셔틀 여행을 한 것이다. 공항에 마중 나오신 스승님과 월슨 센터와 스미소니언박물관을 관람한 뒤 거처로 사모님을 찾아뵙고 융숭한 저녁을 대접 받았다. 선생님께서 직접 운전하시고 내외분 함께 나를 공항까지 배웅해 주신 것은 말할 것도 없다. 얼마 뒤 워싱턴 거처에서 함께 찍으신 사진 1장과 셔틀 여행의 수고를 치하하신 간단한 편지를 서울로 보내 주셨던 꼼꼼하고 다정하신 스승님이시다.

선생님께서 총장직을 사임하신 뒤 맡으신 직책이 많은데 조금은 국외자의 참여로 여겨졌지만 문화재위원회 위원장직은 선생님의 능력을 귀하게 발휘하시는 기회가 아니었을까 싶다. 같은 시기에 나도 문화재위원이어서 위원회가 지닌 여러 모순과 운영상의 난제들을 위원장으로서 단호하게 처리하시도록 말씀드린 일이 있는데 긍정적이고 적극적으로 받아들이셨고 새로운 경험을 통해 더욱 문화재 보존에 관심과 애정을 갖게 되었다고 말씀하셨다. 그와 같은 모습이 매우 존경스러웠다.

나는 금년 6월 뜻밖에 유가족이 보내준 《眺山觀水集》을 받아 들고 한참 동안 여러 가지 생각에 젖었다. 그 가운데에도 모든 공직을 벗으신 선생님과 오찬을 나눴던 일이 가장 먼저 내 머리에 떠올랐다. 무거운 짐을 모두 내려놓으신 뒤여서 궁금한 근황부터 여쭈어 보았다. 선생님은 난사蘭社 모임을 소개하시면서 시작作詩의 즐거움부터 말씀하셨다. 선생님이 즐거움으로 지으신 漢詩들을 한권의 詞華集으로 만날 수 있으리라고는 기대하지 않았지만 반갑고 고맙게도 책 선물이 나에게까지 왔다. 큰 따님의 효성으로 번역된 선생님의 시들을 읽으면서 내가 석사 논문을 작성할 때 인용 사료들을 번역하여 쓰도록 권해 주셨던 선생님의 가르침이 새삼스럽게 내 머릿속에 떠올랐다. 책은 선생님 노년기 삶의 한 축을 알 수 있는 귀한 자료집이기도 하다.

100세 장수 시대에 녹촌 선생님은 80에 우리 곁을 떠나셨지만 선생님께서 우리 사회, 더욱이 한국 역사학계에 남기신 큰 발자취는 오래오래 지워지지 않을 것이다.

2013년 中秋節

제자 김염자 추모

대학원 시절의 은사

이양자李良子[*]

고병익 선생 추모문집 간행위원 이태진, 김영한, 김용덕, 이성규 교수의 편지를 받고 한참 멍하니 생각하다가, 옛날 동양사학회에서 회고록을 발간한다고 글 보내 달라고 해서 썼던 내용이 생각나서 찾아보며 고병익 선생님에 대한 회상을 더듬어 보게 되었습니다.

나는 고등학교 때부터 서울대 문리대 사학과를 겨냥해서 공부를 했습니다. 그 당시 서울대 문리대文理大는 제2외국어 시험이 있었으므로 독일어를 경남고 독어 선생님에게 개인 교습까지 받아가며 문리대 진학을 준비했습니다만, 부친께서 여자의 직업은 교사가 좋다고 고집하셔서 결국 사범대학으로 진학하게 되었습니다.

대학 4년 동안 학교 성적도 좋았고 교사자격증도 따고 하여 졸업하자마자 영등포여자중학교에 바로 취직을 하였지만 깊이 있는 학문적 연구에 늘 목말라하고 또 자격지심을 가지고 있던 사범대생인 내 두 번째 목표는 일반대학원 사학과에 진학하는 것이었습니다.

그때는 요즘과 달리 사범대학이 문리대보다 커트라인이 낮았습니다.

_____

*동아대학교 명예교수

1963년 봄 졸업과 함께 서울의 영등포여중에 발령을 받음과 동시에 서울대 일반대학원 사학과 동양사 전공에 합격하였습니다. 나는 대학원에 진학하고자 근 1년 동안 안동 출신 한학자분께 한문을 배웠으며 일본어도 학원에 다니면서 익히는 매우 열성적 학생이었습니다. 그랬으므로 여중 교사로 취직한 지 몇 개월 만에 과감히 사표를 냈습니다.

오늘로 보면 참 대담한 짓이었습니다만, 그러나 그 당시 내 어린 생각으로는 대학원 공부를 하면서 도저히 교사 생활을 양립할 수 없다는 생각 때문에 배치된 학교에 몇 달만 다니고 사표를 냈던 것입니다. 그때 주월령 영등포여중고 교장 선생님은 여자분이셨는데 "교사 생활을 하면서 충분히 대학원 공부를 할 수 있는데 왜 사표를 내느냐"고 하시며 만류하셨던 생각이 납니다.

내가 대학원에서 서양사가 아닌 동양(중국)사를 택한 이유는 중국과 한문에 대한 새로운 인식 때문이었습니다. 중국사 전공에 필요한 외국어는 한문과 일본어와 영어면 되지만 서양사 전공에 필요한 외국어는 영어만으로는 부족했고 독어, 불어 심지어 라틴어 정도는 능숙해야 한다는 강박관념도 있었습니다. 참으로 꿈은 대단했던 시절이었습니다……

동양사 전공을 택하고 보니 교수님도 훌륭한 분이 많이 계셔서 매우 흡족해 하며 2년 동안 열심히 대학원에 다녔습니다. 동빈 김상기 선생님, 우호 전해종 선생님, 그리고 고병익 선생님……. 대학원 시절 은사님들에 대한 기억은 너무나 생생합니다. 그때 대학원 동양사 전공은 나 한 사람이었고 한국사 전공 학생은 서울대의 최승희 씨, 이미 고인이 된 송찬식 씨, 그리고 국사편찬위원장을 지낸 이만열 씨 등이었습니다.

동빈 선생님께서는 언제나 약주를 한잔 하시고 들어오셨는데 한문 원전 강독을 아주 열정적으로 해 주셨습니다. 옛날 서울대 본부와 문리대 건물이 있던 이화동의 뒷산, 낙산을 배경으로 열심히 강의해 주시던 그 짱짱하신 모습이 지금도 눈에 선합니다. 그리고 전해종 선생님께서는 유교 Confucianism에 대한 강의를 해 주셨는데, 영어 원전을 읽어 와 발표하는 학생들에게 일일이 발음까지 체크해 주시면서 말과 말 사이가 뜨면서도 또박또박 열강해 주시던 그 기억을 잊어버릴 수가 없습니다.

그리고 오늘의 주인공 고병익 선생님!

당시 독일 뮌헨에서 돌아오신 지 그렇게 오래되지 않은 시점이어서인지 아니면 워낙 그러한 모습과 성품 때문인지 독일적인 풍모를 많이 가지고 계시다고 생각했었습니다. 결코 잘생기신 모습이 아니었지만 여학생들에게 인기가 있었습니다. 대학원 서양사 전공의 조정화 선배나 한국사 전공의 현계순 선배와 모이면 늘 우리는 고병익 선생님 얘기를 화제에 올렸습니다. 고병익 선생님 시간은 늘 긴장하며 공부해 가는 열심을 부리는 시간이었습니다.

그리고 책의 저자는 잊어버렸는데《중국의 인구》에 대한 영어 원본을 읽어 가서 발표하는 강의 시간이었습니다. 그해 대학원 동양사 전공에 합격한 학생은 나 혼자였기 때문에 전공과목은 혼자 들었는데, 중국 인구에 대해 발표를 끝내자, 고병익 선생님의 반응이 특이하셨습니다. 양쪽 다리를 흔드시고 미소를 지으시며 이빨을 딱딱딱 마주치시면서 특유의 그 시니컬하신 모습으로 "그래? 그렇게 갑자기 인구가 늘어나 버렸어?" 하시는 것이었습니다. 아마 영어식 숫자를 내가 잘못 해석하고 읽어서 한 단위를 높여서 발표한 모양이었습니다. 그러고서는 마주보며 서로 한참을 웃었던 일이 지금도 생생합니다.

공부에만 전념하겠다는 생각으로 사표를 던졌지만 서울대학교 일반대학원 공부는 생각보다 쉬운 일이 아니었습니다. 그 당시는 서울대 대학원의 합격도 어려웠지만 대학원 공부는 더욱 힘들었습니다. 사범대학 공부는 넓고 얕게 배우는 경향이라면 대학원 공부는 사료 중심으로 깊게 파고들어야 했으므로, 학문이 얕은 저로서는 매일 요일 감각 속에 정신없이 공부하며 지낸 시절이었습니다.

대학원에서 지도교수는 전해종 선생님이셨기에 한중관계사를 하게 되어 〈원세개의 재한 중의 활동〉에 대해 석사 학위논문을 썼습니다. 이런 와중에 같은 동양사 전공자로서 대학원에서 만나게 된 김종원 씨와 결혼을 하게 되었으니 나의 동양사 선택은 전공 학문 선택의 길잡이였을 뿐 아니라 인생의 길잡이 노릇을 한 셈이었습니다. 그 뿐만 아니라 세 명의 자식 가운데 두 명이 다시 동양사 전공을 하게 되었으니 동양사와 인연은 나와 아주 묘하고 큰 것이라 생각하며 여담을 끼워 넣습니다.

그리고 학부 학생들이 가는 제주도 수학여행 때 대학원생인 나도 함께 가게 되었는데 인솔 교수가 고병익 선생님이셨습니다. 제주도에서 부산으로 오는 배에서 이성규 선생님의 누나 명자 씨도, 고병익 선생님의 따님 혜령 씨도 모두 심하게 뱃멀미를 했었는데 나 혼자만 뱃멀미를 하지 않아서 정말 신통해 하시던 고병익 선생님 모습이 아직도 선연하게 생각납니다.

즐거운 제주도 수학여행을 마친 뒤 부산에 도착해서는 부산의 우리 집으로 갔던 기억이 납니다.

그리고 나는 1963년에 대학원에 입학하여 1964년 10월 24일 김종원 씨와 약혼을 하게 되었습니다. 참으로 역사가 역사가 되어 결혼으로 골인하게 된 우리들의 약혼식 때의 일입니다. 그때는 은사를 모두 모셨습니다. 사범대학 때의 은사이신 채희순 선생님 내외분, 김성근 선생님, 대학원 때의 은사님이신 동빈 선생님 내외분, 전해종 선생님 내외분, 고병익 선생님 내외분과 윤남한 선생님 내외분이 모두 참석하셨고 권석봉 선생님이 사회를 보셨습니다.

지금 생각해도 동양사학계의 태두 되시는 분들이 모두 참석하신 성대한 약혼식이었습니다. 장소는 충무로에 있는 유명한 중국 음식점 아서원이었습니다. 오늘에 와서 가만히 생각해 보면 이 일은 참으로 고맙고 자랑스럽고 귀한 추억입니다. 그런데 그날 약혼식에 참석하시면서 고병익 선생님은 사모님과 부부 싸움을 하셨다고…… 나중에 웃으시면서 사모님께서 말씀해 주셔서 우리는 더욱 친밀한 감성과 웃음을 나누었습니다.

그 뒤 애 낳고 살면서도 명절 때만 되면 전해종 선생님과 고병익 선생님은 꼭 찾아뵈었는데 전해종 선생님 사모님께선 맛있는 음식을 준비하셔서 우리들을 정식으로 초대해 주셨습니다. 그리고 고병익 선생님 댁에 가서는 선생님 내외분의 대중적 소탈함 속에서 편안하게 갖가지 안주와 술을 맛볼 수 있었습니다. 세계 각지를 다니시면서 가져오신 대나무 술, 바나나 술, 양주 등등 많은 술을 주시는 대로 맛본다고 벌죽벌죽 마셔 버린 나는 그만 그날 저녁 선생님 댁에서 뻗어버리고 말았던 일이 있었습니다.

김종원 씨는 밤새 토증으로 힘들어하는 나를 데리고 화장실에 들락거리며 등을 쓸어 주어야 했지만, 고병익 선생님 내외분께서는 토증 가라앉히라고 밤새 인삼을 달여서 먹도록 해 주셨던 기억이 지금도 너무나 생생합니다. 참으로 민망스럽고 고마웠습니다. 아침이 되어 진정시켜 겨우 집으로 돌아가는 택시 속에서 지나가는 트럭에 실린 소주병들을 보고 또 왈칵토해 버렸던 기억이 납니다. 40년 가까운 세월의 긴 시간이 지났어도 지난일들이 참으로 아련한 추억으로 남아 주마등 같이 지나갑니다.

그러고선 우리 식구는 1979년 남편 김종원 교수가 한양대에서 부산대로 전직하면서 부산으로 가족의 대이동이 있었고 그 뒤로는 고병익 선생님을 자주 만날 기회가 없었습니다, 멀리서 선생님의 동향만 지켜볼 뿐이었습니다.

그러한 세월 속에 2004년 5월 19일 날 신문에서 "서울대 전 총장인 고병익 박사가 19일 오후 3시 45분 별세했다."는 기사를 대하게 되었습니다.

이렇게 고병익 선생님은 우리 곁을 떠나셨습니다. 그런데 나는 장례식에도 가 뵙지 못했으니 정말 불초 제자일 뿐입니다.

고병익 선생님! 벌써 떠나신 지 10년이나 되었습니다.

장례식 때도 가 뵙지 못해서 참으로 죄송스럽습니다!

그리고 선생님! 저의 남편 김종원 동지도 떠난 지 벌써 4년이 지났습니다……

고병익 선생님! 그 당당하시고 인정 깊은 모습 뵙고 싶습니다.

선생님을 추모하며 두서없는 글로 제자 운경 이양자 두 번 절 올립니다.

2013년 7월 5일에

아버지 같으시던 선생님

오금성吳金成[*]

　나는 1966년 봄에 ROTC 복무를 마치고 대학원에 복학하였다. 그해 1학기 高 선생님 특강의 보고서로 〈《公羊傳》과 公羊學〉에 관한 것을 제출했다. 당시로서는 가능한 참고문헌을 모두 동원한, 내 딴에는 야심차게 작성한 것이었다. 그런데 나중에야, 보고서의 처음부터 끝까지 《公羊傳》을 《公洋傳》으로 잘못 적어 낸 것을 알아차렸다. 아마도 눈꺼풀에 무엇이 덮였던 모양이다. 도무지 보고서로 성립될 수가 없는 것이었다. 그런데도 성적은 내가 보고서를 제출하면서 어리석게 기대한 대로 나왔다. 선생님께서는 짐짓 못 본 척하시고 성적을 주신 것이었다. 그 글을 읽으시면서 얼마나 웃으셨겠는가마는, 마치 하나님께서 인간을 긍휼히 여기시고 외모가 아니라 마음을 보시듯, 선생님께서도 어리석은 인간의 마음을 보신 것이라고 생각하며 감사하게 생각한다. 48년이 지난 지금 이 글을 시작하면서도 오금이 저릴 정도이다. 그 뒤로 나는 고 선생님의 얼굴을 한 번도 정면으로 쳐다보지 못하였다. 지금까지 길건 짧건, 무슨 글을 쓰거나 그 글이 내 생애의 마지막 글이라 생각하고, 다섯 번 열 번을 재독하면서 다

*서울대학교 명예교수

듬기를 반복하는 것은 바로 이러한 쓰라림이 있었기 때문이다.

1974년 말에 일본 문부성 장학금을 얻게 되어, 1975년 4월부터 1977년 3월까지 2년 동안 일본 도쿄대학 동양사학과에 유학하게 되었다. 마침 1975년부터 서울대학이 관악캠퍼스로 옮기면서 교수들은 가능하면 전공별로 합치게 되어, 나도 사범대학 역사교육과에서 인문대학 동양사학과로 옮겨왔다. 그런데 당시 동양사학과에는 고 선생님과 민두기 선생님 단두 분이 계셨는데, 마침 그 전해에 훔볼트재단 장학금을 받고 독일에 가신 민 선생님께서 귀국을 5월로 늦추셨기 때문에, 나는 어쩔 수 없이 1학기 강의를 하고 2학기에나 출국해야 되었다. 당시에는 학내 사정도 매우 어려웠을 뿐 아니라, 교수 혼자서는 학과를 지킬 수 없었기 때문이었다.

그해 4월에 대학 본부에서 학과에 교수용 대형 서가 한 개를 배정하였다. 당시 교수들 연구실에는 학교에서 준 서가가 많아야 2개, 보통은 한 개밖에 없었기 때문에, 책이 많아 불편한 교수들은 개인들이 사적으로 사서 비치하는 상태였다. 고 선생님도 서가가 한 개밖에 없었다. 그런데 고 선생님께서는 부득부득 그 서가를 나에게 배정하시는 것이었다. 참으로 감사하였다. 그 서가가 지금 구범진 교수 연구실에 남아 있는, 규격 서가와는 균형이 맞지 않는 대형 서가이다.

1975년 1학기 강의를 마치고, 문부성 규정상 지도교수로 배정된 다나카 마사토시田中正俊 선생과 도쿄대학의 협의에 따라, 10월 3일에 일본으로 출국하게 되었다. 그런데 김포공항 출국장에 예기치 않게 고 선생님께서 나와 주셨다. 당시에는 학자들이 외국에 나가는 것이 참으로 어려운 시기여서, 황공하게도 동양사학회 어른 선생님들께서 따로 저녁 자리를 마련하여 나의 출국을 축하하고 격려해 주시던 시기였다. 그렇지만 그 자리에도 나와 주셨던 선생님께서 또다시 김포공항까지 나와 주시리라고는 상상도 못할 일이었다. 내가 일본에 2년 체재할 수 있었던 것을 반년 줄어들게 붙잡은 것이 고 선생님으로서는 적잖이 부담스러웠는지도 모른다. 그렇지만 당시의 동양사학과 형편으로 보면 당연한 것이었다. 그런데 고 선생님께서는 아무 말씀도 안 하시면서도, 세심하게 배려하고 계신 것이었다. 그렇게 배려해 주신 선생님께 대한 고마움은, 선생님의 학문에 대한 존경심과 함께 아마도 내 평생 가슴에 남아 있을 것이다.

일본에 건너간 뒤로 한 학기는 일본의 연구 동향, 그 가운데서도 명·청시대의 연구 동향을 파악하는 데 할애하였다. 당시 일본 명·청사학계는 사회경제사 연구가 주종이었고, 그 중심은 장강長江 하류 지역(강소성江蘇省과 절강성浙江省)이었다. 그 지역은 송대 이래 경제와 문화적으로 가장 선진 지역이었고 사료도 가장 많이 남아 있었으므로, 일본 학자들의 연구도 이곳에 집중되어 있었다. 나도 1976년 3월부터, 한국에서는 아직 연구되고 있지 않던, 명·청시대 사회경제사 분야를 연구 대상으로 삼기로 하였다. 그리고 연구 대상은 장강 중류 호광성(湖南과 湖北省)의 지역사로 잡고, 관계되는 지방지와 문집 등에 보이는 사료를 수집하기로 하였다. 사료가 가장 많고 따라서 참고문헌도 제일 많은 것은 장강 하류 지역이지만, 한국에는 그 사료가 거의 없는 현실에서 귀국 전까지 내가 필요로 하는 사료를 모두 수집할 수도 없고, 이미 놀랄 만큼 앞서 가고 있는 일본 학자들과 새삼스럽게 경쟁할 엄두도 나지 않을 뿐 아니라, 뒤늦게 그 지역에 뛰어들어 봐야 별로 신통한 업적을 낼 자신도 없었기 때문이다. 그해 1학기와 2학기에 걸쳐, 정말 물불 가리지 않고 각 도서관을 누비며, 호광성에 관한 논문과 가능한 전적을 섭렵하였다. 1976년 말까지의 진행 속도로 보아, 원래 서울대학의 허가와 일본 문부성의 지원 계획대로, 1977년 3월 말까지라면, 아쉽지만 필요한 자료를 어느 정도 수집할 수 있을 것 같았다.

그런데 1976년 말과 1977년 초에 걸쳐 예기치 않았던 두 가지 일이 벌어졌다. 첫째는, 다나카 마사토시田中正俊 선생께서 두 가지 제안을 해 오신 것이었다. 그 하나는, 문부성 장학금을 연장토록 해 줄 테니 내쳐 박사학위를 받고 가라는 것이었다. 당시 도쿄대학이나 교토대학과 같이 일본의 유수 대학에서는 외국인에게 박사학위를 주지 않는 시기였는데도 이러한 제안을 하셨다. 고맙기 그지없었지만, 동양사학과의 형편상 어려운 일이었다. 또 하나는, 기왕에 일본에서 수집한 귀한 사료이고 장강 중류 지역은 일본 학자들도 별로 연구하지 않는 주제이니, 귀국 전에 글을 한 편 엮어 보지 않겠느냐는 것이었다. 처음의 계획대로 열심히 사료 수집을 한다 해도 1977년 3월 말까지는 빠듯한 상태인데, 새로운 글을 한편 엮는다는 것이 어디 간단한 일이겠는가? 적어도 4~5개월은 족히 걸려야 하는 일이었다. 그렇다고 거절할 수도 없는 일이었고, 또 일단 중간 평가를 받는 의미에서 해 보기로 하였다.

그때 나는 지방지와 문집, 정전류政典類 가운데서 간단한 내용은 사료 카드에 옮겨 적고, 길거나 중요하다고 생각되는 것은 무값을 주고 사진판으로 모으고 있었다. 당시 일본에서는 거의 모든 사료는 훼손을 막고자 대부분 복사를 금지하고 있었기 때문이었다. 다나카 선생의 청을 실현할 수 있는 유일한 방법은, 그때까지 건강 때문에 속도를 조절하고 있던 사료 수집 방법을 바꾸어, 시간을 늘리고 속도를 내는 것뿐이었다.

그래서 웬만한 사료는 사진판을 뜨기로 하였다. 그렇게 되자 문부성에서 지급하는 장학금으로는 복사비를 대는 데 턱없이 부족하였다. 집에서 갖다 쓰는 것도 한계가 있었다. 우연히 이러한 사정을 알게 된 다나카 선생이, 당신이 지급받아 동양문고에 맡겨둔 문부성 연구비의 일부를 내 사진 복사비로 전용케 하셨다. 당시 일본 문부성에서 주는 연구비는 학자 본인에게 주는 것이 아니고, 학자가 지정하는 도서관에 위탁해 놓고 필요한 책을 구입하거나 복사하도록 하고 있었다. 나는 동양문고의 사료를 필요한 대로 사진판으로 뜨고 월말마다 결산을 하곤 했는데, 1977년 1월 말부터 동양문고에서는 나의 복사비가 얼마가 되든 받지 않는 것이었다.

둘째는, 1977년 2월, 고 선생님께서 서울대학교 부총장으로 취임하신 일이었다. 동양사학과에는 또 다시 민 선생님과 나 두 사람만 남게 되었다. 그 때문에 원래는 3월 말에 들어오기로 되었던 일정을 2월 말로 앞당겨 귀국하라는 지시가 왔다.

설상가상으로 이렇게 되자 예정된 사료 수집에 더욱 비상이 걸리게 되었다. 1976년 가을부터 계속하여 무리하게 뛰었고, 고 선생님의 부총장 취임으로 급박하게 되어 무리를 더하자, 가슴이 아파 오기 시작하였다. 도서관에 가기는커녕 침대에서 일어날 수도 없었다. 하루 이틀 쉬어봤지만 전혀 호전될 기미가 없었다. 당시 일본 문부성의 규정은, 폐에 이상이 있는 유학생은 무조건 귀국 조치를 시키고 있었다. 나도 어쩔 수 없이 중도 폐지하고 뒷날을 기약하며 귀국하는 수밖에 없다고 생각하였다. 10여일 동안 견디어 보다가 어쩔 수 없이 그렇게 하기로 결심하고, 시험 삼아 도쿄대학 진료실에 가서 엑스레이를 찍어 보았다. 그런데 이 어찌된 일인가? 폐에는 아무 이상이 없다는 것이었다. 그 소리를 듣는 순간, 언제 가슴이 아팠던가 생각될 정도로 아픈 증상이 씻은 듯이 없어지고 말았다. 나중에야 알게 되었지만, 그때 너무 허둥댄 것이 심장에 무리를 주었던 것이었다. 그 다음날부터 또 다시 물불 가리지 않고 도서관에 출근하였다.

그런데 이미 시간은 2월 말이 되었다. 아무리 발버둥질해도 어차피 사료 수집은 끝이 없는 것이었다. 그래서 못다 한 사료 수집은 뒷날을 기약하고, 기왕에 다나카 선생과 약속한 글을 서둘러 마무리하여 학회에서 발표하기로 하였다. 민 선생님께는 사정을 말씀드려서, 2월 말에서 며칠 늦추어 3월 12일에 귀국하기로 하였다.

그렇게 하여 발표한 논문이, 〈明末 洞庭湖 周邊의 垸堤의 發達〉(《歷史敎育》21, 1977→日譯 : 〈明末洞庭湖周邊の垸堤の發達とその歷史的意義〉,《史朋》10, 1979)이었다. 중요한 내용은, 중국의 농업 중심지가 명나라 초기까지는 장강 하류 지역이었다가 명 중기부터는 장강 중류의 호광성(현재의 호남과 호북성)으로 옮아갔다는 내용이었다. 당시 세계 명청사학계의 통설은, '蘇湖熟, 天下足'(소주와 호주가 풍년이 들면 천하가 족하다)에서 '湖廣熟, 天下足'(호광이 풍년이 들면 천하가 족하다)으로 바뀐 시기는 '명말청초'였다는 것이고, 일본 학계에서는 빨라야 '1500년 무렵'이라는 새로운 가설이 나와 있는 상태였다. 그런데 나는 그 시기가 '1450년경'이라는, 일본 학계의 가설보다도 50년이나 앞당기는 새로운 주장이었다. 이 주장은 그 뒤, 다나카 선생이 먼저 동의해 주셨고 점차 동의하는 학자가 늘어, 현재는 세계 학계가 공인한 학설이 되었다. 이 논문은 그 뒤, 내《中國近世社會經濟史硏究－明代紳士層의 形成과 社會經濟的 役割－》(一潮閣, 서울, 1986 ⇒ 日本語譯本 :《明代社會經濟史硏究－紳士層の形成とその社會經濟的役割－》, 汲古書院, 東京, 1990)의 제2편 〈신사층의 사회경제적 역할－양자강 중류 농촌의 사회변화와 관련하여－〉로 확대 · 재편되었다.

高柄翊 선생님은, 엄격성과 논리성을 겸비한 투철한 학자이시고, 내면에 깊은 애정을 간직하시면서도 표현을 극도로 자제하시는, 전통적인 아버지 같은 선생님이셨다고 생각된다. 내가 비록 짧은 기간이지만 고 선생님과 함께할 수 있었고, 직접 · 간접으로 학은을 입을 수 있었던 것은 나의 학문과 인생관 형성에 참으로 행운이었다고 생각한다. 다시 한 번 고 선생님의 명복을 비는 바이다.

高柄翊 선생님의 참 모습

김용덕金容德[*]

"잠깐이야!"

선생님께서 혼수상태에 들어가신 것 같다는 다급한 연락을 받고 병실로 달려갔을 때 선생님께서 제게 하신 말씀입니다. 아마도 그 순간을 전후하여 선생님께는 지나간 80여 년이 주마등처럼 스쳐 가고 있었나 봅니다. 80여 년을 잠깐이라고 느끼실 만큼 선생님께서는 진하게 일생을 사신 분이셨습니다. 정약용丁茶山은 회혼回婚에 세상을 떠나며 "60년 세월, 눈 깜짝할 사이 날아갔으니[六十風輪轉眼翩]"라는 시구詩句를 남겼는데, 선생님께서도 회혼을 앞두신 해에 떠나시며 지나간 오랜 세월을 '잠깐'이라고 말씀하신 것은 다산과 우연이라기보다 그만큼 삶에 집중, 충실하셨던 공통점에서 나온 것이라고 제게는 느껴집니다.

선생님께서는 젊은 시절부터 역사를 넓은 시야에서 객관적으로 보시려는 입장을 갖고 계셔서, 하네다 도오루羽田亨의 서역사西域史가 선생님께는 가장 인상적이었다고 말씀하셨습니다. 처음 전공 분야를 정하시게 된 계

---

*서울대학교 명예교수, 광주과학기술원 석좌교수

기가 되었다고 하셨습니다. 해방을 전후한 어려운 시기를 넘기자마자 선생님의 학구열은 또 한 번 시련에 부닥치셨습니다. 그러나 선생님께서는 한국전쟁 동안 육군 장교로 종군하시면서도, 오히려 역사학 연구에 대한 집념을 더욱 불태우시며 전시 수도 부산에서 창간한 《歷史學報》에 깊이 있는 논문을 발표하신 것을 항상 보람 있게 생각하셨습니다.*

한국전쟁의 상흔이 짙게 남아 있던 때 선생님께서는 가족을 뒤로 하고 과감히 독일 유학을 떠나셨습니다. 일본에서 후쿠오카福岡고교를 다닐 때 당시 필수적인 학술 언어라 할 독일어를 독일 선교사 집까지 찾아가 열심히 익힌 보람이 나타난 것이었습니다. 탁월한 독일어 구사 능력과 깊은 한문 지식이 큰 도움이 되어 선생님께서는 뮌헨대학에서 박사학위를 단기간에 취득하실 수 있었던 것 같습니다. 그때의 지도교수 헤르베르트 프랑케 Herbert Franke 박사와는 그 뒤로도 끊임없이 학문적 교류를 하셨습니다. 서양의 역사 연구법을 직접 현지에서 익히신 첫 한국인 학자이시고, 그래서 귀국 뒤 역사학계에서 선생님의 위치는 출중할 수밖에 없었을 것입니다. 새로운 역사학 연구 방법에 더하여, 한문, 영어, 독일어, 일본어, 프랑스어 등에 능통하셨기 때문에 국제 학계에서 한국을 대표하는 학자가 되실 수 있었습니다. 지금도 대학 시절 선생님께서 강의하신 〈사학개론〉 시간은 동서양을 넘나드는 폭넓은 내용이 지금도 생생하게 떠오르고 있습니다.

선생님께서는 역사학, 더 나아가 학문이 연구자들만 이해할 수 있는 범

---

*고병익 선생님의 역사 연구에 관하여는 김병준, 〈동아시아 관점의 관철: 고병익의 사학사 연구〉, 조병한, 〈유교전통의 탐색: 고병익의 사상사 연구〉, 백영서, 〈상호소원과 소통의 동아시아: 고병익의 역사인식 재구성〉, 한림과학원 엮음, 《고병익 이기백의 학문과 역사연구》(한림대학교 출판부, 2007) 참조.

위를 넘어서야 한다고 주장하기도 하셨습니다. 관심과 교양이 있는 사람이면 읽을 수 있는 논문을 써야 한다고 생각하셔서, 원문으로 각주脚注를 달던 당시까지의 학계 관행을 고치자고 하셨습니다. 아마 가장 먼저 우리말로 번역한 각주를 붙이신 분이 고병익 선생님이실 것입니다. 또한 연구자로서의 탐구심과 집중력은 누구보다도 앞선 분이셨습니다. 언젠가 담배 은박지에 까맣게 글자가 쓰여 있는 것을 보고 무엇인가 궁금해 여쭤 보았더니 이발하다가 갑자기 논문에 관한 생각이 풀려 가서 때를 놓칠 수 없어 주머니에 있던 담뱃갑 은종이에 적으셨다는 것이었습니다. 항상 집중하고 있으면 언젠가는 풀리는 것이라고 일러 주시는 것이었습니다.

학문의 시야를 넓게 갖고 계셨던 선생님께서는 동아시아의 역사를 — 한국 · 중국 · 일본 · 베트남까지— 하나의 대상으로 삼으시려는 진정한 의미에서 아시아 역사학자이셨습니다. 제게 미국 유학과 함께 일본사로 전환을 권하실 때도, 머뭇거리는 제자에게 선생님께서는 일본사까지 다룰 수 있는 폭넓은 아시아 역사학자가 되는 훈련으로 받아들이라고 권고하셨습니다.

선생님께서는 역사학자이시면서 탁월한 학술 · 문화의 행정가이셨습니다. 서울대학교 총장, 한국정신문화연구원장, 방송위원장, 민족문화추진회 이사장, 문화재위원장 등 이루 헤아리기 어려울 만큼 많은 직책을 맡으셨습니다. 그러나 언제나 일관된 방향과 원칙을 지키셨기 때문에 선생님에게 신뢰와 존경이 따랐고, 그래서 더 많은 일이 찾아왔다고 저는 알고 있습니다. 학문의 사회적 효용성을 항상 강조하시고 體現하려 하신 선생님이시기 때문에, 상아탑을 고집하는 연구자들에게는 의외의 일들, 신문사 논설위원이나 방송위원장 등과 같은 일을 주저 없이 맡으셨고 또 거기에서도 역할과 보람을 찾으셨습니다.

《선비와 지식인》(문음사, 1985) 이란 수필집에서 전통 시대 선비들의 기질 속에서 오늘날에도 취할 수 있는 세 가지를 지적하신 적이 있습니다. 첫째는 명분과 원칙을 존중하여 자신을 희생하면서까지도 그것을 지켜나가려고 했던 신념과 실천이고, 둘째는 물욕의 억제와 검박한 생활 태도의 존숭이며, 셋째는 나라와 백성을 사랑하고 돌보며 지키려는 사명감이라고 하셨습니다. 전통적 가치를 버리지 않고 현대적 지식인으로 살아가신 선생님의 생활 신조를 피력하신 것이라 여겨집니다.

이런 바탕 위에 서신 선생님이셨기에 연구자의 바른 길을 잃지 않으셨나 봅니다. 사경死境을 헤매시는 가운데서도 2004년 5월 12일의 학술원 50주년 기념 학술대회 발표 원고를 걱정하시던 선생님, 그리고 마지막 영문 저서 《Essays on East Asian History and Cultural Tradition》의 서문까지 끝내고 떠나신 선생님, 자신의 체력의 한계를 학자적 양심으로 초월하며 장엄하게 산화하신 이 시대의 '선비와 지식인'으로 제게는 깊이 새겨져 있습니다.

장례식에 참예하고자, 부인과 함께 온 도쿄대학 철학과 이마미치 도모노부今道友信 교수는 애통한 심정을 가누지 못하며 지난 50년 동안 국경을 초월한 지식인 사이의 우정을 '감사의 마음으로밖에 표할 길이 없다'고 했습니다. 국제철학회장인 코펜하겐대학의 페테르 켐프Peter Kemp교수도 조문弔文으로 애도의 뜻을 보내온 것을 보며, 국제적으로 역사학자들만이 아닌 다른 분야 지식인들과도 폭넓게 깊은 사귐을 나누셨던 선생님이 부럽기까지 했습니다.

선생께서는 언제나 민두기 교수와 함께 어울려 담소를 즐기시며 한국 동양사학계를 세계와 접목하시기에 온 정력을 쏟으셨습니다. 제게는 대학 입학시험 때 선생님께서 면접하시며 제2외국어 능력까지 테스트하신 선생님이셨습니다. 2학년 때 동양사연구실 말석에 앉아 있던 제게 당시 새로 나온 저서인 볼프람 에버하르트Wolfram Eberhard의 《Conquerors and Rulers》를 주시며 한 달 안으로 서평을 써보라고 저를 단련시키기도 하셨습니다. 이때부터 선생님과 맺은 인연이 지금 이 순간까지 저를 이끌어 온 끈이고 채찍이었음을 저는 항상 의식하며 살아오고 있습니다. 지금도 선생님의 모습은 저에게 멘토의 모습으로 앞서 뚜벅뚜벅 가고 계십니다.

녹촌 선생의 문고

이성규[*]

이번에 국사편찬위원회에 기증된 녹촌 문고는 녹촌 고병익 박사가 일생 학문연구와 교육에 헌신하시며 수집, 활용한 도서를 정리한 것이다. 선생은 일찍이 일본 동경제국 대학에 유학하여 동양사 연구에 뜻을 두신 이후 서울대학을 거쳐 독일 뮌헨대학에서 박사학위를 취득하셨고, 동국대 · 연세대 · 서울대 · 한림대 · 미국 워싱턴대학(시애틀) 등에서 후학을 지도하시며, 중국사 · 한국사 · 동아교섭사 분야에 수많은 논저를 왕성하게 국내외에 발표하셨다. 또 선생은 서울대 총장, 한국정신문화연구원 원장, 민족문화추진회 회장, 문화재위원장 등을 역임하시며 교육 · 문화 · 연구 행정에 크게 공헌하셨으며, 조선일보사 논설위원 · 방송위원장 등으로 언론 방송계에도 커다란 족족을 남기셨다. 선생의 삶은 실로 다른 동료 교수들과는 달리 연구에만 국한되지 않았고, 학문적인 면에서도 공간적으로는 국내외를 넘나들었고, 연구 주제도 거시적인 시각에서 동아시아사의 여러 문제를 다각적으로 고찰한 것이었다.

이 문고에는 이와 같은 선생의 학문과 삶이 여실히 반영되어 있다. 본

---

*서울대학교 명예교수, 학술원 회원

래 유족이 일차 정리한 선생의 장서는 총 12,000여 권(한글본 6,300, 영문본 1,000, 일어본 600, 중문본 2,100, 기타 2,000) 이었다. 그러나 이 문고를 인수한 국사편찬위원회 측과 상의를 거쳐 국편이 간행한 한국사 관계의 서적, 국내의 정기간행물(《역사학보》 등의 학술지와 《사상계》와 같은 고급 교양지) 및 기타 목록에 포함되는 것이 적당하지 않다고 판단한 것을 제외하고 단행본 6,372건만 선별한 것이다. 이 가운데는 역사 분야 말고도 언어·문학서가 535건, 사회과학서가 1,360건, 예술서가 253건을 차지하고 심지어 순수과학·기술과학 관계 서적도 74건이 포함되어 되어 있다. 선생의 관심이 얼마나 폭 넓었는가를 잘 말해 준다. 또 영문 서적이 상당수에 이르는 것도 선생이 구미를 넘나들며 활동하시지 않았다면 불가능한 일이었을 것이다. 실제 지금도 한국 동양사 연구자들의 장서에서 그 정도의 구미문의 서적을 보기는 힘들 것이다. 이 다양한 문고를 해제하는 것은 사실 불가능하다. 그러나 전체적인 윤곽을 대략 전하지 않을 수 없어 이 문고의 특징과 가치를 다음과 같이 나누어 적시해 보았다.

첫째, 이 문고에서 가장 정채를 발하는 부분은 역시 선생께서 자신의 연구를 위하여 직접 구입하신 책들이다. 우선 중국 서적 가운데 주목되는 것은 《叢書集成》약 1천 책이다. 여기에는 중국의 역대 각종의 중요한 경사자집經史子集이 포함되어 있고 아주 작은 소책자로 간행되어 《四庫全書》·《四部叢刊》·《四部備要》등과 같은 거질의 총서를 접할 수 없는 연구자들에게는 대단히 편리한 총서로서, 연구자라면 누구나 탐내는 책이지만 지금도 쉽게 구하기 힘들다. 이 책은 선생이 1960년대 '거금'을 투자하여 구입하셨던 것 같은데, 선생의 폭넓은 관심은 바로 이 총서들을 섭렵하며 촉발된 것이 적지 않았을 것이다. 역시 비슷한 시기 '큰 맘 먹고' 구입하신 것으로 보이는 《明淸史料》((戊·己編), 《洋務運動文獻彙編》, 《海方檔》, 《淸

季外交史料》,《戊戌變法檔案史料》등의 중국 근현대사 관련 사료집과《居延漢簡》(釋文과 考證) 등은 새로 간행되는 사료의 중요성을 놓치지 않고 적극적으로 수집하는 연구자의 모습이 약여하다.

둘째, 1940년대에서 1960년대에 걸쳐 일본에서 출간된 중국사 연구서들이 상당수 포함된 것은 이 문고의 가치를 높여 준다. 물론 지금 기준으로 보면 그 양이 그렇게 많은 것은 아니다. 그러나 일본 학자들의 단행본 저서는 대체로 논문을 모은 것이고, 따라서 그 수가 많지 않은 것을 감안하면(더욱이 그 시대에), 당시 일본에서 출간된 주요한 서역사 · 중국사 관계의 저술이 대부분 포함된 것은 당시 선생이 얼마나 적극적으로 이 책들을 구입하였는가를 잘 말해 주지만, 국내에서는 지금도 이 책들의 원본은 대단히 희소하다.

셋째, 많은 책들이 선생의 논저들과 직접 관련되는 서역사 · 중국사학사 · 동아시아교섭 및 외교사 등이지만, 불교와 여행기 관련 책들이 많은 것도 특색이다. 이 책들은 선생의《往五天竺記》연구와 관련된 것으로 보이는데, 인도 파키스탄사의 책들이 일부 포함 된 것도 이 때문일 것이다. 선생은 혜초의 길을 따라 직접 인도와 파키스탄 중앙아시아를 여행하셨고, 그 여행길에서도 관련된 자료를 수집하신 것이다.

넷째, 《四庫全書總目提要》를 비롯한 요적要籍의 해제, 중국과 일본의 연구논문 목록, 색인, 주요 도서관 및 문고의 장서목록, 인명 · 지명 사전 등이 다수 포함된 것도 이 문고의 특징이다. 실제 이용할 때는 편리하지만 직접 갖추기에는 돈이 아까운 느낌을 주는 이 부류의 책들에서 평소 정보의 검색과 이에 필요한 工具書들의 중요성을 강조하신 선생의 학문적 태도가 새삼 확인된다.

다섯째, 국내 동양사관계의 석 · 박사 논문, 사학계 원로들의 회갑 고희 정년퇴직 논문집들이 거의 모두 포함되었다. 이 책들은 물론 선생의 학덕과 광범위한 인간관계에서 기증받은 것이다. 이 책들은 대체로 비매품이고 개개 연구자들이 필요한 논문도 전체 책의 극히 일부에 지나지 않은 경우가 많아 적극적으로 수집하는 사람도 별로 없으며, 기증받은 책들도 제대로 보관하지 않는 경우도 적지 않다. 때문에 학위논문과 기념 논문집을 이처럼 대거 포함한 개인 장서는 극히 드문 예인데, 앞으로 정말 필요한 연구자들이 많이 이용할 것으로 기대된다.

여섯째, 영문 서적 가운데 1950~1960년대 구미에서 출간된 도서들도 국내에서는 보기 힘들지만(원본으로), 더욱이 미국에서 활동하는 한국인 동아시아학 연구자들이 미국에서 출판한 책들이 상당수 포함된 것도 흥미롭다. 물론 이 책들도 구입하기 어려운 것도 아니며, 이 가운데 자신의 연구와 관련된 책들은 소장한 사람도 많을 것이다. 그러나 이 문고는 다양한 분야의 재미 한국학자들의 저술들을 상당수 한자리에 모아 놓음으로써, 재미 한국 학자들의 연구 성과를 전체적으로 개관할 수 있는 계기를 제공하고 있다.

이 밖에도 선생의 언론 활동과 관련하여 신문·放送史 및 관련 행정·법규 등의 서적들은 선생의 '연구자적인 언론종사'를 전하고 있으며, 문고에 포함된 각종 국내외 학술대회의 자료들은 선생이 얼마나 철저하게 자료 하나하나를 챙기고 보관하였는가를 잘 말해 준다. 비록 본 문고의 목록에는 포함되지는 않았지만 선생은 국내에서 간행된 정기 간행물들을(지방의 작은 대학의 학술지와 이름도 생소한 작은 학회의 잡지까지도) 하나도 버리지 않고 보관하셨다. 선생은 학술지의 논문들이 인터넷을 통하여 주고받는 세상에서도 끝까지 '원본'에 대한 애착, 그리고 '어떤 자료도 큰 사료가 될 수 있다'는 신념을 버리지 않으신 것이다.

오늘날 새로운 책, 절판된 구본의 재판과 영인본들이 홍수처럼 쏟아지고 있다. 연구자들의 경제적 여건도 크게 개선되었으며 외국서적을 구입하는 절차도 대단히 간편하다. 때문에 연구 생활이 겨우 10년 남짓한 젊은 박사과정생(별로 재력가도 아닌) 가운데도 수천 권의 장서를 자랑하는 예가 드물지 않다. 이런 현실에서 이 문고를 보면 '별로 볼 것이 없다'는 평가를 내릴 사람도 혹 있을지 모른다. 또 선생의 연배에서는 드물지 않은 호고적인 취미에서 희귀 판본이나 보기 좋은 선장본을 다소나마 수집하였을 것으로 기대한 사람들은 실망할지도 모른다. 그러나 선생이 가장 왕성하게 연구에 몰두하신 1950~1960년대의 한국 현실을 어느 정도 잊지 않는 사람이라면 오히려 '아, 이런 책을 어떻게 사셨을까', '이러니까 선생님이 그런 글을 쓰셨구나'하는 감탄과 감회를 금하지 못할 것이다. 그리고 넉넉하지 못한 생활에서 선생의 장서가 조금씩 늘어가는 과정에서 가족들이 함께 나누었을 애환을 상상하였을 것이다.

이 문고는 대 부호나 기업인의 재력에 의해서 조성된 방대하고 화려한 문고가 아니다. 이것은 한국의 가장 어려운 시대에 오로지 학문에 대한 정렬에 불탄 한 사람의 탁월한 동양사 연구자가 불모지의 한국 동양사학을 개척하며 자신과 후학들의 연구를 위하여 모든 것을 희생하며 조금씩 모아 이루어진, 그러나 내용 역시 충실하고 알찬 것이 된 것이었다. 때문에 이 문고의 책들은 하나하나가 그 주인 녹촌 고병익 박사와 생활하면서 그 손때가 묻은 수택본手澤本이다. 이 문고에는 선생의 전체 삶과 한국 동양사학의 발전 과정이 그대로 배어 있으며, 선생의 학문적인 생명과 혼이, 그리고 그 가족들의 애환이 함께 깃든 결정체이다. 국편이 이 문고를 기념 보존하는 것은 바로 이 때문이며, 결코 기능적인 연구자료의 확충만을 위한 것은 아닐 것이다. 한 평생 문고를 쌓아 올린 선생님, 그리고 이 귀중한 문고를 기꺼이 사회에 환원하여 후학에게 활용할 기회를 주신 가족 분들에게 다시 한 번 감사의 말씀을 드리고 싶다.

선생님의 큰 손, 분방한 가르침

조병한曺秉漢*

　경남 창녕 서남부의 낙동강과 우포늪 사이, 해마다 물난리를 겪던 저지대에서 자란 나는 1965년 서울대 사학과에 입학하는 인연으로 마치 해외 유학이라도 가듯 별천지로 보이던 서울에 입성했다. 무서웠던 부친 아래 자란 성장기의 우울한 성품 탓도 있겠으나 인척 가운데 도시에서 중학 다닌 사람도 본 적이 없던 터라 내 꿈이었던 대학 교수님은 태산북두같이 높은 분으로만 여겨졌다. 소설《삼국지연의》를 일곱 번이나 읽은 중학교 시절부터 나는 동양사학에 뜻을 두었고 토인비 같은 역사학자는 그깟 대통령에 못지않다면서 사학과 지망을 합리화했던 터라 교수님들에 대한 존경이 지나칠 정도였다. 그래서 교수님과 개인적 면담도 없었던 학부 시절 고병익 선생님과 거리도 아득히 멀기만 했다. 학문을 하겠다면서 온갖 세상 고민에서 헤어나지 못했던 학부 시절 워낙 학생 데모로 말미암은 휴강이 잦은데다 내 출석률도 그리 모범은 아니었고, 마침 선생님은 해외 연구 활동으로 국내를 떠나 계신 기간도 길었던 것으로 기억된다.

　가세가 기울어 폭풍 전야였는데도 대학원 석사과정에 입학해 놓고 웬

---

*서강대학교 명예교수

바람이 불었는지 군 입대 전에 선생님 연구실을 조심스레 노크하고 군에 간다고 인사드린 것이 선생님과 개인적인 첫 대면이었다. 1971년 가을 제대한 뒤 복학을 했는데 그 사이 집안이 완전 몰락해 가족은 뿔뿔이 흩어졌고 성북구 장위동의 셋방에 다섯 동생들 가운데 세 명이 나와 함께 단칸방에 살았다. 주변머리 없는 내가 석사과정을 이수할 수 있었던 것은 선생님의 큰 손 탓이었다. 우산육영회에서 주는 2년 동안의 장학금을 받았는데 그것이 선생님의 추천 덕에 가능했던 것이다. 그럼에도 생전에 제대로 인사도 드리지 못했고 유신 시대 교사로서 설화舌禍에 휘말려 여러 해 학문의 주변부에서 맴도는 변변찮은 꼴만 연출했던 아픈 기억이 있다. 그래도 선생님 문하에서 석·박사 과정을 끝내고 그럭저럭 학문 생애를 관철할 수 있었던 것이 행운이었다. 이제 어느덧 노년에 접어든 지금 선생님의 범용한 제자였던 자신의 지난 모습을 회고하며 아직도 더 나은 삶을 위해 분발해야 할 명분을 포기하지 않는다면 도움 주신 선생님의 큰 손에 부끄럽지 않기 위해서라고 생각한다.

선생님이 내게 주신 학문적 가르침 가운데 우선 기억나는 것은 내 석사학위논문을 보신 뒤 한문 인용투성이의 현학적 문장에 대해 지적하신 일이었다. 지금도 문체에 신경이 쓰일 때가 많은 나는 마치 탄탄대로를 가는 듯한 호쾌한 선생님의 필세를 볼 때면 그때 그 말씀이 떠오른다. 선생님의 학문에 대한 인상은 매우 자유분방하고 광활하다는 느낌을 받았다는 것이며, 규모가 크고도 내용이 정밀한 선생님의 논문들이 우리 초기 역사학계에 큰 자취를 남긴 것은 누구나 아는 일이다. 대학원 시절 선생님과 나의 학문적 인연은 〈황종희黃宗羲의 신新시대 대망待望론〉이란 논문에서 시작되었다. 사상사에 관심이 컸던 내가 민두기 선생의 석사과정 첫 학기 수업에서 읽었던 고 선생님의 그 논문은 내가 선생님의 학문적 기량에 대면한 첫 번째 글이었다. 그 뒤 18, 19세기를 오락가락한 나의 중국 근대 사상사 연구는 그 역사적 기점으로서 명말明末 청초淸初 시대로 회귀하는 사고의 순환 속에서 언제나 역사의 변혁과 지속, 유토피아와 현실 사이의 긴장과 균형에 대해 생각할 때가 많다.

선생님의 학문적 발상이 광대하고 자유롭다는 것은 석·박사과정 수업에서 우리 학생들에게 부과한 과제에서 뚜렷한 인상으로 남아 있다. 아직 중화민국사 연구가 본격화되기 오래 전 선생님의 수업에서 1924년 국민당 개조에 관한 교본을 읽은 적이 있는데, 당시 우리 역사학계가 현대를 백안시했던 실정을 생각하면 당시 선생님의 의도가 새삼스런 의미로 떠오른다. 판교의 정신문화연구원으로 수업받으러 다녔던 박사과정 때는 중국의 인쇄·출판과 중세 백화문白話文, 통속문학에 대한 과제를 내신 적이 있다. 그것은 중국 근대화의 문화 변동과 관련된 문제로서 한국을 둘러싼 몽골·원제국 시대나 19세기 동아시아의 국제정치 등 선생님의 주된 학문 영역과는 다른 만년의 역사의식이 표출된 것이었다. 5·4 신문화운동 시기 공자와 유교의 기원에 대한 호적胡適의 연구, 〈설유說儒〉를 읽고 토론한 기억도 나며, 그때 공자가 부모의 '야합野合'으로 탄생했다는 사마천司馬遷《사기史記》의 기사 내용이 어떤 함의가 있는지 물으시던 모습도 회상된다. 유대의 바빌론유수와 기독교의 탄생에 빗대어 은(殷: 商) 유민遺民 공자의 주周 문화 혁신을 생각한 호적의 발상은 질풍노도의 서구화 시대에 중국 고전 문화를 어떻게 다룰 것인지 당시 국학國學 형성과 관련해 선구적 지식인들의 역사적 과제를 표상하는 것이었다. 지금 생각해 보면 선생님 자신이 답하고 싶은 과제들이었을 이 질문들은 당시는 제자의 훌륭한 상상력으로 보상을 받지 못했으나 그 뒤 내게 오랫동안 답하지 않으면 안 될 과제로 남아 나의 연구 범위를 설정하는 데 영향이 적지 않았다. 그 질문들에 응답하는 과정에서 내게는 18세기 통속문학《홍루몽紅樓夢》이나 《유림외사儒林外史》속의 시대상과 저항 지식인의 사상을 검토한 논문, 장개석蔣介石 이데올로기와 유교의 관계에 관한 논문 등 몇 편의 글들이 나오게 되었다. 학문 생애에서 관심 범위의 확산과 수렴은 언제나 내게 긴장을 초래한 문제였지만, 이 글은 선생님의 박학博學이 그와 어울리지 않는 제자에게도 영향이 있었음을 토로하는 기회가 되었다.

몇 해 전 선생님을 기념하는 발표문을 준비하는 기회에 선생님의 글들을 세심하게 훑어 보며 만년 선생님의 사상을 좀 더 이해할 수 있었다. 한때 동아시아를 예속시켰던 서구 문명의 전성기가 저물고 한국을 포함한 동아시아 중심의 태평양 시대가 떠오르기 시작한 시점에서 선생님의 가장 큰 사색의 주제가 된 것은 동아시아 문명의 대전통이었던 유교가 현대 문명 속에서 갖는 역사적 지위와 동아시아 지역권, 한·중·일 3국 사이의 역사적 '소원疏遠'함과 미래 협력의 문제였던 것 같다. 그 소원함의 여러 원인 가운데 문화적 요인으로 선생님이 더욱이 유의하신 것은 각국의 근대화 과정에서 구어체 국민 문화의 형성에 따라 3국의 공통된 한자 문명의 기반이 약화된 사실이었다. 그러고 보니 위의 대학원 강의 내용도 이 같은 문제의식을 반영한 것이었다.

한 범용한 제자의 보잘것없는 회고담 속에 나이 들어 깨우친 점이 있어 선생님 생전에 드리지 못한 말씀과 함께 가슴 깊이 감사의 정을 표합니다.

고병익 사학史學과 망원경

박한제朴漢濟[*]

대학 시절 내가 전공과목인 '동양사' 강의를 들었던 분은 김상기, 전해종, 고병익, 고승제, 이용범, 윤남한, 민두기, 권석봉 선생 등이었다. 그 가운데 내가 소속된 서울대 문리대 동양사학과의 전임 교수로서 학문과 생활면에서 두루 가르침을 주셨던 은사는 고병익 선생과 민두기 선생 두 분이셨다. 두 분은 이미 고인이 되셨으니 은사들을 저 세상에 보내고 이제 추억하는 일만 남았으니 그저 안타깝기만 하다.

고병익 선생에 대한 추억은 나에게 유별나다. 1970년 3월 전과하여 동양사학과 2학년으로 합류한 나는 동양사학과와 관련되어 만난 최초의 분이 고병익 선생이었다. 몇 년의 방황 끝에 입학한 서울대학의 전공 학과가 적성이 맞지 않아 1년 동안 방황 끝에 전과하여 동양사학과를 선택했다. 입주 아르바이트집 주인이셨던 법대 학장 S교수의 소개로 1970년 3월 2일 문리대 학장실에서 나는 고병익 선생을 처음 뵈었다. 47세의 젊은 교수인데도 노숙함이 묻어났다. 당시 고 선생님께서 하신 말씀을 자세하게 기억하지는 못하지만 뒤에 생각하니 그분의 학문관이 요약된 말씀이 아

*서울대학교 명예교수

니었나 생각된다. 동양사학과와 별반 관계가 없는 학과에서 창과 초기라 별로 인기도 없는 동양사학과로 전과하겠다는 결단을 가지고 온 학생에 게 학장으로 발령받은 바로 두 번째 날인데도 상당한 시간을 배려한 것은 추천자와 관계 때문에서였겠지만, 당시 하늘 같아 보일 것이라는 예상과 는 달리 외모부터가 서민적이었고, 시골 아버지처럼 말씀도 편하게 느껴 졌다. 선생님은 세 가지를 말씀하셨던 것으로 기억한다. 하나는 이 공부 가 배고프다는 것이고, 둘째 배고파도 할 것이면 집중해야 하고, 셋째 역 사 공부는 사물을 세밀하게 들여다보아야 하지만, 멀리도 바라보아야 한 다는 것이었다. 그때 선생님의 가르침이 갖는 의미가 어떤 것이며, 내게 얼마나 절실하게 느껴졌으며, 또 그 가르침을 이후 내가 얼마나 지켰는지 의문이지만, 고병익 선생님을 회고할라 치면 그분과 첫 만남이 아직도 가 장 강렬하게 남아 있다.

지금 와서 되돌아보면 역사학을 직업으로 삼는 사람에게 당부하는 말 로서는 지당하기 짝이 없는 것이지만, 방황하다 마지못해 택한 신참 역사 학도로 입문하려는 나에게는 좀 잔인한 것들이었다. 첫째 배고프다는 것 은 당시 나로서는 정말 지긋지긋한 것이었고, 둘째, 공부에 집중하라는 것도 아르바이트로 연명하던 나에게는 당치도 않는 당부였다. 세 번째의 이야기는 너무 우원한 말씀이어서 머리에 들어오지도 않았을 뿐만 아니 라 사실 무슨 의미인지 잘 알지도 못했다.

나의 동양사학과 3년 기간은 배곯지 않으려는 처절한 투쟁이었다. 학 비를 면제받으려면 더 나은 학점을 따야 했고, 연명하고자 아르바이트로 동분서주했다. 마침 입주 아르바이트 집에서 해고된 나는 2학년 여름방 학 시골에서 머물고 있으면서 고병익 선생님에게 편지를 드렸다. 목적은 학비 걱정에서였지만 그런 내색은 하지 않고, 그저 문안을 드리는 투로 일관한 편지였다. 방학에서 돌아왔더니 큰 장학금이 기다리고 있었다. 나의 작전은 그대로 맞아떨어진 것이었다. 그 장학금이 그 편지 덕분이라고 지금도 나는 믿고 있다. 지금이나 이전이나 교수가 방학에 학생에게 문안 편지를 받는 일은 드문 일이었기 때문이다. 선생님은 당시 등록금이 2만 원 내외였을 때, 75,000원이라는 당시 최고의 장학금을 마련해 주었다.

이 밖에도 가난뱅이 학생인 나에게 선생님은 분에 넘치는 배려를 해 주신 것으로 알고 있다. 예컨대 2학년 말 당시 입사하기 어렵기로 유명했던 종합기숙사 정영사正英舍에 입사하는 데도 커다란 도움을 주셨을 뿐만 아니라 당시 동아문화연구소 소장을 겸임하고 계셨던 선생님은 대학원에 갓 입학한 자격 미달인 석사과정 1학기 학생인데도 유급 조교로 임용하기도 하였으니 선생님에게서 받은 은혜는 사실 한두 가지가 아니었다. 참고로 전임 조교는 석사학위를 받고 성균관대학 전임으로 취직한 국문학자 L교수였다. 나에 대한 이와 같은 배려를 선생님은 항상 그 공을 민두기 선생님에게 돌리셨다. 이런 일이 있고 나서 몇 차례 선생님을 찾아뵐 때마다, 민 선생이 제안해서 그런 것이라며 당신은 언제나 앞자리에서 빠지곤 하였다.

그러나 선생님에게 나는 항상 칭찬받는 바람직한 학생은 아니었다. 가장 기억에 남는 것은 박사과정 수업 때였다. 선생님은 항상 보직 교수로서 활약하였기 때문에 본의 아니게 강의를 빼먹는 경우가 많았고, 강의 중에도 학생들에게 강독을 시켜 놓고 코를 골며 주무시는 경우도 많았다. 격무에 시달리던 선생님에게는 학생들의 강독 소리가 아마 자장가처럼 들렸을 것이 뻔했다. 강독하다가 코고는 소리를 듣고는 서로 마주보며 킥킥거리면 부스스 깨어나 어김없이 생전 들어 보지도 못한 이상한 질문으로 학생들을 곤란에 빠뜨림으로써 선생님의 저지른 잘못(?)에서 빠져나가는 경우가 다반사였다.

"휴강이 최고의 명강"이라는 말처럼 선생님은 휴강이 참 많았으며, 그래서 무임승차로 학점을 따려는 수강자도 더러 있었다. 1979년 어느 날이었다고 생각한다. 당시 선생님은 서울대학교 총장이어서 강의는 대개 본부 행정실 건물 4층 총장실에 부속된 소회의실에서 진행되었다. 유신 말기로 혼란한 시절이었기 때문에 그 학기 강의도 제대로 이뤄지지 않았다. 처음 몇 번은 강의 준비를 제법 해 갔으나 몇 차례 휴강을 거듭하자, 오늘도 그러려니 하고 수강생 모두들 제대로 수업 준비를 해 가지 않았다. 그런데 그날따라 강의는 예상과 달리 빡빡하게 진행되었다. 아무도 준비해 온 사람이 없었다. 수강 학생 5명 모두가 전임이고 가장 아래가 당시 조교인 나였다. 선생님은 몇 번 휴강한 것에 대한 면피라도 하려는 듯이 한 사람 한 사람씩 시키기 시작하였다. 아무도 해 온 학생이 없는 것을 기화로 이때까지 우리들이 경험해 보지 못한 분노한 얼굴로 야단을 치셨다. 그러시더니 '오늘 강의 그만!'하시며 일어서서 총장실로 가버리셨다. 우리들 모두는 일순간 불성실한 학생들이 된 것이다. 나는 다른 수강생들에게 "박 선생 같은 젊은 사람이라도 준비를 해 왔어야지!" 라는 핀잔을 들어야만 했다. '학생이면 다 같지 수업 준비도 선후배가 있나?'하고 내심 불만이었지만, 한편 선생님의 그런 모습이 평소의 휴강을 만회하려는 작전의 하나라고 지금도 믿고 있다.

선생님의 해박한 지식에 감탄한 적이 한두 번이 아니었지만, 선생님이 강조하는 것 가운데 외국어 해독 능력에 대한 강조는 대단하였다. 자신이 독어와 영어에 능통하기도 하였지만 그것을 강조하는 것은 나름의 역사를 공부하는 신념과 그리고 자세와 관련된 것이 아닌가 한다. 사실 광범위한 자료를 수집하고 빨리 정확하게 읽고 논문을 쓰는 데는 물론, 자기의 주장을 외국에 나가서 발표하려면 당연히 갖추어야 할 조건이다. 지금도 외국어 논문을 읽으려면 사전을 뒤적여야 하고, 국제학술회의에 참석하여 벅벅거리기만 하는 내 처지를 생각하면 선생님의 선견지명에 탄복할 뿐이다.

역사학자로서 기본을 두루 갖추신 선생님은 학문 밖의 방면에서도 다양한 능력을 발휘한 바 있지만 수상록도 몇 권을 출판하였다. 그 가운데 선생님의 역사학 연구 방법과 관련된 것이 〈망원경〉이라는 글이 아닌가 한다. 1974년 가을에 출판한 탐구당 발행의 《망원경望遠鏡》이라는 책은 선생님의 첫 번째 수상록이다. 거기에는 76편의 글이 실려 있는데 그 가운데 1958년에 쓰신 《조선일보사보》 14호에 실린 〈망원경〉이라는 그 글이 책명이 되고 있다. 이 수상록에 실은 글들은 1953년에서 1974년까지 신문·잡지 등에 게재했던 것들을 모은 것이다. 대중을 대상으로 쓴 글이 대부분이지만, 본업인 역사학자로서의 생각과 주장이 곁들여 있는 것은 당연하다. 선생님의 12년 동안 쓰신 글들을 모아 스스로 이름 붙이기를 '망원경'이라고 했다면 이 〈망원경〉이라는 글에 대한 선생님의 애착이 남다를 것이었으리라고 본다.

물론 그 수필의 경우 기자들을 대상으로 한 것이었다. 그러나 기자나 학자, 더욱이 역사학자에게는 논문 제목의 선정, 연구의 방법, 보는 시각 등이 이 한편의 글에 녹아 있다고 보아도 될 것 같다. 밤 10시 주택가 골목길에서 일어난 부부 사이의 난투극을 기사화할 때 기자는 현미경적인 세밀한 자료 제시와 망원경적인 넓은 시야를 동시에 가져야 한다는 점을 선생님은 이 글에서 강조하고 있다.

선생님의 글 일부를 전재해 보자.

"어떤 사건을 접하고 기사를 쓸 때, 사건의 발단 경과와 결과까지를 현미경을 가지고 들여다보듯이 세밀·정확하게 (……) 보도하는 것이 신문이다. 보도 사건의 선정에는 현미경으로 관찰함이 필요할 뿐만 아니라 무수한 사건들 속에서 그 사건이 차지하는 위치를 비교할 수 있는 넓은 안식(眼識)과 지식이 요구된다. 옆으로 넓게 볼 수 있는 광각렌즈가 필요하다. 망원경과 현미경 두 가지를 다 가져야 역사가가 될 수 있다고 위대한 사가 토인비는 말한다. (……) 고문서를 뒤적이고 고기록을 섭렵함으로써 사소한 실마리조차도 놓치지 않는 세밀한 연구라야만 (……) 동시에 이를 고금의 흐름 속에서 전후와의 관련 속에서 밝혀내는 통찰력을 가져야 한다."

선생님께서 평소 역사학도가 가져야 할 당연한 태도로 호적胡適이 말한 "대담한 가설, 소심한 논증[大膽假說 小心求證]"을 자주 강조하였다. 학회의 기조연설에서 여러 차례 선생님에게 이 문구를 들었다. 나는 더해가는 세월의 더께로 작년 정년퇴직을 했다. 퇴직한 지금 생각해도 선생님의 역사학자로서 평생 지녔던 이 지론은 역사학 연구자가 마땅히 지녀야 할 자세라고 여기고 있다. 서재에 꽂혀 있는 선생님의 수상록《망원경》을 볼 때마다 과연 제자인 내가 선생님의 지론을 얼마나 따랐는지 의문이다. 아니 제대로 따르지 못해 부끄럽다. 내가 연구년을 받아 1년 동안 머물던 미국 하버드대학에서 선생님의 부음을 들었다. 선생님이 마지막 가시는 길을 배웅하지 못한 아쉬움 같은 것이 10년이 지난 지금까지도 남아 있다. 선생님께서 생전 베푸신 은혜에 늦게나마 감사드리며 명복을 비는 것만이 어리석은 제자가 고작 할 수 있는 일인 것 같아 안타까울 뿐이다.

2013. 10.

회억의 조각들

오상훈**吳相勳***

선생님은 큰 얼굴에 우뚝한 코를 지니시고 계셨다. 그래서 앉아 계신 모습을 뵙노라면 장대하게 느껴지지만, 막상 일어나시면 의외로 큰 키는 아니었다. 키에 견주면 얼굴이 훨씬 크신 편이어서 대하는 사람들이 일단 압도되었을 것 같다고 느껴졌다. 선생님의 이러한 용모가 그러지 않아도 선생님들을 어려워하던 당시 제자들을 더욱 주눅 들게 했을지도 모른다.

나나 학부의 동급생들은 선생님의 수업을 많이 듣지 못했다. 그것은 선생님이 우리들 학부 내내 학교 보직을 맡고 계셨기 때문이었다. 그래서인지 더욱이 나는 선생님이 더욱 어렵게만 여겨졌다. 어쩌다 선생님을 뵙게 되어 평범하게 건네는 물음에도 대답이 옳게 나오지 않곤 했다.

아마 대학 입학 직후 선생님과 동급생들의 첫 만남 자리였던 것 같다. 좌중의 신입생들인 우리들 각자에게 취미가 무언가에 대해서도 물어 보셨다. 그러다가 한 동급생 차례가 되자 취미가 바둑이라고 말씀드렸더니 몇 급이냐고 물으셨고, 삼급이라고 했더니 '조금 둘 줄 아는군'이라고 하시는 것이었다(약간 가소롭게 여기시는 것 같이 느껴졌다). 그래서 선생

*부산대학교 사학과 교수

님은 유단자쯤 되시는 고수이신가 보다고 짐작하고 있었는데 나중에 어떻게 알고 보니 선생님은 5급인가 6급이라는 것이었다.

대학원에 진학한 뒤 나는 학과사무실에서 조무 일을 맡게 되었다. 그 무렵에는 선생님은 부총장직을 맡아서 대학 본부의 집무실에 주로 계셨다. 그러던 어느 날 부총장실에서 학과사무실의 나를 찾는 전화가 왔는데, 선생님의 강의료를 찾으신다고 했다. 강의료를 제때 챙겨 드리지 못하고 학과사무실에 보관하고 있다가 등록금 납부 기간 중에 한 후배가 등록금을 마련 못하고 전전긍긍하고 있는 것을 알고 우선 선생님의 강의료를 후배의 등록금으로 대납한 상태였다. 며칠 뒤 이 사정을 선생님께 말씀드렸더니 부총장실로 그 후배와 같이 오라고 하셨다. 메꿔진 강의료 봉투와 후배랑 함께 집무실로 찾아뵈었는데, 나는 안절부절 못하고 선생님 앞에 서 있었다. 한참 말이 없이 계시더니 선생님은 뒤돌아서서 건네받은 강의료 봉투에서 주섬주섬 돈을 꺼내 그 후배에게 어려운 데 쓰라고 주시는 것이었다. 그제야 나는 안심이 되었고, 바싹 쫄고 있던 그 후배는 눈물을 훔치고 있었던 것 같다.

파안대소하시던 그 모습

윤혜영尹惠英[*]

　내가 선생님을 처음 알게 된 것은 지금으로부터 43년 전인 1970년 겨울 즈음 신문 지상에서였다. 서울대 동양사학과에 지원을 해 놓고 면접만 기다리고 있던 터라 동양사학과 교수란 직함으로 박스 칼럼을 쓰신 선생님 성함은 반갑기만 했다. 당연히 선생님께서 면접을 하실 거라고 생각하곤 짧은 그 글을 외울 정도로 읽고 또 읽었다. 지금은 그 내용을 까맣게 잊었지만. 그런데 예상과 달리 면접장에는 신문에서 뵌 선생님의 얼굴과 다른 분이 나타나셨다.

　그래서 막상 선생님을 직접 뵙게 된 것은 그보다도 한참 뒤인 1971년 봄의 일이었다. 신입생 환영을 겸한 등반 대회가 1971년 3월경 관악산에서 있었고 그 자리에 선생님과 민두기 선생님이 나란히 나오셨다. 당시 동양사학과 교수진은 두 분이었는데 그 두 분이 모두 나오신 것이었다. 두 분은 무슨 재미난 이야기가 많은지 시종 담소를 나누며 학생들의 선두에 서서 산에 오르셨고 나는 그런 두 분 선생님을 졸졸 뒤따르며 선두를 놓치지 않을 수 있었다. 내 뒤로는 많은 선배들이 두 분의 담소에 대해 무어라

---

*한성대학교 교수

수군대며 따라 올랐다. 아마 강의실에선 딱딱하기 그지없던 선생님들이 자연 속에서 부드럽게 변한 모습이 신기해서 그랬던 것 같다.

1학년은 교양과정부라고 해서 본부가 아니고 태릉에 있던 공과대학 캠퍼스 한 귀퉁이의 삭막한 건물에서 보냈고 또 전공은 두 학기 합쳐서 딱 한 과목(동양사개론)을 민두기 선생님의 강의로 들었기 때문에 등산 이후 선생님을 1년 가까이 뵐 수 없었다. 2학년이 되어 동숭동의 문리대 캠퍼스에서 수업을 들으면서 비로소 강의실에서 선생님을 자주 뵙게 되었다. 그리고 우리는 《아시아의 역사상》을 읽으면서 선생님의 관심사의 폭이 상당히 넓다는 것을 깨닫게 되었다.

선생님의 강의 스타일은 매우 독특해서 웃는 모습으로 수업을 진행하시는데도 2학년이었던 우리 동기들은 늘 바짝 쫄아서 앉아 있곤 했다. 예컨대 어느 날엔가는 칠판에 영어로 Cathay란 단어를 커다랗게 써놓으시곤 예의 그 미소 띤 얼굴로 우릴 주욱 둘러보시면서 "이게 무언지 아는 사람 있는가?" 하는 질문을 던지셨다. 우리는 짧지만 영원처럼 느껴지는 침묵의 공간 속에서 가능한 한 선생님과 눈길이 마주치지 않도록 눈을 깔고 누군가 한마디라도 하기를 간절히 고대하는 수밖에 없었다.

마침내 고통스런 침묵의 시간이 어느 정도 지나고 나서 선생님은 서양인들이 중국에 대해 China로 부르게 되는 과정을 동서양을 오가며 종횡무진한 박식함으로 풀어 주셨다. 선생님의 강의는 늘 이런 식으로 커다란 문제를 하나 터억 던져 주시면서 우리로 하여금 생각을 하게 만드셨다. 아무도 생각지 못한 문제를 던져 놓으시곤 우리를 스윽 둘러보시던 선생님의 눈빛과 입가의 미소는 더없이 자상했지만 우리는 자신의 무지함을 곰곰 반추하면서 한없이 쫄아들 수밖에 없었다.

선생님은 또 학부 초년생이던 우리에게 영어 논문을 교재로 수업을 진행하기도 하셨다. 지금 기억에 남는 것은 중국의 감찰 제도를 다룬 논문이었는데 제법 만연체 문장이라 해독이 쉽지만은 않은 수준이었다. 이렇게 학부생을 상대로 영어권 학자들의 전문적인 논문을 읽히셨으니 그 수업 역시 난이도가 상당히 높을 수밖에 없었다. 지금 생각해 보니 까마득하게 어린 학생들을 상대로 선생님은 마치 학문의 세계에서 나란히 선 동학처럼 허물없이 이야기를 풀어 나가셨던 것이다. 학교 보직을 맡고 계셨기 때문에 시간에 늘 쪼들리셨을 텐데도 학부생 수업을 그렇게 깊이 있게 진행하신 모습을 선생이 된 지금에 와서 돌이켜 생각해 보니 정말로 선생님의 열정은 대단하셨던 것 같다.

대학원에 진학해서도 선생님의 수업을 계속 들을 수 있었던 것은 큰 행운이었다. 더욱이 이슬람 세계와 관련된 선생님의 강의는 나의 좁은 시야를 한껏 넓혀 준 것이었다. 구미 학자들의 이슬람 연구를 읽고 이븐할둔이라는 매력적인 인물을 잡아 리포트를 쓰면서 한때 이슬람 지역을 연구하고 싶다는 열망까지 차올랐다. 이렇게 선생님과의 수업은 동서양을 종횡무진으로 달리면서 역사를 소재로 한 여행을 해 나가는 기분을 불러일으키는, 미지의 세계와 기분 좋은 만남의 연속이었다.

보직을 맡아 바쁜 와중에도 수업을 꼬박 챙기셨던 선생님의 강의는 또한 다양한 경험을 할 수 있게 해 주었다. 관악캠퍼스에 와서 선생님이 부총장직을 맡으셨기 때문에 우리 대학원생 석사과정 학생들은 본부의 부총장실에 가서 수업을 받곤 하면서 아마 부총장실에서 수업 들은 사람들은 우리 밖에 없을걸… 하는 생각을 했다. 또 박사과정에 다닐 때는 선생님이 서울대를 떠나 한국정신문화연구원의 원장으로 가셨기 때문에 분당에 있던 한국정신문화연구원 곧 지금의 한국학중앙연구원으로 가서 수업을 듣곤 했다.

지금은 대중교통이 발달했지만 우리가 수업을 들으러 가던 1980년대 초만 해도 그곳은 대중교통이 닿지 않는 곳이었다. 유일한 차편이라면 정신문화연구원에서 운행하는 버스가 있었는데 한 번은 용산의 큰 길거리에서 그 버스를 기다리다가 버스가 그냥 지나가는 바람에 난감한 처지가 되었다. 하염없이 버스 꽁무니를 바라보면서 넋이 나가 있는데 웬일인지 버스가 갑자기 멈춰서는 것이었다. 젖먹던 힘을 다해 달려가서 버스에 오르니 다행히 함께 수업을 듣던 조동원 선배님이 먼저 타고 계시다가 나를 발견하시곤 기사님에게 멈춰 달라고 하신 것이다.

지금은 그렇게 버스를 타고 한적한 정신문화연구원에 가서 선생님께 차를 얻어 마시며 수업을 듣던 추억이 그렇게 그리울 수가 없다. 지금도 조동원 선배님과 함께 선생님의 수업을 들은 뒤 선생님이 안 계신 자리에서 선생님의 연구 스타일에 대해 조 선배님께 들은 기억이 생생하다. 학문의 길을 도도히 흘러가는 강물을 건너가는 길로 비유하자면 선생님의 연구 방법은 커다란 바윗돌을 강물 여기 저기 터억 터억 던져 놓고 그 바윗돌을 딛고 저편으로 건너가는 방식이라는 것이었다.

나도 조 선배님 의견에 동조해 고개를 끄덕끄덕했다. 지금 생각해도 그 바쁜 와중에도 늘 커다란 바윗돌을 어디쯤 던질 것인가 하는 화두를 잊지 않고 연구자의 길을 꾸준히 걸어가신 선생님은 정말로 대단한 역량을 지닌 분이다. 그래서 주변에선 선생님을 일컬어 천재라 부르기도 했다. 보통 천재들이라고 하면 날카롭고 차가운 성품을 가졌을 것이라는 선입견이 있는데 선생님은 그렇지 않으셨다.

오히려 항상 따뜻하다는 느낌이 온몸에서 묻어나는 분이었다. 선생님은 아마 우리가 사학과에서 분리해서 동양사학과로 만들어진 뒤 3년째 되던 해에 입학한 초기 동양사학과 학생들이라 더 정을 많이 주신 것도 같다. 또 한 학년에 열 명 밖에 되지 않았던지라 학부생인데도 선생님이 한 명 한 명 모두 기억해 주시고 우린 선생님과 그렇게 가깝게 지낼 수 있었던 것도 같다.

동양사학과 초기 학번들 가운데서도 우리 71학번 동기들은 유독 선생님과 인연이 더 깊기도 했다. 다름 아니라 거의 유일하게 선생님을 지도교수로 해서 졸업을 하는 특전을 얻었기 때문이다. 선생님은 보직으로 항상 바쁘셔서 보통은 민두기 선생님이 졸업논문을 지도하셨는데 마침 우리가 졸업할 즈음에 민 선생님이 독일로 연구년을 가셨기 때문이다. 그래서 71학번 동기 가운데는 중국의 환관 같은 독특한 주제로 졸업을 한 학생도 있다. 그 학생을 비롯해서 우리 동기들은 선생님이 졸업논문 지도교수가 되신다는 소식을 듣자 열광의 도가니에 빠졌고 다른 학번들의 선망의 대상이 되었다.

그런데 나는 졸업논문 지도는 받지 못했지만 우리 동기 열 명 가운데도 더욱이 선생님께 잊을 수 없는 학생이 되었다. 4학년이 되던 1974년 봄에 민청학련이 터지고 내가 그에 연루되어 경찰 조사를 받다가 서울대 병원으로 입원을 했기 때문이다. 보직에 계시던 선생님 처지로서는 하필이면 같은 과 제자가 당국의 요주의 인물이 되었으니 얼마나 골치가 아프셨을까. 지금 생각하니 선생님 생전에 한 번도 송구스러웠다는 말씀을 드리지 못했으니 정말 철없는 제자였다. 선생님은 병실로 찾아와 평소의 자상한 모습으로 위로를 해 주셨고 그 뒤에도 나에게 질책하는 말씀 한 번 없으셨다. 오히려 내가 궁지에 몰릴 때는 항상 든든한 아군이 되어 주셨다.

민청학련에 연루되어 한 학기를 강제로 휴학해야 했던 나는 서울대가 관악캠퍼스로 이전한 1975년 첫 학기를 학부의 마지막 학기로 다녀야만 했다. 후기 졸업생이 하나였기 때문에 졸업논문도 혼자 써 내고 심사도 혼자 받아야만 했다. 논문 심사를 며칠 앞둔 시기부터 나는 선생님의 따님 고혜령 선생님의 소개로 이화여고에 시간강사로 나가고 있었다. 심사를 받던 날도 이화여고에서 사정이 생겨서 그만 한 시간이나 지각을 하고야 말았다. 조교 선배께 전화로 사정 말씀을 드려야 하는데 빨리 가는 게 중요하다고 생각한 아둔함으로 그만 미리 말씀을 드리지 못한 것이었다.

헐레벌떡 과사무실에 들어갔더니 당시 조교 일을 맡고 계시던 최갑순 선배님이 그 평소의 태평하던 모습은 간곳없이 얼굴이 하얗게 질려서 왜 이렇게 늦게 왔냐고 얼른 민두기 선생님 연구실로 올라가 보라고 난리셨다. 그도 그럴 것이 본부에서 바삐 일을 하고 계시던 선생님이 잠시 짬을 내 심사에 참여할 요량으로 민 선생님 연구실을 찾으셨다가 그만 한 시간이나 허송세월을 하셨으니 말이다.

민 선생님 연구실에 들어가니 두 분 선생님은 아무 일도 없다는 듯이 담소를 나누시다 나를 맞이해 주셨다. 그리고 민 선생님 손에는 내가 제출한 200자 원고지 꾸러미가 귀퉁이가 잔뜩 접힌 채 들려 있었다. 민 선생님이 접혀 있는 첫 페이지를 들추시면서 추상같은 질문의 폭포를 쏟아 내시자 선생님이 구원투수로 등장하셨다. 민 선생님의 질문을 제지하시더니 "그래, 이 논문을 쓰면서 어떤 의미를 파악할 수 있었나?"라는 총괄적인 질문을 던지셨다.

중언부언 답변을 하자 선생님은 고개를 끄덕이셨고 이로써 나는 두 분 선생님들을 한 시간이나 기다리게 한 잘못에 대해 질책 한 마디 듣지 않고 한방에 논문 심사를 통과할 수 있었다. 그리고는 심지어 "논문이 이런 수준인데 대학원에 진학을 해도 좋을는지요?" 하는 질문까지 드렸다. 그리고 '대학원 공부는 들어와서 열심히 해 보는 거지 미리 들어올 수준인지 아닌지 모르겠다는 생각은 할 필요 없다'는 답까지 얻어냈다. 그리고 이 답을 대학원 진학에 대한 긍정적인 답이라고 생각하고 입학시험을 치러 지금까지 연구자로 있게 된 데는 바로 선생님의 이와 같은 너그러운 마음씀씀이가 든든한 자양분이 되었음은 두말할 나위가 없다.

대학원에 들어와서는 수업 시간 외에도 해마다 신년을 맞이하면 선생님 댁에 세배를 다니면서 더욱 돈독한 사제관계를 맺었다. 여의도의 선생님 거실에는 평소 입으시던 양복이 아닌 한복 차림의 선생님이 시가를 문 모습으로 태산처럼 앉아 우리를 환영해 주시곤 했다. 그리고 기다란 탁자에는 대학원생들이 언감생심 꿈도 꿀 수 없이 귀하디귀한 양주와 푸근한 사모님의 솜씨로 빚어진 영양 만점 안주가 아낌없이 나오곤 했다. 한 사람 한 사람의 근황을 물어 보시면서 한 잔 술에 불콰한 모습으로 너털웃음을 웃으시던 선생님은 그냥 맘씨 좋은 동네 어르신 같은 분위기를 보여주시곤 했다.

선생님이 떠나신 지 10년이 되어가지만 선생님을 생각할 때면 그 입가의 미소가 항상 먼저 떠오른다. 그리고 점점 더 커져 가던 미소가 홍소로 터져 나오면서 실눈이 완전히 감기시는 순간은 더더욱이나 그립다. 아무것도 모르던 학부생 시절부터 기나긴 대학원 석박과정을 통틀어 선생님의 미소와 홍소는 늘 한결같으셨다. 그리고 모든 것을 다 꿰뚫어 보시는 듯한 그 자애로운 눈빛도 변함이 없으셨다. 그렇기에 나는 선생님께서 세상을 떠나셨다는 사실이 믿기지 않는다. 늘 처음 뵙던 때의 그 모습 그대로 마음속에 살아 계시니까. 어쩐지 내년 설에도 여의도의 그 아파트 거실에서 우리들의 세배를 기다리면서 앉아 계실 것만도 같다.

내 마음속의 선생님은 오늘도 한 손에 하늘하늘 연기가 피어오르는 담배 한 개비를 물고 흑판에 Cathay란 단어를 큼직하게 써 두신 채 열강을 풀어 나가시는 젊은 모습 그대로이다. 아! 선생님, 우리 선생님… 선생님의 미소가 홍소로 바뀌면서 실눈이 감기시는 그 순간이 너무도 그립기만 합니다.

2013. 7.

知에서 시작하여 行으로 끝맺는 학문

이범학李範鶴[*]

1, 학문은 관대해야 한다

송대의 철학자 장횡거張橫渠가 말하기를 "사람됨이 강경해서는 학문에 진보가 없다……. 학자는 먼저 따뜻하고 부드러워야 한다. 따뜻하고 부드러우면 학문의 향상이 이루어질 수 있다.《詩經》에서 말하기를 '따뜻하고 공손한 사람은 덕德의 기초이다.'라고 하였다. 이는 따뜻하고 부드러운 것이 이익이 되는 바가 많음을 말한 것이다." 라고 하였다.

먼저 내 학창 시절에 고병익 선생님을 회상해 보면, 선생님은 제자들에게 항상 부드럽고 따뜻하게 대해 주셨다. 얼핏 엄해 보이셨지만 수업 시간에는 부모가 자식을 키우듯이 자상하고 친절하게 가르쳐 주셔서 졸업 때까지 한 과목도 거르지 않고 수강 신청을 하였으며 외람되게도 부끄러운 실력에 견주어서 매번 후한 학점으로 격려를 해 주셨다. 나중에 교수가 되어 학생들을 가르쳐 보니 선생님의 뜻이 어디에 있었는가를 새삼 깨닫게 되었으며 격려는 질책보다 몇 배나 가치 있는 것임을 잘 알게 되었던 것이다. 학생들의 잠재 능력을 인정하고 끝까지 실망하지 않고 스스로

*전 국민대학교 국사학과 교수

계발토록 기회를 주는 교수 방식은 천하 영재들을 모아 놓고 강의한 맹자 부럽지 않은 보람을 나에게 느끼게 해 주었다. 대학에서 떠난 지금도 강의실에서 맺은 학생들과 인연을 소중하게 두고두고 간직하게 만들어 준 것은 오로지 고 선생님의 가르침 덕분으로서 다시 한 번 감사드리고 싶다.

2, 君子不器 學者不僻

고병익 선생님의 강의는 동서고금東西古今을 가리지 아니하고 두루 꿰뚫는 넓은 시야와 고증考證, 박람博覽과 정세천착精細穿鑿을 통괄하는 깊이를 지니셨다. 저술하신 〈아시아의 역사상〉을 보면 역사·철학에서부터 동서교섭사, 한중교섭사, 심지어는 서양사까지 심오하게 그리고 재미있게 서술하여 나에게 큰 영향을 주셨다. 그 가운데서도 칼 비트포겔의 오리엔탈 데스포티즘과 토인비의 비판을 소개한 부분은 압권이어서 나의 동양사 강의 개설의 서두로서 반드시 언급하는 내용이 되었던 것이다. 4학년 때 영문 강의로 모리스 마이스너의 '리따짜오와 차이니즈 코뮤니스트' 수업은 지금도 잊지 못하고 있다. 전공이 아닌 근현대사에 관해서도 해박하셨을 뿐만 아니라 관련 에피소드도 풍부하셔서 어려운 영문 독해 강의를 즐겁게 들었던 기억이 난다. 더욱이 한중교섭사에 대한 전문가적 연구는 뒷날에 나의 논문 〈蘇軾의 고려사 배척〉의 배경이 되었다. 이 논문은 소식이 고려 사절인 대각국사 의천의 입송 이후 연이은 고려 사절의 입국을 막은 이유로서 신·구법당 사이의 대외 정책상의 차이를 밝히려 한 것인데, 발표한 다음 거의 10여 년이 지난 뒤에 한중수교가 이루어지면서 주목을 받게 되었다. 때늦게 중국의 연구자가 유사한 논문을 발표한 사실을 알고 놀랐던 기억이 난다. 아울러 국사학계에서도 주목을 받아서 별쇄본이 품절되기까지 하였다. 전공 이기주의에 빠져서 삼사과三史科로 분리하거나 중국사 본위라는 허울 좋은 명분에 사로잡혀서 근래 나무만 보고 숲을 보지 못하게 되어 미궁에 빠져 버린 우리 역사학계에 고선생님의 이러한 학풍은 학문의 정통을 계승하였다는 점에서 앞으로 엄히 재평가되어야 한다는 것이 나의 생각이다.

3, 知行合一의 재해석

동양사상의 가장 큰 화두라면 知와 行의 관계 설정일 것이다. 주자朱子의 주지주의적 사고와 왕양명의 행동주의적 사고는 오늘날 현실에서는 학자가 원칙주의적인 순수 학문을 고수해야 하는가 아니면 현실의 정치, 정책을 통해서 그 이면의 뜻을 실천해야 하는가 두 갈림길에서 갈등을 일으키게 만든다. 고병익 선생님은 어느 편인가 하면 후자의 행동주의적 진영에 속하였다고 평하고 싶다. 그래서 나의 경우 서울 문리대의 동숭동(지금의 대학로) 시절에 선생님은 학장을 역임하셨고 관악캠퍼스 시절에는 부총장, 그리고 군 입대 뒤에는 명실공히 서울대 총장직을 맡게 되었다. 한편으로는 선생님의 가르침을 받을 기회가 줄어든 것이 아쉽기는 했으나 학문의 마지막 목표는 치국평천하治國平天下에 있다는 선학의 가르침을 신봉하는 나에게는 오히려 자랑스러울 뿐이었고 지금도 이 생각에는 변함이 없다. 학계 일각에서 자신의 학문이 지닌 옹색함과 인격적인 무능력, 편벽됨을 감추려고 순수 학문을 부르짖는 학자들도 더러 있지만 만년에 실절失節하고 만 사람들이 한둘이 아님을 목격해 왔다. 이와 관련하여 나는 미공개 실화를 감히 이 자리에서 공개하고자 한다. 나의 군 복무 시절은 서울의 봄으로 시끌벅적했던 1970년대 말에 걸쳐 있었다. 때는 군 장성 출신인 모씨가 불법적으로 권력을 잡아서 대학가에서 연일 격렬한 민주화 데모가 열렸는데 당시 고 선생님은 서울대 총장직을 맡고 계셨다.

하루는 외국어 번역병으로 비밀 정보를 담당하고 있던 나의 부서에서 "서울대 총장 고병익 동향 보고"라는 서류가 눈에 띄었다. 징집병이지만 본의 아니게 막강한(?) 권한을 지니고 있던 나는 그 내용을 보고 아연하고 놀라지 않을 수 없었다. 학생들의 시위와 관련하여 총장과 학생처장 그리고 모든 담당자들과 나눈 통화 내용이 통화 감청되어 상부에 보고되고 있었던 것이다. 이 당시 내로라하는 야당 지도자도 소속 부서에 연행되어 심문을 받았던 사실을 알고 있는 나로서는 흡사 영화 속에 레지스탕스라도 된 양 가까운 친구와 접선 아닌 접선을 하여 이 사실을 선생님께 알려 달라고 부탁하였다. 통화 내용으로 볼 때 학생들의 시위에 음으로 많은 편의를 제공하고 있었던 선생님이 혹시나 음해당하지 않을까 초조감은 극에 달했던 것이다. 지금 모 지방 대학의 교수로 재직 중인 친구 또한 영화 속의 스파이(?) 역할을 충실히 수행하여 다행히 이후에 사태는 더 이상 악화되지 않았다. 진정한 지식인은 행동으로 실천하는 것이지 말로서 실천하는 것이 아님을 몸소 보여 주신 선생님…… 고 선생님은 당신의 안위는 돌보지 않고 어려운 상황에서도 오직 학생들을 잘 보살피려 하셨고 덕분에 희생을 최소화시키셨던 것이다. 이는 병부상서가 되어 치국治國의 임무를 실천했던 왕양명이나, 청말 위기에 직면하여 개혁을 부르짖었던 강유위와 무엇이 다를 것인가? 근래 대학가에서 평소 민주화라는 말의 성찬을 내뿜던 지식인들이 학내 사태가 일어나면 대부분 권세 측에 붙어서 첨병 노릇을 하는 작태를 자주 보아 온 나로서는 역시 행동이 뒤따르지 않는 지식은 위선에 불과함을 뼈저리게 느끼고 있었던 바이다.

4, 獻詩

達摩가 東으로 온 이후 玄裝은 天山을 넘는 辛苦를 감수했고

六祖가 南遷한 것은 袈裟를 전하기 위함이다.

난세에 道統을 전한 吳澄과 虞集도

洙泗의 功臣이라 일컬을 수 있으니

멀리 武夷를 바라보며 눈물 짓고

생사를 넘나드는 龍場길에 오른 陽明 또한 私淑하노라

元 太祖가 있기에 邱處機는 설산을 넘었고

夢中에 周公은 성인 孔丘를 천하주유케 했으나

安靜自守도 君子에게 부끄럽지 않으리.

이상 一木 李範鶴 씀.

베트남사로 맺어진 인연

유인선劉仁善[*]

주지하는 바와 같이, 고병익 선생님은 서울대학교 사학과와 동양사학과 교수셨고, 또한 서울대학교 총장을 역임하셨다. 나는 선생님께 직접 가르침을 받은 적은 없다. 그럼에도 나에게 선생님은 교수로 기억될 뿐 총장으로 기억되지 않는다. 내가 선생님을 처음 알게 된 것은 선생님이 쓰신 베트남 역사 관련 글에서였기 때문이다.

대학원 학생 시절 운 좋게 홍콩과 일본에서 각각 1년을 보내고 1970년 6월 초 귀국해서 논문 심사를 받고난 뒤, 우연히 선생님의 저서인《아시아의 歷史像》(서울大學校出版部, 1969)에서 〈越南史에 있어서 儒敎文化〉와 〈越南의 對佛抗爭〉이란 두 편의 글을 발견했다. '越南'이란 글자에 눈이 번뜩해서 두 논문을 읽었던 것이 선생님과의 첫 만남이었다. 지금 되돌아보아도 베트남 역사 공부를 막 시작한 초년생으로서 선생님이 쓰신 글을 얼마나 이해했는지 모르겠다. 그냥 월남이란 글자에 끌려 읽었지 않았는가 한다. 선생님께서 1973년 프랑스 파리 국제동양학자회의에서 발표하신 "Korea and Vietnam – Similarities and Differences in their Pre–modern

---

*前 고려대학교, 서울대학교 교수

History and Culture"를 읽은 것은 1980년대 중반쯤인지 정확한 기억은 없지만 어떻든 김용덕 교수가 주어서였다.

내가 선생님을 처음으로 직접 뵐 수 있었던 것이 1980년대 언제였는지 확실치 않다. 그 뒤 5~6 차례 정도 뵈었는데, 한 가지 기억에 남는 것은 1986년 베트남에서 도이 머이(Đổi Mới)라고 해서 개방 정책을 채택한 뒤의 일이다. 선생님께서 나에게 "도이 머이를 한자로 어떻게 쓰지?" 하고 물으셨다. 선생님께 도이 머이는 순수 베트남어로 '도이'는 '바꾸다'라는 뜻이고 '머이'는 '새로운'이란 의미라고 말씀드린 것이 지금도 기억에 생생하다. 내 주변에 교수들도 많았지만 아무도 도이 머이의 뜻이 무엇이냐고 묻는 이는 없었다. 선생님께서 베트남 역사에 관한 글을 쓰신 적이 있다고 해도 그것은 이미 오래 전의 일이고, 더욱이 그때는 이미 학교에서 은퇴하신 뒤인데 그런 물음을 받으며 나는 선생님의 베트남에 대한 관심은 여전하시구나 하는 인상을 받았다.

최근 한국에서의 베트남 역사 연구 현황에 대해 글을 쓸 일이 있어 다시 선생님의 글들을 읽어 보았다. 그러면서 국내 베트남 관련 사료가 빈약했음은 말할 것도 없고 세계적으로도 베트남 역사 연구가 저조했던 당시에 어떻게 이런 좋은 글들을 쓰실 수 있었을까 하는 생각이 들었다. 17세기 말 이후 유럽인들의 베트남 무역이 크게 후퇴한 원인에 대한 다음과 같은 언급은 오늘날에도 주효하다. "이윤을 많이 줄 수 있는 상품의 개발도 적었거니와, 유교적인 관인들이 이에 냉담하여 협조해 주지 않았으며, 더구나 주요 품목인 무기가 남북 휴전(1673년) 이후에는 도입이 불필요하게 되어 무역은 부진함을 면치 못하여, 유럽 각국 상관商館들은 1700년까지는 문을 닫고 떠나고, 월남과의 무역은 단념되고 말았다."

선생님께서는 프랑스의 식민 지배에 대한 베트남인들의 독립운동을 설명하면서 지역적 차이를 다음과 같이 논하고 있는데, 이에 대해 이론異論의 여지가 없다. 선생님에 의하면, 남부의 독립운동은 그 성격이 대체로 개량주의적이었고, 온건으로 기울어졌다는 것이다. 이에 대해서 중부의 독립운동은 복고주의적인 경향이 강하고, 북부의 저항운동은 한편으로는 의거義擧와 폭동적인 항쟁抗爭의 성격을 띠었지만, 다른 한편으로는 민중을 중심으로 한 광범위한 진보적인 면도 있었다고 하셨다.

1973년에 국제동양학자회의에도 참가하여 한국 역사와 베트남 역사를 비교하여 발표하신 글에서, 조선시대 유교 교육을 받은 관리의 수가 베트남보다 많았고 그 지위도 더 확고했다는 견해 또한 오늘날에도 그대로 받아들여지고 있다. 그러나 무엇보다도 이 글은 오늘날 절실히 요구되고 있는 한국 역사와 베트남 역사의 비교 연구에서 선구적이었다는 점이 높이 평가될 수 있다. 흔히들 한국 역사와 베트남 역사는 비슷하다고들 말하지만, 아직도 같은 점은 무엇이고 다른 점은 무엇인지를 구체적으로 비교한 글은 거의 없다.

한편 당시 한국에서 나온 베트남 역사에 대한 책을 보면 참으로 엉뚱한 이야기도 발견된다. '安南'이란 호칭은 安南都護府로부터 유래했다고 하면서, 베트남인들은 '이를 중국과의 교섭에만 사용한 것이 아니라 공공연하게 과시誇示했다'고 했다. 이런 유의 글을 읽으면서 선생님의 학문이 얼마나 고매했는가를 새삼 느끼지 않을 수 없다. 11세기 중반 베트남인들은 다이 비엣'(Đại Việt, 大越)이란 국호를 정했고, 이후 18세기 말까지 왕조는 몇 번 바뀌었어도 이 이름에는 변함이 없었다.

그러나 선생님의 글에서 무엇보다 나의 흥미를 끈 것은 다음과 같은 구절이었다. "儒敎式인 法典이지마는, 婚姻·相續 등에서 男女에게 均等한 權利를 賦與한 것은, 越南社會의 實質的인 必要를 反映한 것이었다." 왜

냐하면 이는 나의 박사 학위논문 주제였기 때문이다. 나는 선생님께서 말씀하신 법전, 곧 레 왕조(黎朝, 1428~1788)의 기본법인《國朝刑律》을 기본 사료로 하고 중국인 및 유럽인들이 남긴 기록을 참조하여, 중국의 가족과 달리 근대 초기까지 베트남의 가족에서는 가부장의 권위가 약한 반면 부부의 지위가 거의 동등하다는 점과 재산 상속에서 아들과 딸에 대한 차별을 두지 않았음을 논했다.

1970년대 초까지는 레 왕조 법에 나오는 혼인과 상속에 대한 구체적인 연구가 별로 없었다. 베트남 역사 관련 서적들에서는 일반적으로 베트남 사회가 유교의 영향을 받아들여 가부장의 권한이 크다고들 했다. 그 때문에 나는 선생님께서 어디서 이를 보고 쓰셨는지 궁금하기까지 하다. 그러면서 레 왕조의 법에 관한 글을 어디선가 보시고는 그 내용을 놓치지 않고 베트남 사회의 성격을 말씀하신 선생님의 혜안에 놀랄 수밖에 없다.

첫머리에서 밝혔듯이, 이런 이유로 해서 선생님은 더욱 나에게 서울대학교 총장이 아니라 교수로서 기억된다. 그리고 교수이신 선생님과 나는 베트남 역사로 인연이 맺어져 있다. 선생님과 인연이 많지는 않지만 그래도 감사할 뿐이다.

'페르가나'의 추억

김호동金浩東[*]

페르가나! 이것은 내가 고병익 선생님의 존함을 떠올리면 항상 함께 연상되어 귓가에 울리는 말이다. 동양사학과에 입학해서 교양과정부를 마친 나는 1973년 봄부터 동숭동캠퍼스에서 본격적으로 수업을 듣기 시작했고, 바로 그때 수강한 과목이 선생님의 중앙아시아사였다. 선생님은 당시 문리대 학장의 일을 맡아 보고 계셨기 때문에 무척 바쁘기도 하셨지만, 나라의 정치적 상황도 10월유신十月維新이 있기 직전의 어수선한 터라, 정상적인 강의가 제대로 되기는 어려운 형편이었다. 중앙아시아사 강의도 예외는 아니어서 개강 뒤 얼마 안 되어 장기간 휴강 사태가 계속되었기 때문에 선생님의 그 해박함을 느낄 수 있는 기회가 많지는 않았다. 그럼에도 강의 시간에 얼핏 들은 '페르가나'라는 말은 선생님 특유의 굵은 바리톤 목소리와 함께 내 뇌리에 오랫동안 남았고, 지금도 40년 전의 그 느낌을 그대로 간직하고 있는 것은 참 이상한 일이다.

페르가나Ferghana는 중앙아시아에 있는 한 계곡의 이름이다. 파미르고원 정상을 넘으면 서쪽으로 시르다리아Syr Darya라는 강이 발원하여 흐르

---

*서울대학교 동양사학과 교수

기 시작하는데, 그 강을 따라 비교적 넓은 계곡이 하나 형성되어 있고 그 계곡을 따라서 내려가면 타쉬켄트에 이르게 된다. 지금부터 2천여 년 전 '서역착공西域鑿空'의 위업을 이룬 장건張騫이 장안長安으로 돌아와 무제武帝에게 보고를 할 때, 총령蔥嶺[파미르] 서쪽에 대완大宛이라는 고장이 있고 그곳에는 한혈마汗血馬라는 준마가 있는데, 하루에도 천리를 달리며 땀과 함께 피가 섞여 나온다고 해서 그런 이름이 붙여졌다는 것이다. 학자들은 이 대완이 바로 페르가나Ferghana 계곡을 가리키는 것이라고 생각해 왔다. 고병익 선생님은 바로 실크로드에 대한 이야기를 꺼내시면서 〈大宛列傳〉을 언급하셨고 그러면서 페르가나라는 지명을 우리에게 알려 주신 것이었다.

만약 내가 중앙아시아사를 전공으로 하지 않았다면, 페르가나라는 단어는 어쩌면 나의 젊은 날 동숭동캠퍼스의 아스라한 기억과 함께 세월의 페이지 속에 묻혔을지도 모른다. 그러나 실크로드와 중앙아시아의 역사를 공부하는 것을 내 업業으로 삼게 되면서 선생님이 쓰신 관련 논문들을 읽게 되었다. 그러면서 선생님과 관련된 기억들이 뇌리 속에 반추反芻되었고 학부 2학년 때 귓가에 스치었던 이국적인 단어 하나가 단단히 뿌리를 내린 것인지도 모른다. 아니 거기서 한걸음 더 나아가 페르가나라는 단어가 마치 나의 인생이 중앙아시아와 결부될 수밖에 없는 어떤 불가피한 운명을 예표豫表하는 상징어象徵語처럼 느껴지기까지 하였던 것이다.

1980년 여름 나는 미국으로 유학을 떠나기 전에 인사차 선생님을 찾아뵈었다. 당시 서울대학교 총장이셨기 때문에 관악캠퍼스 본부 건물에 있는 총장실을 방문했고, 박정희 대통령 피살사건 이후 나라 안은 극심한 정치적 혼란 속으로 치닫고 있었다. 선생님은 학생들과 신군부新軍部 사이에 끼어서 극히 어려운 처지에 계셨기 때문에 정신이 없었지만, 그래도 나를 반갑게 맞아 주셨고 열심히 공부하고 오라는 격려의 말씀도 잊지 않으셨다. 그로부터 6년 뒤 내가 학위를 마치고 돌아와 다시 선생님을 찾아뵈었을 때에는 한림대학으로 자리를 옮기신 뒤였지만, 나라의 정치적 상황이 각박하기는 떠날 때나 크게 다를 바 없었다.

1986년 가을 학기부터 나는 서울대학교에서 중앙아시아사를 가르치기 시작했다. 학생들에게 강의 시간에 나누어주는 리딩 리스트에 선생님의 책과 논문들을 넣었고, 나는 미처 읽지 못했던 선생님의 글들을 챙겨 읽기 시작했다. 젊은 시절 '西域史' 연구에 꿈을 두고 학부 졸업논문으로 쓰셨던 〈元代의 法制와 이슬람社會〉를 읽으면서, 해방 뒤 그 어려운 상황에서 이처럼 관련되는 자료와 연구들을 어떻게 섭렵할 수 있었을까 탄복을 금할 수 없었다. 그런가 하면 정동행성征東行省의 치폐置廢를 분석하여 려원관계麗元關係의 특징을 다룬 〈征東行省의 研究〉는 상당한 장편長篇이어서 한숨에 읽기 좀 벅찬 글이긴 하였지만, 정밀한 사료 분석과 탄탄한 논리 구성으로 종래 일본인 학자들의 설說을 비판하고, 몽골 지배 아래서 고려의 정치적 독자성을 설파하신 역작力作이었다. 정동행성征東行省에 관해서는 그 뒤로도 여러 편의 논문들이 나왔지만 지금까지 선생님의 이 글이 큰 산처럼 버티고 있는 것은 결코 이상한 일이 아니다.

말할 것도 없이 선생님의 학문적 관심은 서역사西域史나 한중교섭사韓中交涉史 방면에만 머무르지는 않았다. 선생님의 연구 범위는 중국사와 한국사까지도 넓게 포괄하는 동아시아로 확대되어, 이 지역 안의 역사와 문화가 어떻게 만나 서로 영향을 미쳤는가 하는 문제들을 탐구하셨고, 그 결과가 《東亞交涉史의 研究》라는 결정체結晶體로 완성을 보게 되었다. 그럼에도 중앙아시아에 대한 관심은 마치 첫사랑의 기억처럼 선생님의 마음속에 강하게 남아 있었던 것 같다. 그것은 나를 만날 때마다 내가 연구하

는 주제와 그에 필요한 사료와 언어 등에 남달리 관심을 갖고 물어 보시
곤 했던 것을 보아도 알 수 있었다.

그러던 차에 1990년 여름 나는 꿈에 그리던 서역의 땅에서 선생님과
만날 기회를 갖게 되었다. 그즈음 유네스코에서 주관한 "Project for the
Integral Study of the Silk Roads: Roads of Dialogue" 라는 대형 프로젝트가
추진되었고, 그 첫해 기획으로 '사막 루트Desert Route' 탐사대가 조직되었
는데, 거기에 내가 한국 측 대표로 미술사학자인 권영필權寧弼 교수와 함
께 둘이서 참가하게 된 것이다. 당시 36세의 젊은 내가 '대표'로 선발될 수
있었던 것 자체가 실은 선생님의 배려 덕이었다. 이 프로젝트를 위해 사
전에 준비된 조직위組織委에 선생님이 한국 측 대표로 들어가 계셨고 거기
서 나를 추천한 것이었다.

그때까지 우리나라는 중국과 수교修交조차 하지 않고 있을 때라 실크로
드는커녕 중국에 입경入境하기조차 어려웠는데, 마침 미중美中 사이의 解
氷 무드에 힘입어 유네스코도 그런 계획을 세웠던 것이다. 실크로드 프로
젝트의 의미와 중요성을 알아챈 MBC 방송국은 상당액을 유네스코 측에
기부하고 우리 학자들과 동참하게 되었다. 이렇게 해서 세계 각국에서 모
인 삼사십 명의 학자들로 이루어진 탐사대는 7월의 뜨거운 햇빛을 받으며
당唐나라의 도읍都邑이 있던 서안西安을 출발하여 하서회랑河西回廊을 거쳐
타클라마칸사막의 언저리를 둘러서 30일이 넘는 긴 여정旅程 끝에 신강新
疆의 성도省都 우룸치(烏魯木齊)에 당도하였던 것이다. 사막 루트 탐사 프
로젝트의 대미大尾를 장식하려는 뜻에서 그곳에서 국제학술대회가 열렸
는데, 그때 고 선생님은 고선지高仙芝의 행적行跡을 다룬 글을 발표하셨다.
나는 이슬람 세력의 중앙아시아 진출을 주제로 한 소론小論을 발표하였는
데, 그것은 몇 년 뒤 〈이슬람勢力의 東進과 하미王國의 沒落〉이라는 제목

으로 《震壇學報》 76집(1993)에 발표되었다. 모든 일정이 끝난 마지막 날 나와 독일 측 대표로 참석한 횔만(Thomas Höllman)교수는 학회 발표 전체를 총괄하는 보고서(Summary Report)를 낭독하였다.

1990년 유네스코 주관 실크로드 탐사는 내 인생에서 여러 가지로 잊지 못할 추억이 되었다. 고 선생님의 배려로 처음 중국을 방문하게 되었고 그것도 실크로드가 지나가던 가장 중심 부분, 서안에서 하서회랑을 거쳐 하미와 투르판, 악수와 쿠차와 카쉬가르를 경유하여 우룸치까지 갔으니, 당시로서는 정말 흔치 않은 기회였다. 거기서 만나 친해진 횔만 교수는 후일 내가 훔볼트재단에 지원을 신청했을 때 흔쾌히 초청자의 역할을 수락하여, 나는 1994년 1월부터 12월까지 뮌헨대학에 교환교수의 자격으로 체류할 수 있었다. 또한 답사 여행 내내 버스 옆자리에 앉아서 온갖 문제를 들이대며 나의 졸음을 방해하던 군더 프랑크(Gunder Frank) 교수는 그 특유의 집요함으로 중앙아시아와 중국에 대한 연구를 계속하더니 결국 《ReOrient: Global Economy in the Asian Age》(1998)라는 센세이셔널한 책을 내고 말았다.

그런데 고 선생님의 배려와 기억이 서린 1990년 유네스코 탐사는 내게 잊히지 않는 또 다른 '상처'로 남게 되었다. 정말로 가기 힘든 곳이고 소중한 기회라고 생각한 나는 출발 며칠 전 충무로 어느 가게에서 제법 괜찮은 니콘 사진기를 구입하였고, 현장에서 찍을 사진들을 영구히 보존하기 위해 슬라이드필름도 충분히 사 두었다. 나는 실크로드를 답파踏破하는 한 달도 넘는 여정에서 정말로 한 장면이라도 놓칠세라 셔터를 눌렀고, 귀국할 때는 칠팔십 통 가까운 필름을 안고 정말로 백만장자 부럽지 않은 뿌듯한 기분으로 김포공항에 내렸다. 필름의 현상을 맡기고 며칠 뒤 찾으러 간 나는 그야말로 하늘이 무너지는 충격 속에 넋을 잃을 수밖에 없었다.

사진을 현상한 뒤 한 장씩 잘라서 깔끔하게 플라스틱 껍질에 끼워 정리된 슬라이드들을 전등에 비추어 보니, 아니 그것들이 모두 새까맣기만 할 뿐 아무것도 보이지 않는 것이 아닌가. 아뿔싸! 나는 애당초 처음부터 고장 난 카메라를 사서 간 것이었다. 셔터를 누르면 미러가 올라갔다가 내려오면서 찰칵 소리는 났기 때문에 나는 아무런 의심도 하지 않았지만, 정작 렌즈의 조리개는 최소로 고정되어 닫혀 있었기 때문에 빛이 들어올 수 없었던 것이다. 문자 그대로 '茫然自失'이었다. 카메라 가게를 찾아가 항의와 호소를 해 보았지만 무슨 소용이 있겠는가. 결국 나는 슬라이드 구입 비용을 되돌려 받고 새 카메라를 받는 것으로 만족할 수밖에 없었다.

이렇게 해서 나의 첫 실크로드 여행은 사진 한 장 없이 오로지 머릿속에 담긴 기억만 남기고 끝나게 되었던 것이다. 나는 카메라로 말미암아 맺힌 실크로드의 '恨'을 풀고자 결국 1995년 여름에 신강 거의 전 지역을 샅샅이 훑는 대장정을 다시 감행하지 않으면 안 되었다. 의기투합이 된 몇 분의 전공자들과 함께 조그만 마이크로 버스를 빌려서 50일 이상을 돌아다녔고, 이번에는 사전에 실험까지 마친 카메라로 실수 없이 현장을 담을 수 있었다. 타림 분지 주변의 오아시스 도시들, 그곳에서 살고 있는 위구르 무슬림 주민들, 간간히 펼쳐지는 타클라마칸 사막의 정경, 천산북방 일리 계곡을 따라 펼쳐져 있는 한인漢人들의 도시와 마을, 입추의 여지도 없이 별들로 들어찬 율두즈의 밤하늘…

나는 일찍이 우리나라의 중앙아시아사 연구사를 간략하게 정리하면서 두 분의 선구자를 꼽았다. 한 분은 고병익高柄翊 선생님이고 또 한 분은 이용범李龍範 선생님이었다. 두 분 모두 일제와 해방 그리고 동란의 혹심한 혼란 속에서도 높은 수준의 연구물들을 발표하셨고, 그 주된 관심은 교섭사 분야였다. 이 두 분의 훈도薰陶를 받은 그 다음 세대의 학자들은 한문 자료의 범위를 벗어나지 않으면서도 중앙아시아사 그 자체에 천착할 수 있는 분야인 요금원遼金元과 같은 '征服王朝'의 역사에 매진하였다. 1980년 대에 들어오면서 한국의 중앙아시아사 연구는 제3세대에게 계승되었다. 외국에서 현지의 언어를 배우고 돌아온 젊은 학자들은 몽골어, 페르시아어, 아랍어, 투르크어 등 현지어를 습득하고 그것을 활용하여 다양한 토착 사료들을 구사하는 글들을 발표하기 시작하였다. 나 자신도 이 제3세대에 속하는 연구자라고 생각한다.

시대가 변하고 연구자들도 바뀌어 이제는 중앙아시아나 실크로드를 연구하는 환경이 고 선생님이 공부하시던 때와는 너무도 많이 바뀌었다. 외국과 접촉도 빈번해졌을 뿐만 아니라 인터넷으로 접할 수 있는 자료의 범위도 과거에는 상상할 수 없을 정도로 넓어졌다. 그러니 지금의 기준으로 과거 선학先學들이 각고의 노력으로 이룩해 낸 업적들을 평가할 일은 아닐 것이다. 나는 지금도 가끔 고 선생님이 남기신 글들을 읽으면서 선생님께서 지금 이 자리에 계신다면 얼마나 더 훌륭한 업적을 남기셨을까 하는 생각을 한다. 그러면서 나는 선생님께 부끄럽지 않은 글들을 쓰고자 더 노력해야지 하는 다짐을 해 보는 것이다.

반세기를 건너오는 격려 말씀

이은정李恩廷[*]

고병익 선생님을 추모하는 문집 말씀을 처음 들었을 때 나에게 떠오르는 제일감은 '나는 선생님을 몇 번밖에 뵙지 못했기 때문에 쓸 자격이 없고 쓰더라도 부적절할 것 같다'는 생각이었다. 선생님께 직접 배울 기회가 없었음은 물론이려니와, 그저 서울대 사학과 동창회 신년하례식 같은 곳에서 인사드릴 기회가 있었을 뿐이다. 그나마 제자의 제자니까 수선스럽게 많은 말을 하는 것보다는 그저 공손하게 인사만 하는 것이 마음 편했다. 사실 선생님은 그만큼 큰 어른이시니까 다가가기 어렵다고 느낀 것 같다. 단지 어느 한 해 그런 모임이 끝나고 집으로 돌아가는 길에 고혜령 선생께서 방향이 같아 태워 주신 차 안에서 조금 말씀을 나누었고 내가 국내에서는 드문 분야인 터키의 역사를 공부한다고 반가워하시면서 격려 말씀을 해 주셨던 기억이 있다.

그런데 가만히 생각해 보면, 선생님과 만남은 수업을 받거나 말씀을 나눈 것에 국한하지 않고 책과 글에서 만나는 데에까지 확장해서 본다면 추

---

*서울대학교 동양사학과 교수

모 문집에 글을 쓰는 것이 가능할 뿐만 아니라 의미도 있겠다는 생각이 들었다. 특히 외국사 가운데서도 공부의 대상이 멀리 떨어져 있고 국내에 학계 형성이 거의 안 되어 있는 오스만제국사를 공부하면서 종종 학문적 외로움과 고달픔에 지치곤 하는 40대 후반의 나 자신을 돌아보는 데에도 좋은 기회가 되겠다고 느꼈다.

내가 고병익 선생님의 글을 처음 보았던 것은 대학 2학년 때 '동양사 논 저강독'이라는, 동양사 분야의 국문 논문들을 뽑아서 읽고 토론하는 과목 에서였고, 그 뒤 중앙아시아 강의에서도 읽게 되었다. 그 당시 읽은 논문 들은 주로 원대 중국, 색목인의 고리대 등에 대한 것이었고, 어린 나이의 나에게는 그저 고병익 선생님은 중국과 서역에 모두 관심을 갖고 연구하신 윗세대의 학자라는 정도만 인식되었고, 그 당시에 선생님의 글을 적극적으 로 더 찾아보지는 않았다. 선생님의 글을 조금 더 찾게 된 것은 우연히 김 호동 선생님의 '동서 문명의 만남'이라는 중앙아시아를 무대로 한 문명 교 류사 강의를 일시적으로 대신 맡게 되면서부터였다. 이때 나는 급히 참고 문헌을 찾다가 학생들에게 읽히고 나 스스로도 강의를 위한 감을 잡는 데 고병익 선생님의 글들이 대단히 유익하다는 것을 알게 되었다. 또한 서울 대에 새로 생긴 아시아언어문명학부(서아시아, 인도, 동남아시아, 일본의 4개 전공으로 이루어져 있으며 인문학적인 아시아 지역학을 지향하는 학 부)에서 동양과 아시아라는 큰 범위의 개념과 인식을 논할 때에도, 관련 교 수 가운데 누군가는 고병익 선생님의 글을 가져오곤 하는 것을 보게 된다. 반세기가 지난 뒤에도 선생님의 글에서 아시아 연구의 큰 틀에서 여전히 현재에도 유효한 고민과 문제의식을 만나게 되는 것이다. 예를 들면, 교양 서 《아시아의 역사상》의 서문에 나오는, 책 제목에 대한 설명을 살펴보자.

"우리나라의 문화와 역사를 살피는 데 있어서나 또 동양의 사상과 전통을 考究하는 데 있어서나 동양이라는 범위를 사실상 너무 좁혀서 중국과 그 문화권 속에서만 국척(跼蹐)하게 되는 것은 나의 연래의 불만의 하나였다. 되도록 관심을 확대하고 시야를 넓히려는 노력의 결과가 여기에도 다소 반영되었을 것으로 믿으며 (……) 서명을 '아시아의 역사상'이라고 한 것도 '동양'이라는 말이 가진 어감이 자칫하면 좁게 東亞를 가리키는 것으로 느껴지기 때문이다."

비교적 최근에 와서야 주의 깊게 읽게 된 선생님의 교양서에서 나는 말할 수 없이 강력한 우군을 만났다고 느꼈다. 이렇게 세계사적인 입장에서 동양사, 아시아사를 논한 분이 계셨구나 하는 속 시원한 느낌이 밀려왔다. 흔히 우리 학자들은 좁은 영역 안에서 전문가적인 지식과 치밀함에 치중하다가 스스로도 지치곤 하는데, 선생님의 세계사적 안목은 여기에 참으로 적절한 해독제인 것이다. 나는 선생님의 글에서 어떤 '장벽 없음'을 느꼈고 그것이 주는 해방감은 참으로 청량한 것이었다.

또한 같은 책에 수록되어 있는 '동양사학의 과제'라는 글을 읽어 보면, 드넓은 아시아 전체의 중국문화권, 인도문화권, 이슬람문화권 전체에 대해 관심을 가져야 함은 물론이고, "단지 그 현상의 고찰에 그치는 것이 아니라 그들 역사와 문화의 연원에까지 올라가는 연구가 이루어져야 할 시기가 이미 와 있다", (350쪽), 수없이 다양한 아시아 각 언어뿐 아니라 이 지역에 대한 연구를 많이 내는 나라의 언어들도 배워야 하고 (351쪽), 관련 자료와 문헌의 수집이 필요하다(352쪽)는 말씀들을 보면서 나는 구구절절 옳고 감사하다고 느낄 뿐이었다. 이미 《아시아의 역사상》 목차에서부터 선생님의 이슬람권, 인도, 베트남에까지 걸친 광범위한 관심을 확인할 수 있었지만, 후학들에게도 이렇게 광범위한 학문적 관심을 요구하셨던 줄은 몰랐다.

선생님께 생전에 좀 더 가까이 찾아뵙고 조언도 부탁드렸으면 더 좋았겠지만, 이렇게 지금까지도 울림이 큰 글을 만나 감동받는 것에 만족한다. 선생님께서 쓰신 이런 글들은 생활고에 시달리던 1950~60년대의 사람들에게는 이상주의적 석학의 '광야의 목소리'로만 들렸을 것이다. 그런데 경제가 발전하고 생활 수준이 향상되었다는 오늘날에도, 어떤 면에서는 개인과 기관의 사고방식이 더욱 여유가 없어져서 당장 연구 성과는 바라면서도 정말 필요한 기초 지원은 잘 이루어지지 않는다. 그런 현실에도 이치로 따져 보면 지금 아시아 여러 지역과 이미 대단히 긴밀한 경제적 유대 관계가 생긴 마당에 다양한 지역을 골고루 공부하고 여러 어학 공부며 자료 수집이 되어야 한다는 선생님의 제언은 더욱 더 절실하게 설득력을 갖는다. 눈앞의 이익을 잠깐 접어 놓을 수 있는 혜안을 가진 사람들에게 나는 앞으로 이야기할 것이다 "이런 사항들은 이미 40여 년 전에 고병익 선생님께서 필요하다고 말씀하신 일"이라고 말이다.

또한 선생님은 "역사학은 본래 선택의 학문이다", "유능한 학자라도 중국사에서 다룰 수 있는 문제는 구우의 일모에 불과하다"(346~347쪽), "우리가 우리의 관심에서 의의 있는 분야, 의의 있는 사실들을 구명하는 데에 첫째로 쏠리게 되는 것은 당연한 일이고, 또 필요한 일"(347쪽)이라고도 하셨다. 남들이 피상적으로밖에 관심이 없고 갑자기 정리된 지식을 요구하기만 하는 것처럼 느껴지는 내 전공 분야인 중동사—오스만제국사에 대해서도 부담스러운 느낌이 갑자기 완화되었다. 원래 이런 거대한 분야는 혼자 감당이 안 되는 것이었던 거다. 누가 책임지라는 부담을 지운다 해도 불가능한 거니까 그저 나 개인과 한국 사회의 관심과 필요에 맞는 것부터 시작하고 할 수 있는 만큼 하면서 다음 세대의 연구자들이 더욱 의미 있는 작업을 해서 지금의 연구를 능가해 주길 기대하면 되는 것이다. 내 확대해석일 수도 있겠지만, 그러한 메시지가 40여년의 세월을 넘어 위로와 공감과 커다란 지혜로 다가오는 것을 느꼈다. 여기에서 지나치게 막중한 부담감에서 온 나의 오래된 우울감은 결정적으로 끝났다.

선생님은 동양사나 어떤 외국사를 연구하면서도 한국사를 중요시하시고 한국인으로서의 관점을 중시하셨는데(김병준, 〈동아시아 관점의 관철: 고병익의 사학사 연구〉,《고병익 이기백의 학문과 역사 연구》, 한림대학교출판부, 2007, pp. 53~54), 그 부분에 대해서도 역시 곱씹어 생각하게 된다. 세계 학계의 지식에 기여하는, 전 세계적으로 공감하고 공유할 연구 방향도 있고, 특별히 한국인으로서 배경 때문에 더욱 관심을 갖게 되는 문제들도 있다. 전자에만 특별히 치우치지 않고 후자의 필요를 교양 대중에게 일깨우게 되면 수요의 창출에 좀 더 자연스럽게 근접해 갈 수 있을 것이라고 이제는 생각한다. 어쩌면 현지 학계나 구미 학계가 학문적 성역이나 첨예한 민족주의적 경쟁심 같은 것 때문에 간과해 버리기도 하는 부분들을 한국인은 해당 지역에 대해 어떤 학문적 습관이나 제국주의적 과거의 앙금 같은 선입견이 없이 그저 자기 위치에서 후발 주자로서 솔직한 관심을 가지고 의외로 탁월하게 다루어 낼 수도 있다는 영감을 얻었다. 그 전에는 힘들게만 다가왔던 국제 학계의 요구와 국내 학계의 요구를 조화시키기가 이제는 새로운 창조의 가능성이 잠재하는 영역으로 느껴진다.

앞으로 당분간 내가 속한 중동사 분야나 다른 먼 아시아사 분야의 상황은 큰 이변이 없으면 비슷하게 지속될 것이다. 국제 학계는 1년이 멀다 하고 달려가고 있고, 국내 학계는 일단 현재적이고 개설적인 지식부터 채워야 하고, 각 지역 외국어 학습을 본격적으로 할 기회가 적어 학생의 교육에도 애로점이 많다. 그러나 한 가지, 고병익 선생님의 글들을 읽고 달라진 점이 있다면 이제 더 이상 혼자서 고립무원이라는 느낌은 없다는 것이다. 선생님께서 이미 수십 년 전부터 도와 주고 계셨으니까. 나도 다른 아시아사 분야에 대해 얼마나 관심을 가져 주었나에 대해 반성할 부분도 많다. 할 일은 많지만 어차피 완벽이 아니라 조금씩 쌓아 가는 것이 중요한 거니까 더 이상 좌절하지 않는다. 오늘은 용기백배해서 배움 그 자체가 즐거움인 학자의 인생을 살아보련다.

언론과 역사를 종횡으로 누빈 통 큰 학자

권영빈 權寧彬[*]

우리가 갓 대학을 입학했을 당시, 학생들은 마치 서울대 문리대가 대학 가운데 대학인양 으스댔다. 하루 한 끼를 때우기도 어려운 처지였지만 모두가 잘났고 모두가 기백과 자만심이 가득해 보였다. 누가 누굴 칭찬하거나 존경하는 것을 보지 못했다. 심지어 교수에 대한 평가도 그랬다. 우리가 존경의 대상으로 올려 놓는 분이라야 사학과의 두계 이병도 선생, 동빈 김상기 선생에서 철학과의 박종홍 선생 그리고 외교학과의 이용희 선생 정도였지 않았을까. 그런데 특이하게 학교 밖 동아일보에 있는 천관우 선생이나 엊그제 갓 부임한 고병익 선생에겐 대체로 한 수 위의 예를 갖추었다.

당시 문리대 사학과는 국사, 동양사, 서양사 구별 없이 한 학과로 통합되어 있었고 다만 대학 졸업 때 논문을 어느 분야로 택해 쓰느냐에 따라 전공이 갈렸다. 그러나 연구실은 세 곳이 있었다.

지금 대학로 아르코 극장 자리가 동부·서부연구실이 있던 곳이다. 동부연구실 1층에 국사와 서양사연구실이, 2층에 동양사연구실이 있었다.

---

*한국문화예술위원회 위원장 겸 한국고전번역원 이사장, 전 중앙일보 주필, 사장

각 연구실마다 조교가 있었지만 대체로 교사나 시간강사로 생계를 유지해야 하니 실제 연구실을 지키는 것은 3학년이었던 우리들이었다. 국사연구실의 이태진(서울대 교수와 인문대 학장을 거쳐 국사편찬위원회 위원장을 지냈다), 동양사의 최완수(간송미술관 연구실장으로 지금껏 조선회화사 연구에 몸 바치고 있다) 그리고 서양사연구실은 내가 지켰다.

당시 국사연구실엔 시커멓게 그을린 군용 밥그릇이 있었다. 그 양철 식기를 난로 위에 올려 놓고 물을 끓이거나 밥을 짓기도 했다. 바로 이 식기에 천관우 선생의 전설이 묻어 있었다. 그가 졸업논문을 쓰면서 이 연구실에 기거하며 밤새워 논문을 썼다는 것이다. 석박사 논문도 아닌 일개 대학 졸업논문이 《역사학보》에 실리면서 그는 일약 역사학자 반열에 올라섰지만, 그는 대학 아닌 언론사에 들어가 기자 생활을 했다는 전설이다. 이런 전설이 있으니 천관우 선생을 보지도 못한 학생들도 '천관우' 하면 주눅이 들었다.

3학년에 올라가자 고병익 교수의 몽고사 강의가 처음 개설됐다. 넓은 강의실인데도 수강생들이 가득했다. 사학과 정원이 25명인데 강의실이 가득 찬 것을 보면 타과 수강생들이 많이 들어온 탓이다. 아마 강의 내용이 몽고의 세계 제패와 관련되는 대목이었을까. 교수는 학생들을 향해 질문을 던졌다. "암살자가 영어로 무엇인가?" 일순 침묵이 흘렀다. 다행히도 누군가 대답했다. "어새신Assassin입니다" "그래 맞아. 그 말이 몽고어에서 유래된 거야. 잔혹한 암살자란 뜻이지" 나는 그때 기가 팍 죽었다. 영어 '어새신'도 몰랐고 더구나 그것이 몽고말에서 유래된 것을 어떻게 알았겠는가.

고 병 익. 이분이 누군가. 당시엔 잘 알지 못했다. 몽고사 강의가 있은 다음부터 고병익 교수가 누구냐는 소리가 입에서 입으로 전해지기 시작했다. 독일서 박사학위를 취득했단다. 그것도 유지기劉知幾 《사통史通》을 연구해 받은 것이라는데…… 동경대 입학생이었다는 정보도 흘러나왔다. 곧이어《조선일보》논설위원을 역임했다는 얘기도 들렸다. 고병익 교수는 우리에게, 아니 나에게 이런 식으로 다가왔다. 천관우에 이어 고병익은 대학 졸업 뒤 취업할 곳이라야 신문사 아니면 중등학교 교사이던 시절, 두 분은 우리의 우상이었고 전설일 수밖에 없었다.

고병익 선생은 서울대 교수로 첫 데뷔하는 강의 시간에 어째서 몽고사를 택했을까. 나는 사실 선생님을 뵐 때마다 그런 의문이 자주 일어나긴 했지만 바로 물어 보지는 못했다. 이번에 이 글을 쓰고자 〈육십자술六十自述〉을 읽으면서 그 의문이 풀렸다.

고병익 선생은 동경대 입학 뒤 닥치는 대로 이 강의 저 강의를 섭렵하다가 핫토리服部四郎 교수의 몽고어 강의를 듣게 되었다. 조선시대의《몽어노걸대蒙語老乞大》를 교재로 삼고 있어 학생들도 한글을 배우면서 그 음으로 몽고어를 읽어 나가는 방식이어서 쉽게 따라갈 수 있었다. 또 젊은 강사인 에노키榎一雄의 서역사西域史를 경청했다고 한다.

더욱이 그가 충격 같은 감명을 받은 글이, 원말 아랍인의 후손을 다룬 〈포수경浦壽庚의 사적事蹟〉이라는 논문이었다. 경도대학 교수 구와바라가 쓴 동양법제사논총에 실린 글이었다. 평이하고 간명한 필치로 사실의 흐름을 전체적 국면에서 서술하고 해박한 주석을 붙여 명저를 이루고 있다고 그는 평가했다.

그의 이러한 평가는 그가 뒷날 독일에서 박사학위 논문으로 쓴 유지기의 재才와 학學 그리고 식識이 역사에 필요한 요소라는 관점과 일맥상통한다.

"역사학에는 사실 구명이 선결문제지만, 사실 파악은 종으로는 역사적인 흐름과 변천이 파악되고 횡으로는 전반적인 연관이 인식되어야 한다.

이러한 파악과 인식이 즉 식識이라 할 수 있다. (……) 막연하나마 '사실과 식견이 담긴 해석적인 역사서술'이 내가 지향하는 역사학같이 느껴졌다."(고병익 〈六十自述〉에서)

여기서 보듯 대학 초년 시절부터 그는 몽고어에 강한 흥미를 보였고 그가 충격을 받은 역사서 또한 몽고와 서역 역사와 연관된다. 그 뒤 그의 서울대 학부 논문도 몽고사에 관한 것이었다. 그뿐이 아니다. 그가 《조선일보》 논설위원으로 등용되어 첫 번째 쓴 글 또한 서역에 관한 시리즈였다.

고병익을 《조선일보》 논설위원으로 추천한 사람은 천관우였다. "역사학계의 기대주인 대단한 엘리트가 있다"며 주필 홍종인에게 추천했던 것이다. 당시의 그 신문 논설실의 분위기를 '조선일보 사람들'에서는 이렇게 전하고 있다.

"처음 《조선일보》에 들어섰을 때 고병익은 그 자유분방한 분위기에 끌렸다. 논설위원들은 매일 아침 주필 방에서 잡담을 하며 커피를 마시다 그날 사설 제목과 집필할 사람을 정했다. ……홍종인이 박식함을 무기로 분위기를 주도하려 했지만 스스로 최고라고 생각하는 부완혁이나 고정훈, 천관우, 송지영 등도 이에 지지 않았다."

이런 자유스러운 분위기에서 고병익은 1958년 7월 입사하자마자 '아랍세계의 사적史的 배경'이라는 시리즈를 연재했다. 이스라엘이 독립 뒤 아랍권과 분쟁이 막 일어나던 시절이었다. 무려 8회에 걸친 이 연재물은 중동 분쟁을 역사적으로 분석해 입체적으로 설명한 글이었다고 한다. 나는 이글을 읽어 보진 못했지만 그의 '역사적 식識'의 관점에서 중동 문제를 일반독자에게 전한 새로운 형태의 역사 대중화 작업이 아니었을까 생각한다. 이후 그는 2년 동안 신문사에 근무하다가 서울대로 교직을 옮기면서 논설위원직을 중단했다가 다시 2년, 합쳐 4년 동안 논설위원직을 수행한다.

그는 처음엔 논설위원으로 〈일사일언〉을 쓰다가 〈만물상〉을 전담케 되었다고 한다.

〈일사일언〉은 지금도 《조선일보》 문화면에 남아 있고 외부 필진이 윤번제로 집필하는 난이다. 〈만물상〉은 현재 지면에선 사라졌지만, 세로쓰기로 지면을 제작하던 시절엔 1면 하단에 가로로 길게 늘어진 난으로 가독성이 가장 높던 칼럼이었다. 《동아일보》엔 〈횡설수설〉이 있었고 1965년에 창간된 《중앙일보》는 1면 박스로 〈분수대〉를 돋보이게 했다. 무기명 형식이지만 해외 사례와 은유, 암시 등 부드러운 필치로 접근하면서 끝에서 한 번 비틀어 정곡을 찌르는 기술을 요하는 방식이 이 칼럼의 특징이다.

예컨대 이런 식이다. 〈만물상〉 1961년 8월 27일자엔 담배 관련 내용이 실렸다. 먼저 기선汽船 얘기가 나온다. 기선만큼 1등과 3등의 격차가 심한 곳이 없다. 가위 하늘과 땅만큼 차이가 난다. 그 다음 기차의 등급을 거론한다. 지금 시중에 담배의 등급이 여러 갈래다. '사슴' '재건'에 '금관'과 '파고다' 등 부지기수인데 또 다른 담배가 나온다는 것이다. 종류와 등급의 문제가 아니라 이제는 담배의 질에 치중할 때라고 결론을 내린다.

논리적·정면적 접근이 아니라 우회적이고 예시를 거쳐 부드러운 결론을 유도한다. 이게 사설의 집필 방식과 다른 점이다. 사설이야 기승전결起承轉結 식으로 확 써 버리면 된다. 그러나 〈만물상〉 스타일은 동원되는 도구가 여럿이다. 해서 읽는 사람은 편하지만 쓰는 사람은 참으로 고생이다. 고사도 동원해야 하고 비유와 은유를 찾아 한참 헤맨다. 이 칼럼을 2년이나 전담했다면 참으로 어려운 고역을 맡은 셈이다. 더구나 새 직장인 서울대로 자리를 옮긴 시점에서 밤이나 낮이나 만물상을 생각해야 할 논설위원으로선 좋은 탈출구가 생긴 것이라 짐작한다.

더구나 선생님이 그 신문의 논설위원으로 재직했던 시점을 되돌아본다면 참으로 어려운 시기였다. 논설위원 후기 2년은 5·16 쿠데타가 일어난 시기와 겹치는 시점이다. 5·16 직후 언론인으로서 그것도 매일 기사를 쓴다는 것은 사실 칼날 위를 걷는 위태로운 일이었을 것이다.

5·16 쿠데타 직후 5월 17일자 조선일보 〈만물상〉을 보자.

"'밤새 안녕하셨습니까'라는 것은 평상시에 누구나가 교환하는 인사의 말이지마는 16일 아침에는 그것이 문자 그대로 작야昨夜에 무사했느냐는 본뜻으로 교환되었다"고 5월 16일 아침의 일을 서두에 꺼낸다. 그리고 파키스탄, 미얀마, 태국에서도 군부 쿠데타가 자주 일어난 것을 예로 들면서 6·25, 4·19 그리고 5·16을 맞아 해방 뒤 세 번째로 다시 언론 집회가 검열을 받게 되면서 신문 지면에도 삭제 자국이 나타남을 개탄하고 있다. 그리고 "(4·19 후) 1년 만에 혁명, '밤새 안녕하셨습니까'가 언제까지나 그저 인사의 말로만 교환되게 되는 것이 민족의 소원이리라"로 끝을 맺는다.

나는 선생님이 이 글을 쓰면서 얼마나 고심참담했을까 미루어 짐작한다. 당시 그 엄혹했던 군사 쿠데타 시절 이 칼럼이 검열을 거쳐 나왔다는 게 신기할 정도다. 밤새 안녕하지 못했던 당시 서울 시민의 심정을 이렇게 정확히 표현하기도 어려운 일인데 무슨 놈의 혁명 쿠데타가 1년 단위로 일어나는가 하는 개탄의 소리도 은연중 감춰져 있지 않은가. 이런 시점에서 날마다 신문 지면에 그것도 누구나 찾아 읽는 인기 칼럼을 쓴다는 것은 참으로 어려운 일이었을 것이다.

선생님은 두 차례 걸쳐 방송위원회 위원장을 맡으셨다. 1986년과 91년의 일이다. 방송위원장은 더욱이 방송 언론으로선 그야말로 생살여탈권을 쥔 자리였기 때문에 예나 지금이나 그 위상은 높다. 강원룡 목사가 장기간 맡아 했고 그 뒤를 이었기 때문에 선생님으로선 그 자리가 처음에는 몸에 딱 맞는 자리는 아니었지만, 왕년의 논설위원을 하신 언론인 경력으로 점차 익숙해지신 것 같았다. 그때 나는 물론 위원장의 배려 탓이었겠지만 보도교양부분 심의위원이 되어 프레스센터의 선생님 방을 자주 찾아뵀다.

고병익 선생은 논설위원과 방송위원장이라는 언론계 직책을 지니셨지만 그를 언론인으로 분류하지는 않는다. 그러나 나는 선생님의 언론인 경험 때문인지, 또는 선생님 특유의 식識의 사관에서 나온 것인지 그의 논문이나 행적이 언론인다운 현실 중시, 객관적 사실 파악에 매우 민감하심을 알고 있다. 또 그의 역사적 관심과 지향점이 몽고와 서역에서 출발했듯, 선생님은 노년에도 혜초의 길을 따라나섰고 실크로드 여행을 즐거운 마음으로 다니셨다.

고병익 선생님은 한곳을 파고드는 서재 속의 역사학자로서만이 아니라 세계를 앞서 내다보고 폭넓게 이해하면서 현실과 융합하는 통이 큰 학자였다.

운인芸人 선생에 대한 단상

김영한金榮漢*

스승의 문패를 떼지 않는 교수

나는 1962년 3월에 서울大學校 文理大 史學科에 입학하여 1966년 2월에 졸업하였다. 이 기간에 史學科 專任敎授로 재직했던 분은 한국사에 유홍열柳洪烈, 한우근韓㳓劤, 김철준金哲埈 교수, 동양사에 전해종全海宗, 고병익高柄翊 교수, 서양사에 민석홍閔錫泓 교수, 이렇게 여섯 분이셨다. 이 여섯 분 중 내가 입학한 1962년을 전후로 새로 부임하신 분이 세 분이다. 1961년 2학기에 민석홍 교수가, 1962년 2학기에 고병익 교수가, 그리고 1963년 1학기에 김철준 교수가 오셨다. 새로 오신 세 분 가운데 나에게 각별히 기억되는 것은 운인芸人 선생의 부임인데 여기에는 그럴 만한 사연이 있다.

서울대학교 중앙도서관 건물의 서편과 동편에는 교수연구실이 있었다. 동부연구실 2층에는 남쪽으로는 영문과英文科 교수연구실이 자리를 잡고 있고 북쪽으로는 사학과史學科 교수연구실이 있다. 북쪽의 막다른 방이 동양사연구실이다. 이 연구실에 가려면 복도 양측에 위치한 사학과 교수연

*서강대학교 명예교수, 학술원 회원

구실을 지나쳐야 한다.

그런데 거의 모든 방에 불이 켜져 있으나 유독 방 하나가 불이 꺼져 있어 얼핏 보기에는 주인 없는 방처럼 느껴졌다. 문패를 보면 東洋史槪說을 강의하고 계신 김상기金庠基 교수로 되어 있다. 처음에는 몰랐으나 나중에 김상기 교수가 정년퇴임하신 것을 알게 되었고 그때서야 그 방에 불이 켜 있지 않은 이유를 이해하게 되었다. 그러면서도 왜 정년퇴직하신 분의 문패가 그대로 있을까 하는 의구심은 남아 있었다. 그러던 차에 운인 선생이 부임하셨다. 그리고 김상기 교수 방의 새 주인이 되셨다. 당연히 방의 문패가 바뀔 것으로 생각했으나 그렇지 않았다.

하루는 지나가다가 보니까 문패 밑에 하얀 쪽지가 붙어 있었다. 가까이 가서 보았더니 운인 선생의 명함이었다. 차마 스승의 문패를 뗄 수 없어 그 대신 명함을 붙여 놓은 것이라 생각하니 비록 철없는 1학년생이었지만 순간적으로 가슴이 뭉클해지는 진한 감동을 받았다. 무릇 스승을 공경하고 존경하는 마음의 자세가 어떠해야 하는가를 선생은 무언의 실천으로 보여 주고 있었다. 그래서 운인 선생하면 내 뇌리에 가장 먼저 떠오르는 것은 스승의 문패를 떼지 않고 있는 교수의 상像이다.

《世界의 歷史》를 처음 번역하다

대부분의 문리대생文理大生이 그러했듯이 나도 수업이 끝나고 시간이 나면 동대문 시장의 헌책방에 가서 책 구경하기를 좋아하였다. 이 책방, 저 책방을 돌아다니다 보면 의외로 귀중한 책을 헐값에 구입하는 수가 있었다. 이 재미로 틈만 나면 동대문 책방을 찾아가지만 책방 주인들이 서지학書誌學 전문가 못지않게 박식하여 책의 진가眞價를 귀신같이 알아보고 가격을 매긴다. 대체로 가격은 50환에서 100환 사이가 많은 편인데 내가 1학년 때 값싸게 잘 샀다고 생각하는 책으로는 1) A. J. Toynbee, 《A Study of History》 Ⅰ-Ⅳ, abr, by D. C. Somervell (1947), 2) H. G. Wells, 《The Outline of History》 (1921), 3) J. G. de Beus, 《The Future of the West》 (1953), 4) Karl Vorländer, 《Geschichte der Sozialistischen Ideen》 (1924), 5) P. J. Proudhon, 《What is Property?》 등을 들 수 있다.

다만 프루동-Proudhon의 책은 책방 주인이 잘 모르는 것 같아 부르는 값에 절반 이하 가격으로 싸게 사서 기분 좋게 집으로 돌아왔다. 집에 와서 유심히 보니 책의 절반 이상이 탈락된 쓸모 없는 책이었다. 저자와 책 제목만 보고 급히 사다가 빚은 실수였다. 결국 내가 주인을 속인 것이 아니라 주인이 뻔히 알면서 나한테 속은 척한 것 같았다.

프루동의 그 《재산이란 무엇인가?》라는 책을 살 때 함께 산 책이 르네 세디오René Sédillot의 《世界의 歷史》이다. 이 책은 본래 佛語版이었으나 영어로 번역된 《The History of the World》를 대본으로 하여 우리말로 번역한 것이다. 그런데 그 번역자가 고병익高柄翊·곽윤직郭潤直 교수였다. 무엇보다 역자譯者가 사학과에 새로 오신 선생님이라 반가웠고 그 다음에는 전공이 동양사인 선생이 왜 《세계의 역사》를 번역하였는가 하는 호기심이 일어 얼른 이 책도 집어 들었다.

목차를 살펴보니 흔히 사용하는 고대, 중세, 근대의 3분법에 입각한 역사 서술이 아니라 각 시대의 지배적인 국가 및 민족에 초점을 맞춘 특이한 역사 서술이었다. 예컨대, 그리스 시대, 로마의 천 년, 기독교국 천 년, 이탈리아 시대, 스페인 시대, 프랑스의 세기, 앵글로-색슨족의 세기 등으로 구분하여 서술하였다. 읽어 보니 방대한 세계사를 압축 정리한 책임에도 내용이 풍부하고 흥미 있어 밤새워 통독을 하였다.

이 책은 단기 4291년(1958년) 3월에 일한도서출판사—韓圖書出版社에서 초판을 발행하였고 가격은 1,200환이었다. 책 속표지를 보면 초록색 잉크로 1962년 10월 6일에 50환을 주고 구입한 것으로 메모되어 있다. 뒤에 알고 보니 이 책은 운인 선생이 독일 유학 뒤에 내신 최초의 번역서인데 첫 번역으로 세계사를 택하였다는 것은 선생의 관심이 일찍부터 동양사의 범위를 넘어 세계로 향하고 있었음을 알 수 있다.

주임교수와의 독대

정확하지는 않지만 2학년 2학기 겨울방학 때로 기억된다. 방학이라 고향인 제천堤川에 내려와 있었다. 나는 국사나 동양사보다는 서양사에 더 흥미를 갖고 있었다. 그러나 대학 1·2학년을 노는 데 허비하여 막상 서양사 공부를 하려고 보니 개설 실력이 부족하다는 것을 깨달았다. 그래서 겨울방학 동안, 영어 실력과 개설 실력을 길러야 되겠다고 마음먹고 E. H. Carr의 《What is History?》와 개설서로는 양병우梁秉祐, 민석홍閔錫泓, 이보형李普珩, 김성근金聲近이 최근에 번역한 크레인 브린턴Crane Brinton의 《世界文化史》上中下 3권을 싸 들고 낙향하였다. 마음속으로는 차제에 졸업논문의 주제라도 정할 수 있게 되기를 기대하였다.

그런데 방학이 끝나가는 2월 중순에 시골집으로 우편엽서 한 장이 날아들었다. 받아 보니 고병익 주임교수가 보낸 것인데 내용인즉, 새 학기 기성회비가 면제되었으니 등록할 때 주임교수 연구실에 들렀다 가라는 통지였다. 상경하여 선생의 연구실을 노크하였다. 마침 선생은 혼자 계셨다. 기성회비 면제증을 받고 돌아 나오려는데 문득 교수들과 독대할 기회가 없었던 나로서는 그냥 나온다는 것이 여간 아쉽고 허전한 것이 아니었다. 그래서 다시 돌아서서 "선생님께 상의드릴 말씀이 있습니다" 하고 용기를 내어 말하였다. 막 자리에 앉으시려던 선생은 그대로 서신 채 "무슨 일이냐"고 눈으로 물으셨다. 나는 즉흥적으로 방학 동안에 서양사 개설 공부를 하였음을 말씀드리고 내가 관심을 가진 주제 10여 개를 제시한 뒤 어느 분야를 공부하는 것이 바람직해 보이냐고 뜬금없는 질문을 하였다. 시종 가만히 듣고 계시던 선생님은 Charlemagne 대제大帝와 서西로마제국 을 이야기했을 때, 갑자기 침묵을 깨고 "샤를르마뉴가 누군가?" 하고 물 으셨다. 내가 "영어로는 Charles 大帝라고 한다"니까 "아! Karl der Große" 하시고는 또 묵묵무언이셨다. 처음에는 간단히 끝낼 생각이었으나 막상 말을 하다 보니 길어지게 되었다.

그러나 선생님은 끝까지 인내심을 갖고 경청해 주셨다. 이야기가 끝났 는데도 선생은 천장만 쳐다보시면서 골똘히 생각하시는 표정이셨다. 그 제야 나는 서양사 전공도 아닌 선생께 공연한 질문을 한 것이 아닌가 하 는 민망한 생각이 들었다. 갑자기 침묵이 무겁게 느껴지자 나는 선생님 말씀도 듣지 않고 '그럼 이만 가 보겠습니다' 하고 꾸벅 절하고 부리나케 방을 나왔다. 나와서 시계를 보니 그렇게 긴 시간은 아니었지만 긴장한 탓에 이마에 땀이 배어났다.

학부 1·2학년 시절만 해도 대학교수라 하면 그 분야에 두루 통달한 분 으로 생각하기 쉬웠다. 더욱이 高 선생은 독일 뮌헨대학에서 박사학위를 받은 당시 우리 科의 유일한 박사 교수였으며 세디오Sedillot의 세계사도 번 역하였으므로 동서양東西洋 역사에 정통한 것으로 믿었다. 지금 와서 돌이 켜 보면 "나는 동양사 전공이니 서양사 문제는 서양사 전공 교수한테 상의 해 보라"고 간단하게 넘어갈 수 있었을 텐데 왜 학생의 어처구니없는 이야 기를 끝까지 듣고 계셨는지 알 수가 없다. 학생의 의욕을 꺾지 않으려는 배 려 때문이었는지 아니면 또 다른 이유가 있었는지 모르겠으나 생각하면 지 금까지도 민망하고 죄송한 마음이 앞선다. 어쨌든 나에게는 추억에 남는

先生과의 獨對였다.

동양사 독문강독獨文講讀

학부 과정에서 선생의 강의를 수강한 것은 '동양사강독' 두 과목, '동양사특강' 한 과목, 모두 세 과목이었다. '동양사강독'에는 영문 강독과 독문 강독이 있었는데 전자는 전해종 선생이, 후자는 고병익 선생이 담당하였다. 나는 영문 강독을 3번, 독문 강독을 2번 모두 5번의 '동양사강독'을 수강하였다. 내가 이처럼 동양사강독을 많이 수강한 것은 동양사에 흥미가 있어서라기보다는 외국어 실력을 길러야 되겠다는 마음이 앞섰기 때문이었다. 영문 강독은 비교적 수월하게 따라갈 것으로 예상했으나 성적이 신통치 않았고 오히려 고전苦戰할 것으로 생각했던 독문 강독은 성적이 좋게 나왔다. 독문 강독의 교재는 Paul Kirn의 《Einführung in die Geschichtswissenschaft(역사학 입문)》이었던 것 같고 다른 하나는 서역西域의 역사탐방에 관한 내용이었던 듯한데 교재 제목이 떠오르지 않는다. 수강생 수가 4~5명 정도라 수업은 선생의 연구실에서 하였다. 무엇을 배웠는지 기억이 흐릿하지만 "모든 역사는 사랑과 갈등(Liebe und Krieg)의 역사" 라는 구절만은 아직까지도 생생하게 남아 있다. 그러나 이 구절을 Kirn이 한 말인지, 아닌지는 분명치 않다. 여하튼, 동양사강독을 한문이 아닌 영문과 독문으로 했다는 사실이 이채로운데 여기에는 동양사 공부를 하더라도 선진 서양 학문의 연구 동향과 방법을 이해해야 된다는 당시 선생님들의 선구적 학문관이 잘 드러나 있다고 하겠다.

선생의 '동양사 특강'은 서역사西域史에 관한 강의였다. 그 당시 서역사는 선생이 아니면 국내에서는 아무도 강의할 수 없는 분야였다. 매우 재미있을 것으로 기대하고 수강 신청을 했으나 지명, 인명, 부족명部族名,

왕조명王朝名 등이 낯설고 발음하기가 힘들어 노트 필기하기에 바빴다.

학부졸업논문, 〈이슬람교도와 원대元代 사회〉

선생의 논문과 관련해서도 언급할 추억이 있다. 나는 3학년에 올라와서 르네상스와 종교개혁 시대에 관해 졸업논문을 쓰기로 마음을 정하고 그 구체적 주제를 물색하고 있었다. 여러 주제 가운데 관심을 끄는 것의 하나가 독일 농민전쟁이었다. 국내의 연구 동향을 살펴보았더니 일찍이 김재룡金在龍 교수가 〈Chiliasmus(千年王國信仰)와 Meister Thomas Müntzer〉라는 논문을 《歷史學硏究》第1集(1949)에 발표하였고 그 뒤로 안정모安貞模 교수가 〈독일 농민전쟁의 성격〉을 《東國史學》 4집(1957)에 게재하였다.

《歷史學硏究》는 현존하는 〈역사학회〉가 아닌 해방된 해인 1945년에 결성된 〈역사학회〉가 간행한 학술지이다. 이 학회는 6·25 전쟁을 겪으면서 해산되었으므로 《歷史學硏究》도 창간호로 수명을 다하였다. 따라서 이 책은 쉽게 구할 수 없는 희귀본이 되었다. 수소문한 끝에 책을 구해 김재룡 선생의 글을 읽고 나니 바로 다음 논문이 고병익 선생의 〈이슬람 敎徒와 元代社會〉였다. 주제가 색다르게 느껴졌고 책도 곧 반환해야 하기 때문에 내친김에 高선생의 글까지 읽었다. 지명과 인명 같은 고유명사들이 한자漢字로 표기되어 있고 도처에 한문 사료들이 직접 인용되어서 읽기가 어려웠다. 게다가 분야가 생소한지라 기초 지식이 부족하여 건성으로 대충 읽었다.

그런데 뒤에 안 일이지만 이 글은 선생의 학사학위 논문으로서 학술지에 발표한 최초의 논문이었다. 《高柄翊先生回甲記念史學論叢》(1984)에 실린 선생의 〈六十自述 −硏究史的 自傳−〉에 따르면 "논문의 구성이나 해석에 있어서는 미흡한 점이 물론 적지 않겠으나 그래도 본인으로서는 정력과 능력을 쏟아 넣은 것이 되어 자랑스러운 작품이다"고 자평하였다. 이처럼 이 논문은 선생이 자긍심을 가질 만한 역작力作이라 하겠는데 동양사를 전공할 의사도 없는 내가 우연하게도 선생의 최초의 번역서와 최초의 논문을 학부 시절에 읽었다는 사실이 기연奇緣처럼 여겨진다. 선생은 그 당시 아무도 눈을 돌리지 않았던 이슬람과 서역의 역사에 주목하여 이를 연구하였다는 점에서 역사에 대한 폭넓은 안목과 혜안을 새삼 엿보게 한다.

뜻이 있는 곳에 길이 있다.

어느 해인가 사학과 송년회에서 선생은 인생에서 중요한 것은 일관된 관심과 꾸준한 노력이라고 말씀하셨다. 이것은 공부를 하든, 사업을 하든 마찬가지라는 것이다. 그 한 예로 선생은 책에 관한 경험담을 들려 주었다. 연구에 필요한 책이나 아니면 꼭 구해 봤으면 하는 책은 언제인가는 반드시 손에 들어온다는 것이다. 의외로 가까운 친구가 갖고 있거나, 책방에서 발견하거나 아니면 외국에 나간 사람이 구해 가지고 온다는 것이다. 아주 평범한 덕담 같았으나 나에게는 퍽 뜻깊게 들렸다. 이는 마치 "구하라 얻을 것이요. 두드리라 열릴 것이다." 라는 성경 말씀 같기도 하고 "뜻이 있는 곳에 길이 있다"는 서양 격언처럼 들리기도 하였다. 그런가 하면 인생에서 기회는 언제인가는 오기 마련이니 실망하거나 절망하지 말라는 뜻에서 "진인사 대천명盡人事 待天命" 하라는 동양의 교훈 같기도 하였다.

해석을 어떻게 하든 선생의 덕담은 나에게 큰 공감을 주었다. 더욱이 책 구입과 관련하여 뜻이 있는 곳에 길이 있다는 예시例示들은 훨씬 뒤의 일이지만 나의 경우에도 적용되었다. 내가 석사 논문을 쓸 때이다. 나는 르네상스 시대의 휴머니스트인 페트라르카Petrarca의 사상을 주제로 논문 준비를 하였다. 그 당시 국내에는 1차 자료는 물론, 2차 자료도 거의 없는 실정이었다. 그래도 서강대도서관이 신간 서적을 많이 소장하고 있어 서강대도서관에 갔다가 이 대학에 계시는 길현모 교수를 찾아뵈었다. 오랜만의 만남이라 선생은 처음에 의례적인 안부 말씀을 하시더니 대뜸 논문 준비는 잘 되어 가느냐고 물으셨다. 나는 논문 구성을 개략적으로 말씀드리고 제1장에서 페트라르카의 생애와 작품을 다루었으면 하는데 마땅한 참고문헌이 없어 고민이라고 토로하였다. 그리고 서양에는 E.H. Wilkins가 저술한 《Studies in the Life and Works of Petrarch》가 있는데 이 책만 있으면 제1장은 무난하게 정리될 것 같다고 말씀드렸다. 내 이야기를 가만히 듣고 계시던 선생은 그 책명과 저자 그리고 출판사를 적어 달라고 하셨다. 그러시면서 말씀하시기를 아우인 길현익 교수가 하버드대학에 가 있는데 그 편에 부탁해 보시겠다는 것이었다. 지금 와서 솔직히 말하면 한편으로는 송구스럽기 짝이 없었지만 또 한편으로는 환호작약歡呼雀躍하고 싶은 심정이어서 사양도 안 하고 적어 드렸다. 3개월 뒤에 책을 받아 들었을 때 책을 구한 기쁨도 컸고 길현모 선생에 대한 감사함도 이루 표현할 수 없었지만 또 한편으로는 관심 두는 책은 언제인가는 손에 들어온다는 운인耘人 선생의 말씀이 생생하게 귀에 들리는 것 같았다.

제1회 역사학회 학술심포지엄 격려사

대학을 졸업하고 직장 생활을 할 때, 나는 상대적으로 여러 은사님을 모시게 되었다. 서울대학교 교양과정부 조교였을 때는 민석홍 선생이 교양과정부장으로 계셨고 한양대에 재직할 때는 한우근 선생이 대우교수로 와 계셨다. 서강대학에서는 전해종 선생을 모시게 되었다. 그리고 보면 고병익, 김철준 선생하고만 직장 인연이 없는 셈이다. 고 선생이 한림대학으로 가신 뒤 한림대학에 올 생각이 없느냐는 간접적 의사 타진이 있었으나 여러 사정으로 유야무야되고 말았다. 따라서 학회에서가 아니면 상면할 기회가 거의 없었다.

내가 〈역사학회〉 회장이 되었을 때(1994~96), 학회 활동을 활성화하라는 주문을 많이 받았다. 그러한 요청에 부응하여 추진한 것이 한국사, 동양사, 서양사 전공자들이 공동으로 참여하는 학술대회의 개최였다. 1996년 8월 31일과 9월 1일에 걸쳐 경기도 양평의 '남한강 종합수련원'에서 〈제1회 역사학회 특별 심포지엄〉이 1박 2일로 개최되었다. 공동 주제는 "奴婢, 奴隸, 農奴—비교사적 검토"였다. 처음 하는 심포지엄이었지만 성황리에 끝을 맺어 오늘날까지 그 전통이 계승되고 있다. 전공과 세대를 달리하는 학자들이 한자리에 모여 학문적, 인간적 교류를 확대하는 기회를 마련했다는 점에서 학계로부터 호의적 반응을 받았다. 더욱이 심포지엄의 개최를 축하하고 후학들의 연구 의욕을 고취하고자 이기백 · 고병익 선생에게 격려사를 부탁드렸더니 두 분 다 기꺼이 수락하셨다. 두 분은 이러한 모임이 일찍 있었어야 하는데 그렇지 못해 아쉬웠다고 회고하시면서 늦은 감이 있지만 앞으로 매년 지속적으로 개최되기를 바란다는 취지의 말씀을 해 주셨다. 두 분의 격려사를 기록으로 남기고자 녹취하였으나 음질 상태가 좋지 않은 관계로 아쉽게도 폐기처분하였다.

지금까지 주로 학부 생활에서 내가 느끼고 겪었던 운인 선생에 대한 인상기印象記를 나와 관련하여 기술하였다. 주지하다시피 선생은 학문적으로나 사회적으로 널리 알려진 공인公人이셨다. 따라서 선생에 대한 공과功過를 논하거나 평하는 것은 감히 내가 해야 할 소임이 아니다. 다만 나는 학부 시절에 선생의 가르침을 받은 학생으로서 당시를 회상함으로써 한편으로는 선생의 학은에 감사하고 또 한편으로는 선생에 대한 추모의 정을 표하고자 할 따름이다.

선생은 학문적으로 폭넓은 관심과 식견을 가지셨듯이 인간적으로도 성품이 활달하시고 대범하신, 한마디로 스케일이 큰 분으로 기억된다. 그러나 무엇보다 내 뇌리에 깊게 각인된 것은 스승에 대한 존경심에서 스승의 문패를 내리지 않고 그대로 달고 계신 교수님, 그리고 일찍이 박사학위를 취득하여 국제적으로 인정받는 석학으로서의 선생에 대한 이미지이다.

이미륵을 한국에 알린 역사가

이주영李柱郢[*]

내가 고병익 선생님을 처음 알게 된 것은 서울대 문리대 사학과 합격자 발표가 난 며칠 뒤인 1962년 2월의 어느 날이었다. 당시 나는 지방(인천)에서 고등학교를 다녔기 때문에 서울대 사학과 교수진에 대해서는 전혀 모르고 있었다. 동네의 어느 여자고등학교 교장 선생님이 내가 사학과를 가게 되었다는 것을 아시고는 입학하면 꼭 고병익 선생님을 만나 보라는 말씀을 하는 것을 들었던 것이 전부였다. 6·25 동란 때 군대에 같이 있었는데, 세계적인 대단한 학자라는 말이었다. 일제강점기에 그 들어가기 어려운 동경제대를 다니고 6·25 뒤에는 독일 정부 장학금(DAAD)을 얻어 뮌헨대학에서 박사학위를 받았으니, 당시로시는 사람들이 놀라고 존경할 만도 했다.

대학 구내에서 선생님과 마주칠 기회가 있었을 때 인사를 드렸다. 인천의 교장 선생님 말씀을 꺼냈더니 아주 반가워하셨다. 이렇게 해서 나는 고병익 선생님을 알게 되고 좋아하게 되었다. 그러나 선생님을 따라 동양사

---

*건국대학교 명예교수

는 전공하지 못했다. 고등학교 때부터 서양사에 매력을 느낀 데다가 독일 유학을 가 본다고 독문학과 강의를 많이 듣고 있었기 때문이다. 그러나 선생님의 강의만은 많이 들으려고 했다.

선생님 강의 가운데 동양사 독문 강독이 있었는데, 수강생이 몇 명 안 돼 수업을 선생님 연구실에서 했다. 독일인 학자가 투르판을 중심으로 한 서역에 관해 쓴 책을 읽고 해석하는 것이었는데, 흥미가 있었을 뿐만 아니라 선생님의 독일어 발음이 아주 듣기 좋았다.

어느 날 수업 중이었는데, 노크 소리와 함께 서양인 여성이 문을 열고 들어 왔다. 나중에 알게 되었지만 한국학자로 유명해진 도이힐러였다. 수업 중이었기 때문에 선생님은 앉은 채로 몇 마디 인사를 나누고 몇 시쯤에 만나자고 약속을 하시는 것 같았다. 내용은 잘 알아들을 수 없었지만, 선생님의 독일어 회화가 아주 유창해 보였다. 그런지 몇 년 뒤 미국 워싱턴대학에서 2년 동안 영어로 강의하신 사실을 알고는 선생님의 외국어 실력에 더욱더 감탄하게 되었다.

졸업 뒤에 선생님께 큰 실례를 한 적이 있었다. 내가 결혼한다는 사실을 알려 드리고 싶어서 연구실로 찾아갔더니, 잠간만 나가 있다가 오라는 말씀이었다. 잠시 뒤 들어갔더니 축의금 봉투를 주셨다. 얼떨결에 받아 들고 나와 보니 당시로는 적지 않은 금액이었다. 그렇게 하신 것은 선생님과 동경제대 동창으로 서양사를 전공하다가 일찍 세상을 떠난 안정모 선생님이 내 배우자 집안 분이었기 때문인 것으로 생각했다. 어떻든 나는 본의 아니게 선생님께 큰 부담을 드려 늘 죄송하게 생각해 왔다.

내가 선생님을 기억하게 되는 또 다른 계기는 《압록강은 흐른다(Mirok Li, *Der Yalu fliesst : ein Jugend in Korea*)》라는 책으로 독일에서 유명해진 이미륵(본명 李儀景) 박사를 국내에 처음으로 알린 공로이다. 이미륵 박사는

3 · 1 운동 당시 경성의전(서울의대 전신) 학생으로 시위에 참여했다가 일본 경찰의 체포를 피해 독일로 망명 겸 유학을 떠난 불행한 식민지 청년이었다. 뮌헨대학에 입학한 그는 의학 대신 동물학을 전공해 박사학위를 받았으나 망국인의 설움과 고향에 대한 그리움을 견디기 어려워 한국에 관한 이야기를 독일어로 쓰는 작가가 되었다. 그는 한스 카롯사 같은 문호, 그리고 나치에 저항하다가 처형된 후버 교수와 아주 친하게 지냈다. 그의 작품은 독일 고등학교 교과서에 실리기도 해 더욱더 유명해졌다. 그러나 이미륵 박사는 해방된 고국 땅을 밟지 못하고 6 · 25 동란이 터지기 직전인 1950년 2월 무렵에 49세의 나이로 세상을 떠났다. 한국에서는 그런 인물이 있는지조차 몰랐다.

그로부터 얼마 뒤인 1955년에 선생님께서 뮌헨대학에 유학하시면서 이미륵 박사에 관한 이야기가 국내에 알려지기 시작했다. 1957년 4월 서울대학교 《대학신문》 181~182호에 이미륵 박사를 간단히 소개하신 데 이어, 잡지 《신태양》 1958년 2월호에서는 비교적 길게 소개하셨다. 선생님과 비슷한 시기에 뮌헨대학에 도착했던 요절한 여류작가 전혜린도 여성잡지 《여원》 1959년 5월호에서 이미륵 박사를 소개했지만, 정확하지 않은 부분들이 발견된다. 선생님은 1997년 훔볼트재단 사무총장 파이퍼 박사 70세 기념 1956년 장학생대회에 참석하여 "독일과 동아시아"를 발표하신 다음 이미륵의 묘소를 다시 찾고 그를 추모하는 한문시를 쓰시기도 했다. 선생님의 한시집 《조산관수집眺山觀水集》(푸른사상, 2013) 178~181쪽에 실린 내용을 소개하면 다음과 같다.

(1) 이미륵의 새 묘지를 방문하고 [訪李彌勒新墓 二月二十二日]

(새 묘지는) 독일 뮌헨시 교외에 있다. 근일에 우리나라에서 새 비석을 새겨 보내 와 이곳에 이장하게 되었는데 묘지가 제법 크다

在德國慕尼墨市郊外 近日 自本國刻送新碑 移葬于此 墓地稍大.

일생 다하도록 바다 서쪽 땅을 떠돌았어도

예의 바른 태도와 문필 활동은 모두 온전히 하였지

지인이며 벗들이 작은 비석이나마 잊지를 않아

지금 새 묘역에 단장되어 옛 이름 전하고 있네

終生流寓海西天 禮貌操觚俱保全 知友不曾忘短碣 今裝新墓舊名傳

(2) 내가 젊어서 독일에 막 도착하여 한 헌 책방을 찾아갔더니 주인이 나에게 한국인이냐고 물어 왔다. 이 당시에 서양 사람들은 다들 중국과 일본은 알았지만 한국을 아는 이는 적었기에 내가 궁금해서 물어 보았더니 주인이 말하기를, "독일에서 나그네로 머물렀던 이미륵이라는 사람이 있었답니다. 덕행과 글재주 둘 다 매우 훌륭하여 이곳 사람들 모두가 그를 존경하고 사랑하였는데 근년에 세상을 떠났습니다. 그런데 그 모습과 태도가 당신과 비슷하기에 물어본 것이랍니다" 라고 하였다. 내가 귀국한 뒤 글 하나를 써서 모 월간지에 게재하였더니 이로 말미암아 이공李公의 생애와 그의 저작인 〈압록강은 흐른다〉가 국내에서 조금씩 알려지게 되었다.

余少時初到德國 訪一古書肆 主人問余韓人否 伊時西人皆知中日 而少知韓國者 余怪而問之 主人曰 有一寓客李彌勒者 德行文藻俱甚高 此地人皆敬愛 近年棄世 而其貌態與子彷佛 以故問云 余歸國後 草一文

揭載于某月刊誌 由此李公之生涯與其著作〈鴨江之流〉稍見知于國內

성근 숲이 쓸쓸히 겨울 하늘 가렸는데
병 무릅쓰고 멀리서 왔더니 걸음이 비뚤비뚤
젊은 시절에 들었던 이방의 나그네 회억하나니
여행 중의 희비는 말로 전하기 어렵구나
疎林寂寂翳冬天 冒病遙來步不全 回憶初年聞異客 旅中悲熹語難傳

　서울대 총장 같은 학문 밖의 일을 많이 하지 않으셨더라면, 고병익 선생님은 더 많은 학문적 업적을 남기셨을 것이다. 그러나 원래 사회는 유능한 사람에게는 한 가지 일만 하도록 놓아 두지 않는 법이다. 그 때문에 선생님은 학문 밖의 일에 많은 시간과 정력을 뺏기지 않을 수 없는 운명이었다. 그러나 바로 그 사회 경험 때문에 선생님은 연구실에만 앉아 있던 다른 학자들보다 더 거시적이고 균형 잡힌 역사관을 갖게 되셨다고 생각한다.

다섯 번의 만남

강신표姜信杓[*]

훌륭한 선생님을 모실 수 있는 것은 크나큰 행운이다. 젊은 날에 선생님은 자기의 앞날을 좌우하게 될 어떤 가르침을 주게 된다. 따지고 보면 우리는 초·중·고·대학 교육을 거치면서 얼마나 많은 선생님을 만나고 지나치게 되던가…… 대부분의 선생님들은 이름도 얼굴도 기억하기 어렵다. 그러나 그 가운데 몇 분만은 계속해서 인연을 이어가게 된다. 그 인연은 자기의 인생 역정에 중요한 이정표를 만들어 놓게 된다. 그러나 이러한 인연은 인위적으로 가능한 것만은 아닌 것 같다. 불가佛家에서 전해 오는 말로는 '큰 스승을 만나는 것은 삼대에 걸친 공덕을 쌓아야만 이루어질 수 있다'고 한다. 큰스님은 긴 법문으로 무슨 특별한 가르침을 전하는 것이 아니다. 딱 한마디 아니면 몇 마디와 더불어 손바닥을 딱 치면서 "알겠나? 가서 천천히 생각해 봐라" 하신다. 이는 상징성이 큰 가르침이고 전통 교육의 중요한 단면을 보여 주고 있는 내용이다.

고병익 선생님에게 가르침을 받은 것은 중앙아시아에 대한 새로운 인식이다. 동서문화 교류의 실크로드에 대한 이해다. 세계지도 위에 미국과

---

*인제대학교 명예교수

유럽은 우리에게 친숙하지만 중앙아시아는 유라시아의 중앙에 있으면서 항상 우리의 인지 속에서는 낯선 미지의 땅에 지나지 않았다. 2010년 4월 중앙아시아 카자흐스탄 알파라비 국립대학 문화인류학과 국제석좌교수로 초청받아 가서 대학 본관 앞에서 바라본 눈 덮인 거대한 천산산맥 연봉을 바라보면서 처음 연상되는 한마디가 '여기가 바로 고병익 선생님께서 가고 싶어 하시던 곳이지'였다. 바로 눈앞에 보이는 산 높이가 3천 미터이고 저 산 너머로 4천 내지 5천 미터의 거봉들이 이어지고 있다고 한다.

실크로드의 천산북로, 천산남로의 이야기는 분명 고병익 선생님에게 처음 들었던 것 같다. 그것이 어느 때였는지 확실하지는 않다. 선생님을 처음 뵌 것은 1951년 부산 피난 시절 용두산 언덕길에서 경기중학 임시 수업을 하던 시절이다. 사회과 역사 수업 시간이었다. 그리고 얼마 지나지 않아서 나오시지 않았다. 부산 피난 시절과 수복 뒤 광화문 텐트 가교실에서 우리들을 가르치시던 민석홍, 이명구, 최명관, 이석희 선생님들은 뒤에 모두 대학의 교수 또는 총장님으로 자리를 옮기셨다. 따라서 부산 피난 시절의 우리 선생님들은 대학생들을 가르치시듯 가르친 셈이다. 경기중학생들은 그만큼 행운아였던 것이다. 서울대 문리과대학 교정에서 뵌 기억은 희미하다. 나는 사회학을 공부했기 때문에 동양사보다는 서양사의 민석홍 선생 연구실에 자주 드나들었다. 사회학과 선생님들은 말할 것도 없지만 사학과 선생님을 좋아했다.

고병익 선생님을 두 번째 뵌 것은 미국 하와이에서 1969년 하와이대학 동서문화연구소와 고려대 아세아문제연구소가 공동주최한 제2회 아시아 근대화 국제회의였다. 당시에 나는 포드 재단이 처음으로 한국학 연구에 50만 달러를 출연하여 하버드, 컬럼비아, 캘리포니아(버클리), 워싱턴(시애틀), 하와이대학 등에 각각 10만 달러씩 주어, 하와이대학 사회과학연구소 소장 W. Lebra 교수(인류학)의 주관 아래, 사회학과의 H. Barringer 교수의 Junior Researcher로 일하고 있을 때였다. 지금 기억나는 것은 회의 가 끝나고 와이키키 해변의 연회장에서다. 분명 고려대 아세아문제연구 소가 주관한 자리인데, 한국 대표로 고병익 선생님이 인사말과 건배 제의 를 하는 것이다. 당시에 이미 시애틀 워싱턴대학에 초빙교수로 몇 년 계 시다 오셨지만, 동양사 하시는 분으로 유창한 영어를 하시는 데 깜짝 놀 랐던 기억이 생생하다.

세 번째로 뵌 기억은 한국정신문화연구원에서다. 지금은 한국학중앙 연구원으로 개명하였지만 그곳은 내게 여러 가지 상념을 자아내는 곳이 다. 1979년 겨울 이선근 초대 원장님이 나를 정문연으로 초청했다. 이화 여대 사회학과에 있을 때였다. 영남대학에서 이화여대로 온 지 겨우 2년 밖에 되지 않았다. 그래서 정문연으로 파견 나간다고 했을 때 친구 한완 상(서울대 사회학) 교수는 극구 말렸다. 사실 1973년 미국에서 영남대학 문화인류학과로 부임해왔을 때, 다음해 연세대학 사회학과로 발령이 났 다. 그런데 당시에 해당 대학의 총장의 허가가 있어야 대학을 옮길 수 있 는 제도가 시행되고 있을 때였다. 영남대학 총장으로 계시던 이선근 선 생은 일 년 만에 서울로 가는 것을 허락하지 않았다. 그때도 친구 한완상 은 무조건 연세대학으로 옮기라고 하였다. 그러나 나는 이선근 교수 같 은 원로학자가 그토록 말리는 것을 거역할 수 없다고 했다. 그리고 5년을 영남대학에 있다가 이화여대로 자리를 옮길 수 있었다. 이번에는 한완상 교수가 자리를 옮기지 말라고 한다. 정문연이 어용기관이라는 이유였다.

다른 한편 동료교수인 임희섭(고려대 사회학) 정문연 사회연구실장은 "정문연이 추구하는 전통문화의 계승 발전"은 전통문화 문법을 다루기에 적절한 곳이라고 설득하고, 동시에 이선근 원장님이 나를 모셔 오란다는 것이다. 영남대학에서 연세대로 가지 못하게 한 것에 대한 미안한 생각에서 비롯한 것이다. 일 년 간의 파견을 마치고 이화여대로 돌아왔을 때다. 정문연 원장이 이선근 씨에서 고병익 원장으로 바뀌었을 때다. 이화여대 연구실로 고병익 원장님이 전화를 하셨다. 한국학대학원을 만드는데 전임으로 다시 와 달라는 것이다. 이때가 가장 결정하기 어려운 때였다. 경기중학, 미국 유학 시절, 그리고 그분에게 배운 중앙아시아에 대한 이해 등이 없었다면 쉽게 거절할 수 있는 것이다. 그러나 '중요한 가르침'은 결정적인 순간에 중요한 구실을 한다. '한국학대학원'은 중요한 대학원이다. 한국학은 나의 전공 문화인류학보다 더 중요한 분야다. 거절하기 어려웠다. 1980년 대학원 개원과 함께 세 사람의 전임이 임명되었다. 강신표, 이성무, 조동일이었다. 그러나 1983년에 한바탕 큰 소동이 일어났다. 정문연 한국학대학원이 한국학이라는 이름은 삭제하고 부속대학원으로 개칭하고, 정문연은 정치연수원으로 고치는 것이었다. 나는 이에 반대하며 그곳을 떠났다. 여기서 전두환 대통령 시절 정치교수들의 행태는 상기하고 싶지 않다. 고병익 원장님도 이 정치교수들로 말미암아 고생을 많이 하셨다.

1979년부터 1983년까지 정문연에 있는 동안 1981년 나는 프랑스 인류학의 세계적인 석학 Claude Levi-Strauss 교수를 초정해서 20일 동안 한국에 머물면서 5일 동안의 세미나와 나머지 기간은 한국 현지 조사를 했다. 이선근 원장 시절에 김철준 연구부장의 허락으로 초청할 수 있었다. 이는 나의 정문연에서 얻은 큰 수확이고, 당시의 언론에서 고병익 원장의 중요한 업적으로 손꼽았다. 그때 해외 석학 초청 프로그램이 있었지만 누구도 이를 추진할 교수가 없었다. 나는 미국 인류학회 1970년 뉴욕에서 열린 레비스토로스 인류학 분과*에 초청되어 발표한 바가 인연이 되어, 그분을 한국에 모셔올 수 있는 행운을 얻었던 것이다. 나는 레비스트로스 교수에게 자신의 연구 성과를 총체적으로 리뷰해 달라고 하였다. 이에 답하여 두 가지로 요약하여 발표하였다. 신화 연구를 포함하는 Collective Representation과 친족 연구를 포함하는 Social Organization이었다.**

지금도 생생한 것은 고병익 선생님이 풍산산업 류찬우 회장님께 레비스트로스 일행이 하회마을 충효당에 간다는 연락을 해 놓으셔, 그분이 대구 관광호텔에 부탁하여 최고의 뷔페 식사를 충효당 대청마루에 준비해 놓고 있었던 것이다. 우리 일행이 통도사에서 일박하고 경봉 스님과 대화를 나누고, 해인사 팔만대장경을 보고 하회로 갔으니 얼마나 늦게 도착했는지 모른다. 그런데 준비된 식사는 서양식 뷔페라 레비스트로스 교수 내외는 너무 놀라는 것이다. 전통 음식이 아니고 서구화된 한식이니 매우 신기해 하면서도 이상하게 여기는 것 같았다. 사실 이날 충효당에는 역사적인 사건이 일어난 것이라고 종부 되시는 분이 이야기해 주었다. 충효당 역사 이래 충효당 사랑채에서 여성이 앉아 대접받는 것은 처음이라고 했다. 레비

---

*미국인류학회 제71차 연례학술대회, Ino Rossi 교수가 3년 연속 조직한 "Dialectics in Anthropology: the structuralism of Claude Levi-Strauss in perspective"의 마지막 해였다. 발표자 논문을 공모하였는데, 내 논문 "The structural principle of Chinese World-view"가 채택되었다. 그 분과의 발표자 명단에는 당시의 미국 인류학계 대표적인 학자들이 포함 되었다. David Schneider, Stanley Diamond, Jacque Maquet, Lawrence Krader 등이고, Louis Dumont 교수도 참석하여 나의 발표를 격려해 주었다. 1974년에 Rossi 교수가 편집한 책 《The Unconscious in Culture: The Structuralism of Claude Levi-Strauss in Perspective》에 수록되었다.

**1990년대에 파리에서 인류학을 공부하고 돌아온 신인철 박사는 한국정신문화연구원에서 나온 《레비스트로스의 인류학과 한국학》(강신표 편, 1983)을 읽고, 프랑스에서도 레비스트로스가 스스로 자기의 연구 내용을 이렇게 정리해 놓은 것이 없다고 하면서 이 보고서를 귀중하게 평가해 주었다.

스트로스 부인 모니크 여사와 우리 집사람 김봉영 두 여인이 레비스트로스와 함께 왔으니 도리가 없었다.

네 번째 만남은 1989년 서울올림픽대회 1주년 기념 국제학술회의 때다. 선생님이 한림대학에 계실 때다. 나는 이 국제학술회의의 조직위원회(박홍수, 강신표, 김성곤, 김세원, 이상우, 한승주, 김치곤 등)에서 고병익 교수님을 국제학술회의 조직위원회 위원장으로 모시도록 주선하였다. 동시에 기조 강연 연사로 모셨고, 선생님은 파키스탄의 고고학자 아마드 하산 다니 교수를 추천하여 모실 수 있었다. 나는 1983년도에 시카고대학에 풀브라이트 Senior Scholar로 가 있으면서 사린스(M. Sahlins) 교수를 한국에 한 번 초청하고 싶었다. 그 기회가 이렇게 빨리 올 줄 몰랐다. 사린스 교수는 미국에서 유럽의 레비스트로스 이론을 미국 학계에 소개하고 이를 활용해 미국 사회를 분석하는 데 사용한 드문 석학이다. 올림픽은 단순히 스포츠 행사만이 아니다. 지구촌의 거대한 행사에는 많은 나라와 민족이 함께 어울리는 초대형 무대가 마련되는 것이다. 도시국가 그리스인들이 3천 년 전에 고안해 놓은 이 올림픽은 오늘날에도 여전히 효력을 발휘하고 있다. 서울올림픽대회는 냉전 시대의 종식을 이끌어 낸 것으로 역사에 기록되고 있다. 바로 서울올림픽대회 1주년 기념 행사가 열리던 해에 독일 베를린장벽이 무너져 내렸다. 동구권의 사람들이 분단된 한국의 남쪽 사회의 경제적 발전을 TV 화면으로 직접 볼 수 있게 된 것이다. 그들은 자유민주주의의 성과를 보았다.

기조 강연 첫 번째 연사로 고병익 선생님은 "한국과 세계: 그 문화교류사에 대한 성찰"이라는 제목으로 발표해 주셨다. 조선왕조(1392~1910) 이전 시대인 고려왕조(918~1392) 때만 해도 대외 접촉을 금지하는 어떠한 이념이나 제약도 없었다고 한다. 이 시기 중국은 송宋나라가 한漢족의 전통을 지켜 나가고, 북방 지역의 거란족, 여진족, 몽고족이 차례로 홍기하여 남쪽 중원 평야로 침략해 들어가 중국 땅에 "정복왕조"를 건설하였다. 고려왕조는 이러한 국제적인 상황에서 이에 적절한 교류와 접촉 관계를 유지하고 있었다. 몽고족이 중국의 전 지역을 포함해서 유라시아 대륙에 걸쳐 대제국을 건설하였던 13~14세기 무렵, 고려는 그 테두리 안에 들어 있었기 때문에 더 넓은 지역과 접촉할 수 있었다. 몽고의 공주가 고려 궁중에 들어오게 됨에 따라 수행 인원 속에는 중앙아시아 출신의 서역인도 함께 들어왔을 것이고 이는 위구르 문화, 라마교와 회교가 전해지기도 하였다고 강조하였다.

한국사에서 단일민족, 단일 언어, 단일 문화라는 것들은 일종의 신화다. 지금도 교과서에서 민족주의적 역사의식이 과도하게 표출되어 교과서 문제로 시끄럽다. 새로운 세대들에게 나라의 역사를 어떻게 가르칠 것인가는 중대한 문제다. 역사학과가 한국사, 동양사, 서양사, 세 학과로 나뉜 것은 비극이라고 생각한다. 나는 미국 유학 중에 사회학에서 인류학으로 전공을 바꾸고, 한국 문화를 바라보았을 때, 한국은 중국 중심의 동아시아 세계에 대한 이해 없이는 이해가 불가능하다는 것을 절감했다. 고병익 선생님이 추구한 동아시아의 역사와 전통은 모두 이러한 맥락적인 이해의 단서를 제공하고 있다. 단일민족사로 또는 자민족중심주의로 우리의 역사를 보아서는 안 된다는 것이다. 따라서 선생님의 논의는 자연히 이웃 나라 중국과 일본의 고대사가 우리와 얼마나 서로 연결되어 있는가를 밝히고 있다.

다섯 번째 만남은 1998년 제1회 경주세계문화엑스포 국제학술회에서 내가 갑자기 조직위원장을 맡게 되었을 때다. 이번에도 선생님은 기조 강연자로 적격이셨다. 조직위원회 위원, 강우방, 김택규, 김병모, 우동기,

정우택, 이해두, 임재해 등 모두가 찬성하여 초빙하였다. "慶州, 新羅 그리고 世界文化"가 기조 강연 제목이었다. 경주가 천 년의 수도임을 밝히고 왕경王京의 사찰과 능묘를 논하고 중국 및 일본과 상호 교류를 논하며 멀리 서역 문물과 접촉이 있었음을 상세히 논의해 주셨다. 결론적으로 이 문화엑스포를 거치며 경주는 이제 한국의 지방 도시에서 다시 세계 도시로 나아가야 할 것이라고 기원해 주셨다.

고병익 선생님의 기원은 이제 결실로 나타나고 있다. 2013년 경주세계문화엑스포는 중앙아시아의 맹주盟主 터키와 협동하여 이스탄불에서 그 행사가 열렸다. 터키와 협력하면서 서로는 서로에게 좋은 거울 구실을 할 것이다. 이미 일본도 터키와 문화 교류를 활발히 추진하고 있다.[*] 일본이 한때 탈아脫亞를 논할 때 서구를 따라잡아야 한다고 몸부림치던 때가 있었듯이, 터키도 근대화라는 이름으로 엄청난 자기 변혁을 시도하였다. 자기영토의 일부, 이스탄불 근처가 유럽에 포함되어 있어 EU[유럽연합]에 소속하기를 원하지만, 그리스의 맹렬한 반대에 부딪쳐 끝내 가입을 이루지 못하고 있다. 이는 오스만제국이 발칸반도를 지배하던 역사를 가진 터키가 기독교 제국과 전쟁에서 패전함으로서 지울 수 없는 상처로 남아 있다. 어쩌면 그 역사와 상처가 바로 자기들의 정체성을 수립한 데 중요한 밑거름이 되고 있는지도 모른다.

모든 역사의 현재 시점은 과도기다. 과거와 미래를 연결하는 과도기다. 역사적 시간은 언제나 역사적 공간과 함께 한다. 어떠한 역사적 공간

---

[*] 서구를 모델로 한 근대화 노력은 터키와 일본이 많은 유사성을 가지고 있다. 1980년대 일본 정부는 이스탄불의 보스포루스 해협을 가로지르는 대교를 일본-터키 친선의 우의로 건설하였고, 2000년대에 와서 교토의 국제일본문화연구센터는 이스탄불대학과 공동으로 "일본과 터키의 서구화 비교 연구"을 활발히 진행하고 있다.

도 이웃한 공간을 떠나서 존재하지 않는다. 이는 역사적으로 맥락을 고려해야 한다는 이야기이기도 하다. 우리는 '홀로와 더불어'를 생각하며, 과도기의 맥락을 슬기롭게 헤쳐 나가야 할 것이다. 고병익 선생님의 가르침이 새삼스럽게 이 시대 우리들의 삶에 중요한 가르침으로 다시 떠오른다.

사통팔달 선각자의 배려

한상복韓相福[*]

녹촌鹿村 고병익 선생의 학문과 인생은 그 폭이 매우 넓고 배려가 깊었다. 나는 1960년대 중반부터 문리대에서, 1970년대 중반부터는 서울대 관악캠퍼스에서, 그리고 1970년대 후반부터는 한국사회과학연구협의회(Korean Social Science Research Council)에서 선생을 모시면서 일을 함께 해 왔다. 선생은 후학들에게 선각자先覺者의 모습을 보여 주었다. 어려운 일을 결정하거나 해결할 때에도 거의 막힘없이 소통하는 명쾌한 방도方途를 제시하였다. 그리고 나의 전공 학문인 인류학계에 적어도 두 번 큰 배려를 베풀었다.

그런 인성人性은 선천적으로 타고난 것일까? 아니면 후천적으로 키워낸 것일까? 두 가지가 모두 해당되는 것이겠지만, 선생의 경우엔 후자가 더 크게 작용했을 거라고 생각한다. 일본 제국주의 식민지 시대와 해방 직후의 혼란기, 그리고 한국전쟁의 격동기에 주요 교육과정과 전사 편찬 업무 담당 육군 장교 군 복무를 마쳤고, 당시로서는 쉽지 않은 독일 뮌헨대학 유학길을 선택한 사실만으로도 선생은 보통 사람과 다른 학문과 인생

*서울대학교 명예교수

의 길을 택한 것으로 보인다. 더구나 동아시아 역사와 문화에 관심을 가지고 서양에 가서 동양학을 연구했다는 사실과, 미국의 동양학·한국학으로 이름난 워싱턴대학에서 2년 동안 초빙교수로서 연구와 강의를 했다는 사실도 그 당시의 한국 학계에서는 드문 일이었다.

선생은 다양한 학문과 예체능 분야의 전문가들과도 폭넓은 교우관계를 유지하면서 자신의 생활을 조화롭게 설계했던 것으로 보인다. 중년에 문리대 동료 교수들과 함께 학교 근처의 혜화동 화실畵室에 다니면서 그림 그리기에 열중한 일이나, 노년에 들어서 한문에 능한 다양한 분야의 명사들과 함께 난사蘭社라는 시회詩會를 만들어 매달 운자韻字를 달리하면서 한시漢詩를 지은 일이나, 모두가 예사로운 사람이 할 수 있는 일이 아닌 성싶다. 혜초慧超의 인도 행로 현지 답사와 실크로드 답사 보고서 등도 선구적인 개척의 업적이었다. 그뿐 아니라 선생은 1970년대 초에 당시로서는 드물게 중년의 교수로서 골프를 쳤고, 자가용 차를 직접 운전하기도 했다. 언론, 정치, 행정의 명사들과 보통 이상의 친밀한 사이를 유지하면서도, 절대로 경계선을 넘어 그쪽으로 발을 디디지 않고 평생 동안 학계를 벗어나지 않았다.

녹촌 선생의 문리대 학장 시절의 일이다. 외국의 어느 학술재단에서 내가 비교적 큰 규모의 연구비를 받았을 때, 학장실로 나를 불러 연구비 총액의 5퍼센트를 대학의 시설과 서비스 필요 경비로 징수해야겠다고 통고하였다. 지금은 그런 관행이 보편화되었지만, 그 당시까지만 해도 전례가 없던 일이었다. 서양 더욱이 미국 대학의 연구비 관리 체제를 직접 관찰하고 실행한 첫 번째의 사례일 것이다.

그 시절에 대학가에서는 학생들의 반정부 데모가 절정을 치닫고 있었다. 전국의 대학들이 문을 닫을 지경에 이르렀다. 당시의 민관식 문교부 장관이 고병익 문리대 학장에게 교수들과 함께 데모 방지 대책을 논의하고 교수들의 협조를 요청할 수 있는 자리를 마련해 달라는 요청을 했던 것 같다. 그런 모임이 안국동의 어느 한정식 집에서 열렸다. 학장이 모임의 취지를 설명하고 장관이 교수들에게 데모 방지에 적극 참여해 줄 것을 당부하였다. 교수들의 여러 가지 다양한 반응이 제기되는 가운데, 어느 30대 초의 젊은 교수 하나가 "학장은 시녀요? 기생이요?" 라는 말 한마디를 던지고는 자리를 박차고 나가 버렸다. 그 뒤를 따라 비슷한 연배의 젊은 교수 두 사람이 자리를 떴다. 그처럼 난처한 처지에서도 학장은 불쾌한 기색을 보이지 않고 분위기를 수습하여 모임을 탈 없이 마무리했을 뿐만 아니라, 그 뒤에도 학장을 거역하고 자리를 박차고 나간 젊은 세 교수에게 아무런 대응을 보이지 않았다고 한다.

1976년에 한국사회과학연구협의회(현재의 한국사회과학협의회)가 창립되면서 선생은 초대와 제2대의 회장직을 연임하였다. 사회과학연구협의회는 전 세계 대부분의 나라에서 사회과학 연구를 진흥하고 지원하는 목적으로 설립된 기구로서, 아시아사회과학연구협의회와 세계의 국제사회과학연구협의회처럼 국가, 지역 단위와 전 세계의 협의회가 설립되어 있다. 한국에서는 정치, 경제, 사회, 문화, 심리, 언론 등 10여 개의 사회과학 전문 학회와 개인 회원들이 한국사회과학연구협의회에 가입되어 있었다. 한국사, 동양사, 서양사 등 역사학회는 지금까지 하나도 가입되어 있지 않았다.

선생이 두 번째 협의회장직을 맡았을 때였다. 당시의 박찬현 문교부 장관에게 한국사회과학연구원 설립 제안서를 제출하여 일단 긍정적인 반응을 얻었다. 그 준비 단계로 외국의 사회과학 분야 학술연구제도에 관한 구체적인 자료를 수집하고자 소규모 연구 과제를 문교부에서 지원하였다.

현지 자료를 수집하고자 고병익 회장과 박동서 부회장이 미국과 일본을, 한배호 연구위원장과 한상복 총무위원장이 독일, 프랑스, 네덜란드, 영국을 다녀왔다. 그 보고서는《외국의 사회과학분야 학술연구제도》(한국사회과학연구협의회, 1979)라는 책자로 문교부에 제출되었다. 그러나 아쉽게도 한국사회과학연구원 설립 계획은 진행 도중에 문교부 장관 경질로 무산되고 말았다.

첫 번째로 한국 인류학계에 베푼 선생의 배려는 1970년대 후반에 서울대학교 부총장 재직 시절의 사건으로 사연이 좀 길고 복잡하다. 그 내용을 나는 작년(2012년)에 서울대학교 인류학과 김광억 교수 정년퇴직 고별강연 축사에서 처음 밝힌 바 있다. 그 일화는 그때까지 누구에게나 한 번도 말한 적이 없었던 것이었다. 간단히 짧게 말하면 김 교수가 문리대 독어독문과를 졸업하고 고고인류학과에 학사 편입을 해서 졸업한 다음, 영국의 옥스퍼드대학 인류학과 대학원생으로 있을 때, 하버드 옌칭 연구소 장학금 지급 문제로 서울대학교 총장실에서 생긴 일이었다.

김 교수가 옥스퍼드대학에 유학할 때에는 브리티쉬 카운슬 장학금을 받았다. 나도 추천서를 썼다. 그리고 몇 년이 지나자 장학금이 중단되어 더 이상 영국에서 학업을 계속할 수 없게 되었다. 하는 수 없이 미국으로 대학을 옮겨야겠다고 하버드 옌칭 연구소에 장학금을 신청했다. 이번에도 내가 추천서를 썼고, 장학금 지원이 확정되었다. 백스터 연구소 부소장의 편지에는 최고의 장학금 조건이 제시되었다. 영국의 옥스퍼드대학은 미국의 어느 우수 대학과 다를 바가 없으니 구태여 미국으로 올 필요 없이 거기서 계속 공부하라는 것, 당시에는 중국에 입국이 불가능하니 대만에서 인류학 현지 조사와 박사 논문 작성이 끝날 때까지 학비, 생활비, 여비 일체의 비용을 장학금으로 지원하겠다는 것이었다.

그리고 백스터 씨가 서울대학교 윤천주 총장에게 보낸 그해 서울대학교의 하버드 옌칭 연구소 객원교수 명단과 소속이 적힌 문서 맨 끝에 김광억(괄호 속에 인류학과)이라는 이름이 추가되었다. 인류학과에 그런 교수가 없다는 사실을 확인한 총장이 학과장이었던 나에게 전말서를 써서 제출하라는 공문을 보냈다. 하버드 옌칭 연구소장에게 확인해 본 결과 그 장학금은 한국을 포함한 동아시아 학자들과 박사과정 대학원생에게만 지급되고 영국 학생에게는 해당되지 않기 때문에 서울대학교 인류학과 졸업생이라는 명분으로 지원받는 객원교수 명단 끝에 붙였다는 것이었다. 그런 사실의 경위를 상세하게 시말서를 써서 제출하는 것으로 사건은 일단락되었지만, 다음 해에도 같은 일이 반복되었다. 사건의 첫해와 그다음 해에도 그 문제를 해결하는 데 고병익 부총장의 배려가 작용했다는 사실을 나중에 알았다. 그 다음다음 해부터는 그런 번거로움이 없어졌다.

두 번째 선생의 한국 인류학에 대한 배려는 대한민국학술원의 문화인류학 전공 회원 자리를 확인하는 일이었다. 그때는 선생의 별세 직전이었던 것으로 기억된다. 서울대학교 경제학부 명예교수 정병휴 선생이 나에게 할 말이 있다고 전화를 걸었다. 이야기의 내용은 대한민국학술원 규정에는 문화인류학 전공이 인문사회과학 제3분과에 들어 있는데, 과거에 문화인류학 전공 회원이 없어서 앞으로도 회원 선출이 불가능할 것이라는 것이었다. 그런데 마침 같은 분과의 역사학 전공 충원 자리가 여러 개 생겼다는 것이다. 그 가운데 하나를 문화인류학 전공 회원 자리로 양보를 받으면 좋겠는데, 자기의 생각에는 역사학 분야 회원들의 동의를 얻어낼 수 있는 분이 고병익 선생 밖에는 없다는 것이었다. 회원 자리 하나가 비면 그 자리에 같은 전공의 회원으로 충원하는 것이 관례인데, 그것이 가능하겠느냐고 했더니 자기가 한 번 얘기해 보겠노라고 했다. 그런 뜻이

고 선생에게 전달된 것 같았다.

그런 일이 있고나서 몇 달이 지난 뒤였다. 서울대학교 인문대학 중앙 유라시아연구소의 실크로드 국제학술대회가 있어 참석했는데, 그 자리에 고병익 선생도 함께 하였다. 회의가 끝난 다음, 선생이 나더러 잠깐 보자고 하였다. 다짜고짜로 그 일은 없었던 것으로 여기라는 것이었다. 무슨 말씀이냐고 물었더니, 역사학 전공 회원들 중에 몇 분에게 공석 가운데 한자리를 문화인류학 전공으로 돌리는 것이 어떠냐고 의향을 물었는데 마무도 긍정적인 반응을 보이지 않으니 그렇게 알라는 말씀이었다. 나도 그렇게 짐작하고 있었다고 말씀드리고, 고마운 뜻을 전했다. 역사학 분야의 큰 어른으로 그만큼 큰 배려를 베풀었는데, 그 뜻이 성사되고 안 되고를 떠나서 문화인류학계를 위한 그분의 배려가 너무나 고마웠기 때문이었다.

최근에 학술원 인문사회과학 제3분과 회의를 끝내고 나서, 역사학 전공 원로 회원 한 분에게 혹시 그런 의향을 물음 받은 일이 있었는가 물었더니, 자기는 그런 일이 없었지만 역사학 전공 회원들 중에서 고 선생만큼 통 큰 분이 없을 거라고 대답하였다. 그 말을 듣고 보니 나도 그럴 것이라는 생각이 들었다. 고 선생이야말로 사통팔달四通八達 선각자로서 학문과 인생의 폭이 넓고 배려가 깊은 분이라는 것을 새삼 확인할 수 있었다.

고고학과 62학번들의 추억

이종철*李鍾哲, 지건길**池健吉, 조유전***趙由典

1. 62학번 세대, 학림學林에서의 은총

1962년 문교부 주관, 전국의 대학 전공 학과별, 통합 선발 시험(4가지 단답지 지문 속 정답 뽑기, multiple-choice)인 최초의 객관식 시험(이른바 사지선다형)을 치르고 우리는 '대학의 대학'이라는 문리과대학에 입학하였다. 우물 안 개구리 학생들에게 문리과文理科대학은 대한민국 학문의 총본산으로서 광활한 지식과 진리의 방목터였고, 지성知性과 석학들을 가까이서 만날 수 있는 관광지요, 볼거리 장터였고 교정은 한마디로 젊음의 놀이터였다.

말로만 들었던 명망 높은 교수님들을 불이 꺼지지 않는 연구실에서 스물네 시간 뵐 수 있었으니 지금 생각하면 안복眼福과 학운이 낙산駱山이나 인왕산보다 높았다.

땅속[지질학]에서 하늘 끝[천문학]까지 문학, 역사, 철학에서 사회, 정

*교토 조형예술대 특임교수, 전 한국전통문화대학교 총장, 전 국립민속박물관 관장
**아세아문화중심도시 추진위원장, 전 국립중앙박물관 관장
***경기문화재연구원장, 전 국립문화재연구소장. 전 경기도박물관장

치외교학은 물론 수학, 화학, 물리학, 생물학, 심리학, 사회사업학에 이르는 대학의 대학에서 지성과 학문, 지혜와 진리의 전당을 지키는 학생으로서 대단한 긍지와 자부심을 가졌던 행복한 시절이었다.

국어국문학의 이숭녕, 이희승, 철학의 박종홍, 최재희, 미학의 김정록, 영어영문학의 이양하, 권중희, 고석구, 사회학의 이상백, 정치학의 민병태, 사학의 이병도, 김상기, 생물학의 강영선, 이민재 교수님 등 명불허전名不虛傳 쟁쟁한 검투사들의 경연장이자 지성, 학문, 교육의 전당이 문리대였다.

이웃의 의대, 법대, 미대, 약대, 상대의 학생은 물론 문리대에 친구가 있던 성균관대, 수도의대, 동대, 연대, 고대, 서강대 학생까지도 오래된 강의실에서 세계적 교수님의 명강의를 가슴과 머리에 담으려고 인산인해人山人海를 이루었던 백화제방百花齊放의 시대적 모습이었다.

2. 한국 최초의 서울대학 새내기 풋내기 학과

1961년 갓 태어난 고고인류학과考古人類學科에도 당시 40대의 최고 지성들이 빛나는 별로 존재하던 시대였다. 선사先史 · 원사原史 시대 역사 복원의 고고학, 인간의 거울로서 발생, 진화, 사회, 문화 연구의 인류학, 민족 전통의 사회, 신앙, 문화, 풍속 연구의 민속학民俗學을 통합 연구하는 자연, 인문, 사회과학의 통섭 융합 학문이 태동한 것이다.

뉴욕대에서 고고학을 전공한 39세의 김원룡 국립박물관 학예관을 대우 부교수로 초빙하여 학과를 설립하였던 바, 체질인류학 라세진, 장신요 의대학장, 금석문, 고고학 특강, 이홍직 고려대 교수, 국립박물관 김재원 관장, 윤무병 학예관, 인류학강독의 이기영 동국대 교수, 인류학개론 이해영 교수, 민속학 이두현 사범대 교수, 인류학 고고학 연습 김철준, 고병익 교수님 등 그 시기의 40대 명교수들의 휘황찬란한 학문 열정의 광장 같은 지성의 향연이었다.

고고학, 인류학, 민속학의 기본서도 없던 시기 선생님들의 강의는 바이블처럼 소중한 문화유산이 아니었던가? 도포자락을 휘날리며 흑판에 분필로 써 나가시던 교수님의 명강의를 준비 없이 맞았던 절호의 기회가 지금 생각하면 많이 안타깝다.

김원룡 교수의 절친한 후배로서 뮌헨대학에서 공부하신 고병익 교수의 고고인류학강독은 동부연구실의 오래된 긴 의자가 있는 연구실에서 막이 올랐다.

3. 고병익 교수님께서 속아주신 휴강 재미

실학자 홍대용의 《연행록燕行錄》은 기행체의 인류학 현지 조사 보고서이다. 홍대용의 《담헌록》에 그려진 연경은 역사에 기록된 당시 북경의 문물을 서술한 중국 한문 해석은 사원辭源과 사해辭海를 뒤져도 모르는 한자와 문장과 내용이어서 머리와 가슴까지 답답해지는 강좌였다. 교과서, 팩스, 제록스도 없던 시절 한 권밖에 없는 책을 선생님께서 대출하여 한문 글씨에 달란트를 가진 윤흥로(전 중앙일보 기자), 지건길(전 국립박물관장) 형이 강의 2~3일 전까지 철필로 프린트 원본을 작성한 뒤 얼굴과 손에 검뎅이를 칠하며 등사를 마친다. 문단을 나누어 각자가 책임·번역·종합·취합 뒤 발표록을 하루 전에 마무리하는 그야말로 초읽기 수업이었다. 400년 전 인류학 답사기를 우리가 설명하고 교수님이 평가해 주시는 양방향 소통의 강독 시간이었다.

때로 우리들은 고의적 미필 기획을 준비하여 유인물이 준비가 안 된 상태에서 그럴듯한 학림체육대회와 국립박물관 견학의 핑계를 만들었다.

과대표인 조유전(문화재연구소) 형이 대표로 선생님을 설득하여 휴강 선물을 받아 낸 적이 있다. 개나리, 진달래, 철쭉, 라일락이 꽃물결을 이룬 5월에 '종로대학' 여대생과 세검정 밤 야유회는 황홀한 외출로 우리는 선생님을 설득하여 기만한 우리의 기지에 쾌재를 부르기도 했다. 그러나 거짓의 꼬리가 길면, 음모가 드러나는 법이다. 1964년 5월의 휴강을 기획한 우리의 숨은 의도를 알아차리시고도 한 번쯤 학동들에게 속아 주신 것을 우리는 7월에서야 알았다.

어리석게도 우리의 음모는 계속되었다. 7월 초에 고고학 특강에 필수 자료인 등사 프린트 준비 없이 동부연구실에 가서 교재 준비가 안 되고 덕수궁 특별전에 가야 되니 원서 강독은 다음 주에 미루자고 간곡히 말씀을 올린 적도 있었다.

4. 산처럼 높고 바다보다 깊은 선생님의 학문과 인품

어느 날 교수님께서는 빛을 발하시는 눈으로 우리의 마음을 읽고, 의연하신 표정으로 미소까지 지으며 우리의 이야기를 들어 주실 듯하면서, 돌발 선언을 하시는 것이 아닌가? 그간 프린트 교재 중심의 여러분 모두의 발표 내용을 듣느라 학생들과 대화가 부족했다. 오늘은 나와 '잡담'이나 하자 하시며 모두를 불러들이셨다. 이날 강의 시간은 무려 3시간으로 기획했던 이화동 골목의 막걸리 파티는 박살이 났다.

선생님은 《잡담 고고학》의 첫 강론에서는 정식 국교가 없던 죽의 장막인 중화인민공화국 만주의 심양 지역 신석기 문화인 홍산紅山문화와 초기 청동기 하가점夏家店 하층문화 등 처음 듣는 얘기들을 풀어 놓으셨다.

홍대용의 《담헌록》의 모태가 되는 흑룡강성의 하얼빈과 길림성의 장춘, 요녕성의 봉천(심양)을 거쳐 연경(북경)까지의 역사 옛길 여행이 계속되었다. 중국어, 독일어, 영어를 구사해 가시면서 풍부한 역사적 사실과 문화적 배경이 곁들어진 지식과 지혜가 뻥 뚫리는 고대사 탐방이었다.

실크로드의 핵심 거점인 신강 위구르 지역의 우루무치, 투르판, 감숙성의 돈황 막고굴, 섬서성의 운강, 용문 석굴, 내몽고 오르도스 지역의 문화와 유적 중심을 설명하는 고고학, 역사학, 미술사의 종합 강의 열차였다.

세계 역사의 원류를 이룬 중국 문명론은 유적, 유물, 문헌 등의 기초 자료와 함께 역사, 철학, 사상, 정치, 사회 등 문화적 배경을 총체적으로 접근하지 않고서는 이해의 폭과 깊이가 좁고 얕아진다. 선생님께서는 '정신 차려' 하며 죽비를 내리치신 것이다.

학문에 뜻을 둔 젊은 불목한들에게 큰 꿈을 이루기 위한 연장으로서 영어, 중국어, 일본어, 한문 수련의 필요성과 공부하는 마음자리를 일깨워 주고 싶으셨던 것이다. 원서 강독과 딱딱한 학술 내용에 주눅이 든 우리를 푸른 하늘, 높은 산, 넓은 평야, 파도치는 바다로 방목하시면서 고고학, 미술사, 역사와 인류학이 접목된 지식과 지혜의 성으로 안내하셨다.

5. 선생님과의 기억은 모두 추억이 되고

지금 생각하면 수업 준비를 게을리한 채 휴강 작업에만 진력하는 코흘리개 같은 10명 제자들을 온후하고 인자하신 품으로 큰 삼촌, 아버지처럼 훈도하며 사랑을 주셨다. 삼불 김원용 교수가 어렵게 설득하여 직접 파견한 족집게 과외 선생이셨던 고 교수님은 고고인류학과 2회 62학번 말썽꾸러기들의 엉뚱한 질문도 언짢은 내색을 하지 않고 시원한 해답으로 설명해 주시고, 학생들 스스로 깨닫게 해 주신 인격과 학문 지킴이셨다.

그 뒤 우리는 직장 생활에서도 휴강 공작을 포기한 채 선생님의 순한 양이 되어 선사와 역사의 길을 함께 가고 수행하는 50년 동안의 시봉까지 이르게 되었다. 30년 뒤 조유전, 지건길, 이종철은 문화재위원회 위원장으로서 은사를 다시 모시는 은총을 입었다. 선생님은 위원들의 편협한 안목과 편집광적인 전공 지식 주장을 끈기 있게 경청하시는 묵언의 수행에 일가를 이루시었다.

문제의 제기가 새로운 문제를 만들어 내는 위원회가 지루한 토론의 벽에 부딪쳐, 배가 뒤집히기 직전 온유하지만 깊이가 있는 설득으로 정책, 학문의 균형 감각이 응축된 명쾌한 판단은 모든 분을 설득하여 순항케 하셨다. 옳고 바른 원칙을 지키며, 겨레가 잘살고 국가와 민족의 미래를 염려하시는 마음을 학문과 행동으로 보여 주셨다. 외유내강의 추진력, 멸사봉공의 의식, 온화한 인격과 덕성 때문에 문화재 행정가와 전문가 사이에서도 선생님의 인기는 요즘 말로 짱이었다. 엘리트 코스만을 달려온 선생님이시지만 모든 일에 항상 겸손하시고 진지한 소통을 몸소 실천하셨던 교수님의 무언의 가르침은 우리들에게 평생 간직할 철학이고 깨달음이셨다.

선생님이야말로 1956년 독일 뮌헨대학에서 도르트문트 맥주만 마시며 철학 박사를 수득하신 게 아니고 엄청난 내공을 쌓으신 '쩌쉬션머這是什么'가 아닌가 생각된다.

존경하는 선생님, 지금 우리는 학문, 인품에서 '이게 무엇이고, 왜 이쯤뿐이 안 되는지' 속상해 하고 있으니 못난 제자들을 용서하시고 영생하소서.

다음은 고 선생님 수업을 함께 들은 62학번들의 명단입니다. 삼가 감사의 뜻과 함께 선생님의 명복을 빕니다.

김광언, 인하대학교 역사교육과 명예교수

전영우, 한국민족미술연구소장 겸 간송미술관 관장. 상명대 명예교수

강영철, 홍콩 Koshin 무역 사장 (2012년 3월 작고)

김 건, 서울신문 전 편집부 편집논평위원

박종화, 경희대 언론정보학부 초빙교수. 전 경향신문 편집국장

윤흥로, 전 중앙일보. 서울신문기자. 부산장애인올림픽조직위 홍보위원

하간식, 전 태백탄광법무부장, 천복펌프사장

황수택, 행정고시 합격(8회). 서울의대 수석입학. 재미 신경정신과의사

정기영, 영화 조감독.

鹿村 선생님과의 소중한 만남

최몽룡崔夢龍[*]

녹촌鹿村 고병익 선생님(1924년 3월 5일~2004년 5월 19일)께서 향년 80세로 저희 곁을 떠나신 지 벌써 10년이 지났다. 그러나 선생님과는 잊을 수 없는 몇 가지 소중한 인연이 있어 가끔 선생님을 떠올리곤 한다.

지금부터 50년 전인 1964년 학부 1학년 때 선생님의 사학개론史學槪論 강의를 신청하여 E. H. Carr(1892년 6월 28일~1982년 11월 3일), R. G. Collingwood(1889년 2월 22일~1943년 1월 9일), Leopold von Ranke(1795년 12월 21일~1886년 5월 23일)와 Heinrich John Rickert(1863년 5월 25일 ~1936년 7월 25일)들의 학자들을 알게 되고 이들을 통하여 '역사는 법칙성을 부정하고 개성기술의 학문'으로 '역사적 사건은 단 한 번밖에 일어나지 않는 一回性(Einmaligkeit, Flüchtigkeit)이지 지속성Daur이나 반복성 Wiederholbarkeit은 없다'는 학설도 아울러 배웠다. 다시 말해 영국과 독일의 역사학의 흐름에 대해 이해를 하게 되었다는 점이다. 학기말시험에 주관식 두 문제가 나왔는데 하나는 수업시간에 배운 것이라 잘 썼는데 다른 하나는 수업시간에 언급도 되지 않았지만 선생님의 관심사였던 동서교섭

---

[*]서울대학교 명예교수

사東西交涉史 가운데 실크로드(Silk Road, 絲綢之路)에 관한 것으로 수강생들의 학구열을 시험하는 것이었다. 당시 나는 고지식해서 수업 시간에 배운 것은 충실히 따를 뿐 그 이상을 뛰어넘을 능력과 여력이 없었다. 학점은 B로서 만족스럽지 못했으나 이 수업을 거치면서 공부할 수 있는 범위를 벗어나 자율적으로 넓혀갈 수 있는 여지를 남겨 두게 되었고 그것이 쌓여 오늘날의 연구에 밑받침이 되었다. 그 뒤 '學而時習'(《論語》, 〈學而篇〉)이 아니라 '學而有思(學而不思則罔, 思而不學則殆,《論語》, 〈爲政篇〉)'를 바탕으로 하는 독창성이 있는 연구 자세를 지향하게 되었다. 다시 말해 불가佛家의 줄탁동기啐啄同機처럼 공부하는 자세가 무엇인지 선생님의 강의에서 확연히 깨달을 수 있었다. 요즈음《인류문명발달사─고고학으로 본 세계문화사─》(개정5판, 주류성)를 교정보면서 당시의 선생님의 뜻깊은 수업을 상기하곤 한다. 이것이 선생님과의 첫 만남으로 이후 공부와 연구에 뜻을 두게 되는 인생의 목표가 자연스럽게 설정되었다.

그러면서 종로구 동숭동 동부연구실 옆방 동빈東濱 김상기金庠基(1901년~1977년) 교수님의 방(후일 서양사학과 양병우梁秉祐 선생님 방으로 인계됨)을 인수받은 선생님께서 파이프 담뱃불을 빌리러 가끔 저희들 방에 들르셔서 선생님에 대한 친근감이 쌓여 갔다. 이 인연은 1971년 2월 6일 종로예식장에서 열린 내 결혼식 주례를 선뜻 허락해 줄 정도까지 이르렀다. 이것은 선생님께서 나를 성실한 사람으로 보아 주신 결과로 생각된다.

그러나 내가 1972년 4월 1일 전남대학교로 이직(그해 12월 10일 전임강사로 발령받음)하고 나름대로 조사와 발굴에 무척 바빠 선생님을 제자의 도리로 잘 모시지 못한 점 아직껏 마음에 아쉬움으로 죄송함만 남아 있다. 이 무렵 선생님께서 문리대 학장(1970~74년, 현 인문대, 사회대와 자연대의 전신)으로 계셨고 본부에서 유급조교 자리를 여러 개 얻어오셔서 나도 1971년 4월 22일부터 1972년 4월 1일까지 일 년 동안 혜택을 받았다. 당시 유급조교는 교수가 되기 위한 필수 코스로 자리가 많지 않았으나 당시 스승이셨던 삼불三佛 김원룡金元龍 교수와 선생님의 특별한 친분 때문이었던 것으로 생각된다.

학문적으로 좀 더 정진하고 생각이 깊어진 것은《진단학보》에 실린 선생님의 논문〈Zur Werttheorie in der chinesischen Historiographie auf Grund des Shih-t'ung(史通) des Liu Chih-chi(劉知幾)〉(《진단학보》19호, 1958. 6. pp.81-173)을 보고 나서이며, 나도 언제 저런 글을 써서 발표할 기회가 있을까 마음에 계속 담아 두게 되었다. 뒷날《진단학보》55호~58호에 박사 학위논문〈A Study of the Yŏngsan River Valley Cluture -The Rise of Chiefdom Society and State in Ancient Korea-〉를 3회에 걸쳐 연재함(《진단학보》55호~58호, 55호: pp.145~207, 56호: pp.131~171, 58호: pp.163~212)으로써 선생님에게 받은 학은을 조금이나마 갚게 되었다고 자위한다.

그리고 1986년 11월 7일~9일 선생님이 관계했던 (재)한일문화교류기금韓日文化交流基金 주최 '韓日古代文化의 諸問題'에서 나도〈欣岩里 先史聚落址의 特性〉이란 조그만 글을 발표할 기회를 얻게 되었는데, 당시 발표장에는 선생님과 동경대 동양사학과 동창인 일본인 친구분들이 끝까지 경청해 주셨다. 그리고 이어진 토론과 질문 시간에 당시 내 화두話頭였던 '동양 삼국에서 계급사회의 출현'에 관해 선생님의 고견을 여쭈었는데 선생님의 답변은 무척 큰(おおきな……) 주제라고 짤막하게 답변하고 빙긋이 웃음을 띨 따름이었다.

그리고 선생님이 문화재위원장(1997~2001년)으로 계실 때 풍납토성風納土城(사적 11호) 안 경당지구와 외환은행 사원 아파트 발굴 때 확인된

제사유구祭祀遺構의 보존 문제가 대두되어 2000년 5월 19일(금) 3분과(사적)·6분과(매장문화재)의 합동회의에서 당시 매장문화재분과 문화재위원이던 내가 보존의 중요성을 열심히 강조하고 있었는데 뒤를 보니 선생님께서 구석 의자에 앉아 조용히 경청하고 계셨다.

또한 2000년 2월 16일 사적 391호 고창高敞 지석묘를 유네스코 세계문화유산으로 등재하는 데 필요한 신청건 때문에 고창을 방문하고 고창군수가 초청하는 만찬회에도 선생님과 함께 참석할 기회가 있었다. 만찬은 선운사 근처에 자리한 산새도 관광호텔에서 열렸는데 밀주로 담근 복분자주가 나왔다. 몇 순배 돌아가고 취기가 오른 선생님께서 스스로 선생님의 학풍과 아울러 독일어, 영어와 일본어를 모국어처럼 사용할 수 있다는 말씀도 해 주셨다. 또 선생님의 스승이신 동빈 김상기 선생님의 결혼과 재취再娶에 얽힌 여러 가지 재미난 일화도 덧붙여 이야기해 주셨다. "아 동빈 그 선생님께서 처음 상처喪妻할 때는 그리 슬피 우시더니 며칠 뒤 다른 부인과 만남이 주선되어 외출하실 때에는 넥타이를 매시면서 콧노래도 부르시더란 말이지……." 라고 말씀하시는 표정이 노 스승에 대한 애정이 듬뿍 들어 있어 보기에도 즐거웠다. 그리고 선생님의 외국어 능력은 선생님께서 동경대학 동양사학과 입학(1943년), 서울대 문리대 사학과 졸업(1947년), 독일 뮌헨대(Ludwig-Maximilians-Universität München) 동양어문학과 문학박사(1956년), 시애틀의 워싱턴대학 동아시아학과 초빙교수를 거치셨으니 말씀하지 않으셔도 당연히 알고 있는 사실이다. 평소 근엄하시기만 한 줄 알았던 선생님으로 여겼는데 취기가 도니 인간미 넘치는 따스한 일면도 발견할 수 있었다.

선생님은 수재 코스를 밟아 온 올곧은 학자로만 일관한 것만 아니라 서울대 문리대 학장, 부총장, 총장(1979~80년) 그리고 퇴임 뒤 정신문화연구원 원장(1980~81년)으로 학문과 행정의 두 분야에서 두루 활약하셨다. 그 뒤 종종 선생님을 뵐 때마다 제齊나라 임치臨淄(현 산동성)에 있는 학자 단지團地(西門/稷門 부근)인 직하학파稷下學派의 제주祭主이셨던 순자荀子(기원전 313년~기원전 238년)와 비슷한 면모를 갖추었다고 생각한 적이 많았다. 예禮와 법法에 따른 통치를 주장한 순자의 제자로는 법가 이론을 집대성한 한비자韓非子와 진시황을 도와 천하를 통일한 진나라의 재상 이사李斯를 들 수 있다. 요즈음 공부를 계속하면서도 아무리 노력하고 애를 써도 선생님의 깊고 높은 학식을 따라가기가 무척 힘들다는 것을 잘 알고 있다('吾嘗終日而思矣 不如須臾之所學也 吾嘗跂而望矣 不如登高之博見也'《荀子》, 〈勸學篇〉). 언제나 선생님의 어깨를 딛고 빙한어수氷寒於水의 경지에 이르게 될까 생각하니 꿈만 같다. 또 선생님은 평소 가끔 맹자孟子의 군자삼락君子三樂 가운데 '得天下英才 而敎育之'《孟子》, 盡心章句上 20章)와 공자孔子의 '不憂不懼 斯謂之君子矣乎'《論語》, 〈顔淵篇〉)를 말씀하신 바와 같이 군자君子와 같은 여유와 너그러움으로 조금도 우려하거나 두려움이 없으셨다. 그러나 선생님은 학자로서의 영예뿐 만 아니라 행정의 달인達人으로도 이름을 날리셨다. 지금쯤 선생님은 아마도 이미 천당이나 극락에 안주하셔서 그곳에서도 후진을 양성하고 계실 줄 믿는다. 선생님이 안 계신 지금 선생님의 폭넓은 그늘이 무척 컸고 아쉽다는 것을 다시 한 번 느끼게 되며 제자의 한 사람으로서 선생님과의 소중한 만남에 대한 추억을 소박한 글로 대신해 본다.

2013. 10. 18.

짧은 만남과 긴 여운

김광억金光億[*]

내가 고병익 선생님을 직접 대한 적은 그분을 멀리서 뵌 때부터 아주 많은 세월이 지난 뒤었다. 문리대 시절, 독문학과생으로서 나는 그분이 동양사 분야에서 탁월한 학자라는 말을 사학과 친구들에게서 들었고 이따금 고개에 힘을 준 자세와 약간은 바쁜 듯한 걸음걸이로 교정을 지나가는 모습을 바라보면서 저런 모습의 교수가 되는 것이 좋겠다 여기기도 했다. 고향인 안동에 가면 친구가 퇴계 선생 종손의 둘째 아들이었던 관계로 종종 그 댁의 행사에 참석을 하였는데, 거기서 고병익 선생이 퇴계선생 집안과 인척이 된다는 것을 알게 되면서 친근감을 느끼기도 했다. 그러나 나는 졸업 뒤 곧장 외국으로 유학을 갔으므로 끝내 직접 강의를 듣거나 배울 기회는 갖지 못하였다. 내가 1980년 가을에 귀국하였을 때 선생님께서는 이미 서울대 총장직을 떠나셨으므로 역시 뵙지를 못하였고 그 뒤 당시 명칭으로 정신문화연구원장으로 계실 때 한두 번 짧은 인사만 드리는 만남의 기회를 가졌다.

[*]서울대학교 인류학과 명예교수

1991년 5월에 하버드대학의 뚜 웨이밍 교수가 조직하여 미국 캠브리지 시에 있는 미국 학술원에서 진행한 나흘 동안의 유교 전통에 관한 학술 회의에 나는 선생님을 모시고 함께 참석하게 되었는데, 나로서는 그것이 가장 많은 시간을 가장 가까이 모시고 지낸 유일한 기회였다. 그때 발표된 선생님의 글과 내 글은 함께 뚜 교수가 편집한《Confucian Traditions in East Asian Modernity》(Harvard University press, 1996)에 수록되었다. 나는 선생님과 함께 자리를 한다는 것 자체가 영광이기도 하였으나 마음은 불편하였다. 대가 앞에서 제대로 빚어지지도 않은 생각을 어설프게 발표한다는 것이 너무나 불안하고 창피스러웠기 때문이다. 회의가 끝났을 때 선생님은 나에게 '김 선생 아주 재미있는 발표였네'라고 촌평을 하셨다. 재미있다는 말씀이 무엇을 뜻하는 것일까 하여 나는 긴장을 하였다. 내 마음을 읽으셨는지 곧 이어 '인류학적인 접근이 참 필요한데 잘했어'라고 보충 설명을 하셨다. 하버드 야드를 거쳐 캠브리지 커먼스 공원을 지나 호텔로 돌아오는 길 내내 선생님은 인류학에 대한 말씀을 하시고 내 지도교수였던 프리드먼 교수의 중국의 종족宗族 연구에 대해서도 설명을 요구하셨다. 선생님의 툭툭 던지시는 말투와 상대방이 하는 말을 생각을 하면서 경청하시는 모습이나 군더더기가 없이 직설적으로 그리고 간단명료하게 하시는 말씨가 모두 나의 지도교수와 너무나 흡사하여 나는 오랜만에 옥스퍼드 시절로 돌아간 듯 한 분위기를 즐기었다.

그때 선생님과 만남에서 얻는 교훈은 학문에서 차지하는 '천착穿鑿'의 의미였다. 선생님은 인류학이 너무 필드워크 위주로 하니 역사성을 결여하는 것 같고 또한 역사 사회를 연구하지는 않고 미개사회에 치중하는 전통에 대하여 마음에 안 든다는 식으로 우회적인 비판을 하셨다. '재미있었다'는 촌평은 인류학도가 유교를 논한다는 점에서, 그리고 한국과 같은 문명사회를 연구하는 인류학은 중국과의 비교 연구가 미개사회 연구에서 얻은 지식과 이론을 적용하는 것보다 더 낫다는 뜻을 표현하신 것이었다. 그리고 혹자가 역사 지식을 인류학에 인용하지만 '천착'을 하지 않고 액면 그대로만 옮기는 것이 무슨 인류학이냐고 비판하셨다. 영국에서 특히 옥스퍼드의 인류학 전통은 권력과 역사 그리고 철학적 관심과 결합되어 있었다. 그러나 귀국하였을 때 우리나라 인류학계는 당시 미국 인류학계의 주도적 방법론인 현재에 대한 인류학자의 경험적 이해를 중시하는 것에 치중되어 있었기 때문에 비록 역사학자이긴 하지만 선생님의 역사성의 지적이나 종합적이고 깊이 있는 접근 곧 천착의 강조는 나에게 큰 격려가 되었다. 선생님은 또한 타임 스팬이란 단어를 쓰셨다. 인류학이 세밀한 관찰을 서술하는 것이 장점이긴 하지만 한국이나 중국을 대상으로 한다면 좀 더 긴 시간에 관한 안목을 가지는 것이 필요하다는 뜻이었다. 중국 연구에 들어가면서 선생님의 《아시아의 역사상》과 《동아시아의 전통과 근대사》를 읽었을 때 느꼈던 선생님의 거시적인 통찰과 줄기를 훑어내는 식의 서술에 매력을 느꼈더니 바로 선생님의 이런 학문 자세의 작품이었음을 짐작하게 되었다.

그 뒤로 선생님은 간혹 불쑥 전화를 하셔서 인류학적 용어나 개념에 대하여 물으셨다. 설명을 해 드리면 '어 잘 알았어'하고 끊으셨다. 몇 번의 전화로 나는 선생님의 스타일에 적응을 하였는데 이를테면 대뜸 '모모에 관하여 알고 있느냐' 혹은 '모모가 어떤 사람이냐'하고 단도직입적으로 물으시면 굳이 그 질문의 연유나 배경을 확인할 필요 없이 알아차리고 '이러이러한데 일을 시키셔도 괜찮을 사람입니다'라고 하고 또는 '결혼을 이미 했습니다' 혹은 '한번 신랑감으로 살펴보셔도 될 만한 사람이라고 봅니다'고 말씀을 드리게 되었다.

그렇다고 해서 내가 선생님과 밀접한 사이가 되었다는 뜻은 아니다. 처음 뵈었을 때 내가 자신을 소개하려 들자 선생님은 '김 선생 내가 잘 알지'라고 하셨다. 나는 그게 무슨 뜻인지를 알 수가 없었다. 퇴계 선생 가문과 연고가 확장되어 안동이라는 내 고향에까지 연결되는 어떤 사회적 고리를 말씀하는 것인지 아니면 내 전공 지역이 중국이라는 점에서부터 당신께서 친근감을 가지고 계시다는 뜻인지 추측만 할 따름이었다. 그 뒤 내 은사이신 한상복 선생님께서 내가 하버드 옌칭 연구소의 장학금을 받게 된 과정에 고병익 선생님이 연관되었다는 뒷이야기를 듣게 되었다. 곧 내가 옥스퍼드대학에서 코스 워크를 마쳤을 때 하버드 옌칭 연구소에서 필드워크와 박사과정을 포함한 전 기간을 지원하는 조건의 박사과정생에게 주는 장학금을 받게 되었는데 그 연구소는 연례보고서에 나를 서울대학교 측 수혜자의 한사람으로 명단에 올렸다. 나는 서울대 학생이거나 교수가 아니고 옥스퍼드대학의 박사 후보생이었으며 기실 그 자격으로 장학생이 되었던 것이었다. 그렇지만 일단 서울대 측의 수혜자로 표기되었기에 당시 서울대학교 윤천주 총장께서 문제를 제기하셨고 나를 위하여 추천서를 써 주셨던 한상복 선생께서 경위 보고를 하셨다. 윤 총장에 이어 고병익 선생님이 총장이 되셨는데 그때 선생님은 하버드 측에 이의를 제기하지 않도록 결정을 내리셨다는 것이다. 아마도 선생님께서는 이 일에 대한 기억으로 나를 인식하고 계셨던 모양인데 자세하게 말씀을 하지 않으셨으므로 알 수가 없었고 한상복 선생님께서도 한참 뒤에야 내게 말씀을 해 주셨으므로 나 역시 먼저 선생님께 말씀을 드릴 수도 없었다.

어쨌든 선생님은 말씀이 길거나 소세小細하지 않고 핵심적 줄기를 직설적이고 명료하게 툭툭 던지는 스타일이셨던 것은 분명하다. 언제나 운동을 끝내고 샤워를 하시고 곧장 나온 듯한 청년의 활력과 신선한 분위기를 풍기는, 그리고 약간 엄숙한 듯하지만 결국은 소탈한 성격을 드러내고야 마는 그 모습은 두고두고 잔잔한 매력으로 기억이 된다. 큰 줄기를 훑어내는 학문적 스타일이라고 했지만 나에게 보내 주신 《동아시아의 전통과 변용》의 앞쪽 날개 하단에는 1914라는 숫자 위에 2를 볼펜으로 써 놓으신 것을 발견한다. 태어나신 해가 잘못 인쇄된 부분을 수정하신 것인데 그러한 꼼꼼함이 또 있음을 발견하는 것은 누가 말했듯이 선생님의 또 다른 모습을 알게 되는 신선한 충격 혹은 경이로운 즐거움이다. 하필 외국에 나가 있었던 때라 선생님을 멀리 보내 드리는 자리에 참석하지 못했던 송구스러움을 무거운 마음으로 담고 지내면서도 시간의 폭을 넓히고 천착하라는 말씀을 해 주신 그 만남의 기억이 담담하게 오래 가는 이유는 내 마음에 각인된 선생님이 남기신 거인의 그림자 때문이리라.

3부

서울대 학장, 부총장, 총장 시절

처음 교수 임명장을 주신 분

김학준金學俊[*]

　문리대 정치학과 학생 때, 나는 캠퍼스에서 때때로 먼발치에나마 선생님을 뵙긴 했어도 강의를 듣지는 못했다. 나 자신의 전공과목인 정치학을 중심으로 수강했기 때문이었다. 그러나 선생님이 동경제국대학에서 수학하셨으며, 다른 과목에서도 그러했지만 특히 독일어에 뛰어나 일본인 교수들이 놀라워했고, 더구나 뮌헨대학에서 박사학위를 받으신 실력 있는 교수라는 명성은 접하고 있었다. 내가 학생이던 1960년대에 박사학위를 지닌 교수는, 더욱이 구미 선진국에서 박사학위를 받은 교수는 드물었다.

　선생님을 직접 가까이에서 뵌 때는 1973년 9월이었다. 문리대 학장이신 선생님으로부터 전임강사 사령장을 받은 것이다. 선생님의 면모와 말씀은 온화한 학자의, 그리고 심오한 석학의 인상을 강하게 심어주었다.

　발령을 받고 며칠이 지나 문리대에서 유신에 반대하는 시위가 일어났다. 유신 체제를 비판하는 최초의 학생 시위였다. 경찰은 신속하게 문리대 교문 앞으로 집결해 학생들의 전진을 막아섰으며, 자연히 출근했던 교수들은 거의 모두 시위의 현장으로 나갔다. 선생님은 학장으로 교수들 앞에 서서 학생들을 상대로 아주 짧게 강의실로 돌아갈 것을 호소하셨다. 행정책임자로서 불가피했을 것이다. 기억이 가물가물한데, 대체로 그 선에서 그날의 시위는 수습됐던 것 같다.

한 30분쯤 지나서였던가? 젊은 교수들은 학장실로 모이라는 연락이 내려왔다. 거기에 따라 나도 학장실로 갔다. 마침 시위에 앞장섰던 학생 대표 몇몇도 학장실로 들어왔다. 이 자리에서 선생님은 그 학생들을 격려하는 말씀을 하셨다. 그때부터 40년이 지난 이 시점에서도 귀에 생생한 그 말씀은 "역사적으로 큰일을 했다. 자네들이 아니면 누가 이러한 운동을 일으킬 수 있겠는가. 국내외의 파장이 클 것이다."였다. 지금의 감각으로는 너무나 당연한 말씀이었지만, 공안 관계자들이 캠퍼스에 자주 출입하며 대학을 감시하던 그때의 기준으로는 쉽지 않은 말씀이었다. 그 최초의 시위로부터 6년 뒤에 유신 체제의 종언을 알리는 10·26 사태가 발생했으니, 그 최초의 시위는 확실히 '역사적으로 큰일'이었다.

몇 달이 지나, 1974년 새해가 밝았다. 나의 정치학과 동기생일 뿐만 아니라 조선일보사 입사 동기생이어서 절친한 사이인 외우 송진혁 군에게 연락이 왔다. 자신의 결혼 주례를 선생님이 맡아 주셨기에 매년 정월 초하루에 세배를 가곤 했는데 내가 마침 모교에 재직하고 있으니 동행하자는 것이었다. 나는 기꺼이 응해, 여의도의 선생님 아파트로 세배를 갔고 이 일은 상당히 오래까지 계속됐다. 선생님은 송 군에게 탄복하시곤 했다. "내가 많은 사람들의 결혼 주례를 섰지만, 매년 정월 초하루에 한 차례도 거르지 않고 찾아 주는 경우는 송 군이 유일하다"는 말씀이었다. 송 군 덕분에 나는 선생님과 가까워졌다. 송 군은 중앙일보사 편집국장과 논설 주간을 끝으로 언론계를 떠난다.

이러구러 세월이 흘러 1978년 12월이 됐다. 이때 제10대 국회의원 총선이 실시됐고, 내 정치학과 은사인 구범모 교수가 공화당 공천으로 지역구에 입후보하셨다. 구 선생님은 경상북도 예천군 출신이지만, 그때 예천군은 이웃 문경시와 하나의 선거구로 묶여, 결국 문경-예천 선거구에 출마하신 것이다. 한 선거구에서 2인을 뽑던 시절로, 현역이면서 제1야당 신민당의 공천을 받은 문경 출신의 채문식 후보는 당선이 확실해 보였고, 예천에서 국회의원을 역임했으며 제2공화정의 장면 내각에서 국방 장관을 맡았던 현석호의 동생으로 예비역 육군 소장인 현석주 후보와 구범모 후보 가운데 2위를 누가 하느냐가 관심이었다.

이때 《대학신문》 편집국장인 김채윤 사회학과 교수가 나에게 현지를 함께 다녀오자고 권했다. 평소에 가깝게 지냈고 《대학신문》 선임 편집국장인 구 교수가 입후보한 것을 보고, 서울에만 있기가 마음에 걸린다는 뜻이었다. 나는 구 교수의 정치학과 제자이면서 《대학신문》 학생 편집장을 맡았었고 그때 중앙일보사 사회부 기자이던 이서항 군과 함께 김채윤 선생의 편집국장 차에 동승했다.

우리가 도착한 곳은 다른 곳이 아니라 고병익 선생님의 누이동생 집이었다. 고병익 선생님은 원래 문경 출신이지만 주로 서울에서 활동하셨으나 대조적으로 누이동생은 문경에 살고 있었던 것이다. 부군은 문경 시내의 저명한 외과 개업의였다. 내외분은 우리 일행을 반갑게 맞이해 주셨고, 구 선생님을 위한 여러 도움말을 주셨다. 많은 지인들의 도움을 받아, 구 선생님은 다행히 2위로 당선하셨다.

이 10대 총선의 결과는 정치적으로 매우 중요한 뜻을 가졌다. 전국의 지역구 전체의 유효 득표율을 계산할 때, 공화당은 1.1퍼센트 차이로 신민당에 패배한 것이다. 그때의 선거제도에 따라 유정회가 전체 의석의 3분의 1을 자동으로 차지했기에 전체적으로는 집권 세력이 다수당의 위치를 지켰지만, 실질적으로는 집권 세력의 패배였다. 신민당은 물론이고 반대 세력 전체가 고무됐음은 물론이다. 여기서 이미 10 · 26 사태로 상징되는 정치 변동이 준비되고 있었다.

자연히 1979년 연초부터 정국은 요동을 쳤다. 학교 역시 마찬가지였다. 바로 그해 4월의 일이었다. 미국 아시아학회 연례 총회가 로스앤젤레스에서 열리는데, 프로그램에 〈한국전쟁의 재평가〉라는 분과가 포함됐고, 나는 논문 발표자들 가운데 한 사람으로 이름이 올랐다. 아마 1978년부터였던가? 윤천주 총장은 교수들의 학문 활동이 국내 학계에만 머물 것이 아니라 국제 학계로 확대돼야 한다는 취지에서, 해외의 저명한 학회에서 논문 발표자로 지정된 경우 여비와 체재비를 학교가 부담한다는 방침을 세웠고, 여비와 체재비 지급에 관한 심사를 부총장에게 맡겼다. 이때 부총장이 바로 고병익 선생님이셨다.

나는 프로그램과 논문을 증빙서류로 첨부해 여비와 체재비를 신청했다. 며칠 뒤 고 부총장이 부르셔서 찾아뵈었더니 프로그램에 토론자로 나와 있는 브루스 커밍스 교수의 이름을 짚으시면서 관심을 보이셨다. 자신이 워싱턴대학 객원교수를 역임했음을 상기하신 뒤, 커밍스가 워싱턴대학 교수라는 사실에 주목하셨다. 나는 아는 범위 안에서 커밍스의 학문 세계에 대해 설명했다. 선생님이 나의 신청을 승인해 주셔서 나는 처음으로 아시아학회에서 논문을 발표할 수 있었다.

그때부터 2개월쯤 지난 6월의 어느 날이었다. 이 시점에 총장으로 시무하시던 선생님이 나를 부르시기에 뵈었더니 다시 커밍스 교수 얘기를 꺼내셨다. 커밍스가 잠시 서울을 방문한다는 소식인데, 내가 공항에서 마중을 하고 그 뒤의 대접도 맡아 주었으면 좋겠다는 말씀이셨다. 비용은 학교에서 공금으로 지급하겠다고 하셨다. 나는 그 일은 기꺼이 맡되 비용은 내 스스로 부담하겠다고 말씀드렸다. 나와 동갑이고 또 전공 분야가 사실상 같은 그와 긴밀히 사귀고 싶은 뜻을 그 이유로 내세웠다. 선생님은 동의하셨다. 나는 즐거운 마음으로 공항에서 그를 맞이했고 광화문의 어느 불고기집에서 함께 소주를 나눴다. 기분이 서로 통하는 듯 싶어 2차로 맥줏집에 가서 많이 마셨다. 그리고 그 다음날 공항으로 나가 그를 배웅했다. 그러고 나서 이 일들을 선생님께 말씀 올렸더니 만족해 하셨다.

그때에서부터 6개월이 지나 10·26사태가 발생했다. 곧이어 1980년 새 학년도를 맞이하면서 이른바 서울의 봄이 시작됐다. 어떤 날이던가, 나를 다시 부르셨다. 시국의 향방, 그리고 총장으로서 해야 할 일에 대해 졸견을 구하셨다. 나는 제적된 학생들의 무조건 복학, 해직된 교수들의 무조건 복직을 건의 드렸다. 선생님은 분명히 다른 교수들로부터도 의견을 구하셨을 것이다. 그만큼 선생님은 언제나 귀를 열고 소리를 듣는 분이었다. 그리고 나를 부르기 이전에 이미 그러한 방향으로 결심을 굳히고 계셨던 것 같다.

총장에서 물러나신 뒤 선생님은 한국정신문화연구원 원장직을 맡으셨다. 선생님은 나에게도 출강하기를 거듭 청하셨고, 나는 몇 차례 응했다. 이 무렵 선생님을 괴롭히는 사람들이 우선 그 내부에서 나타났다. 한국정신문화연구원은 5공의 통치 이념을 개발하고 전파하는 일의 중심이 돼야 하는데, 원장이 아주 소극적인 만큼 적극적으로 일할 사람으로 교체해야 한다는 주장을 폈던 것이다. 이규호 교육부 장관은 그 사람들 말에 기울어지고 있었고 교체를 청와대에 건의한 것 같았다. 나는 용기를 내어 선생님의 변호에 나섰다. 5공 실세들 가운데 한 사람으로 꼽히던 허문도 당시 정무비서관을 만나 설득을 했다. 허 비서관은 나의 조선일보사 1기 선배였고, 내가 광주민주화운동 직후 포고령 위반으로 구금됐을 때 석방될 수 있도록 힘써 주었기에 말을 꺼낼 수 있었다. 다행히 허 비서관은 나의 의견을 받아들였다. 다른 사람들도 선생님을 적극적으로 변호했을 것이고, 선생님은 교체되지 않았다.

이러한 인연 덕분이었는지, 1988년 여름에 선생님은 사모님과 함께 독일을 여행하시면서 뮌헨을 방문하시고 나를 찾아주셨다. 그때 독일 훔볼트재단의 지원으로 선생님의 모교 뮌헨대학의 동유럽연구소에서 공부하던 나를 불러 맛있는 점심 식사를 사 주신 것이다. 동석하신 사모님도 나를 격려해 주셨다. 엄격한 용모의 선생님이시건만 후학들에 대해서는 참으로 다정다감하셨다.

내가 선생님을 다시 뵙게 된 것은 한국디지털대학교(오늘날 고려대학교 사이버대학의 전신) 이사회에서였다. 동아일보사 김병관 명예회장이 세운 이 학교에 나는 선생님과 함께 이사로 참여하는 영예를 누린 것이다. 선생님은 이사회가 열리면 꼭 내 칭찬부터 해 주셨다. 김병관 명예회장께 "동아일보사가 보배를 얻었으니 앞으로도 계속해서 귀히 쓰라"는 말씀을 잊지 않으셨다. 불초한 내가 동아일보사에서 내쫓기지 않을까 하는 걱정에서 사주에게 선수를 치시는 것이었다. 선생님의 말씀에도 힘입어 나는 몇 차례 고비를 넘기면서 동아일보사에서 10년 남짓하게 봉직할 수 있었고 그 대학교의 이사장직을 두 차례나 맡을 수 있었다.

그런데 어느 날의 이사회에서였다. 이사회를 마치고 이사 진원이 동아일보사 앞에 위치한 서울파이낸스센터 안의 중국 식당 싱카이에서 점심을 나누는데 관상을 전혀 모르는 나의 눈에도 선생님의 얼굴빛이 아주 좋지 않아 보였다. 이런 것을 보고 "얼굴에 사신死神이 기웃거린다"고 말하는 것이 아닐까, 하는 불길한 느낌마저 들었다. 만일의 불상사에 대비해, 오찬에 배석한 한국디지털대학교 총무과장에게 조용히 나의 느낌을 말했더니, 그렇지 않아도 선생님의 건강을 걱정하시는 사모님이 옆방에서 대기하고 계시다는 말을 듣고는 어느 정도 안심이 되면서도 여전히 불안했다. 그러나 워낙 유쾌하게 웃으시고 활달하게 말씀하시기에 마음을 놓았다. 그 다음다음 날엔가, 선생님의 부음을 접했다. 그것이 내가 선생님을 마지막으로 뵌 계제였다.

그때로부터 다시 몇 해가 지난 2009년의 일이었다. 나는《서양인들이 관찰한 후기 조선》이라는 책을 집필하고자 후기 조선을 관찰한 서양인들의 기록을 찾아 읽다가 선생님의 몇몇 논문들을 접했다. 고종이 청나라 이홍장의 천거를 받아들여 자신의 고문으로 불러들인 독일인 묄렌도르프에 관한 글들이었다. 참으로 반가우면서도 선생님이 새삼 그리워졌다. 나는 선생님의 그 글들을 나의 책에 인용했다.

선생은 학문이 깊으시고 인격이 고매하셨던 우리 시대의 몇 안 되는 석학 가운데 한 분이셨다. 엄격하시면서 온유하셨던 스승이셨다. 선생님의 파안대소하시는 얼굴이 떠오르면서 동시에 따뜻한 음성이 지금도 귓전을 울린다.

휘문 선배이기도 한 고병익 선생

이현복李炫馥*

1970년 봄에 나는 고병익 선생을 처음 뵈었다. 영국에서 유학을 마치고 귀국하여 문리대 언어학과에서 신학기부터 강의를 시작하면서 조교수 발령을 기다리는 중이었다. 당시 녹촌 고병익 선생님은 문리대 학장이셨고. 3월 초 어느 날 동숭동 문리대 교정에서 우연히 언어학과 신익성 선생의 소개로 처음 인사를 드리게 되었다. 그 자리에서 고 학장님이 나와 휘문고등학교의 동문으로 십여 년 선배가 되신다는 사실을 알고 여간 반갑지가 않았다. 그러면서 곧 발령이 날 것이라는 말씀을 해 주셨다. 2월 말에 귀국하여 시간강사 생활을 하면서 조교수 발령이 나기를 기다리던 나에게는 반가운 소식이었다.

동양사학 분야에서 훌륭한 업적을 많이 쌓으시고 학자로서 명성이 높으셨을 뿐 아니라 교육, 언론 등의 여러 분야에서도 폭넓게 활동시던 녹촌 선생을 선배로 모셨다는 자부심에 나는 마음이 늘 든든하였다. 그 뒤에 녹촌 선생은 나를 문리대 시청각 교육관 관장으로 임명하셨고 문리과

*서울대학교 명예교수

대학이 관악캠퍼스로 이전하는 1975년 2월까지 가까운 거리에서 자주 뵐 기회가 많았다. 더욱이 1972년 무렵에 여의도 시범 아파트 단지에서 우연히도 같이 살게 된 녹촌 선생과 나는 문리대의 안상진 학생과장, 문상득 교무과장과 함께 학장 관용 승용차에 동승하여 동숭동의 문리대까지 가면서 대학의 운영과 관련된 문제는 물론이고 다양한 분야의 여러 가지 이야기를 나누곤 하였다.

녹촌 선생은 천식으로 기침을 심하게 하고 숨이 차서 고생하시는 일이 적지 않았다. 나 또한 환절기에 감기가 악화되면 천식으로 발전하여 고생하던 일이 가끔 있었던 터라, 마침 나를 치료하던 한의사를 대동하고 녹촌 선생 댁으로 찾아가 침과 뜸 치료를 몇 차례 하였던 기억이 난다. 그리고 녹촌 선생은 문리대 교수 축구부가 주관하는 축구 훈련 모임에도 기꺼이 참여하여 축구 유니폼 상하복과 스타킹을 착용하고 문리대 운동장에서 다른 축구부 교수들과 함께 훈련하고 편을 갈라 시합을 하던 기억이 있다. 얼마 전에 작고하신 독문과의 강두식 선생은 체격에 어울리는 수문장 노릇을 하셨고, 언어학과 소속인 나는 별로 운동에 관심이 없으시던 같은 학과의 허웅 선생과 김방한 선생까지 모셔서 축구 유니폼을 입혀 드렸다. 더욱이 신익성 교수는 단연 프로 선수 못지않은 발군의 축구 실력을 뽐내는 특급 선수로 활동하셨다. 녹촌 선생은 서울대 재학 시절부터 신익성 선생과 상당히 가깝게 지내셨던 듯, 신익성 선생이 학생 시절 맨발에 고무신을 신고 문리대 교정을 거닐던 모습을 회상하곤 하셨다. 서울대 교수 축구부는 문리대와 농대가 주축이 되어 합동 훈련을 하고 시합에 여러 차례 나가기도 하였다. 그리고 1975년 서울대가 관악으로 이사한 이후, 서울대 교수 국궁부가 결성되었다. 녹촌 선생은 서울대 부총장으로 재직하실 때도, 교수 국궁부 활동에 참여하셔서 같이 운동하며 격려와 지원을 아끼지 않으셨던 것을 기억한다.

녹촌 선생은 성균관대의 이우성 선생과 함께 나의 선조이신 고려 말의 목은牧隱 이색李穡 선생과 가정稼亭 이곡李穀선생에 관한 관심과 조예가 학문적으로도 깊으셨다. 이우성 선생은 내가 일본 도쿄대학에 교환교수로 가 있던 1978년에 그 대학 교수 아파트의 같은 동에 체류한 적이 있어서 더욱 반가웠다. 1995년에 한산이씨 교수회는 고려 말 한산이씨의 선조이신 목은 이색 선생의 탄신 600주기를 기념하여 목은 선생의 학문과 사상을 재조명하는 학술대회를 세종문화회관에서 열었고, 그 뒤에 목은의 선친인 가정 선생에 대한 학술대회를 연거푸 연 바가 있다. 녹촌 선생과 이우성 선생은 이 두 행사에 직접 참여하셨고, 학술대회의 분야별 발표자를 선정하는 문제를 비롯하여 여러 가지 조언을 아끼지 않으셨다. 위의 학술대회와 관련한 첫 모임에서 녹촌 선생은 그 자리에 있는 나를 보자마자, "아. 이 선생이 바로 한산이씨 그 집안이군요!" 라며 반기시던 모습이 지금도 생생하다. 고병익 선생과 이우성 선생은 역사학자로서 우리 선조이신 가정과 목은 부자의 학문과 사상의 세계를 깊이 꿰뚫고 계신 것을 보고 새삼 놀라움을 금치 못하였다. 그 뿐만 아니라 가정, 목은 선조의 행사에 빠짐없이 참석해 자리를 빛내 주셔서 한산이씨 교수회와 한산 일문의 대종회 종원들이 모두 고맙게 여기고 있다.

녹촌 선생이 서울대학 총장이시던 1979년 어느 날 갑자기 나에게 전화를 주셨다. "중요한 외국 손님의 서울대 방문 계획이 있는데, 총장의 오찬에 앞서서 서울대의 현황을 영어로 소개해야 하니 이 선생이 이 일을 맡아서 해 줄 수 있겠습니까?" 하는 주문이었다. 더 잘할 수 있는 분이 있으면 그렇게 하시면 좋겠다고 사양하였으나, 녹촌 선생은 "다른 분 찾기가 쉽지 않을 듯하니 일단 준비를 부탁한다."고 하셨고, 결국 어쩔 수 없이 영어 브리핑을 하게 되었다. 이를 계기로 나는 녹촌 선생이 총장직에서 물러나신 뒤에도, 권이혁, 이현재 총장 시절에 이르기까지 수년 동안, 계속 총장실 방문 외빈을 위한 브리핑을 도맡아 하게 되었다. 그러나 나 역시 강의 등으로 시간 제약이 있는 몸이어서 손님이 올 때마다 직접 브리핑을 계속하기는 어렵다고 판단하여, 꼭 필요할 때가 아니면, 내가 녹음한 동영상과 슬라이드 자료를 활용하도록 한 바가 있다. 몸으로 직접 뛰는 일을 면제받고 녹음된 목소리만 빌려 준 셈이다.

박정희 대통령이 서거하고 온 나라가 뒤숭숭하던 시기에 언론마저 통제되어 세상이 어찌 돌아가는지 알기 어려웠고 정치 사회적 정보는 외신과 해외 방송으로 확인하는 길이 빠르고 정확하였다. 나는 단파 라디오로 BBC 등 외국 방송을 평소에 자주 듣는 편이어서 소형 단파 라디오를 여러 개 가지고 있었다. 그 가운데 하나를 녹촌 선생께 드리면서 해외 단파방송이 잘 잡히니 뉴스를 들어 보시라고 하였다. 고맙다고 하시던 녹촌 선생은 서랍 속에서 더 작은 라디오를 꺼내서 나에게 주셨다. 받기만 하지는 않으시겠다는 뜻으로 알고 받았고 이 라디오는 40년이 지난 지금까지 지니고 있다.

서울대에는 휘문학교 출신 교수로 구성된 '휘락회' 라는 친목 모임이 있었다. 녹촌 선생을 비롯하여 법대의 이한기 선생, 음대 이성재 교수, 환경대학원 노융희 교수, 약대 조윤상 교수, 미대와 약대, 그리고 의대의 몇 교수 등 20여 명이 모임에 참여하셨다. 나는 30대의 막내 격으로 몇 차례 참여하곤 하였다. 1970년대 초 녹촌 선생의 학장 취임을 축하하고자 휘락회 모임이 마련되었을 때 나는 처음으로 휘락회의 존재를 알게 되었다. 그러나 휘락회는 자주 모임을 갖지 못하였다. 지금 돌이켜 생각해 보면 회장, 총무 등의 조직이 분명하지 않았고 선배는 후배에게 휘락회의 일을 맡기려 하고 후배는 일정한 임무를 위임받지 않은 상태애서 함부로 모임을 이끌기도 어렵다 보니 자연히 모임이 활성화하지 못한 것으로 보인다.

녹촌 선생을 생각할 때마다 두 가지 무안한 일이 떠오른다. 녹촌 선생은 1970년대 초 어느 학술지원단체의 이사로 계셨다. 그런데 나는 그 재단에 제출할 연구비 지원 신청서를 작성하여 즉시 보내도 날짜가 촉박한 상황이었다. 그런데 마침 녹촌 선생을 학장실에서 뵈니 바로 그 재단으로 가신다고 하시는 것이 아닌가. 나는 엉겁결에 "죄송하지만 가시는 길이시면 제가 작성한 이 신청서를 제출해 주시겠습니까? 시간이 촉박해서 그렇습니다." 하니, 녹촌 선생은 "지금 가는 길이니 그렇게 하지요." 하면서 아무렇지도 않게 서류를 받아 가방에 넣으시는 것이 아닌가. 그러나 그 뒤 생각해 보니 예의에 어긋나는 무례한 일이었음을 깨달았다. 젊은 사람이 학장이신 선배에게 그런 부탁을 하다니. 그리고 또 한 가지. 녹촌 선생은 나도 참가하게 되어 있는 모임이면 미리 나에게 연락하여 그 모임에 가는지 몇 시에 어떻게 가는지를 물으시곤 하셨다. 나를 앞세우고 가시는 것이 분위기상 편하다고 느끼신 듯하다. 그런데 언젠가, 그런 모임에 갔다가 나오는 길에, 녹촌 선생이 날 보고 같이 가자고 하셔서 따라가니 주차장에서 손수 차를 몰고 가시려는 것이 아닌가. 마침 서양사학과의 이인호 교수도 같이 차를 타게 되었는데, 얼결에 두 사람 모두 뒷자리에 타고 말았다. 그렇게 타고 보니 대 선배이신 고령의 녹촌 선생이 앞 운전석에서 운전을 하시고 후배들은 손님처럼 뒷자리에 앉아 있으니 모양이 이상하

1972년경 문리대 교수축구팀과 농대팀의 친선경기.
오른쪽부터 고병익, 세 번째 안상진, 전광용, 이현복, 이인규, 한 사람 건너 홍순우 선수 등.

게 되고 만 것이다. 내가 앞자리 조수석에 옮겨 타거나 직접 운전을 하고
싶은 심정이었지만 이미 늦어 버린 것이다. 가시방석에 앉은 기분이었다.
그리고 이 두 가지 사건은 아직까지도 나를 부끄럽게 한다.

　연구 저서를 출간하면 나에게도 꼬박꼬박 보내 주시던 녹촌 선생이 세
상을 떠나시니 내 마음 한구석이 휑하니 뚫린 듯한 감이 들었다. 그러니
유족의 마음, 더욱이 자상하고 따뜻하시던 사모님의 심정이 어떠하셨을
까를 생각하니 더욱 서글프고 아쉬울 뿐이다.

연구발표회장의 흰 마스크와 휠체어

김용직金容稷[*]

1

鹿村 高柄翊 선생의 이름 석 자가 나오는 자리라면 아직도 내 머리에는 원색 동영상의 한 장면과 같은 그림이 떠오른다. 그것은 선생님이 여든한 해로 생을 마감한 바로 그해의 일이었다. 그날 나는 학술원 50주년 기념 학술대회에 참석하기 위해 집을 나선 참이었다. 발표회의 대주제는 〈대한민국 학술연구의 역사와 개혁 방안〉으로 기억되는데 그 기조 강연의 담당자가 바로 선생님이었다.

당시 선생님의 건강 상태는 상당히 좋지 않았다. 우리가 자리를 같이한 한시漢詩 동호인 모임 난사蘭社에서도 몇 번인가 선생님의 건강이 화제가 되었다. 그 전해부터 선생님은 혈소판의 재생 조직에 이상이 생긴 터였다. 옆자리에 앉는 경우 고르지 못한 선생님의 숨소리가 들렸다. 외출 때도 보행에 지장이 있는 듯 휠체어가 이용되었다. 그런 사실들을 떠올리면서 나는 발표회장으로 가는 길에서 선생님이 어떻게 발표 논문을 만드셨을까 하는 생각을 해 보았다. 그런데 막상 발표회가 시작되자 단상에 서울

대학교의 김용덕金容德 교수가 올라섰다.

그것으로 나는 건강 문제로 선생님이 발표 논문 작성을 그와 합작으로 만든 것인가 생각했다. 김용덕 선생의 모두 발언이 내 그런 생각을 깨끗이 씻어버렸다. 김용덕 교수는 그날 발표하는 논문 작성의 거의 모든 과정이 고병익 선생 단독으로 이루어졌다고 밝혔다. 그러면서 그는 회의장 일각을 가리켰다. 나는 거의 조건반사 격으로 김용덕 교수가 가리키는 방향으로 눈길을 돌렸다. 그러자 거기에 털모자를 눌러쓰고 휠체어에 앉아 있는 선생님의 모습이 눈에 들어왔다. 그 뿐만 아니라 선생님의 입에는 유난히 희게 느껴진 마스크까지 씌어 있었다. 그런 선생님의 모습을 보는 순간 나는 80 노경의 병약한 몸을 무릅쓰고 연구 과제 수행에 신명을 바치기로 한 선생님의 정신 자세에 접한 것 같아 저절로 옷깃이 여미어졌다.

2

이력서 사항을 보면 고병익 선생은 경상도의 문경, 녹문鹿門의 선비 집안 출신이다. 1923년 출생(실제 생년임)이므로 일제 식민지 체제 아래서 휘문고보를 마치고 일본으로 건너가 그곳의 고등학교를 거친 다음 명문인 동경대학에 입학했다. 당시 일제는 그들이 도발해서 일으킨 전쟁에서 전력이 바닥나 대륙과 태평양의 여러 지역에서 패퇴를 거듭했다. 전세를 만회해 보려고 그들의 군부는 학부 학생들에게까지 동원령을 내렸다. 그런 서슬로 하여 고병익 선생은 학병 징집 대상자가 되었다. 그리하여 선생님의 학부생활은 중도 하차가 되었다. 광복 뒤 선생님은 새로 발족한 서울대학교 문리과대학 사학과에 재입학하여 학부 생활을 마쳤다.

일반적으로 일제 강점기에 고등교육을 받은 사람들에게는 두 가지 특징 같은 것이 있다. 좋은 쪽으로 보면, 그들은 사실이나 상황 분석에서 객관적인 입장을 취할 줄 안다. 분석 대상을 어느 정도 합리적으로 검토할 줄 알고 그것들을 논리화하는 경우에도 서당 교육 이수자에 견주어서 유능한 단면을 드러낸다. 그러나 일제 강점기에 제도 교육만을 이수한 사람들에게는 그들 나름의 한계 같은 것도 내포된다. 널리 알려진 대로 일제가 우리 민족에게 실시한 교육의 잠재 목표는 식민지 정책 수행에 요구되는 기능인 양성에 있었다. 그 뿐만 아니라 그 바닥에 황민화皇民化 정책이 있었음은 새삼 말할 필요가 없는 일이다.

고등교육 과정에서 일제의 그런 식민 통치 교육목표가 어느 정도 완화되기는 했다. 그러나 피교육자의 심성 형성에서 가장 강하게 지렛대 작용을 하는 것은 기초 교육 과정의 교육 내용이며 그 질일 것이다. 이런 교육 상황이 일제 치하에서 제도 교육을 받은 거의 대부분의 피교육자에게 하나의 특징적 단면을 가지게 했다. 그 하나가 일제에 의해 만들어진 공적 규제를 민감하게 의식하게 된 성향이다. 또한 그들은 전통 사회에서 존중된 인간적 여유나 행동 양태를 객기, 또는 낭비로 생각한 단면도 드러낸다. 이런 이야기는 고병익 선생이 식민지 시대에 교육을 받은 지식인의 예외에 속하는 분임을 말하고자 붙인 것이다. 그 각명한 보기로 들 수 있는 것이 선생님의 사화집《眺山觀水集》에 포함된〈憶四十年前德女〉한 편이다.

아물댄 두 눈동자 희미하게 떠오른다	㶁㶁玲眸想不成
귓가에는 상기도 시를 읊던 그 목소리	耳邊尙聽誦詩聲
쓸쓸한 가을비 속 애끓던 이별의 밤	凄凄秋雨難離夜
어깨 걸고 우산 쓴 채 밤을 도와 걸었었지	張傘聯襟步到明

연보에서 나타나는 바와 같이 고병익 선생이 독일 유학길에 오른 것은 1950년대 중반 무렵이었다. 당시 그는 이미 결혼한 몸이었고 따님 가운데 하나가 국민학교에 다니고 있었다. 이 작품에 등장하는 여성은 Bauer 부인이라 알려져 있다. 그와 고병익 선생 사이에 오고 간 감정은 이 시의 둘째 줄이나 넷째 줄에 뚜렷한 윤곽을 띠고 드러난다. 그와 고병익 선생은 비가 내리는 타향의 거리를 시를 읊조리고 걸었으며 한 우산 속에서 체온까지 나누었을 것으로 추정된다. 당시 선생님은 명백한 기혼자의 신분이었다. 어엿이 본국에 부인이 있었으며 자녀까지 거느린 몸이었다. 지금 같은 세태라면 그런 일들은 명백히 덮어 버려야 할 스캔들이며 이혼 소송감이 되고도 남을 탈선 행위다. 그럼에도 고병익 선생은 그 나이가 일흔을 넘긴 시기에 이때의 일을 제재로 한 작품을 썼다. 그 뿐만 아니라 그 가락에는 면면하며 애틋하다고 생각되는 그리움 같은 것이 내포되어 있는 것이다.

참고로 밝히면 우리 선인들은 독서와 수도의 겨를에 생기는 여유를 때로 풍류의 형태로 바꿀 줄 알았다. 그런 자리에서 여성은 단순한 이성에 그치지 않았다. 우리 선인들은 그런 자리에서 술을 권할 줄 알고 가야금을 타며 춤사위를 펼치는 여성을 그 자체로 潛心察物의 매개항이 되게 했다. 그런 차원에서 우리 선인들은 바로 하늘과 땅의 뜻을 가늠하게 되고 물외한인物外閑人의 경지에 이를 수 있었던 것이다. 이런 사실들에 비추어 나는 고병익 선생이 여느 식민지 시대의 제도교육 이수자와 달리 세속의 좁은 틀을 벗어난 차원에 이르렀고 선비의 풍모도 지닌 분으로 보고자 하는 것이다.

3

고병익 선생이 독일 유학을 마치고 귀국한 것은 1950년대가 막바지에 이른 때였다. 귀국 뒤 선생님은 연세대학을 거쳐 동국대학에 적을 두었다가 1960년대 초에 모교인 서울대학교 문리대로 자리 잡았다. 당시 나는 아직 대학원에 적을 둔 수학 과정의 학구에 지나지 않았다. 그런 여건으로 하여 30대 중반기를 넘기기까지 나는 선생님과 제대로 자리를 같이할 기회를 갖지 못했다. 1960년대 후반기에 이르러 나는 새로 발족한 서울대학교 교양과정부에 자리를 얻을 수 있었다. 발족 직후의 교양과정부에 선생님이 출강을 하였는데 그 무렵 우리 대학의 교양과정부 교사는 공과대학 구내에 있었다. 시내와는 거리가 있었으므로 본부에서 공릉동까지 교내 버스가 운영되었다. 그 갈피에서 나는 몇 번인가 선생님의 옆자리에 앉을 기회를 가졌다.

1960년대의 막바지에 나는 신입생 입시 문제 출제위원으로 차출이 되었다. 지금과 달리 당시 대학의 신입생 선발은 중앙전형체제가 아니라 각 대학의 개별 출제, 독자獨自 관리 형태로 시행되었다. 구체적으로 1969년도의 국어 시험문제 출제위원의 한 사람으로 내가 차출되었다. 그때 우리가 모이게 된 장소는 의과대학 구내에 있는 정영사正英社였다. 지정된 장소에 각 대학의 출제위원들이 모이자 각자가 쓸 방이 배정되고 출제 작업이 시작되었다. 그때 고병익 선생이 다른 젊은 교수와 함께 역사 시험문제 출제위원을 맡게 되었는데 그 방이 내가 속한 국어과 방과 같은 층이었다.

완전히 감금 상태로 이루어진 입시 문제 출제는 아침, 점심, 저녁의 식사시간을 제외하면 새벽부터 저녁까지 강행군에 강행군으로 진행되었다. 그렇게 몇 주가 지난 다음 시험 문제가 완성되어 인쇄가 끝나고 각 고사장에 배포가 되자 우리는 마침내 촉박한 시간의 굴레에서 벗어났다. 그와 함께 우리는 곧 일종의 정신적 무중력 상태에 빠졌다. 거기서 빚은 무료를 달래고자 일부 위원들은 바둑이나 장기를 두었다. 또한 입심이 좋은 분을 에

워싼 객담 자리가 벌어지기도 했다. 그러나 고병익 선생을 포함한 상당수의 위원들은 그 어느 편에도 서지 못하는 부동층이 되었다. 그런 층 사이에 여가 선용의 방안이 논의되었다. 그 가운데 하나가 우리 자신이 만든 문제를 우리가 풀어 보자는 의견이었다. 그 자리에는 서로를 발가벗기는 식의 농담이 오고 갔다. 지금 우리가 출제를 한 문제를 우리 자신이 풀면 몇 점을 받을 수 있을까? 아마도 거의 모두가 낙제생이 될 것이라는 말이 오고 갔다. 이야기 방향이 이런 쪽으로 쏠리자 고병익 선생이 팔을 걷고 나섰다.

그때 선생님이 택한 것이 영어 시험문제였다. 〈어디 내가 신입생이 되어 올해의 영어 시험문제를 풀어 보기로 할까!〉 그런 선생님의 선언성 발언이 있자 곧 당신 앞에 검토용으로 쓰인 영어 시험지 한 장이 준비되었다. 그와 함께 시험 실시의 엄정성을 기하고자 관계 참고서와 사전이 멀찌감치 치워졌다. 우리가 부린 그런 객기를 선생님은 너털웃음과 함께 받아들이셨다. 선생님의 답안 작성은 소정 시간을 상당히 단축한 가운데 끝이 났다. 그 채점이 매사에 공평무사의 상징 격으로 평가된 L교수에게 맡겨졌다. 그 결과는 놀라웠다. 출제자 자신들이 풀어도 80점대가 고작일 것이라고 평가된 시험문제 풀기에서 선생님은 거의 만점에 가까운 성적을 올렸다. 그때의 일로 선생님에게 명실상부한 우리 대학의 선배 교수라는 평이 돌아갔다.

4

선생님이 난사蘭社에 처음 참여한 것은 1992년의 일이었다. 애초부터 한시 창작 동호인 모임을 지향한 난사가 발족을 한 것은 1983년도 10월 초순경이다. 그러니까 선생님은 10년의 상거를 두고 난사에 참여하여 후기 동인이 된 것이다.

한시 창작 모임이었으므로 난사가 열리는 날 동인들 각자는 금체시今
體詩라고 통칭되는 절구絕句나 율시律詩를 지어가지고 약정된 장소에 모였
다. 이때 만들어야 하는 절구나 율시는 단순하게 각 행의 자수를 지키고
운자韻字만 쓰면 되는 양식이 아니었다. 고시古詩가 아닌 금체시는 그 법식
에 따라 각 행에 일정한 평측平仄을 지켜야 하는 양식이었다. 그 뿐만 아니
라 사율四律이라고 통칭되는 율시는 일정 부분이 대장對仗으로 이루어져야
한다. 금체시를 지을 때 요구되는 이런 법식은 처음 한시 창작을 시도하
는 초심자에게 상당한 부담으로 작용했다. 이우성李佑成 선생을 제외한 초
기의 난사 동인들은 모두가 예외 없이 이 금체시 짓기에 익숙하지 못했다.

고병익 선생님도 난사에 참여한 직후에는 한시 창작의 기본 요건인 평
측 맞추기에 생소한 것 같았다. 난사 참여 초기에는 선생님의 작품에도
두어 번은 이우성 선생의 주필朱筆이 가해졌다. 그런데 그로부터 몇 달이
지난 다음 선생님 작품은 적어도 평측 맞추기에서는 완전한 것이 되었다.
이미 드러난바 당시 나는 선생님보다 10년의 고참자였다. 그럼에도 그 무
렵에 이르기까지 회마다 내 시에는 몇 군데 빨간 글자가 들어갔다. 그런
나에게 선생님의 재빠른 한시 창작 법식 익히기가 대체 어떻게 가능한 것
인지 궁금한 일이 아닐 수 없었다. 하루는 합평合評 모임이 시작되기 전에
선생님이 만들어 온 작품을 훔쳐보았다. 내가 본 선생님의 한시 원고에는
모든 글자 옆에 반드시 평상거입平上去入의 표시가 붙어 있었다. 그것을 보
는 순간 나는 선생님이 한시 창작에서 나이와 연구 경력, 사회적 지위를
백지화시키고 기본 바탕부터 새롭게 공부하는 정신적 자세를 느끼게 되
어 절로 숙연한 마음이 되었다.

고병익 선생의 난사 참석은 2004년 2월 5일에 열린 151회 모임 자리가
마지막이었다. 《蘭社詩集》 제3집을 보면 그때 선생님은 〈李敎授抱蘭來拜

新歲斯行十年無闕〉과 또 다른 작품을 가지고 나와 우리와 자리를 같이 한 것으로 나타난다. 선생님의 서거 소식을 들은 것은 그해 5월 20일이었다. 당일 내 비망록에는 "아침부터 간간 빗방울이 떨어졌다. 전 서울대학교 총장이었고 난사 동인同人인 고병익 선생이 작고했다. 10시 반 동인들 일동이 서울대학교병원 영안실로 갔다. 이우성, 김동한金東漢, 김종길金宗吉, 이헌조李憲祖, 이종훈李宗勳 등이 동행이었고 조순趙淳 선생과 이용태李龍兌 형은 지방에 내려가서 같이 못 갔다." 라고 되어 있다. 내가 빈소에 들어섰을 때 검은 테를 두른 사진 속에서 선생님은 여느 때와 다름없이 부드러운 눈길을 던지고 있었다. 그 앞에서 나는 흰 국화를 바치고 무릎을 꿇은 다음 엎드려 절을 드렸다. 다음 세 마리는 내가 선생님의 영전에 분양, 재배하고 귀가한 다음 만들어 본 만사의 전문이다. 시집을 낼 때 쓴 우리말 번역을 그대로 다시 붙여 본다.

삼가 녹촌 고병익 총장 영전에　　　　　　拜輓鹿邨高柄翊總長

一.

뒤따르기 몇몇 해를, 꿈결처럼 흐른 세월　　承誨長年若夢過

불시의 타계 소식 이 무슨 변괍니까?　　　山頹不日訃音何

상도노래 한 자락에 천대泉坮는 저리 멀고　　薤歌一曲泉坮遠

갈라진 이승저승 통한이 서립니다.　　　　忽隔幽明痛恨多

二.

일깨우고 갈고 닦아 공경으로 사시었고　　教學生平持敬過

빼어난 말과 글들 보람에 넘치셨다　　　不群論著意如何

모시고 노닌 난사蘭社 차마 어이 잊을 줄이　　從遊蘭社那能忘

역력한 모습일래 그리움이 넘칩니다   歷歷遺眞感慨多

三.

학을 타고 구름 속을 가뭇없이 떠나시니   喚鶴乘雲渺渺過

불러 백천 번에 돌아올 줄 모르시네   千呼其奈不歸何

허위허위 명정 가는 산길은 허랑한데   遲遲丹旌空山路

바라보는 서녘 하늘 노을이 불탑니다.   瞻望西天夕照多

근엄하신 친근감

　　나는 고병익 선생님에게 직접 학문적 가르침을 받은 일은 없다. 그러나 간접적으로는 분에 넘치는 가르침을 받았던 것을 항상 감사하고 있다. 내가 선생님을 처음 뵌 것은 6·25 한국전쟁이 한창이던 1951년의 초여름의 어느 날이다. 당시 국방부는 임시수도 부산으로 피란해 있었고 선생님은 국방부 전사편찬위원회 소속의 육군 중위이셨다. 나는 1950년에 당시의 6년제 경기중학교 5학년(현 고2) 학생 신분으로 입대한 육군 사병으로 다른 지역에서 복무 중이었는데 부산에 피란 와 있던 모교에서 임시 소집이 있어 잠시 휴가차 부산에 갔던 것이다. 가형인 강신항 성균관대학교 명예교수가 당시에 서울대학교 문리과대학 국어국문학과 재학생이면서 전사편찬위원회 문관으로 근무하고 있었기 때문에 형님을 면회하면서 고병익 중위님을 뵐 수 있었다. 중학교에 다니다가 학업을 중단하고 입대하여 사병으로 복무하는 매우 고단한 신세였던(국가와 민족을 위해 매우 영광스러웠던) 나는 부산에서 "편안하게" 근무하는 장교와 문관을 매우 부럽고 시기한 눈으로 바라보았던 것으로 기억한다. 그 뒤 한국전쟁 휴전 무렵에

---

*서울대학교 명예교수, 학술원 회원

고병익 선생님께서 독일 뮌헨대학으로 유학을 떠나셨다는 소문을 듣고 나도 언젠가는 유학을 가야겠다는 생각을 갖기도 했다.

세월이 흘러 내가 서울대학교 문리과대학 정치학과에 다닐 때 고병익 선생님께서 박사학위를 취득하고 귀국하셨는데 자세한 사정은 잘 모르지만 문리과대학에 부임하시지는 않았다. 그러나 가형과 함께 돈암동의 선생님 댁으로 찾아가 뵌 일도 있었다. 그 뒤 나는 필리핀대학에서 행정학을 공부하고 귀국하여 서울대학교 행정대학원 조교로 근무하면서 미국 유학을 준비하고 있었는데, 당시 서울대학교 문리과대학에 부임해 계시던 선생님을 찾아뵙고 내가 "동남아 정치사"(?)를 강의해 보겠다고 말씀드렸더니 "누가 들어?" 라고 간단히 말씀하셨다.

선생님과의 소중한 인연을 회상하는 일이 마치 나 자신의 신상명세서를 쓰는 것처럼 되고 있어 매우 쑥스러우나 이야기를 이어가자니까 별수 없어 보인다. 나는 서울대학교 행정대학원 부교수 시절인 1977년 4월부터 서울대학교 교무부처장으로 근무하게 되었다. 그때 선생님은 서울대학교 부총장이셨다. 부총장은 서울대학교 기획위원회 위원장이고 교무부처장은 기획위원회 간사였기 때문에 선생님과 나는 부총장과 부처장 그리고 위원장과 간사라는 조직의 위계질서에서 상하 관계를 갖게 되었던 것이다. 내가 계획서 등의 서류를 가지고 상의드리면 "부산에서 강 교수 형이 서류를 가지고 오던 모습과 비슷해 보인다."고 말씀하시기도 했다. 선생님과 업무 관계로 가까이 지내게 되니 함께 회식하는 자리에 참석하는 일도 많았다. 그런 기회마다 선생님의 학업 과정에 관한 말씀도 듣고 선생님이 럭비 선수였다는 것도 알았다. 그렇게 친근한 날을 보내면서도 항상 근엄하셔서 긴장하게 되나 한편으로 매우 소박하셔서 마음을 편하게 해 주셨다.

서울대학교가 관악캠퍼스로 이전하여 건물들이 물리적으로 "종합화"된 것은 1975년이었기 때문에 학사 운영이 다소 어수선했다. 훌륭하신 교수님들이 많은 대학교가 되어서 교육과 학사운영을 위한 훌륭한 의견들도 넘쳐났다. 그래서 종합적인 "발전계획"이라는 것을 작성하는 작업을 계속했는데, 그 계획서라는 것이 때로는 "대학개론"인지 "사회과학개론"인지 모를 정도로 "민족의 대학", "대학원 중심 대학", "학문하는 대학" 등에 관한 추상적인 목표부터 구체적인 실천 방안에 이르기까지 체계적으로 서술했으나 대학 안에서 학과 사이의 "이해관계"가 관련된 사항은 조정이 잘 이루어지지 않았다. 그래서 그 뒤에도 변혁기마다 "종합계획"이 작성되었다. 이러한 계획의 덕인지 아닌지는 알 수 없으나 서울대학교는 그 뒤로도 날로 놀랍게 발전해 왔다. 이 시기는 이른바 유신 체제의 시대였다. 학원은 항상 어수선하여 진정으로 대학 교육을 위해 전념하는 것 자체가 어울리지 않는 시기였다. 적극적으로 정부에 협력하거나 저항하는 사람들의 목소리만 컸고 두 집단의 틈에 낀 듯한 "보통 사람"들의 삶은 참으로 고단한 세월이었다. 이런 시절에 대학교의 "교양교과과정"을 개편해야 한다는 논의를 하게 되면, 동서고금의 훌륭한 모든 사례들이 거론되어 끝내 마무리되는 일이 드물었다. 이런 과정을 지혜롭게 이끌어 가는 것이 기획위원장의 임무였다.

서울대학교가 자체적으로 추진하는 학사 개혁 가운데는 정부의 고등교육 발전 방안의 일환으로 추진되는 경우도 있었다. 그 가운데 하나가 실험대학 사업과 연계된 신입생 계열별 모집이었다. 이상적인 모든 계획이 그 전제가 되는 여건에 대한 준비 없이 추진되는 경우가 많은데, 계열별 모집 방식도 그 가운데 하나로서 이른바 비인기 영세학과의 고통으로 나타났다. 그런 소용돌이 속에 자체적으로 추진하여 단기적으로 성과를 거두는 듯한 경우도 있었다. 하나는 대학원 중심 대학 중점 사업이다. 이 사업은 "예산 외"로 마련된 10억 원의 자금을 사용하는 계획이었다. 이 자금은 어수선한 학원에서 수고하는 교수들에게 제공하는 일종의 격려금이 었으나, 교무처는 자금을 대학원 육성 자금으로 사용하기로 했다. 곧 차기 년도부터 정규예산과정을 거쳐서 예산이 확보될 것을 전제로 세운 계획이었다. 당시 서울대학교에는 약 100개의 학과가 있었는데, 각과에 평균 1,000만을 배정하여 학과별 실정에 맞는 사업을 하도록 했던 것이다. 학과발전계획 수립, 교과과정 개혁, 또는 특정 연구 등 자율적으로 집행할 수 있게 했다. 다행히 다음 연도부터 정규 정부예산으로 연구비가 지원되다가 1980년부터 감액되기 시작하더니 마침내 폐지되었다. 또 하나의 개혁은 대학원 신입생 선발사정의 변화였다. 즉 정원의 30퍼센트를 먼저 타 대학 출신 지망자 가운데서 선발하고 여석을 서울대 출신 진학자를 선발함으로써 서울대 출신자에게 유리한 입시제도라는 비판에 대응하는 것이었다. 이 계획은 특정 장학생에게 당시는 파격적인 생활비를 지급하고 일부 대학원생은 연구요원의 명목으로 병역 특혜를 부여하기로 되어 있었다. 이것도 1980년도 이후에 석사장교 제도라는 것으로 변형되었다. 마지막으로 "남방계획"이라는 것을 준비했는데 완결되지는 못했다. 이 계획은 발전도상국의 공무원과 대학생을 서울대학교에서 훈련하거나 교육하려는 것이었는데 어려움이 많아서 입안 단계에서 중단했다. 이렇듯 몇 가지 자제직으로 추진하는 계획을 작성하는 과정에서 기획위원회 위원장으로서 부총장께서는 많은 격려를 해 주셨던 것이다. 일반적으로 대학에서 쇄신안은 "쓸데없는 일 하지 마라"는 식으로 좌절시키는 일이 많았던 분위기를 감안하면 선생님의 리더십은 예외이셨던 것이다.

대학교의 보직자에 대한 교수들의 평가는 일반적으로 비우호적이다. 자진해서 보직을 추구하는 일도 있겠으나 대개의 경우 고위직이 아닌 경우에는 여러 가지 사정과 인연으로 말미암아 불가피하게 보직을 맡게 되는

데 "학원사태"라는 분위기에서는 하루 빨리 정해진 임기를 마치고 떠나고 싶은 심정뿐이었다. 나도 보직에서 벗어나려고 해도 여의치 않아 "국비국외파견 교수"를 지망했는데, 고병익 부총장께서 지망을 허락해 주셨다. 그것은 파견교수로 선발되어 출국하게 되는 경우 보직을 마치는 것을 의미하는 것이었다. 다행히 선발되어 교무부처장직을 떠나게 되었는데, 교수들 사이에서는 "보직자에게 주는 특혜"라고 말하는 이도 있었다고 한다. 대학 보직도 일종의 숙련도를 필요로 하는 업무이다. 그러나 한국의 현실은 미리 충원 예정자를 양성하지 않는다. 당시 유네스코에서 6개월 동안의 대학 학사 행정 연수 과정이 있었는데, 차기 교무부 처장 후보를 파견할 것을 부총장님께 건의했던 일이 있다. "우리나라에서 6개월이나 앞서서 결정된 인사가 그대로 유지될 수 있을까?" 라는 것이 선생님의 판단이었다. 끝내 아무도 파견하지 않았다.

참으로 어수선한 세월이었다. 1979년에 내가 국비국외파견 교수로 연구차 미국으로 출발할 즈음에, 고병익 선생님은 윤천주 총장님 후임으로 서울대학교 총장에 취임하셨다. 나는 아직 부처장으로 근무하고 있었기 때문에 선생님의 기자회견 등에 관해 협의했던 기억이 있다. 매우 훌륭한 방침을 말씀하셨던 것이다. 그런데 선생님은 1980년 6월에 서울대학교 총장직에서 해임되셨던 것이다. 겨우 1년 남짓 동안을 총장으로 재임하신 셈이다. 나는 그해 9월에 국비파견을 마치고 귀국했기 때문에 그동안의 안타까운 사정을 잘 알지는 못한다. 그 뒤로는 선생님을 자주 뵐 기회가 없었는데, 내가 대한민국학술원 회원으로 선출된 뒤 다시 뵙고 많은 가르침을 받을 기회가 생겼으나 안타깝게도 선생님께서는 이미 매우 병약하셔서 그런 기회를 갖지 못해 매우 안타깝고 아쉬웠던 일을 회상하며 이 글을 마친다.

2013. 9. 18.

철학 교수가 맺은 인연

이명현李明賢*

  내가 고병익 선생님과 인연을 맺게 된 것은 나의 은사 우송 김태길 선생님과 인연 때문이다. 당시 김태길 선생님은 연세대학교에 계시면서 서울대 문리과대학 철학과의 개설과목인 근세 철학사를 강의하셨고, 나는 이 과목을 수강하면서 강의 시간마다 당시 기준으로는 학생의 분수에 맞지 않게 까다로운 질문을 퍼부어대는 바람에 김태길 선생님의 뇌리에 깊이 박힌 학생이 되었다.

  그 뒤 철학과 박종홍 교수님이 대학원장으로 옮겨 가는 바람에 철학과 교수 자리가 하나 비게 되었다. 그 당시 대학원장은 단순한 보직이 아니라 대학원의 유일한 전임교수였다. 다른 강의자들은 모두 대학원 시간강사로 간주되는 이상한 대학원이었다. 나중에 안 일이지만 문민정부의 교육개혁인 속칭 "5 · 31 교육개혁" 이전의 한국의 교육 관련 법체계 안에서 대학원은 정체불명의 기관이었다. 정부수립 뒤 교육법이라는 이름으로 온존되어 온 재래의 교육법이 5 · 31 교육개혁으로 폐기되고, 새로운 교육 삼법으로 교육기본법, 초중등교육법, 고등교육법(대학교육법)이 제정

---

*서울대학교 명예교수, 전 교육부 장관

되었다. 이 법의 시행은 문민정부가 끝나고 국민의 정부가 본격적으로 가동을 시작한 1998년 3월 1일부터 시행되었다. 그 뒤로 대학원 교육은 법적으로 제 모양을 갖춘 교육기관으로 면모를 갖추기 시작했다.

여하튼 옛이야기로 돌아가서, 박종홍 선생님이 대학원장으로 옮겨 가셔서 철학과 교수 자리에 공석이 생기자 그 빈자리에 연세대에 계시던 서울대 1회 졸업생인 김태길 교수가 부임하게 되었다. 김태길 교수가 서울대에 부임한 것은 내가 학부 3학년 때였다. 그 당시 철학과에 재직하신 교수는 일본 식민지 시대의 경성제국대학 출신인 박종홍, 최재희, 그리고 다른 일본제국대학 출신이었을 뿐, 국립서울대학교 출신은 전무했다. 그러다가 1회 졸업생인 김태길 선생님이 서울대에 부임한 것이다. 그런데 김태길 선생님만 해도 국립서울대에 편입한 분이다. 그는 일본 식민지 통치시절 동경제국대학 법문학부를 1년 다니시다가 해방이 되어 서울대학교에 편입했던 분이다. 김태길 선생님뿐만 아니라 서울대학교 1회 졸업생인 역사학의 고병익 선생님, 전해종 선생님도 동경제국대학에 1년 정도 다니고 국립서울대학교에 편입하신 분들이다.

내가 고병익 선생님과 친분을 갖게 된 것은 김태길 선생님이 사석에서 주변에 가까이 지내는 분들의 성함을 거명하실 적에 고병익 선생님과 전해종 선생님의 말씀을 자주 하셔서 내가 학교 근처에서 두 분을 만나게 되면 인사를 드리곤 했다. 자기의 은사의 친구분들에게 정중한 인사를 드리는 수준에서 지내다가 한번은 고병익 선생님과 차 한잔을 나누는 기회가 생겼다. 고병익 선생님께서 서울대 부총장으로 계실 때다. 교정에서 우연히 얼굴을 뵙게 되었는데, 고병익 선생님께서 부총장 집무실에 가서 차를 한잔 나누자고 의외의 초청을 해 주셨다. 이에 순종하는 마음으로 고 부총장님의 뒤를 졸졸 따라 본부 사무실로 갔다. 그때 마침 낙성대에 교수 아파트를 신축할 계획이 잡혀있던 때라 대화의 주제가 교수 아파트 입주에 모아졌다. 그때 나는 나이가 30대 후반을 향하던 노총각 홀몸인지라, 고 부총장님께서 나에게 살길 만났다는 식으로 말씀하시어 나도 아파트 입주의 행운의 꿈을 갖게 되었다.

교수 아파트가 완공이 되었을 때 고병익 선생님은 총장으로 올라가시고 생물학과의 조완규 선생님이 부총장으로 부임했다. 그런데 총장으로 올라가신 고병익 선생님께서 나에게 한껏 입주에의 꿈을 불어넣어 주셨던 아파트 입주의 꿈이 박살이 난 것이 아닌가! 새로 설정된 입주 기준에 따르면 무주택자가 우선이고, 무주택자 가운데서도 가족 수가 많은 사람이 우선한다는 것이다. 어찌 보면 그럴싸해 보이는 기준이다. 그런데 실제로 입주한 사람들을 보면 무주택자가 아닐 뿐 아니라 자가용 자동차까지 굴리는, 그 당시 수준에서 보면 "강남귀족"이라 할 만한 사람들이 한둘이 아니었다. 나야말로 무일푼의 독신으로서 형님의 집에 얹혀살던 가난뱅이였다. 이러한 나의 처지를 어느 정도 감지하고 계셨던 고병익 선생님의 부총장으로서의 판단력에 따르면 으레 아파트 입주 가능권 안에 들어 있는 "행운의 사나이"로 점찍을 만해서 잔뜩 나의 마음속에 꿈을 부풀려 놓으셨던 것이 아닌가!

그런데 드러난 현실은 그게 아니었다. 입주자들의 면면을 살펴보고 화가 잔뜩 치밀어 오른 나는 조완규 부총장실로 뛰어 들어갔다. 그 당시 나와 친분이 가까웠던 영문과 김종운 교수가 교무처장을 맡고 계셨기에, 김종운 교수님께 속사정을 들어본즉 아파트 관리 총책임은 부총장에게 있다는 것이었다. 부총장 조완규 선생님께 다그쳐 물었다. 어째서 집도 있고 자가용까지 굴리는 귀족들에게 집을 나누어 주고, 나 같은 불쌍한 독신

거지는 얼씬 못하게 하느냐고. 내 고함 소리가 본부 3층을 진동시켰던 모양인지 아래층에 있던 실무 책임자인 교육부 출신 사무국장이 부총장실에 황급히 출두한 것이 아닌가!

자초지종을 캐물어본즉 교수 본인이 적어낸 서류만 믿고 입주권을 배분했다는 것이다. 사무국장에게 내가 질책하듯이 말했다. 최근 3년 이내의 세무관련 서류만 제출하게 했으면 유주택 부자 교수 양반들에게 아파트를 나누어 주지 않았을 텐데, 어찌 그 정도의 머리도 못 쓰는 사람이 사무국장까지 하느냐고 비아냥거렸다. 사무국장은 자신이 잘못했으니 제발 부총장님은 닦달하지 말아 달라고 손이 발이 되도록 간청하는 것이 아닌가! 교수들을 신뢰한 것이 이런 실수를 저지르게 되었다고 하면서 제발 용서해 달라고 비는데, 내가 할 말이 뭐가 더 있겠는가. 조완규 부총장님 가로되, "허, 이 교수 그러지 말고 장가나 어서 들라고. 장가 가면 얼마나 좋은지 아는가." "옹고집 노총각"이라는 누명만 뒤집어쓰고 본부 건물을 빠져나왔다. 그 뒤 얼마 지나지 않아 한번은 사회대 휴게실에 들렀더니 고병익 총장님이 경제학과 조순 선생님과 바둑을 두고 계셨다. 그래서 일부러 들으시라고 옆에 앉아서 차를 마시고 있는 신용하 교수 등이 있는 자리에서 내가 이렇게 웃기는 소리를 내질렀다.

"허, 서울대학에서 알아 주는 것은 식솔을 얼마나 많이 거느렸느냐에 따라 교수 아파트를 나누어 주는 것 같은데…. 나도 앞으로 나이가 지극히 든 과부 할머니하고 결혼해서 많은 식솔을 거느리는 능력 있는 교수가 되려고 계획을 세우고 있다."

신용하 교수 왈曰, "이 교수, 이제야 그것을 알았소. 세상이 누구를 대접한다는 걸!"

옆에 있던 교수들이 박장대소했다.

고병익 선생님을 지근의 거리에서 뵐 수 있는 단 하나의 기회가 생겼다. 우송 김태길 선생님께서 심경문화재단을 만들어 《철학과 현실》이라는 계간지를 발행하게 되었는데, 그때 심경문화재단의 이사로 당시 서울대 총장으로 계셨던 고병익 선생님을 영입했다. 나도 재단 이사의 말석에 등재되어 일 년에 한두 번 이사회가 열릴 때마다 고병익 선생님과 자리를 같이 하고 회의가 끝난 뒤 저녁 식사도 같이 하며 농담을 주고받았다.

일 년에 네 번 발간하는 잡지가 내년(2014년) 봄호로 100호를 기록하는 긴 세월이 흘렀다. 돌아가시기 전까지 이사로 수고하셨는데, 돌아가시기 얼마 전 회의에서 만났을 때 고병익 선생님은 자신에게 이상한 피부병이 생겼다는 것이었다. "대상포진"이라는 것인데, 면역력이 약화되기 쉬운 노년에 잘 생기는 피부병에 감염되어 고생하시고 계시다는 말씀이었다. 시대의 거인 선비도 시간 앞에 무력한지 고생 끝에 최후를 맞이하신 것 같다. 그것을 우리 옛 어른들은 천명天命이라 하지 않았던가! 천명을 거스를 자 누가 있으랴!

1980년 민주화의 봄이 찾아온다고 한참 신바람 나서 좋아하던 시절, 역사의 새 기운을 송두리째 빼앗은 역사의 반역아 전두환 일당이 대학가를 무력으로 제압하고 있을 때, 공개 채용이라는 관문으로 서울대 교수 집단에 합류한 젊은 교수들이 폭압적인 칼의 힘을 펜으로 대적하던 일이 있었다. 그때 20여 명 교수들이 모여들었는데, 그때 열심히 뛰어다닌 교수 가운데 이태진, 김용덕, 이성규 같은 역사학자들이 있었다. 과장해서 표현하면 이분들은 나의 혈우血友라 할 만큼 친근한 학자들이었다. 운 나쁘게 나는 전두환 무리들에 의해서 대학으로부터 4년 1개월이라는 시간 동안 추방되어 백수건달로 지낼 적에도 나에게 밥도 사 주고 소주도 사 주며 나를 위로해 주었고, 달마다 차비도 주머니에 쑤셔 넣어 주던 따뜻한 친구들이었다. 벌써 30여 년이 흐른 오늘 그 패기에 찬 젊은 역사학자들도 교수 졸업장을 받고 명예교수가 되었다. 아, 참, 세월의 무상함이여! 이들은 모두 우리가 존경해 마지않는 고병익 선생님의 제자들이다. 이런 좋은 친구들과 어울리며 보낸 관악의 학림學林 아래서 나도 고병익 선생님의 가까운 제자가 된 느낌이다. 학자의 기쁨을 여기 말고 어디에서 또 찾으랴.

1985년 9월, 그 말썽 많던 교수 아파트에 과부 할머니가 아니라 서른네 살의 노처녀와 결혼을 하는 데 성공하여 입주하는 영광을 누렸다. 서른네 살인 노처녀가 남편으로 만난 총각은 노처녀보다 열두 살이나 연상인 영감이었다. 노처녀와 영감이 만나 아들을 세상에 하나 내놓아 결국 한 식구가 세 식구가 되었다. 낙성대 태생의 그 아기는 전두환 장군이 1987년 7월 1일 "총선을 실시하여 민주정치로 돌아간다."는 기자회견이 있은 지 3분 뒤에 '악' 소리를 지르며 세상에 태어났다. 그 민주화 아기가 지금은 어엿한 공군 중위가 되어 진짜 군인으로 대한민국을 지키고 있다. 이 모든 이야기가 소설 속 이야기인가, 꿈속 이야기인가? 희극인가, 비극인가? 무서운 것은 시간이요, 시간을 타고 흘러가는 역사다.

어려운 시기에 총장으로 만난 고병익 선생

이인호李仁浩[*]

1955년 사학과에 입학은 했지만 바로 그 이듬해 유학을 떠났던 나는 불행히도 선생님의 그 유명한 강의를 들을 기회는 없었다. 일학년생들의 강의는 아직도 이병도, 김상기, 조의설 선생님께서 맡고 계시던 시절이었다. 하지만 그때도 이미 고병익 선생님은 전해종 선생님, 민석홍 선생님과 함께 어린 후배들 사이에서 거의 전설처럼 거론되는 선망의 대상이었다. 지금과 달리 서울대학교 문리대의 사학과는 하나뿐이었지만 합동연구실은 국사, 동양사, 서양사 별로 따로 있었고 교수와 학생들 사이의 관계가 가까웠던 그 시절에는 미래가 촉망되는 학생들은 아주 일찍부터 학계의 주목을 받지 않았던가 싶다. 한참 뒤의 이야기지만 서양사를 전공하신 민석홍 선생님이 사석에서 하신 말씀이 생각난다. 당신께서도 본래 동양사에 관심이 있으셨지만 고병익 선생님이 그쪽을 하신다고 해서 서양사 쪽으로 가기로 했노라고. 그만큼 일찍부터 고병익 선생님은 동료들 사이에서도 두각을 나타내고 계셨다는 이야기였다.

1970년대, 1980년대만 해도 우리 사학계는 역사학회를 중심으로 하여

---

*서울대학교 명예교수, 전 주러시아 대사

함께 활동할 기회가 많았다. 따라서 서양사를 전공하며 고려대高麗大에 근무하던 나도 고병익 선생님께 인사를 드리고 문화 교류와 비교사 분야에서 그분의 개척자적인 업적에 접할 기회가 있었다. 그러나 내가 선생님께 개인적으로 큰 신세를 지게 될 줄을 미처 몰랐다.

1979년. 고대에 이미 7년째 근무하고 있었지만 정작 전공인 러시아 역사 강의는 러시아어과나 서울대에서밖에 할 수 없었던 나는 이홍구 교수가 소장을 맡고 있던 서울대 사회과학연구소에서 소련 전공 연구교수를 채용한다는 소식을 듣고 응모하기로 했다. 연구소와 서양사학과 양쪽에서 다 환영을 했고 인사위원회를 쉽게 통과했지만 그 다음에 모든 것이 정지되었다. 고려대 김상협 총장이 내가 옮겨 가는 것을 마땅치 않게 여긴다는 것을 알게 된 윤천주 총장이 승인을 거부했기 때문이었다.

고대 몇몇 가까운 동료들의 간곡한 만류에도 불구하고 서울대로 옮기기로 결정했던 나로서는 낭패가 아닐 수 없었다. 마치 갈 곳이 없어서 다시 주저앉는 꼴이 되어 체면을 손상하느니 보다는 차라리 실직자가 되더라도 일방적으로 사표를 내겠다고 결심하고 있을 때 구원투수로 나타나신 분이 고병익 선생님이셨다. 서울대학교 총장이 되신 것이다. 지금 생각해 보니 나는 그때 나를 채용해 주신 데 대해 감사 인사 한 번 제대로 드린 적이 없는 철부지였다.

선생님께서 서울대 총장으로 재직하시던 기간은 1980년 광주의 유혈 사태를 겪으면서 서울대 총장 노릇 하기가 정말 어려울 때였다. 어느 날인가 서양사학과 조교가 말했다. 우리 과는 오전 10시 25분마다 교수들이 몇이 나와 있는가 파악해서 보고를 하라는 지시가 내렸다고. 교수들이 모두 분개하고 총장을 비판하기 시작했다. 교수들 출석을 시간에 맞추어 매일 부르라는 것이냐고. 이홍구 선생님을 거쳐 알아보니 그것이 아니었다. 학생들의 시위 분위기가 점점 더 험악해지며 대학 본부에 있는 사람들은 신체적 위험마저 느끼는 분위기에서 총장이 교수들은 얼마나 나와 있는가 물어본 것뿐인데 거대한 관료 조직인 서울대 행정처에서는 그 물음이 곧 바로 분 단위 학과별 교수 출석 보고 체계로 각색이 되어 버린 것이었다. 서울대가 반체제 투쟁의 중심이던 그 어려운 시기에 대학을 지키고 총장직을 무난히 수행하셨다는 것은 학문적 업적을 쌓는 일 못지않게 큰 업적이 아니었던가 생각한다.

고병익 선생님이 지금 살아 계시다면 오늘 우리 사학계의 모습, 역사 교육의 실상을 보고, 어떻게 생각하실까? 아마 학계가, 나라꼴이 이 지경이 되도록 방치하지는 않으셨을 것이라고 상상해 본다. 선생님께서는 벌써 우리나라의 세계적 위상이 결코 높지 않던 몇십 년 전부터 세계 동서남북 사이 문화 교류와 가치관의 재정립 문제 등 역사학의 거대 담론을 미시적 연구로 철저히 뒷받침하며 이끌어 오셨는데 경제적으로는 우리의 세계 경쟁력이 크게 상승한 우리 시대 역사학 교수라는 사람들은 스스로가 정치의 시녀로 전락한 줄도 모르면서 학자라는 이름을 팔고 나라의 통합이 아니라 분열에 기여하고 있는 형국이니 말이다. 고병익 선생님이 그립다.

총장과 학생처장

1979년 12월의 한국은 동토凍土였다. 부드럽고 새로운 꽃이 피기를 기원하는 국민의 염원과는 달리 하루하루가 누구도 점칠 수 없는 긴장과 어둠의 연속이었다. 참모총장을 체포한 이른바 신군부新軍部 세력과, 밤낮없는 싸움으로 국민을 오도하던 구 정치그룹은 권력의 향방을 두고 격돌하는 상태였고 그 엄혹한 독재 체제 아래에서도 민주주의와 인간의 자유를 갈구해 왔던 학생들, 그리고 수많은 지식인들은 자기 희생을 긍지로 생각하며 무서운 통제와 부딪히면서도 밝은 대한민국을 그리고 있었다. 더욱이 모든 대학에서는 온갖 박해와 잘못된 응징으로 제적된 수많은 복학을 원하는 학생들이 있었다. 평소에 대단히 존경하고 또 나를 아껴 주시는 박태원朴泰源 박사님의 사무실에 들려 이런저런 세상일을 걱정하다가 서울대학교 총장실에서 나를 찾는 전화가 걸려왔다. 핸드폰도 없던 시기에 쉽지 않았을 텐데도 고병익 총장님은 나를 찾으셨고 당일 오후 아니면 내일 아침 총장실로 와 주기를 희망하셨다.

첫 느낌이 학생처장직 제의가 아닐까 싶었다.

---

*서울대학교 명예교수, 전 서울대학교 총장, 전 국무총리

그 당시 학생처장직을 맡는 것은 섶을 지고 불속에 뛰어드는 격이라는 것을 누구나 알 수 있었다. 핑계를 만들어 총장님을 뵙지 않으려 했더니 박 박사께서 그래도 예의상 직접 만나 뵙고 사양하는 것이 옳다고 말씀하셨다. 착잡한 심정을 다잡으며 다음날 아침 고 총장님을 뵈었더니 아닌 게 아니라 첫 말씀이 "이 선생, 학교를 위해 나를 도와 주소, 학생처장 직을 맡아 주소."

고병익 총장님은 대단히 큰 어른이다. 민병태 학장님의 후임으로 고 선생님을 문리대 학장으로 모시면서 최문환崔文煥 총장께서 내게 하시던 말씀이 지금도 역력하다. "고 선생은 자네 어른의 대학 후배이기도 하지만 크고 큰 인물일세, 어떤 파도가 닥쳐도 태연할 수 있는 분이고 어떤 경우에도 그릇된 일을 할 분이 아닐세."

1970년 6월 최문환 총장께서 갑작스런 뇌질환으로 쓰러지신 채 빈사의 상태를 겪고 계신 지 불과 4일 만에 최 총장의 큰 신뢰를 받았던 몇 분 교수들이 "유신 정권에서 박정희 대통령이 이상한 사람을 총장으로 발탁할 수 있으니 학내 인사를 총장으로 하려면 최 총장이 지금 바로 사표를 내야 한다."고 요구하며 한 발자국 나아가 학내에서 여론화하려는 노력조차 기울였다. 일반 사람의 마음이나 대학교수의 마음이나 다 같은지 놀라운 사람들이 동조하기도 했으나, 高 선생님, 李○○ 교수, 具○○ 교수 그리고 많은 교수들이 인면수심이라 비판했고, 대부분의 양식 있는 교수들이 어이없는 짓이라고 거부한 탓에 최 총장님은 끝까지 서울대학교병원에서 최선의 치료를 받으셨고 그해 10월 박정희 대통령이 직접 병실에 오시어 문병의 말씀과 함께 "학내에서 최 선생이 부총장으로 발탁했던 분을 총장으로 임명하기로 했소." 라는 말씀으로 일단락을 맺었다. 감사하고 감사한 일이었다.

이후 학내에서 벌어진 갖가지 학생들과 마찰 과정에서도 원만하시지만 올곧으신 고 선생님의 모습을 뵙게 되고, 새삼 최문환 총장님의 지인지감을 확인하면서 高 선생님을 더욱 존경하게 되었으니, 처장직을 회피하려 했던 굳은 결심도 끝내 의례적 사양이 될 수밖에 없었다. 처장직을 맡으면서 80년 초 기자들과 간담회 때 나는 이렇게 말했다. "4~5개월 정도 지나면 내가 죽게 되든지 교도소에 가든지, 최소한 교수직에서는 쫓겨나게 될 것이다." 그만큼 내 마음은 절박했고 최악의 각오마저 하지 않을 수 없는 처지였다.

고 총장님께서 내게 학생처장직을 맡기신 것은 총장님의 판단에 이 모 교수는 적당히 자리를 지키는 사람도 아니고 이익에 따라 약삭빠른 처신을 할 사람도 아니라는 확신을 가지셨던 것 같다. 나는 최선을 다했다. 총장님은 후덕하신 품성으로 모두를 감쌌고, 각 대학의 학생과장(현재의 부학장)과 학생처 전 직원, 다른 모든 공직자들이 한결같이 단합하여 학교와 학생들을 지켰고 총장님을 도왔다. 지금도 숱한 밤을 새웠던 교직원 한 분 한 분에게 감사의 마음을 지니고 있다.

모든 대학에서 폭력적인 유신 교수 추방 운동과 학교 불신이 극에 달했지만, 서울대학교만은 대학다운 모습을 보여 주었고, 교수 학생 사이의 예절은 지켜졌다. 5천 명의 학생들이 운집한 학생회관에서 "아무리 국가적 혼돈기라 해도 선생님은 선생님이고, 제군들은 서울대학의 학생들이다. 선생님께 결례하는 일이 있으면 이곳 학생 5천 명 모두를 제적하고 내 갈 길을 가겠다" 라는 폭탄적 연설에도 박수로 맞아 준 서울대 학생들이 그지없이 자랑스럽다. "李 선생 무슨 뱃심이 그렇게 세오?" 라고 빙그레 웃으시던 고 총장님의 모습이 참으로 그립고, 교수, 직원 그리고 심 ㅇㅇ 의원, 유ㅇㅇ 전 장관을 비롯한 당시의 학생회 간부들에게 진심으로 고마움을 느끼고 있다.

잠깐의 보안사 수감 기간 동안이었지만 내 집에까지 찾아 안사람을 위로해 주셨던 고 총장님! 총장직에서 물러나시게 되고 나는 교수직 사표를 제출한 뒤에도 만나 뵈면 언제나 편안하셨던 모습, 매년 정초에 세배를 올리고 전형적인 한국의 부인으로 부덕 높으신 사모님께서 차려 주신 음식을 먹으며 넉넉히 웃으시던 총장님의 풍모를 간곡한 마음으로 떠올리곤 한다.

총장님이 천국에서 언제나 평안하시길 빌고 또 빈다.

거목 고병익 총장

조완규趙完圭[*]

"趙 學長, 교수직 사표를 내시오. 그리고 나랑 문교부로 갑시다." 1980년 高柄翊 총장이 취임 뒤 나보고 부총장을 맡길 테니 사표를 내라고 하셨다. 당시 自然科學大 學長으로 있는 나는 "왜 내가 사표를 내야 합니까"라고 일단 사절했다. 부총장직은 교수직 사표를 내게 되어 있다는 것이었다. 평소 존경하고 따르는 분의 부탁이었으나 즉석에서 거절하며 그 이유를 댔다. 첫째 부총장 임기 문제를 들었다. 총장 임기는 4년인데 부총장 임기는 2년이다. 교수직을 버리고 된 부총장이 그만둔 뒤 다시 교수로 복직한다는 보장도 없는 그런 자리었다. 둘째는 총장과 부총장의 관계였다. 부총장 2년 임기가 끝난 뒤 연임連任 여부는 오로지 총장에게 달렸다. 총장이 추천하지 않으면 그대로 실직하게 된다. 그래서 부총장은 늘 총장 눈치를 보아야 하며 총장을 바르게 보필하기 어려운 자리이다. 高 총장은 그 많은 교수 가운데 당신의 보필자로 나를 마음에 둔 것은 고마운 일이었지만 총장, 부총장이라는 자리 관계로 말미암아 오랜 우정에 흠집이 생길 것이 염려되었다. 셋째, 나는 65세 교수 정년을 꿈꾸고 있었다. 연구실에서

---

*서울대학교 명예교수, 전 서울대학교 총장, 전 문교부 장관

연구하고 제자들을 키우는 것이 나의 목적이었다. 그런데 2년 임기 부총장직을 끝낸 뒤 교수직으로 복귀할 보장도 없는 상황에서 高 총장의 부탁을 그대로 받아들일 수는 없었다. 부총장직은 국립대학교 가운데 서울대학교에만 있었다. 총장직을 승계하거나 다른 대학교 총장직으로 영전하는 것이 관례였기에 앞서 부총장들은 내가 내건 문제들을 제기하지 않았다. 나의 심각한 문제 제기에도 高 총장의 의사는 확고했다. 자칫 이 일로 高 총장과의 사이에 금이 갈까 염려된 나는 총장의 부탁을 마침내 받아들이기로 했다. 사표를 내지 않은 채 高 총장과 같이 문교부 장관을 만났다. 그 자리에서 부총장직도 학장처럼 보직補職이 되도록 교육법을 고쳐야 한다고 역설하였다. 장관은 나의 요청을 받아들여 법을 개정하기로 약속했다. 결국 高 총장과 나는 학생 시위로 들끓고 있는 학원에서 고락苦樂을 같이 하게 된 것이다. 이렇게 1960년대 이후 줄곧 끈끈한 인연을 이어갔다.

내가 문리과대학 학생과장으로 있던 1967년 문리과대학 동창회 총무부장인 나는 그때 동창회 부회장인 동양사학과 고병익 교수와 같이 동창회 재건에 힘썼다. 그때 가깝게 모신 高 총장의 인품에 나는 푹 빠져들었다. 진정 학자의 고고한 모습을 高 총장에서 찾을 수 있었다. 외유내강外柔內剛형의 조용한 인품으로 동료 교수에게 존경받고 있었다. 1970년 文理科大學 學長으로 취임한 고병익 교수는 나에게 의치의예과부장醫齒醫豫科部長을 맡아 달라고 부탁했다. 나는 高 학장의 부탁을 즉석에서 받아들였다. 당시 2년 동안의 힘든 학생과장직을 그만두고 연구실로 복귀하여 밀린 연구에 몰두하며 피로한 심신을 달래고 있던 그런 때였다. 학생과장 때 박정희 정권 타도, 삼선개헌 반대, 유신헌법 반대 등 학생 시위 운동권 주동 학생들을 다루느라고 파김치가 된 나를 高 학장은 자주 격려해 주셨고 힘과 용기를 주셨다. 그런 분의 부탁을 거절할 수 없었다. 高 학장은 나에게 의치의예과부장직을 부탁하며 내심 학생과장 돕기를 기대하셨을 것이다. 학생 소요는 그칠 줄 모르고 더욱더 치열해졌다. 그러다가 연구할 시간을 빼앗기는 것이 싫어서 1971년 高 학장의 양해를 얻어 두 번째 2년 동안의 외국 유학을 떠났다. 1973년 봄 유럽 여행 중이던 高 학장은 케임브리지대학에서 연구 생활 중인 나를 찾아주셨다. 회포를 풀며 거의 하룻밤을 보냈다. 그리고 나는 1973년 8월 귀국했다.

1977년 고병익 교수는 윤천주 총장 때 부총장이 된다. 당시 나는 자연과학대학 학장직을 맡고 있었다. 1979년 초 여의도의 高 부총장 댁으로 새해 인사를 갔다. 高 부총장은 천식기가 있어 담배를 끊었고 매우 개운하다며 줄담배인 나에게 담배 끊기를 권했다. 나도 전부터 생각해 왔지만 용기가 나지 않아 끊지 못하고 있다고 했다. 가지고 있는 담배와 라이터를 高 부총장에게 내놓았다. 이것이 계기가 되어 30여 년 동안 피워 오던 담배를 끊는 시발점이 되었다. 그 뒤 여러 달 끽연의 유혹에 마음이 흔들렸지만 이를 용케 물리쳤고 결국 금연禁煙에 성공하여 오늘에 이르고 있다.

고 부총장은 윤 총장 후임으로 총장에 임명되었다. 그때가 1979년 6월이다. 그때 고 총장은 학장인 나를 부총장으로 추천한 것이다. 어찌되었건 학생운동이 우심하였던 1979년, 새로 취임한 총장이 부총장 감을 찾기는 어려웠을 것이다. 평온한 때가 아니라 박정희 정권의 유신 체제에 반대하는 극렬한 학생 시위가 학원가를 휩쓸고 있을 때다. 교수직을 버리고 부총장을 맡으라고 하기에는 매우 어려운 때였다. 결국 학생과장 때의 나를 잘 알고 계시고 학장 때 의치의예과부장으로 학장을 보필했던 나의 성품을 잘 알고 계신 고 총장은 나를 부총장 감으로 찍은 것이다. 내가 부총장이 되기까지의 과정은 앞서 이야기와 같다. 당시 서울대학교에는 40여 개의 각종 위원회가 있었다. 거의 모든 위원회의 위원장은 부총장이 맡았다. 위원회가 심의 결정한 일 가운데는 총장의 의도와 다른 것도 있을 수 있다. 그동안 총장, 부총장 사이의 불협화가 있었다면 바로 그런 것이 원인이 된다. 이런 일을 잘 아는 나는 위원회 결정으로 말미암아 총장과 갈등이 생길까 걱정했다. 그러나 부총장을 신임하고 있는 高 총장은 각종 위원회에서 심의 결정한 사항을 별로 이의 없이 그대로 수용하셨다. 그럴 때마다 나는 高 총장의 포용력과 큰 리더십을 확인하여 더욱 깊은 존경심이 생겼다. 내가 뒤에 총장이 되어 4년 임기를 대과 없이 마칠 수 있었던 것은 바로 고 총장의 리더십을 행정의 요체로 삼았기 때문이다.

1979년 10월 26일 박정희 대통령 시해 사건이 있었다. 부총장인 나는 高 총장을 모시고 청와대로 문상 갔다. 유신 등 강압 정치로 학원가를 뒤흔들었던 朴 대통령이었지만 그 생의 마지막 길이 너무 참담함에 오히려 측은한 생각이 들었다. 갑자기 통치자를 잃은 국내 정치 상황은 혼미하였고 학원가의 혼란은 더 이를 데 없었다. 보안사령관인 전두환 장군이 등장하여 정치 세력화를 기도하였다. 당연히 학원가는 反전두환 투쟁으로 더욱 격심한 데모에 휩싸이게 되었다. 언제나 그러했듯이 서울대학교가 전국 학생운동을 주도한 까닭에 서울대학교 운동권 주동 학생을 다루어야 하는 총장 등 대학 간부들은 그 처지가 매우 힘들었다. 1980년에 접어들면서 전두환 장군의 집권 차비가 착착 진행되고 있었다. 아울러 反전두환 투쟁을 위한 학생들의 시위는 날이 갈수록 치열해졌다. 아직 완전히 정국을 차지하지 못했던 당시의 주체는 학원가를 강압할 힘이 없었다. 이때를 이른바 "서울의 봄"이라 했다. 서울 시내 대학생 수만 명이 서울역 앞에 모여 기세를 떨쳤고 혹은 영등포역 앞으로 나가 기세를 올리기도 했다. 서울대학교는 시위학생들을 대학 통근버스로 서울역이나 영등포역 앞으로 실어 날았다. 총장의 단안 없이는 이루어질 수 없는 일이었다. 학생 보호 차원에서 부총장인 나는 서울역 앞이나 영등포역 앞 학생 집회에 따라 나섰다. 나는 적당한 때 학생들을 독려하여 관악캠퍼스로 되돌아가도록 지도하였다. 그 시각이 밤 9시든 10시든 高 총장은 사무실에서 학생들의 귀환을 기다리고 계셨다. 4천명의 데모 가담 학생들은 도서관에서 농성했다. 高 총장은 학생들이 농성하던 도서관을 찾아 그들을 일일이 위로했다. 그리고 소비조합을 시켜 밥을 짓게 하여 허기진 학생들에게 나누어 주기도 했다. 이런 일이 매일처럼 이어졌다. 아무리 당시의 정권이 허약하다 해도 대학의 총장이 용기 없인 할 일이 아니었다. 우리나라 지성의 대표요 참교육자요 역사학자인 高 총장이 비민주적 방법으로 집권하려고 하는 신군부新軍部의 기도를 받아들이기 어려웠을 것이다. 이때 나는 지성인으로서 의연함 그리고 제자 사랑의 따뜻한 마음의 참교육자인 高 총장의 모습을 확인할 수 있었다. 이런 총장을 지켜보면서 그이에 대한 존경심은 더욱 더 두터워졌다. 全 장군을 수반首班으로 하는 신군부는 점차 힘을 키워 "서울의 봄"의 학원가 제압에 나섰다. 1980년 5월 서울 지역에 계엄령을 선포하였고 군인들이 서울대학교 구내로 진입, 점령하였다. 운동권 학생을 색출한다며 그들은 학내 곳곳을 뒤지고 다녔다. 물론 교수의 학교 진입을 막았다. 이때 학처장學處長 등 대학의 보직교수는 모두 총장 공관으로 모였다. 아니나 다를까 중무장한 군인 수십 명이 공관을 덮쳤다. 총장이 숨겨 놓은 학생들을 찾아낸다는 구실이었다. 이 때 高 총장은 매우 의연하였다. 그리고 군인의 퇴거를 요청했다. 당시의 학생처장인 이수성李壽成 교수는 대학 정문 앞에서 계엄군에 붙잡혀 갔다. 계엄군의 기세는 등등하였고 매우 삼엄하였다. 학원가가 어느 정도 안정되자 학교에 진주해 있던 군인들은 철수하였다. 그리고 전두환 정부가 들어섰다.

1980년 6월 어느 날 高 총장은 문교부로 출두하라는 전화를 받았다. 심

상치 않은 감을 느꼈다. 얼마 뒤 대학으로 돌아 온 高 총장은 차관次官에게 사표를 냈다고 했다. 총장 취임 1년여만의 해임이었다. 그간 여러 총장이 학원 사태로 임기를 채우지 못하고 자리에서 물러났다. 高 총장도 그 고비를 넘기지 못했다. 새로 들어선 정부는 학생 지도에 엄정하지 않았고 오히려 시위 학생을 격려하였다며 高 총장을 해임한 것이다. 당시 대학 상황은 황폐 그대로였다. 총장의 해임뿐 아니라 학생처의 이수성 처장, 그리고 최송화崔松和 부처장이 군부에 잡혀 들어가 있는 상태였다. 부총장으로서 총장 보필을 잘 못하여 결국 총장이 도중 하차하게 한 것에 책임을 느끼지 않을 수 없었고 그대로 그 자리에 머물러 있을 수는 없었다. 나는 高 총장 후임으로 취임한 권이혁權彛赫 총장에게 사표를 냈다. 당시 부총장이 본직本職이어서 사표를 냄으로서 실직자가 된 것이다. 高 총장은 나를 찾아 오셔서 부총장 사표 낸 것은 경솔했다고 나무랐다. 권이혁 총장은 두 달 지나서 나를 특채 형태로 교수에 복직시켰다. 高 총장과 같이 복직되기를 바랐지만 끝내 성사되지 못했다. 아쉽고 송구스러웠다.

그 뒤 새 정부는 高 총장의 고고한 인품과 학자적 업적을 인정하고 한국정신문화연구원 원장으로 임명하였다. 명예를 회복한 셈이다. 시간이 꽤 지난 뒤 어느 회의에 나온 高 총장을 뵙고 많이 놀랐다. 회색 두루마기에 두터운 흰 마스크를 하고 계셨다. 이때 뜻밖에도 백혈병에 시달리고 계시다는 것을 알았다. 학생 때 럭비 선수였다며 건강을 자랑하시던 高 총장이 어찌하여 그런 병을 얻으셨는지 알 수 없는 일이었다. 나를 부총장으로 발탁하셨고 같이 고생하시며 나로 하여금 뒤에 총장으로서 서울대학교에 봉사할 수 있게 키워주신 것을 늘 고맙게 여겼는데, 앞으로 가까이 뵐 수 없게 될 것 같아 몹시 안타까웠다. 끝내 2004년 동료 후배 제자들의 쾌유를 비는 가운데 애석하게 타계하셨다. 우리나라 대표 지성이요

대학자요, 큰 거목인 高 총장이 우리 곁을 떠나신 것이다. 향년 80이셨다.

2013. 9. 21.

그리운 고병익 선생

권이혁權彝赫[*]

녹촌 고병익 선생이 이 세상을 떠나신 지 10년이 된다고 하니 광음여시光陰如矢라는 말이 실감 난다. 참으로 세월은 빨리 흐른다. 고 선생과 담소하던 게 엊그제 같이 느껴지는데 이미 10년 전의 일이 돼 버렸으니 말이다.

고병익 선생은 나보다 1년 연하이지만 같은 시대, 같은 환경을 살아온 처지여서 우리 두 사람 사이에는 선후배 의식이 전혀 없었고 둘도 없는 친구로서 지내왔던 까닭에 고 선생의 10주기가 참으로 애통하게 느껴진다. 우리 두 사람의 만남은 사적인 인연보다도 공적인 인연에서 더욱 활기차게 됐다고 생각된다.

고 선생은 1970년부터 1974년까지 서울대학교 문리대 학장을 지내셨는데, 나는 그 당시 의대 학장이었다. 당시 동숭동캠퍼스에는 문리대·법대·의대가 인접해 있었기 때문에 3개 대학 학장들이 자리를 함께 할 기회가 많았다. 법대 학장은 1970년부터 1972년까지 서돈각徐燉珏 선생, 72년부

---

[*]서울대학교 명예교수, 전 서울대학교 총장, 전 문교부 장관

터 76년까지 김증한金曾漢 선생이 맡고 계셨다. 3개 대학 학장은 가끔 점심을 중국식당 '진아춘'에서 들었는데, 오찬 뒤에는 학림學林 다방으로 자리를 옮겨 커피를 마시면서 의견 교환을 하는 것이 상례였다. 주제는 학문 발전이 아니라 시국을 반대하는 3개 대학 학생들의 집단행동에 대한 대책이 대부분이었다. 당시는 신군부가 정권을 장악하고 있었는데 3개 대학의 일부 학생들이 연합 전선을 구성하고 이에 맞섰던 것이다.

언제나 그렇지만 학장들은 그러한 행동을 막으려고 하고 학생들은 감행하려고 하는 것이니, 알력이 생기는 경우도 가끔 있었다. 어쨌든 3개 대학 학장은 학생들을 보호하고자 전력을 다했던 일이 현재도 생생하게 떠오른다.

나는 고병익 학장같이 여러 분야에 걸쳐 지식이 많고 실제로 여러 가지 활동을 하신 분을 만난 일이 없다. 고 선생의 전공이 동양사학인 까닭에 이 분야에서 두각을 나타낸 것은 당연한 일이지만, 그는 많은 분야에서 남이 따를 수 없는 활약을 했다. 일본 후쿠오카福岡고등학교를 거쳐 동경대학 문학부 동양사학과에서 공부하다가 해방 뒤 서울대에 편입하여 47년에 서울대학교 제1회 졸업생으로서 졸업했다. 나는 의대 제1회 졸업생이니 고 선생과 나는 동기생인 셈이다. 의대의 교육기간은 다른 분야보다 1년이 길었다.

고 선생은 독일 뮌헨대학 동아어문학부에서 연구하고 귀국한 뒤, 연세대 조교수, 동국대 조교수를 거쳐 서울대에 정착했다. 서울대에서는 4년 동안의 학장 임기를 마친 뒤 1977년에 부총장에 임명되었고 1979년에 총장으로 발탁됐다. 나는 6년 동안 의대학장직을 맡은 뒤 보건대학원장을 거쳐 1979년에 서울대병원장으로 취임했다. 다시 말하면 고병익 선생이 총장에 취임할 무렵에 나는 서울대병원장으로 임명됐던 것이다.

고병익 선생과의 교분은 언제나 계속되었다. 더욱이 학창 시절에는 활발했다. 무엇이 계기가 되었는지 우리 두 사람은 남산 오르막 중턱 울창한 나무 숲속에 위치했던 '남산 외교구락부'에 잘 가기도 했다. '구락부'는 일본인들이 쓰던 '俱樂部'에 연유한 단어라고 생각되는데 일본인들이 '클럽club'을 이런 식으로 표현했다. '외교구락부'라는 명칭도 그 잔재라고 생각된다. 어쨌든 '외교구락부'는 당시 이름 있는 양식당이었으며 양식당이 드물었던 당시에 민간인이 경영한 최초의 서양 레스토랑이었던 것으로 알고 있다. '남산 외교구락부'는 당시 정치외교계의 고급 사교장으로 첫 손꼽히는 명소였다고 기억된다.

많은 정치인이나 기업인들이 이곳을 이용했던 것으로 알고 있는데, 내가 이곳을 찾게 된 것은 고병익 선생 덕분이라고 믿고 있다. 각 분야에 발이 넓은 고 선생이 아니고서는 이곳을 아는 사람이 별로 없었을 것이다. 간혹 고병익 선생이 '서양 짜장면'이나 먹으러 가자고 하여 이곳으로 데리고 갔다. '서양 짜장면'이란 '스파게티'를 말한다. 고 선생에게는 '유머러스'한 성격이 있었으며 나는 그 점을 높이 평가한다. 이러한 인연으로 '외교구락부'을 알게 된 나는 서울대 의대의 중요 모임을 이곳에서 마친 뒤 오찬이나 만찬을 들었던 일이 생각난다. 현재는 건물이 완전히 철거되었고 '외교구락부 터'를 알리는 표지석만 남아 있다. '외교구락부'가 생각날 때 마다 고병익 선생을 사모하게 되는 것은 자연스러운 이치다.

고병익 선생의 서울대 총장 생활은 오래가지 않았다. 1년 정도가 아니었던가 한다. 아마도 집권 세력인 신군부와 의견이 맞지 않았기 때문인 것으로 생각된다. 고병익 총장 후임으로 서울대병원장이던 내가 전격적으로 임명되었는데, 확실한 이유는 지금도 오리무중이다. 나는 13개월 동안 서울대병원장을 맡고 있다가 이왕이면 제대로 된 병원행정학을 공부하고 싶었는데 일본 후생성 산하의 '병원연구소'에 가서 연찬을 하는 것이 좋겠다는 WHO의 권유를 받아들여 80년 6월에 일본 도쿄로 갔다. 그런데 도쿄에 도착하자마자 즉시 귀국하라는 전화를 받았다. 이틀 전에 출국인사차 이규호李奎浩 문교부 장관을 방문한 일이 있었는데, 다름 아닌 이 장관의 전화였다. "내일 빠른 편의 비행기로 귀국하여 장관실로 출두하라"는 내용이었다. 이유를 물으니 귀국한 뒤에 알려 주겠다고 한다. 귀국하자마자 장관실로 갔더니 나의 총장 임명안이 국무회의에 상정된다는 이야기다. 무엇 때문에 내가 고병익 총장의 후임으로 지목됐는지는 현재도 오리무중이다. 저반의 사정을 비교적 잘 아는 이수성李壽成 전 총리와도 만나서 이야기해 봤지만 별로 소득이 없었다. 어쨌든 고병익 선생의 총장 생활은 1년 정도로 단명했다.

고병익 선생이 다재다능하고 누구도 따를 수 없는 박식과 정력으로 여러 분야에서 활약하셨다는 사실은 앞에서도 썼다. 열거하기에는 너무나 많은 활동이어서 여기서는 생략하고 그 가운데 내가 부러워했던 두 가지만을 소개한다. 그 하나는 '실크로드 한국위원회 위원장'이다. 사학史學과는 거리가 먼 입장에 있기는 하지만 나는 실크로드에 대한 관심이 상당히 크다. 2002년 학술원에서 중국 돈황敦煌을 방문한 일이 있었는데 그때도 실크로드 이야기를 많이 들었다. 서안西安이 실크로드의 기점이라는 사실도 그때 알게 되었다. 그런데 고 선생은 1989년부터 1997년까지 UNESCO Silk Road 종합탐사 자문위원으로서 실제로 이 중요한 과제를 이끌어 나갔던 인물이다.

둘째는 한일21세기위원회 한국 측 위원장이라는 직책이다. 고 선생은 1988년부터 91년까지 이 직책을 수행했다. 이 모임은 '현인회의賢人會議'라고도 불리었는데 이해利害가 분명한 현안보다는 양국의 미래 문제를 다루었던 한일의 대표적인 지식인 모임이었다. 현인들의 성함은 생략한다. 우리나라 지식인의 대표로서 고병익 총장이 활약했다는 사실에 경의를 표한다.

4부

한국정신문화연구원 시절

고병익 선생님과의 여러 인연

이성무李成茂[*]

나는 서울대학교 문리대 사학과에서 고병익 선생을 처음 만났다. 고병익 선생님은 막 독일 유학에서 돌아오셔서 동국대학교에 적을 두시고 문리대 사학과에 강사로 나오셨다. 사학과 동양사에는 김상기, 전해종 교수님이 계시고 고병익 선생님과 김준엽 선생님이 강사로 나오셨다. 내가 고병익 선생님께 처음 들은 강의는《Buddhismus》독어 강독이었다. 독일에서 학위를 받고 돌아오셔서 독일어 원전 강독을 하신 것이다. 그리고 독일에서 저명한 교수가 와서 강연을 하면 통역을 하시기도 했다.

고병익 선생님은 제자를 사랑하셨다. 나의 문리대 사학과 동기 가운데 변재현卞在賢이라는 고병익 선생님의 애제자가 있었다. 선생님은 시애틀의 워싱턴대학에 초빙되어 가셨을 때 변재현 군을 조교로 취직시켰다. 변재현 군은 나와 병역 문제 때문에 약간의 사연이 있었다. 나보다 3년 선배인 동양사의 권석봉權錫奉 형이 공군사관학교 교관으로 있었는데 제대를 하면 그 자리에 나를 추천하기로 했다. 그런데 내가 다닌 한성고등학교 이성구李性求 교장께서 나의 사학과 동창인 그의 조카 이재복李栽馥(李

軒求 이대 교수 아들) 군으로 하여금 나더러 한성중 · 고등학교 교사로 오라는 통보를 해 왔다. 그러나 나는 공군사관학교 교관으로 가면 군 복무도 때우고, 경력도 생기며, 장교 월급을 받을 수 있을 뿐 아니라 대학원도 다닐 수 있어서 가지 않을 작정이었다. 그러나 그때는 취직이 하늘에 별 따기라 선뜻 거절하지 못하고 어물어물하고 있는데 그 소식을 들은 변재현 군이 찾아와 공군사관학교 교관 자리는 자기에게 양보해 달라고 졸랐다. 이성구 교장 선생님의 간곡한 권유도 있고 해서 나는 교관으로 가는 것을 변재현 군에게 양보하고 말았다. 대신 전임을 시켜 주되 담임을 맡기지 말고 대학원을 다니게 해 준다는 조건을 허락받았다. 그러나 1년 반 뒤 5 · 16 군사정변이 일어나 군대 안 갔다 온 사람은 모두 군대에 끌려가게 되었다. 그리하여 육군에 자원 입대해 꼬박 34개월을 근무하고 나왔다. 변재현 군도 권석봉 형이 제대가 되지 않는 바람에 공사 교관으로 못 가고 백령도에서 레이더 장교로 4년 동안 근무하고 나왔다.

변재현 군은 자질이 훌륭한 장래가 촉망되는 친구였다. 그가 제대한 뒤 워싱턴대학에 가 있을 때 계명대학교에서 교수 요원으로 올 수 있느냐고 타진해 왔다. 내가 중간 연락을 맡아 의사를 물었더니 가지 않겠다는 것이다. 시작한 김에 박사학위까지 받아 가지고 오겠다는 것이다. 이해할 만했다. 얼마 있다가 또 서울대학교 사학과 동양사 전공에서 다시 변재현 군을 교수요원으로 올 수 있느냐고 타진해 왔다. 변재현 군은 그것도 거절했다. 그는 중국 방지方誌를 연구하고 있었는데 그 방대한 자료를 다 분석하려고 하니 시간이 많이 걸리고 그러다 보니 학비가 모자라 교사 노릇도 하고 채소 장수도 하느라 공부할 시간이 없었다. 그래서 학위도 못 받고 지금도 미국에 거주하고 있다. 대단히 안타까운 일이다.

고병익 선생님은 기억력이 좋으시다. 한번은 마르티나 도이힐러Martina

Deuchler 박사가 2년 동안 규장각 도서관에서 신유학에 관한 자료를 모아 가지고 돌아간다고 해 몇몇 규장각 도서관에 상근하다시피 하는 동료들이 환송회를 해 준다고 종로5가 뒷골목 막걸리 집에 간 적이 있었다. 거기서 고병익 선생을 만났는데 우리 면면을 보고 하나하나 이름과 인적 사항을 말씀하시는 것이었다. 금방 만난 사람의 이름도 기억하지 못하는데 놀라지 않을 수 없었다.

그 다음에는 한국정신문화연구원에서 선생님을 다시 뵈었다. 나는 1979년 8월에 서울대학교 대학원 국사학과에서 최초로 코스 박사학위를 받았다. 마지막 심사하는 자리에서 김철준金哲埈 교수께서 내가 학위를 받으면 한국정신문화연구원으로 와야 한다고 하셨다. 나는 말할 것도 없고 지도교수이신 한우근韓㳓劤 교수께서도 그 말을 믿지 않았다. 그때 나는 국민대학 국사학과 조교수로 있었다. 8월 말에 학위를 받았는데 9월에 김철준 교수가 국민대학으로 찾아오셔서 나를 한국정신문화연구원 연구원으로 파견해 줄 것을 정식으로 요청했다. 선배 교수인 허선도許善道 교수가 급한 나머지 시간표가 다 짜여서 안 된다고 했다. 그랬더니 그러면 한 학기 뒤에 오시겠다고 했다. 과연 다음 학기에 찾아와서 다시 내놓으라고 했다. 허선도 선생도 이굴理屈해 나를 1980년 1년 동안 한국정신문화연구원 정연구원으로 파견하지 않을 수 없었다. 강제 규정은 아니지만 한국정신문화연구원 육성법에 따르면 대한민국의 교수는 누구나 연구원에서 요청하면 파견하게 되어 있었다. 조건도 좋았다. 월급도 더 많았고, 개인 조교도 한 사람씩 주었으며, 제록스는 얼마든지 할 수 있고, 숙소를 마음대로 사용할 수 있었다. 승용차로 출퇴근시켜 주기도 했다. 나는 그 기간에 나의 박사 논문인《조선초기 양반연구》(일조각, 1980)를 출판할 수 있었다.

일 년이 지났다. 그런데 1980년에 한국학대학원이 설립되고, 1981년에 대학원 교수를 뽑았다. 40대 중견 학자가 대상이었다. 국문학에 조동일, 사회학에 강신표, 한문에 최근덕, 국사학에 내가 1차적으로 교수요원으로 선발되었다. 이때 고병익 선생님이 2대 원장으로 계셨다. 나는 5년 동안만 있을 수 있으면 족하다고 생각했다. 고병익 선생님이 한 번 정도는 중임하실 줄 알았다.

그러나 그것은 착각이었다. 고병익 선생님과 당시 문교부 장관이었던 이규호 씨와 사이가 좋지 않았다. 이규호 장관은 정재각鄭在覺 동국대학교 총장을 2대 원장으로 생각하고 있었는데, 이상주李相周 교문수석이 장관이 없는 사이에 전두환 대통령에게 고병익 선생님을 2대 원장으로 결재를 받은 것이다. 노한 장관은 고병익 선생을 감시하려고 김대환金大煥(사회학) 이화여대 교수를 부원장으로 보내 시시콜콜 간섭했다. 심지어는 마음에 안 들면 결재 서류를 서랍 속에 넣고 결재를 하지 않았다. 이는 위법이었다. 부원장은 결재 서류의 내용이 마음에 들지 않더라도 의견을 달아 최종 결재자인 원장에게 올려야 되게 되어 있었다.

원장과 장관의 직접 지휘를 받는 부원장의 의견이 다르니 사사건건 일이 어려워졌다. 특히 이규호 장관은 대학원에 국민윤리만 남기고 모두 없애려고 했다. 그해 이미 국문과, 사학과, 철학과, 사회민속학과의 입학시험이 끝난 뒤인데도 다시 국민윤리학과, 정치경세학과, 교육학과를 더 뽑았다. 이 과정에서 대학원 교수들을 불러 의견을 물었다. 우리는 전원 반대했었다. T/O도 인문은 사회의 절반으로 하자고 했다. 그것도 반대했다. 그래서 인문과 사회 분야의 각 전공을 20명씩 늘리다 보니 돈이 많이 들어 국민윤리과만 남기고 모두 없애라는 것이었다. 그러면 인문이 완전히 죽는다는 반론 때문에 인문 가운데 역사 전공만 살아남았다. 그리하여 한국학 대학원에는 역사학과와 국민윤리학과만 남게 되었다. 그러나 역사학과는 인문학부, 국민윤리학과는 사화과학부로 변칙적으로 운영되었다. 이해 일본 중학교 역사교과서 문제가 터져 역사학 전공이 살아남을 수 있었던 것이다.

1981년 겨울에 나는 박병호 제1부장, 최근덕 자료조사실장, 정구복 전북대 교수와 함께 두 번째 《고문서집성》을 내고자 부안扶安의 반계磻溪 유형원柳馨遠 집안의 고문서를 조사하러 갔다. 고문서 조사가 끝나고 광주로 와서 연구원에 전화를 걸어 봤다 총무처장이 난리가 났으니 빨리 올라오라고만 했다. 예산 때문에 그러나 보다 하고, 박병호 부장님만 올라가시라 하고 우리는 윤고산尹孤山 댁 고문서까지 조사하고 올라가기로 했다. 그러나 아무리 생각해도 이상했다. 궁금해서 견딜 수 없었다. 자동차까지 고장 났다. 결국 다 같이 올라가기로 했다. 판교에 와서 점심을 먹고 들어가 보니 고병익 원장을 이규호 장관이 직접 와서 해임했다는 것이다. 후임으로 정재각 3대 원장이 왔다. 김철준, 박병호, 윤병석 교수가 모두 학교로 원대 복귀되고 역사학자로는 전임인 나만 남게 되었다. 이규호 장관은 역사 전공을 현대사 전공으로 바꾸라고 지시했다. 그러나 정재각 원장이 묵살해 흐지부지되었다.

나는 고병익 선생님을 찾아가 다른 대학으로 가겠다고 했다. 오라는 대학도 있었다. 고병익 선생님은 6개월이 지난 다음에 가라고 했다. 짜고 치는 고스톱처럼 보일지도 모른다는 것이었다. 그러는 가운데 하버드 엔칭 연구소Harvard Yenching Institute에서 에드워드 와그너Edward Wagner 교수가 공동연구교수Co-ordinate Research Professor로 오라는 초청장이 왔다. 만사제폐하고 1년 동안 갔다 왔다. 그동안 대학원 재학생을 다른 대학원으로 갈 사람은 가라고 했다고 한다. 제자들이 우선 나의 거취를 물어왔다. 내가 떠나면 떠나고, 남아 있으면 남겠다는 것이다. 제자를 버리고 갈 수 없었다. 간 사람도 있고 남아 있는 사람도 있었다. 한국학대학원 역사 가운데 이런 경우는 다시없을 것이다.

나는 1981년에 대학원 해외연수 계획의 일환으로 일본, 대북, 인도, 로마, 파리, 베를린, 미국을 일주한 일이 있었다. 그리고 이에 이어 이탈리아 북부에 있는 록펠러재단의 벨라지오 코모 호수 리조트Bellagio Como Lake Resort에서 컬럼비아대학 부총장 윌리엄 드 배리William de Bary 교수가 주도하는 "Korean Neo-Confucianism" 국제회의에 참가했다. 고병익, 정재식, 한영우, 윤사순, 이남영, 이태진, 심재룡, 그리고 내가 참여했다. 우리는 파리에서 고병익, 도이힐러, 개리 레드야드Gari Ledyard 등을 모시고 기차로 회의장으로 향했다. 고병익 선생님이 나와 한영우 씨를 불렀다. 고병익 선생님은 드 배리 교수의 주제 발표에 대해 토론을 하시게 되어 있었다. 그 토론 내용을 나와 한영우 씨에게 만들어 보라는 것이었다. 구경도 못하고 영어 논문을 읽느라고 진땀을 흘렸다. 나는 "Neo-Confucianism"이라는 용어를 문제 삼았다. 이 용어의 개념은 주자학뿐 아니라 양명학과 그 뒤의 청대 유학까지를 포괄하는 것으로 되어 있었다. 그러면 현재 유교에 대한 새로운 이론이 나오면 그것은 "Neo-Confucianism"에 포함되는가 여부를 질문해 보시라고 했다. 대답은 어물어물하는 데 그쳤다. 회의가 끝나고 고병익 선생님 등은 따로 귀국하시고 우리는 로마, 파리를 거쳐 귀국했다. 귀족에서 거지로 전락했다. 이때 발표된 논문들은 영어로 번역되어 컬럼비아대학출판부에서 하나의 책으로 간행되었다.

고병익 선생에 대한 고마움과 죄스러움

조동일趙東一*

　나는 고병익 선생에게 배울 기회가 없었다. 학과가 다를 뿐만 아니라, 시기가 맞지 않았다. 내가 불문학과를 졸업한 해인 1962년에 선생은 서울대학교 사학과 교수로 부임했다. 어긋난 인연이 나중에 모여, 선생을 가까이할 수 있는 기회가 생겼다.

　선생을 처음 뵈온 것은 잠시 잡지사 일을 하던 1963년이라고 기억된다. 초면 인사를 드리고, 문화재 보호에 문제가 많다는 것을 지적하고 경고하는 좌담회를 하고자 하니 도와 달라고 부탁했다. 설명을 자세하게 하지도 않았는데, 알겠다고 하면서 즉석에서 승낙했다. 말씀과 태도가 명쾌했다. 명쾌하다는 것보다 서글서글하다는 것이 더 적절한 말이다. 김상기, 김원룡 두 분과 함께 좌담회를 하기로 하고, 김상기 선생 댁으로 장소를 정해 모든 일이 순조롭게 진행되었다.

　선생은 그 뒤에 둘째 따님이 내 동생과 혼인해 사장 어른이 되는 사적인 관계를 가지게 되었다. 선생이 서울대학교 문리과대학 학장과 부총장을 거쳐 총장이 되었다가 군사정권의 횡포에 동조하지 않아 중도에 그만

둔 소식을 전해 듣고 개탄했다. 선비가 공직을 맡는 것은 뜻을 펴기 위함인데 상처만 입고 물러나다니! 잘못된 세상을 탓해야 하지만, 학자 이상의 능력을 지녀 학문에 전념하지 못하는 것이 또한 불행이라고 생각했다.

선생은 1980년에 한국정신문화원 원장으로 부임하고, 나는 1981년에 그곳 교수가 되었다. 한국정신문화연구원의 성격을 두고 기대와 우려가 교차되었다(여기서는 '연구원'이라고 약칭한다.). 연구원은 한국학의 본산이라고도 하고, 국민 정신교육을 위한 기관이라고 했다. 나는 연구원 부설 한국학대학원 원장 이숭녕 선생의 부름을 받고, 고병익 원장의 권유까지 있어, 우려는 버리고 기대를 가지고 그곳으로 직장을 옮기기로 했다.

개원 이래로 그때까지 연구원은 다른 대학에 재직하는 교수들이 수석연구원, 정연구원, 부연구원 등의 직함을 가지고 파견 근무를 하기만 해서 주인이 없었다. 고병익 원장은 우선 학생들의 논문 지도를 소홀하게 할 수 없는 한국학대학원에는 전임교수가 있어야 한다는 방침을 정하고 인선에 착수했다. 인류학의 강신표, 국사학의 이성무, 그리고 국문학의 조동일이 최초의 한국학대학원 전임교수로 선임되었다. 그 두 분은 파견 근무를 하다가 소속을 바꾸었다.

나는 재직 중이던 영남대학교에 1981년 2월 말일자 사표를 훨씬 전에 내고, 가족을 데리고 서울로 이사했다. 그런데 3월 1일이 지나 여러 날 되어도 발령 통보가 없었다. 초조하게 생각하면서 며칠 더 기다리니 소급 발령이 났다고 했다. 무슨 일이 있었는지 물어 보지 않아도 추측이 가능했다. 한국학대학원 교수를 따로 두는 데 대해서 연구원 안팎에서 반대가 계속되었을 수 있었다. 고병익 원장이 연구원을 국학 연구 기관으로 만들려고 하는 데 제동을 걸고 국민 정신교육을 임무로 삼아야 한다고 하던 이규호 문교부 장관의 지론에 원내의 김대환 부원장이 동조해 내가 간 뒤에도 계속 의견 충돌이 있었으므로 그렇게 생각할 수 있었다.

또 하나의 추측은 구체적인 신원 조회에 문제가 생기지 않았는가 하는 것이었다. 연구원에 간 뒤에 다시 신원 조회를 해야 한다고 하고, 곤란한 점이 있다고 누가 귀띔했다. 최초의 신원 조회에서 지적한 결격 사유를 무시하고 원장이 발령을 내자 신원 조회를 재차 하라는 요청을 받은 것으로 이해해야 할 사태였다. 고민 끝에 대통령 교육문화수석비서 이상주를 찾아갔다. 이상주는 서울대학교 교육학 교수로 있으면서 연구원 창설에 주역으로 참여해 기획실장을 맡았다가 청와대로 자리를 옮겼다. 가까이 지내면서 존경하는 분인 고병익 선생을 원장으로 추천했다고 알려졌다. 이상주를 만나 어려운 사정을 해결해 달라고 하니, 자기 소관사는 아니지만 힘써 보겠다고 했다. 결과가 어떻게 되었다고 듣지 못했으나, 신원 조회에 관한 말이 없어졌다.

서울로 이주해 정착하려니까 스스로 해결하지 못할 어려움이 있었다. 중3인 아들과 중1인 딸을 대구에서 서울로 전학시키는 것이 공식적으로는 가능하지 않아 막막했다. 원장이 사정을 알자 바로 해결책이 나왔다. 원장과 서울대학교 시절부터 같이 지낸 비서가 파견 근무를 하고 있는 문교부 직원이어서 세세한 일까지 다 알고 도와 주었다. 우선 야간으로 전학하고 주간으로 옮기는 방법이 있는 것을 알려 주고, 학교를 지정하고 필요한 수속까지 해 주었다.

근무한 지 얼마 되지 않았을 때 원장의 분부를 받고, 강신표·이성무 교수와 함께 나는 한국학대학원 발전계획을 작성했다. 교수진 구성을 우선 과제로 하고, 분야마다 누가 최적임자인지를 가려 명단을 작성하기까지 했다. 명단에 있는 분들을 모두 초빙했더라면 한국학대학원은 한국의 대학원 교육을 이끌어 나가면서 한국학을 세계의 학문으로 발전시켰을 것이다. 외국의 한국학을 담당할 인재 양성을 소중한 과업으로 삼고, 한국학 강의를 이미 하고 있으면서 향상이 필요한 사람들을 전면 장학생으로 초치해 여러 번의 하계 집중 강의에서 지도하고 학위를 받을 수 있도록 하는 것을 급선무로 삼자고 했다. 그런데 계획서를 제출해도 반응이 없었다. 계획이 하나도 실현되지 않았다. 연구원은 국민 정신교육기관이어야 하므로 대학원은 필요하지 않다고 김대환 부원장이 앞서서 주장해 난관이 생겼다. 그쪽의 주장을 받아들이지 않을 수 없어, 대학원은 방치하다시피 하고 국민 정신교육을 위해 지도자 연찬이라는 것을 열심히 해야 했다. 교수를 포함해 여러 분야 고위 공직자들을 모아 놓고 국가관을 심어 준다는 단기간 교육과정을 지도자 연찬이라고 했다. 국가관이라는 그럴듯한 말이 실제로는 민주화를 거부하는 군사독재에 대해 지지를 뜻했다고 이제는 드러내 놓고 말할 수 있다.

지도자 연찬 강의는 연구원 구성원이 주로 맡았다. 권력에 아부해 출세하려고 하지 않는다면 차마 할 일이 아니었다. 나는 걸려들지 않으려고 조심하면서, 원하는 과목을 한 주에 세 시간 강의하고 소수의 우수한 학생만 지도하면 되는 최상의 조건을 활용해 연구와 교육을 뜻대로 하는 데 전념했다. 전국 구비문학 조사를 주도해 《한국구비문학대계》를 내는 것을 큰 보람으로 삼고, 《한국문학통사》 집필에 시간과 노력을 바치고, 전국에서 모여든 인재를 교수가 될 수 있게 훈련하는 영광을 누렸다. 모두 원장의 배려와 보호 덕분이었다.

그런데 어느 날 회식을 할 때 고병익 원장과 김대환 부원장이 나란히 앉은 앞자리에 있다가 곤란한 질문을 받았다. 원장이 나를 직접 지적하지 않고 전공 분야를 들어, 국문학도 지도자 연찬에 참여하는 것이 어떤가 하고 물었다. 부원장이 들으라고 한 말 같았다. 지도자 연찬 취지에 찬동하지 않는다는 말은 하지 못하고, 국문학이 참여해 도움이 되는 일을 할 것이 없다고 했다. 이 말을 필요 이상 단호하게 내뱉고 말았다. 부원장의 표정이 일그러진 것을 발견했으나 어쩔 수 없었다. 그 날 내가 한 말이나 보인 태도가 원장을 힘들게 했을 것이다. 두고두고 죄스럽게 생각한다.

1981년 연말 가까운 어느 날, 이규호 문교부 장관이 연구원을 방문하더니 전 직원을 모이라고 했다. 이규호 씨는 학문은 국가의 통제를 받아야 한다는 지론을 특유의 현학적인 언사를 희롱하면서 펴는 사람이다. 또 그 따위 수작을 들어야 하는가 싶어 거북하게 여기면서 기다리고 있으니, 원장이 단상에 오르더니 직책을 사임하게 되었다고 했다. 말씀을 평온하게 해서 대인다운 면모를 보여 주었으나, 어떤 비상 사태가 벌어졌는지 즉각 알아차릴 수 있었다. 장관이 와서 사표를 강요한 것이다. 원장 인사권은 정관상 이사회에 있는데 장관이 월권을 해서 불법 공개 처형이라고 할 것을 자행했다. 서울대학교 총장의 자리에서 물러나게 한 것도 문교부 장관 이규호 씨의 일이었던 것 같다. 두 번째의 수난이 더욱 처참하게 이루어 지는 것을 현장에서 직접 목격하고 치를 떨었으나 대항할 방법을 찾지 못했다. 증언을 기록에 남겨 최소한의 임무나마 수행한다.

지금 볼 수 있는 연구원의 홈페이지에는 제2대 고병익 원장이 1982년 1월 6일까지 재임하고, 제3대 정재각 원장이 1982년 1월 7일에 취임했다고 했다. 평화적인 교체를 한 것으로 보이도록 사실을 조작했다. 정재각 원장은 인품이 훌륭한 분이지만, 방향 지시를 받고 부임했다. 연구원은 국민 정신교육을 하는 곳이어야 한다는 패거리가 때는 왔다고 좋아하면 서 《한국구비문학대계》를 규탄하고 나섰다. 예산 낭비의 표본이니 중단 해야 한다고 했다. 다른 말을 하면 설득력이 없을 것 같아, 예산이 문제 라면 규모는 축소하고 기간을 늘리고, 출간은 외부에 맡기면 되지 않겠느냐고 간청해 명맥을 이을 수 있었다. 그 뒤에 원장이 바뀔 때마다 더욱 거세지는 압력을 견디면서 제1차 계획분을 가까스로 완수했다. 한국학대학원도 축소되기를 거듭해 내 전공 분야 학생 모집을 하지 않게 되는 데까지 이르렀다.

군사정권의 통치가 종식되고 민주화가 되었다고 해서 연구원이 정상화한 것은 아니다. 김영삼 대통령은 연구원에서 자기의 지론인 '역사 바로 세우기'를 맡으라고 한 것 외에 다른 관심이 없었다. 김대중 대통령은 연구원장 자리를 논공행상에 이용하다가, 인문학연구원이라는 것을 따로 설립하는 데다 사용하려고 연구원의 예산을 대폭 삭감했다. 한국정신문화연구원을 한국학중앙연구원으로 이름을 바꾸고 다시 태어나 본연의 자세를 찾도록 하려고 하지만 상처가 너무 깊어 역부족이다. 선생이 경륜을 펼 수 있는 기회를 드렸더라면 온 세상이 부러워하는 연구원을 만들었을 것인데 절호의 기회를 놓쳐 애통하다. 국운이 어찌 이렇게까지 비색한가!

선생이 세상을 떠나기 한 해 전인 2003년의 일이 아닌가 하고 기억한다. 서울대학교 인문대학에 초청되어 교수들에게 강연을 했다. 제목은 잊었으나 동서고금의 글쓰기를 비교해 고찰하는 내용이었다. 해박한 지식, 풍부한 화제, 탁월한 식견이 넘쳐 시간 가는 줄 모르고 들었다. 그 모든 것을 밝혀 논하면 거대한 학문 세계를 이룩할 것인데, 그대로 지니고 떠나셨다. 그날 서울대학교 인문대학 회의실에 역대 학장들의 사진이 죽 걸려 있는 것을 보고 "오금이 저리네"라고 하신 말씀을 곁에 있다가 들었다. 역대 학장이 선생의 후임자들까지 거의 다 세상을 떠난 것을 헤아리고 한 말이다. 섬직한 느낌이 들더니 오래 사시지 못했다.

선생의 집안은 장수한다고 이름이 났다. 형님과 누님은 백수를 누렸다고 하는데, 선생은 여든을 가까스로 넘겼다. 거듭된 수난이 타고난 수명을 단축하지 않았는가 한다. 뛰어난 재능과 놀라운 학식을 발휘해 학문을 뜻대로 하지 못한 것이 더욱 안타깝다. 선생의 생애에 불행한 시대의 역사가 집약되어 있다.

선생의 주저는《동아교섭사의 연구》(1970)라고 하지만, 나는《동아시아의 전통과 변용》을 더 좋아한다. 나무가 가리고, 산이 막아서는 것을 넘어서서 동아시아라는 산맥 전체를 멀리까지 바라보니 얼마나 시원한가! 본받고 싶은 생각이 간절해 오랫동안 노력하다가《동아시아문명론》(2010)을 냈다.

'吾韓之史宗, 不佞之薦主'

허권수 許捲洙[*]

Ⅰ. 遙地竊瞻

내가 鹿邨 高柄翊선생의 尊銜을 최초로 접한 것은 고등학교 2학년 때였다. 학교 도서관에서 당시 新丘文化社에서 간행한《韓國의 人間像》이란 책을 빌려 보니, 거기에〈慧超〉와〈忠宣王〉두 편의 집필자가 선생이었다. 존함 석 자만 있었지, 책 어느 곳에도 경력이 나와 있지 않아 어떤분이며 어느 대학 교수인지는 알 수 없었다.

《韓國의 人間像》과 거의 동시에 博英社에서 간행한 비슷한 성격의《人物韓國史》라는 책을 빌려 보니, 거기에는 益齋 李齊賢의 집필자가 선생이었는데, '東洋史, 서울대 敎授'라는 아주 간단한 소개가 있었다.

中國 歷史에 관심이 상당히 있었고, 또 거의 빠지지 않고 신문을 보기때문에, 선생의 이력을 차츰 알게 되었다. 독일 뮌헨대학 문학박사, 워싱턴대학 초청교수, 서울대학교 문리과文理科대학장, 부총장, 총장, 학술원회원, 역사학회 회장, 동양사학회 회장 등을 지냈고, 저서로《東亞交涉史의 研究》등이 있다는 것을 알았다. 대학 다닐 때, 수필집《望遠鏡》, 역

*경상대학교 한문학과 교수, 연민학회 회장, 우리한문학회 전 회장

서《東洋文化史》(라이샤워 페어뱅크 원저) 등을 구해 보기도 하였다. 더욱이 《망원경》으로 말미암아 선생의 이력이나 공부하는 방법, 강의 방법, 관심 분야, 생활 방식 등에 대해서 좀 더 상세히 알 수 있었다.

1980년 6월 말 경에 신문으로 서울대학교 총장을 사임하고, 서울대학교 東洋史學科 교수로 복귀하셨다는 사실(편집자 주-실제 복귀하지 못하셨음)이 내가 한국학대학원韓國學大學院에 입학하기 전에 알고 있었던 정보였다.

그러나 학문과 경륜이 워낙 높은 멀리 있는 저명한 大學者로 저으기 우러러볼 뿐, 나와 무슨 인연이 닿을 것이라고는 꿈에도 생각하지 않았다.

II. 존경받던 원장院長

내가 1981년 3월 한국정신문화연구원韓國精神文化研究院 부설 한국학대학원에 입학을 하니, 연구원 원장으로 선생께서 재직하고 계셨다. 그 직전인 1980년 10월에 임명되었던 것이었다.

한국정신문화연구원은 1978년 6월 30일 창립되었다. 1961년 이후 국가적으로 경제개발에 매진해 왔는데, 경제개발이 성공하여 국민소득이 높아지면 모든 국가 사회가 안정되고 모든 문제가 해결될 것으로 믿고 경제개발을 적극적으로 추진했다. 그러나 국민소득이 높아져 가자, 사회문제는 자꾸 더 일어나고, 우리 전통문화는 자꾸 파괴되어 사라져 가고, 우리 민족의 정체성正體性은 모호해져 갔다.

그때 朴 대통령 곁에서 國史도 강의하고 학술, 문화 방면의 자문에 응하던 이선근李瑄根 박사 등의 건의에 따라, 이런 문제점을 해결할 수 있는 방안으로, 연구원을 창립하였다. 기획 단계에서부터 설립의 책임을 맡았던 이선근 박사가 초대 원장이 되어 연구원의 기초를 닦아 나왔다.

한국정신문화연구원은 '한국문화의 심층연구深層研究 및 교육 등을 통하여 한국학韓國學을 진흥'하고자 설립한 국가 출연 연구기관이었다. 한국학 연구, 국내외 한국학 분야 연구자 및 교수요원 양성, 한국고전 자료의 수집 연구 번역 및 출판, 한국학 연구 성과의 발간 및 보급, 한국학의 연구 보급을 확산하고자 국내외 학계와 교류 협력, 한국 문화에 대한 국제적 이해 증진 및 지원 등과 관련된 사업들을 지속적으로 추진하겠다는 야심 찬 목표를 가지고 있었다. 그리고 한국민족문화대백과사전의 편찬사업도 의욕적으로 추진하고 있었다. 과학기술 계통의 한국과학원韓國科學院에 상응하는 연구기관으로, 인문 계열에는 한국정신문화연구원이 있다고 이야기되었다.

연구원 설립 이듬해 한국학 연구자 및 교수요원 양성 방안으로 연구원 안에 한국학대학원을 설치하였다. 처음에 韓國哲學, 韓國史學, 韓國語文學, 漢文學, 韓國社會學, 韓國音樂, 韓國美術, 韓國教育學 등 8개 전공을 두었는데, 專攻間의 隔絕을 없앤다는 차원에서 하나의 학과 체제로 韓國學科라는 단일 명칭을 붙였다. 모든 전공의 학생들이 漢文을 공통으로 1주일에 8시간, 英語 4시간, 제2외국어 4시간씩 필수 과정으로 이수하도록 되어 있었다. 그 당시 내건 대학원의 교육목표는 '古典에 능통한 현대적 學者의 양성'이었다.

학비는 전혀 없고 매월 5만원의 장학금을 지급하였고, 모두 기숙사에서 숙식을 무료로 제공하였다. 그리고 남학생들은 병역도 면제해 주었다. 당시 학생들 가운데는 가정 형편이 넉넉지 않은 지방 출신이 많았는데, 개중에는 서울대학교 대학원과 한국학대학원 두 군데 다 시험에 합격했다가 한국학대학원을 택한 학생도 있었고, 다른 대학원에서 석사학위를 받고 여러 가지 환경이 좋아 다시 한국학대학원에 와서 공부하고 싶다고 들어온 학생도 있었다. 학생들끼리 농담반 진담반으로 "불우한 한국의 천재들"이라고 부르기도 했다.

李 박사는 여러 방면에서 출중한 능력이 있었고, 정신문화연구원에 무한한 애정을 갖고 있었지만, 박 대통령과 워낙 가까웠기 때문에 박 대통령 서거 이후 어용御用이라고 말이 좀 있었고, 또 80에 가까운 고령인지라, 그대로 직위에 있기가 자연스럽지 못하여 1980년 8월경에 사표를 냈는데, 당시 대통령이 곧바로 수리를 하여 버렸다. 그리고 나서 얼마 동안 연구원 원장은 공백으로 있었다. 아마 적임자를 찾는 중이었던 것 같았다.

그 몇 달 뒤인 10월에 녹촌 고병익 선생이 제2대 원장으로 임명되어 부임하신 것이다. 선생은 이미 그때 우리나라 역사학계의 최고의 거벽巨擘일 뿐만 아니라, 사회적 명망을 다방면에서 크게 얻어 활동하고 있었다.

당시 연구원에 한국문학 전공의 교수로 재직했던 조동일趙東一 박사는 나중에, "한국에서 인문학을 전공하는 학자로서 어떤 기관을 관리할 수 있는 능력을 가진 분은 고병익, 정재각 두 분 밖에 없다" 라고 말씀하셨는데, 고병익 선생은 많은 사람들의 기대를 받으면서 부임하시어 업무를 수행하기 시작했던 것이다.

선생이 원장으로 계시던 1980년 10월부터 1981년 말까지가 연구원의 역사에서 '가장 찬란한 전성시대'라고 당시 연구원에 관계했던 사람들은 말한다. 연구원이 어용이라는 시비에서 벗어나 순수한 한국학 연구기관으로서의 기능을 가장 충실히 했던 시기였다.

선생은 조선 말기 문경聞慶 녹문鹿門의 대학자 진사進士 녹리甪里 고성겸高聖謙의 증손으로서 가학家學의 바탕 위에서 실력, 인품, 능력, 명망 등 거의 모든 면을 두루 갖춘 걸출한 분이다. 그 당시 연구원의 교수 학생 직원 등 구성원 거의 전부의 존경을 받으며 원장으로서의 직무를 원만하게 수행하였다. 관후寬厚하게 정도正道에 따라 관리를 하니, 모두가 심열

성복心悅誠服하는 자세로 받들어, 연구원 전체가 무위이치無爲而治의 분위기가 되어 가고 있었다.

전국 여러 대학에서 조동일 교수 등 전도가 양양한 우수한 교수들을 스카우트해 오고, 외국에서 공부한 불교 철학의 윤호진尹浩眞 스님 등을 초빙하고, 연구원에 파견교수로 나와 있던 한국사의 이성무李成茂 교수, 철학의 김형효金炯孝 교수, 사회학의 강신표姜信杓 교수, 미술사학의 유준영俞俊英 교수 등을 전임으로 전환시키는 등등 교수진을 크게 보강하였다.

창경궁 장서각藏書閣에 있던 한적漢籍 10만여 권을 연구원 도서관에 옮겨 그대로 장서각藏書閣이라는 명칭을 유지하여 독립적으로 관리하였다. 그리고 규장각奎章閣 등 전국 대학이나 연구기관, 문중 등에 소장되어 있는 한적들을 마이크로필름으로 촬영하여 연구원에 소장하였다. 전국 각지의 서원書院, 종가宗家 등에 파묻혀 있는 고문서 등을 수집하여 정리, 탈초脫草 연구하여《古文書集成》으로 정리해 내었고, 도산서원陶山書院에 소장되어 있는 산삭刪削이 전혀 안 된 퇴계退溪 선생의 시문집詩文集인《陶山全書》를 최초로 간행하여 국내외에 보급하였고,《栗谷全書》,《霽峯全書》등의 국역사업, 구비문학대계口碑文學大系, 한국방언대계韓國方言大系 출간 등등 여러 가지 중요한 사업이 활발하게 속속 진행되고 있었다.

그 당시 연구원 내부의 사람들은 물론이고, 다른 대학교수나 학문 종사자들도 누구나 앞으로 연구원은 좋아질 것이고, 장차 명실상부한 한국학의 총본산總本山이 될 것이라고 기대하고 있었고, 그런 방향으로 가는 것이 보였다. 대학의 유수한 교수 가운데서 연구원 교수로 옮겨 오려고 교섭하던 교수들도 몇몇 있었다.

그런데 1981년 9월쯤부터 좀 안 좋은 소문이 들리기 시작했다. 한문학 전공의 주임교수인 최근덕崔根德 교수는 가끔 연구원의 사정에 대해서 나에게 이야기를 해 주었고, 또 이숭녕李崇寧 대학원장 댁에서 기거하던 직원은 나를 형님이라 부르며 잘 따랐기 때문에, 나는 다른 학생들보다 연구원의 사정을 좀 더 깊이 알게 되었다.

연구원 설립 준비 단계에서부터 깊숙이 관여하였고, 설립 뒤에는 제2연구부장(사회과학분야)을 맡고 있다가, 1979년 연말부터 5공화국 정부의 통일부 장관으로 갔다가 1980년 5월부터 문교부 장관이 된 이규호李奎浩 씨가 한국정신문화연구원을 그냥 한국학만 연구하는 학술기관으로 둘 것이 아니라, 그 시설과 교수들을 국가 지도자들의 정신교육 연수에 활용해야 된다는 생각을 강하게 갖고 있었다. 이런 생각을 대통령 등 정부 여당의 고위 간부들에게 지속적으로 주입시키고 있었다.

이 장관과 뜻을 같이 하는 사람이 당시 연구원의 부원장으로 있던 사회학을 전공하는 모 교수였는데, 이 장관의 생각에 적극적으로 맞장구를 쳤다. 그러자 연구원 교수 가운데서 부원장의 노선을 옳게 여겨 거기에 영합하는 교수들이 상당수 생겨났다. 진정한 한국학이라 할 수 없는 사회과학 분야를 전공하는 교수들이었다. 마침내 연구원 교수들이 순수한국학純粹韓國學 견지파와 현실정치참여파로 나누어지게 되었다.

확인이 안 된 여러 가지 소문이 날로 불어나는 가운데, 친했던 그 직원이, "부원장은 매일 문교부 장관과 장시간 통화를 하여 연구원의 상황을 보고합니다"라고 했다. 또 다른 직원에게 들으니, "부원장이 얼마 전에 원장에게 삿대질을 하면서 달려들었다"고 했다.

"설마 그렇게까지야 했겠나?" 하며 반신반의하고 있는데, 10월 중순쯤에, 최 교수가 수업 중간에, "부원장 그 사람이 문제야. 고문서古文書 수집하여 책으로 만드는 사업을 두고, '이런 케케묵은 짓이나 하고 있으니까, 연구원이 되겠나?'라고 고함을 치며 반대해"라고 하면서 탄식을 하였다.

그 무렵 이규호 장관이 몇 차례 연구원을 방문하였는데, 직원의 이야기로는, "장관이 부원장과 아주 가까워 원장실로 안 가고 바로 부원장실로 간다"고 했다. 연구원 분위기도 희망찼던 3월과는 달리 나날이 점점 어수선해져 가는 것 같고 여러 가지 풍문이 계속 나돌았다.

학생으로서 소문만 듣고 아는 것이지, 정확하게 구체적인 내용은 몰랐으므로 나는 "별일 있겠나?" 라는 생각을 갖고, 12월 초에 겨울방학이 되는 바람에 고향으로 내려가 지냈다. 당시 대학원생은 2학년이 20명, 1학년이 30명 모두 50명 정도였다.

사무국에서 기숙사 출입문을 폐쇄해 버리는 바람에 어쩔 수 없이 고향으로 내려가서 지냈다.

해가 바뀌어 1월 말쯤에 어떤 모임에서 서울에서 온 학생이 "고병익 원장님은 사임하고 떠났고, 전前 동국대학교 총장 정재각 씨가 원장에 새로 임명되었다"고 전해 주었다. "정신문화연구원장은 그 당시 총리급이라고 했는데, 문교부 장관이 어떻게 중간에 그만두게 할 수 있을까?" 하고 의심을 했지만, 한동안 학생들은 사실 여부를 확인할 수 없었다.

기숙사에 둔 책 가운데서 꼭 보아야 할 책도 있고 또 연구원 소식도 알아 볼 겸 해서, 2월 초에 서울로 올라와 연구원 교무과에 가 보았더니, 나와 친했던 조명석曺命石이라는 직원이, "원장만 바뀐 것이 아니라, 대학원장 이숭녕 박사도 해임되었고, 연구1부장(한국학 분야) 박병호朴秉濠 교수도 그만두고 서울대학교로 돌아갔습니다" 라고 전했다. 들으니, 이숭녕 대학원장은 외국 학회에 나가 있던 중이었고, 박병호 부장은 전라도에 고문서 조사차 나가 있던 중인데 해임되었다는 것이다.

1982년 3월에 대학원에 와보니, 정재각 원장이 새로 부임해 있고, 서울대학교 행정대학원의 김운태金雲泰 교수가 부원장으로 새로 부임해 있고, 실세라던 그 부원장은 대학원장으로 와 있었다. 그 사이 새로 한국 정치과韓國政治科, 한국경제과韓國經濟科, 국민윤리과國民倫理科라는 세 학과 가 증설되어 추가로 학생을 모집했다. 숙소도 한 방에 두 사람이 쓰다가 세 사람이 쓰게 되었다. 한문학 전공도 우리 다음 학년부터는 한국어문학 과韓國語文學科 속의 한문학 전공으로 들어가게 되었다. 연구원의 중심축이 인문과학人文科學보다는 완전히 사회과학社會科學 쪽으로 기울어 있었다.

연수 업무가 본격적으로 시작하여 매일 연구원이 연수받는 정부 고위 공직자, 국회의원, 기업체 사장, 사회 지도층 인사들로 북적거렸다. 연구 원에 처음 왔을 때 보니, 산속에 한옥 모양의 건물로 지어져 있어, "이런 곳에서 오래 공부하면 정말 좋겠다"라고 생각했는데, 82년부터는 정말 분답해졌다. 매주 연수받을 사람이 도착하고 금요일날 수료식 연회 등등 으로 북적거렸다. 한 가지 예로, 연구원 식당에 연수받는 인사들로 붐벼, 정작 주인인 연구원의 교수, 직원이나 학생들은 거의 매일 식사 시간을 조정해서 밥을 먹어야 할 형편이었다. 어떤 때는 조정한 식사 시간에 맞 추다 보면 수업과 맞지 않아 식사를 못할 때도 있었다. 사회참여적인 정 치학, 경제학, 사회학 윤리학 전공의 교수들은 연수를 주도하며 기세가 나는 것 같았고, 순수한국학純粹韓國學 전공의 교수나 학생들은 소외당하 여 기氣가 빠진 것 같았다.

1982년 3월 개학하고 나서 최근덕 교수에게, "고병익 원장님 등이 어떻 게 해서 갑자기 바뀌게 됐습니까?"라고 물었더니, "다 이규호 씨와 부원 장이 그렇게 만든 것이지. 지난 1월 나는 박병호, 이성무 교수 등과 전라 도로 고문서 조사를 나갔는데, 돌아오니까, 연구원이 이 모양이 되어 있 더라. 하도 화가 나서 고 원장高 院長 댁에 전화를 해서, '버틸 것이지, 어 떻게 그렇게 약하게 당하고만 있느냐?'라고 하니까, 고 원장이 '저쪽에서 사표 내라고 하는데, 내가 버텨서 뭐하겠소?'라고 하더군. 고 원장은 너무 점잖아. 작년부터 내가 미리 '저 사람들의 책동에 대비를 해야 합니다'라고 몇 차례 이야기를 했지. 그런데 고 원장이 내 말은 안 듣고, '괜찮습니다'라고 하는 김여수金麗壽 교수 말만 너무 믿었던 거지." 라며 아쉬워했다.

원장님은 그 당시 한국학의 본산本山으로 키워 보려는 희망을 갖고 연구원을 운영하였고, 대학원 학생들에게도 애정을 갖고 대했다. 바쁜 일정 속에도 사학과 전공 수업을 맡아 했고, 또 학생들의 세미나나 체육대회 등에 휴일이라도 서울 댁에서 일부러 참석하시어 격려해 주시고, 같이 식사를 하며 담소를 나누기도 했다.

원장님은 자신이 경륜을 펼치기도 전에 갑자기 떠난 것이 무척 아쉬웠던 것 같다. 1994년 가을에 강의차 연구원을 방문하여 한시漢詩를 지었는데, 그 시의 자주自注에서, "내가 일찍이 정신문화연구원장을 맡았는데, 그때 세상 일이 어지러웠다. 연구원 안에 내시 같은 권력층과 비밀리에 결탁한 무리들이 농간을 부려서 자못 혼란에 빠졌다. 나는 얼마 되지 않아 사임했다[余嘗任精神文化硏究院長, 伊時, 世事紛紜, 院內亦因陰結宦權輩弄奸, 頗陷混亂, 余未幾辭任.]" 라고 한 것을 보면, 짐작할 수 있다.

원장님이 갑자기 떠난 아쉬움이 다들 컸지만, 나는 분수 넘치게 지우知遇를 입어 누구보다도 더 아쉬웠다. 허전한 마음이 나아가자, 또 좋지 않은 소문이 나돌았다. 1982년 9월쯤 되니까, 한국역사과와 국민윤리과만 남기고 나머지 전공은 다 없앤다는 청천벽력 같은 이야기가 있었다. 학생들 대부분은, "대학원을 세워 전공을 설치한 지가 엊그제인데, 아무리 그래도 설마 그렇게까지야 되겠어?" 라고 위안을 삼았다. 불행하게도 12월쯤에는 그 풍문이 사실로 되어 버렸다. 내년부터 한국역사와 국민윤리과를 제외한 나머지 학과는 학생 모집 안 하기로 문교부에서 결정하여 연구원에 하달했다고 했다. 앞으로는 순수한국학 연구는 중단하고 국가 지도자의 연수를 연구원의 주된 과업으로 삼기로 했다고 했다. 그대로 연계해서 박사과정을 마치려고 했던 나는 계획에 큰 차질이 생겼다.

자기 전공의 학과가 없어진다는 사실이 확정되자, 교수들은 교수들대로 학생들은 학생들대로 우왕좌왕하며 비상대책회의를 연일 하여 항의도 하고 건의도 했지만, 칼자루를 휘두르는 사람 앞에서는 교수나 학생의 항의나 건의는 아무런 힘이 없었다. 교수들은 다른 대학으로 옮길 곳을 알아보고 있었고, 학생들은 타 대학 대학원으로 진학할 방법을 모색하고 있었다.

무슨 이유인지 모르겠으나 그해 말에는 이규호 장관과 뜻이 맞아 연구원을 연수원으로 고치는 데 혁혁한 공을 세운 부원장이, 정재각 원장과 함께 하루아침에 해임되어 사라지고 말았다. 그 부원장도 아마 이규호 장관에게 이용만 당하고 말았던 것 같다.

고병익 원장님 재임 때의 희망찬 연구원의 모습은 겨우 1년여만에 사라지고, 그 이후 연구원은 기형적으로 겨우겨우 생존하였다. 역대 원장들은 대부분 대통령과 가까운 국무총리나 비서실장을 지낸 한국학과 아무런 관계없는 인사들이 맡아, 원칙도 없이 자기 아는 사람 몇 명을 데려와 측근으로 심어 엉망으로 만들어 놓고 임기 마치고는 아무 책임도 없이 떠나고 말았다. 연구원은 마침내 학계의 조소거리가 되기에 이르렀다.

정신문화라는 명칭 때문에 계속 방황하던 한국정신문화연구원은, 2005년 2월 4일 한국학중앙연구원韓國學中央研究院이라는 명칭으로 변경하여 한국학 연구의 본산으로 거듭나고자 노력하고 있고, 명칭 변경 뒤에 연구원의 방향이 확정해져 전보다 훨씬 나아진 것 같다. 그러나 그 뒤로도 대통령은 계속 정치적 인물을 원장으로 임명하고 있어 앞날이 불투명하다.

고병익 원장님이 재직하던 1981년 전성기 때의 희망찬 연구원의 모습이 그립다.

Ⅲ. 榮獲知遇

나는 1978년 대학 3학년 때 한국학대학원이 설립되었다는 기사를 접하고, 시골 학생으로서 아무런 생활상의 문제를 걱정하지 않고 공부하기에 더없이 좋은 한국학대학원으로 진학하기로 결정하였다.

1980년 10월 말쯤에 직접 연구원을 찾아가 입학원서를 샀더니, 원서에 연구원 원장 고병익으로 찍혀 있어 이 어른이 이곳에 원장으로 부임하셨구나 하는 것을 처음으로 알았다. 알아봤더니, 바로 얼마 전에 제2대 원장으로 부임하셨던 것이었다.

11월 초 입학시험 치러 왔더니, 이숭녕 대학원장 및 몇몇 교수들을 대동하고 함께 고사장을 둘러보시었는데, 그 존의尊儀를 처음 뵙게 되었다.

합격하고 나서 서울 명륜동明倫洞으로 선사先師 연민淵民 이가원李家源선생을 찾아뵙고 정신문화연구원 대학원에 합격하게 되었다고 말씀드렸더니, "高 博士가 거기 원장으로 있지? 鹿門의 高燾奉 조카야. 聞慶 그쪽에서 그 집안이 대단해. 학래(鶴來 : 퇴계 종손 故 李東恩翁) 처질서 되지."라고 하시는데, 시로 질 아시는 모양이었다.

1981년 3월 2일에 입학식에서 원장으로서 학위복을 차려 입으시고 원장 인사를 하는 것을 들은 것이 처음으로 이 어른의 음성을 들은 것이다.

입학하고서 수업시간표를 보니, '韓國學硏究方法論'이라는 필수과목이 있었고, 강의 담당 교수로 고병익, 이숭녕, 이성무, 강신표 등이 배정되어 있어 네 분의 교수님들이 팀티칭을 하는데, 한 교수당 매주 4시간씩 4회 정도 하면 끝나게 되어 있었다.

처음 강의를 맡은 분이 바로 고병익 원장님이었는데, '한국학연구방법론' 가운데서 '歷史研究方法論'이었다. 지금 그 강의 내용을 다 기억할 수는 없지만, 대개 "사관史觀이 중요하다. 합리적이고 객관적인 자신의 사관을 가져야 한다", "세계사 속에서 한국학을 봐야지 한국학만 독립시켜 봐서는 올바른 연구가 안 된다", "한문이나 영어, 중국어, 일어 등으로 된 외국 연구 업적을 자유자재로 볼 수 있어야 한다", "고전을 전공한다고 옛날에 빠져서는 안 되고, 학문연구방법은 현대적이어야 한다" 등등의 말씀을 하시는 것을 들은 것 같다.

첫 시간 강의 중에, "史家之三長, 曰才學識"이라는 구절을 칠판에 써 놓고, 설명을 하시면서, "역사가가 갖추어야 할 세 가지 뛰어난 점, 재주, 학식, ……" 하고는 좀 머뭇거리셨다. 가운데 '學'자를 '학식'으로 해석하시는 바람에, '識'자를 다시 '학식'이라고 해석하려니, 중복이 되어 곤란했던 것이다. 그때 내가 '識見'이라고 말했더니, "음, 맞아! 맞아! 누구지?" 라고 하시며 돌아보셨다. 내가 손을 드니, "일어나 보라" 하시고는, 다시 "몇 번, 이름이 뭐냐?" 라고 하시기에, "한문학 전공, 1번 허권수입니다" 라고 했더니, "이름 글자가 특이하네. 누가 지었느냐? 무슨 뜻이 있나?" 라고 물으셨다. 내가 대답을 했다.

몇 주 뒤 칠판에 또 역사원전歷史原典을 쓰고 설명을 하시는데, 또 내가 "원장님! 거기는 그런 뜻이 아닌 것 같습니다" 라고 하자, 원문을 한참 들여다보고 계시다가, "그래! 자네 말이 맞네" 라고 인정을 해 주셨다.

사학계史學界의 거벽巨擘으로서 원장이라는 자리에 있으면서도 자신의 권위를 생각하여 위압적으로 학생을 누르지 않고 너그럽게 학생의 견해를 관대하게 인정해 주었다. 그런 일이 있은 뒤로 내가 어떤 학생인지 확실하게 기억해 주었다.

그 뒤 봄 소풍을 가서 내가 술을 많이 마시고 연구원에 돌아와 술김에 연구원 식당에 들어가 안에서 문을 잠그고 잠을 자는 바람에 연구원에 남아 있는 교수들과 직원 학생들이 한 시간 동안 식사를 못한 상당히 큰 사건이 발생했다. 당시 학생들을 좋지 않게 보던 군인 출신의 시설과장이 사무국장에게 보고해서 월요일 아침에는 원장에게까지 보고하게 되어 있었다. 사무국장이 지도교수가 학생을 데리고 원장실로 가게 만들려고 문제를 확대하였다. 월요일 오전에 사무국장이 보고하자, 원장님께서 "문제를 일으킨 학생이 누구요?" 라고 묻자, 사무국장이 "한문학과 허권수라는 학생입니다" 라고 보고했다. 원장님은, "그 학생 한문 아주 잘 하는데" 하시고는, 안 와도 된다고 해서 별 탈 없이 넘긴 적이 있었다.

1981년 10월 말 경에 경상대학교慶尙大學校 총장 신현천申鉉千 박사가 연구원에 연수 받으러 와서 1주일 묵게 되었다. 월요일 아침 제일 늦게 연구원 식당에서 아침밥을 먹고 있는데, 저쪽에서 두 분이 아주 큰 소리로 대화를 하고 있었다. 보니, 경상대학교 신 총장님이었다. 이 분은 본래 서울대학교 문리과대학 수학과 교수로 계시면서, 원장님과 오랫동안 동료로 지냈고, 고향도 같은 경북이고, 연배도 비슷해서 아주 절친한 사이였다. 두 분이 오래간 만에 만나 한참 이야기꽃을 피우고 있었다.

신 총장님은 정신문화연구원 입학하기 직전에 한번 인사를 드린 적이 있어, 몇 번 망설이다가 가서 인사를 하였다. 원장님께서 먼저 "이 학생 한문 아주 잘합니다" 라고 소개하자, 신총장님은 "나도 진주晉州에서 많이 들었습니다. 반갑소. 내가 여기 1주일 동안 머무르니까 밤에 내 방에 놀러 오시오" 라고 했다. "강화도에 답사가 있어 가야 됩니다" 라고 말씀드리니, "언제 돌아오지요?" 라고 했다. "금요일 밤에 옵니다." "나는 금요일 오후에 떠나니, 안 되겠네. 그럼 다음에 진주 오면 나에게 꼭 들르시오"라고 했다.

그 일이 있은 두 달 뒤 원장님은 연구원을 떠났다. 그 다음해 1982년 여름 내가 경상대학교로 신 총장님을 찾아갔더니, "허 선생이 원하신다면, 경상대학교로 오시오. 내가 발령 내 주겠소. 와서 한문학과를 만드시오. 내가 볼 적에는 진주 같은 곳에는 한문학과가 꼭 필요할 것 같소"라고 했다.

그래서 대학원을 졸업하자마자 바로 경상대학교로 가서 1년 동안 대우 전임으로 있다가 전임강사가 되었다. 두 분 덕분에 나는 중간에 중등학교 교사나 시간강사 한 시간 안 하고, 바로 대학에 적을 두고 안정되게 공부할 수 있는 행운을 얻게 되었다.

이는 나의 행운이지만, 고병익 원장님의 학생의 의견이라도 경청해 주는 관후한 금도가 시초가 된 것이다. 당시 한문하던 대가들이 사라져 가던 시대인지라, 걱정이 되었을 원장님에게는 어린 학생이 한문을 몇 구절 아는 것이 아주 대견하게 보였고 내심 아주 양성하고 싶었던 모양이었다.

Ⅳ. 後日兩晤

연구원 원장을 사임하신 뒤 서울대학으로 돌아가려고 했으나, 여의치 않아, 춘천의 한림대학翰林大學 교수로 가셨다는 소문을 들었다. 그동안 중망衆望을 입어 방송위원회 위원장, 문화재위원회 위원장, 도산서원 원장, 민족문화추진회[古典翻譯院 전신] 이사장 등에 추대되어 일하시는 것을 알았다. 또 KBS 방송국에서 촬영한 〈新往五天竺國傳〉에 가끔 출연하시어 서역西域 인도印度 등지에서 현지 방송하는 것을 텔레비전에서 본 적이 있었다. 여러 신문 등에 칼럼을 쓰는 것도 읽어 본 적 있다.

그러다가 1996년 10월 성균관대학成均館大學에서 개최된 한중일삼국 실학학술대회實學學術大會에 참석했더니, 마침 녹촌 선생께서도 나오셨다. 15

년 만에 처음 만나 인사드리면서, 나의 졸업 뒤의 경력을 간략하게 말씀드린 적이 있다.

1999년경에 벽사碧史 이우성李佑成 선생에게서 《蘭社詩集》 제1집을 얻어 보니, 선생도 그 회원이었고 선생께서 지은 상당히 많은 양의 한시漢詩가 수록되어 있어 가끔 읽어 본 적이 있다.

2002년 음력 9월에 덕천서원德川書院 추향秋享의 초헌관初獻官으로 초빙하여 두 번째로 만나 하룻밤을 덕천서원에서 같이 지낸 적이 있었다. 그때 경상대학교 한문학과 학생들 5명이 전통방식에 따라 한문 강송講誦을 했는데, 선생께서 강장講長이 되어 다 들으시고 강평講評을 하시면서, "한문은 중국어 발음보다 우리 한자음으로 강하는 것이 더 청아하여 듣기 좋다. 또 한문 고전은 단순히 눈으로 읽어서는 안 되고 옛날 선비들처럼 소리 내어 읽어야 확실히 자기의 것이 된다. 오늘 덕천서원에 와서 이런 광경을 보니 뜻이 깊은데, 앞으로 잘 계승해 가기 바란다" 라는 요지로 격려를 해 주셨다. 모시고 남명선생南冥先生 유적지를 몇 군데 답사한 뒤 하직하였다.

그때까지만 해도 건강해 보이셨는데, 그때로부터 그리 오래지 않은 2004년 5월 세상을 떠나셨다는 기사가 중앙의 여러 일간지에 보도되었다.

V. 結語

선생의 오랜 가르침을 받은 우수한 제자들이 전국 각지에 많이 있을 것이고, 학문을 이은 제자들도 있을 것이다.

나는 한국정신문화연구원에서 잠시 강의를 들은 적이 있었지만, 아주 특이한 인연이 있고, 또 나에게 끼친 은택恩澤과 영향이 크기에 기억나는 것을 장황하게 적어 보았다. 혹 선생의 한국정신문화연구원장 재직 시절의 이력 가운데서 빠진 부분을 보충할 수 있는 자료가 된다면 다행이겠다.

녹촌 고병익 선생의 가학의 전통과 학덕

권오영權五榮[*]

I

1850년 3월 26일 청량산 오산당吾山堂에서 이한응李漢膺이 주도하는 대규모 강회講會가 열렸다. 이때 800명에 가까운 영남의 선비가 참석했다. 그 대규모 강회에 당시 상주 출신의 한 학자가 임원으로 참여했다. 그 학자는 바로 녹리甪里 고성겸高聖謙 선생이다. 녹리 선생의 본관은 개성이고 진사였다. 세거지는 영남의 상주 산양(지금의 문경시 산양)이다.

녹리 선생은 이 오산당 강회에서 매우 왕성하게 자신의 의견을 개진하고 토론에 참여하였다. 당시 영남이든 기호이든 《대학》의 삼강령의 하나인 "명덕明德"에 대해 심心이다 성性이다, 이理이다 기氣이다 라고 하는 등 논란이 분분했는데, 녹리 선생은 명덕을 '심'으로 보면서도 '이'와 '기', 성性과 정情을 포괄하여 명쾌하게 해명하여 독자적인 학설을 제출했다. 훈장인 이한응은 녹리 선생의 견해가 정절精切하다고 평했다고 한다.

녹리 선생은 영남의 저명한 시인이었다. 그는 〈전원락田園樂〉이란 시에서 "종일토록 사립문 닫혀 사람은 보이지 않고, 한 비둘기 소리 그치니 또

*한국학중앙연구원 교수

한 비둘기 울어대네[盡日柴扉人不見 一鳩啼歇一鳩啼]"라고 읊었다. 그래서 당시 학계에서 녹리 선생을 "고일구高一鳩"라고 일컬었다고 한다. 언젠가 나는 연민 이가원 선생의 문하에서 이 시가 참 연미롭다는 평을 들은 적이 있다. 이가원 선생은《조선문학사》를 집필하면서 조선 후기 영남 학자의 시는 문학적 의미가 약하다고 평하고 거의 수록하지 않았는데, 녹리 선생의 시는 특별히 높이 평가하고 선정하여 실었다.

녹리 선생의 아버지 금주錦洲 고몽찬高夢贊은 천여 권의 책을 모았다고 한다. 이 책들은 장차 녹리 선생과 그 후손이 학문을 하는 자료가 되었다. 녹리 선생은 당송대가唐宋大家의 글을 깊이 공부했고 경전, 제자백가, 음양, 천문, 지리 등에 관한 책을 두루 섭렵했다. 더욱이 그는 시학詩學에 뛰어나 〈악부사樂府詞〉를 짓기도 했고, 〈동국사사東國詩史〉를 지어 단군에서 병인양요까지의 우리나라 역사를 읊기도 했다. 또한 녹리 선생은 고향 마을인 녹문리의 풍경을 〈녹문팔경鹿門八景〉이란 작품으로 읊기도 했다. 그 뿐만 아니라 유비劉備, 항우項羽 등 중국의 인물에 대해 독자적인 논설을 펴기도 했다.

녹리 선생의 증손이신 녹촌鹿邨 고병익高柄翊 선생은 〈육십자술六十自述〉에서 다음과 같이 어린 시절을 술회한 적이 있다.

"내가 철들고서는 부친이 책 한 장 읽는 것을 본 적이 없는데 어느새 공부를 한 것인지 옛날 《사기》와 당송의 문장가의 글귀를 줄줄 외우는 것 같이 느껴졌다."

"우리 집에는 책이라고 할 만한 것은 없었고 큰댁에는 옛날 책이 골방에 쌓여 있고 조부방의 문갑에는 책이 얹어 있었지마는 내가 철든 이후에는 누구 하나 그 책을 읽는 광경을 본 일이 없다. 오직 조부가 늘 조그마한 책상 앞에 앉아 사본寫本에서 글자를 도려내어 딴 종이에 쓴 글자로 그 자리를 메우고 있는 광경을 기억하는데, 나중에 안 일이지마는 이것은 당신 자신의 문집고본文集稿本을 마지막 손질하는 작업이었다."

위의 글을 얼핏 보면 녹촌 선생의 집안 분위기가 학문과는 다소 거리가 있는 것처럼 느껴질 수도 있을 것이다. 그러나 녹리 선생의 학문으로도 알 수 있듯이 녹촌 선생의 선대는 누대 학문을 숭상해온 집안임을 알 수 있다. 따라서 나는 녹리 선생의 역사에 대한 식견과 당송 대가에 대한 독서가 아들과 손자를 거쳐 증손인 녹촌 선생에게 면면히 이어지고 있다고 생각한다. 이미 녹촌 선생의 고조부 금주 선생이 모은 천여 권의 책의 일부가 녹촌 선생의 큰댁 사랑에 일부 소장되어 있었고, 조부 대에 이르기까지 문집을 내는 학문 세가世家의 분위기 속에서 자연스럽게 녹촌 선생은 학자의 길을 걸어가게 되었다고 생각한다.

녹촌 선생은 만년에 "동방의 전통이 내 가슴 속에 있네[東方傳統在胸中]"라고 읊으셨고, 〈고리故里 녹문동鹿門洞〉, 〈전가탄田家歎〉, 〈녹문鹿門〉 등의 시를 지어 고향 녹문과 녹리 선생을 그리워했다. 녹촌 선생이 부귀를 멀리하고 평생 학자의 길을 걸은 것은 이러한 가학의 전통 속에서 이해해야 할 것이다.

Ⅱ

나는 1970년 말에 대학에 들어가 문경에 사는 개성고씨 친구들을 몇 명 만났다. 그 친구들은 자기 집안에 서울대 총장이 났다고 하면서 자랑을 했다. 그때 나는 비로소 녹촌 고병익 선생의 존함을 듣게 되었다. 언젠가 나는 삼성문화문고본인《우리 역사를 어떻게 볼 것인가》라는 책에 실린 역사학자들의 좌담을 읽어 보고 녹촌 선생이 바로 녹리 선생의 증손이라는 사실을 알았다.

학부 시절 내 은사인 정석종 선생이 실학연구입문을 가르치면서 수업시간에 녹촌 선생을 거론하며 5개 국어에 능통하고 역사학계에 아주 큰 학자라고 소개하며 우리들에게 녹촌 선생이 쓴 〈다산의 진보사관─그의 기예론을 중심으로〉란 논문을 읽어 보라고 했다. 그때 나는 한문 공부를 열심히 하고 있었는데 당나라의 저명한 학자인 한유의 〈원도原道〉를 읽고 있었다. 녹촌 선생은 논문에서 한유의 〈원도〉를 인용하고 있었고, 내가 학교에서는 이미 〈기예론〉을 배웠기 때문에 초학의 어린 시절이지만 글이 아주 쉽게 읽혀져 지금도 기억을 하고 있고, 요즘 강의에서도 가끔 학생들에게 〈기예론〉을 읽어 보고 녹촌 선생의 논문을 아울러 읽어 보라고 권하고 있다.

또 한번은 정석종 선생이 학생들을 인솔하여 안동에 답사를 갔는데 저녁에 시내에 있는 중고 서점에 들렀다. 그때 마침 서점에 이노우에 야스시井上靖가 쓴《돈황敦煌》이란 소설책이 있었다. 정 선생께서 옛날에 녹촌 선생이 이 소설을 읽어 보라고 추천한 적이 있다고 하면서, 나보고도 읽으라고 하여 그때 사서 아주 흥미 있게 읽은 기억이 난다.

1981년 11월에 나는 한국학대학원에 시험을 치러 와서 그때 녹촌 선생을 먼발치에서 처음 뵌 적이 있다. 시험을 치르고 시골에 내려가 있었는데 얼마 뒤 녹촌 선생은 한국정신문화연구원(지금의 한국학중앙연구원)에서 일어난 풍파에 원장직에서 물러나시고 말았다는 소식을 들었다. 나는 1984년에 한국학대학원에서 석사학위를 받고 한국민족문화백과사전

편찬부에 근무하기 시작했다. 그 뒤 언젠가 기억은 잘 나지 않지만 대학원 동기인 김성수 씨가 한림대학교에 잠시 근무하고 있었는데, 녹촌 선생께서 나의 석사 논문을 보고 싶어 하신다고 하여 편지를 써서 논문과 함께 부쳐드린 적이 있다. 아마 그때 녹촌 선생은 대만에서 열린 학술대회에 가셔서 〈신기선의 《유학경위》〉에 대해 발표를 하시고자 내 논문을 보고 싶어 하셨던 것 같다. 얼마 전에 선생의 따님 고혜령 여사에게 들으니 내가 그때 선생께 올린 편지를 아직까지 보관하고 있다는 말을 듣고 놀랐다.

1994년 전후에 녹촌 선생은 한국정신문화연구원에 잠깐 초빙교수로 와 계셨다. 1994년 8월 22일 내가 문학박사 학위를 받는 날 연구실로 찾아뵈니 오래 전에 내가 편지를 올린 것을 또렷하게 기억하시고 계셨다. 학위논문을 드리니 지도교수에 대해 물으시고 논문 주제인 최한기와 내가 논문을 쓰면서 참고한 문헌 등에 대해 관심을 나타내시고 박사학위 취득을 축하한다고 하시었다.

또 2002년 3월 27일에 《한국민족문화대백과사전》 CD-ROM 출판기념회가 대대적으로 한국학중앙연구원 대강당에서 열렸다. 잘 알다시피 《한국민족문화대백과사전》 편찬 사업은 광복 이후 우리나라에서 이룩한 찬란한 문화 대업의 하나로 평가를 받고 있다. 그 《한국민족문화대백과사전》의 전산화 사업을 완료한 것을 기념하는 자리였다. 그때 녹촌 선생을 비롯한 몇몇 원로 학자들이 기념식에 참석하여 축하를 해 주셨다. 나는 당시 우리 연구원의 허창무 교수와 함께 녹촌 선생을 따로 모실 기회가 있었는데, 그때 유가 문화에 대해 좋은 말씀을 경청한 기억이 난다.

Ⅲ

녹촌 선생께서 연구원에 계실 때 나는 후배 학생들로부터 선생의 학덕에 대한 얘기를 많이 들었다. 녹촌 선생께서는 강의 시간에 학생들에게 질문을 하여 학생이 대답을 잘하면 칭찬을 하지만, 답이 어긋나도 절대 학생이 무안해 하지 않게 따뜻하게 말씀을 해 주신다고 했다. 강의를 성실하게 이끌어 나가시고 교수법이 탁월하신 분이라는 생각이 들었다. 당시 학생들은 서로 다투어 녹촌 선생의 가방을 들어 드리려고 했으며, 차를 서로 타 드리려고 경쟁을 했다고 들었다. 내가 정말 녹촌 선생이 그렇게 대단하신 어른이냐고 물으면 학생들은 한결같이 마음에서 우러나오는 존경을 표하는 것을 알 수 있었다. 학생들은 녹촌 선생이 강의하실 때 동서고금의 해박한 지식에다 말씀이 너무나 명료하시고 동정에 절도가 있으시고 깨끗한 풍모에 경외의 마음이 절로 일어났다고 했다. 당시 어떤 학생은 녹촌 선생의 지나온 이력과 사생활을 조사하여 여쭈어 보자, 녹촌 선생께서 "자네는 어찌 나의 지난 과거 일에 대해서 나보다도 더 잘 아는가" "나의 퇴근 후의 일에 대해 얘기하란 말인가" 라고 하셨다는 말씀을 듣고 웃은 적이 있다. 또 어떤 여학생은 녹촌 선생은 저 멀리 높이 솟아 있는 "고독한 산"이라고 일컬으면서 가까이 범접할 수 없는 그 학덕의 향기에 취한 듯 무한한 존경의 마음을 표현하기도 했다.

녹촌 선생은 한국정신문화연구원의 제2대 원장을 지내셨다. 그때 연구원 강당 벽에는 "전통문화의 계승"과 "민족문화의 창달"이란 표어가 걸려 있었다. 그러나 1980년대 초 연구원에는 정치 바람이 세차게 불고 있었다. 얼마 동안 풍파는 계속되어 훌륭한 교수도 학생도 많이 연구원을 떠나갔다. 지금 생각해 보면 녹촌 선생이 연구원의 원장으로 오래 계시면서 전통문화를 새롭게 해석하여 계승하고 한국학의 뿌리를 깊이 내리게 했더라면 하는 아쉬움이 남는다. 시대가 선생을 알아보지 못하였으니 그저 안타까울 뿐이다.

녹촌 선생은 한국정신문화연구원에 한 번은 원장으로, 또 한 번은 객원 교수로 와 계시면서 강의를 하셨다. 나는 직접 책을 펴놓고 선생님께 가르침을 받지는 못했으나 선생께서 남기신 저서와 논문에서 많은 것을 사숙私淑하고 있다. 특히 녹촌 선생이 한국의 조선시대, 중국의 명·청시대, 일본의 에도시대를 "유교시대"라고 명명하고 연구를 시도하고자 했던 부분이 나의 흥미를 끌고 있다. 앞으로 나는 이 "유교시대"에 대해 공부를 더 깊이 해 보고 싶은 마음이다.

5부

국제적 교류와 활동

잊을 수 없는 은혜

정명환鄭明煥[*]

1950년 11월초. 당시 대학 3학년이었던 나는 북한군에게 점령된 서울에서 석 달을 시달리고 나서 간신히 한숨 돌리고 있는 형편이었다. 그때 내가 잘 아는 선배 한 분이 권했다. "이제 모두들 전쟁에 직접 참여해야 할 텐데, 군인으로 입대하는 것보다도 문관으로 근무하는 것이 더 좋지 않겠소? 며칠 후에 을지로에 있는 한 건물에서 시험이 있으니 응모해 보구려." 나는 서슴지 않고 승낙하고 지정된 날에 시험을 치르러 갔다. 시험이라고는 단지 군사 영어 서너 토막을 한국어로 번역하는 것뿐이었다. 생소한 단어와 표현이 몇 군데 있었으나 그럭저럭 답안지를 작성하고 돌아왔다. 그랬더니 며칠 뒤 합격통지가 왔고 합격한 사람들은 당장 이튿날부터 미군의 교범에 나오는 전문용어에 관한 교육을 받으면서 번역의 채비를 갖추어 나갔다. 그러자 발령이 났다. "임 육군 통역중위, 명 육군 본부 작전교육국 편찬위원회 근무." 이리하여 나는 졸지에 군인이 되었는데, 이렇게 나와 같이 문관 아닌 군인 생활을 뜻하지 않게 하게 된 15명의 사람들 가운데 고병익 선생이 계셨다. 그 뒤 고 선생과 나의 관계는 선생이 작고하실 때까지

[*]전 서울대학교 교수, 학술원 회원

반세기 동안 이어져 나갔다. 더 정확히 말하면 그 장구한 세월에 걸쳐 선생은 줄곧 나의 스승이셨다.

그리고 선생이 떠나시고 어느덧 10년이 된 지금, 내가 선생을 위해서 해 드린 일이 무엇이 있을까 하고 돌이켜 본다. 얼른 생각이 나지 않는다. 옛일이 시간과 더불어 뇌리에서 사라져 버려서가 아니라, 실지로 해 드린 것이 태무하기 때문이다. 내가 아니더라도 또 친밀한 사이가 아니더라도 누구나 해 드릴 수 있었을 두 가지의 사소한 '봉사'가 겨우 생각날 뿐이다.

하나는 명색 군인이 되어서 얼마 되지 않았을 때의 일이다. 우리는 교범 번역을 더 능률적으로 하려는 이유에서 그해 12월에 부산의 동래고등학교 교사를 빌려 쓰던 육군보병학교로 전속되었는데, 그때 며칠 동안 선생에게 영문 타이프라이터를 치는 법을 가르쳐 드린 일이 있다. 선생은 그때까지도 양손의 검지만을 사용하여 키를 하나하나 확인하면서 꼭꼭 눌러 글을 만들고 계셨다. 그것을 보고 있던 나는 답답해져서 내가 익혀 온 정식의 타자법을 보여드렸다. 열 손가락을 자유자재로 놀리면서 빠르고 정확하게 쳐 나가는 나의 재주가 선생으로서는 신기하기도 하고 부럽기도 했으리라. 선생은 당장에 나를 타자법 교사로 삼으셨고 얼마 뒤에는 나에 못지않은 타자의 명수가 되셨다. 그리고 뒷날 선생의 말씀으로는 뮌헨대학으로 연구하러 가셨을 때, 나에게서 배운 타자법이 논문 작성에 큰 도움이 되었다니, 나로서도 매우 고마운 일이다.

이렇듯 나의 첫 번째 봉사가 선생을 알게 된 초기의 것인 것과 달리, 또 하나의 봉사는 그보다 50년 뒤인 선생의 만년의 일이다. 나는 1985년경부터 도쿄대학의 이마미치 교수가 주관하는 '에코 에티카' 국제 심포지엄에 거의 매년 참가했는데, 알고 보니 이마미치 교수는 뮌헨대학에서 선생과 친교를 맺어 호형호제하는 사이였다. 그래서 그는 의당 선생도 초청하여 나는 그 심포지엄에 선생과 함께 가게 된 일이 자주 있었다. 그 자리에서 선생이 발표한 논문들은 비교사상적인 견지에서 동양의 과거와 현재의 문제를 들어 올려 서양 학자들에게 깊은 인상을 심어주었다. 그러나 내가 말하려는 봉사는 단순히 선생을 도쿄까지 모시고 갔다거나 선생의 발표가 끝나면 힘껏 박수를 쳤다거나 또 선생의 학식이 더 잘 드러날 수 있도록 '사이비' 질문을 꾸몄다거나 하는 일이 아니다. 그것은 지금도 내 마음에 아픔과 존경심을 함께 다시 불러일으키는 사정과 관련된 봉사였다.

2000년 3월의 일이다. 선생과 나는 그해에도 그 국제 심포지엄에 참가하러 일주일 예정으로 일본에 갔다. 도착해서 알게 된 일이지만 그때 선생은 대상포진을 앓고 계셨다. 나는 그 병이 극심한 통증을 유발한다는 말을 들어 왔지만 선생이 별로 크게 내색하지 않아, 비교적 가벼운 것인 줄로만 생각했다. 그런데 하루는 내게 약을 발라 달라는 부탁을 하셔서 선생의 방으로 갔다. 아아, 나는 생전에 그런 끔찍한 상처를 본 일이 없었다. 붕대를 풀자 복부부터 옆구리를 거쳐 등에 이르기까지 넓고도 깊게 울긋불긋 무수히 솟아난 징그러운 부스럼. "선생님, 이것을 어떻게 견뎌 내셨어요?" 하고 내가 스스로 아픔을 느끼면서 드린 질문에 선생은 담담하게 대답하셨다. "서울에서보다 더 나빠졌군. 참고 있으면 낫겠지." 그리고 내가 약을 바르고 새 붕대를 둘둘 감으려니까 선생 자신이 몸을 돌려 가며 이런 농담을 하셨다. "어때요? 내가 고시마키腰卷를 두르려고 빙글빙글 도는 일본 기생 같지 않소?" 나는 눈물 어린 웃음을 머금었다. 나는 선생의 인내심이 초인적이라고 느끼면서 그 뒤 두세 차례 더 약을 발라 드렸다.

이런 나의 사소한 봉사에 견주면 선생이 내게 베푸신 은혜는 한량없다. 그 가운데서도 나의 인생과 직결된 두 가지 일에 대해서 잠깐 언급하려고 한다.

위에서 말한 것처럼 통역장교가 된 우리는 부산의 육군보병학교에서 교범 번역에 종사하고 있었는데, 1952년 초에 광주에 상무대가 창설되어 보병학교는 그쪽으로 옮겨 갔다. 그래서 나를 포함한 대부분의 편찬과 인원들도 따라가게 되었지만, 선생은 그때 국방부 전사편찬위원회로 전속되어 부산에 그대로 남게 되었다. 그러나 우리의 이별은 오래 가지 않았다. 광주에 가 있던 나는 일 년 뒤쯤에 대구의 육군본부로 출장 갈 일이 있어서, 그 김에 선생을 뵈러 부산에 들렀다. 나를 친동기처럼 반갑게 맞아 준 선생은 당사 전사편찬위원회 위원장이셨던 두계 이병도 선생의 방으로 나를 당장에 데리고 가서 말씀하셨다. "선생님, 이 사람을 우리가 써야겠습니다. 위원장인 선생님께서 이 사람의 전속을 주선해 주실 수 없을까요?" 두계 선생은 그 자리에서 전속 요청을 하시고 나는 곧 부산으로 자리를 옮길 수 있게 되었다. 만일 그때 고 선생의 특별한 배려가 없었으면 나는 장기간 광주에 그대로 머물러 있었을 것이며, 그러면 나의 삶의 과정은 아마도 크게 달라졌을 것이다.

또 한 가지는 나의 지적知的 관심과 관련된 일이다. 내가 프랑스 문학과로 진학하게 된 것은 1940년대 후반에 스무 살이었던 많은 청년들처럼, 자신과 조국의 갱생이 유교적 구태의 사슬을 끊고 오직 서양의 문물과 사상을 받아들이는 데 있다고 생각했기 때문이다. 나의 이러한 서양 숭상이 고 선생과 만남으로 하루아침에 지양되었다고 말할 수는 없지만, 선생의 말씀과 글이 서서히 나의 머리에 스며들어 두 가지로 큰 영향을 미치게 된 것이 사실이다. 첫째는 내가 아무리 서양을 따르려 해도 동양인이며 한국인이라는 자신의 존재를 부정할 수 없다는 새삼스런 자각이며, 또 하나는 이성적 상대주의라고 이름 지을 수 있을 선생의 사고방식의 효용

성과 정당성에 대한 인식이다. 이 두 갈래의 영향 아래, 나는 나의 주된 연구의 대상이었던 사르트르에 대한 견해를 조정해 나간 한편, 최근에는 유교에 관한 선생의 생각을 나의 유교관의 근본으로 삼아 오늘날의 도덕적 문제를 풀어 보려고 하고 있다.

선생의 이성적 상대주의는 단순히 모든 일에는 양면성이 있다는 흔한 주장이 아니라, 역사적 관찰, 반성, 전망과 긴밀히 관련된 상대주의이다. 그런 입장은 벌써 오래 전에 간행된 수상집 《망원경》의 도처에 나타나 있다. 가령 4·19 혁명이 일어난 지 겨우 두 달 만에 쓰인 〈4·19「혁명」에서 「운동」으로〉를 보면, 우리의 학생혁명이 중국의 5·4운동과 다른 점이 명쾌하게 지적되어 있고, 더욱이 앞으로 올 반혁명의 가능성에 대비할 지속적인 정신의 쇄신 운동이 "독재 정권을 넘어뜨리는 일보다도 더욱 어렵고" 중요하다는 것이 역설되어 있다. 모두들 혁명의 성공에 도취해 있었던 무렵에 선생은 밝은 미래를 기대하면서도 과거의 여러 혁명들을 상기하고 냉철한 판단을 내리고 있었던 것이다. 이러한 상대주의는 또한 사실에 대한 미시적 관찰과 달라지는 사회에 대한 거시적 견지의 유기적 관련에서도 나타난다. 그 책에 포함된 같은 이름의 수상隨想은 짧지만 그 점을 분명히 보여준다. "망원경과 현미경, 두 가지를 다 가져야 역사가가 될 수 있다고 위대한 사가史家 토인비는 말한다. (……) 흐르는 배의 위치가 달라짐에 따라서 시각이 달라져서 상류의 절벽이나 굴곡의 양태가 상이한 양상을 띄우게 될 것이고 따라서 역사는 항상 새로 씌어져야만 하는 것이다"(86쪽).

이 글이 발표된 것은 1958년인데 선생이 세상을 보고 역사를 생각하는 입장은 그 뒤로 달라진 것 같지 않다. 그 한결같은 입장을 분명히 보여주고 있는 것이 선생의 유교관이다. 《망원경》에 수록된 〈공자의 인간상〉(1960)을 보면 유교에 대한 선생의 상대적 평가가 다음과 같이 표명되어 있다.

흔히들 말하듯이 "유교윤리의 전적인 폐기가 근대화의 선결조건으로 간주되는 것은 할 수 없는 일이지마는, 가족 및 대인윤리에 있어서는 다른 어느 교설에서보다도 깊이 탐구되었다는 점에서 장차라고 해서 전적으로 폐기될 수는 없다." (130쪽) 시대의 상황과 요청을 고려한 이러한 이원적 평가는 그대로 계속되어, 《동아시아사의 전통과 변용》에 실린 〈현대한국의 유교〉에서는 굳어진 이데올로기가 되어 버린 주자학이 한국의 근대화를 가로막았다는 부정적 측면과 아울러, 오늘날의 포스트모던 사회에서 극단적 개인주의와 이에 따른 도덕적 타락을 바로잡을 원리로서 유교의 긍정적 기능이 함께 강조되어 있다.

나는 유교에 대한 선생의 기본적 입장을 앞서 언급한 국제 심포지엄에서도 누차 확인했으며, 나 역시 선생을 따라 《논어》를 그런 각도에서 읽기 시작했다. 주자학으로 경직화된 유교가 아니라 공자 자신으로 돌아가야 한다고 생각한 것이다. 다행히도 많은 서양 사람들이 최근에 새로운 윤리의 원리를 유교에서 구하려고 하는데, 그런 각성, 곧 서양인 자신들에 의한 서양중심주의의 지양止揚은 차라리 만시지탄이 있다는 생각마저 든다. 왜냐하면 공동체 윤리를 성립시킬 수 있는 원리는, 독립적 개인을 애초에 존재론적 여건으로 내세우고 연후에 인위적인 공동체를 생각하는 서양의 인간관에 따라서가 아니라, 仁이라는 글자가 나타내듯 자타의 공생 관계를 선험적 조건으로 보는 유교의 인간관에 따라서 밑받침되어야 하기 때문이다.

나는 요새 이런 생각을 더욱 굳혀 가면서 이따금 공자의 사상을 살펴보고 있다. 그리고 그때마다 선생이 내게 베풀어주신 학문적 은혜에 감사하는 마음을 금치 못한다. 지금도 생존해 계시다면 몇 번이고 달려가서 훈도를 청할 텐데, 우리의 곁을 떠나신 지가 벌써 10년이 되었다니 그리움만 더욱 절실할 따름이다.

계간《현대사》와 한독 포럼

최정호崔禎鎬[*]

고병익 선생을 나는 가까이 모시거나 자주 뵙지는 못했다.

그러나 먼발치에서나마 선생을 알고 존경하고 있어 생전에 두 번 가까이 모셔 보려 마음먹고 찾아뵌 일이 있다.

한번은 1980년 이른바 "서울의 봄"을 맞은 신구新舊 군부정권의 중간 과도기. 나는 관악산 밑의 서울대학교 총장실로 고 선생을 찾아뵈었다. 그때 우리는 새로운 계간지의 창간을 준비하고 있었다. 여기서 '우리'라고 한 것은 중견 언론인들이 몇 해 전에 조직한 사단법인 서울언론문화클럽을 두고 하는 말이다. 이제 그 모임도 하나의 역사가 됐으니 여기에 그 멤버의 구성을 적어 보면 이사진에는 김진현을 이사장으로 하고 김용원, 백승길, 신동호, 심재훈, 예용해, 이규행, 최서영, 최정호, 홍두표(가나다 순)등이 포진하고 있었다.

당시 대우 재단의 지원을 받아 현역 언론인의 국내외 연수, 저술 출판

---

*울산대학교 석좌교수

지원 등을 사업 내용으로 하고 발족한 클럽은 그와 함께 기관지의 발행을 구상하고 있었다. 언론계의 현역을 떠나 대학에 몸을 담고 있던 교수 가운데선 유일한 이사로 클럽에 관여한 나는 새로 창간할 기관지는 현대사 연구와 계몽에 기여할 매체가 됐으면 한다는 오랜 숙원을 이사회에 개진하여 어렵사리 동의를 얻어냈다.

현대사에 관한 계간지를 발간했으면 하는 데에는 다음과 같은 배경이 있었다.

첫째 나라의 분단 상황에서 북쪽의 경우를 보면 그네들의 이른바 '국사' 편찬에 거의 절반 또는 그 이상의 비중을 20세기 현대사에 두고 있다. 그와 달리 우리나라의 국사 교재에선 마지못해 책의 말미에 약간의 지면을 할애하고 있는 것이 실정이었다. 안타깝기도 하고 그 이상으로 우려되는 일이라 아니할 수 없었다.

현대사에 대한 관심과 연구의 소홀은 비단 북쪽과 대비에서만 문제가 되는 것은 아니다. 선진국의 경우 제2차 세계대전 뒤엔 현대사가 대학의 정규 커리큘럼에 편입되고 있을 뿐만 아니라 현대사를 다루는 월간지 계간지가 쏟아져 나오고 있다. 더욱이 그 무렵 (과거)분단국가 서독은 과거엔 제3제국의 나치스 전체주의, 오늘날엔 동독의 소비에트 전체주의에 대해서 이념적인 대결과 극복을 위한 '정치교육'을 주로 현대사에 관한 연구와 계몽으로 하고 있었다. 학교의 통합사인 "역사" 교재도 전체의 3분의 1 또는 2분의 1을 근현대사에 할애하고 있다. 그걸 보더라도 우리나라에서 현대사 연구에 대한 사보타주는 그대로 방치해선 안 되겠다고 생각했다.

그리고 그 무엇보다도 '현대사'[當代史]의 기록에선 세계에 으뜸가는 "조선왕조실록" 등의 찬란한 역사 편찬의 전통을 자랑하는 우리나라의 옛날에 견주어 보더라도 우리 시대의 당대사에 대한 무관심과 학문적 소홀은 용납될 수 없는 학문적 · 사회적 사보타주라 여겨졌다.

둘째 외국의 경우, 더욱이 독일의 경우를 보면 현대사 연구는 그 영역의 본성상 전쟁이나 혁명, 또는 노동운동이나 경제개발의 주제들처럼 그 대부분의 문제가 다多학문적(multi-disciplinary)인 접근을 필요로 하는 학제적學際的인 연구의 대상이 되고 있다. 그 뿐만 아니라 그 주제들은 그 본성에서 학계와 언론계의 제휴나 협업이 필연적으로 요청되는 현재적 내지 현재 관련적 특성을 보여 주고 있다. 현대사에 관한 외국의 저널 들을 보더라도 그래서 대학인과 언론인이 함께 글을 쓰고 있음을 흔히 보게 된다. 소련 공산주의에 관한 세계적인 권위자였던 리하르트 뢰벤탈(Richard Loewenthal)은 영국《옵서버》지의 독일 특파원 출신의 베를린자유대학 교수였고 방대한 히틀러 전기 상하권을 저술한 요하임 페스트(Joachim C. Fest)는《프랑크푸르트 알게마이네》신문의 논설위원 출신이다.

이처럼 언론계와 학계 공동의 연구 협업을 위한 "현대사" 계간지를 마침내 창간하게 된다는 것은 당시 나에겐 오랜 숙원 사업을 성취하는 듯한 감회에 자못 젖게도 했다. 김경동, 김영호, 양호민, 차기벽, 차하순, 한배호, 홍순일(가나다 순) 등을 잡지의 편집위원으로 영입하면서 나는 편집고문으로 홍종인, 김상협, 천관우, 고병익 선생을 모시기로 했다. 앞의 두 분은 쉬이 수락을 해 주셨으나 뒤의 두 분은 사양하셨다. 천 선생 사양의 변에 관해서는 얼마 전에 출간된《巨人 천관우 – 우리 시대의 言官 史官》

(일조각, 2011)에 이미 소상히 적은 일이 있으니 여기서는 생략하겠다.

그러나 서울대학교 총장실로 찾아가면서 고병익 선생은 수락해 주실 것으로 믿었다. 취지를 설명드리자 "아, '차이트게쉬히테Zeitgeschichte' 계간지를 내시겠다는 거군요." 하고 금세 그 내용을 알아차리고 계셨다. 그뿐만 아니라 고 선생이야말로 고문으로 도와 주실 수 있는 최적임자라 믿었던 까닭은 그로부터 20여 년 전에 내가 고 선생을 처음 뵌 것이 태평로 옛《조선일보》사옥의 지하실이었고 그때 고 선생은 그곳에서 논설위원으로 계셨던 전력을 내가 기억하고 있었기 때문이기도 했다. 당시 나는 독일 유학을 앞두고 이미 독일에서 학위를 하고 돌아오셔서 대학과 신문사에 다 같이 나가신 고 선생을 아마도 천관우 선생의 소개로 찾아간 듯 싶다. 게다가 고 선생이 유학 가서 학위를 얻은 뮌헨에는 독일에서 가장 큰 현대사연구소가 있고 현대사에 관한 학술 계간지도 그 연구소에서 발행되고 있다. 그건 어떻든 국립대학 총장의 현직에 계셨던 고 선생은 현역 언론인들의 단체에서 내는 잡지 편집 고문을 맡아주시기를 완강히 사절하셨다.

이해(1980년) 가을 계간《현대사》는 마침내 창간호를 냈다. 10월 하순의 어느 날 오후 나는 신문회관에서 마련한 창간 기념 축하연에 준비 관계로 한 시간쯤 먼저 서둘러 택시를 잡아타 가고 있었다. 그때 차 안의 라디오 뉴스에선 신군부가 강행한 정기간행물에 대한 이른바 '대량학살'의 살생부가 발표되고 있었다. 《문학과 지성》,《뿌리 깊은 나무》,《창작과 비평》등 가나다⋯ 순으로 읽어간 그 명단에는 마지막에 'ㅎ'자로 시작되는《현대사》도 끼어 있었다. 어이없는 뉴스였다. 덕택에 창간 파티는 폐간 파티를 겸하여 함께 치르게 됐다.

그러고 보니 하루살이 프로젝트에 고병익 선생을 끌어들이려 부질없는 수작을 한 것 같아 돌이켜 보면 겸연쩍기도 하고 송구스럽기도 했다. 고 선생은 그런 정도의 잡지조차 용납하지 못하는 그 시대의 속내를 이미 꿰뚫어 보고 있었던 것일까.

× × ×

그로부터 2년 뒤 1982년에는 일본의 제1차 교과서 왜곡 파동이 한국, 중국 등 주변 국가들의 분노를 야기했다. 원수를 은혜로 갚겠다는 전후 중국의 대일 관계에도 변화가 일었다. 덩샤오핑鄧小平 수상은 일본의 난징南京 대학살(1937년)이 있고 나서 45년이 지나서야 일본의 과거사 왜곡을 보고 이 비극의 도시에 거의 반세기만에야 '청소년 역사교육'을 위한 대학살기념관 건립에 나섰다.

한편 일본의 전시 동맹국이었던 독일은 전후의 일본과는 전혀 대적적인 길을 걷고 있었다. 한쪽은 1930년대의 과거를 깡그리 잊어버리려 하고 난징이건 대학살이건 아예 없었던 것처럼 탈탈 털어 버리고 멀쩡하게 부정하고 있는 것과 달리 다른 한쪽에선 반세기가 지난 뒤에도 계속 1930년대를 문제 삼는 역사적 기억에 파묻혀 헤어나지 못하고 있다. 일본이 체계적으로 기억 말살의 정치를 추구하고 있는 것과는 달리 독일은 지속적으로 기억 환기의 정치를 추구하고 있다. 그 과정에서 불거진 사건이 1987년에 일어난 '독일 역사학자들의 전쟁'(스탠퍼드대학의 Gordon A. Craig 교수의 말)이라고 일컫는 '현대사 논쟁'이었다.

당초 프랑크푸르트의 사회철학자 하버마스(Juergen Habermas)가 한 저명한 주간지에 "일종의 손실 청산"이란 제목 아래 독일 현대사 서술의 '변론적 경향'을 공격한 논문이 발단이 되었던 이 논쟁은 이내 서독의 저명한 역사학자들만이 아니라 철학자, 사회학자, 언론인 등이 다투어 거기에 참여하게 되면서 신문, 잡지, 단행본 등의 여러 지면 위에서 1년 남짓을 끌어가게 되었다. 바로 얼마 전 일본의 현대사에 대한 망각의 정치와 역사교과서에 대한 왜곡을 가까이 보아 온 나는 서독 역사학계의 논쟁에 무관심할 수가 없었다.

관련 잡지와 서적 등을 주문해서 그 논의의 줄기를 힘닿는 대로 공부해 보았다.

브로사르트(Martin Broszart), 페스트(Joachim C. Fest), 하버마스(Juergen Habermas), 힐그루버(Andreas Hilgruber), 호프만(Hilmer Hoffmann), 몸젠 쌍둥이 형제 (Hans and Wolfgang J. Mommsen), 놀테(Emst Nolte), 슈나이더(Michael Schneider), 슈튀르머(Michael Stuermer) 등이 이 논쟁에 참여한 논객들이었다. 나는 그들의 논문들을 섭렵하고 그 결과를 나름대로 정리해서 1987년 11월 한일문화교류기금에서 개최하는 한일문화강좌에 나가 "일본의 역사 교과서 왜곡 시비에 붙이는 방주傍註 – 서독 현대사에 관한 논의를 중심으로"라는 제목으로 발표했다. 당일 강좌에는 작가 서기원, 이홍구 교수 등이 참석해 훌륭한 논평을 해 주었다. 그러나 나를 가장 기쁘게 해 준 것은 그로부터 한참 뒤에 들은 '덕담'이었다.

그날 모임에 참석하지 않은 고병익 선생은 뒤에 가서 그 강연 원고를 구해 보신 모양이다. "우리나라 역사학자들이 해야 할 작업을 최 교수가 대신 해 준 셈이 됐다"는 것이었다. 현대사에 관한 내 관심을 긍정적으로 평가해 주며 후배를 격려하는 말이라 믿으며 나는 고맙게 받아들였다.

그로부터 다시 10년 뒤 –

1996년 연말 나는 뉴욕의 호텔에서 《조선일보》 문화부의 박성희 기자(현재 이화여대 교수)에게 급한 전화를 받았다. 내년 1997년을 정부는 "문화유산의 해"로 정했으니 신년 초부터 《조선일보》 지면에 〈한국의 문화유산〉을 연재해 달라는 원고 청탁이었다. 외국의 객사에서 곁에 아무 자료도 참고 서적도 없이 착수한 첫 연재부터 약 10개월 동안 계속한 이 연재는 내 힘에 겨운 어려운 프로젝트였다. 당시 고병익 선생은 '문화유산의 해'를 추진하는 조직위원장을 맡고 계셨다. 그때도 선생은 나를 우연히 만난 자리에서 전문가들보다 비전문가인 최 교수가 문화유산에 대해서 쓴 글이 훨씬 잘 읽히고 있다고 격려해 준 말을 나는 지금껏 기억하고 있다.

× × ×

2000년대에 들어서서 한독협회의 회장으로 녹십자사의 허영섭 회장이 추대됐다.

허 회장은 협회를 맡게 되자마자 나에게 무엇을 해야겠느냐고 물었다. '한독 포럼'을 지금이라도 바로 창립하라고 주문했다. 스페인·이탈리아·브라질하고도 포럼이 운용되고 있는데, 한독 포럼이 아직 없다고 해서야 말이 되느냐 하자 허 회장은 그건 꼭 하겠습니다 라고 즉석에서 대답해 주었다. 그 뒤 허 회장은 정신적·물질적·시간적으로 온갖 희생을 마다 않고 포럼 창립에 정성을 쏟아주었다. 그 결과 2002년 6월 말 때

마침 방한한 독일 요하네스 라우 대통령과 한국의 이한동 총리 임석 아래 제1회 한독 포럼 창립 모임을 갖게 됐다.

포럼의 공동의장에는 독일 측에선 《디 차이트(DIE ZEIT)》지의 전 발행인 테오 좀머 박사가 추대됐고, 한국 측에선 고병익 선생을 추대키로 하고 내가 교섭에 나섰다. 《현대사》의 편집 고문 추대 때와는 달리 한독 포럼의 의장을 맡아주시라는 요청은 금방 수락해 주셔서 나를 기쁘게 했다. 그러나 불행히도 포럼 발족 당일에는 한국 측 의장은 신병으로 참석을 못하였다.

고병익 선생을 처음으로 가까이 그리고 오랜 시간 모셔 보기는 다음 해 2003년 베를린에서 열린 한독 포럼 제2회 모임 때였다. 그때는 건강도 많이 회복하셔서 독일까지 가는 10여 시간의 장거리 비행도 잘 견뎌 내고 이틀에 걸친 포럼에도 의장직을 맡아 사회도 보시고 양국 문화 교류에 관한 주제 발표도 해 주셨다. 나에게 무엇보다도 소중한 추억은 서울~프랑크푸르트 사이의 왕복 20여 시간을 바로 고 선생 옆에 자리 잡아 많은 얘기를 주고받을 수 있었다는 것과 그때의 다양한 화제였다.

고 선생의 은사로 서울대학교 문리대 학장을 역임한 동양사학의 김상기金庠基 선생이 실은 나의 선친과 일본 와세다早稻田대학에서 쓰다 소키치津田左右吉 교수를 함께 사사師事한 동기 동창이었다는 말도 그때 나는 했다. 당시 도쿄 유학생 사회를 휩쓸었던 러시아 혁명 뒤의 사회주의 사상 열풍에 관한 얘기도 나눴다. 심지어 1920년대 말의 일본에서는 코민테른(공산주의 인터내셔널)의 기관지까지 일역 판이 매달 발행되고 있었다고 했더니, 고 선생은 "Unter dem Banner des Marxismus"라고 정확히 그 제호를 외고 있었다. 보셨느냐고 물어 봤더니, 아니 이름만 알고 있을 뿐이라고 하시기에 내가 언젠가 한 번 보여 드리겠다고 약속했다.

이른바 해방 공간에서부터 한국전쟁에 이르는 기간의 한국 현대사 기록의 빈약함을 아쉬워하자 고 선생은 김성칠의 《역사 앞에서》와 김태길 선생의 《체험과 사색》이 뛰어난 문헌이라고 추천해 주었다. 《역사 앞에서》는 나도 이미 읽은 책이지만 김태길 선생에게 그런 회고록이 있었던가 했더니 귀국 뒤 바로 《체험과 사색》 상하권을 보내 주셨다. 그 책을 받곤 나는 몹시 부끄러워졌다. 1993년에 나온 김 교수의 이 회고록은 그해 가을 내 회갑 기념문집 출판 기념회에 김태길 선생이 손수 서명한 상하권을 가져다 주셨는데도 내가 게을러 그때까지 펼쳐 보지 못하고 있었던 것이다. 나는 귀국 후 빨려들 듯 두 권의 책을 바로 읽어 보고 깊은 감동에 사로잡혔다. 더욱이 김태길 선생의 한국전쟁 체험은 가스실과 화장장만 없는 KZ(나치스의 유태인 강제수용소) 체험기를 읽는 듯한 전율조차 나에게 안겨 주었다. 고 선생의 부지런한 독사讀史의 넓이와 깊이를 짐작할 수 있게 된 한 에피소드이다.

돌이켜 보면 2003년 봄에서 여름이 고 선생의 건강이 마지막 고양(euphoria)을 보였던 때가 아닌가도 싶다. 그해 봄에는 서울 근교의 녹십자 본사 공원에서 개최한 야회 연회에도 나오셔서 낭랑한 음성으로 즉석에서 독일어로 건배사도 해 주셨고 술과 음식도 같이 드셨다. 이제는 아무 걱정 없이 고 선생이 한독 포럼도 이끌어 주시겠구나 하고 속으로 은근히 기대했으나 한 해를 넘기지 못하고 운명하셨다는 부음은 충격이었다. 아직도 하실 일이 많고 나로서도 배울 일이 많은 데도…

계간 《현대사》의 고문을 사양하셨을 때엔 잡지 자체가 요절해 버렸기 때문에 그를 아쉬워할 겨를조차 없었다. 그때와는 달리 한독협회 의장직은 쾌히 수락해 주시고 포럼도 건재하고 있는데도 이번에는 고 선생이 너무 일찍 떠나시니 그 아쉬움의 꼬리는 길다.

내 삶을 바꿔 준 스승

신호범Paull H. Shin*

제게는 제 삶에 크게 영향을 미친 몇 분의 스승님이 계십니다.

그 가운데 한 분은 레이 폴 대위이고, 또 한 분은 고병익 교수님이십니다.

폴 대위는 6·25 직후 제가 미군 부대 하우스 보이로 일하고 있을 때에 꿈도 없고 내일도 없던 저를 꿈의 나라였던 미국으로 데려와 아들로 삼아 제게 내일을 안겨 주셨습니다.

초등학교도 못 다녔던 저에게 밤마다 생물과 수학을 가르치셔서 검정고시로 고등학교를 졸업하게 해 주신 양아버지는 저의 가정교사였고, 나누고 베풀며 품고 사랑하는 것을 삶으로 가르쳐 주신 스승이었습니다.

워싱턴대학에서 동양역사를 전공하고자 시애틀로 가자, 마침 한국학 교환교수로 오신 고병익 교수님을 만나게 되었습니다.

한국에서 20살까지 살았지만 인맥이나 학연, 지연이 없어, 친구나 아는 사람은커녕 한국말까지 잊어버려 한국 사람을 피하게 되었을 뿐만 아

---

*미국 워싱턴주 상원의원, 부의장

니라 한국에 대한 두려움과 증오를 가지고 있던 저에게 고병익 교수님은 거침없이 다가오셨습니다.

"신 군!, 자네는 한국 사람 아닌가? 한국 사람은 한국말을 해야 해! 한국은 자네를 낳아 준 어머니의 나라임을 명심하게!"

나를 낳아 준 어머니는 돌아가시고, 아버지까지 떠나셔서 이 집, 저 집, 이 거리, 저 거리를 다니며 멸시와 구박을 받던 나에게 어머니는 의미가 없었습니다.

부산항을 떠나면서 '가난한 나라, 거지의 나라, 인간 차별의 나라를 다시는 오지 않겠다.' 침을 뱉고 어머니가 나를 버렸듯이 나도 버렸는데 고병익 교수님은 다시 찾으라고 하셨습니다.

"신 군! 나무는 뿌리가 있어야 살아 있듯이 자네도 뿌리를 찾게!"

저를 무시하기보다 오히려 한국의 역사 공부까지 하게 하셨습니다.

고병익 교수님은 틀어지고 모난 저를 잡아 주고 다듬어서 한국 사람으로 다시 태어나게 해서 조국 대한민국, 어머니 품을 알게 해 주신 산파이자 위대한 스승이십니다.

고병익 교수님의 몸은 떠나셨지만 그분의 학문과 철학은 지금도 제자를 키우고 있고, 정신과 삶은 현재와 미래의 사람들의 삶에 영향을 미칠 것입니다.

고병익 교수님의 교훈과 사랑은 이제는 노구인 제 가슴에 아직도 타오르고 있습니다.

〈조선학회〉로 모셨던 고병익 선생님

히라키 마코토平木 實[*]

    제가 고병익 선생님을 처음으로 뵙게 된 것은 1965년 봄이었다고 기억합니다.

    서울대학교 사학과 국사학 전공 석사과정에 입학 허가를 받아 대학원에 다니기 시작하게 된 뒤, 사학과 학생들과 교수님들이 간친회가 열렸을 때였다고 기억하고 있습니다. 그 당시 고병익 선생님께서는 동양사학 교수로서 대학원의 국사학 전공과목을 담당하시지 않았기 때문에, 한국과 서울대학교의 내부 사정에 어두웠던 저로서는 선생님의 고명만 알고 있었을 뿐 학생의 처지인 저하고는 거리가 먼 분이었습니다.

    그 뒤 가끔가다 대학 안에서 선생님께서 지나가시는 것을 보고 제가 인사드리기만 하면 선생님께서 저를 기억하고 계셔서 항상 빙그레 웃어 주시면서 응해 주신 것들이 특히 기억에 남아 있습니다.

    직접 강의를 들은 적은 없습니다만 선생님께서는 그 당시만 해도 큰 시야로 한국사를 포함한 동아시아사를 고찰하시는 연구 업적으로 저명

---

[*]전 일본 덴리대학 조선학과교수, 전 일본 조선학회 부회장

한 분이셨습니다. 같은 해, 유홍렬 교수님, 한우근 교수님의 인솔로 사적 답사에 참가하여 미륵사, 백양사, 송광사 등을 방문하고 좋은 공부를 하게 된 기억이 지금도 뚜렷하게 남아 있는데, 그때 학부 학생으로 참가했던 학생 가운데 고혜령이라는 여학생이 바로 고병익 선생님의 따님이라는 것도 처음 알게 되었습니다. 뒤에 저명해진 이태진, 정만조 교수님들을 알게 된 것도 국사학과 학생들이 주최하고 있던 연사회研史會나 그러한 기회에서 비롯하였다고 생각합니다.

그 뒤 일본에 돌아오게 된 저는 그동안 주로 한국사를 전공하는 젊은 분들하고 교류가 있었기 때문에 고병익 선생님께는 별로 인사도 드리지 못한 채 지내고 있다가 나이 먹어서 덴리天理대학의 교수로 있으면서 일본의 조선학회朝鮮學會 부회장직을 맡고 있을 때, 마침 학회 창립 50주년을 맞이하게 되었습니다. 바로 2000년의 일이었습니다.

그때 조선학회로서는 간소하면서도 뜻이 깊은 기념행사를 갖기로 하는 방침을 세우고 (1) 10월 대회 때 일반 공개 강연으로 한국의 사학계를 대표하는 원로학자를 초빙할 것, (2) 조선학회 창립의 의의와 역사에 관한 강연회를 개최할 것, (3) 덴리대학 도서관에 소장되고 있는 고구려 광개토대왕비의 탁본과 신라 신흥왕순수비의 탁본을 일반에 공개하고 그에 관한 강연회를 가질 것, 등등의 구체적인 계획을 세웠습니다. 한국에서 모시는 공개 강연자로는 고병익 선생님을 모셨으면 하는 결정에 따라 고병익 선생님께 제가 서신을 올려서 공개 강연을 요청했더니 고병익 선생님께서는 조선학회의 요청을 쾌락해 주셔서 〈동아시아사상에 있어서의 기록문화〉란 제목으로 동아시아 전체의 문헌문화에 대한 폭넓은 귀중한 강연을 해 주셨습니다. 참으로 감사하고 기쁜 일이었습니다. 고구려 광개토대왕비에 관한 강연은 다케다 유키오 교수가 맡아 주셨고, 조선학회 창립의 의의와 역사에 관하여는 제가 보고하였습니다.

요즈음 일본에서는 젊은 세대 사이에 한국에 대한 관심이 높아져서 일본의 많은 대학에서 한국어 교육이 실시되고 있습니다만 인간끼리의 문화이해가 깊어져야 하는 것을 저는 원하고 있습니다.

저는 일본의 조선학회의 실무 담당과 한국어, 한국사 교육으로 평생을 지낸 감이 들지만 제대로 연구 업적을 올리지 못했던 것을 유감으로 생각하고 있고 그래서 지금도 조금씩이나마 한국문화사 연구를 계속하고 있습니다. 그것을 진행하는 데 큰 도움이 되는 것이 한국에서 온 세계에 제공하고 있는 학술 자료입니다. 책상에 앉아 있으면서 원문을 보고 이용할 수 있게 되어 있어서 참으로 고맙게 생각하고 있습니다.

조선학회를 통해서 일본의 한국문화 이해에 공헌해 주신 분이 여러 분 계십니다. 이병도 박사, 박종홍 박사를 비롯하여 고병익 선생님이 그 가운데 한 분입니다.

한국에 체류하는 일본 사람이 별로 없었던 1960년대 초에 서울에 가서, 7년 동안 한국어와 한국 역사를 공부하던 저를 학술적으로 친절하게 지도해 주신 여러 교수님과 그때에 알게 되고 친히 대해 주신 분들께 이 자리를 빌려서 다시 한 번 깊이 감사드립니다.

한국 실크로드학의 선구

권영필權寧弼[*]

1.

고병익 선생님의 강연을 처음 들은 것은 내가 실크로드 미술을 공부하고 유럽에서 돌아온 뒤인 1977년 9월이었다. 그때 한국의 학술원에서는 국제학술대회를 개최하여 '동서 문화교류'라는 대주제를 내걸었는데, 내용인즉 바로 실크로드에 관한 것이었다. 나의 관심을 자극하기에 충분한 것이었다. 아마도 이 대회가 한국 초유의 실크로드 국제학술대회가 아닌가 싶다. 나는 엊그제 서가에서 그 대회장에서 얻은 35년 전의 부로쉬르를 찾아내었다. 거기에서 발표자들의 사진이 실려 있는 가운데, 50대 초반의 서울대 교수 고병익 선생님의 사진을 볼 수 있었다. 인쇄 망점이 듬성듬성한, 마지 리히텐슈타인의 만화 그림 같은 인상이었다.

고 선생님은 '한국과 서역'이라는 주제로, 더욱이 혜초에 깊은 관심을 표명하셨던 것으로 기억된다. 그리고 일본의 실크로드 연구의 일인자인 히구치 타카야스樋口隆康 교수가 '고고학으로 본 오아시스 통로'라는 제목으로 강연하였다. 또한 독일인 요아힘 베르너 뮌헨대학 명예교수는 '남러

---

*전 한국예술종합학교 교수, 상지대학교 초빙교수

시아와 중부 유럽에 있어서의 흉노족의 고고학적 유물'이라는 매우 흥미 있는 내용을 발표하였다. 네 번째로는 캐나다 맥마스터 대학 교수, 쟌윤 화冉雲華가 신라승 가운데 당나라에서 활약했던 무상無相(694~762)에 관해 '무상선사와 무념의 철학'이라는 제목으로 피력하였다. 학술원의 이 대회는 전적으로 고 선생님이 기획, 주관하신 게 아니었던가 생각된다.

어쨌건 고 선생님과 나의 인연은 '실크로드'에서부터 맺어진 것이 틀림없다. 물론 그전 1960년대에 문리대 교정에서도 뵈었겠지만, 강의를 수강할 기회는 갖지 못했다. 왜냐하면 나는 대학에서 미학을 전공했던 관계로 주로 철학, 문학, 특히 독문학 쪽의 강의를 청강(또는 도강)하느라 역사학 분야는 등한했기에 그러하다. 그러나 사실, 나와 고 선생님과 관계는 이렇게 저렇게 연관이 깊다. 나의 독일 유학 시절, 박사 지도교수(거기에선 '독토르 파터'라고 부름)이신 쾰른대학의 로저 궤퍼와 고 선생님이 뮌헨대학 동양사학과 동기라는 사실 때문이다. 그래서 지도교수로부터도 고 선생님에 대해 들을 기회가 가끔씩 있었던 것이다.

2.

고 선생님께서는 실크로드에 관한 논문을 주로 동양사의 관점에서 쓰셨고, 더욱이 한국의 실크로드 관계 학술 사업에는 상당한 업적을 남기셨다. 파리의 유네스코 본부는 1980년대 중반부터 세계 각국의 실크로드 전공의 학자들로 하여금 전통적인 '실크로드'의 메인 루트를 탐사할 수 있도록 구체적인 계획을 강구하기 시작하였다. 이러한 학술 사업에서 가장 큰 걸림돌은 정치적인 현안들이었다. 이 루트의 중심 지역은 공산권의 중국(그 당시는 '중공'이라 불렀음)과 소련이었다. 이들 국가가 자유 진영의 지식인들을 쉽게 자국의 영토 안에서 탐사할 수 있도록 하지 않을 것이었기 때문이다.

이 국제적인 학술 행사를 위해 파리 유네스코는 본부 문화교류부 부장인 두두 디엔Doudou Diene을 행정 담당 총책으로, 그리고 학술 대표로는 런던대학에서 고고학을 전공한 파키스탄의 원로학자 아하마드 하산 다니Ahamad Hasan Dani 박사를 단장으로 하고, 각국 유네스코에는 '실크로드 탐사 조정위원회'를 설치하고, 그 대표를 국제위원으로 두어 일 년에 몇 번씩 파리에서 국제회의를 하며 이 사업을 점검해 나갔다. 여기에 고병익 선생님께서 한국 대표로 참여하여 이 사업의 중요성과 한국의 입장을 역설하신 것으로 국내 조정위원회 회의에서 보고하시곤 하였다.

다행히 공산 진영의 두 나라가 굳게 얼어붙은 경직된 공산주의를 수정하여 스스로 해빙의 분위기로 접어들면서 외교적인 국면이 완화되기 시작하여 1980년대 말로 가면서 이 꿈만 같았던 국제 탐사가 현실로 다가오기 시작하였다. 이렇게 되면서 고 선생님의 역할은 더 커졌고, 더 바쁘시게 되었다. 국내의 '실크로드 탐사 조정위원회'는 자주 회의를 열었다. 국내에서는 고 선생님을 대표로 모시고, 유네스코 한국위원회 사무총장, 국립박물관장, 문화재관리국장 등은 당연직으로, 유네스코의 백승길 문화부장이 실무 책임으로, 그리고 실크로드 전공자로 나(미술사)와 김병모(고고학) 교수가 참여하였다.

정치 외교적인 문제가 타결되어 가면서 이 사업을 뒷받침할 재정 문제가 더 큰 어려움으로 부각되었다. 이 국면에 처하여 한국은 자신이 실크로드 관련국이라는 역사적 당위성과 어느 정도 경제력을 가지고 있다는 현실적 사명감의 양 측면에서 주도적 역할을 할 수밖에 없었던 것 같다. 그렇기에 우리는 이 사업이 꼭 성사되어야 할 처지였다. 말하자면 중국과 소련은 진작부터 실크로드 지리와 학문의 종주국임을 자타가 공인하는 터였으니(그렇기에 그네들은 이 일이 잘 안 된다고 해서 밑질 것도, 억울할 것도 없는 형편이었는데), 우리는 한국의 고대사와 고고학에 대해서는 다른 나라가 잘 모르기에 이때가 고대 한국이 '실크로드 문화의 당사국'임을 세계 학계에 천명할 적기라고 판단했던 것이다. 여기에 고 선생님의 학문과 실천력과 추진력이 필요했고, 또 기대했던 대로 해내셨던 것이다.

결국 재정 타결은 한국이 책임지다시피 하면서 이루어졌다. 후문에 따르면 한국의 MBC가 3억여 원(아마 지금으로 치면 30억 원 정도가 아닐지), 일본의 아사히 텔레비전이 1억여 원을 각각 출자하여 총 기금으로 활용했다는 것이다. 드디어 1990년 여름의 사막 루트(7월 20일~8월 21일), 1990년 가을에 시작된 해양 루트(1990년 10월 13일~1991년 3월 9일), 1991년 봄의 초원 루트(4월 19일~6월 17일)를 각각 탐사할 수 있었다. 실크로드와 관계되는 국가의 연구자를 각 루트마다 선발하여 탐사단을 구성하였는데, 한국은 재정 후원을 많이 하여 각 루트에 다 참여할 수 있었다. 나는 그 당시 영남대학에 재직 중이었는데, 나와 서울대 동양사학과의 김호동 교수가 한국 대표로 사막 루트를 탐사하였다. 물론 인선 작업은 앞에 말한 조정위원회에서 하였는데, 고 선생님께서 회의를 주재하시고, 유네스코 한국위원회 위원장, 박물관장, 문화재관리국장 등이 참여하여 결정하였다.

사막 루트는 중국의 서안에서 출발하여 신강성 일대의 중앙아시아를 탐사하는 것으로서 사실상 실크로드의 꽃에 해당되는 부분이다. 1990년 여름 7월, 8월 한 달가량 사막의 열기를 무릅쓰고 일본, 프랑스, 독일, 미국, 소련, 태국, 터키, 이란, 파키스탄, 덴마크, 이집트, 인도, 이라크, 멕시코, 몽골, 네덜란드, 영국 등에서 온 25명과 주최국인 중국 학자, 행정요원 등 30여 명을 합하여 총 50여 명이 서너 대의 버스에 분승하여 대장정에 올랐다. 그 밖에 의료진이 탄 차, 식량을 실은 차, 경비 차량까지 긴 행렬이 실크로드를 누볐다.

아마도 기원전 139년에 한나라 무제武帝의 명을 받들어 장건張騫이 장안을 떠나 오늘의 우즈베키스탄에까지 갈 때의 그 행차에 비유할 수 있다고 나 할까. 그러나 사실 1990년의 대장정은 오히려 더 큰 의미가 있다고 하겠다. 그 전에 수없이 많은 사람들이 저마다의 목적으로 실크로드를 오갔으나, 이번처럼 여러 나라 사람들이 단체로 단일 팀을 구성하여 연구, 탐사에 임했던 적은 없었던 것이다. 이 행사의 의미가 크면 클수록 고 선생님의 업적은 더욱 더 빛난다고 할 수 있다.

사막 루트의 탐사를 끝내고, 우름치에서 국제학술대회를 가짐으로써 대단원의 막을 내렸다. 이 대회에서 고 선생님은 '7~8世紀絲路上的朝鮮人' 주제로 발표하시었다. 그때만 해도 대형 에어컨이 없었던 시절이라 대강당 천장에 있는 선풍기를 가지고는 8월의 사막 기후를 감당치 못했다. 고 선생님은 흰 와이셔츠의 팔을 걷어 부치시고, 유창한 영어로 청중을 사로잡으셨다. 그날 저녁에 고 선생님이 계신 호텔 방으로 한국 대원인 나와 김호동 교수가 찾아뵈었는데, 우리와 함께 마시려고 공항에서 사 왔다고 하시면서, 작은 양주병을 하나 꺼내시었다. 아마도 우리가 서먹해 할 분위기를 미리 예견하신 배려로 생각되었다. 나와 김 교수는 다음 날 발표 차례여서 많이 마시지는 못하였다.

다음해인 1990년 가을에 시작된 해양 루트 탐사는 베니스에서 출발하여 넉 달 후 부산항에 도착하였고(1991년 2월 22일), 경주에서 국제학술대회를 개최하였다. 한국 학자들도 다수 참여하였다. 기억에 남는 분들은 김원용 교수, 이기문 교수, 이난영 경주박물관장, 김리나 교수, 한상복 연구관, 이희수 박사, 송방송 교수, 장경호 문화재연구소장 등이었다.

이 학술대회의 좌장은 고 선생님이셨다. 그런데 어느 외국분의 발표에 대한 토론에서 매우 심각한 논쟁이 벌어진 나머지 분위기가 매우 냉랭해졌는데, 고 선생님께서 명쾌하게 정리하여 이 국면을 진압하셨던 일이 두고두고 생각난다.

한편 이 탐사 루트 설정에서 한 가지 매우 중요한 것은 위의 세 루트 외에, 고 선생님이 제안하신 '알타이 루트'였다. 알타이에서 시작하여 남행南行, 만주와 북한을 지나 한국에 이르는 고고학적 라인이었다. 한반도 고대 문화 구명에 절대적인 요소일 뿐 아니라, 이른바 '남북 실크로드' 개념을 구현하는 이론이었다. 외국 학자들도 공감하여 탐사 루트로 확정되었는데, 한두 가지 문제로 실현되지 못했던 점이 못내 안타까웠다. 북한이 학문 외적 이유로 고집을 부렸고, 재정적으로도 새로운 후원자를 찾는 것이 쉽지 않았던 것이다.

3.

이 유네스코 실크로드 탐사는 한국의 이 분야 학계 발전에 결정적 계기를 마련해 주었다. 탐사에 참가했던 교수들이 국내에 학회를 만들어야 한다는 생각을 하기 시작했고, 한국 유네스코 측에서도 적극적인 후원을 아끼지 않았다. 1993년에 '중앙아시아연구회'를 만들었고, 1996년에 학회를 결성하여 '중앙아시아학회'를 탄생시켰다. 나는 초대 회장의 일을 하면서, 고 선생님을 고문으로 모시어 대소사에 자문을 구하였고, 또한 기꺼이 응하여 주시어 늘 감사드리는 마음이었다. 더 자주 뵙게 되었고, 또한 고 선생님의 따뜻하신 인품을 직접 느끼게 되었다. 대범하신 일면, 자상하시고 때론 유머러스하신 면도 있음을 알게 되었다.

언젠가 정초 인사를 드리려 김호동 교수와 한양 아파트로 찾아뵈었을 때, 중앙아시아학회의 '뿔 달린 호랑이' 로고가 마음에 든다고 하시며 그 연원을 물으셨다. 그것은 러시아 고고학자가 1947년에 알타이에서 발굴한 말안장 장식을 바탕으로 내가 디자인한 것이었다. 호랑이 머리 위에 도식화된 사슴뿔을 부착한 하이브리드 형상인데, 그 도형을 그냥 이용하고, 다만 그 밑에 '1996 KACAS'(Korean Association for the Central Asian Studies)라고 부기한 것이었다. 또 어느 해의 정초 때엔 그 어름에 서울대병원에서 받으신 진찰 결과가 매우 좋게 나왔다고 하시면서 세배 간 제자 후학들과 함께 포도주를 즐기시기도 하셨다.

또 한번은 다음과 같은 일화를 전해 주시기도 하여 후학들이 감명을 받기도 하였다. 독일 유학을 하신 지 몇십 년 뒤 다시 독일 여행을 하실 기회에 현지에서 자동차를 렌트하여 운전하셨는데, 독일 경찰의 검문 때 옛날 유학 시절의 독일 면허증을 내보이셨다는 것이었다. 우리는 몇 가지 점에서 감탄하였다. 그 오래된 면허증을 그대로 간직하신 것, 더욱이 독일 여행 시 그것을 잊지 않으시고 챙기신 점, 또한 그 낡은 면허증을 액면 그대로 인정한 독일 경찰 등등. 선생님은 얘기를 마치시자, 흥미로워 하는 우리에게, "그 면허증 저기 있어!" 하시며 책꽂이에서 꺼내어 보여 주시던 것이 엊그제 같다.

1990년 8월 19일. 사막루트의 탐사를 마치고 우름치에서 가졌던 국제학술대회 후의 리셉션. 한국 대표 고병익 교수(우측), 중국대표 수 바이宿白 교수(중간), 수 교수는 신장 벽화의 최고 권위자다.

탁월한 문화행정가

김리나金理那*

고병익 선생님과 인연은 나의 서울대학 시절로 올라간다. 사학과 3학년 때인가 선생님의 일본사 강의가 개설되었을 때에 수강을 하였다. 사학과에서 일본사에 대한 강의가 개설되기는 그때가 처음이었다고 들었다. 그 당시로서는 생소한 내용이라 지금 뚜렷이 생각나는 것은 없으나 강의 내용이 분명하게 전달되고 정리가 잘 되었던 것으로 기억하고 있다. 그리고 몽고사 강의도 들었는데 그 당시로서는 새롭고 어려운 내용이었으나 당시 초년생 사학 전공생들에게 학문 분야의 시야를 넓혀 주려는 의도에서 개설된 강의였음을 알 수 있다. 그러나 그 당시의 학부생으로 선생님께 가까이 접근하기에는 어려운 분으로 인식되어, 나는 강의를 듣는 것으로 만족하였다.

대학을 졸업한 뒤로 나는 곧 유학을 가서 전공도 미술사로 바꾸었다. 따라서 전공상으로 연락할 일이 별로 없었다. 귀국한 뒤에는 사학과 졸업생의 신년하례식이나 진단학회의 모임이나 학회에서 주관하는 국제대회에서 선생님의 활약을 멀리서 지켜보고 인사를 드릴 정도였으며 외국 학자들과

*홍익대학교 명예교수, 전 이코모스 한국위원회 위원장

활발한 교류를 하시는 것이 매우 인상적이었다.

고병익 선생님은 독일 뮌헨대학에 유학을 하셨는데 더욱이 내 선친(여당 김재원 초대 박물관장)하고는 같은 뮌헨대학 유학생이셨고 또 같이 진단학회 활동으로 아주 가까우신 사이였다. 선친께서는 고 선생님을 학문 분야뿐 아니라 폭넓은 학식과 국제적인 감각에서 항상 손꼽을 수 있는 우수한 학자로 생각하시고 높게 평가하시는 것을 알고 있었기 때문에, 더욱 나도 존경심을 지니고 있었다. 분야는 사학이시지만 서울대학교 총장, 한국정신문화연구원 원장 등 행정 분야에서도 많은 역량을 발휘하신 것은 잘 알려진 일이다.

내가 불교미술을 전공하고 동서의 교류에 많은 관심을 가지게 되면서 선생님의 혜초에 대한 연구가 내 연구 범위를 넓히는데 많은 도움이 되었다. 그 당시 한국 학계의 불교미술 연구는 현지답사를 통한 자료 조사나 역사 기록과 연관하여 연구하는 경향이 주였고 아직 중국이나, 서역 또는 인도 미술과 연관하여 하는 연구는 별로 없었다. 내 전공이 불교 조각이고 내용이 대부분 비교 연구의 틀에서 한국 불교 조각을 연구하는 접근 방식이었으므로 신라시대의 혜초나 《삼국유사》 귀축제사에 나오는 신라의 구법승들의 기록은 내 관심을 북돋아 주었다.

선생님과 정기적으로 만날 계기가 온 것은 1999년 유네스코 빌딩에서 국제기념물유적협의회(ICOMOS-Korea)라는 단체가 발족되면서부터다. 그때까지 한국에는 잘 알려지지 않았던 이 국제기구는, 지금은 세계문화유산 등재와 관련하여 활동하는 것으로 널리 알려져 있다. 나도 미술사 전공 분야의 한 사람으로 위원이 되었고 첫 회의에 참석한 다양한 분야의 위원들이 만장일치로 고병익 선생님을 위원장으로 추대하였다. 나를 항상 감탄하게 한 것은 새롭고 잘 모르는 분야를 논의할 때에도 선생님은 간단명료하게 정리하시고 합리적인 결론으로 이끌어 가는 모습이었다. 이러한 모습은 선생님이 문화재위원회 위원장으로 활약하시던 때도 마찬가지였다. 다행히 나는 선생님께서 위원장으로 계시던 때에 위원으로 함께 참석할 기회가 있어서 가까이서 선생님을 모시게 된 영광을 누렸다.

선생님이 문화재위원장으로 계시던 시기인 1998년 봄 마침 뉴욕 메트로폴리탄 미술관에서 한국미술실을 처음으로 여는 행사가 있었다. 한국의 문화재도 몇 점을 대여하면서 문화재위원장이시던 고 선생님과 전시 도록 집필에 참여하였던 나도 개관식에 참석하였다. 그때는 김대중 대통령이 참석하여 연설도 했으므로 대성황을 이루었다. 이어서 아시아미술부의 간부들과 간담회를 하는데 고 선생님은 미술사 전공은 아니더라도 박물관 문화, 동양 미술에 관한 해박한 지식과 유창한 영어로 좌중의 감탄을 자아냈다.

고병익 선생님과 같이 여행하면서 느낀 점 가운데 하나는 선생님이 매우 검소하시다는 것이었다. 뉴욕에서 다시 서울로 귀국하는데 보통은 비행장에 갈 때 택시를 타곤 했는데 선생님께서는 호텔에서 공항으로 가는 버스 정류장인 포트 오브 어소리티 역에 가셔서 다시 공항버스로 가시는 것이었다. 이러한 경험은 국내에서도 뵌 바가 있다. 선생님의 철저한 절약형 생활 태도는 나를 깨우쳐 주시는 바가 컸다.

구수한 경상도 사투리에, 확신에 찬 대화, 믿음직한 외모는 항상 좌중을 리드하셨고, 폭넓은 학문 연구와 사회 활동 그리고 소탈하면서 검소한 생활 태도는 영원히 존경스러운 선생님상으로 내 마음에 새겨져 있다.

첨부사진 설명(1998년 6월, 메트로폴리탄미술관 한국실 개관전에 참가한 학자들과 함께)

로데릭 윗필드Roderick Whitfield 런던대학 교수, 나, 박영숙 런던대학 교수, 웬 퐁 메트로폴리탄미

술관 동양미술부장 및 프린스턴대학 교수, 고병익 교수, 안휘준 교수(왼쪽부터)

ICOMOS 한국위원회 초대 위원장
고병익 선생님

이혜은李惠恩[*]

지금은 ICOMOS(국제기념물유적협의회)라 하면 많은 사람들이 문화유산 더욱이 세계유산과 관련이 있는 단체라고 알고 있다. 어떤 이는 이코모스가 세계유산 등재 심의를 할 뿐만 아니라 세계유산 등재를 위한 키를 갖고 있다고 오해를 하기도 한다.

이코모스 한국위원회는 1999년 4월 19일 창립 총회를 열었다. 각 분야의 전문가 18명이 모여 시작되었으며 고병익 선생님은 초대 위원장으로 선출되었다. 나는 초대 사무총장으로 선출되면서 처음으로 고 선생님과 인연을 맺었다. 벌써 14년하고도 반이란 세월 전에 있었던 일이다.

이코모스는 국제기구라서 영어가 절대적으로 필요했고, 파리에 본부가 있어서 모든 업무는 이메일로 이루어졌으며, 이코모스 한국위원회가 창립된 뒤 국제 본부의 인증을 받고자 처음으로 이코모스 총회에 참석할 기회가 있었다. 한국위원회가 창립된 1999년 가을에 이코모스 총회가 멕시코에서 개최되었고 한국에서는 고 위원장님과 함께 사무총장인 내가

*동국대학교 지리교육과 교수, (사)이코모스한국위원회 위원장

참석하게 되었다.

한국에서는 아직 그 단체가 무엇을 하는지 확실히 아는 사람이 없는 상태에서 이코모스 국가위원회로 창립되어 본부에 정식 가입의 허락을 받는 절차가 이루어지는 회의였다. 멕시코시티로 가다가, 그리고 멕시코시티에서 처음으로 고 위원장님과 일만이 아닌 일상의 이야기를 할 기회가 있었다.

나는 고 위원장님과는 전공도 달랐고 학교도 달랐으며 고 위원장님께서 서울대 총장을 하시던 시기에는 미국에서 박사학위 공부를 하고 있었던 터라 전혀 고 위원장님에 대해서는 알지 못하였다. 그런데 그 여행으로 말미암아 고 위원장님께서도 내 전공이나 경력에 대해 이해하시게 되었고 나 또한 고 위원장님에 대하여 많은 것을 알게 되었다. 이것은 이코모스 한국위원회 일을 하는데 많은 도움이 되었던 것 같다.

멕시코에서 처음으로 Advisory Committee 회의에 참석하여 이코모스 한국위원회의 창립을 알리고 정식으로 회원국이 되었다. 당시는 스리랑카의 로날드 실버가 9년째 이코모스 회장을 하고 있었고 새로운 회장을 선출하는 해였다. 그래서 더 우리가 환영을 받지 않았을까 하는 생각도 있다. 그때 9년 동안 회장을 지냈던 독일의 마이클 페젯이 새로운 위원장으로 당선되었다.

서울에서부터 감기 기운이 있으셨고 해발고도가 높은 지역이어서 어려우셨을 텐데도 회의를 끝까지 마무리 잘 하시고 귀국하셨다. 지금도 회장 및 임원진 선거 때문에 이코모스 역사에서는 별로 좋지 않은 기억으로 기록에 남는 회의였는데 고 위원장님께서는 총 10일 동안의 회의를 모두 참석하셨다. 나는 멕시코시티에서 총회 전 회의와 총회가 시작되는 회의에만 참석하고 학기 중이었던 관계로 그대로 귀국하였다.

처음 이코모스 총회에 참석하였지만, 일어, 독일어, 영어, 이탈리아어, 스페인어, 프랑스어까지 하셨던 고 위원장님이셨기에 외국인들 사이에서도 당당하셨던 모습이 기억에 남는다. 더구나 일본인 대표들이 고 위원장님께 학교 얘기가 나오자 선배님이라고 깍듯이 모셨던 기억은 잊지 못할 추억이다. 고 위원장님은 독일 유학에서 있었던 일을 비롯하여 많은 좋은 말씀을 해 주셨다. 고 위원장님과 함께 지냈던 며칠 동안 고 위원장님은 정말 우리나라의 보배라는 생각이 들었다.

당시는 인터넷이 막 시작되어 이용할 때이기 때문에 고 위원장님은 이메일을 사용하지 않으셨으므로 위원장님과의 모든 업무는 전화를 이용하였다. 그러나 댁이 여의도에서 압구정동으로 이사하셔서 내가 학교로 출퇴근하면서 검토할 내용을 전해 드리면 검토하신 뒤 연락을 주시고, 다시 받아서 일을 진행했던 기억이 난다.

어떤 일을 하기 전 꼭 전화를 주셨고 시간을 정확하게 기억하시고 이때쯤 서류를 검토해야 한다고 생각하시면 그 시간에 연락을 주셨다. 또한 모든 일을 정확하고 깔끔하게 신속하게 일을 마무리해 주셨던 기억도 새삼스럽다. 정말 일을 하면서 항상 군더더기 없이 일을 처리할 수 있게 해 주셨다. 이것은 고 위원장님의 성격을 그대로 나타낸 것이라 할 수 있을 것이다.

이코모스 한국위원회가 10주년을 맞이하던 2009년 10주년 책자를 만들고자 고 위원장님 사진을 받으러 댁에 갔던 일이 있었다. 사모님과 따님이신 고혜령 선생님과 함께 사진을 고르면서 예전 얘기도 하였지만, 가장 아쉬웠던 일은 고 위원장님께서 생존해 계셔서 함께 이코모스 한국위원회의 10주년 기념식을 함께 하지 못한다는 사실이었다.

이제 내년이면 이코모스 한국위원회는 15살이 된다. 초대 위원장으로

이코모스 한국위원회 창립총회

고병익 위원장님은 가운데 앉아 계신다.

서 탄탄한 기반을 만들어 주셨기에 이코모스 한국위원회가 건강하게 지금까지 잘 성장하고 있는 것이 아닌가 생각한다. 앞으로 더 나이를 먹고 전 세계를 이끌어 갈 인재도 많이 나올 수 있도록 저승에서도 고 위원장님께서 항상 함께 해 주실 것으로 믿는다.

역사학자이며 사상가인
고병익高柄翊 선생에 대한 몇 가지 추억

커 진자葛振家*

내가 선생을 처음 만나게 된 인연은 1995년 북경대학교 한국학연구센터韓國學研究中心가 중국사회과학원 학술회의 강당에서 "崔溥漂海錄研究"를 주제로 한 좌담회를 열었을 때였다. 선생은 최부의 《표해록》에 대한 선구적인 연구자로서, 일찍이 1964년과 1966년에 〈성종 대 최부의 표류와 그의 《표해록》〉 및 〈영문판 《금남 표해록 역주》에 대한 논평〉을 차례로 발표하셨는데, 이는 학계에서 최부의 《표해록》을 연구한 시초로서, 이로 말미암아 역사 문학 지지地志 연구자들의 관심을 일으키게 되었고, 학자들이 크게 착안하여 연구하는 주제가 되었다. 선생은 우리의 초청에 응해 참석하시게 되어 그 학술회의가 빛을 더하게 했다.

좌담회에서 선생은 최부의 저술의 영문판 《금남 표해록 역주》 저자인 미국 컬럼비아대학의 존 메스켈 교수를 만나시게 되었는데, 같은 학문을 하시는 분들이라 매우 즐거워하셨다. 또한 최부 《표해록》의 일본어판 《唐土行程記》의 소장자이며, 연구자인 일본 교토대학 인문과학연구소의 전

---

*중국 북경대학 교수, 한국학연구중심 부주임

임 소장인 마키다 다이료牧田諦亮 교수를 만나시게 되었다.

마키다 교수는《唐土行程記》의 영인본을 선생께 증정하여 연구에 참조하시도록 하였다. 세 분의 원로 학자들은 모두 연세가 80을 넘으셨는데, 공동으로 관심을 가진 연구 과제가 그분들로 하여금 뜻밖에도 최부의《표해록》에서 묘사한 땅에서 서로 만나게 되었으니, 참으로 하나의 행운이라고 할 만한 일이었다.

선생이 북경에 오셔서 좌담회에 참석하신 것을 알자, 나의 은사이신 북경대학교 한국학연구센터 주임 양통방楊通方 교수가 특별히 선생을 북경대에 초청해서 학술 강연을 해 주시도록 하였다. 그날 저녁에 양통방 교수님은 북경대 외빈 숙소인 작원勺園의 연객청宴客廳으로 선생을 초청하여 특별히 준비한 계화주桂花酒를 권하며 귀빈으로 대접하였다. 연로하신 학우들께서 체면이나 염치나 아무것도 구애 받지 않고 옛날 일을 추억하며 오랜 회포를 풀게 되니 또한 즐겁지 아니하셨을까!

그 자리에 참석한 사람들은 모두 귀를 기울이고 대화를 들었는데, 두 연로하신 학우들이 즐거운 얼굴로 웃으면서 이야기하시는 모습을 보고 매우 깊은 감동을 받았다. 선생의 중국 학우이신 양통방 교수는 1946년에 東方語言專科學校(제2차 세계대전 뒤에 중국이 동방의 독립 국가들과 인재를 교환하여 양성하던 전문학교)에 시험을 쳐서 입학하셨다가, 이후 한국인 강사였던 김준엽金俊燁 선생을 스승으로 모시게 되었다.

1948년 여름에 양통방 교수님은 그 학교의 졸업반에서 3등 안에 드는 성적으로 한국의 서울대학교 사학과에 입학하여 공부함으로써, 제2차 세계대전 뒤 한국에 유학한 최초의 중국 학생이 되었고, 오늘날 중국의 한국학 연구에 기초를 놓고 길을 닦았다. 이것은 바로 학연과 학우의 정분에서 나온 것이며, 고병익 선생은 북경대학교 한국학연구센터의 학술 활동에 특별한 관심을 가지고 적극적으로 지원해 주셨다.

2000년 가을에 북경대학교 한국학연구센터는 "제5차 아시아태평양 지역 한국학대회"를 주관하여 개최하였다. 선생은 특별 귀빈으로 초청을 받아 참석하셨고, 아울러 그 대회에서 주제 강연을 하시게 되었다. 강연 제목은 "한자 문화권의 특징과 추세"였는데, 그 요지는 동아시아 세계 공동의 문화 연원을 찾아내고, 동아시아 문화의 부흥을 모색한 내용이었다.

선생은 진정한 의미에서 역사학자셨고, 또 동양 사상도 부지런히 연구하셔서 대가다운 깊은 사색과 연구를 하고 계셨다. 선생은 평생토록 동아시아 역사 문화의 추세에 관심을 기울이셔서, 수많은 학술 저작을 내셨다. 《동아교섭사의 연구》, 《아시아의 역사상》, 《동아사의 전통》, 《동아시아의 전통과 변용》 등이 대표작이다. 이들은 세계 문명의 시각에서 동아시아 문명의 연원과 가치를 고찰하신 것이며, 역사와 현실에서부터 동아시아 각국의 문화적 특색과 상호 충돌 및 피차의 교류 융합에서부터 역경과 발전의 추세를 살펴보신 것이다.

선생이 북경에 오셔서 학술회의와 학술 활동에 참석하실 때마다 언제나 내가 찾아가 인사를 드렸는데, 이는 내가 선생을 가까이할 수 있는 좋은 기회가 되었다. 한번은 선생을 모시고 북경대학교 남문의 풍입송風入松 서점에 들려 책을 사게 되었다. 선생께서 서점의 간판을 보시고, 걸음을 멈추시며 천천히 풍입송이라는 구절의 출전을 말씀하셨다. "그 구절이 전승되어 중국 진晉나라 때 혜강嵇康*의 '금곡琴曲'이 되었고, 당나라 때 승

---

*혜강嵇康(224~263): 삼국시대 위魏 나라 때의 초군譙郡 질현銍縣 사람으로 저명한 사상가, 문장가, 음악가, 도가 학자이며 죽림칠현의 정신적 영수였다. 위 나라 종실의 부마가 되었고, 벼슬이 중산대부中散大夫가 되었으므로 세칭 혜중산嵇中散이라고 한다. 39세의 나이에 진晉 사마소에게 죽음을 당했다.(역자 주)

려 교연皎然*의 '풍입송가風入松歌'가 되었다.……"고 하셨다. 이에 나는 머리를 조아리며 찬탄하고, 중국 역사 문화에 대한 선생의 깊고 두터운 내공에 존경하는 마음으로 탄복해 마지않았다.

서점에 들어가자, 선생은 곧장 명저 코너로 가셔서 진인각陳寅恪과 부사년傅斯年에 관련된 저술들을 찾으셨다. 선생은 진인각과 부사년이 중국 20세기 학술의 대가로서 그들의 학문적 업적 및 "독립 정신과 자유주의 사상"이 중국 학계에서 남긴 심대한 영향을 깊이 알고 계셨던 것이다. 선생은 진인각과 부사년을 찬탄하시고 아울러 특별한 감정을 품고 계셨는데, 이는 중국과 한국 학술 대가들의 문학적 정서가 서로 통하여 표출된 것이었다.

또 한 번의 기회는 1995년 여름에 선생을 모시고 백두산을 답사한 일이었다. 오늘날에는 백두산을 등산하고 관광할 때 도보로 가는 대신 자동차로 갈 수 있지만, 백두산의 정상에 올라 천지天池를 내려다보려면 하나의 큰 언덕길을 올라가야만 한다. 그때 선생의 연세는 70세가 넘으셨는데, 기력과 정신이 매우 좋으셨다. 정상까지 오르시는데, 부축할 필요도 없었고, 지팡이도 사용치 않으시고 빠른 걸음으로 오르셨다. 선생은 천지를 내려다보시면서 한참 동안이나 생각에 젖으셨는데, 이 모습을 보면서 역사학자와 사상가로서 역사와 현실에서부터 민족의 역사와 미래를 사색하고 계시다는 것을 짐작할 수 있었다.

---

*교연皎然(720~804): 중국 당대의 가장 유명한 詩僧이며 茶僧이었다. 호주湖州 사람으로 속성은 사씨謝氏였다. 중국 산수시를 창시한 사영운謝靈運의 10세손이다. 그의 《詩式》은 시 작법 책으로 유명하다. 그의 시는 청려한담淸麗閑淡한 풍이 있으며, 증답贈答, 송별送別, 산수유상山水遊賞을 주제로 한 작품이 많다. 《全唐詩》에 모두 7권이 수록되어 있고, 제자들이 470수의 시집을 편찬하였다. 문학, 불교, 차茶에서 깊은 조예가 있어 한 시대의 종사宗師가 되었다.(역자 주)

매번 선생과 지난날의 정경을 생각하면 그때의 일이 역력히 눈으로 보이는 것 같다. 선생의 음성과 웃으시는 모습과 인품, 그리고 학문적 품격이 언제까지나 내 마음속에 남아 있다.

선생은 박학하셔서 고금에 통하셨지만	先生博學知古今
일을 하실 때는 겸손하셔서 자랑하지 않으셨네.	謙恭行事從無矜
요행히도 서로 알게 된 것이 비록 너무 늦었지만	有幸相識雖已晚
가르침과 도움받은 게 많아 봄을 만난 것 같았네.	受益良多如遇春

긍시학인矜恃學人

차하순車河淳[*]

해방 후 1세대 아시아사 연구의 거목 고병익 선생에 관한 추억거리가 나로서는 그다지 많지 않다. 나는 학부 때나 대학원 시절에도 고 선생의 강의를 듣지 못했기 때문에 학은을 입을 기회가 없었다. 전공 분야가 달랐기에 더욱 그러하였다. 선생께서 서울대학교에 전임으로 부임하신 때가 1962년이어서, 1950년대 중반까지 학부에 적을 둔 나는 재학 시절에는 선생을 만나 뵐 기회가 별로 없었다.

비교적 가까이 선생을 뵙게 된 것은 역사학회 모임에서였다고 생각된다. 나는 대학 졸업 뒤, 한때 고등학교에 교편을 잡고 있었으나 가끔은 역사학회 월례발표회에 나갔다. 발표회에 나갔어도 워낙 근엄하신 선생의 인품에 눌려 쉽사리 가까이 다가서지 못하였다. 나는 발표회 때 주변을 서성거리면서 역사학회 대표 간사(지금의 회장)이신 고병익 선생의 모습을 멀리서 바라볼 뿐이었다.

선생은 당시 학계의 관행에 비추어 볼 때 여러 모로 예외적인 경이로운 존재였다. 우선, 관례적으로 동년배 연구자들이 대부분 구제舊制 박사

---

*서강대 명예교수, 국제역사학 한국위원회 위원장, 전 서강대 부총장

학위를 받던 시절에 일찌감치 국내에서 석사학위를 끝냈을 뿐 아니라, 아시아 전공자로서 매우 드물게 독일에 유학해 박사학위를 받았다는 사실이 깊은 인상을 주었다. 그것도 단 2년 동안의 짧은 독일 체류로 받은 것이라 더욱 놀라웠다. 당시 박사학위를 받는 것이 5~6년 걸리기는 보통이고, 10년이 지나도 마치지 못한 예가 적지 않은 것을 볼 때 실로 놀라운 일이었다. 물론 그때 유럽의 학위 제도가 미국과는 판이하다는 사실이 널리 알려져 있지 않았지만 말이다. 어쨌든 해방 뒤 우리나라의 역사학계가 여전히 일본 학계의 직접적인 영향 아래 있었기에 고 선생의 독일 수학은 더욱더 신선한 바람을 느끼게 하였다.

다음으로, 30대 초의 젊은 학자로서 고 선생은 1957년부터 역사학회 대표 간사를 두 번씩이나 역임했다는 사실이 특이하다. 요즘은 학회장 연령이 젊어지는 경향이 눈에 띄지만 그때에는 원로급이 학회를 맡는 게 관례였다. 당시는 6·25 동란 가운데 피난지인 부산에서 역사학회를 창립한 멤버의 한 사람으로서 선생께서 학회 대표를 맡은 것은 당연한 일이었으나 두 번씩이나 역임한 경우는 그 뒤에도 흔치 않았다. 마지막으로, 후진後進들이 고 선생을 경이로운 시선으로 바라보게 된 것은 그의 뛰어난 외국어 실력 때문이었다. 선생께서는 여러 외국어에 능통하였다. 일본에서 대학을 수학했기에 일본어에 유창한 것은 말할 것도 없고, 중국어는 전문 분야 때문에 그렇다손 치더라고 독일어뿐 아니라 영어에도 유창하여 외국 학자들과 자유롭게 대회를 나눌 수 있는 것은 학계의 화젯거리였다. 당시 EM판이라는 미군 학습용 도서 이른바 '원서原書'를 읽는 일은 있었지만 영어 회화에 능통한 지식인은 매우 드물었다. 그래서 한국이 유럽 역사가들이 중심이 된 국제역사학회의(CISH)에 가입하기 위한 대외 교섭에서 외국어에 능통한 선생의 역할이 중요했다고 생각된다. 1966년 한

국가입추진위원회의 결성, 1968년 국제역사학위원회 사무총장 프랑수아의 내한, 1970년 모스크바 총회에서 한국 가입 승인 등 모든 과정에서 고선생의 기여가 현저했음이 틀림없을 것이다.

선생과 개인적인 인연이 좀처럼 닿지 않은 가운데서도 단 한 번 그나마 접촉다운 접촉을 가진 적이 있다. 2002년부터 한·일 두 나라의 역사학자들이 정기적으로 모이면서 '역사가의 탄생'이라는 공개 강연회를 개최하는 것이 그런 계기가 되었다. 이것은 한·일 양국의 원로 학자가 어떻게 역사가의 길을 택하게 되었는가를 이야기하는 일종의 자서전 성격의 공개 강연이었다.

본래 이 강연회는 한·일역사가회의가 2001년 10월에 시작되는 처음부터 계획된 것이 아니었다. 그 해 말에 양국의 운영위원회 몇몇 위원들이 도쿄東京에서 만나, 다음해에 개최될 제2회 한·일역사가회의 주제에 관해 의논하게 되었다. 회의가 끝난 뒤 어느 식당에서 점심 식사를 함께 하는 자리에서 이런저런 이야기가 오고 간 끝에 나는 일본 측 운영위원 가운데 한 사람인 이타가키 유조板垣雄三 교수에게 "당신은 서양사를 전공했으면서도 어떻게 중동사中東史 전문가가 되었소?" 하고 물었다. "몇 마디로 말하기 어려운 긴 이야기가 되겠지요." 라는 대답이 돌아왔다. 그는 도쿄대학 서양사학과 출신으로 일본에서 알려진 중동 문제 권위자이다.

이 대화에서 힌트를 얻은 이타가키 교수는 한·일 양국의 대표적인 원로 역사가들이 어떻게 역사가의 길을 걷게 되었는가를 알게 된다면 한·일역사가회의가 더욱 빛날 것이라면서 역사가 강연회 개최를 즉석에서 제안하였다. 그는 강연회 주제를 '역사가의 탄생'으로 하면 좋겠다고 말하였다. 강연의 취지는 역사가로서 성장 과정, 동기와 목적, 전공 분야 등에 관한 회고록 성격의 내용을 담는 것이었다.

정작 역사가 강연회를 개최하기로 하고 그 일정이 잡히자 나에게는 한국 측 연사를 누구로 정할지가 풀어야 할 큰 숙제로 떨어졌다. 일본은 우리보다 역사 전공자의 수가 월등 많고 전공분야도 매우 다양해서 연사演士를 동원하는 일이 그다지 어려울 것이 없었다. 그러나 한국의 경우는 이 일이 그다지 쉽지 않다. 귀국 뒤 한국위원회를 소집하여 한국 측 1번 타자로 누구를 내세울 것인가에 관해 지혜를 모으기로 하였다.

회의를 한 결과 한국 측에서는 첫 번째의 한·일 사이 강연인 만큼 한국 역사학계를 대표하는 거물급 원로 역사가가 나서야 한다는 생각이 지배적이었다. 더구나 첫 번째이니만큼 한국사 전문가를 내세워야 한다는 결론이 나왔다. 그래서 1번 타자로 이기백 교수가 거명되었다. 그러나 이 선생은 지병을 이유로 고사하였다. 신체적 조건으로서는 일본 여행은 어렵다는 것이었다.

그렇다면 한국사 전문가를 첫 연사로 모신다는 원칙을 도외시하고 연사를 선정하는 수밖에 없었다. 실질적으로 한국 사학계를 대표하는 역사가는 누구인가? 이구동성으로 고병익 교수라는데 이견異見이 없었다.

한국위원회 위원장이 직접 섭외에 나서야 한다고 떠밀어 부득이 내가 그 임무를 맡게 되었다. 그런데 나는 고 선생과의 첫 번째 통화에서 난관에 부딪쳤다. 고 선생은 단 한마디로 거절하시는 것이 아닌가! 나는 난감하였다. 일본과 역사가회의가 어렵사리 성사된 마당에 원로 역사가를 강연회에 초빙할 수 없으리라고는 미처 생각지 못하였다. 나는 고 선생의 고사固辭에 아랑곳하지 않고 좌우간에 직접 선생과 대면하기로 작정하였다. 강연은 안 하셔도 좋으니 점심 식사나 함께 하시자고 제안하였다. 선생께서는 처음에는 식사 자리도 마다하시기에 강연을 하지 않으시는 것으로 알겠으니 아무런 조건 없이 점심 식사를 대접하기로 말씀드렸다. 내가 고집을 꺾지 않으므로 결국 점심 식사는 승낙하셨다. 만나는 장소는 강남에 있는 르네상스호텔 중식당이었다.

강연을 고사하신 선생께 군이 청탁을 되풀이할 생각은 없었다. 강연 이야기는 단념하고 한 · 일 역사가회의 성립 배경을 말씀드리고 그 밖에 역사학계에 관한 것, 또는 세상 돌아가는 이야기나 하는 가운데 만남의 시간은 거의 끝났다. 식사를 마치게 될 무렵 고 선생께서 결국 강연 이야기를 먼저 끄집어내셨다. 다시 한 번 강연회의 취지에 관해 물으시더니 "점심만 얻어먹고 강연하지 않겠다고 할 수 있느냐"고 파안대소破顏大笑하면서 승낙하셨다.

고병익 교수를 한국 측 강연자로 정하자 일본 측에서는 대환영이었다. 이타가키 교수는 나에게 이메일을 보내오면서 반겼다. 서울대학교 총장을 역임한 거물급 역사가가 동원되는 데 대해 감사하고 일본 측으로서는 대단한 영광이라고 전해 왔다. 나는 일본 측에서 두 역사가가 강연하기로 되었으나 우리 쪽에서는 고병익 선생 혼자라도 2인의 몫을 할 수 있다고 자신하였다.

강연회는 한 · 일역사가회의의 전야제前夜祭의 성격으로 2002년 10월 18일 오후 5시 30분부터 2시간 동안 일본학술회의 대강당에서 개최되었다. 차례에 따라 일본 역사가 2인의 이야기가 끝난 뒤 강연에 나선 고 선생의 제목은 '반지반해半知半解의 긍시학인矜恃學人'이었다. 아마 누구나 이 제목에서 '긍시矜恃'라는 한자에 의문을 가질 것이다. 긍지는 보통 '矜持'이지, '矜恃'가 아니다. 선생께서 왜 이 용어를 선택하게 되었는지, 그 자세한 사유는 알 길 없다. 한글 사전에서는 '矜持'를 '믿는바가 있어서 스스로 자랑하는 마음'이라고 정의하고 있는데 이 뜻이라면 '가짐'을 뜻하는 '지持'보다는 '믿음'을 뜻하는 '시恃'를 쓰는 '矜恃'가 맞는 것이 아닌지—어림짐작해 보지만 선생께 직접 묻지 않아 그 참뜻은 알 수가 없었다. 그로부터 1년 반 뒤에 선생께서 유명을 달리하셨으니 도쿄에서 강연하신 '반지반해半知半解의 긍시학인矜恃學人'이야말로 공개석상에서 하신 선생의 마지막 강연이 아닌가 싶다.

강연 제목 가운데 '반지반해半知半解'란 말이 의미하듯이 스스로를 낮춘 고 선생의 겸손함이 돋보인다. "사료의 철저한 조사에 미흡하여 지적 탐구심을 충족시키지 못했다는 것"을 가리키는 반지半知 및 "다양한 역사관을 섭렵하면서도 자기 나름의 역사 이론을 터득하지 못했다는 것"을 의미하는 반해半解—선생은 이처럼 엄격하게 자신의 학문 세계를 평가절하하셨다. 이는 설사 "지적 탐구와 역사 해석에서 모두 절반 정도에 머문 자신의 학문적 부족을 자괴自愧한 것"이라 하지만 선생이 성취한 평생 업적에 비추어 볼 때 지나친 겸손이라 하지 않을 수 없다.

선생께서는 '역사가'보다는 '역사학자'란 칭호를 선호하신 것 같다. 그에 따르면 역사가는 "존경과 긍지가 담긴 호칭"이며 "역사학에 통달한 대가"를 말한다는 것이다. 예컨대 옛날의 중국의 사마천司馬遷이나 사마광司馬光, 고대 그리스의 헤로도토스나 투키디데스 또는 19-20세기에서는 기번(Edward Gibbon)이나 토인비(Arnold J. Toynbee) 등이 선생이 가리키는 이른바 '역사가'이다. 고 선생을 직접 인용하면 이와 같다. "과거 역사에 대한 많은 연구로 지식을 축적하고, 깊은 식견으로 사실史實에 대한 분명한 해석을 내려 주며, 웅대한 역사서를 저술하고, 그리고 여기에다 현재 사상事象의 해석과 미래의 전망까지도 할 수 있는 사람"이어야 비로소 역사가라는 것이다. 그래서 현대의 학자들로서는 '역사가'를 자칭하기보다는 차라리 '역사학자' 또는 '역사 연구가'로 자족해야 마땅하다는 것이 선생의 신념이었다. 그리고 강연회의 주제인 '역사가의 탄생'에 관해서는 역사가라면 탄생하기보다는 지속적인 노력으로 꾸준하게 성장하는 존재라야 한다고 주장하였다. 달리 말해 역사가는 '일시적인 현상'으로 갑자기 나타나는 존재가 아니라 "계속적인 생성生成 과정"을 거치는 미완未完의 존재임을 강조하였다.

이와 같이 고병익 선생께서는 스스로 '역사가'라고 자칭하기를 주저하셨지만 그렇다고 해서 '역사학자' 또는 '역사학도'라 스스로를 겸양하는 것도 적당치 않다고 생각하였다. 결국 선생은 "현직에 매이지 않은 노학자老學者로서 지금도 학문에 계속 관심을 갖는다는 뜻"으로 '학인學人'이라 자칭自稱하기로 하였다. 그러나 그는 단순히 관심만을 갖는 학자가 아니라, 역사 연구에 높은 긍지를 느끼는 학자였다. 선생께서는 '역사연구를 긍지로 여기는 학자'로서의 위상을 명확하게 선언하는 것으로 그의 강연을 결론지었다.

한마디로 '반지반해半知半解의 긍시학인矜持學人'이란 자평自評은 고병익 선생의 인품의 고매함과 학문적 겸손함을 간결하게 말해 주는 것이다. 이는 실로 모든 역사 연구자들이 본받아 깊이 새겨들어야 할 교훈이라 아니할 수 없다.

6부

사숙_역사학의 안팎

마음으로 따랐던 분

김완진金完鎭*

기아箕雅에서 유일하게 머리에 남아 있는 한시가 하나 있다(정독한 것
은 아니고 뒤적뒤적 넘겨 끝까지 가기는 했었다.). 남명 조식曹植이 이렇
게 읊었다.

사람들의 바른 선비 사랑함이여,	人之愛正士 인지애정사
虎皮를 좋아함과 비슷하고녀,	好虎皮相似 호호피상사
生前엔 못 죽여 안달이다가	生前欲殺之 생전욕살지
死後엔 아름다움 칭송하려는도다.	死後方稱美 사후방칭미

고병익 선생 가신 지 10년, 선생의 유덕을 기리는 문집을 간행함에 즈
음하여 원고를 청하여 옴에 문득 떠오른 것이 남명의 한탄이었다. 이제
사람들은 무슨 미사여구美辭麗句로 선생을 꾸밀 것인가?

선생께서 갑자기 총장직에서 물러나게 되셨을 때 선생은 오히려 담담
하셨다. 어지러운 세상에 번거로운 일에서 해방되었으니 이제 본래의 연

---

*서울대학교 국문학과 명예교수

구실로 돌아가게 된 것이라 하셨다. 그러나 슬프게도 모진 세상은 선생께 그런 퇴로마저도 허락하지 않았다.

지금은 어떻게 변했는지 모르지만 총장 공관 서쪽 언덕에는 역대의 총장이 취임을 기념하여 심은 나무들이 자라고 있었다. 다른 분들이 심은 나무는 다 잘 자라고 있는데 유독 고병익 총장의 단풍나무는 조만간 갈아 심어야겠다는 얘기들이었다. 선생께서 단풍을 택하신 뜻이야 알 듯도 하고 모를 듯도 하지만 왜 하필 가뭄에도 약하고 바이러스에도 쉬 감염되는 여린 단풍을 택하셨던 것일까? 어떤 분의 송백은 우람하게 자라고 있었다.

병석의 心岳(심악 이숭녕, 나의 빙부)을 선생과 이만갑 선생이 찾아뵙고 위로하셨다는 소식을 전해 듣고 감격했던 기억이 새롭지만, 정작 선생께서 환후 깊으시다는 말을 들었으면서도 이 못난 사람은 끝내 차일피일 미루다가 그만 부음을 접하고 말았다. 이만갑 선생의 빈소를 찾았을 때도, 영애가 전해 주신 말이 "김 아무개도 늙은 모양이야, 통 얼굴을 볼 수 없으니." 유구무언. 철없이 게으르게 살아온 인생이다.

선생께서 정신문화연구원을 맡게 되셨다는 소식을 듣고 운중동으로 선생을 찾아뵈었다. 그곳에 파견되어 무슨 부장인가를 맡고 있는 박병호 군 (법대 교수, 나와는 중학교 때의 급우이기에 일본인늘 잘 그리하는 것을 흉내 내어 '군'을 붙였다.)이 동석하였다. 박 군이 원장실에서 보아 서쪽 처마에 깃든 황조롱이 집을 쓸어 내게 하시라고 말씀드렸다. 길한 일이 아닌가 보다 싶었다. 박 군은 그런 일에도 밝은 사람이다.

세상은 선생을 운중동에도 오래 계실 수 없게 하였다. 가끔 황조롱이 생각을 한다. 친상을 당했을 때 마주 보이는 앞집 뒤 추녀에 황조롱이 집이 붙어 있던 생각을 한다. 운중동의 황조롱이 집을 청소하는 것이 때를 놓쳤던 것인가 망상을 할 때가 있다.

한참 서글픈 상념에 잠겨 있다가 문득 이런 생각이 떠올랐다. 김 아무개가 무엇이기에 감히 여기 끼어들었느냐고 사람들이 의아해 하지 않겠느냐고. 사실 강의실에서 선생님의 경해에 접한 일도 없고, 공부를 했다고는 해도 선생님의 전공인 동양사와는 한참 거리가 있는 국어학의 비탈밭을 가는 촌부였거니와 선생님을 특별히 가까이 모실 자리에 있었던 일도 없었기에 그런 지적을 받을 만도 하다. 그럼에도 지금의 내가 선생님을 마음으로 따랐고 또한 선생님의 각별한 지우를 입었노라 자부하고 있다고 하면 사람들은 더욱 기이하게 여길지 모른다.

선생님의 존함을 처음 접한 것은 부산 피난 시절, 문리과대학 시간표에 새로 등재된 몇 분의 이름이 화제가 되었을 때의 일이다. 이름에 들어가는 '炳'인데 선생님의 경우에는 나무목에 쓰는 '柄'자인 것이 특이하게 느껴졌다. 마침 나의 국문과 동학에 문경군 출신의 친구가 있어 면까지 같은 산양면이며 동리만 다른 녹문리 출신이시라는 얘기를 들었던 것을 기억한다.

선생님께 정식으로 인사를 드린 것은 아마도 57년 아니면 58년 무렵, 내가 대전의 충남대학교에 봉직하고 있을 때의 일로 생각된다. 사학과의 유원동 선배(당시는 유교성으로 통하고 있었다)가 선생께 소개를 드렸는데, 마침 집중 강의라 하여 며칠 머무르시며 한 학기 분을 몰아서 강의하시던 참이셨다. 마침 내가 프랑스어로 된 책을 들고 있는 것을 보시고 신기해 하시며 이런 저런 질문을 하셨던 것을 기억한다. 그전에도 문리대 구내 같은 데서 뵈면 그저 지나칠 수 없어 고개를 숙였지만 그것은 선배 선생님들에 대한 일반적인 예의에 속하는 행동이었다.

이 무렵, 선생님께서는 우리 국어학도들에게 매우 소중한 선물을 안겨 주셨다. 송나라 사람 손목孫穆이 썼다는 '계림유사'라는 고려시대의 우리 말 자료가 있는데, 그때까지는 손목이 구체적으로 어느 때 사람이고 언제 이 자료를 기록하게 되었는지 등에 대해서는 전혀 아는 바가 없이 막연히 고려의 언어 자료라 하여 대해 왔던 것인데, 선생님께서 그 제작의 절대 연대라 할 것까지 밝혀 주셨던 것이다.

선생께서 《역사학보》 10호(1958년)에 쓰신 〈鷄林類事의 編纂年代〉라는 논문은 《계림유사》의 편찬이 1103~4년경이었을 것을 밝혀 주어 1973년 간행의 국어국문학사전에 그렇게 기록되어 있다.(그 뒤 좀 더 좁혀 1103 년으로 못 박으려는 의견이 나온바 있다.) 고려로 치면 숙종 8년이요, 송 나라 쪽으로는 휘종 초년 아직 이른바 북송의 시대임이 확인된다.

훨씬 뒤의 일이지만 선생께 학문상의 일로 은혜를 입었다고 할 수 있 는 일이 한 가지 있다. 내가 우리 역사에 있어서의 중인의 존재, 더 구체 적으로는 역관들의 사회적 위치에 대한 생각에 골몰해 있을 때 우연이지 만 선생님이 쓰신 글을 통하여 중국에서도 서반序班이라 불러 차등이 주 어졌었다는 사실을 알게 되었다. 필요하고 중요하면서도 한편으로는 멸 시를 받는 계층이었다.

그러나 이러저러한 학문적인 이유로 선생님을 따르고 싶었던 것은 결 코 아니다. 선생께서는 무어라 설명할 수 없는 사람을 끌리게 하는, 매 력이라면 죄송하고 그 어떤 힘이 있으셨다고 말하는 것이 솔직한 표현일 것이다.

60년대 들어 선생님을 비교적 자주 뵈올 수 있었다. 내가 서강대학교에 재직하고 있을 때, 선생께서 마침 그곳에 출강하고 계셨는데, 로비에서 이런저런 말씀 상대해 드리는 것을 즐겨했다. 많이 말씀하시는 것은 아니었지만 간간히 얕은 미소를 지으시는 것이 인상적이었다.

선생님과 관계는 그저 그 정도였는데 1967년 7월, 미국 시애틀에 계시던 선생님을 돌연, 사전의 연락도 없이 찾아뵈었던 것은 지금 본인이 생각해도 잘 납득이 가지 않는 돌발적인 행동이었다. 행선지는 보스턴인데, 지금처럼 직항로가 있었던 것이 아니기에 이리저리 갈아타야 하기는 했지만, 왜 하와이에서 이틀인가 지내고 하필이면 시애틀을 거쳐 가기로 했을까? 서슴없이 학교로 찾아뵈었을 때, 선생님은 반기면서도 놀라는 기색이셨다. 학교 안이나 구경할까 하시며 도서관 같은 데를 안내하시다가 일정이 어떻게 되느냐고 물으셨다. 밤에 하와이를 떠나 시애틀에 들렀다가 다시 밤에 떠나 뉴욕을 거쳐 보스턴에 갈 예정이라고 하자 선생님은 몹시 놀라셨다. 몇 년 전 선생님께서 보스턴에 가실 때 택했던 노정 그대로라고 하시며 안 되겠다 집으로 가자고 하시며 댁으로 데리고 가셨다. 축적된 피로에 얼마나 괴로웠는지 모른다고 하셨다. 엉뚱한 젊은이의 갑작스런 출현에 사모님도 많이 놀라셨을 것이지만, 선생님 침대에 눕히시고 어서 눈을 붙이라고 하시는 데에는 적잖이 당혹스러웠다. 물론 그런 상태에서 잠이 올 리도 없었지만, 선생님 침대를 외람되이 차지해 본 사람이 또 있었는가 하고 가슴 펴고 자랑하고 싶다. 보스턴에 도착해서 하루는 정말 흔들흔들 금방 넘어질 것만 같았다.

선생님을 따로 조용히 모실 기회가 두 번 있었다. 마침 일본 도쿄에 가 있을 때인데, 어떤 회의에 참석하고자 오셨다는 연락이셨다. 나도 관계가 있어 가야 할 곳이었다. 다음 날이 휴일이어서 가 보고 싶은 데가 있으니 호텔로 오라고 하셨다. 아침에 야마노데(순환선) 선을 타고 신주쿠까지 뫼시고 가 다른 사철私鐵로 갈아타야 하는데 왜 앞서지 않느냐고 하셨다. 온지 한 달도 안 되는 놈이 어떻게 안내를 하지요 하자 도쿄에서 한 학기

학교를 다녔지만 학교와 하숙집 사이의 길 밖에 모르신다고 하셨다. 계제에 도쿄에서의 회고담을 담담히 들려 주셨다. 봄바람 같은 말씀 속에 강한 자부심을 간직하고 계신 분이셨다.

76년 이른 봄에도 비슷하게 선생님을 모실 기회가 있었다. 이번에는 미리 길을 알아 두어 무난하게 안내할 수 있었다. 아카사카의 이궁(별궁) 경내를 사람들 따라 거니시며 매화를 보고 싶다고 하셨다. 벌써 벚꽃 철이어서 매화를 찾아 드릴 수는 없었다.

서울대학교의 부총장, 그리고 짧은 기간이지만 총장으로 계실 때 선생께서는 분외의 일을 은밀히 시키시고는 하셨다. 앞에서 감히 선생님의 지우에 접했노라 한 것이 실은 이 일을 두고 호언했던 것이었는데, 나로서도 선생님께 누가 되지 않도록 글자 하나하나에 정성을 드렸던 것을 기억한다.

언젠가 선생님과 가까운 선배 한 분이 선생께서 김모를 꼭 한번 쓰고 싶어 하신다는 얘기를 전해 준 일이 있다. 남의 앞에 그것도 단상에 오르는 것 같은 것을 몹시 꺼리는 수줍은 성격이라 오히려 겁이 나는 얘기였지만, 정말 그런 생각이 있으셨던 것을 뒤에 경험할 수 있었다. 선생께서 정신문화연구원 원장으로 계실 때 직접 집으로 전화를 하셨다. 무슨 무슨 부장을 맡아 주셨으면 좋겠다고 하셨다. 지금 같았으면 좀 생각할 여유를 주십사고 완곡하게 말씀드릴 수도 있었을 것 같은데, 그때는 당황한 나머지였을까 선생님 말씀이면 다 따라야 하겠지만, 그 말씀만은 따르기 힘들다고 말씀드리고 말았던 것을 두고두고 후회한다. 학교 밖으로의 유혹에는 끌려서 안 된다는 평소의 소신에다가 제 체질상 '진 일'에는 적합지 않다는 말씀까지 드렸던 것 같다. 한참 말씀이 없으시다가 이렇게 말씀하셨다. "내가 학교에 그대로 있었다면 김 선생이 그런 데 간다고

하면 말렸을 거야." 인자한 음성으로 다른 후보자를 추천해 보라고 말씀
하시기까지 하셨다.

뒷날 생각 밖에 행정직을 두 번이나 맡게 된 일이 있다. 인문대학 학장과
대학원장을 몇 해 사이를 두고 맡게 되었는데, 공교롭게도 그때마다 '고병
익 선생께서 시키시는 것으로 알겠습니다' 하고 제의를 수락했던 것을 나
도 기억한다. 조완규 총장과 이수성 총장이 각기 부총장과 학생처장으로
선생님을 보좌했던 것이 머리에 떠올라서의 반사적 대답이었을지 모르겠
다고 생각한다. 언젠가 세 분 총장께서 만났을 때 김 모를 화제에 올리면서
이상한 사람이라 했다는 얘기를 들은 일이 있었는데 선생님의 마음을 언짢
게 해 드리지나 않았을까 걱정했다.

제목을 '마음으로 따랐던 분'이라 붙였다. 제자도 아니면서 그 대열에
서고 싶어 했던 한 인물의 자기 도착적인 잡담이라고 탓해도 변명할 수
없는 글을 쓰고 말았는지도 모른다. 선생님의 학문도, 개인 생활이나 취
미에 대해서까지 아는 것이 실은 거의 없다시피 하면서, 마치 선생님의
마음에 통했던 것 같은 장광설을 늘어놓은 것을 선생께서 알게 되신다면
선생은 또 어떤 미소로 받아 주실까? 세상에는 희한한 인간관계도 있을
수 있나 보다.

매우 세속적인 표현이 되어 안됐지만, 그래도 글 끝에는 선생님의 명
복을 빈다는 것과 선생님 자손들의 무궁한 번창을 빈다는 말을 덧붙여야
겠다.

멀리서 본 고병익 선생

송상용宋相庸[*]

1955년 서울대학교 문리대 화학과에 입학한 나는 강의와 실험을 따라가기 바빴지만 외국 문학(독일, 영국, 프랑스) 강의를 많이 들었다. 뒷날의 아내와 친구들이 있는 사학과에 자주 드나들어 사학과 학생으로 오인받기도 했으나 강의는 별로 듣지 않았다. 민석홍 선생의 문화사(필수)와 이보형 선생의 서양최근세사(선택)를 택했을 뿐이다. 고병익 선생과 나는 서울대 캠퍼스에서 20년, 한림대에서도 10년 가까이 함께 있었으니까 대단한 인연이다. 그러나 자리를 함께 한 적은 몇 번 되지 않는다. 따라서 나는 고 선생을 멀리서 본 사람일 수밖에 없다.

고병익 선생을 처음으로 가까이서 뵌 것은 1965년 여름이었다. 고려대 아세아문제연구소가 주최한 한국 최초의 국제회의가 '아시아의 근대화 문제'를 주제로 열렸는데 고 선생은 발표자로, 철학과 조교였던 나는 방청자로 함께 참가했다. 한일회담이 막판 진통을 할 때라 한국 학자들은 일본 학자들(하야시 겐타로, 우에다 토시오, 이타가키 요이치)과 거북한 영어로 대화했다. 역사학에서는 이선근, 전해종, 이광린 선생과 고 선생이

---

*한림대학교 명예교수

발표했는데 제목은 "조선 후기 정부에 고용된 서양인들의 몫"이었다. 고 선생이 대만, 인도, 미국학자들과 벌인 심층 토론은 훌륭했다. 고 선생은 이 회의에서 만난 테일러(George Taylor) 교수의 주선으로 동양학의 명문 워싱턴대학의 초빙교수로 가시게 되었다. 나는 대회장 이상은 선생(고려대, 동양철학)을 도와 인도 학자들을 안내한 인연으로 프리드리히 나우만 재단과 아시아재단의 지원을 받아 그 해 겨울 뉴델리에서 열린 '자유학교'(School for Freedom)에 참가했고 인도, 홍콩, 일본을 여행하는 행운을 얻었다. 내가 인도에 있는 동안 둘째 딸이 태어났다. 나는 고 선생 덕택에 유명해진 혜초의 혜를 넣어 딸의 이름을 지었다.

나는 1970년 봄 문리대에서 과학사, 과학론(과학철학, 과학사회학), 문과 화학을 강의하기 시작했다. 같은 때 고병익 선생은 문리대 학장에 취임하셨다. 고 선생은 교정이나 학회에서 마주치면 새로운 학문을 하는 나를 격려하셨다. 1975년이었던가, 나는 미국에 들어가려고 풀브라이트 장학금을 신청했다. 면접 때 가 보니 아는 심사위원이 세 분이었다. 고 선생은 동양 과학과 서양 과학의 차이가 무엇이냐는 거창한 질문을 하셨다. 나는 니덤(Joseph Needham)의 주장을 빌려 기계론과 유기체론을 중심으로 답했다. 고 선생은 1957년 《역사학보》에 실린 "구라파 동양학의 현황"에서 그때 막 나와 논쟁에 휘말린 니덤의 《중국의 과학과 문명》(1954~) 제2권을 소개하셨던 것이다. 장학금은 한 번 갔다 온 사람에게 주는 감점 때문에 안 됐지만 선생은 매우 안타까워하셨다. 나는 니덤을 1974년 일본에서 처음 만나 20여 년 가깝게 지냈으나 자세한 뒷얘기를 고 선생께 보고하지 못한 것이 마음에 걸린다.

1977년 고 선생은 서울대 부총장이 되셨고 나는 성균관대에 취직했다. 고 선생은 1980년대 격동기에 서울대 총장, 한국정신문화연구원장으로 고생이 많았다. 나도 1980년에 대학을 쫓겨나 놀다가 3년 반 만에 1984년 새로 생긴 한림대에 스카우트되어 갔다. 1년 반 전 부임하신 고병익, 최영희 선생, 한 달 빠른 길현모, 노명식 선생에 이어 나는 다섯 번째였다. 그 다음 이기백, 김원룡, 김정기, 유영익 교수가 합류했다. 한림대 사학과는 젊은이들을 포함해 전임교수 열다섯을 자랑하는 특성화 학과(?)가 되었다. 치밀한 계획으로 조직한 과가 아니라 마구잡이로 모아 놓은 잡탕이었으나 말썽은 없는 것이 다행이었다. 고 선생은 한림대에 9년 계셨지만 강의는 많이 안 하셨고 미국의 월슨 센터 연구원, 방송위원장 등 요직을 많이 맡아 춘천에는 띄엄띄엄 나타나셨다. 그러나 윤덕선 이사장이 고 선생을 좋아해 골프 친구로 어울렸고 중요한 일에는 반드시 참여하는 성의를 보이셨다.

나는 고병익 선생의 학문을 평가할 자격이 없다. 그러나 내가 보기에 고 선생은 폭이 넓으면서도 단단한 학자였다. 고 선생의 첫 논문은 "이슬람교도와 원대 사회"였고 박사학위 논문은 중국의 역사 서술에 관한 것이었다. 지금은 달라졌지만 초창기 동양사학자의 대다수가 중국 전공이었고 한중 관계를 많이 다루었다. 그런데 고 선생의 업적은 다양하다. 중국 외에도 서역, 인도, 몽골, 베트남, 한일 관계, 한미 관계까지 걸쳐 있다. 한국시에 속하는 실학도 있고 외교사, 불교, 유교, 마르크스주의 수용마저 보인다. 본격적인 논문 말고도 일반인들을 대상으로 한 수준 높은 글이 많다. 고병익 선생은 5년 동안 《조선일보》 논설위원으로 사설과 단평을 쓰셨거니와 계몽적인 글은 《사상계》에 많이 발표하셨다. 1980년대 뒤에는 여러 학회의 초청을 받아 기조 발표를 많이 하셨다.

회갑 때 쓰신 "六十自述"을 보면 고병익 선생은 일제 말기, 해방 뒤 혼란기에도 착실히 학문의 기초를 닦으신 것을 알 수 있다. 고 선생은 어릴 때 익힌 한문 말고도 중, 일, 영, 독, 불 5개 국어를 구사하셨다. 뮌헨에서 2년 만에 박사학위를 받아 기록을 세운 것도 후쿠오카고등학교 문과 을류에서 쌓은 독어 실력 때문에 가능했을 것이다. 방송위원장으로 파리에 출장 가실 때 한 비행기에 탄 일이 있다. 파리에서 안내를 맡은 한국공보관장은 고 선생이 영어가 유창할 뿐 아니라 프랑스 말도 잘 알아들으시더라고 감탄하는 것이었다. 니덤의 공저자 브레이(Francesca Bray)가 춘천에 왔을 때 만찬에서도 고 선생은 격조 높은 농으로 사람들을 즐겁게 하셨다.

1975년 문리대 교양 강좌에서 고병익 선생의 "유교의 전통"을 들었다. 고 선생은 10년 전 근대화 문제 국제회의에 와 유교가 근대화의 모태가 될 수 있다고 주장한 중국 학자 카슨 창張君勵 과 유교의 현대적 의의를 강조한 탕춘이唐君毅를 인용하면서 강연을 시작하셨다.

고 선생은 유교가 현세 긍정, 현세 위주의 사상을 바탕으로 하며 윤리와 정치로 이상향을 이루려 한다고 하면서 중국 역사에서 유교가 한 긍정적인 몫과 한계를 분석한 다음 중국 학자들의 주장을 그대로 받아들이긴 어렵지만 유교가 현대와 미래에도 적용되고 지도 원리가 될 가능성이 있다고 조심스럽게 내다보셨다. 1986년에는 한림대 아시아문화연구소에서 연 시민공개강좌에서 혜초에 관한 고 선생의 강의를 즐겼다. 1990년대 뒤로는 내가 과학기술윤리운동 하느라고 해외여행이 잦아 고 선생을 잘 뵙지 못해 한스럽다. 그때 발표하신 글들을 찾아 읽고 따님 혜령 박사가 올해 펴낸 시조집도 보고 싶다.

仰止高山

김위현金渭顯[*]

일제 아래서는 우리에게 사료 열람이나 역사 연구의 기회가 주어지지 않았다. 그러다가 광복 뒤 불모지와 같은 환경에서도 학회를 조직하고 학회지를 간행하면서 한두 편의 전문 분야 논문들이 발표되기 시작하였다. 그러나 동양사에 관한 논저들은 극히 드물었다. 더군다나 북방 유목계 왕조를 연구한다는 것은 불가능한 일이었다. 이때에 고 박사님이 논문 〈이스람教徒와 元代社會〉(1949)를 발표하고, 이어 〈元代의 法制-蒙古慣習法과 中國法과의 相關性-〉(1952)을 발표하면서 다른 학자들도 契丹·女眞·淸에 관한 연구들을 발표하기 시작하였다. 이는 북방사 연구가 전무한 상황에서 파천황破天荒이었다. 고 박사님의 연구는 계속 이어져 단행본과 공저, 논문 등이 연속하여 출간되었는데 이 논저들로 고 박사님의 넓고 깊은 학문 세계와 정치精緻한 구징求徵을 살필 수 있었다. 이러한 역작力作들이 우리 후학들에게 많은 영향을 주었음은 말할 나위가 없다. 나도 학문을 해 보겠다고 나름대로 노력은 하였으나 '우러러 높은 산을 쳐다볼 뿐'[仰止高山] 진전 없이 제자리를 헤매고 있다. 영역 밖의 일개 후학으로

---

*명지대학교 명예교수, 전 송요금원사연구회 회장

서 고 박사님의 서세 10주기를 맞아 생시의 고인과 몇 가지 일을 회고하고자 한다.

대만대학에서 유학중이던 1976년, 겨울 방학을 이용하여 잠시 귀국하였다. 그때 당시 명지대 남대문 캠퍼스의 S교수의 연구실에 인사차 들렸는데 마침 고 박사님도 S교수와 약속을 한 듯 오셨다. 인사를 나누고 난롯가에 앉아 한담을 하고 있는데 J교수가 들어 왔다. 난로를 에워싸고 앉아 이야기를 나누다가 J교수가 "박사님, 송대에 벽란도碧瀾渡에서 개봉開封까지의 항정航程을 조사하였더니 선생님과 다소 차이가 났습니다." 하고 말문을 열었다. 그러나 고 박사님은 "아 그렇던가요." 라고 말씀을 아끼셨다. 그러자 J교수는 다시 설명을 하였다. 나도 생각이 나서 "지난 학기 이 방면에 자료를 모아 조사를 하였는데 그 수치가 J교수님과도 달라요. 정해定海를 떠나 산호초珊瑚礁에 들어가서 해양을 건너기에 적당한 날씨를 기다리는 기간에 따라 며칠 차이가 있을 수 있으므로 꼭 며칠로 고정하기에는 한계가 있습니다."고 하였더니 고 박사님이 나의 견해에 동의하여 주셨다.

1984년 무렵 L교수와 가까이 지내면서 국내외 학술 세미나에 가끔 함께 참석할 기회가 있었다. 방을 같이 쓰자고 하셔서 함께 자주 이야기를 할 기회가 있었는데, 먼저 본인의 논문을 화제로 삼으면서 나의 생각을 물으셨다. 그러면 생각하고 있던 의견을 말씀드리곤 하였다.

한번은 "참 글쓰기가 어려워요. 특히 남의 글을 인용하기가 더 어렵더군요." 하니, L교수님 말씀이 "쓰는 글마다 모두 명문장이 될 수는 없지요. 논문 같으면 논란이 있는 것을 문제 삼아야지 아무 문제없는 사항을 번역, 정리하는 식으로 쓴다는 것은 글이 아니지. 생각이 떠오르면 일단 적어 놓고 보시오." 라고 말씀하셨다.

또, "남의 논문을 인용하기가 힘들어요. 포괄적으로 따오다 보면 너무 실례가 되는 것 같고 잘라서 인용하려니 남의 글을 연결만 하고 자기 주장이 없는 것 같아요" 하였더니,

"그럼 별다른 대책은 없고, 고병익 교수의 문장을 잘 읽어 보시오. 그 양반 글이 모범 답안이오. 명석한 분이라 똑똑 따서 인용하는 것을 본받을 만하오." 라고 하셨다.

같은 연배이면서 이런 말씀을 하시는 것을 보니 정말 길을 찾았구나 하는 생각이 들어서《東亞交涉史의 研究》(서울대학교출판부, 1970)를 구입하여 읽고 또 읽었다.

1983년도에 타이베이臺北의 식화출판사食貨出版社에서《高麗史中中韓關係史料彙編》(上·下)이 출간되었다. 이 책은 국내에서는 출판을 거절당하여 타이완에서 출판되었는데 한중관계韓中關係로 되어야 할 책명을 그쪽 출판사에서 중한中韓으로 바꿔 출판하는 바람에 국내에 내어 놓기가 부끄러워서 그냥 집에 두고 있었다.

그러던 어느 날, 당시 국사편찬위원회 위원장이던 L박사께서 어떻게 이 책을 구해 보셨는지 전화를 주셨다. 국제학술회의 때 한 번 인사를 나눈 적이 있는 분인데 정말 고마운 격려를 해 주셨다. 이런 격려에 힘입어 평소 가깝게 대하여 주시던 H교수님을 찾아가서 그간 사연을 이야기하였더니 대뜸 고병익 박사에게 보내 드렸느냐고 다그치듯 물으셨다. '우리나라에서 북방계 민족 역사를 연구하는 교수가 몇이나 되느냐' 꾸지람을 듣더라도 빨리 보내 드리라고 하셨다.

용기를 내어 위의 책과 2년 전에 출간된《契丹的東北政策(1981)》을 함께 우송하였다. 그리고는 잠시 이를 잊고 있었는데, 이듬해 5월 역사학대회 때 고 박사님이 일부러 찾아오셔서 몇몇 분과 나의 책에 대하여 이야

기를 나누었다고 하시면서 이렇게 만나서 이야기를 하는 것이 좋을 듯하여 기다렸다고 하셨다. 그리고 말씀하시길 몇 년 전에 중국 대륙 무한대학武漢大學의 우한吳唅 교수가 《朝鮮王朝實錄》에서 중국 관계 사료를 뽑아 정리한 방대한 사료집이 나와서 무안한 생각이 들었는데 이 책이 나와서 체면이 서게 되었다 하시면서 고맙다는 인사를 하셨다. 교수님의 의외의 호평이 많은 격려가 되었다.

1986년경 국사편찬위원회에서 기획하였던 《中國正史朝鮮傳》 研究譯 註에 참여하게 되었는데 그때에도 고 박사님의 《東亞交涉史의 研究》 가운데 〈中國正史의 外國列傳〉이 중요한 참고서가 되었다. 이 작업을 완료하고 보니 다른 필자들도 거의 모두 이 책을 인용하였다. 박사님의 연구에 참으로 고마움을 느꼈다.

후에 고 박사님이 우리 명지대학교 사학과 석좌교수로 부임하셨을 때 학덕을 모두 갖춘 석학이시라고 모두들 환영하였다. 박사님의 연구실은 남대문 명지빌딩에 있었다. 이곳에는 LG연암문화재단의 재정 후원으로 세계 각국에서 출판된 한국과 관계있는 고서를 사 모아 1만 2천여 권을 소장하고 있는 LG연암문고가 있다. 고 박사님은 이곳의 희귀 도서에 매료되어 주로 여기에서 독서와 연구에 전념하셨다.

내가 고 박사님을 만나 뵈러 갔을 때에는 항상 사다리 위에서 책을 찾고 계셨다. "무슨 책을 그렇게 열심히 보십니까." 물으면 웃으시면서 "좋은 책이 너무 많아"라고 하셨다.

그 무렵 나에게 쿠르드라는 독일인이 몇 년에 걸쳐 가끔 이메일로 북방 민족문화에 대하여 질문을 하여 왔다. 나는 한국 학계를 대표하는 답변을 해야겠기에 박사님과 상의를 해서 대답을 하곤 하였다.

그리고 2004년 봄에 나는 정년을 하고 다른 학교로 부임해 가면서 더 이상 상면의 기회를 갖지 못하였다.

고 박사님은 한 시대를 아름답게 살다 가신 분이다. 깨끗한 삶, 주옥같은 글, 확실한 강의는 정녕 우리 시대의 사표師表이셨다. 벌써 고인이 되신 지 10년, 다시 한 번 고인의 학덕을 회고하면서 '麝過春山自草香'이란 구절을 반추反芻해 본다.

내 生의 의미를 풍성하게 해 준 만남

이동환李東歡[*]

내가 鹿邨 高柄翊 선생을 처음으로 뵈온 것은 지금부터 40년 전 어느 역사학회의 학술발표회의장에서였던 것으로 기억한다. 무슨 특별한 대학술회의도 아닌 보통 하는 월례발표회로 기억되는데, 청계천2가 삼일빌딩(지금도 이 명칭이 그대로인지 모르지만)의 아주 너른 강당에 청중이 입추의 여지없이 빼곡히 찼다. 이렇게 청중이 많이 모인 것은 말할 것도 없이 이날의 발표 논제와 참석자의 성망聲望 때문이다. 논제나 발표자를 일일이 다 기억하지 못하고 오직 벽사碧史 이우성李佑成 선생의 〈南北國時代와 崔致遠〉만 기억할 뿐인데, 나머지 발표자는 아마 전해종全海宗 선생이 아니었던가 생각한다. 통일신라와 발해의 병존시기竝存時期를 '남북국시대'라는 역사상의 한 시대로서 돌출시키지 않고 '삼국시대' 속에 매몰시켜 버린 김부식의 사대사관을 비롯하여 두 나라가 당唐나라의 '이이제이以夷制夷' 전략에 말려들어 서로 경쟁했던 것과, 당시 동방의 최고지성最高知性 최치원의 발해에 대한 태도 등에 관한 내용이 벽사 선생의 발표 내용이었던 것 같다. 현대 국사학에서 남북국시대가 처음으로 거론되어 흥미

---

[*]고려대학교 명예교수, 전 한국고전번역원 원장

를 자아내는 데다가 지금의 남북한 대결 시대가 오버랩되어 그렇게 청중이 많았던 것 같았다.

그런데 이날의 나의 기억을 압도적으로 지배하는 건 참석자들의 발표 내용도 내용이지만 단연 녹촌 선생의 사회司會다. 발표장에 늦게 가서 한쪽 맨 뒷좌석에 앉았기 때문에 잘 못 들은 탓도 있지만, 그래서 지금 구체적으로 생각나는 내용은 별로 없지만, 하여튼 언설言說의 내용이 알차고 아주 유창하셨다는 것이다. 논제들의 모든 것을 부감俯瞰하시면서 쟁점을 적출摘出하여 논쟁에 부치는 한편 스스로의 해석도 설득력 있게 전개하며 유창한 연설로 청중의 지적知的 호기심을 시원하게 긁어 주셨던 것으로 기억한다. "아하, 학술 발표의 사회자란 모름지기 저러해야 하겠구나!" 그날의 녹촌 선생의 사회는 30대의 학구學究인 나의 뇌리에 신선한 충격으로 남아 뒷날 학술 발표 사회를 맡을 때마다 어김없이 그날의 녹촌 선생을 먼저 떠올리는 것이 하나의 버릇이 되어 버렸다.

그 뒤, 1980년에 성균관대학교 한문학과에서 고려대학교로 옮겨 가 자리도 잡히기 전 신군부新軍部가 일으킨 혼란으로 학교가 휴교령을 만나 학생 대신 군인들이 캠퍼스에 주둔하고 있을 때다. 5월의 태양 아래 녹음이 우거진 캠퍼스에는 군인들이 있음에도 오히려 정적靜寂만이 흘렀다. 그런 가운데 나는 연구실을 오가며 분노를 넘어 밀려오는 아련한 비애의 감정을 두보杜甫의 〈春望〉 시 "國破山河在, 城春草木深. 感時花濺淚, 恨別鳥驚心……."으로 달래곤 하였다. 그때 녹촌 선생은 서울대학교 총장으로 계셨다. 그런데 어느 날 서울대학교 총장 사택에 군인들이 들이닥쳐 구둣발로 마구 짓밟으며 집을 뒤졌다는 소식이 늦게야 내 귀에도 들리었다. 나는 6~7년 전 삼일빌딩 강당에서 패기에 찬 언설로 사회를 보시던 녹촌 선생을 떠올리며 일종의 커다란 좌절을 느꼈다. 선생 같은 지식인, 더구나

이 나라 최고 대학의 총장으로 있는 선생 같은 분도 일개 군인들의 구둣발 아래에 저렇게 무참히 짓밟히는데……. 두보의 〈春望〉 시가 더욱 절실하게 흉회에 다가왔던 것이 기억난다.

선생을 가까이서 접하게 된 것은 그 뒤 15~6년이 흐른 뒤였다. 1999년에 내가 문화재위원으로 위촉되어 회의에 나갔더니 선생이 바로 내가 속한 분과위원회의 위원장이자 전체 문화재위원회 위원장으로 계셨다. 그 뒤부터 나는 종종 회의석상에서 선생을 뵐 수 있었다. 그런데 그때의 선생은 사회를 하실 때와는 아주 다른 모습을 보여 주셨다. 목소리도 나직나직, 언제나 웃음을 띠시고 누군가를 달래듯 회의를 주재하셨다. 위원들 사이에 의견이 대립된 문제도 위원장의 이런 태도에 영향 받아 언성을 높이는 일도 없이 조용하게 잘 해결되곤 하였다. 선생이 문화재위원회에서의 회의 주재는 학술회의 사회로서 돌출된 역량의 극히 일부만을 쓰는데도 넉넉하게 여유가 있는 그런 형국이었다.

이것은 나중에 안 사실이지만 이즈음, 2002년 무렵으로 기억되는데, 선생은 나를 민족문화추진회 회장으로 추천하셨다는 것이다. 이때 선생은 추진회 이사장으로도 계셨고, 벽사 선생이 회장으로 8년의 중임을 마치시고 후임 회장을 물색하는데 선생이 나를 추천하셨다는 것을 바로 나중에 벽사 선생으로부터 들어 알았다. 문화재위원회에서 종종 뵈었지만 내게 그런 내색은 일체 비치시지 않으셨던 것이다. 벽사 선생 말씀이 당시 추진회 정관에 이사 가운데 회장을 선임하게 되어 있었고, 나는 당시 기획 편집위원으로 추진회 사업에 참여했지만 이사는 아니었기 때문에 회장으로 선임될 수 없었다고 하셨다. 이사 문제가 아니어도 나는 그때 대학에서 정년을 1년 반 정도 앞두고 있어서, 대학 생활을 마무리 짓느라 나름대로 바쁜 형편이어서 회장을 맡기가 부담스러웠다. 벽사 선생 후임으로 조순趙淳 선생이 선임되었지만 선생을 떠올릴 때마다, 분수 모르는 소리지만, 지기지감知己之感이 뭉클하다. 그로부터 2년 반쯤 뒤 나는 선생의 영전靈前에 섰다.

선생이 작고하신 지 6년 뒤 나는 선생이 추천하셨던 민족문화추진회 회장으로 취임했다. 곧 국가의 보조를 받던 민간기관에서 국가출연기관으로 변경된 한국고전번역원 제2대 원장으로서다. 재임 3년 동안 나는 늘 선생이 생전에 나를 알아 주신 그 기대와 은의恩義에 어긋나지 않으려 노력했다. 그래서 과히 부끄럽지 않은 경영 성적을 남기고 퇴임할 수 있었다.

요행히도 선생의 따님 고혜령 박사가 이사회 이사로 있어 3년을 나와 함께 잘 지냈다. 그런데 실은 고 박사에게 그 이전에 매우 미안한 일이 있었다. 고 박사가 국사편찬위원회에 있을 때 내가 고 박사에게 원고 청탁을 받고서 끝내 못 쓴 일이 있었다. 《한국사》를 두 번째로 편찬할 때인데, 첫 번째 편찬한 《한국사》에 내가 〈고려전기 한문학〉을 집필한 적이 있어서 두 번째에는 〈고려후기 한문학〉에 대해 집필 의뢰를 받았던 것 같다. 문제는 '綱', 즉 '벼리'였다. 처음 집필을 의뢰받을 때에는 시대도 같은 고려시대이니 전기의 벼리를 후기에도 적용하면 쉽게 쓰이리라 생각했다. 그러나 막상 일을 잡고 보니 그게 아니었다. 전기의 벼리가 후기에 맞아 주질 않았다. 그렇다고 후기대로의 벼리가 쉬이 잡히지도 않았다. 작품을 읽고 또 읽으며 숙고를 거듭해 후기의 한문학에 대해 체계를 세울 벼리를 가까스로 찾아 "이제는 되겠구나!" 하며 집필을 시작했다. 물로 그동안 집필 기한을 연장하고 또 했다. 그래서 마침내 더는 연장할 수 없는 선에까지 이르고 말았다. 끝내 완성하지 못하고 말았다. 생각하면 자괴감自愧感도 금할 수 없거니와 고 박사와 국사편찬위원회에 대한 미안한 마음은 이루 형언할 수 없었다. 그런데 정작 고 박사를 번역원에서 만났을 때 나는 그 일에 대해 한마디도 꺼내지 못했다. 너무 엄청난 일로 생각되어서였다. 고 박사도 그 일에 대해 일언반구도 내비치지 않았다. 나의 부끄러운 일을 상기시키지 않으려는 배려 때문이었으리라.

지난 초여름에 고 박사는 녹촌 선생의 한시집을 내어서 내게도 한 권을 주었다. 아는 사람은 알고 있겠지만 녹촌 선생은 벽사 선생이 주도하시는 시모임詩會 '난사蘭社'에 참여하시어 오랫동안 한시를 써 오셨다. 모인 작품 가운데 160여 수를 뽑아 《眺山觀水集》이라고, 멋스럽고 의미 깊은 제호題號로 낸 것이다. 선생이 스스로 지으신 서재 이름을 그대로 가져온 제호라고 한다.

그런데 작품 중에는 옥산서원玉山書院을 제재로 한 시가 3수나 실려 있었다. 詩題는 〈玉山書院 享祀〉다. 아마 선생의 70대 때 서원의 원장으로 추대되어 향사에 참석하신 뒤 끝에 지으신 것 같다. 옥산서원은 바로 나의 15대조 회재晦齋 이언적李彦迪 선생을 독향獨享하는 서원이다. 그 시 제3수에 "濂洛千年繼學燈 研經窮理闢禪僧"은 바로 宋代 성리학을 이어받아 깊이 체득한 회재 선생의 학문을 두고 읊으신 것이다. 나의 15대조 회재와, 그리고 녹촌 선생의 이 만남, 또한 흥미롭고 의미 깊은 만남이 아닌가!

녹촌 선생과 그 따님 고 박사와 나의 이 生에서의 만남, 내 生의 궤적軌跡이 빚은 이 만남은 나의 생애를 더 다채로운 의미로 풍성하게 해 주어 떠올릴 때마다 즐겁다.

동양사학의 기초를 확립한 선구자

신용철申龍澈[*]

직접 가르침을 받지는 못했지만, 해방 뒤 역사가 매우 일천한 우리나라의 학문 영역에서 넓게는 사학계부터 좁게는 동양사학의 기초를 확립하는 데 크게 이바지하여 학문적으로 커다란 발자취를 남긴 세계적인 학자로 고병익 선생님을 기억한다.

우선 선생님은 역사 더욱이 동양사학자로서 매우 중요한 요건인 능력으로서 필요한 여러 언어에 크게 능통한 분이었다. 일제시대이니 일본어의 능력은 당연하지만, 서양의 중요 언어인 독일어 또한 이미 고등학교 때 습득하였다. 이는 뒤에 독일에 유학하여 학문적 성과를 거두는 데 연장과 지름길이 되었을 것으로 믿는다. 당연히 그 세대가 갖는 한문의 실력 역시 동양사 연구에 가장 기본적인 준비라고 할 것이다. 더구나 영어에도 능함은 독일어와 함께 서양의 학문에 대한 이해와 교류에 크게 도움이 되었으리라 믿는다.

더욱이 선생님은 풍모부터 대인답고 주변의 사람들에게 항상 호감을 주는 분이었고 학문뿐 아니라 대학 안의 보직은 말할 것도 없고 학문을 위한

---

*경희대학교 명예교수

대학 밖의 일들도 많이 맡으셨다. 우리 동양사학회를 창립하여 그의 기초를 확립하는 데 공헌하신 점은 새삼스럽게 말할 필요도 없다.

바쁜 시간에도 대학의 학장과 총장이란 중요한 학내의 보직으로 행정적 능력도 십분 발휘하셨다. 학문을 위해 학내 보직을 기피·사양하는 교수들도 많지만, 행정적으로 학문의 발전이나 순수한 대학교육의 발전을 위해 보직의 수행 또한 중요한 공헌이니 외면만 할 수는 없는 것이다. 이러한 그분의 업적과 공헌으로 직접 가르치신 제자는 물론 같은 길을 지향하는 우리 사회의 많은 후진들을 양성하셨다.

우리나라 학문의 근대화라는 중요한 시점에서 정신문화연구원장직을 수행하신 것도 그러한 차원에서 이해해야 한다. 정치적인 성격이 강한 직책에서도 학자로서 양심에서 벗어나지 않은 원만함과 공정함을 잃지 않으셨으니 선생님의 인품과 업무의 능력을 알 만하다. 학문적인 외국 관계에서도 유네스코 한국위원, 미국 대학의 초빙교수, 미국 국제학술연구소 연구원 등으로 한국과 동양을 넘어 동서양을 넘나드는 학문적 역량을 보여 주셨다. 21세기인 오늘에야 그의 진가를 더욱 확인할 수 있는 진정한 동아시아사와 언론과 문학을 통한 전반적인 관계와 역사학자와 문화인으로서 시대적 사명을 또한 선생님에서 발견한다.

내가 독일에 유학을 떠나기 조금 전, 문리대 학장실로 선생님을 찾아 뵈었다. 그저 너무 막연하게 독일에서 동양사 학습에 대해서 선생님의 조언을 얻기 위해서였다. 선생님은 당시 "나는 너무 오래 전이고, 한국에서 연구한 주제와 내용을 중심으로 학위논문을 쓴 것"이라고 하시면서 "참으로 어려운 작업이 될 것"이라고 하셨다. 너무 준비가 적은 나의 어려움을 지적한 것이었다고 생각한다.

한국전쟁 바로 뒤인 1954년에 독일에 이미 학문적으로 높은 수준에 이르신 선생님에 견주어 거의 초보자로서 독일에 간 나는 그래서 9년의 시간을 독일에서 보냈다. 독일에서 중국학을 어떻게 하는가에 대해서는 아주 상세하게 보고 느끼며 석·박사 학위논문을 썼다. 고전으로서 한문과 현대어로서 중국어의 학습 방법, 중국에 대한 거시적인 원시적遠視的인 이해 등은 참으로 유익하고 흥미로운 것이었다.

선생님의 학위논문은 〈유지기(劉知幾)의 《사통(史通)》으로 본 중국사학의 가치론〉으로 독일에서 한국인이 쓴 열다섯 번째의 학위논문이며 해방 뒤로 네 번째이고 한국전쟁 뒤로 두 번째가 되니 대선구자이다(북한으로 가서 활약한 이극로를 포함하면 열여섯 번째가 된다).

사실 독일이 동양사 더욱이 중국사의 본고장이 아니어서 선생님 이후 내가 1980년에 중국사상사로 학위를 받을 때까지 유일한 학생이었으니 선생님은 그 점에서는 내게 훌륭한 대선배이시다. 역시 이미 그 시대에 학문의 미래를 투시한 드문 분이셨다고 생각된다. 그 뒤에도 선생님은 유럽의 동양학, 전근대에 한국과 유럽 종교의 관계, 하멜 표류기, 막스 베버의 직업관, 묄렌도르프(P. G. von Moellendorf) 연구, 조선 정부의 서양 고용인의 역할을 비롯하여 외교문서로서 독일 관계 문서[德案]와 러시아 관계 문서[俄案]등을 번역하는 서양 관계 자료 정리와 연구 등에 많은 학문적 성과를 계속하였다.

곧 선생님은 근세 유럽의 중국관, 동서양의 상호 이해 등 동서 문화의 교류에 관심을 가져 그에 대한 연구의 선구적 모범을 보여 주었다고 하겠다. 선생님이 유학하신 뮌헨대학은 독일 안에서도 유명한 중국학의 중심으로 볼프강 바우어나 헤르베르트 프랑케 같은 교수들의 업적이 두드러졌다. 헤르베르트 프랑케의 '원대의 지폐紙幣' 연구는 최고의 수준으로 평가받는다.

1981년 해외에서 돌아온 신임교수들을 위한 국가관이나 새로운 정신적 준비를 위한 교양 교육을 받던 정신문화연구원에서 인사한 것이 귀국 인사가 되었다. 그때 선생님이 원장이셨다. 한국과 독일의 친선 우호의 모임인 한독학회에 자주 나오셔서 축사하시던 모습이 지금도 기억에 뚜렷하다.

동양과 중국에 대해 폭넓게 접근하고 연구하신 선생님은 고려시대 우리를 오래 지배함은 물론 세계사를 변혁시킨 대제국인 원元에 대해 깊이 연구하시고 역사적으로 우리와 유사성이 많은 베트남에 대한 역사와 문화 및 동아시아 국가들 사이의 관계에 대해서 커다란 관심을 가지셨다.

더욱이 동양 문화의 아주 중요한 사상적 기반인 유교에 대해서도 각별한 관심으로 훌륭한 연구의 업적을 내놓았다. 동아시아의 전통과 근대에서 유교의 본질과 그의 역사적 책임과 사명은 절대적으로 중요하다. 이 문제에 대해 선생님은 동양과 서양은 말할 것도 없고 긍정과 비판이라는 측면에서 편중되지 않는 시각에서 중심을 잃지 않았다.

중국의 전통 부정과 근대화를 통한 유교 비판 곧 1919년의 5 · 4 운동 시기의 '공자타도(打孔家店)' 운동이나 1970년대 초 임표와 공자를 비판한 '비림비공운동(批林批孔運動)'에 관한 선생님의 글은 과격한 유교 비판이나 우리나라처럼 반공의 이념 아래서 전통적 공자 존경의 보수적 입장에 머물지 않는 매우 중립적이고 객관적이었다.

이러한 사상은 비록 길지 않은 글이긴 하지만, 동양의 사상으로서 선생님의 〈유교의 이단자 이탁오李卓吾(《아시아의 역사상》)에서 아주 명백하다. 명말의 16세기를 살았던 이지李贄(1527~1602)는 '동양의 루터' 라고 불릴 정도의 격렬한 유교 비판자이었다. 적을 돕거나 정치적인 반역에 의해서가 아니라 사회의 화석화된 주류의 도덕과 위선 등에 대한 비판과 부정으로 목숨을 내어던진 사상가·학자이다. 그래서 그는 일본의 도쿠가와 이에야스德川家康나 조선의 이순신과 함께 16세기 동아시아의 가장 위대한 인물로 평가하는 학자도 있고, 어쩌면 중국 최초의 "근대적 의미의 자유인" 일지도 모른다.

혹세무민과 풍교의 문란으로 탄핵되어 옥중에서 자살한 그의 많은 작품들은 불태워지고 《사고전서四庫全書》에는 모두 금서가 되었지만, 그의 사상과 저서의 전승은 계속되고 5·4 운동 이후 신시대의 정신으로 크게 고양되면서 사회주의 중국의 문화대혁명과 비림비공운동 속에는 민족의 문화 사상의 영웅으로 추존되었다. 그러나 한국에서는 전쟁 뒤의 반공적 분위기와 조선왕조의 전통적인 주자학 숭앙의 사상적 분위기에서 중국의 철학과 문학 및 역사에서 거의 이단으로서 비판·정죄되었다. 선생님은 이 글에서 아주 정확하게 이탁오의 생애와 저술 및 사상을 비롯하여 탄압에서 구속 및 자결에 이르는 과정을 아주 객관적으로 서술하고 평가하였다.

"그는 일종의 기인畸人으로서 초탈 분방한 사상을 실천한 사람이다. 그러나 그의 사상은 일관된 체계가 있었고, 후세에 많은 영향을 남겼다. 철저한 합리주의와 개성을 주장하는 '동심설童心說'을 내세우고, 위선의 유교 예교주의를 통매痛罵하였다. 전통에 대한 자유로운 비판을 강조하고 역사평론에 새로운 판단을 보였으며, (자유분방한) 문예이론에 독특한 경지를 타개하였다. 비록 그가 76세까지 살았지만, 죽음을 두려워하지 않는 신념과 정열 및 노력이 그를 오히려 후세에 더욱 빛나게 한 것이다."

아주 시원하고 후련하게 객관적으로 엄정하게 평가하셨다. 사실 우리나라의 일부 중국사학자들은 1990년대까지도 동양사 개론서에서 이탁오를 "양지良知를 핑계로 한 광선狂禪으로서 성인聖人과 유교 사회의 규범을 어긴 최악의 이단자異端者"로 관습적인 정죄를 구태의연하게 서술하였다. 이에 견주어 선생님은 비림비공운동이 일어나기 전인 1969년에 출간된《아시아의 역사상》에서 이미 그렇게 서술하셨으니, 선진적인 역사인식과 인물 평가는 참으로 놀라운 일이었다.

고병익 선생님은 그처럼 많은 학문 연구와 학내의 보직 및 언론과 문화를 비롯한 대외적 활동으로 정신없이 바쁘신 가운데서도 한문으로 시집을 내시고 몇 권의 수필집을 발간할 정도로 폭이 넓고 정적情的이며 문화적인 소양이 풍부하신 분이기도 했다. 그분의 그러한 학문 연구와 활동적 업적의 토대 위에서 오늘날 우리 동양사학의 발전이 가능했다고 생각하여 감사드리지 않을 수 없다. 우리 동양사학계가 새로 출발하는 어려운 초창기에 그분처럼 폭넓고 위대한 개척의 선구자를 모실 수 있었던 것을 커다란 행운으로 우리는 오래도록 기억하게 될 것이다.

가슴속의 고병익 박사

김정배金貞培[*]

세월이 지나고 기억에 남는 무수한 흔적 속에 누구에게나 시절 인연이 연연한 인물들이 있기 마련이다. 내가 보기에 고병익 박사는 우리나라 역사학계의 석학이면서 겸하여 대학 행정을 꿰뚫어 보는 혜안을 지닌 걸출한 인재다. 과묵한 성격이면서도 입을 열면 서론과 결론이 분명한 논리의 소유자고 언로의 저변에는 때로 해학이 넘쳐흘러 좌중을 압도한다.

내가 고병익 박사와 더 가깝게 다가왔던 인연은 1970년대 유럽에서 개최된 동양학대회에 함께 참가하였을 때였다. 당시는 지금과 다르게 파리나 런던을 갈 때 홍콩을 경유해서 남쪽으로 다니던 노선이 있었다. 홍콩에 비행기가 잠시 기착하였을 때 고 박사는 나에게 잠시 무얼 하나 살 게 있다며 자리를 비우더니 잠시 뒤 돌아오셨다. 시계를 갖고 오지 않아 홍콩에서 시계를 하나 사시는 것을 보고 나는 참 담백한 학자라는 인상을 받은 기억이 오래도록 남아 있다.

동양학대회에서 내가 슬라이드를 사용해서 영어로 발표 뒤 간단한 질의응답을 마치고 휴식 시간이 있었다. 그때 고병익 박사께서 말씀하시길,

---

*문화재위원장, 전 고려대학교 총장

내게 좋은 발표를 하였는데 다음에 발표할 때에는 살을 좀 더 붙여서 지금처럼 요점 위주로 발표하면 좋겠다고 고마운 조언을 해 주셨다. 내가 당시 젊었을 때였고 더구나 해외 학회에서 발표할 때 훌륭한 조언을 해 준다는 것이 너무나 고마웠다. 당시 참가하신 손보기 박사도 마찬가지로 토론 때 유익한 조언으로 도움을 주셨다. 그때 받은 짧은 가르침은 학술대회 자체에서만이 아니라 수많은 학자와 교류의 필요성 그리고 논제의 핵심을 찌르는 날카로운 지적에서 참으로 느낀 바가 많았다. 학자가 자기 전공 영역보다 더 넓게 연구를 하는 것이 필요하다고 보는 내 관점에서 볼 때, 고병익 박사의 연구 영역은 동양사가 아니고 가히 세계사적 관점에서 조망한다고 보는 편이 옳다. 그처럼 탄탄한 연구의 바탕은 한문 원전은 물론 독어, 영어 등 탁월한 어학의 재능이 종횡무진 능력을 발휘하는 원천에다 탄탄한 논리 전개 때문일 듯싶다.

학문 연구에서 연구자의 눈높이가 어디에 초점을 맞추느냐에 따라 연구의 대상은 범위와 높이가 정해진다. 고 박사가 관조하는 대상과 범위는 거의 산의 정상에서 아래를 내려다보며 서술하는 듯해서 동시대의 학자들 논조와는 다소 격이 다르다. 역사학계의 거목인 이유는 학문으로 승화된 사풍史風을 지닌 학자이자 연구 행정 구석구석을 이끈 달인의 경지를 융합한 모습을 소유하고 있기 때문이다. 행정 책임을 맡으면 유형, 무형의 온갖 악재를 맞아 헤쳐 나가야 되고 그 소용돌이에서 관련 부분을 관조하게 되면 또 다른 차원의 사론을 전개하며 음미하게 된다. 대소 모임에서 고병익 박사의 대인다운 풍모를 자주 목도했는데 이것은 자기의 역사 연구에 대한 업적과 자신감, 그리고 연구 행정을 수행하면서 축적한 숱한 행정 경험이 기반을 조성하고 있었을 것이다.

고려대학교 법과대학에서 국제해양법을 전공하며 일가를 이룬 박춘호 교수가 은퇴 뒤 자서전《지리 산골에서 세계의 바다에서》를 출간하는 출판기념회가 있었다. 당시에 민관식 회장, 고병익 박사께서 외부 인사로 축사를 하게 되어 있었다. 박 교수께서 내게도 축사를 부탁하기에, 사양하면서 더 훌륭한 분으로 모시는 것이 어떻겠는가를 문의하니 당시 행정을 맡고 있는 내가 해 주어야 한다는 점을 언급하면서 아울러 고 박사께서 김 총장의 축사 이야기를 하셨다는 말을 전하셨다. 사실 학교 행정을 맡고 보면 모임에 가서 이야기를 할 자리가 아닌데도 자리에 서야 하는 행사가 더러 있다. 그러나 고병익 박사께서도 말씀하셨다는 말을 듣고 보니 사양하기가 어렵고 박 교수와 좋은 인연도 있고 해서 모임에 나갔다. 우선 오랜만에 고병익 박사님을 뵙고 반갑게 인사를 드리고 나니 모처럼 마음이 편했다. 고 박사께서는 나보고 얼마나 수고가 많으냐고 웃으시면서 말씀을 하시는데 내가 느끼기에는 지난 시절 격랑기에 서울대학교 총장을 역임하셨던 과거를 회상하신 듯싶었다. 고 박사께서는 박 교수의 자서전에 대해 재미있게 언급하면서 문장 가운데 흥미 있는 구절을 인용하는데 그것이 바로 나도 이야기하고 넘어가려던 내용과 같아서 고 박사의 예리한 해학에 일순간 감탄한 바 있었다. 박 교수가 북경대학에서 강의하던 마지막에 한 학생이 북한의 지도자 김일성에 대해 어떻게 생각하느냐고 질문하는데 정치적인 질문이기에 다음과 같이 말을 하였다. '즉석에서 대답하기 어려운 질문이며 해양법과 관계없는 것이니 내가 더 공부해서 답변을 주겠다. 그래도 알고 싶은 학생은 오늘 밤늦게 내 숙소에 찾아오면 전등을 끄고 귀에다가 살며시 이야기하겠다'고 했다. 그랬더니 또 한 번 폭소가 터져 나왔다.

고 박사께서는 이 구절이 박 교수의 학식과 유머 감각이 뛰어난 부분이라며 몇 번이고 찬사를 보냈다. 사실 타인의 저서를 평한다는 것은 어떤 형식이든 통독을 하지 않으면 평을 할 수가 없다. 정성 들여 성의껏 읽고 품평을 하는 것은 성실한 학자의 자세인데 이날 나는 역사학 계통의 저서가 아님에도 불구하고 성심성의껏 학자의 자서전을 통독하고 축하해 주시는 모습에서 대인의 풍모를 느꼈다.

연세대학교에는 백낙준 박사의 공적을 기리는 영예로운 용재상이 있다. 평소 존경하는 김병수 총장께서 내게 용재상 심사위원을 맡아 달라는 부탁이 있어 평소의 각별한 우의에서 승낙하였다. 여러 분야에서 각양각색의 심사를 하기 마련이지만 큰 상에 관한 심사는 여간 신경이 쓰이지 않는다. 몇 번의 엄격한 심사 과정을 거쳐 고병익 박사가 용재상 수상자로 최종 결정이 났다. 업적과 경륜에서 지도자의 면모가 우뚝 솟고 보니 위원들 사이에 큰 이견이 없었다. 나는 속으로 역사학 분야에서 훌륭한 수상자가 나온 것이 자랑스럽고 그 가운데서 위원들이 고 박사의 업적을 치우침 없이 논의하는 것을 보고 순리대로 가는 것을 확인하며 안도하였다. 수상식에서 고 박사를 뵙고 축하 인사를 드렸다. 사실 내게 심사위원을 맡긴 것은 연세대의 김 총장이 내가 공정하고 깊이 있게 업적을 평가할 것으로 믿었기 때문에 위원으로 추천한 것이다. 나도 마찬가지로 이 뜻을 잘 이해하는 입장에 있었으므로 연세대학교와 용재상에 걸맞은 업적을 지닌 학자를 추천하는 데 일심으로 일조를 하였다. 이 과정에서 나는 고 박사에게 본인이 심사위원이었다는 것을 말한 바도 없다. 이것은 심사위원이 지켜야 할 명예 선언이므로 고 박사께서도 알 수가 없었을 것이다. 당시에는 이우성 박사도 수상을 하셔서 역사학계의 큰 어른들의 빛나는 업적이 돋보이는 행사가 되었다. 나는 행사장을 나오면서 역사학계에서 수상하실 만한 존경받는 분들이 상을 받으시니 참으로 기뻤다.

한번은 모임에서 고 박사님과 상면할 기회가 있었는데 한 가지 물어볼 것이 있다면서 러시아의 미하일 박 교수에 대해 문의를 하셨다. 미하일 박의 연세와 품성 등을 물으시고 나보고 언제부터 알았으며 몇 번이나 만났는가를 궁금해 하시기에 소련이 붕괴하기 전 유럽에서 개최되는 유럽의 한국학대회인 악세(AKSE)회의에서 만났고 이후 기회가 되는대로 만나면서 친하게 지냈다고 답을 드렸다. 오래전부터 북한에서 간행하는《력사과학》에 논문이 실려 있어 관심 있는 학자들이 궁금해 하는 학자들이 있었는데 동양사를 연구하시는 고 박사께서도 미하일 박에 대해서 문의하시는 것을 보고 매우 넓게 독서를 하시는구나 하며 놀란 적이 있다. 미하일 박 교수는 말년까지 연구를 계속해서《삼국사기》를 러시아어로 번역하는 업적을 남긴 바 있고 러시아에서 한국학의 발전에 크게 공을 쌓은 분이었다.

내가 고려사이버대학교 이사로 있을 때 고병익 박사도 이사로 회의에 참석하시곤 하였다. 항상 그러시듯 말씀은 적었고 사안에 따라 말씀하실 때는 아주 간단명료하게 의견을 개진하셨다. 나는 이 점이 아주 마음에 들었고 바로 존경하는 연유 가운데 하나의 이유이기도 하였다. 말년에 와서 고 박사님의 건강이 다소 나쁘다고 느껴진 것은 해소 때문인지 불편해 보이셨고 때로는 숨을 가파르게 호흡하시는 것이 안쓰러울 때도 있었다. 그럼에도 불구하고 끝까지 회의를 마치시고 음식을 드신 뒤 귀가하시곤 하였다. 한빈은 회의에 참석하셨는데 가족의 도움을 받으시면서도 회의에 참석하시다가 도중에 일찍 양해를 구하시고 가족과 함께 귀가하신 바 있다. 건강이 허락하는 한 회의에 참석하시는 공인의 정신과 자세는 후학의 처지에서 본받을 사례임이 분명하다. 회의에서 숨을 가쁘게 몰아쉬시는 동안에도 몸을 단정히 가다듬고 다른 분들의 의견을 경청하셨다. 양해를 구하시고 회의실을 나서시는 모습을 보면서 내 마음은 너무나 무거웠다. 내가 고병익 박사님을 생전에 뵌 마지막 모습이었다. 가족의 따뜻한 부축을 받으며 떠나시는 잔영이 지금도 눈앞에 선하고 존경받는 대학자의 품위 있는 자기 관리 자세와 가족의 편안한 보살핌이 참으로 아름다웠다.

고병익 교수와의 마지막 통화와 첫 대면

박원호朴元熇*

　여기에 고병익 교수를 추모하는 글을 실은 분들은 아마 대학에서 선생으로부터 직접 배웠거나, 아니면 후배로서 선생과 가까운 사이였던 경우가 대부분일 것이다. 그런데 나는 이 두 케이스가 모두 해당하지 않는 경우라고 해야 옳을 듯하다. 처음 선생의 모습을 뵈었던 1962년부터 선생께서 입원하시기 석 달 전 마지막 전화 통화를 한 2004년까지 무려 40년이라는 세월이 있었지만, 이 기간에 선생을 정기적 또는 지속적으로 만나뵐 수 있는 기회는 내게 주어지지 않았다. 선생이 만년에 남기신 한시漢詩를 엮은 《조산관수집眺山觀水集》을 보면, 〈이 교수가 난蘭을 안고 세배 오기 10년, 이 걸음 거른 해가 없었다오[李敎授抱蘭來拜新歲, 斯行十年無闕]〉라는 긴 제목의 시 한 수가 있다. 매년 정초에 빠짐없이 세배 오는 이성규李成珪 교수를 바라보며 스스로 무슨 학은을 베풀었는지를 돌아보고, 스승을 받드는 데 소홀했던 자신을 반성해 보는 성찰의 시이다. 선생을 사숙私淑하던 나였지만 이 교수와 같은 '포란지교抱蘭之交'의 기회를 갖는다는 것은 꿈도 꾸기 어려운 일이었다. 오직 학회나 사회 활동의 공간에

---

*고려대학교 명예교수

서 선생을 만나 뵙게 되면, 인사드리고 몇 마디 나누는 것이 고작이었다.

선생께서 일찍이 관심을 표명한 조선의 《연행록》류 가운데는 최부의 《표해록》이 들어 있다. 이 조선의 고전을 가장 먼저 연구 대상으로 삼은 이는 1952~1953년 일본에 유학하고 있던 컬럼비아대학 대학원생 메스킬(John Meskill)이었다. 메스킬은 이때 미야자키宮崎市定 교수에게서 《표해록》을 소개 받았다고 뒷날 인터뷰에서 술회한 것을 본 적이 있다. 마침 같은 시기에 교토대학京都大學의 마키다牧田諦亮도 《표해록》에 주목하였으니, 이렇게 미국과 일본 학자가 한국 학자보다 먼저 한국 고전을 학문적 연구 대상으로 삼았던 것이다. 1964년에 이르러서야 평양에서 《표해록》을 문학 작품으로 간주한 첫 한글 번역본이 김찬순의 이름으로 나오고, 한국에서는 선생에 의해 《표해록》에 관한 첫 논문인 〈성종조 최부의 표류와 표해록〉이 《李相栢博士回甲紀念論文集》에 실렸다.

내가 선생의 이 논문을 읽은 것은 10년이 지나 대만 유학에서 돌아온 1974년이었다. 〈明初의 韓中關係〉를 주제로 석사 논문을 쓰고 귀국한 나는 선생의 이 논문을 읽고 큰 흥미를 느꼈으며, 언젠가는 《표해록》을 대상으로 본격적인 연구를 하리라고 혼자 마음먹었다. 연구자의 머릿속에는 항상 몇 가지의 연구 주제가 각축하고 있기 마련인데, 뒤늦게 착상한 주제에 대한 연구를 우선시키는 경우가 생기다 보니, 《표해록》 연구가 자꾸 뒤로 밀리게 되어 《최부표해록역주》와 《최부표해록연구》 2책을 동시에 출간하게 된 것은 2006년이었다. 이 때 나는 《최부표해록연구》 서문에 이렇게 썼다.

일찍이 1964년 《표해록》에 관한 최초의 논문을 썼던 고병익 선생께 내가 진행하고 있던 작업에 관해 편지로 말씀드린 일이 있었다. 이를 받아 보신 선생께서 연구실로 전화를 걸어 와 몇 가지를 물어 보시며 커다란 관심을 보여 주셨다. 그리고 석 달이 채 못 되어 입원하셨다는 소식을 들었고, 또 얼마 지나지 않아 별세하셨다는 소식을 전해 듣게 되었다. 이것이 내가 고병익 선생님으로부터 받은 첫 전화이자 마지막 전화가 되고 말았다. 내가 원래의 계획대로만 연구를 마쳤더라면, 고병익 선생님께도 이 책을 보여드릴 수 있었을 텐데, 못내 아쉽게 생각된다.

선생은 최부《표해록》에 관해 이를 포괄적으로 소개하는 논문 1편과 메스킬 역주에 대한 서평 1편, 모두 2편의 선구적인 글을 남겼다. 선학先學의 연구보다 더욱 정밀해지지 않으면 안 된다고 생각한 나는 지금까지 출판된 한국어 역주본, 북한 번역본, 영어 역주본, 중국어 표점본 등 6종 역주본에서 드러난 각종 오역誤譯을 일일이 지적하여 바로잡았다. 그리고 그동안 《표해록》 연구자들이 사용해 온 판본은 모두 한국의 각 도서관에 수장된 조선 후기 판본인데 견주어, 나는 일본에만 수장되어 있는 조선전기 판본 3종을 찾아내어 이를 소개하고 활용하였다. 그뿐 아니라, 조선시대 간행된 6종 판본에 대한 판본 연구를 한 다음 판본명을 새롭게 붙이고 교감校勘까지 마치는 서지학적 연구를 병행하였다. 그러므로 다른 분들은 몰라도 적어도 선생만은 내 《역주》와 《연구》의 충실함을 알아 주실 수 있는 분이라고 여겼다. 나는 누구보다도 최부《표해록》을 잘 아는 선생에게 비평을 받고, 또한 학문적인 인정을 받고 싶었던 마음을 연구자들은 공감할 수 있을 것이다.

이제 고병익 선생과 첫 대면에 관한 얘기를 풀어 놓을 차례이다. 나는 고등학교 2학년 때 4·19 학생의거를 맞았고, 3학년 때 5·16 군사정변을 겪었다. 5·16으로 군사정부가 조직되고 해병대 영관급 장교가 졸지에 문교부 장관이 되어, 대학 입시를 겨우 6개월 앞둔 시점에 입시제도를 '혁명적'으로 바꾼 것은 지금 돌이켜 보면 참으로 어이없는 일이었다. 이 국가고사제도는 지원 대학을 정하지 않은 채 지원 학과만을 먼저 정해 전국적 국가고사를 객관식 시험으로 치른 다음, 그 점수로 지망 대학에 원서를 내고 정작 대학에서는 5종목의 체력고사만 치러 두 점수를 합친 총점으로 합격자를 결정하는 방식이었다. '학력'뿐 아니라 '체력'도 중요하다는 군인다운 생각을 속전속결로 제도화시킨 것이다.

4·19 학생의거 이후 진학할 학과 선정을 고민하기 시작한 내게 마지막까지 남은 학과가 사학과와 고고인류학과였다. 내가 다니던 경남고는 그 무렵 서울대 입학생을 매년 적어도 1백 명 이상씩 배출하고 있었다. 그런데 대학마다 설치되어 있는 사학과는 학과별 전국 정원이 수백 명이었지만, 겨우 1년 전에 학과가 신설된 고고인류학과는 오직 서울대에만 있어, 학과별 전국 정원이 10명에 지나지 않았다. 나는 고고학에도 매력을 느끼고 있었으나 정원이 너무 적어 경쟁률이 터무니없게 높아질 것이 우려되고, 또 학문의 대상이 선사시대先史時代에 국한된다는 점이 약간 불만이어서 마침내 사학과를 선택하였다. 지원자 접수가 끝나고 보니 고고인류학과는 경쟁률이 오히려 사학과보다 크게 낮았다. 병약한 체질의 소유자였던 나는 형편없는 체력고사 점수를 받고 그만 낙방하고 말았다. 재수를 해도 체력 점수가 크게 나아질 것 같지 않아 2차 대학 입시로 동국대 사학과에 지망하였는데, 바로 이때 나는 면접시험관이었던 고병익 선생과 첫 대면을 하게 되었던 것이다.

뒷날 따져보니 선생은 이해 3월에 서울대 사학과의 부교수로 옮겨 가게 되어 있어, 아마도 당시 동국대에서 마지막 행정 업무를 수행하고 있었던 것 같다. 조금 어두운 면접실로 노크하고 들어가 꾸벅 절하고 지정된 좌석에 앉으니, 지원서를 흘깃 훑어본 선생은 "역사학 중 어떤 분야에 흥미를 느끼는가?" 라는 첫 질문을 나에게 던졌다. "동양사입니다" 라고 짧게 대답했다. 다시 선생께서 그 이유를 묻자, 나는 판에 박은 빤한 답변을 하고 말았다. 그 대답 가운데 동양사를 전공한 세계사 선생님의 영향도 있었다고 말씀드렸더니, 선생께서는 세계사 선생님이 누구시냐고 또 물어 "민성기閔成基(1964~1985년 부산대 교수) 선생님입니다" 라고 대답하였다. 민 선생님을 아는지 모르는지 가늠할 수 없이 고개만 한두 차례 끄덕이던 선생은 뜻밖에 "기번이란 역사가를 아는가?" 라는 생뚱맞은 질문을 나에게 던졌다. 나는 물론 "모릅니다" 라고 대답할 수밖에 없었다.

선생은 대답 못한 데 대해 걱정하지 말라는 뜻인지, 또는 자신이 질문을 잘못 선택했다는 점을 순간적으로 느꼈던지는 잘 모르지만, 한 팔을 들어 올려 다독이는 듯한 제스처와 함께 나에게 나가도 좋다고 하였다. 면접실 밖으로 나온 내가 면접을 마친 몇 수험생들에게 유사한 질문이 있었던가를 확인해 보았더니, 비슷한 질문을 받았다는 학생은 한 명도 없었다. 입학 뒤 그 면접시험관이 누군가를 알아보았더니, 고병익 교수인데 이미 서울대로 옮겼다는 사실을 알게 되었다. 내가 한 학기라도 선생의 강의를 직접 들을 수 있었던 기회는 이렇게 마치 파랑새처럼 날아가 버렸다.

이듬해 내가 고려대 사학과로 편입학을 하였는데, 이때 면접관은 바로 학과장을 맡고 있던 김준엽金俊燁 고려대 교수였다. 고려대로 옮긴 뒤 언뜻 생각이 나서 '역사가 기번Gibbon'에 대해 찾아보고서는 곧 《로마제국쇠망사》를 쓴 위대한 역사가임을 알게 되었다. 그런데 그때까지 우리나라에는 한글 번역이 된 《로마제국쇠망사》가 출판된 것이 없었고, 충무로 일본

서점 같은데 가면 혹시 일본어 번역판《로마제국쇠망사》는 구할 수 있을까 말까 할 정도였다. 아무리 그렇지만 이제 대학 사학과에 입학하여 '동양사'를 전공하겠다는 수험생에게 '헤로도토스Herodotus' 같으면 또 몰라도, 기번'에 대해 물었다는 것은 아무래도 선생께서 조금 무리하신 것 같았다. 물론 이 모두는 나의 일방적인 기억에 의한 서술일 뿐이고, 선생은 아무것도 기억하지 못하였을 것은 분명한 일이다.

1974년 1월 8일 나는 대만대학에서 석사를 마치고 타이베이에서 서울로 돌아왔다. 내가 귀국 날짜까지 선명히 기억할 수 있는 것은 이날 바로 유신정권의 〈긴급조치 1호〉가 발포된 날이기 때문이다. 이 무렵 나는 선생이 면접에서 '기번'을 화두로 꺼내게 된 실마리를 우연히 찾아내게 되었다. 그것은 선생이 출간한 첫 단행본인《아시아의 歷史像》을 읽을 때였다. 이 책은 역사 평론집으로 선생께서 독일에서 귀국한 뒤 신문, 잡지 등에 실었던 짧은 글들을 모아 하나의 책으로 엮은 것이다. 이 책을 엮어 출판하는 일을 헌신적으로 도운 사람이 당시 석사과정에 재학하며 조교를 맡아 있던 나의 고등학교 동기생 조동원趙東元(1981~2009년 부산대 교수) 군이었다. 이 책의 첫머리에 실려 있는 글이 바로 〈중국인의 역사관〉이다. 이 글에서 선생은《사기史記》나《한서漢書》는 내용과 구성으로 말미암아 그 시대의 영상을 그리기가 어렵다고 하며, 동양의 사서史書는 역사라기보다 소재의 나열에 지나지 않는다고 다소 과격하게 비판하며 서술을 다음과 같이 이어가고 있다.

이것을 가령 대략 같은 시대인 로마의 역사를 살피기 위해서 기번이나 몸젠Mommsen의 저술을 읽을 적과 비교해 본다면, 거의 비교가 되지 않을 것이다. 후자에 있어서는 이미 저자에 의해서 사건이

나 상태를 종합해서 설명하고 서술하고 해석하고 있는 까닭으로, 우리는 그 저술을 쫓아가기만 하면 전체적인 영상을 머리에 그릴 수가 있으나, 전자에 있어서는 그런 점이 없다는 차이가 있는 것이다.

단행본 《아시아의 歷史像》은 1969년 출판이지만, 〈중국인의 역사관〉은 원래 《사상계》 1959년 10월호에 실렸던 글이다. 선생은 독일에서 박사학위를 받고 귀국한 지 2년 뒤 1958년에 연세대 조교수로 처음 대학의 전임교원이 되었으며, 2년 뒤 동국대로 옮겼다가 다시 2년 뒤인 1962년에 서울대로 옮겼다. 뮌헨대학에서 중국의 사학사상史學思想을 주제로 박사 논문을 썼던 선생은 내가 면접 시험을 볼 무렵 '기번'과 같은 역사가가 중국에서는 왜 출현하지 않았는지 등, 뇌리에 '기번'이 화두話頭로 자리 잡고 있었으리라는 정황을 짐작케 해 준다. 나는 이 에피소드를 선생께 말씀드려 볼까 하는 생각을 줄곧 하고 있었으나, 선생을 뵐 수 있는 기회가 많지 않은 데다 얘기 꺼내기가 너무 어렵게만 생각되어 결국 기회를 놓치고 말았다. 그렇지만 이와 같은 조그만 인연으로 이후 선생의 언행과 논저를 다른 분들보다 더욱 세심히 살펴보게 된 것은 부인할 수 없는 사실이다. 정작 내가 《로마제국쇠망사》를 읽은 것은 도쿄대학에서 연구하던 1978년 무렵 일본어판으로였다.

솔직히 말해 선생은 우리가 대하기 편한 분은 결코 아니었다. 선생에게는 다른 사람이 자기 멋대로 접근해 오는 것을 허용치 않는 고고한 분위기가 있었다. 말하자면 아무에게나 자신의 옆자리를 쉽게 내주지 않는 엘리트적인 몸가짐이 있었다고 할 것이다. 지금 나의 머릿속에 각인되어 있는 선생의 '동영상 이미지'로는 나는 다음 세 장면을 꼽을 수 있다. 첫째, 서울대 대학원 석사과정에서 선생의 지도를 받고 있던 또 다른 고등학교 친구와 함께 동숭동 문리대캠퍼스에 갔을 때 목격한 한 컷이다. 선생이 건물 현관을 나와 마로니에 낙엽이 흩날리는 길을 두 팔을 휘저으며 빠른 걸음으로 걸어가는 모습이다. 이 무렵은 선생이 문리대 학장을 맡아 있을 때인데, 아마도 선생의 일생에서 가장 활기찬 시절이 아니었을까 싶다. 둘째는 학술대회에서 발표를 들을 때 발표자를 주눅 들게 만드는, 이미 모든 것을 통찰하여 알고 있는 듯한 표정이나, 아니면 돌부처처럼 눈을 지그시 내리감고 있는 모습이다. 때로는 깜빡 조는 순간도 없지는 않으나 눈 뜨자마자 금방 자신의 견해를 피력하는 놀라운 순발력을 발휘했던 것도 기억난다. 셋째는 가까운 사람들과 음주를 곁들인 담소를 나눌 때 흔히 보이는 파안대소破顔大笑하는 장면이다. 얼굴 표정을 관장하는 근육 전체가 순식간에 해체되는 것처럼 크게 웃는 모습이다. 사실 이 '파안대소'야말로 선생의 웃음에 꼭 들어맞는 어휘라고 생각된다. 입을 꾹 다문 선생의 근엄한 표정의 내면에는 이미 '파안破顔'이 내장되어 있음을 체험으로 알고 있는 주변 사람들은 얼핏 차가워 보이는 선생에게 그래도 다가설 수 있었던 것이라고 나는 본다.

선생은 거침없는 자신의 걸음걸이처럼 소절小節에 구애되지 않고 빠른 속도로 전진하는 매우 진취적인 분으로 기억된다. 선생은 마치 성城을 함락시키고자 말달리는 몽골 기병처럼 '사학史學'과 '사식史識'을 추구하며 연구 영역을 넓혀 나아갔다. 선생은 자신에게 다가오는 기회를 우물쭈물하다가 놓치는 법이 없었으며, 오히려 이와 반대로 아주 민첩하고 사태를 확실하게 장악하는 명민明敏한 분이었다. 선생은 멈추어야 할 때를 아는 '지지知止'의 경지를 터득하고 있었으며, 따라서 '출처진퇴出處進退'를 분명히 하는 분이었다. 무엇보다도 자신의 "변치 않는 원칙으로 온갖 변화에 대응[以不變應萬變]"하는 유가儒家에 가까운 분이었다. 그런데 만년에 내신

《녹촌사화집鹿邨詞話集》에 실은 한시漢詩를 살펴보노라면, 선생은 어느 틈엔가 성큼 도가道家 쪽으로 가까워지고 있었다는 것이 멀리서 '망원경'으로 살펴본 관찰자의 느낌이다.

내가 《표해록》에 관한 선생의 글을 읽고 첫 관심을 가진 이래 연구 자료를 조금씩 모으다가 본격적인 연구를 시작한 것은 2002년이었고, 그리고 《최부표해록역주》와 《최부표해록연구》 2책을 동시에 출판한 것이 2006년이었다. 최근 나는 다시 이 두 책을 보완하고 중국어로 역하여 상해上海에서 《崔溥漂海錄校注》(上海書店出版社, 2013)와 《崔溥漂海錄分析研究》(上海書店出版社, 2014)라는 책 이름으로 재출간하게 되었다. 아무리 《표해록》의 원문이 모두 한문으로 쓰여 있고 또 주석에 한자를 많이 섞더라도, 중국인 연구자들이 한글 책을 읽기 어렵다는 현실을 이 책의 출판 과정에서 나는 절실히 깨닫게 되었다.

정년퇴직 뒤 나는 틈틈이 이 두 책의 중국 출판을 준비해 오며 우선 해외 독자를 염두에 두고 주석 달 곳을 선정하여 이를 현대 중국어로 풀이하였으며, 원문에는 중국식 표점標點을 하여 외국의 연구자들이 쉽게 접근할 수 있도록 만들었다. 이 《최부표해록교주》와 《최부표해록분석연구》의 중국 출판이 갖는 중요한 의미는 5백 종이 넘는 조선시대의 각종 《연행록》 가운데, 최부의 《漂海錄》이 처음으로 중국인들과 세계의 중국 연구자들이 마음만 먹으면 읽을 수 있는 형태로 만들어져 보급된다는 점이다. 이렇게 중국어[또는 영어] 번역을 거치면 중국학을 전공하는 세계의 모든 중국 연구자들이 자유롭게 읽을 수 있는 조건을 만들어 주는 셈이 된다. 이와 같은 과정은 한국 중국사학中國史學의 발전과 연구 성과의 국제화에 아주 중요한 일이 될 것이다. 《최부표해록》에 대한 관심을 학문적으로 처음 일깨워 준 고병익 선생의 서거 10주기를 맞아 마침 내가 중국에서 《최부표해록교주》와 《최부표해록분석연구》를 출간하게 된 것을 뜻 깊게 생각하며, 선생과의 '마지막 통화'와 '첫 대면'을 조용히 회상해 보는 시간을 가졌다.(4월 12일 탈고)

많은 은혜만 입고……

이정복李正馥[*]

내가 1963년 대학에 들어가서 선생님을 처음 만나 뵌 것이 엊그제 같은데 어느 사이에 반세기가 지났고 선생님께서 돌아가신 지도 10년이 지났다. 나는 이제 70이 되어 종종 과거를 되돌아보게 되고 과거를 되돌아보면 볼수록 많은 분들의 도움을 받았다는 것을 새삼 느끼게 되며 그런 도움에 대해 별 보답을 해 드리지 못한 것에 죄책감을 느끼기도 한다. 고병익 선생님은 내가 그렇게 느끼는 선생님들 가운데 으뜸가는 분이시다.

내가 문리대에 들어간 1963년은 군부 쿠데타 세력이 민정 이양 문제를 둘러싸고 옥신각신하다가 결국 민정 참여 쪽으로 결정을 내리고 박정희 장군이 군복을 벗고 대통령에 출마하여 민간 정치인인 윤보선 후보에게 근소한 표차로 이기고 제3공화국을 출범시킨 해이다. 당시 문리대에는 나보다 2~3년 선배들이 〈민족주의 비교연구회(민비연)〉를 결성하고 사회학과 황성모 교수님을 지도교수로 모시고 서클 활동을 하고 있었다. 〈민비연〉은 우리가 올바른 민족주의를 가져야 후진적인 식민 상태를 벗어날 수 있다는 노선을 가지고 당시 민족적 주체성 확립과 근대화를 내걸고 정

*서울대학교 명예교수, 학술원 회원

권을 장악한 군부 세력에 대해 반대운동을 문리대 내에서 이끌고 있었다.

사회학과의 한상진 군, 나, 그리고 몇몇 63학번 문리대 동기들은 〈민비연〉의 서클 활동에 자극을 받아 우리도 이와 유사한 서클 활동을 해 보고자 〈한국사상연구회(한사연)〉라는 모임을 조직하였다. 우리들은 한국사상이 무엇인지를 알아야, 다시 말해 우리 자신의 사상적 정체성을 확립해야만 암담했던 당시의 현실을 극복할 수 있다고 믿었다. 내가 고 선생님과 인연을 갖게 된 것은 우리들이 고 선생님을 〈한사연〉의 지도교수로 모시면서부터 시작되었다.

우리들은 이 연구회의 지도교수로 처음에는 박종홍 선생님을 생각하였다. 당시 박 선생님은 한국사상연구의 일인자이셨고 우리들은 박 선생님의 지도를 받으면서 한국사상을 공부하는 서클 활동을 하고자 하였다. 그러나 박 선생님께서는 우리들의 요청을 받아들이시지 않고 고병익 선생님을 지도교수로 모시라고 강력하게 추천하셨다. 그래서 우리들은 고 선생님을 찾아뵙게 되었고 고 선생님께서는 우리들의 요청을 쾌히 수락하셨다.

우리들은 당시에는 잘 몰랐지만 문리대 학생 서클의 지도교수를 맡는다는 것은 약간의 모험을 수반하는 일이었다. 〈민비연〉의 황성모 선생님은 이 연구회 회원들의 반정부 운동 때문에 나중에 해직도 당하시고 옥고도 치르셨다. 우리들은 〈민비연〉의 선배들만큼 정치의식이 강하지도 않았고 운동 지향적이지도 않았고 그이들보다는 조금 더 학구적이었지만 고 선생님께서 정치학과와 사회학과 학생들이 중심 회원들이었던 〈한사연〉의 지도교수를 맡으신 것이 그렇게 쉬운 일은 아니셨을 것이라고 생각한다.

우리들은 이 연구회 활동을 활발하게 하지 못했지만 내가 한국 민족주의에 대해 설익은 발표를 했을 때 오셔서 경청하시던 선생님의 모습이 지금도 내 눈에 선하다. 선생님께서는 그 뒤 1966~68년에 시애틀에 있는 워싱턴대학의 The Institute for the Far Eastern and Russian Studies(현재는 The School of International Studies)의 초청교수로 가시게 되고 우리들도 1967년에 졸업을 하게 되어 〈한사연〉은 자동 해체되었으나 나는 선생님을 간헐적으로 계속 뵙는 계기를 갖게 되었다.

내가 선생님을 다시 찾아뵌 것은 1969년 가을 어느 날이었다. 내가 선생님께서 2년 동안 가르치셨던 그 워싱턴대학에 정치학 공부를 계속하고자 지원서를 내는데, 선생님 추천서를 받기 위해서였다. 내가 이 대학을 선택한 것은 선생님이 계셨던 연구소의 신임 소장으로 부임한 George Beckmann 교수가 한국을 방문했을 때 이 연구소의 Gowen Fellowship을 지원하라고 권고하여서였다. 그러나 그렇다고 해서 미국의 fellowship이라는 것이 자동적으로 되는 것은 아니고 훌륭한 선생님의 추천서를 필요로 하였다. 나는 선생님의 강의를 들은 적이 없으나 선생님께서는 나의 서클 활동 지도교수 때의 접촉을 기반으로 해서 추천서를 써 주셨고, 선생님께서 바로 이 연구소에서 가르치신 만큼 내가 fellow로 선정되는 데 커다란 영향력을 발휘했을 것이라고 생각한다. 그리고 이 fellowship committee의 위원이었던 사학과의 Kenneth Pyle 교수는 뒷날 내게 "I like him"이라고 말하면서 선생님의 안부를 자세히 물은 적도 있다. 선생님께서는 워싱턴대학의 동료 역사학 교수들에게 좋은 인상을 남기신 것 같았다. 나는 이 역사학 교수들이 중심이 되어 운영하는 Gowen Fellowship Committee의 장학금을 받아 이 대학 정치학과에서 공부하였다.

나는 유학하는 가운데 선배 유학생들의 도움을 많이 받았다. 요즈음은 유학 전에도 외국 나들이들을 많이 하여 외국은 그렇게 낯선 땅이 아니게 되었으나 당시에는 그렇지 않았다. 모든 것이 생소한 미국 유학 생활을 시작하는 데 어느 정도 가이드가 필요하였고 워싱턴대학의 선배 유학생들은 이러한 가이드를 제공하는 데 적극적이었다. 그 가운데 특히 변재현 선배께서 내가 공부하는 데 여러 가지 조언을 해 주고 집으로 저녁을 초대하는 등 여러 면에서 각별히 격려해 주었는데, 이 분은 다름 아닌 고 선생님의 문리대 사학과 제자이셨다. 고 선생님의 주선으로 이 대학에 공부하러 오셨고 또 고 선생님의 뒤를 이을 분이라는 평판이 나 있던 분이었다. 변 선배께서는 나와 같은 문리대 출신일 뿐만 아니라 고 선생님의 추천을 받아 이 대학에 왔다고 해서 나에게 각별한 신경을 써 주신 것 같다.

내가 유학하던 1970년대 중반에 워싱턴대학을 방문하신 고 선생님을 변 선배님과 함께 학교 근처의 맥줏집에서 뵈었다. 선생님과 한 두어 시간 동안 여러 가지 얘기를 나누었지만 무슨 얘기를 나누었는지 현재 전혀 기억이 나지 않는데, 한 가지 말씀만은 또렷하게 기억이 난다. 선생님은 맥주를 드시면서 담배를 피우셨다. 그 무렵 담배는 건강에 나쁘다는 경고가 소란스럽게 나오기 시작한 때였던지라, 나는 건강에 나쁘다는 담배를 끊지 않으시는 이유가 어디에 있는지를 문의하였다. 이에 대해 담배를 피우는 사람은 안 피우는 사람보다 평균 몇 개월을 덜 산다는데, 선생님께서는 담배를 안 피우고 몇 개월을 더 살기보다는 담배를 피우고 몇 개월 덜 살겠다고 하셨다. 담배 한 대를 피우면 몇 초씩 생명이 단축된다고 세세하게 계산까지 하시면서 몇 초 덜 살고 담배 한 대의 맛을 즐기시겠다고 하셨다.

나는 유학생활을 마치고 1979년 여름 귀국하기 전에 나를 지도해 준 Donald Hellmann 교수로부터 임무를 한 가지 맡고 귀국하였다. 그것은 워싱턴대학의 오데가드 전임 총장의 서울대 초청 문제였다. 서울대는 종합화 이전에 여러 외국 대학을 모델로 삼았는데, 워싱턴대학도 그러한 모델 가운데 하나였다. 그리하여 서울대의 종합화 관계 교수가 워싱턴대학을 방문하였고, 오데가드 총장도 서울대를 방문하여 종합화 방안에 대해 조언을 한 적이 있었다. 오데가드 총장은 워싱턴대학의 사학과 교수로 이 대학의 총장을 한 15년 정도 역임한 분이다. 문제는 서울대 총장이 오데가드 전임 총장을 초청하겠다고 약속을 했는데, 서울대에서 초청장이 오지 않는다는 것이었다. 그렇다고 해서 오데가드 총장 측에서 이 점에 대해 서울대에 문의해 볼 수도 없고 아주 당혹스럽다는 것이었다. 아마도 종합화 뒤에 오데가드 총장이 서울대 종합화에 공헌한 점을 고려해서 초청하겠다고 약속을 한 것이 아닌가 생각된다.

나는 나의 지도교수에게 이 문제를 서울에 도착하는 즉시 해결할 테니 걱정하지 말라고 장담하였다. 그렇게 장담을 하게 된 배경에는 고 선생님께 말씀드리면 될 것이라고 믿었기 때문이었다. 마침 고 선생님은 서울대 부총장에서 총장이 되셨기 때문에 귀국하자마자 선생님을 찾아뵙고 이 문제를 상의드렸다. 선생님께서는 전임 총장 때의 오데가드 초청 건을 알고 계셨고 일이 어떻게 그렇게 되었노라고 하시면서 그 자리에서 나에게 공식적인 초청 편지의 초안을 잡아 오라고 하셨다. 서울대의 행정 조직이 거대하지만 이런 편지 하나 제대로 쓰려면 부담이라고 하시면서 초안을 부탁하셨다. 나는 바로 나의 지도교수에게 이 문제가 해결되었다는 편지를 보냈고, 그분도 아주 잘 되어 고맙다는 답장을 보내왔다.

나는 귀국 뒤 모교 정치학과에서 가르치게 되었으나 선생님께서는 곧 정신문화연구원 원장으로 가시게 되어 자주 뵐 수 없었다. 그 뒤 한상진 군이 1981년에 미국에서 공부를 마치고 귀국하여 정신문화연구원으로 선생님을 뵈러 간 적이 있다. 당시 한상진 군도 모교 사회학과에 들어오려고 노력하고 있었는데, 우리들은 선생님께서 서울대 총장으로 계속 계셨으면 좋았을 것이라는 생각을 떨쳐 버릴 수 없었다.

그 뒤 선생님은 서울대와는 떨어져 학문 활동과 사회 공헌 활동을 하셨기 때문에 자연스럽게 뵐 수 있는 기회가 드물었다. 그러다가 1996년 여름에 선생님을 뵙게 되었다. 그것은 목은牧隱 서세逝世 600주년을 기념하는 학술회의에서였다. 이 회의는 목은의 자손들 가운데 교수를 하고 있는 사람들이 선조를 추모하고자 조직한 회의였다. 나는 소극적인 참여자로 이 회의에 참여했으나 고 선생님과 이우성 선생님이 이 회의를 조직하는 데 많은 도움을 주신 것을 알게 되었다. 아마도 우리 문중의 이문원 선생께서 이 분들에게 도움을 청하신 게 아닌가 생각된다. 또 나는 선생님의 따님이신 고혜령 선생께서 목은의 부친이신 가정稼亭 이곡李穀에 대해 박사학위논문을 쓰신 것을 알게 되었고 이 논문도 받아서 간직하고 있다. 선생님께서는 이 학술회의에서 축사를 하셨고 학술회의 논문집에 서문도 쓰셨는데, 대개 문중 주최 회의가 선조를 찬양하는 데 치우쳐서 객관성을 잃는 경우가 종종 있으나 이번 학술회의는, 목은 시대 전후의 성리학을 전공하는 학자들이, 이런 우를 범하지 않고 착실한 연구 발표를 하게 되었다고, 치하해 주셨다.

그 뒤 선생님의 희수 때인지 어떤 때인지 선생님을 기리는 모임이 있다고 하여 참석한 것을 제외하고는, 선생님을 자주 뵌 적이 없다. 그러다가 선생님께서 돌아가시기 얼마 전에 ─ 그것이 1년 전인지, 2~3년 전인지 확실치 않지만 ─ 논현동의 니꼬라는 일식집에서 선생님에게 점심 대접을 한 기억이 난다. 선생님께 뵙자고 전화를 드려 만나 뵙게 되었는데, 목은 탄생지인 영덕에서 개최하는 한시 백일장의 심사위원을 맡아 주십사고 비공식적으로 미리 부탁을 드리고자 했던 것 같다. 그때 나는 선생님께 아직도 운전을 하시느냐고 물은 기억이 난다. 선생님께서는 연세가 많이 드신 뒤에도 운전을 하시는 것으로 유명했는데, 그때 계속하고 있다는 말씀을 하셨다.

　세월이 빨리 흐르기 때문에 선생님을 마지막으로 뵌 이때가 몇 년도 인지 확실한 기억이 나지 않는다. 운전도 계속 하신다고 해서 건강에 아무 문제가 없으신 것으로 생각했는데 오래 지나지 않아 선생님께서 돌아가셨다는 부고를 보게 되었다. 선생님과 동년배이시고 친우이신 이우성 선생님께서 현재에도 왕성한 활동을 하고 계시는 것을 보면 선생님께서도 더 생존하셨으면 얼마나 좋았을까 하는 아쉬운 마음을 금할 길 없다.

　나는 대학 시절의 서클 활동, 졸업 뒤 유학 생활, 유학 뒤 워싱턴대학과 관계, 내가 속한 문중의 목은 기념사업에서 고병익 선생님에게 음으로 양으로 많은 도움을 받았다. 그러나 이러한 도움에 대해 나는 선생님께 특별히 인사를 드리거나 감사의 뜻을 표한 적이 없다. 선생님께서 여의도에 사실 때 정초에 세배를 드리려 간적이 있으나 그것도 한두 번에 그친 것 같다. 선생님께 여러 가지 도움을 요청하고 그러한 도움을 받고도 예의를 차리지 못했다는 것을 요즈음 절감하고 있다. 선생님께서 하늘에서 제 마음을 보신다면 뭐 그런데 신경을 쓰냐고 빙긋 웃으실 것 같다.

〈한국사상연구회〉로 시작한 사제관계

한상진韓相震[*]

고병익 선생님! 하면 두 개의 다른 이미지가 떠오른다. 하나는 다소 투박하고 무뚝뚝한 신중함이라 할까, 제자들의 말을 듣고 가끔 고개를 끄덕이며 생각에 잠기시는 그런 모습이다. 다른 하나는 마음이 울리면 소탈한 표정으로 파안대소를 짓는 꾸밈없는 모습이다. 선생님의 매력은 이런 양면성의 조합에서 나왔다. 선생님은 검정색 외투에 중절모를 쓰고 걸으실 때는 견문과 교양이 넓은 국제 신사 같은 세련된 용모를 풍겼다. 그러면서도 어딘가 스타일과 표정에서 촌스럽기조차 한 시골 농부 같은 모습도 간직했다. 이런 두 개의 전혀 다른 이미지가 묘하게 어울렸다.

선생님을 멀리서 보면, 쉽게 접근하기가 어려울 것 같은 근엄함이 풍겼다. 고명한 학자의 풍모라고 할까. 그러나 막상 찾아가면 예상과는 달리 소탈하게 반기는 친절함과 자상함이 있었다.

내가 선생님을 처음 뵙게 된 것은 1964년 가을, 그러니까 내가 동숭동 문리대 시절 사회학과 2학년 때였다. 당시 문리대 캠퍼스는 학생 시위의 열기와 충격으로 몹시 뒤숭숭했다. 학생들이 대오를 짜 구호를 외치며 교

---

*서울대학교 명예교수, 전 한국정신문화연구원 원장

문을 나서면 대기하고 있던 전경들이 돌격해 왔다. 한번은 육중한 검정 트럭이 대낮에 '하이빔' 헤드라이트를 환하게 켜고 혜화동 쪽에서 사이렌을 울리면서 무서운 속도로 돌진했다. 공포의 순간이었다. 누군가가 죽을 각오하고 달려오는 트럭에 온몸으로 맞섰다면 어떻게 되었을까? 그러나 학생들은 혼비백산이 되어 좌우로 흩어졌고 적지 않은 학생들이 연행되었다. 캠퍼스로 돌아온 학생들은 동숭동 거리와 캠퍼스 사이의 작은 실개천을 중간에 두고 전경들에게 돌을 던졌고 전경들은 학교 안으로 최루탄을 던졌다. 1960년대 중엽까지만 해도 전경이 캠퍼스로 직접 진입하는 것이 허용되지 않았다.

쟁점은 한일국교정상화 회담 반대였다. 당시 지식인들과 주요 언론들은 이 회담에 매우 비판적이었다. 나는 고등학교 1학년 때 4 · 19 학생 시위를 지방에서 경험했지만, 문리대 경험은 완전히 다른 것이었다. 1964년 3월 24일, 학생 시위는 한일회담 주역들의 화형식으로 시작했다. 식민지 지배에 대한 추호의 반성도 없는 일본의 오만을 규탄하면서 굴욕적 협상을 진행하는 박정희 정권에 대한 분노가 하늘을 찔렀다. 캠퍼스에 휘날리는 수많은 깃발과 휘장, 여기저기 붙은 플래카드와 격문, 대자보, 우렁찬 함성으로 퍼지는 구호들이 나의 뇌리를 사정없이 때렸다.

5월 20일에는 학생시위를 이끌던 〈민족주의비교연구회〉(이하 민비연)가 중심이 되어 "황소식 민족적 민주주의"의 장례식을 열었다. 황소는 당시 민주공화당의 상징이었다. 1963년 10월에 창립된 〈민비연〉은 5 · 16 군사쿠데타의 주역 김종필 씨를 초청하여 학내에서 민족적 민주주의 토론회를 개최했을 만큼 한때는 이 이념노선에 호의적이었다. 그러나 1964년 봄에는 수많은 조기와 만장이 휘날리는 문리대 운동장에서 민족적 민주주의 장례식을 거행했다.

학생시위는 6월 3일 정점에 도달했다. 전국 31개 대학 학생회는 '난국타개학생대책위원회'를 결성하여 대학별로 궐기대회를 개최했다. 6월 3일 문리대 운동장에는 사상 최대의 인파가 모였다. 선언문과 구호로 학원 사찰 중지, 부정부패 원흉 처단, 여야 정치인 반성 촉구에 이어 박정희 대통령 하야를 촉구했다. 그러자 정부는 서울시 일원에 비상계엄령을 선포했고 학원과 언론에 대해 대대적인 탄압을 시작했다.

이런 경험은 나에게 큰 충격과 자극을 주었다. 학문과 대학은 무엇이며 학생운동의 역할은 무엇인가? 이런 생각을 하면서 1964년 여름방학을 보냈다. 개학이 되자 나는 곧 철학과의 정탁, 정치학과의 이정복 등과 만나 상의했다. 김홍명, 이무남 등과 북한산을 오르며 대화도 했다. 요지인즉 우리 나름의 서클을 만들어 학문과 대학의 역할을 새롭게 조명하자는 것이었다.

〈민비연〉 지도부는 우리보다 2~3년 선배들이었다. 경상도 출신의 정치학과 선배들이 중심이었다. '반외세, 반독재, 반매판'의 선명한 입장은 매우 매력적이었다. 그러나 우리는 일본의 오만한 자세와 박정희 정권의 굴욕적 자세를 비판하는 것만으로는 부족하다고 생각했다. 우리 것을 찾는 노력, 한국사상의 뿌리, 한국인의 정체성, 한국의 미래를 이끌 지도 이념의 확립이 시급하다고 보았다. 밖을 향한 분노를 넘어 안을 향한 주체성의 확립이 더욱 시급하다는 생각을 했다. 이런 연구 활동이 학문의 자유, 사상의 자유의 핵심이며 학문공동체로서 대학의 중심 역할이 되어야 한다고 보았다.

이런 뜻으로 우리는 〈한국사상연구회〉(이하 한사연)를 결성하기로 하고 회원을 모으면서 지도교수를 물색했다. 10월 중순 경, 정탁, 이정복, 조순문, 김홍명 등과 함께 처음 찾아간 분은 철학과의 박종홍 교수였다.

그는 한국사상연구의 독보적인 존재였다. 그러나 그분은 정중히 사양했다. 그러면서 사학과의 고병익 교수를 찾아가라고 조언하셨다. 학문적으로 훌륭할 뿐 아니라 학문의 실천성에도 관심이 많다고 알려 주셨다.

이렇게 해서 우리는 고병익 교수를 찾아갔고 박종홍 교수의 추천을 받았다고 솔직히 말씀드렸다. 혹시 즉각 사양하시지 않을까 내심 걱정이 되었다. 왜냐하면 〈민비연〉이 이끈 학원 소요의 파장이 심대했기 때문에 또 다른 학생 서클의 지도교수가 되는 것은 그리 쉬운 일은 아닐 수도 있기 때문이었다.

첫 만남에서 우리는 꽤 긴 시간 대화를 나누었다. 다행히 고병익 선생님은 즉각 사양하지는 않으셨다. 대신 여러 질문을 하셨다. 찾아간 학생 개개인의 배경도 물으셨다. 참으로 다행이었던 점은 우리는 겨우 학부 2학년생이었지만, 이정복은 정치 이론이 뛰어났다. 왜 우리가 〈한사연〉을 결성하려 하는가를 조목조목 명확하게 설명드렸다. 이에 더하여 정탁은 시국의 사정에 밝았고 대학의 역할을 넓은 사회의 눈으로 보는 데 탁월한 안목을 지니고 있었다. 언변도 좋았고 설득력이 높았다. 이렇게 대화가 오고 가면서 고병익 선생님께서는 좀 더 생각해 보자고 하시면서 다음에는 선생님 댁에서 한 번 만나자고 제안하셨다. 상당히 고무적인 일이었다.

곧이어 돈암동의 한옥 사택을 찾아갔을 때, 옥빛의 한복을 입고 나오신 사모님의 기억이 선하다. 동양사 연구의 고서가 가득 찬 서재는 학자의 심오한 사상과 체취를 물씬 풍겼다. 근대화의 고동 소리가 막 들리기 시작하는 당시의 상황에서 고병익 선생님은 중국과 일본의 근대화 경험을 말씀하셨고 우리는 상아탑 학문을 넘어 실천적인 자세로 학문을 해야 한다고 주장했다. 이 자리에서 고병익 선생님은 우리들의 순수한 학문적 열정을 수용하여 〈한사연〉의 지도교수가 되기로 응낙하셨다. 우리는 쾌재를 부르며 감사했다.

이런 과정을 거쳐 〈한사연〉은 1964년 11월 초에 출범했다. 〈한사연〉에 가입한 동기생은 철학과의 정탁, 정치학과의 이정복, 조순문, 김홍명, 김판금, 양동안, 사회학과의 한상진, 김환겸, 백선복, 김동진, 맹범주, 이조연, 외교학과의 김용남, 사회사업과의 최일섭, 지리학과의 이무남, 사학과의 우성규, 종교학과의 양창삼 등 20여 명이었다. 내가 회장을 맡았고 정탁이 간사장의 일을 했다. 연구부장은 이정복이 맡았다.

우리는 창립선언문ㅇ로 〈한사연〉의 학문적 실천적 입장을 천명했다. 아울러 고병익 선생님을 지도교수로 하여 서울대 본부 학생처에 등록을 마쳤다. 곧 이어 〈한사연 창립기념 토론회〉를 문리대 대강당에서 열었다. 주제는 〈한국사상과 한국의 미래〉였다. 사학자이자 시인이며 〈가고파〉 등 가곡의 작사로 민족의식 함양에 큰 공을 세우신 노산 이은상 선생님이 초빙되어 "민족의 핵"이라는 주제로 강의하셨다. 숙대 음대 김천애 교수가 〈봉선화〉를 불러 주셨다. 적지 않은 학생들이 운집했고 성황리에 토론회를 마쳤다.

〈한사연〉이 출범하자 동대문경찰서에서 문리대 동숭동캠퍼스로 매일 출근했던 '차 대령'이라 호칭했던 차익수 형사도 우리의 동정에 관심을 갖게 되었다. 본부 학생과의 석 과장도 〈한사연〉이 무슨 활동을 하는지 추적했다. 학생들도 〈한사연〉의 노선에 대해 궁금해 했다. 어느 날 대학가 '학림 다방'에서 김지하 시인을 만났는데, 그 선배는 〈한사연〉 창립선언문에 "경향성"이 안 보인다고 비판했다. 〈민비연〉 같은 서클에 견주어 이념성이 약하다는 뜻이었다. 뒤를 이은 술자리에서 정탁과 나는 김지하 선배에게 반론을 폈던 기억이 선하다.

1965년 봄 학기가 시작하자 대학은 다시 시위 열풍에 휩싸이게 되었다.

4월 13일 대규모 시위가 발생하자 정부는 4월 16일 휴교령을 발동했다. 〈한사연〉의 간사, 정탁 등도 구속되어 3개월 서대문에서 고생했다. 종로경찰서 수사 경관은 그에게 〈한사연〉의 결성 경위를 집중 캐물었다고 한다.

당시 나는 곤란한 처지에 빠져 있었다. ROTC 학사장교제도에 지원했기 때문이다. 이 제도는 학생 시위 참여를 금했다. 시위에 참여하면 학사장교의 지위를 상실하며 곧 사병으로 입영하는 통지를 받게 되었다. 내가 〈한사연〉의 회장이라는 이유로 ROTC 단장은 이런 사실을 나에게 주지시키며 회유도 하고 엄포도 놓았다. 나는 비판의 자유가 위축되는 상황에서 고민이 커졌다. 결국 나는 5월 ROTC를 탈퇴했고 4·19 탑 앞의 집회에 참여하면서 올 자리로 온 것 같았지만 긴장 어린 순간들이 이어졌다.

실로 여러 시선이 복잡하게 교차했다. 정탁이 잡혀갔듯이 나도 언제 그렇게 될지 모른다는 걱정도 들었다. 그러다가 아니나 다를까 육군 사병 입영 통보가 날아왔다. 곧 지방 병무청의 통지가 올 테니 대기하라는 것이었다. 나는 처음에는 이를 무시하려고 했다. 그러나 생각을 거듭하면서 나는 눈 딱 감고 입영하기로 결정했다. 하도 급작스러운 결정이어서 나는 고병익 선생님께 미처 인사도 드리지 못한 채 서울을 떠났다. 그리고 8월 말에 논산훈련소로 입대했다.

그 뒤 많은 사건들이 터졌다. 권오병 문교부 장관은 1965년 9월 〈대학정상화 방안〉을 입안·발표했는데, 정치교수의 대학 추방과 〈민비연〉과 〈한사연〉의 해산이 포함되었다. 이에 따라 서울대는 9월 11일 〈민비연〉 황성모 지도교수의 자진 사퇴를 끌어내 이 서클의 등록을 취소시켰다. 문교부 장관은 또한 학사 관리를 엄격히 하여 성적 불량 학생을 제명하고, 시위 학생들의 취업을 제한하며 학생 서클 활동을 엄격히 통제하는 지침을 내렸다. 9월 18일 이런 문교부의 방침이 주요 언론의 톱뉴스로 등장하는 가운데 검찰은 〈민비연〉의 내란음모 혐의를 공표했다.

〈한사연〉은 당국의 눈총을 받았으나 시위를 크게 주도한 적이 없었기 때문에 이런 수난을 피할 수 있었다. 그러나 군 복무 중에 이런 소식을 듣던 나의 마음은 착잡했다. 고병익 선생님께 혹시 피해는 없는지, 1965년 가을 학기부터 무려 1년 6개월이나 무기정학 상태에 빠졌던 정탁의 사정은 어떤지 걱정이 앞섰다.

그 뒤 고병익 선생님을 다시 뵙게 된 것은 내가 군 복무를 마치고 복교한 1968년 가을 학기 이후였다. 당시 이정복, 조순문 등은 ROTC 육군 장교로 근무했고 김홍명은 해군 장교로 복무 중이었다. 선생님께서는 언제나 우리를 반갑게 맞이하셨다. 동행하지 못한 학생들의 이름을 하나하나 부르시며 동향을 물으셨다. 언젠가 새해 인사차 여의도 자택을 찾았을 때는 특히 정탁에 대해 물으셨고 간신히 졸업하고 동사무소에서 방위병으로 일한다고 하자 안쓰러운 표정을 짓기도 하셨다. 선생님께서는 꾸밈이 없이 〈한사연〉에 대한 깊은 애정을 표현하셨다.

나는 다행히 1970년 가을부터 사회학과 조교로 일하게 되었다. 마침 그때 고병익 선생님께서는 문리대 학장으로 봉직하셨다. 때문에 선생님을 뵐 기회가 여러 번 있었다. 특히 기억에 남는 것은 1971년 4월 시국 사건에 연루되어 6개월 정도 서대문에서 고생한 뒤 무죄 선고를 받고 학교로 돌아왔을 때였다. 조교직에 복직된 나는 학장실로 인사를 갔다. 선생님은 내 양손을 붙잡고 나를 오랫동안 쳐다보셨다. 무언의 교감 속에 나를 위로하고 격려하는 선생님의 눈길이 나의 마음을 따뜻하게 녹였다.

그 뒤 나는 1973년 미국으로 유학길을 떠났다. 1979년 푸코와 하버마스 이론 연구로 박사 학위논문을 받기로 확정된 시점에 공교롭게도 서울대 사회학과에서 최신사회학이론 분야로 신규 교수 공채 공고를 냈다. 나는 이 분야를 전공했기에 응모했다. 그러나 뜻밖에 사정이 복잡하게 꼬였다. 나는 탈락이 분명히 예상되는 상황에서 '박사 후'(post-doc) 연구를 하고자 미국에서 서독으로 건너갔다. 1973년 이래 한 번도 귀국을 못한 상태였다. 그러나 귀국할 수 있는 상황이 아니었다.

바로 그 시기, 1979년 5월부터 고병익 선생님께서는 서울대 총장으로 일하셨다. 학자의 지조와 양심이 투철한 선생님께서는 1980년 5월 광주민중항쟁이 진압된 뒤 곧 총장직을 그만두셨다. 그러나 선생님께서는 총장 재직 시에 발생한 교수 충원에 얽힌 문제를 알고 계셨을 것이다. 그러다가 공교롭게 기회가 오자 사회학과에 교수 한자리를 추가로 배정해 주셨는데, 아마도 이것은 얽힌 문제를 푸시려는 뜻이 아니었나 생각된다. 그래서 나는 학과의 절차를 거쳐 1981년 3월 독일에서 돌아와 모교 강단에 설 수 있게 되었던 것이다. 회고해 보면, 나의 앞길에 큰 영향을 미친 이런 귀중한 기회를 조용히 열어주신 선생님의 은덕에 그저 감읍할 뿐이다.

그 뒤 나는 1998년 12월 한국정신문화연구원의 제10대 원장으로 선임되었다. 선생님께서는 이미 1980년 10월부터 제2대 원장으로 봉직하신 적이 있었다. 나는 연구원의 개혁을 위해 학계의 저명한 학자들을 원로 자문위원으로 모셨다. 사회학의 이만갑 선생님, 국사학의 한우근 선생님, 정치행징학의 김운태 선생님, 철학과의 김태길 선생님, 그리고 고병익 선생님 같은 분들이었다.

지금 생각하면 고명하신 석학들께 충분한 예를 갖추지 못해 죄송스럽다. 그러나 고병익 선생님께서는 항상 여유 있는 미소와 너털웃음으로 회의를 이끄셨다. 특별한 대우를 바라시지도 않으셨다. 제자가 이끄는 옛 일터에 오시어 평가하시고 담소하시는 것을 즐기셨다. 참으로 소탈하고 꾸밈이 없는 존경스러운 학자이셨다.

독일 유학의 先學

최종고崔鍾庫[*]

　고병익 선생님과의 인연은 내가 1975년부터 4년 동안 독일 프라이부르크에서 유학할 때부터 시작되었다. 전공이 법학이지만 나는 역사에 관심이 있어 한독교섭사에 관한 자료를 모으고 있었다. 그 가운데 묄렌도르프(P. G. von Möllendorff)가 중요한 인물임을 알고 찾아보니 고병익 교수께서 일찍이《진단학보》에 쓰신 논문이 있다는 것을 알고 바로 편지를 드렸다. 선생님은 이내 별쇄본을 보내주시며, 한독교섭사도 중요한 주제이니 잘 연구해 보라는 격려의 말씀을 적으셨다. 나는 이 격려가 힘이 되어 꾸준히 자료를 모아 1979년에 박사학위를 받고 귀국하였다.

　당시 서울에는 독일대사관에 발터 라이퍼Walter Leifer 라는 문정관이 있었는데, 한독관계사에 관심을 갖고 이미륵과 묄렌도르프에 대해 특별한 애정을 기울이는 학자형 외교관이었다. 그는 묄렌도르프 심포지엄을 주선하기도 하고, 후일 묄렌도르프의 전기를 내기도 하였다. 이런 계기들로 나는 몇 번 발표 강연을 하였는데, 그럴 때 고병익 선생님께서 자리를 빛내 주시고 마치고는 각별히 칭찬과 격려를 해 주셨다. 젊은 학자인 나

486　　6부 사숙_역사학의 안팎

에게 큰 힘을 실어 주셨다.

독일서 갖고 온 자료들을 정리하여 한독 수교 1백 년이 되는 1984년에 《한독교섭사》(홍성사)라는 책으로 출간하였다. 서울 YMCA호텔에서 출판기념회를 하였는데, 선생님은 무슨 사정으로 참석하시지 못하셨지만, 안호상, 김재원, 김증한, 전봉덕 박사 등 여러 원로학자들이 임석한 가운데 성대히 기념하였다. 얼마 뒤 독일 축하 사절단으로 발터 쉴Walter Scheel 전 대통령 일행이 오셔서 한 권 서명해 드렸는데, 후일 내가 공부한 프라이부르크 근교에 노년을 보내시고 계셔서 다시 만나 그때를 회상하는 대담을 나눈 일도 있다. 이처럼 나는 고병익 선생님을 독일에서 공부한 선배 학자로 접촉하게 되었다.

선생님의 고향이 나의 고향 상주에서 가까운 문경이라는 사실을 알고, 나는 이런 생각을 했다. 나는 빈한한 농촌 출신으로 항상 마음속에 서울 '양반'의 가계에 대해 일종의 콤플렉스를 느껴 왔다. 왠지 학자가 되려면 서울 '양반'의 분위기에서 훈도되어야한다고 생각해 왔다. 그런데 나의 이런(맞는지 틀리는지의) 선입감을 불식시켜주신 분이 고병익 선생님이시다. 고 선생님은 좀 투박하시면서도 무한히 해박하시고 언어 감각도 높으신 학자로 나에게 새로운 학자상을 심어 주셨다. 아무 가식 없이 학문의 순수함으로 정진하시는 모습이 매력과 존경을 더해 주었다. 한국정신문화연구원 원장으로 계실 때 외국학자들과 영어, 독일어로 대화하시는 모습을 보면서 역시 탁월하시다 싶었다. 어디엔가 수필 식으로 처음 독일로 유학가셔서 독일 말이 안 되어 겪은 고충을 재미있게 쓰신 것을 읽은 적이 있다. 저런 대가도 처음엔 그러셨구나 하고 위안을 받았다.

나는 김용덕 교수 등 동양사학과 선생님들에게 편편히 고병익 사학에 대한 말씀을 듣긴 했지만, 선생님의 학문적 온축에 다시 은혜를 입기에는 시간이 또 흘러서였다. 나도 서양의 법이론, 법철학만이 아니라 동아시아 법사상을 수립해야한다는 생각을 하게 된 것은 1980년대 후반이 되면서부터였다. '세계법철학 및 사회철학회(IVR)'의 이사 겸 집행위원으로 8년 동안 활동하면서 자의반 타의반으로 이런 방향으로 연구를 하지 않을 수 없었다. 그래서 동아시아학의 연구 성과들을 보니 고병익 선생님의 연구 업적이 단연 돋보였고, 나의 논문들에도 자주 인용하게 되었다. 이것을 아시는지 선생님께서도 저서 《동아시아의 전통과 변용》을 서명해 보내 주셨다. 이렇게 학은은 계속되었다.

세 번째 단계로 선생님으로부터의 격려는 2000년 한국인물전기학회(Korean Biographical Society)의 창립에서였다. 역사학에서도 인간 연구가 중요함을 강조해 오신 선생님께서는 당연하시겠지만 내가 이 학회를 출발시키는 데 크게 격려를 주셨다. 그리고 두어 번 친히 참석하셔서 잘될 거라면서 고무시켜 주셨다. 한번은 이런 일이 있었다. 2002년 12월 제22회 모임을 마포의 이원문화센터에서 열었는데, 발표는 사회학자 고 이상백 박사에 대해 서울대 사회학과 김채윤 교수에게 부탁드렸다. 이때 이미 김 교수는 거의 실명失明이 되셔서 앞을 보지 못하셨다. 후배인 권태환 교수에게 부탁하여 김 교수를 단상에 모시게 하였더니, 의자에 앉아 원고 없이 순전히 기억으로 상백想白에 대한 회고 강연을 하셨다. 1시간을 넘게 시까지 두어 편 암송하시며 그야말로 박람강기의 김채윤 교수의 진면목을 보여 주셨다. 그런데 이런 눈물겨운 해프닝이 일어났다. 김 교수께서 말씀 도중에, " 내가 평소에 존경하는 고병익 선배 교수라고 계신데……" 라는 말씀을 하셨다. 실은 그 자리에 고병익 선생님이 앉아 계셨기 때문에 순간적으로 청중석에서 약간의 웃음이 터져 나왔다. 좀 무안해서 이내 그쳤지만, 그 박식의 김채윤 교수도 고병익 선생님을 존경한다는 사실이 이렇게 확인된 것이다. 나는 이런 학자적 신뢰와 존중을 무한히 소중하다고 생각한다. "지성은 차갑다"는 말처럼 사실 학자의 세계만큼 냉혹한 곳도 드물다. 모두 자기의 이론, 자기의 주장에 매달리다 보니 남에게 존경을 표시할 여유가 없다. 그런데 학자가 학자를 존중하고 사랑하지 않으면 아무도 해 줄 사람이 없다. 요즘 세상은 학문보다 더 잘 나가는 분야가 많이 있다. 나는 인물전기학회를 통해 가능하면 한국 학자들의 생애와 사상을 조명하고 기록해 두어야 한다고 명심하고 있다.

그렇지 않아도 고병익 선생님께서 작고하신 뒤 언젠가 인물전기학회에서 발표의 기회를 보고 있었다. 김용덕 교수께는 어느 정도 발표 부탁을 해 놓기도 하였다. 그러다 얼마 전에 서울대 식당에서 우연히 김용직교수와 고혜령 박사를 만났다. 함께 점심을 나누며 고병익 선생님의 10주기를 기해 한시집漢詩集도 출간할 계획임을 알게 되었다. 나는 바로 고 박사께 '대학사 포럼'에서 선친에 대한 발표를 해 달라고 부탁드렸다. 며칠뒤 4월 20일 인물전기학회 제90회 모임을 1년 전 작고하신 작곡가 김성태(1900~2012) 선생님에 대해 가졌는데 고혜령 박사도 참석해 주었다. 나는고 박사의 얼굴에서 선친의 모습을 보는 것 같았다. 학자의 전승이라는 것이 이런 것이구나 싶었다. 고혜령 박사는 그 뒤 선친의 한시집을 보내 주겠다고 하였다. 그때 바로 나는 푸른사상사에서 직접 한 권 얻었다. 나도그 출판사에서 《다시 보는 경성제국대학》이란 책과 춘원 이광수의 《나의일생: 춘원 자서전》이란 책을 내기로 계약을 하러 간 날이었다. 집에 돌아와 《眺山觀水集》을 통독하였다. 학자이시기 때문에 학회에 참석하여, 동료 학자와 우의, 방문지에서 느낀 소감 등 다양한 주제로 한시를 쓰신 멋이 새삼 돋보였다. 1980년대에 몇 분들이 난사蘭社라는 한시 모임을 매월모이셨다고 적혀 있다. 나는 우리 선조들이 꽃 피면 모여 한잔 하면서 시를 짓고, 꽃 지면 꽃이 진다고 모여 시를 짓고 하던 문사의 풍류와 멋을 부러워하였는데, 이런 전통이 이렇게 이어져 온 사실을 모르고 있었다. 여기에는 내가 춘원연구학회를 통해 자주 뵙고, 또 내 시집《시 쓰는 법학자》(2007)에 시평을 써주신 김용직 교수도 참여하고 계시니, 내가 뜻만 세우면 한시에도 접근할 수 있는 길이 없지는 않다고 생각된다. 그렇지만 그런 날이 언제 올 수 있을지 내 자신의 용기가 기약할 수 없다.

이 한시집에 따님이 쓴 후기를 보고, 선생님께서 만년에 기독교 신앙을 갖고 장례도 기독교 식으로 하였다는 사실을 알았다. 이것도 나에게 하나의 인생의 과제를 되새겨 주는 것 같다. 기독교 장로 집안에서 태어나 신학까지 뜻을 두었던 나는 학자라는 명분으로 괴테와 슈바이처, 톨스토이, 춘원의 종교관을 서성이면서 어떻게든 '나의 구원'의 문제를 소화해야 한다면서 결과적으로는 아직 방황을 계속하고 있다. 교수직을 정년퇴직하니 새삼 인간이 지식으로만이 아니라 정신과 영성의 세계도 마음먹기에 달린 것이라는 생각이 점점 강해진다. 고병익 선생님은 이런 면에서도 내 인생의 스승이시구나 하는 생각을 가진다. 정말 언제 이 학은을 어떻게 갚을지?

녹촌 선생의 질책

김언종金彦鍾[*]

20여 년 동안 사업과 지방정치에 분주하셨던 선친(晩圃 金時璞, 1919~1999)은 40대 초반에 경상북도 도의회 부의장으로 계시다가 5·16 쿠데타가 발생하자, 세념世念을 끊고 주경야독晝耕夜讀의 농부 독서인이 되셨다. 어렸을 적의 철학輟學이 못내 아쉬우셨던지 선친의 야간 글공부는 그야말로 초인적인 집중의 연속이었다. 10여 년이 지나 이런저런 계기가 있어 국학 관계 논문과 해제 등 여러 장르의 글을 쓰기 시작하셨다. 동성상응同聲相應이요 동기상구同氣相求라고, 선친은 젊은 시절보다 더욱 빈번하게 학자들과 교유하셨다. 명곡明谷 류정기柳正基 선생, 연민淵民 이가원李家源 선생, 상운尙雲 강주진姜周鎭 선생, 벽사碧史 이우성李佑成 선생 같은 사학斯學의 대가들이 선친이 즐겨 만나신 학자들이셨는데 지금 추모하려는 녹촌鹿邨 고병익高柄翊 선생도 그 가운데 한분이셨다. 선친은 평생을 안동에서 사셨고 자식들도 대부분 안동에서 생장했는데 서울에서 활동하시던 이분들을 만나고 돌아오시는 날이면 그분들의 풍모에 관련된 노변정화爐邊情話를 자식들에게 들려 주셨다. 그래서 우리 자식들은 그때까지

*고려대학교 한문학과 교수

이 분들을 한 번도 뵌 적이 없었지만 이웃에 사시는 어른들 같은 친근감과 존경심을 가졌다.

그 뒤 나는 어쩌다가 인문학 연구자의 말석에 끼어 수십 년을 이 분야에서 헤매다 보니 저절로 이 다섯 분들을 다 뵙는 영광을 누리게 되었고 선생들께서는 여러 가지 귀중한 추억과 교훈을 주셨다. 그런데 녹촌 선생의 그것은 명곡·연민·상운·벽사 선생님들과 좀 달랐다. 다른 분들과는 달리 녹촌 선생에게는 꾸중을 들었던 것이다. 나는 이제 그 추억 한 토막을 이야기하려 한다. 선생의 그 교시를 아직도 수행치 못한 채 진갑을 넘기고 있으니 부끄러울 뿐이다.

지난 1997년 내 나이 마흔여섯 살 되던 해 여름에, 중일中日 사상사 연구로 저명하였던 도쿄대 미조구치 유조溝口雄三 교수의 주선으로 한중일 삼국의 학자들이 북경에 모여 소규모 유학儒學 세미나를 개최한 적이 있었다. 일반 참가자는 한 명도 없는, 그야말로 전공 학자들만의 모임이었다. 이때 원래 가시기로 했던 벽사 선생님이 사정이 생겨 참석하지 못하시고 녹촌 선생이 대신 단장이 되어 한국 측 학자를 인솔하셨는데, 참석자로는 당시 50대 후반이던 고려대 이동환 교수, 경희대 김태영 교수, 30대 중반이던 단국대 김문식 교수, 인하대 이봉규 교수, 그리고 나였다.

일본 측 참가자는 주최 측인 중국 학자들보다 더 많았는데, 도쿄대 와타나베 히로시渡邊浩 교수를 비롯하여 동아시아사상사와 사회과학 연구로 이름 있는 중견 교수들이었다. 내가 사석에서 와타나베 교수에게, 당신은 '일본 학계의 천황天皇'으로 널리 알려진 마루야마 마사오丸山眞男 선생의 수제자라고 들었는데, 그분의 영향력이 여전하냐고 물었다. 그는 의외에도, 그건 잘못 알려진 것이다, 일본에서 학자의 지위는 도쿠가와 막부

시대에 무사武士의 아래에 있던 유자儒者와 같은 처지여서 사회에 별 영향력이 없다, 영향력이 있어 봤자 찻잔 속의 태풍이나 다름없다는 등 예상 외의 대답을 하였다.

자유 토론 시간이 되어 나는 유학에 대한 나의 단견을 발언한 바 있었는데, 의외에도 일본 학자들이 무척 놀라워했다. 그들이 놀란 건, 내가 유학 사상에 애정을 가지고 연구에 임한다는 것이었다. 객관적이고 냉철한 시각으로 연구해야 마땅할 학자가 연구 대상에 호감을 가지고 접근해서야 정답이 나올 수 있겠느냐는 것이 그들의 공박이자 주장이었다. 일리가 없지 않아 당혹스럽고 난감한 데다 졸지에 바보가 되어 버린 느낌조차 들고 보니 그들의 무정無情이 원망스럽기까지 하였다. 나는 대상에 대한 정情이 없으면 어떻게 그 연구를 진행할 수 있으며 또 해서 무엇하겠냐고 강변하였다. 어색한 장면이 연출되자 녹촌 선생이 마이크를 잡으셨다. 김언종 교수는 귀국에서도 잘 아는 이퇴계 선생을 낳은 한국 유학의 고장인 경상도 안동 출신으로, 어려서부터 그 영향 아래 자라서 그러니 여러분이 이해해 주시기 바란다면서 서둘러 회의를 마무리 지었다. 그렇게 하여 결국 나는 '바보'가 되고 말았는데 오랜 세월이 지난 지금도 '바보'에서 아직도 벗어나지 못했다. 차라리 '학자'가 되지 못하면 못했지 유학을 향한 애정을 포기하고 싶지 않다는 것이 솔직한 심정이다. 나는 '유학 연구자'를 넘어서서 유학자儒學者가 되고 싶고 감히 좀 더 욕심을 부려 유학의 도를 체득하고 실천하는 유자儒者가 되고 싶은 것이다. 유학이야말로 하늘과 인간에게 대가代價 없는 존앙과 사랑을 실천하는, 그러니까 선행善行에 보상 체계를 마련해 놓은 세상의 모든 종교를 넘어서는 위대한 사상이라고 믿기 때문이다. 학자로서의 태도에는 그들의 지적대로 문제가 있을 수 있지만, 와타나베 교수 일행은 유학의 정수精髓라고해도 좋을 주자학을 비판한 오규 소라이荻

生徂徠(1666~1728)를 연구하였고, 유학을 회의하기도 했던 마루야마 교수의 영향을 받았으므로 그들의 입장이 이해가 가지 않는 것도 아니었다.

하루 종일 회의가 진행되었다. 회의가 끝나고 나서 선생은 우리 셋을 부르시더니 "자네들 외국어는 무얼 할 줄 하는가?" 라고 짧게 물으셨다. 평소와 다른 무거운 어조였다. 회의석상에서 우리 셋의 동정을 보고 작심하고 물으신 것이리라. 우리는 문자 그대로 면면상처面面相覰에 묵묵부답黙黙不咨일 뿐이었다. 선생은 나직한 목소리로 힘주어 말씀하셨다. "이 사람들아! 학자가 되려면 적어도 영어 · 중국어 · 일본어는 기본이고, 불어 · 독어도 어느 정도는 해야 하네. 자네들 그동안 뭘 했는가!" 나는 그때의 낭패감 · 열패감으로 뒤섞인 착잡한 심정을 지금도 잊지 못한다. 회의 기간 내내 우리들이 일본어와 중국어를 못했기 때문에 선생이 통사通事의 천역(?)을 담당하였던 것이다. 처음에는 고마우면서도 송구스러워 마음이 편치 않았었는데 시간이 가면서 그러한 심정이 희석되었던 것 같다. 더욱이 와타나베 교수 일행과 학자의 조건을 두고 일종의 언쟁을 벌였던 나는 더욱 당혹스러웠다. 단장이 통역까지 하시느라 짜증도 나셨겠지만 우리 셋을 불러 질책을 하신 뜻이 반드시 그 짜증 때문만이 아니었을 것은 그때도 알았다. 뒤에 안 사실이지만 놀랍게도 선생은 5개 국어에 능통하셨다. 확인해 본 바는 아니지만 김문식 · 이봉규 두 사람은 그 뒤로 전공 공부 시간을 할애하여 외국어 습득에도 열중했던 것으로 안다. 그렇지 않았더라면 두 사람이 어찌 오늘날처럼 국제적 학자로 활동할 수 있겠는가! 나도 선생의 말씀에 자극 받고 한 동안 방치해 두었던 일본어라도 다시 해야겠다는 생각을 실천에 옮겼다. 그런데 소질이 없는 것인지 아니면 성력이 부족해서인지 그로부터 16년이나 지난 지금도 일본 학자들을 만나면 겨우 몇 마디 수인사만 끝내고 이내 벙어리 모드로 들어가고 만다.

2017년 말이면 정년퇴직을 맞이하게 되는 나도 정년 뒤의 삶을 가끔 생각해 보곤 한다. 정년이 되어 바쁜 일상에서 벗어나 한숨 돌리고 나면, 일본어와 영어 회화를 열심히 할 것이다. 그리하여 고희의 나이가 되었을 땐 그들과 일상 대화나마 그런대로 유창하게 나눌 수 있는 수준이 되었으면 좋겠다. 하긴 외국어 공부가 치매 예방에도 큰 효과가 있다고 하니 이것이야말로 일석이조가 아닌가! 하지만 이런 바람은 솔직히 말하지 않더라도 녹촌 선생의 그날의 그 질책에 부응하는 것과 거리가 멀어도 한참 멀다. 말해 무엇하랴만 선생의 질책은 장년壯年이 가기 전에 외국어 공부를 열심히 해서 남은 학문 생활에 도움이 되게 하라는 것이 아니었던가. 결국 나는 녹촌 선생의 질책에 담긴 애정과 기대를 저버리고 만 셈이니 늘 선생께 부끄럽다. 뒷날 선생을 뵙게 되면 "아이고 선생님, 해 보이 안 됩디더"라는 구차한 변명을 늘어놓아야 할 것이다. 그러면 선생은 그래도 파안대소하시며 "예끼 이 한심한 사람아!"라고 하시겠지.

고 선생님의 靑壯老年을 증언함

김중순金重洵[*]

　나는 고병익 선생님을 직접 스승으로 모신 문하생도 아니고, 또 선생님이 그 많은 분야에서 - 학자로, 교수로, 《조선일보》의 논설위원으로, 서울대학교 총장으로, 그리고 한국정신문화연구원 원장 등으로 활약하실 때 선생님을 직접 모신 일도 없다. 그러면서도 감히 선생님에 대한 추억담을 쓴다는 것은 어쩌면 외람된 일인지도 모른다. 그러나 선생님을 추모하는 여러 사람들 가운데서 내가 선생님과 교분을 나눈 '역사'가 가장 오래된 사람 가운데 한 사람이라고 생각하고 감히 선생님에 대한 추억담을 두서없이 적어 보기로 한다.

　선생님과의 만남은 68년 전이었다.

　내가 선생님을 먼발치에서 처음 본 것은 1945년 11월, 그러니까 선생님이 21살의 청년이고 내가 소학교(요즈음의 초등학교) 1학년 때인 7살 소년이었을 때다. 경북 문경군 산양면山陽面 녹문리鹿門里 고씨의 집성촌集姓村 출신인 선생님이, 우리 마을인 경북 봉화군奉化郡 내성면乃城面 해저리海

---

*고려사이버대학교 총장, 미국 테네시대학교 명예교수

底里에 있는 김씨의 집성촌으로 장가를 드시던 날이었다. 어린 나이였지만 그때만 해도 시골 오지 마을에 혼인 잔치가 있으면 온 동네 사람은 물론이고 심지어는 옆집의 개까지 잔칫집으로 모이던 때였다. 더욱이 고 선생님의 경우는 우리 동네로 장가를 온(우리 동리로 장가를 든 사람을 통칭해서 '문객'이라고 불렀다) 다른 문객들과 달리 선생님이 휘문중학교를 다니고 우리 형님이 중앙중학교를 다닐 때 둘이서 종로의 운니동, 와룡동, 익선동 등에서 함께 하숙을 했기 때문에, 우리는 선생님을 잘 알고 있었다. 그때만 해도, 결혼식은 으레 신부 집에서 치렀다. 나는 어린 나이였기에 신랑감에 대한 특별한 기억은 없지만, 그때 잔치에 온 동네 사람들이 "고 서방은 당시 조선 사람으로는 입학하기가 어려운 동경제국대학에 입학한 천재"라고 이야기를 들었던 기억이 난다.

또, 사모님과 나는 같은 성씨, 같은 파에 속하며 같은 마을에 사는 일문 간이고, 일가라는 촌수로 쳐도 그리 멀지는 않았다. 그러나 '일가는 백대지친百代之親'이라는 인연이나 친근감보다는 공교롭게도 우리 어머님과 선생님의 장모님이 춘양春陽이란 곳에서 우리 동네로 함께 시집 온 강씨 출신으로 사촌지간이라는 점이 더 각별했다. 외가 쪽으로 따지는 촌수가 김씨 족보로 따지는 것보다 더 가까워서 사모님과 나는 6촌간이라는 촌수로 지낸다. 선생님은 말하자면 나에게는 6촌 매부다. 지금도 사모님을 익숙한 호칭인 '누님'이라고 부르지만, 선생님을 '형님'이라고 불러 본 적은 없다. 나에게는 늘 '고 박사님'이시다. 이런 인연으로 말미암아, 나는 고 선생님을 가끔 만나게 됐고, 고 선생님 독일 유학 시절(1954~1956년)에는 내가 서울에서 고등학교를 다니느라고 서울에 살았기에 '누님'과 아이들만 지내는 돈암동 댁을 자주 드나들었다.

연세대학교에서 재회

선생님이 독일에서 박사학위를 얻고 귀국하신 뒤, 연세대학교에서 강의하시는 줄도 모르고 지냈다. 그러던 어느 날, 내가 연세대학교 광복관(법과대학의 강의가 이루어지던 건물) 앞을 지나는데 선생님이 시험 감독을 보시면서 창문 밖을 내다보다가 우연히 나와 시선이 마주쳤다. 반갑기도 하고, 놀랍기까지 했다. 선생님은 나더러 신문사에 급한 일이 생겼는데, 시험을 감독해 줄 사람이 없어 황당하던 차에 잘됐다며 나보고 시험 감독을 좀 해 달라는 것이었다. 나중에 시험지를 회수한 뒤, 조선일보사의 논설위원실로 가져다 달라고 하셨다. 알고 보니 그때 선생님은 《조선일보》의 논설위원도 겸하고 있을 때였다. 그날 저녁 시험 감독을 해 준 덕에 처음으로 고급 식당에서 저녁을 잘 얻어먹었다. 그 뒤 선생님이 연세대학교의 전임 자리를 그만두고 시간으로만 출강을 할 때까지도 나는 선생님의 시험 감독을 대신해 주는 조교 아닌 조교 역을 했다. 나는 선생님을 교수님으로서보다는 신문사의 논설을 쓰시는 논설위원이라는 직책에 더 큰 매력을 느꼈다.

선생님이 연세대학교를 떠난 뒤에는 만날 기회가 거의 없었다. 그 뒤에 나는 선생님이 어느 대학교에 전임으로 가셨는지도 몰랐을 뿐만 아니라, 연세대학교에서 함병춘 교수님이 아시아재단(Asia Foundation)의 연구비를 받아 전 국민에 대한 법의식 연구 조사를 할 때, 내가 1963년부터 미국유학을 떠나던 1965년까지는 거의 서울에 머물지 않고 현지 조사를 다녔으므로 선생님의 근황을 잘 알지도 못했다. 더구나 내가 1965년에 결혼을 하면서도, 선생님에게 결혼한다는 소식도 전하지 못했다. 결혼 뒤에 나는 곧 한국을 떠나게 됐다. 내가 미국에 있으면서, 선생님의 근황을 안

것은 미국 교포신문을 통해서였다. 1980년에 선생님이 서울대학교 총장 직을 그만두고 한국정신문화연구원 원장이 되었다는 소식을 들었다. 그때 나는 테네시대학에서 교수를 할 때였다. 그러나 나는 1965년에 한국을 떠난 뒤 한 번도 한국에 다녀간 일이 없어서 '정신문화연구원'이라는 곳이 무엇을 하는 기관인지 몰랐다. 아무리 장가를 올 때부터 '천재, 신동'이라는 별명을 가진 동경제대 출신의 수재라고 하더라도 정신과 의사가 아니면서 어떻게 '정신'문제를 다룰 수 있을까 하고 의아해 하기도 했다. 그러나 뒤에, 정신문화연구원은 '정신'과는 관계가 없는 한국학을 연구하는 국책연구기관이라는 사실을 알았다.

동양사가 전공이면서도 한국학에 관심이 많던 선생님

내가 1981년 초에 한국에 관한 연구를 활성화해 보겠다는 뜻에서 한국 출신의 인류학자와 한국에 관심이 있는 서양 출신의 인류학자들을 모아 Anthropologists for Korean Studies(AKS)를 조직하고, 한국 소개에 열을 올릴 때이다. 이 기구를 활성화하고자 중국 출신으로는 미국인류학회 회장을 역임한 프랜시스 쉬Francis L. K. Hsu 교수를 초청하여 격려사를 하도록 부탁하고, 일본학 전공으로는 버클리대학의 인류학 교수였던 조지 디보스George De Vos 교수를 초청했는데, 그 두 학자에 걸맞는 한국의 학자를 모시는 일이 쉽지 않았다. 한국학 연구 기관의 책임자이신 고 선생님이 적임자인 것 같았다. 그때 나는 난생 처음 선생님을 초청하는 편지를 썼고, 비록 거절하는 편지지만 나도 선생님에게서 처음 편지를 받았다. 1981년 4월 16일자의 선생님의 편지는 이렇게 시작하고 이렇게 끝을 맺는다(편지에 쓰인 한자를 그대로 옮긴다).

1981년 4월 16일

金重洵 敎授 案下

지난 2월에 보내 주신 편지는 반갑고 고맙게 받았으면서도 매일 他事에 쫓겨서 회답을 이제야 쓰게 되어 未安千萬이오. 미국 가서 공부하는 정황, 결혼한 이야기, 그리고 어디서 교수한다는 것을 干干히 듣기는 하였으나 분야도 학교도 잘 몰랐던 터였는데 반갑소이다. 한때 연대로 온다는 소리도 있었던 것 같은데 事實無根이었는지요? 如何튼 美國의 學界에서 많은 活躍 있으니 반가운 일입니다.

소생은 서울대학에서 그럭저럭 總長도 했으나 얼마 못하고 그만두었다가 뜻하지 않게 現在의 자리로 곧 옮겨 오게 되었는데 學問分野上 깊은 關聯이 있는 곳이니 또한 自足하고 있소이다. 집사람도 그런대로 지내고 있고 그를 통해 海底 이야기도 더러 듣고 있소. 두 딸 嫁娶하였고 아들 둘 데리고 이제는 노인 생활로 접어들었소.

美國 人類學會 年次會는 羅城에서 금년 말의 개최에 관해 본인을 초청하겠다는 것 무엇보다도 고마운 일이나 학문 분야상 내가 할 수 있는 것도 같지 않거니와 또 지금 원장의 일도 제법 바빠서 몸을 빼내기 極難하여 參席은 어려울 것으로 보여 미안하나 달리 생각하는 것이 좋을 것 같소.

오는 6월 중순에 서울로 온다니 그때 만나기를 期約하고 위선 늦은 회답 叢叢히 두어 자 적습니다.

再會時까지 健勝을 빌면서, 서울 高柄翊

1981년 6월, 외교안보연구원 초빙교수로 한국에 도착한 뒤 나는 우선 정신문화연구원을 찾아 선생님과 오랜만에 회포를 풀었다. 그때 그곳에 근무하는 강신표 교수도 만날 수 있어서 '정신'이라는 말이 붙었어도, 그곳은 한국학을 연구하는 곳이라는 것을 알게 됐다. 그 뒤부터는 한국에 올 때마다 선생님과 만나곤 했다. 내가 1983년 한국에 왔을 때 다시 만나, 여러 가지 이야기를 나누는 가운데 '선비'에 관한 이야기가 나와서, 내가 "요즈음 한국 학자 중에서 누가 가장 선비다운 분입니까?" 라고 질문을 했더니 "선비 찾기 힘든 세상"이라고 하셨다. '선비상'이 선생님의 마음 한구석에 깊게 자리 잡았던지 1985년에는 선생님의 수상집《선비와 지식인》이라는 책이 출간된 것을 보았다. 그러나 선생님이야말로 선비이자 지식인임에 틀림없다.

나에게 쓰신 마음을 갚을 길이 없어 후회스럽기만 하다

앞에 편지에서 언급했듯이 아마 누가 내가 연세대학교로 돌아올지 모른다는 말을 했는지는 모르나 내가 귀국하는 것이 여의치 않은 것을 아시고 1984년부터 1985년까지 워싱턴 D.C.에 있는 윌슨 센터Wilson Center 연구원으로 계실 때, 내 테네시 집으로 전화를 하시고, "혹 한국에 돌아갈 생각이 있다면, 내가 근무하는 한림대학도 연구를 하는 데는 좋은 대학교이니 혹 생각이 있소?" 하는 자상한 전화를 해 주셨다. 한림대학교의 교수로 초빙하고자 채용-recruit 팀이 그곳에 왔으니, 내가 생각이 있으면, 워싱턴으로 와서 좀 만나보라는 말씀이셨다. 참으로 좋은 기회였지만, 그때 내가 테네시대학의 사회학과, 인류학과, 사회사업학과, 사회복지학과의 학과장을 맡아 학과를 '대수술'하고 있는 때여서 다른 곳으로 자리를 옮길 처지가 못 되었다. 선생님이 주선해 주려는 뜻을 수용하지 못한 것이 끝내 아쉬웠다.

고려사이버대학교 (구 한국디지털대학교)의 이사님으로

(고)김병관 동아일보 명예회장님이 2001년 한국에서 처음으로 '온라인'(on-line) 대학을 설립하고, 나를 총장으로 영입했을 때였다. 한국에서는 처음 해 보는 학교이니 '롤 모델'(role model) 삼을 성공한 학교조차 없었다. 그때 학교법인 한국디지털교육재단은 기왕에 재정적으로 어렵게 운영하여야 할 바에야, 재단의 이사진을 한국에서 가장 명망이 있는 분으로 구성해서, 학교 운영의 근본 기틀을 잡기로 하고 우리 사회에서 가장 덕망이 있는 학자들을 이사님으로 모시기로 했다. 고병익 선생님이 이런 어려운 시기에 한국 온라인 대학의 장래를 생각하는 뜻에서 이사직을 2003년 3월 12일에 시작하여 2004년 5월 19일에 타계하시기까지 맡아 주셨다. 그분이 초창기 온라인 대학의 이사직을 수락하신 것은 그분이 나와 개인적인 친분이나 인척 관계보다는 우리나라 온라인 대학의 미래를 생각하는 뜻에서 그 직을 맡아 주신 것으로 생각한다. 돌아가시기 얼마 전까지도 직접 운전을 하시면서 재단 이사회에 빠지는 법이 없으실 정도로 열성을 보이셨다.

어쩌면 지극히 담담한 분 같이 보이고, 경상도 특유의 무뚝뚝한 면도 있으시지만, 그러면서도 훈훈한 선생님의 정은 넓고 깊다. 그 훈기가 그립다. 이런 추모의 글을 쓰면서도, 나는 아직도 선생님이 돌아가셨다는 사실을 실감할 수가 없다. 어디서 다시 그분과 대화를 이을 수가 있을까? 요즈음 기대수명치로 본다면 아직도 정정하게 살아 계실 선생님이 돌아가신 것이 아쉽고 애통할 뿐이다.

7부

마지막 인사

형님 같은 벗

이마미치 토무노부今道友信[*]

    저는 가장 가까운, 50년 동안의 친구 고병익 교수의 죽음에 매우 가슴이 메어 옵니다. 저는 서거 소식을 듣자마자 장례식에 참석하고자 도쿄에서 달려왔습니다. 언제나 제게 형님 같았던 그는 제가 어려움에 처했을 때 여러 번 도움을 주었습니다. 저로서는 그에게 별로 해 준 것이 없었는데도 우리는 정말 1955년 이래로 지금까지 '베스트 프렌드'였습니다.

    1955년 가을 뮌헨에서 처음 만날 때부터 저는 그가 매우 이해심이 깊은 사람이라는 인상을 받았습니다. 문제가 있을 때면 저는 언제나 그에게 상의했고, 그때마다 그는 아주 적절한 해답을 주었습니다. 저는 그를 형님처럼 존경했고 학문적으로는 '외국인 선배'로 여겼습니다. 뮌헨 시절 제 자신의 문제조차 해결 못하고 고민하고 있을 때, 그는 저를 후배처럼 생각하여 맥줏집으로 이끌고 가서 언제나 따뜻하게 대해 주었습니다. 그때로부터 20년이 지난 뒤에야, 실제로는 제가 두세 살 연상이라는 것을 알고 크게 웃은 적이 있습니다.

    일본에서 시작한 에코 에티카 연구 모임이, 초기에 한때 거의 해체될

---

[*]전 도쿄대학 미학 철학 교수, 문학부장 역임

처지에 이른 적이 있었습니다. 그때 참석자도 몇 안 되는 것을 눈치챈(것이 분명한!) 그는 모임 전날 귀국해야 할 일정이었는데도, "내가 하루 늦게 돌아가기로 했소" 라고 별일 아니라는 듯이 말하는 것이었습니다. 다음 날 회의에 참석한 그는, 전공 분야가 아닌 데도 질문을 하며 회의를 이끌었습니다. 제게 가장 어려웠던 때 그는 제 옆에 있어 주었고, 아홉 사람밖에 모이지 않는 작은 모임이었지만 그는 모임의 핵심 멤버였습니다. 토론이 열띠게 이루어지며 큰 회의장이 점차 작아지는 느낌이 들 때, 저는 그의 사려 깊은 발언으로 그 힘든 모임의 내용을 정리할 수 있었습니다. 정말 눈물로 그에게 감사해야 했습니다.

오늘 저는 그의 마지막 저서의 최종 교정본을 그의 제자 김용덕 교수한테서 받아 보았습니다. 삶의 마지막 순간까지 저의 사랑하는 친구 고병익 교수는 인간을 위한 역사란 학문에 모든 힘을 쏟았습니다. 실제로 그는 오랜 시간 '한일 현인회의'의 좌장이었고, 이렇듯 평화를 위한 문화발전에 그는 지대한 공헌을 하였습니다.

그에게 하나님의 축복이 있기를!

2005. 5.

고병익 선생님! 뵙고 싶습니다

최갑순崔甲洵[*]

선생님께서는 제가 대학에 입학한 뒤로 가장 오랫동안 가르침을 주신 분이십니다. 그렇지만 항상 존경스럽고 어렵기만 했습니다. 너무 멀리만 느껴졌습니다. 그래서 그런지 선생님을 생각하면 곰살스러운 추억은 별로 없습니다. 그렇지만 저에게는 언제나 가슴에 담고 있었지만 곱씹기만 하고, 한 번도 선생님 생전에 고마움을 말씀드리지 못한 일들이 있습니다.

대학원에 입학하고 몇 달 지나서였지요. 어느 날 당신께서 지나가는 말처럼 "공부만 열심히 할 여유가 있는가?" 하고 물으셨습니다. 그때 저는 대학원 학생이면서도 낮에는 고등학교 교사로 근무하고, 저녁에는 가정교사를 하고 있었습니다. 집안 생계를 꾸려가야 할 책임도 있었지만, 학문에 대한 당찬 자세나 마음가짐이 없었기 때문이었습니다. "사회생활을 열심히 하든지 학문에 전념하든지 둘 가운데 한 가지로 결정을 하라"는 갑작스런 말씀에 야속한 생각이 들었습니다. 그러시더니 며칠 뒤에 아무 말없이 장학금 증서를 주시면서, 공부에만 집중하라고 하셨지요. 당시

*한국외국어대학교 명예교수

로는 꽤 큰 장학금이어서 조금만 보태면 공부도 하고 우리 집 생계도 되는 액수였지요.

또 언젠가는 영문으로 쓴 편지를 주시면서 타이핑을 해 오라고 하신 일이 있었지요. 저는 영문 타자를 할 줄 모른다고 말씀드렸더니, 당신께서는 '내일부터 당장 배우라'고 꾸중하셨지요. 사실 학원에 다닐 여유도 없고, 타자기를 사지도 못했던 저는 속으로 좀 섭섭한 생각이 들었습니다. 당신께서는 연구실로 가시더니 아주 오래된 타자 자습서를 아무 말 없이 건네 주셨지요. 아마도 당신께서 자습하시던 것이 아닌가 생각되었습니다. 지금 생각하면 모두 매운 회초리와 더없는 따뜻함이 아닌가 생각됩니다.

언젠가 대학원 중국 근대사에 관한 수업이었습니다. 나름대로 열심히 발표를 하는데, 당신께서는 졸고만 계셨지요. 발표가 끝나자 느닷없이 주제와 직접 관계도 없는 베트남 과거제도의 폐지 연도를 물으셨고, 당황해서 머뭇거리자 '어찌 그렇게 공부를 하느냐'고 꾸중을 하셨지요. 또 청대 과거제도를 살피는 강의 시간에 이 시기에 영국의 교육제도와 관료 충원제도가 어떠했는가 하고 물으셨습니다. 어리둥절하고 아무 대답도 못 했지요. 그러나 이 모든 것이 역사 공부는 깊은 천착 못지않게 항상 넓은 시야를 지니는 것이 중요함을 깨우치려는 깊은 뜻이었음은 한참 뒤에야 깨달았습니다.

저는 선생님께 단 한 번 참 잘했다는 말씀을 들었습니다. 제 결혼식 주례를 부탁드리려고 학교로 찾아뵈었는데, 예정된 요일, 시간에 강의가 있어서 말씀도 드리지 않고 돌아왔지요. 그래서 주례가 없는 결혼식을 치르게 되었지요. 언젠가 "의미나 정신은 반드시 형식이라는 그릇에 담기 마련이지만, 그릇 모양 때문에 그 내용이 바뀌는 것은 아니라네" 라고 하신 말씀이 생각나서, 그렇게 한 것이었지요 … 나중에 찾아뵙고 말씀드렸더니, 당신께서는 웃으시면서 "선생답게 잘했네" 하셨지요. 처음 듣는 짧은 칭찬이었지요.

선생님을 마지막으로 뵌 것은 추운 겨울날 몇몇 제자들이 선생님을 모시고 저녁 식사를 할 때였지요. 그날 그렇게도 즐거워하셔서 말씀도 많이 하시고 앞으로 정리하실 일도 의욕 있게 계획하고 계셨지요.

그동안 선생님 생각만 하면 항상 마음이 무거웠습니다. 서울대학을 떠나 취직을 한 뒤에 몫을 제대로 하지 못했기 때문입니다. 선생님의 가르침대로 공부도 열심히 하지 않았고, 학생들을 자랑스럽게 가르치지도 못했고, 제자로서 도리도 제대로 갖추지 못했습니다. 어쩌다 만나 뵈면 괜스레 부끄럽고, 어렵고, 송구스럽기만 했습니다. 그래도 선생님은 제가 가장 닮고 싶은 어른 가운데 한 분이었습니다. 학문에 대한 깊은 애정과 넓은 시야, 그리고 대범한 자세와 따뜻함이 부러웠습니다.

이제 선생님을 기억과 추억 속에서만 뵙게 되었습니다. 돌아가신 뒤에 이 못난 제자는 새삼 자신을 돌아보게 되었으니, 이것도 선생님의 은혜가 아닌가 생각됩니다. 선생님! 뵙고 싶습니다.

마음속의 사진 몇 장

백영서白永瑞*

선생님과 나의 관계를 누가 물으면 손자 제자이자 직장 동료였다고 답하곤 한다. 그분에게 직접 학부 강의를 듣기도 했지만 나에겐 은사이신 (고)민두기 교수님의 은사로서 이미지가 더 강하게 남아 있고, 또 내 첫 직장인 한림대학교 사학과에 불러 주셔서 함께 근무한 인연이 있기 때문이다. 지금 나에겐 선생님이 서명해 주신 저서들과 더불어 마음속 사진들이 그분의 흔적으로 남아 있다. 이제 그 가운데 몇 장만 골라 소개하겠다.

첫 번째 사진은 아주 어렴풋한데, 동양사학과 입학 면접시험 때 면접관인 선생님을 처음 뵈었을 때의 장면이다. 한복을 입은 민 교수님과 함께 그 자리에 계셨던 것으로 기억날 뿐, 나머지는 희미하기만 하다. 그 다음은, 나의 것이라기보다 우리 어머니가 간직한 것이다. 내가 1974년 민청학련 사건으로 투옥되었을 때, 대학이란 곳을 처음 와 본 어머니는 선생님을 찾아뵙고 아들이 제적당하지 않게 해 달라고 통사정을 하신 모양이다. 그때 선생님은 어머니를 친절하게 대하시고 아들이 크게 되려고 그러는 것이니 참고 기다리라고 위로하셨다고 한다. 그때를 잊을 수 없는 어

---

*연세대학교 사학과 교수

머니에게 선생은 '참 좋은 분'으로 남아 있다.

박사과정 재학생이자 신분도 불안정한 나를 서슬 퍼런 5공화국 시절인 1986년 3월 한림대학교 사학과의 전임강사로 발령 받게 도와 주신 선생님과 함께 그로부터 보낸 9년의 나날들은 잊을 수 없다. 화·수·목·금을 춘천에서 지낸 내가 목·금을 머무신 선생님을 모시고 지낸 목요일 저녁에 찍힌 사진들은 다양한데, 그 배경은 종종 영화관과 술집이기도 했고, 책상 서랍에서 꺼낸 위스키를 나눠 주시면서 함께 대화를 나눈 선생님의 연구실이기도 했다. 그런 자리에서 나는 선생님의 학문과 세상에 대한 넓은 식견을 직접 접할 수 있었다. 그 많은 장면들의 사진에 설명을 달자면 '大人 1, 2, 3…' 식이 될 것이다. 그렇지! 선생님은 내가 이제껏 겪어본 숱한 학자들 가운데 단연 '대인'이란 이름에 어울리는 분이다. 다양한 주제에 대한 날카로운 통찰력과 사물과 사람에 대한 대범한 태도는 내가 꼭 본받고 싶은 덕목이다. 더욱이 선생님은 믿을 만한 사람에게 일단 일을 맡기면 세세한 문제를 따지지 않고 재량껏 하게 놔두면서 큰 테두리만 챙기셨다. 한림대 아시아문화연구소 소장이신 선생님을 내가 간사 자격으로 모시면서 대인의 풍모를 흠씬 느끼며 참으로 많이 배웠다.

그 다음 사진은 선생님과 민 교수님이 함께 한 것들이다. 가장 선명한 한 장은, 함께 회식을 하고 헤어질 때, 선생님이 타시는 승용차의 문을 민 교수님께서 열어 드리고 차가 움직일 때까지 절하고 계신 배웅 장면이다. 민 교수님도 이미 연로하신 상태였다. 언젠가 등산할 때는 들고 간 지팡이를 양보하시려 한 적도 있다. 두 분은 연치가 8년 차이였지만 그렇게 돈독한 사제관계를 유지하셨는데, 이것은 여러 면에서 깊이 배어 있었다. 내가 처음 해외에 나가 국제학술대회에 참가한 것은 1994년 10월 광주廣州에서 열린 '孫中山與近代中國' 국제학술회의였다. 민 교수님의 추천으로 발표를 하러 갔는데, 그분은 회의 공식 일정 내내 —식사 좌석에서 조차— 나를 곁에 오지 못하게 하셨다. 중국어도 짧고 아는 사람들도 거의 없이 내버려진 상태에서 참으로 고생했지만, 그게 의도적인 교육 방침이었고, 당신의 은사에게 직접 물려받은 것임을 나중에 수필의 한 대목을 읽고 깨닫게 되었다. 국제회의로서는 처음으로 1977년 8월에 방콕에서 열린 아시아역사학자회의에 선생님과 함께 참석했을 때 체험담을 민 교수님은 이렇게 전하셨다. "선생님을 따라 옆자리에 앉아 있으면 이런 고역(외국어로 말하며 어울리는 부담: 옮긴이)을 면했겠는데, 나의 불안한 심정을 아시는지 모르시는지 선생님은 일찌감치 딴 곳에 자리 잡곤 하셨다. 회의가 다 끝날 무렵쯤 되어서 옆 좌석 사람과 교담도 그리 부담이 안 되는 것을 느꼈을 때, 그제야 '아, 그것은 고 선생님의 교육이었구나' 하고 느끼지 않을 수 없었다." (〈국제회의 참가 뒷얘기들〉, 《한 송이 들꽃과 만날 때》, 1997)

이런 사제관계이기에 선생님은 제자가 앞서자 남다른 애통함을 느끼셨을 것이다. 그 심정을 자작 한시 3수로 표현하셨는데, 그 하나를 그대로 옮겨 보겠다. "아픔도 괴로움도 홀로 안고 가셨구려/ 소식 접한 늙은이 눈물로 옷깃 적셔/ 사십 년간 학문의 길 함께 하다가/ 공산에 두견소리 참아 듣지 못하겠소[秘痾孤寂向天扉 / 承訃衰翁淚洒衣 / 四十星霜同講學 / 空山忍聽不如歸]"

두 분이 함께 걸은 학문의 길에서 관점이 일치했던 것만은 아니다. 선생님이야 처음부터 (동)아시아 역사를 시야에 두셨지만, 흥미롭게도 민 교수님 역시 말년에 동아시아 근대사로 관심을 넓히셨다. 그런데 두 분 사이에는 동아시아 역사상을 둘러싸고 이견도 있었으니, 예컨대 선생님이 동아시아인들의 상호 소원한 관계를 강조한 데 견주어 민 교수님은 상호 관련성에 주목하신 편이다.

선생님으로부터 민 교수님을 거쳐 이어진 학문의 길을 걷는 나(와 같은 후학들)에게는 이 모든 것들이 지적 탐구 의욕을 키워주는 값진 자양분이 되고 있음이 분명할 것이다.

'영원'보다 값진 '잠깐'

유영구俞榮九[*]

太平館耆英會 선생님 玉案下

삼가 問安드립니다.

오늘의 上書는 高柄翊선생님의 長逝를 함께 슬퍼하고 함께 追慕하는 사연으로 엮었습니다.

그 어른께서 오랫동안 병원 살이를 하셨지만, 머지않아 快癒하셔서 건강한 모습으로 저희들을 찾아 주시고 다시금 耆英會 모임을 함께 하실 것을 믿어 마지않았습니다. 他界하시리라고는 정말 생각할 수 없었고 조금이라도 不吉한 豫兆가 없었으며, 그 어른 춘추 여든은 현대사회에서는 아직 老益壯하실 때입니다. 이제 참으로 놀랍고 슬픈 부음으로 저로서 십여 년 전에 親喪을 치른 뒤 다시 겪는 크나큰 슬픔, 아픔이었습니다.

耆英會 선생님들께서는 그 어른과 함께 벗하고 함께 일하고, 또 깊은 정을 나누신 터이라 저보다 더욱 悲痛하시리라 생각됩니다. 가없는 슬픔을 함께 하오며, 아울러 심심함 위로의 말씀을 올리는 바입니다.

高 선생님의 高邁하신 인품과 높으신 學德은 이미 세상 사람들이 익히

*전 명지학원 이사장

아는 터이오며 참으로 一世의 師表로서 그 어른의 *存在感*은 바로 시대의 *存在感*이었습니다. 이제 그 어른께서 영영 떠나심으로 한 시대가 막을 내리는 것 같습니다.

高 선생님과 저의 세상 인연은 그 어른의 晩年에서 他界에 이르는 결코 길지 않은 잠깐 사이, 옛말대로 [須臾]였었습니다. 그러나 이 "잠깐"은 "영원"보다 길고 값진 것이었습니다.

그 어른을 저희 明知大學校 碩座敎授로 모시기로 하고 말씀드릴 때 혹시나 하고 불안스러웠지만, 그 어른께서는 마다하지 않으시고 欣快히 받아주셔서 이 일로 해서 그 어른을 가깝게 모시게 된 것입니다.

泰山처럼 멀리서 항상 우러러 사모하던 님을 집 앞의 금잔디 동산처럼 咫尺에서 뵙게 되어 "눈의 遠近法"이 "마음의 遠近法"으로 鍊金된 기쁘고 보람된 나날을 보냈습니다.

그러나 하나님께서 만남의 기쁨과 헤어짐의 슬픔을 아울러 주셨습니다. 참으로 견디기 어려운 시련이오나 "뜻대로 하옵소서".

오직 順命할 따름입니다.

高 선생님께서 저희들에게만 주신 귀한 선물은 [太平館 耆英會]입니다. 高 선생님께서 비록 가셨지만 님께서 남기신 耆英會는 님의 마음과 항상 함께 있습니다.

부덕하고 모자라는 저이지만 이제 故人이 되신 高 선생님의 뜻을 받들어 耆英會 선생님들을 더욱 정성껏 모시겠습니다.

끝으로 삼가 故人의 冥福을 다시금 비오며 故人께서 지극히 아끼시고 사랑하신 耆英會 선생님!

내내 平安하소서.

2004年 5月 25日

할아버지의 가르침

장정열張禎烈[*]

1.

할아버지, 벌써 1년이네요…

할아버지가 돌아가시던 그날,

연락을 받고 급히 사무실을 나와 혜화동으로 향하면서 이미 나는 정신이 없었다. 덩치도 산 만한 다 큰 녀석이 버스 안에서 눈물을 뚝뚝 흘리고 있는 내 모습을 깨달은 것도 병원 근처에 도착할 무렵이었다.

침대에 누워 계신 할아버지를 뵙고 한참 울고 나서 든 생각은,

'이제 할아버지는 더 이상 내게 아무런 말씀을 못하시는구나!!'

그날 저녁 할머니를 모시고 외가로 수의를 가지러 운전을 하고 가는데, 자꾸 눈앞이 흐릿하게 가려진다. 정신은 돌아왔는데, 아직도 실감이 나지 않는다.

어느새 새벽 세 시가 넘었다. 할아버지 영정 앞에 서면 자꾸 눈물이 나

*외손자, SKCNC 부장

는데, 잠은 안 오고 정신은 점점 더 말똥말똥해진다.

아주 어렸을 때, 일고여덟 살 무렵이었나 보다. 가끔 할아버지와 자전거를 타고 여의도를 한 바퀴씩 돌곤 했는데, 그때의 여의도는 한적해서, 가물가물한 내 기억의 풍경으로는 저녁 햇살 받으면서 자동차도 별로 없는 차도를 느긋하게 즐기고 있었던 것 같다. 우리 말고도 중고등학생쯤 되는 "형"들도 여기저기서 자전거를 타고 있었던 모양인데, 마주 오는 자전거의 기척에 내가 움찔움찔하며 피하자, 할아버지가 한마디 하셨다.

"쟤네들이 너한테 오면 내가 가서 확 받아버릴 테니 걱정하지 마라!"

Tough Guy Dr. Koh 덕에 난 맘 편히 자전거 페달을 밟았다.

대학을 갓 들어갔을 무렵,

이제 동양사개론 따위의 수업을 한두 번 들었을 법한 하룻강아지가, 제 앞에 놓인 산이 너무 가까이 있어 얼마나 높은지, 채 가늠도 하지 못하고 그 앞에서 세상을 다 아는 냥 까불던 시절이 있었다. 지금 생각하면 참으로 얼굴이 화끈거리는 풍경인데, 할아버지는 변변치 못한 손주 녀석에 비하면 너무나 훌륭한 대화 상대였다. 그 앞뒤도 맞지 않을 뿐 더러 내용도 형편없는 얘기들을 다 들어 주시고 할아버지의 의견(사실 그건 의견이 아니라 정답이었지!)을 주셨다. 애송이는 삐쭉삐쭉해 가면서 자기 주장하기에 열심이었고……

대학을 다니면서 전공 서적을 사 본 적이 별로 없다. 물론 공부를 열심히 안 한 탓이 제일 크겠지만, 사실 필요한 양의 몇 곱절 이상의 책과 자료가 할아버지 책꽂이에 있었다.

대학 3학년 때였던가, 마크 엘빈의 《중국 역사의 발전형태》라는 책이 교재여서 할아버지께 얻으러 갔다. 할아버지가 "있으니 가져가라" 하시기에 책꽂이를 아무리 뒤져도 찾을 수가 없었는데, 알고 보니 할아버지가 갖고 계신 책은 원서였다. 할아버지가 찾아주시는 원서를 "고맙습니다!" 하고 가져왔고, 그 책은, 결국 샀다.

돌아가시기 얼마 전, 5월 초에 할아버지를 뵈러 외가에 갔다. 불과 한 달 전 그 위험했던 때에 비해서는 너무 좋아지셨다. 학술원 행사에 참석하시겠다고 하시면서 마루에서 현관까지 걷는 연습도 하셨다. 기력만 좀 되찾으셨으면 하는 생각뿐이었다.

때는 봄날이었다. 화창한 오후 햇살을 받으며 할아버지는 한마디 하셨다.

"이 좋은 봄날에 늙은이랑 있지 말고, 밖으로 나가서 젊고 밝은 기운과 함께 하렴."

이런저런 할아버지에 대한 생각들을 하는 동안 어느새 아침이 되고, 그날 이후 나는 장례식장에서 정신없이 뛰어다니느라고, 고즈넉하게 애도할 겨를이 없었다. 물론 그 와중에도 작은 계기만 있으면 눈물을 왈칵왈칵 쏟았지만……

지난겨울, 할아버지 생신 즈음에 혼자서 할아버지께 갔었다. 이런저런 얘기들을 했다.

할아버지는 누워서 아무 말씀이 없으시다. 근데 얘기는 듣고 계셨던가 보다. 아버지 어머니, 윤재, 제열이, 호열이 얘기들을 두서없이 중얼거리는데, 아무 말씀 안 하시지만, 듣기에 괜찮으신가 보다. 찬바람이 쌩 불고 난 뒤, 초겨울 햇살이 은근히 따뜻하다.

할아버지를 모란공원에 모시고 외가에 가서 제일 먼저 챙긴 게, 책꽂이에 있던 젊은 시절의 할아버지 사진이 있는 사진틀이다. 그 사진틀은 지금 내 책상 위에 있다.

할아버지는 아직도 내 얘기를 잘 들어 주신다.

편히 쉬세요. 할아버지……

2005. 5. 17. 늦은 밤

큰손주 정열 올림

2.

얼마 전, 부모님과 함께 지내던 막내네 식구가 분가를 하고나니, 막내네 아이 둘 덕분에 분주하게 지내시던 아버지, 어머니가 왠지 허전하실 것 같아, 우리 애들을 데리고 가서 개학 전에 하룻밤을 본가에서 재우기로 했다. 예전에 내가 자랄 때와는 다르게 요새 아이들은 방학 때에도 각종 학원, 가정방문 교육이 있어서, 방학 때라고 할머니 집에서 며칠씩 지내기가 쉽지 않다. 나는 국민학생 때 방학이면 한참 동안 외가에서 지냈고, 고등학교 때도 외갓집이 사람이 없어서 공부하기 좋다는 핑계로 방학 때면 며칠씩 외가에 가 기숙했다.

그날 어머니가 문득, 올해가 할아버지 10주기여서 기념 문집을 출간하

는데, 손자 대표로 회고문을 하나 실어 보지 않겠느냐고 하셨다. 외할아
버지 돌아가시고 1주기 때 작은 글을 하나 썼던 것이 기억이 나는데, 벌
써 10년이라니……

나는 여섯 살 무렵 외할아버지한테 한글을 배웠다고 하는데, 그것은 잘
기억이 나지 않는다. 오히려 내가 기억하는 것은 할아버지께서 내 이름을
한자로 가르쳐 주신 것이다. 지금은 조기교육이 유행하여, 이제 초등학교
2학년이 된 우리 큰아이도 방과 후 수업에서 배워 제법 많은 한자를 읽고
쓰고 한다. 얼마 전에는 주말에 시행하는 한자능력시험도 보고, 가끔은 내
가 깜짝 놀랄 정도의 어려운 한자를 쓱쓱 적어 내는 걸 보면 기특하다. 하
지만 당시만 해도 국민학생은 그저 학교 안 빠지고 잘 다니고, 친구들과
어울려 재미있게 지내면 되는 때였다. 어른들도−그 실제 속마음은 모르
겠으나−아이들에게 우등상보다는 개근상이 더 중요하다고 다들 말씀하시
던 시절이었다. 그러니 중학교에 가서야 배우는 한자를 미리 배우는 아이
들은 없었고, 눈치 빠른 아이들이 天地, 大小 정도의 한자를 어깨너머로
익힌 정도였다.

아마도 국민학교 2~3학년 무렵이었던 것 같다. 언제나처럼 겨울방학
을 외갓집에서 지내러 와 있었는데, 굴 까먹으며 따뜻한 방바닥에서 뒹굴
거리는데, 갑자기 할아버지가 나타나셔서 종이와 연필을 주시면서 한자
공부가 시작되었다. 무슨 연유로 한자 공부가 시작되었는지는 기억이 나
지 않으나, 글씨 모양이 희한하고 할아버지가 써 주시는 견본 글자가 너
무 멋져서, 나도 멋있게 흉내를 내려고 배우고 써 보았던 기억이 생생하
다. 할아버지께서 어떤 방법으로 가르쳐주셨는지는 잘 생각이 나지 않는
데, 아무튼 반나절 동안 땅콩 까먹는 것 같이 쉽게 배워서, 아버지, 어머

니, 내 이름과 몇 개의 한자를 그럴듯하게 쓸 수 있게 되었다. 할아버지가 한 획 한 획 가르쳐 주셔서인지, 지금까지도 악필인 내 글씨 가운데 그때 내 이름 석 자를 한자로 적어 놓은 게 지금 봐도 그나마 형편없는 지경은 아닌 것 같다.

나는 맏손주여서인지 동생들보다 할아버지와 함께 한 추억이 더 많다. 봄, 가을이면 때마다 할아버지가 운전하는 차를 타고 시외로 당일치기 소풍도 다녀왔고, 여름에는 할아버지와 유원지에 딸린 수영장에도 놀러 갔던 기억이 있고, 외갓집 근처 스케이트장에서 스케이트도 배웠다.(할아버지는 닥터 지바고에 나오는 사람들이 쓰던 원통 모양의 모피 모자를 쓰고 내가 스케이트 타는 모습을 지켜보셨다. 그 모자가 아주 생생하게 기억이 난다.) 그뿐인가! 내가 대학을 들어간 뒤나 사회생활을 시작할 무렵, 얄팍하게 배운 지식을 가지고 할아버지 앞에서 철딱서니 없이 건방을 떨 때도 아무 말도 않으시고 들어주셨다.(지금 생각해 보면 참으로 얼굴이 화끈거리는 일이다. 세계적인 석학 앞에서!)

나의 친조부께서는 내가 태어나기 전에 돌아가셨으니, 외할아버지가 내게는 유일한 할아버지였다. 한글과 한자 말고도 내가 짚어내지 못하는 수많은 것들을, 할아버지의 가르침과 모습에서 배웠다. 스무 살 무렵의 나는, 아니라고 애써 부정했으나, 대학 전공을 사학으로(그것도 동양사학) 선택한 배경에 할아버지의 영향이 지대했다는 건 더 말할 나위도 없다.

지난 10년을 되돌아보니, 처음 돌아가셨다는 소식을 듣고 병원으로 달려가던 그날과 장례를 치르던 당시의 기억은 아직도 손에 잡힐 듯이 생생하다. 하지만 이제, 그 먹먹함은 많이 없어졌다. 한동안은 모란공원의 산소에 갈 때마다, 그리고 외가에 가서 할아버지 초상화를 볼 때마다, 할아버지와의 추억을 얘기할 때면 가슴 한편이 저려왔다. 아니, 유품을 정리할 때 가져온 손바닥 크기의 할아버지 사진 액자를 볼 때마다 뜨거운 기운이 얼굴로 올라오곤 했다.

하지만 언제부터인가 담담해졌다. 나는 두 아이의 아버지가 되었고, 할아버지 산소는 푸릇푸릇한 잔디와 주변의 수목이 어느새 자리를 잡았다. 우리는 가끔 웃으면서 할아버지를 추억하고, 또 그 추억을 우리 아이들에게 전해 주면서 살게 될 거다. 할아버지가 저 위에서 "보시기에 참 좋도록" 잘 살 일이 우리에게 남았다. 그게 내 이름 석 자의 가르침부터 시작해서 너무나 많은 걸 주셨던 할아버지께 보은하는 방법일 거라 믿는다.

얼마 전 큰 아이에게 자전거를 사 주고부터, 집 앞 자전거도로에서 둘이 같이 자전거를 타곤 한다. 분당 탄천의 자전거도로에는 씽씽 달리는 자전거족들이 많은데, 우리 아들은 달려오는 자전거를 겁내지 않는다. 예전에 할아버지께서 내가 안심하고 자전거를 탈 수 있도록 해 주신 것처럼, 이제는 내가 아이의 보호막이 되어, 우리 부자는 자전거 페달을 밟는다. 할아버지께서도 이 모습을 보시면서 30년도 더 전에 여의도 강변길에서 함께 자전거를 타던 꼬마 아이를 떠올리시지 않을까?

진취적이고 도전적인 외할아버지를 기리며

조형렬 趙亨烈[*]

지금 여기는 미국 시애틀 워싱턴대학(University of Washington at Seattle) 캠퍼스 인근의 Café on the Ave라는 이름의 카페이다. 시애틀 소재 아마존닷컴(Amazon.com) 근무 차 시애틀에 3년째 거주하고 있는 나는, 서울처럼 늦은 시간까지 문을 여는 대학가 주변의 카페들을 가끔 들르곤 한다. 대학 캠퍼스와 인접해서 그런지 대학생으로 보이는 손님들로 가득 차 있고, 빈자리가 하나도 보이지 않을 만큼 북적대어 활기가 넘친다.

이 학생들이 다니는 워싱턴대학은 바로 외할아버지께서 1966년부터 1968년까지 몸담으셨던 곳이다. 그 당시 초청교수 자격으로 동아시아학부에 재직하셨다고 어머니한테서 전해 들었다. 1966년이면 지금으로부터 거의 반세기 전이다. 외할아버지가 이곳에 계셨을 때 당시 분위기는 어땠을까 한번 생각해 보지만 쉽게 그림이 그려지지 않는다.

지금은 이른바 국제화 시대로서 대학생이라면 누구나 배낭여행 혹은 어학연수를 한 번쯤 생각해 보는 것이 현재의 추세다. 이곳 카페에도 한국 학생들을 비롯한 다양한 국적 및 인종의 학생들이 눈에 띄며, 지금 내

---

*외손자, 미국 아마존닷컴amazon.com 근무

귀에 들려오는 언어만 해도 4개 이상 되는 것 같다. 이 점은 내가 근무하고 있는 회사도 마찬가지여서 인도, 터키, 독일, 알바니아 등 세계 각지에서 모여든 사람들이 함께 어울리며 일하고 있다. 피부색과 언어, 문화가 다른 사람들이랑 부대껴 지내는 것이 전혀 어색하지 않다. 정말 말 그대로 글로벌 사회이다.

하지만 외할아버지가 이곳에 초청교수로 계셨던 1960년대에는 어떠했을까? 또한 그 이전에 박사학위를 취득하고자 독일에서 수학하셨던 1950년대의 유럽의 모습은? 역시 쉽게 그림이 그려지지 않지만, 내가 여기서 체험하고 있는 글로벌 사회와는 거리가 멀었을 듯하다. 한국과 같은 동양권 출신은 고사하고, 외국 국적의 학생이나 교수는 극소수가 아니었을까 싶다. 이 추측을 뒷받침해 주는 기억이 하나 있다. 수년 전 서울 외가댁에 들렀을 때, 외할아버지와 외할머니가 시애틀에서 거주하실 때 찍었던 사진도 구경할 겸 옛날 앨범들을 넘겨볼 기회가 있었다. 그 가운데 나의 시선을 끌었던 사진은 외할아버지께서 다양한 학술대회와 연구자 모임에 참석하셨을 때 찍은 사진이었다. 참석자들과 함께 나란히 서서 찍은 단체 사진 및 자리마다 개인 마이크가 하나씩 놓여 있는 학술회의장에서 찍은 모습이었다. 그 사진들에서 동양인은 외할아버지가 유일했고, 그 밖에는 모두 다 서양인으로 보였다.

그 누구도 유학이나 해외 취업을 생각하지 않았던 시절, 외할아버지가 해외로 떠날 결심을 하시고, 현지에서 학자들과 활발히 교류하셨다는 사실이 그저 놀랍기만 하다. 지금이야 다른 나라의 사람들과 교류하는 것이 보편화된 일상이고, 인터넷이나 해외 방송 매체에서도 다른 나라의 언어와 문화를 쉽게 접할 수 있다. 그럼에도 내가 처음으로 미국에 왔을 때 나름대로 철저히 사전 준비를 했지만, 막상 현지에서 부딪혀 보는 해외 생활은 녹록치 않았다. 하물며, 서구 사회에서 활동하는 동양인이 극히 드물고 아무런 사전 정보가 없던 그 시절에 외할아버지는 어떻게 당신의 고향을 그렇게 훌쩍 떠날 생각을 하셨을까? 그야말로 '맨땅에 헤딩'하기가 아니었을까 싶다. 지금 생각해 보면 외할아버지는 매우 진취적이고 도전적인 성향을 가지고 계셨던 것이 분명하다.

아이러니컬하게도 외할아버지 살아생전에 나는 외할아버지의 이런 모습을 조금도 느끼지 못했다. 그보다는, 나에게 외할아버지는 언제나 온화하고 차분한 분이었다. 하지만, 내가 여러 가지 크고 작은 어려움에 부딪히며 해외에서 생활하는 기간이 늘어갈수록, 우리에게는 보여 주지 않으셨던 진취적이고 도전적이신 외할아버지의 면모를 점점 더 깨닫게 된다.

나는 10년 전 외할아버지가 돌아가신 뒤 이듬해 처음으로 한국을 떠나 교환학생으로 미국에 처음 왔다. 앞서 얘기했지만, 내가 초창기에 겪었던 언어 및 문화 장벽은 생각보다 컸다. 그 당시에 외할아버지가 살아 계셨다면, 내가 한국을 떠나기 전 어떻게 준비해야 할지에 대한 조언을 나에게 해 주셨을 것이다.

이번 주말이 끝나고 다시 월요일이 되면, 나는 여느 때와 다름없이 회사에 출근해서 세계 각국의 동료들과 부대끼며 선의의 경쟁을 펼치게 될 것이다. 지금 외할아버지가 계셨다면 세계의 인재들과 함께 겨루는 비법을 전해 들었을 수 있었을 텐데⋯. 사진첩에서 보았던, 학회에 참가하셨던 외할아버지의 모습을 떠올리며 열심히 업무에 임해야겠다는 다짐을 해 본다. 하늘에서 편히 쉬고 계신 외할아버지도 그런 나를 대견스럽게 생각하시지 않을까?

후기
아버지와의 대화

고혜령

아버지에 대한 기억을 떠올리자면, 몇 가지 특이한 말씀들이 생각납니다.

국민학교 다니던 시절이었습니다. 난 시험에서 만점을 받은 때가 그렇게 많지 않았던 것 같습니다. 주로 한 문제씩 틀려서 혼자 안타까워한 일이 자주 있었습니다. 시험을 끝내고 보면, 문제 지문을 잘못 보았다든가, 틀린 것을 고르라고 할 때 맞는 것을 고른다든가, 기껏 어려운 응용문제를 풀었는데, 마지막에 계산을 틀려버렸다든가, 하는 것이 일반이었습니다. 그런 시험지를 받은 날은 집에 가서 아버지께 으레 이렇게 푸념을 했습니다. "이 문제는 다 아는 건데 틀렸어요. 이것만 맞았으면 1등할 수 있었는데……." 라고. 그러면 아버지의 대답은, "잘했다. 1등보다 2등이 더 잘한 거다" 하셨습니다.

그때 난 그 말씀을 알아듣지 못했습니다. 아버지가 1등 못한 나를 위로하려고 그런 말 하시나 보다고 생각했습니다. 그러니 아버지는 한 번도 날더러 더 잘하라고 재촉하신 적이 없었던 것은 당연한 일입니다. 뒤에 난 다시 아버지께 여쭤 보았습니다. "다른 애들 아버지는 모두 1등을 잘했다고 하는데, 왜 아버지는 2등을 더 잘한 거라고 하셔요?" 하고. 아버지께선, "1등을 하면 성격을 버린다. 항상 뒤쫓아 오는 사람에게 1등을 빼앗기지 않으려고 초조하고 아등바등하게 되고, 그러니 여유가 없는 성격이 될 것이다." 라고 하셨습니다.

옛날 살던 동네에서는 골목에서 놀다가 이웃 아이들과 다투기도 하고, 또 그래서 속상한 적이 많았습니다. 더욱이 싸움이 한창 진행되면 왜 난 또박또박 상대방에게 제대로 따져 말하지를 못하는지, 지고 나서 생각하면 "그때 이런 말로 상대에게 반박을 했어야 했는데……." 라고 하면서도 끝내 싸움에서 이긴 적은 없었던 것 같습니다. 저녁에 아버지에게 억울한 사정을 털어놓기도 했습니다. 이럴 때 아버지의 대답, "지는 게 이기는 거다!"

참 알 수 없는 말씀이셨습니다. 지는 것은 지는 것이고, 이기는 것은 이기는 것이지, 지는 것이 이기는 것이라니 이런 궤변이……. 지는 인생이 이기는 인생인지 아닌지는 아직까지 살아도 잘 모르겠으나, 사회생활을 하면서 경쟁에서 질 때, 남에게 밀릴 때 늘 머리에 떠오릅니다. "그래, 지는 것이 이기는 것이지!"

간혹 친척들이 모였을 때, 내가 화제가 되는 적이 있었습니다. "혜령이는 공부를 잘하니까, 이담에 뭘 시킬 거냐?"고. 아버지의 대답은, "여자가 공부해서 뭐 하나, 시집이나 보내지." 라고 하셨습니다. 난 곁에서 들으면서 속으로 '나는 대학에 못가나 보다.' 라고 생각한 적도 있었습니다.

또 어느 때는 "대학 선생 월급으로는 딸을 대학에 못 보내겠다." 는 이야기도 하시는 걸 들었습니다. 아버지가 교수로 봉직하던 시절에는 교수 월급이 고등학교 교사 월급에도 미치지 못했다는 것이었습니다. 그만큼 당시 사립대학 학비가 비싸서 국립대학 교수가 감당할 수준이 아니었던 것입니다. 이런 일들이 나로 하여금 친구들 대부분이 가는 이화대학으로 안 가고 서울대로 지원하게 하였습니다. 후에 사람들이 물으면, 난 서울대에 간 이유를 두 가지로 대답했습니다. 하나는 등록금이 싸기 때문에, 또 하나는 집이 가깝기 때문이라고(당시 우리 집은 돈암동에 있고, 서울대는 동숭동에 있어서 전차를 타고 다닐 수 있었고, 이화대학은 신촌에 있어서 통학하기에 너무 멀다고 생각되었습니다).

결혼하고 나서, 우여곡절 끝에 대학원 석사과정에 들어가고 난 뒤 가끔 아버지께 의논 아닌 의논을 드렸습니다. "다른 사람들의 논문을 읽으면 어려운 한문 용어들을 많이 써서 유식해 보이는데, 난 그런 문자들을 잘 쓰지 못해서 논문이 너무 가볍고 무게가 없어 보이는 것 같아요. 어떻게 하죠?" 아버지의 답, "그 사람들 자기도 모르면서 어려운 문자만 나열한 거다." 곧 자기가 알면 더 쉽게 쓸 수 있다는 논리셨습니다. 사실 아버지의 글을 읽으면 그렇게 난해한 문자는 사용하지 않으셨습니다.

어쩌면 '바보 같은 인생'을 살아온 변명을 아버지에게로 다 돌리는 것 같습니다. 그러면서도 덕분에 난 편안한 마음으로 인생을 살아가는 지혜를 얻었음을 부정할 수 없습니다. 지금 생각하니 아버지의 말씀 들 속에 아버지의 삶의 철학이 담겨 있었다 해도 틀리지 않은 것 같습니다.

열린 思考를 가지셨고, 매사에 호기심을 갖은 아버지는 종교나 관습에 대해서도 항상 유연한 자세를 지켜 오셨습니다. 심지어 세상을 떠나시기 직전에 세례를 받은 아버지는 제사도 특별한 의례를 고집하지 않으셨습니다. 돌아가신 후 한참 뒤에야 찾아낸 유언장에는 형제들이 돌아가면서 추모의 예를 해도 좋고, 의식은 유교식이나 기독교식이나 어느 쪽이라도 좋다고 적혀 있었습니다.

최근에 생전에 제대로 읽지 않았던 아버지의 유고遺稿들을 정리하면서 알게 된 아버지의 유연한 생각 그것이 곧 지금 우리에게 필요한 '소통'과 '융합'의 틀을 가르쳐 주고 계셨다는 느낌을 지울 수 없습니다.

아버지 돌아가신 지 10년을 바라보는 2013년 봄. 김용덕 교수님의 주선으로 이태진, 김영한, 이성규 교수님들이 모여 아버지의 학덕을 회고하는 추모 문집을 간행하자는 데 동의가 이루어졌습니다. 추모 문집을 준비한다는 편지를 받은 제자 친지들 가운데 많은 분들이 호의적인 전화를 해 주셨고, 지식산업사의 김경희 사장님은 소식을 듣자 출판계의 어려운 사정에도 불구하고 선뜻 간행을 맡아 주시겠다는 연락을 해 주셨습니다.

아버지의 교유 범위가 얼마나 광범위한지 또 개인적인 교분이 얼마나 깊은지를 알 수 없는 채로 제자들을 중심으로 서울대, 한국정신문화연구원, 조선일보, 한림대, 기타 관여했던 단체들에 속한 분들에게 추모 문집 발간계획을 알리고 반년이 지나지 않아, 어느새 50편 이상의 원고가 수합되었고, 연이어 모인 회고문은 총 80편이나 됩니다. 원고를 읽어 가면서 저도 몰랐던 일화들을 알게 되었고, 어느새 저도 모르게 눈시울을 적시는 때도 여러 번 있었습니다. 귀한 원고를 보내주신 모든 분들에게 깊은 감사의 인사를 드리고 싶습니다(아버지의 인적 네트워크를 잘 몰라서 미처 소식을 드리지 못한 분들께 이 자리를 빌려 사죄의 말씀을 드립니다.).

다양한 경로로 아버지를 만나고, 인연을 맺은 분들의 비화秘話들은 어쩌면 아버지의 생을 재조명하는 사료적인 성격을 갖는 부분이 있기도 합니다. 이 책이 20세기를 산 한 역사학자를 통해서 우리 현대사의 일면을 보여 주는 창구가 된다면, 더욱 의의가 있을 것이라고 기대합니다.

이 일이 진행되는 것을 하늘에서 보고 계신 아버지께서 "뭐 그런 쓸데없는 짓을 하노?" 하시지는 않을까 걱정됩니다.

귀한 원고를 보내주셔서 아버지의 10주기를 추모해 주신 모든 집필자들에게 감사드리며, 책이 나오기까지 바쁜 시간 가운데도 흔쾌히 간행의 일에 동참해서 원고를 읽고 조언을 해 주신 이태진, 김영한, 김용덕, 이성규 간행위원님들께 감사드립니다. 그리고 원고를 꼼꼼히 읽고 완성도 높은 책을 만들어 주신 지식산업사 김경희사장님과 직원 여러분께 특별히 이 자리를 빌려 감사의 말씀을 드립니다.

2014. 5.
가족을 대표해서 맏딸 혜령 삼가 씁니다.

부록:
연보 · 화보

연보年譜

1924. 3. 5.	慶北 聞慶郡 山陽面 鹿門里 251番地에서 出生.
	(實際生日은 1923. 12. 13., 陰曆으로는 癸亥 冬至月 初六日임)
1935. 3.	용궁소학교 졸업
1941. 3.	徽文中學校 卒業
1943. 9.	日本의 福岡高等學校 文科乙類(獨逸語)를 卒業
1943. 10.	東京帝國大學 文學部 東洋史學科에 입학(~1944)
1945. 11.	慶北 奉化郡 乃城面 海底里 金昌禧의 五女 金重英과 결혼
1946. 2.~1947. 7.	京城大學 法文學部 東洋史學科 編入→ 國立서울大學校 文理科 大學 史學科 卒業.
1946. 8. 10.	長女 惠玲 出生(夫 張培植)
1948. 10.	서울대학교 문리과대학 강사
1948~1953.	國立서울大學校 大學院

1950년대

1950. 2. 28.	次女 在玲 出生 (夫 趙東榮)
1950. 11.~1954. 6.	6·25로 陸軍 입대, 中尉에 任(陸軍本部 編纂委員會의 兵書編纂 업무, 國防部 戰史編纂會에서 陸軍大尉로 예편, 花郎武功勳章 수령
1952. 3.	부산에서 歷史學會 創立에 參劃
1953. 8. 11.	長男 潤煥 出生
1954. 7.	《完全 東洋史》(서울 章旺社) 간행
1954. 10.~1956. 9.	西獨 DAAD獎學生으로 뮌헨大學에 留學(뒤에 훔볼트 獎學生 됨)

哲學博士 學位를 受領. 학위논문 〈Zur Werttheorie in der chinesischen Historiographie auf Grund des Shih-t'ung des Liu Chih-chi.(661-721)〉 Univ. München 1956, Oriens Extremus, Jahrgang 4. Heft 1.u.2. Hamburg. 1957. S.5~51 u. S.125~181)

*〈劉知幾의 史通을 중심으로 한 중국사학에 있어서의 가치론에 대하여〉(獨文)(《진단학보》18호, 1957년 2월, 同 19호, 1958년 6월)

1956.	《(敎科書) 世界史》上·下 저술. (閔錫泓과 共著. 尙文院)
1957. 2.	歷史學會의 代表로 選出됨
1957. 4.	유네스코 韓國委員會 科學分科委員이 됨
1958. 1.~1962. 9.	朝鮮日報 論說委員으로 활동. 사설, 일사일언, 만물상을 집필.
1958. 3.~1960. 7.	延世大學敎 文科大學의 助敎授로 就任
1958.	번역서《世界의 歷史》. (郭潤直과 共譯, 세디오 저, 一韓圖書出版社) 原著 R.Sedillot, 《The History of the World in Two Hundred and Forty Pages》
1958. 12.	번역서《中國先史時代의 文化》. (김상기와 共譯, 안더슨 저. 한국번역도서 原著 J.G.Anderson, 《Children of the Yellow Earth》
1959.	번역서《職業으로서의 學問》. 막스 웨버 著 (아카데미文庫) 原著 Max Weber, 《Wissenschaft als Beruf》

1960년대

1960. 5. 5.	次男 汶煥 出生
1960. 7.~1962.11.	東國大學校 敎授에 任
1960. 10.	타이베이에서 열린 Harvard-Yenching Inter-council Meeting 三國國際會議에 전해종, 이용범 교수와 참석하여 발표함
1960. 11.	필리핀 Manila에서 열리는 第一回 IAHA 亞州歷史學者會議에 참석하여 발표함.
1961. 11.	西獨 伯林의 새로 만든 障壁 시찰함(言論代表. 李雄熙. 趙世衡과)
1962. 10.	타이베이에서 열린 第二回 亞州歷史學者會議에 참석

1962. 11.	서울大學校 文理科大學 副教授에 任.
1963. 10.	美 國務省 Leader's Grant로 美 全域 巡遊 二個月
1964. 1.	Spain의 Madrid및 Barcelona 방문, 印度 New Delhi(萬國東洋學者會議)에 참석
1964. 5.	번역서《東洋文化史(上)》.(全海宗과 共譯/페어뱅크·라이샤워/乙酉文化社) 原著 J. K. Fairbank & E.O. Reischauer,《East Asia, The Great Tradition》
1964. 8.	Hong Kong에서 열린 第三回 亞州歷史學者會議 에 참석
1965. 6.	역사학회 대표로 피선
1965. 11.	東洋史學會 創立에 參劃
1966. 9.~1968. 6.	美國 시애틀의 워싱턴주립大學의 招聘敎授로 東亞學을 講義. (Univ. of Washington, Dept of Far Eastern and Russian Studies의 Visiting Professor).
1966.	편저.《德案》1 및 2 간행함(舊韓國外交文書 第15및 16卷) 高麗大 亞細亞問題研究所
1967.	(高校 敎科書)《世界史》저술함. (吉玄謨와 共著, 向學社)
1969.	타이베이에서 열린 Altai學 會議에 참석함
1969.	논설집《아시아의 역사상》(서울대출판부) 간행
1969.	편저.《俄案》1 및 2 간행. (舊韓國外交文書 第17및 18卷) 高麗大 亞細亞問題研究所

1970년대

1970. 3.~1974. 3.	서울大 文理科大學 學長에 보임됨
1970. 6.	學術院 會員에 選出됨.
1970. 7.~1994. 6.	國史編纂委員會 委員
1970.	《東亞交涉史의 研究》(서울대학교출판부 간행)
1971. 1.	濠州 Canberra에서 열린 第 28次 萬國東洋學者大會에 참석, 歸路에 Indonesia 시찰

1971. 6.	美 Honolulu, Hawaii大의 韓國學大會의 招請講士로 참석
1972.	西獨 훔볼트財團의 Wiedereinladung에 참석하고 돌아오는 길에
	希臘, Israel 訪問.
1973.	Paris 萬國東洋學者大會에 참석, 會議 後에 墺,英에서 各各 Radio
	Interview 및 강연
1974. 9.	學術院賞수상. 연구서 〈東亞交涉史의 研究〉로 著作賞
1974.	수상집《망원경》(탐구당) 간행
1975. 3.	韓美敎育委員會(풀브라이트委員會) 委員으로 선임
1975.	일본 京都에서 아시아議員聯盟의 Cultural Studies 會議에 참석
1976. 4.	韓國社會科學研究協議會(KOSSREC)의 會長에 被選.
1976.	《동아사의 전통》(일조각) 간행
1977. 2.~1979. 5.	서울大學校 副總長
1977.	Bangkok에서 열린 亞州歷史學者會議에 참석
1977.	《淸季改革派五種期刊 目次綜纂 附作者索引》 간행
	(閔斗基 교수와 共編, 서울대학교출판부)
1978.	프랑스 Paris 韓國社會科學研究協議會(KOSSREC) 會長으로
	UNESCO 회의에 참석
1978. 11.	美 研究所들 視察(KOSSREC 會長으로서 朴東緒氏와)
1978.	東京, 유네스코 主催의 硏究所長회의 참석
1979. 5. 27.~1980. 6.	서울大學校 總長, 5·18 민주화 운동 이후 사퇴

1980년

1980. 2.	Hawaii大 East-West Center 의 Korean Studies Center 開館紀念 講演
1980. 10.~1982. 1.	韓國精神文化研究院 제2대 院長에 취임.
1980.	Rumania의 Bucharest에서의 世界歷史科學會議에 참석,
	"Women in History"의 主題로 韓國史部分에서 發表

1981년

1981. 2.　　　　文公部 文化財委員에 위촉

1981. 6. 14~20.　Hungary, Budapest에서 國際 學術院회의(UAI)에 참석

　　　　　　　　(김재원, 전해종과 함께)

1981. 8. 10~12.　이탈리아 Como Lake에서 Korean Confucianism 主題로　de Bary 敎授

　　　　　　　　주관 학술회의 참석

1982년

1982. 5.　　　　日本. 讀賣新聞 主催〈韓日理解의 길〉論議

　　　　　　　　(鮮于煇, 司馬遼太郎, 金達壽, 森浩一 諸氏와 대담)

1982. 6.　　　　Washington D.C.에서 발표

　　　　　　　　(韓美關係百周年기념. 精神文化硏과　Wilson Center 共同主催)

1982. 9.~1991. 3. 翰林大學校 敎授.

1982. 11.　　　다니구치[谷口] Symposium에 참석

　　　　　　　　(今道友信主催. 滋賀縣 大津 琵琶湖畔에서)

1983년

1983. 2.－6.　　KBS TV 프로그램 '新往五天竺國傳'의 學術諮問委員長으로

　　　　　　　　印度旅行(HongKong, Indonesia, India, Pakistan을 4個月間 탐사함)

1983. 11.　　　谷口 Symposium,(大津 琵琶湖畔) 참석

1984년

1984. 4.~1985. 1. 美 윌슨國際學術硏究所에서 硏究

　　　　　　　　(Woodrow Wilson Center for International Scholars의 Fellow).

1984. 4.　　　　放送委員會 委員으로 委囑(美國에서 傳聞)

1984.　　　　　《혜초의 길따라》(동아일보사) 간행

1984.　　　　　《동아시아의 전통과 근대사》(삼지원) 간행

1985년

1985. 2.	회갑기념논총《역사와 인간의 대응》(한울) 봉정받음
1985. 2.	峨山社會福祉財團 研究開發諮問委員會 委員長이 됨.
1985. 8.	日本 福島縣의 國際세미나에 참석 (今道敎授 關與)
1985. 10.	陶山書院 院長(上有司)에 任.
1985. 10.	Washington D.C. (AAS)의 南北의 歷史學者 첫 모임에 참석
	(李庭植교수 周旋. 李基白교수와 함께 參席)
1985.	에세이집《선비와 지식인》(문음사) 간행

1986년

1986. 3.~1990. 2.	翰林大學校 아시아文化研究所 所長
1986. 4.~1988.	放送委員會 委員長으로 被選.
1986. 4.	東京 韓日文化交流基金의 合同學術會議 세미나 참석
1986. 11.	放送委員長으로 西獨, 和, 佛의 放送界 시찰 (朴容相 放送委員과 함께)

1987년

1987. 1.	싱가포르 東西哲學研究所의 儒敎學會議에서 發表
1987. 10.	第七回 谷口 Symposium에 참석
1987. 12.	타이베이 第二屆 中國域外漢籍學術會議에 참석
	이용범, 전해종 교수와.

1988년

1988. 1.	民主和合推進委員會 副委員長으로 選出됨. (2개월간 限時委員會)
1988. 6~8.	西獨 Humboldt의 Wiedereinladung, 東獨의 PIAC 會議 參加(Weimar)
1988. 8.~1991. 1.	韓日廿一世紀委員會(별칭 賢人會議)의 韓國側委員長으로 委囑됨.
1988. 11.	東京 日韓文化交流基金의 학술 세미나 참석

1989년

1989. 1. 28~31.　韓日二十一世紀委員會 Workshop(富士 後殿場)

1989. 3.~1997.　UNESCO ‘Integral Study of Silk Roads : Roads of Dialogue’ 事業의
　　　　　　　　諮問委員(Consultative Committee Member)으로 委囑됨.

1989. 3. 28~4. 17. 北京, 山東省 一圓 여행(한국일보 後援 張保皐기념사업회)

1989. 4. 20.~5. 2. 北京, 西安 여행 (유네스코 Silk Road 諮問會議)

1989. 5. 11~15.　日本 東京에서 二十一世紀委 第二次 會同會議

1989. 6. 12~25.　Ashkhabad(蘇Turkman 共和國)의 Silk Road의 Media Sub-Committee 참석

1989. 9.　　　　서울올림픽대회 一周年 紀念 國際學術會議의 議長을 맡음

1990년

1990. 1.　　　　유네스코 한국위원회, 유네스코 실크로드 탐사에 참가 확정

1990. 1. 7~14.　Islamabad, Pakistan(Silk Road Integral Study, Land Route 小委)

1990. 3.　　　　翰林科學院 運營委員에 위촉됨

1990. 3. 15~25.　Baghdad, Iraq Silk Road 第二次 諮問會議

1990. 7.　　　　學校法人 徽文義塾 理事에 선임

1990. 7. 16~17.　東京 韓日廿一世紀　兩側委員長 會議, 오쿠라 호텔

1990. 7. 26~30.　東京 한일二十一世紀 第4次 會同 會議

1990. 8. 17~24.　中國, 新疆省. Silk Road Desert Expedition 마감회의(Urumqi Seminar)

1990. 9. 20~30.　Iran의 Teheran (Silk Road 事務局 및 諮問會議)

1990. 11. 4~8.　谷口Taniguchi Symposium(第10次, 大津 琵琶湖畔)

1990. 12. 14-17.　東京 第五次 韓日二十一世紀委員會議

1991년

1991. 1.　　　　韓日廿一世紀委員會, 最終報告書를 兩國元首에 提出하고 解體.
　　　　　　　　二十一世紀를 向한 韓日關係(韓日二十一世紀委員會 最終報告書
　　　　　　　　(1991.1.7.) 韓國側 高柄翊外 8名. 日本側 須之部量三 外 8名 共同
　　　　　　　　討議 결과물.

1991. 1.	럭키金星福祉財團 理事
1991. 1. 25~26.	韓日文化交流基金 會同學術會議(하코네)
1991. 3. 5~9.	Silk Roads Maritime Expedition 紀念 심포지엄에서 基調講演, 일본 奈良
1991. 4.~1993. 6.	放送委員會 委員長 被選
1991. 5. 11~18.	美 Cambridge, American Academy of Arts & Science 主催의 "The Confucian Dimension of the Dynamics of Industrial East Asia" 會議 發表者로 參席
1991. 9. 28~10.	싱가폴 放送 IIC 參席및 Kuala Lumpur, Taiwan 放送界 視察 (金顯哲 室長 및 尹泰鈺 次長 帶同)
1991. 10. 11~12.	東京. 마지막 韓日二十一世紀委 參席 (姜秉奎 氏와)
1991. 11. 24~26.	東京. 韓國文化院 초청 강연 (題目: 韓日關係의 未來)

1992년

1992. 4. 11~15.	美 Las Vegas.(NAB '92에 參席) (Los Angeles 經由)
1992. 4. 20~25.	印度 뉴델리에서 유네스코 실크로드 자문위원회의
1992. 11. 12~16.	橫濱 제3회 漢字文化圈 포럼 (《東亞諸國의 相互疎遠》을 영어로 發表)

1993년

1993. 5.	學校法人 一松學園 理事
1993. 7. 24~8.	韓日文化交流基金 合同會議(東京, 科學技術의 導入史)
1993. 8. 25~31.	美國 뉴욕 韓人學校協議에 초청받아 강연 (金基鳳씨 周旋, "한국문화의 傳統")
1993. 10. 20~22.	日本 유엔大學 및 産經新聞 주최, "문화와 아시아의 협조" 세미나의 Panel 討論

1994년

1994. 4. 2.~2004. 5.	財團法人 民族文化推進會 理事長

1994. 1. 20~25.	Colombo, Sri Lanka에서 유네스코의 '佛敎硏究情報센타' 워크숍
1994. 4. 13~15.	日本 福岡高等學校 20期 文乙의 同窓會 참석
	(福岡 및 下關에서, 51년 만의 상봉)
1994. 6. 14~20.	希臘 아테네에서 유네스코 실크로드 綜合探査 諮問會議 제4차 전체회의
1994. 8. 23~29.	中國 曲阜에서 東亞日報 人民日報 共同主催로 "孔子思想與卄一世紀"
	심포지엄 참석
1994. 9. 8~13.	제14차 谷口심포지엄, 日本 京都.
1994. 7.~1996. 6.	韓國精神文化硏究院 客員敎授

1995년

1995. 1. 30.~2. 1.	일본 福岡 아시아太平洋센터에서 講演. "21세기와 동아시아"
1995. 2. 6~9.	日本學術會議 주최 "아시아科學協會會議"에 學術院 代表로 참석
	權彝赫 씨와
1995. 3.	韓日文化交流基金 顧問
1995. 6. 10~18.	체코, 프라하 國際學術院會議(UAI)에 참석
1995. 6. 21~27.	北京의 〈崔溥漂海錄硏究〉 出版座談會에 參席, 白頭山 등정
1995. 8. 23~29.	우즈벡 共和國 사마르칸드, 中亞學硏究所 IICAS의
	학술자문위원으로 第一回 學術理事會 참석

1996년

1996. 1.~1998. 6.	서울특별시의 "바른市政 市民委員會"의 委員長
1996. 4.	서울특별시 市立博物館開館準備委員會 委員長 에 피촉
1996. 9.~1997. 12.	'97 문화유산의 해 組織委員會 委員長으로 피촉.
1996. 11. 2-11.	谷口 Symposium에서 "Honorific Language Usage"를 발표
1996. 11.	韋庵賞 韓國學部門 受賞
1996. 11.	社團法人 大韓言論人會 名譽會員
1996.	《동아시아의 전통과 변용》(문학과지성사) 간행

1997년

1997. 2. 16~25.　　독일, Bonn 훔볼트財團의 事務總長 Pfeiffer 박사 70歲 紀念
　　　　　　　　　　　1956年度 獎學生 大會 참석, 會議後 Munchen, Berlin 들러
　　　　　　　　　　　Bauer 夫人 問喪, 李彌勒 墓碑 참관

1997. 3.　　　　　　玉山書院 初獻官으로 享禮

1997. 4.~2001. 4.　文化財委員會 第2分科委員長 兼 文化財委員長으로 피선

1997. 7. 31.~8. 13. 北京의 國際儒學연합회의와 牧隱思想 韓中研討會 참석
　　　　　　　　　　　('동아유학사상문화' 국제교류회의, "東亞의 忠義思想"
　　　　　　　　　　　발표, 黃山 蘇杭을 觀光)

1997. 9.　　　　　　강릉 관동대학 사학과에서 1개월간 특별 강의

1997. 11. 16~23.　日本의 文化財保護制度 視察(文化財委員長으로서 職員帶同)
　　　　　　　　　　　東京의 文化廳 文化財研究所, 京都, 奈良, 大阪 등

1997. 12. 8.　　　　金冠文化勳章을 授與받음.(문화유산의 해 조직위원장으로서)

1997.　　　　　　　《동아시아문화사논고》(서울대학교출판부) 간행

1998년

1998. 6. 6~14.　　美 뉴욕 Metropolitan Museum의 "Art of Korea Gallery" 開館式에 參席.

1998. 10. 16~18.　제11회 韓日文化交流基金 合同學術會議 參席.(동경 뉴오타니호텔)

1998.　　　　　　　중국 남경대 중한문화연구 학술회의 참석

1998. 12. 9~12.　日本 大阪 近畿大學에서 講演: "東아시아情勢와 日韓關係의 新展開"

1999년

1999. 3. 15~18.　　大阪 東洋陶瓷美術館의 李秉昌翁 蒐集品 寄贈開館式 參席.

1999. 4. 19.　　　　국제기념물유적협의회(ICOMOS) 한국위원회 창립, 위원장에 피선

1999. 10. 1~5.　　日本 奈良縣 天理大學의 "朝鮮學會 創立50周年紀念大會'의
　　　　　　　　　　　'公開講演': "東아시아史上의 記錄文化"

1999. 10. 15~25.　Mexico에서의 ICOMOS 總會에 韓國側 委員長으로 參席
　　　　　　　　　　　(事務總長 李惠恩教授 帶同).

1999.	《세월과 세대》(서울대학교출판부) 간행

2000년

2000. 3. 9.	延世大學校에서 第6回 庸齋學術賞을 받음.
2000. 3. 10.	延大 國學研究院에서 용재상 受賞講演 "아시아적 價値論"
2000. 3. 16~19.	금강산 관광(아산재단 초청으로)
2000. 3. 27~30.	日本 千葉縣 木更津, Eco-Ethica International Symposium (今道友信 교수 주관) "On the 'Asian Values'"를 발표.
2000. 6. 15~17.	일본 東京(유네스코의 許權부장 대동), 일본 ICOMOS 西村幸雄 교수에게 경주 역사 지역의 세계문화유산 등록 지원 요청
2000. 9. 4~8.	美國 New York Unesco Round Table "Dialogue among Civilizatons" UN Summit Millenium 총회 전일 개최 회의에서 초청발언(9.5).
2000. 9. 19~22.	中國 北京大學 韓國學研究中心에서의 第五屆 亞太地區 韓國學 國際會議(PACKS)에서 "漢字文化圈의 特徵과 그 趨向" 題下의 基調講演.
2000. 10. 20~22.	일본 福岡 및 對馬島, 제13차 한일문화교류기금 합동학술회의 - "세계속의 동아시아문화 II" -DP 참석
2000. 11. 27~12. 2.	濠洲 Cairns(유네스코의 World Heritage Conference에 한국 ICOMOS 위원장으로서 參席).

2001년

2001. 3. 27.	韓日文化講座(한일문화교류기금)에서 "韓日語의 差等話法"을 발표.
2001. 4. 8.	KBS의 일요 특집 "對話-世紀를 넘어서"에 對談放映.
2001. 4. 23~27.	Lithuania 의 수도 Vilnius에서, 유네스코 주관 토론회 "Dialogue Among Civilizations" 참석
2001. 5.	明知大學校 碩座敎授 被囑
2001. 6.	仁村賞運營委員長 被囑
2001. 8. 11. ~12.	사명당기념사업회 고문으로 경남 밀양, 합천 지방의 송운대사관계

유적 답사에 참가.

2001. 10. 12. '한국동북아지식인연대'(Northeast Asia Intellectuals' Solidarity
Korea, NAIS Korea, 대표 송희년 교수)의 발기인대회에서 고문으로
추대됨.

2002년

2002. 일본 아스펜 세미나 참가. 기조 강연 "동아지식인의 공통교양"

2002. 5. 2. 서울대학교 인문대학 주최 제2회 '인문학포럼'에서
'동아의 숭문사상' 강연

2002. 6. 29. '韓獨포럼'(Das Koreanisch-Deutsche Forum)의 創設 및 第一次會議
(힐튼호텔)에서 韓國側委員長으로서 "韓國과 獨逸-兩國관계의
回顧와 展望" 제목으로 開會人事말.(入院으로 許永燮 韓獨協會
長이 代身함)

2002. 9. 1. 서울대학교 명예교수로 추대됨.

2002. 10. 17. '日韓.韓日歷史家會議'의 第2回會議 "世界史 속의 近代化.
現代化"에 앞선 '元老紀念公開講演'으로서 "歷史家의 誕生-半知
半解의 矜恃學人" 講演.

2002. 11. 6.~10. 학술원 주관의 中國 楊子江旅行에 참가. '中國長江遊'라는 紀行
漢詩 六首를 會報에 揭載.

2003년

2003. 2. 7~9. 일본 千葉縣 木更津市에서 개최된 '日本 Aspen 研究所 Seminar'에서
특별강연: "東아시아知識層의 共通敎養".

2003. 3. 12. 한국디지털대학교 理事 被囑.

2003. 3. 17. 晉州 德川書院에서의 南冥先生追慕祭에 初獻官으로 참여.

2003. 4. 2. 元老 文藝知性人들(약 30명)의 社交的모임인 '太平館 耆英會'의
첫 月例모임(初水會)를 주관.

2003. 6. 25~7. 1. 제2회 韓獨포럼을 독일 베를린市의 Haus Huth에서 독일 측과 공동
개최.(6. 29.)

| 2003. 9. 16. | 명지대 학술대회 "화란 동인도회사와 하멜"에서 기조 강연으로 '朝鮮王國 紀行書 ―하멜과 오페르트를 대조하며―'를 발표. |
| 2003. 10. 9. | 동아일보 주관으로 성균관대 동아학술연구원장으로 취임해 온 James Palais 교수와 대담(동아일보 10월 15일자) |

2004년

2004. 5. 12.	학술원 개원 50주년기념 학술대회에서 발표 "한국 학문 발전 (전래)의 새로운 성찰과 학술원의 역할" (김용덕 교수 대독)
2004. 5. 19.	별세
2004. 9.	국민훈장 무궁화장 추서
2004. 9.	영문 논고집 "Essays on East Asian History and Cultural Tradition" (Hallym Academy of Sciences Project Report, Vol. 103), (Seoul: Sowha Publishing Co.) 간행
2013. 5.	녹촌사화집 《眺山觀水集》(푸른사상) 간행

위 왼쪽 소학교 시절

위 오른쪽 후쿠오카고등학교 시절(앞줄 왼쪽 이상선, 오른쪽 구태회, 뒷줄 오른쪽 고병익)

가운데 왼쪽 신혼 초

아래 오른쪽 1954년 유학에 앞서 이병도(가운데) 김상기 선생 반도호텔 앞에서

아래 왼쪽 1948년 문리대 운동장에서(위 왼쪽부터 고병익, 한우근, 이준영, 아래 왼쪽부터
민석홍, 김재룡, 전해종, 오은성)

545

위 DAAD 장학생(신규식, 이문호, 김정진)과 호이스 당시 독일 대통령

가운데 뮌헨대학 기숙사와 거리에서

아래 1995년 9월 헤이그 이준 열사 묘소 참배

위 오른쪽 1961년 《조선일보》 논설위원 시절 조세형, 이웅희 씨와 베를린장벽 시찰

왼쪽 1964년 타지마할에서.

아래 왼쪽 동숭동 문리과대학 연구실에서

아래 오른쪽 1965년 사학과 학생인 장녀 고혜령과

위 1970년 문리대학장 취임 회견

가운데 1974년 학술원상 수상

아래 1977년 사회과학 연구협의회
아시아대회장

위 1979년 5월 서울대학교 총장
   임명장 수령

가운데 취임식(오른쪽으로 신태
환, 이병도, 이희승 선생)

아래 학장회의 주재(오른쪽으로
이만갑 대학원장, 민석홍 인문대
학장, 이현재 사회대학장, 고윤
석 자연대학장

위 1981년 8월 이탈리아 코모 호수에서 한국 성리학을 주제로 윌리엄 드 배리 교수 주관 학술회의 참석

아래 왼쪽 1983년 '혜초의 길따라' 답사 **오른쪽** 1990년 실크로드 탐사(이란에서)

위 1981년 부다페스트의 국제학술원회의(전해종, 김재원 선생과 함께)

아래 왼쪽 1984년 이마미치 교수 방한 **오른쪽** 1985년 이기백 교수와 함께 미국 아시아학회 참석

위 동양사학과 교수들과 등산. 왼쪽부터 오금성, 민두기, 고병익, 김용덕, 박한제 교수

가운데 1987년 대만 중앙연구원에서 한중일 국제회의 참가. 이용범 교수와

아래 왼쪽 1995년 6월 22일 중국인 한국 유학생 양퉁방 교수와

아래 오른쪽 1995년 북경대 커 진자 교수와 백두산 천지에서

위 왼쪽 1996년 역사학회 특별 심포지엄 축사 **오른쪽** 1997년 금관 문화훈장 수령

가운데 1998년 문화재위원장으로 김대중 대통령과

아래 왼쪽 2000년 서울대 동양사학과 연구실에서

      (위에 김상기, 전해종, 고병익, 민두기 교수의 사진)

아래 오른쪽 2003년 한독협회 회의 후 독일 라우 대통령 예방

위 1998년 12월 10일 오사카大阪 긴키대학近畿大学 강연 "한일관계의 신전개"

가운데 漢詩會 蘭社 모임　　**아래** 2000년 3월 용재학술상 수상

위 1993년 칠순 기념 가족 사진

아래 1988년 8월 12~13일 서울 신라호텔, 한일21세기위원회에서